DETECTIVES

EN LA

HISTORIA

ANNE PERRY

LA PROSTITUTA DE PENTECOST ALLEY

Una intriga en
la época victoriana

Traducción de
Carlos Milla Soler

CÍRCULO DE LECTORES

Para Jonathan, Sylvia, Frances y
Henry con amor

I

–Lo siento, señor –susurró el inspector Ewart mientras Pitt observaba el cuerpo desmadejado de la mujer en la ancha cama, el rostro hinchado a causa de la muerte por asfixia–. Pero convenía que echase un vistazo a esto personalmente.

–No lo pongo en duda –contestó Pitt con tono sarcástico.

Desde su ascenso al frente de la comisaría de Bow Street no se ocupaba ya de los robos, estafas o actos violentos de rutina. El subjefe de la policía le había ordenado expresamente que concentrase su atención en aquellos crímenes que tuviesen o pudiesen llegar a tener repercusiones políticas, en aquellos delitos que, por hallarse implicadas personas de elevada posición social, pudiesen causar revuelo en la altas esferas si no se resolvían con presteza y discreción.

Así pues, el hecho de que hubiese sido reclamada su presencia en aquel tugurio de Whitechapel a las dos de una noche de agosto por el asesinato de una prostituta exigía alguna explicación. El pálido agente que había ido a buscarlo en el coche de caballos no había despegado los labios en todo el trayecto hacia el este de la ciudad por calles cada vez más estrechas y míseras, entre rebosantes cubos de basura, vaharadas de humo acre y los penetrantes efluvios del río.

Se habían detenido en Old Montague Street, frente a la boca de Pentecost Alley, un callejón sin salida. La luz de la farola de gas de la esquina no llegaba hasta allí. Sosteniendo en alto su linterna, el agente había guiado a Pitt entre mendigos dormidos y montones de desechos hasta la entrada del primer edificio del callejón, una casa de vecindad. Tras subir por la empinada y chirriante escalera y cruzar una puerta de madera mugrienta, siguieron por un pasillo hasta el lugar donde lo esperaba Ewart. En alguna otra parte de la casa se oían unos sollozos que delataban miedo y una creciente histeria.

Pitt conocía la excelente reputación de Ewart, y no albergaba la menor duda de que si había solicitado su presencia allí, y con tal urgencia, existía alguna razón de peso para ello. Bajo ninguna otra circunstancia Ewart se habría prestado a ceder la responsabilidad del caso a otro policía, y menos tratándose de alguien como Pitt, que había ascendido desde los escalafones inferiores y apenas unos meses atrás era aún su igual. Del mismo modo que muchos otros veteranos del cuerpo de policía, Ewart opinaba que sólo tenía derecho a aquel cargo una persona destinada a él por nacimiento, como sin ir más lejos el predecesor de Pitt, Micah Drummond, un hombre de elevada posición social y formación militar.

Pitt observó a la mujer. Era joven. Resultaba difícil precisar la edad de las prostitutas; su vida era dura, y a menudo corta. Pero en aquel caso en particular la piel del pecho, allí donde el desgarrón del vestido rojo y negro la dejaba al descubierto, no presentaba aún los estragos del alcohol y las enfermedades, y los muslos, parcialmente visibles bajo la falda levantada, conservaban aún la tersura. Tenía la muñeca izquierda atada a la cabecera de la cama con una media, y una liga en torno al brazo, justo por encima del codo, adornada con una rosa azul de satén. La otra media le rodeaba el cuello, hundiéndose en la carne, casi cortándola. La mitad superior del cuerpo y también esa parte de la cama estaban empapadas de agua.

Los sollozos eran todavía audibles, pero más sosegados, y se oían asimismo otras voces y pisadas ligeras y rápidas en el pasillo.

Pitt echó un vistazo a la habitación, mejor amueblada de lo que habría cabido esperar. El papel de las paredes era antiguo, y pese a las manchas de moho y humedad y las zonas descoloridas por efecto del sol, el dibujo era aún reconocible. Había una pequeña chimenea, y en su interior las cenizas blanquecinas de un fuego reciente. Debían de haberlo encendido con fines puramente ornamentales, por el deseo de sentir cerca sus llamas vivas y titilantes, y no como fuente de calor. La única silla era de un alegre color rojo, y un cojín cosido a mano cubría el asiento; frente a ella se extendía una raída esterilla. Un paño bordado colgaba de la pared sobre la estrecha repisa de la chimenea. La ropa blanca se hallaba en un lustroso baúl de madera; incluso las asas metálicas relucían.

El palanganero incluía sólo la palangana y un aguamanil.

En el suelo, junto a la cama, estaban las botas altas y negras de la muchacha, no una al lado de la otra, sino medio superpuestas. Los botones redondos y brillantes de la bota izquierda habían sido abrochados a los ojales de la bota derecha. A corta distancia había un abotonador con el mango de hueso. Era un acto absurdo y retorcido, un acto que sólo podía haberse realizado intencionadamente.

Pitt tomó aire y dejó escapar un suspiro. Se hallaba ante un hecho repugnante y triste, pero eso por sí solo no justificaba su presencia allí. La prostitución era una forma de vida arriesgada. En aquel oficio los asesinatos no eran infrecuentes, y desde luego no suscitaban escándalos en las altas esferas, a decir verdad ni siquiera en los bajos fondos.

Se volvió hacia Ewart, cuyos ojos negros y rostro oscuro resultaban inescrutables a la luz de la linterna.

–Hay pruebas –dijo Ewart, contestando a la pregunta que Pitt no había formulado–. Demasiadas para pasarlas por alto.

–¿Y qué revelan? –Pitt empezó a sentir un escalofrío pese a la veraniega temperatura de la noche.

–Un caballero –respondió Ewart–. De una familia muy bien relacionada.

Pitt no se sorprendió. Temía que se tratase de algo así, algo gratuito y desastroso, algo sin posible solución airosa. No preguntó a Ewart en qué se basaba para afirmar aquello. Prefería ver las pruebas y extraer sus propias conjeturas.

Llegó un ruido del pasillo, unas chirriantes pisadas, y otro hombre apareció en el umbral de la puerta. No contaba más de treinta años, unos veinte menos que Ewart. Tenía la tez lozana, los ojos grandes y de color avellana, el rostro afilado, casi aquilino. Sus rasgos se habían formado para el buen humor y la ternura, pero el sufrimiento les había dejado ya una profunda huella, y a la inestable luz de la linterna se lo veía ojeroso y demacrado. Se apartó el cabello de la frente en un gesto espontáneo y miró primero a Ewart y después a Pitt. Llevaba en la mano un maletín de piel marrón.

–Lennox, el médico forense –explicó Ewart.

–Buenas noches, señor –saludó Lennox con la voz un tanto empañada. Se aclaró la garganta y se disculpó.

No había necesidad. Pitt no tenía un gran concepto de los médicos que permanecían impertérritos ante una muerte violenta, ajenos a cualquier sentimiento de indignación o pérdida.

Retrocedió un par de pasos para que Lennox viese mejor el cadáver.

–Ya la he examinado –aclaró Lennox al advertir el gesto de Pitt–. Me han avisado al mismo tiempo que al inspector Ewart. Ahora vengo de atender a otras vecinas de la escalera. Están un poco... alteradas.

–¿Cuáles son sus conclusiones? –preguntó Pitt.

Lennox volvió a aclararse la garganta. Miró a Pitt de frente, decidido a apartar de su vista a la mujer que yacía en la cama, a no ver siquiera su cabello desmelenado o la llamativa rosa de la liga que le ceñía el brazo.

–Lleva varias horas muerta –contestó–. Diría que desde las diez de la noche, y en todo caso desde antes de las doce y media. Ahora la habitación está relativamente fresca, pero hace un rato la temperatura debía de ser bastante más alta. La ceniza de la chimenea no se ha enfriado todavía, y la noche es más bien cálida.

–Parece muy seguro de que la muerte no se ha producido antes de las diez –observó Pitt con curiosidad.

Lennox se sonrojó.

–Disculpe. Me había olvidado. La vio entrar una testigo.

Pitt esbozó una sonrisa, o quizá más exactamente una mueca.

–¿Y las doce y media como hora límite? –preguntó–. ¿Otro testigo?

Lennox negó con la cabeza.

–A esa hora la encontraron, señor.

–¿Qué más puede decirme sobre ella? –prosiguió Pitt.

–Calculo que tenía unos veinticinco años y gozaba de buena salud... hasta ahora.

–¿Hijos?

–Sí... y...

–¿Qué? –instó Pitt.

–Tiene rotos los dedos, señor –explicó Lennox con el rostro desencajado por la congoja–. Tres de la mano izquierda y dos de la derecha. Y tres dedos del pie izquierdo dislocados.

Pitt sintió una gélida corriente en su interior, como si la temperatura hubiese bajado súbitamente en la habitación.

–¿Son recientes esas fracturas? –preguntó pese a que ya conocía la respuesta. De haber sido lesiones antiguas, Lennox no las habría mencionado; probablemente ni siquiera habría reparado en ellas.

–Sí, casi con toda seguridad se produjeron en las últimas horas. De hecho, poco antes de la muerte. Apenas presentan inflamación.

–Comprendo. Gracias.

Pitt se volvió hacia la cama. No deseaba ver aquel rostro, pero conocía sus obligaciones. Debía saber qué y quién había sido aquella muchacha, de qué atrocidades había sido víctima en aquel solitario cuartucho. Su misión era averiguar quién había perpetrado el crimen y qué razones lo habían inducido a ello.

Era una muchacha de estatura media y cuerpo bien proporcionado. Por lo que podía intuirse en aquel estado, tenía unas facciones armoniosas, a su manera agradables. No resultaba fácil adivinar la estructura ósea del rostro bajo la carne tumefacta, pero la frente era ancha, la nariz recta, la línea del pelo delicadamente curva. Poseía una dentadura uniforme y sólo un poco amarillenta. En otra clase de vida, probablemente habría sido una mujer casada, con una tranquila madurez por delante, quizá madre de tres o cuatro hijos y en espera de algún otro.

–¿Cuáles son las pruebas? –preguntó Pitt por fin, sin dejar de observar el cadáver. De momento lo que tenía ante sus ojos revelaba sólo que un hombre había llevado demasiado lejos su gusto por el dolor y el miedo ajenos.

–Una insignia de un club privado –respondió Ewart. Se interrumpió y respiró hondo–. Lleva grabado un nombre. Y también unos gemelos.

Pitt se volvió hacia él.

Lennox los miraba con los ojos muy abiertos, casi hipnotizado.

–¿Cuál es el nombre? –El silencio engulló la voz de Pitt.

Ewart, lívido, se tiró del cuello de la camisa.

–Finlay FitzJames.

En el pasillo las tablas crujían bajo las pisadas del agente de policía, y al otro lado de las oscuras ventanas la bruma del río se condensaba en los cristales. Volvían a oírse los sollozos procedentes de otra habitación, pero más tenues, más ahogados.

Pitt permaneció callado. Había oído el nombre. Augustus FitzJames era un hombre influyente, un banquero con ambiciones políticas y estrechas relaciones con varias familias de la aristocracia cuyos miembros habían ocupado altos cargos en el gobierno. Finlay era su único hijo varón, un joven diplomático que, según rumores, tenía asegurada una embajada en Europa en un futuro no muy lejano.

–Y hay testigos –agregó Ewart, mirando a Pitt.

Pitt le devolvió la mirada.

–¿Testigos de qué? –preguntó con cautela.

El descontento de Ewart era palpable. Tenía los hombros tensos y la boca arqueada en una mueca de tristeza.

–Lo han visto –contestó–. Nadie que lo conozca personalmente, claro está, y la descripción es bastante vaga. Concordarían con ella muchos hombres. Pero sin duda se trataba de alguien de buena posición... –Parecía dispuesto a añadir algo más, algún comentario quizá sobre los caballeros que frecuentaban tales lugares, pero se abstuvo. Tanto Pitt como él conocían a esa clase de hombres: maridos aburridos de sus esposas que preferían no recurrir a mujeres de su misma clase por temor a las censuras o al exceso de compromiso, o simplemente por experimentar la excitación de lo prohibido, el escalofrío del riesgo. Existían de hecho centenares de razones por las que esos hombres acudían a los barrios bajos y a cuartuchos como aquél en busca de placer.

–Y los gemelos también lo delatan –anunció Lennox desde el umbral de la puerta con la voz todavía empañada–. Son de oro. –Dejó escapar una risa nerviosa–. Con sello de contraste.

Pitt escrutó la habitación intentando imaginar qué había ocurrido allí hacía unas horas. La ropa de la cama estaba arrugada, como si hubiese sido usada, pero no se veía ningún desgarrón. En la sábana bajera, hacia el centro, había una pequeña mancha de sangre, pero podía haberla dejado cualquiera, aquella noche o la semana anterior. Preguntaría a Lennox su opinión al respecto cuando la hubiese examinado con detenimiento.

Recorrió con la mirada las paredes y el escaso mobiliario. No se apreciaba ningún indicio de desorden. Sin embargo, a menos que una pelea fuese muy violenta y entre personas de peso y fuerza equiparables, difícilmente dejaría marcas en el viejo papel pintado de las paredes o derribaría la silla o el palanganero con su aguamanil azul agrietado y reparado.

Como si le adivinase el pensamiento, Ewart explicó:

–En el armario hay sólo media docena de vestidos, enaguas y una capa; en fin, nada interesante. Y el baúl contiene ropa interior, dos toallas y un par de juegos de cama limpios. Debajo de la cama hemos encontrado un orinal y una media negra. Supongo que la tiró al suelo en algún momento y luego no la vio en la oscuridad. Nosotros mismos no la habríamos visto de no ser por la linterna.

–¿Dónde estaban los gemelos y la insignia? –preguntó Pitt–. Debajo de la cama no, imagino.

Ewart hizo un mohín.

–En realidad es un solo gemelo, las dos piezas de uno de los puños. Estaba detrás de ese cojín. –Señaló la silla–. Metido entre el asiento y el respaldo. Probablemente se quitó la camisa y la dejó en el respaldo, y luego, al ponérsela, el gemelo quedó atrapado. Quizá se sentó encima de la manga o algo así. Al salir, presa del pánico, no se habrá dado cuenta de que no lo llevaba. Naturalmente nada indica que lo haya perdido esta misma noche... –Se interrumpió y miró a Pitt, aguardando su respuesta.

–Desde luego –admitió Pitt. Los dos eran conscientes de lo

delicado que sería escarbar en la vida de un hombre de la posición de FitzJames. Habría sido mucho más cómodo acosar a un ciudadano corriente, alguien de aquel barrio, sin defensores ni poder.

Sin embargo allí estaban las pruebas y debían investigarse, y la responsabilidad recaía en Pitt. Era comprensible que Ewart plantease soluciones evasivas, pero de poco servían.

–Demuestra, no obstante, que a esta mujer la ha visitado alguien con gustos caros –afirmó Pitt con pesimismo–. Y la insignia revela que el propio FitzJames o alguien que lo conocía ha estado aquí en algún momento. ¿Dónde la han encontrado? ¿También en la silla?

De pronto la actitud apremiante de Ewart se desvaneció, y en su lugar quedaron sólo tristeza y desazón, visibles en las profundas arrugas de su rostro fatigado. A la luz de la linterna sus oscuros ojos, flanqueados por marcadas patas de gallo, parecían casi negros.

–En la cama –contestó con un hilo de voz–. Debajo del cuerpo.

De más estaba añadir que la insignia no había podido ir a parar allí antes de aquella noche. Eso era incuestionable.

Pitt tendió una mano.

Ewart sacó de un bolsillo de su chaqueta una pieza de oro con el anverso esmaltado y un prendedor en el dorso y la depositó en la palma de Pitt.

Éste la examinó detenidamente desde diferentes ángulos. Era la clase de distintivo que los hombres llevaban en la solapa, de algo más de media pulgada de diámetro. Estaba esmaltada de un discreto gris, un color que podía pasar fácilmente inadvertido en la tela de un traje. En esa cara se leía CLUB FUEGO DEL INFIERNO y la fecha, 1881, nueve años atrás. La acercó a la luz, pero aun así tardó unos instantes en distinguir el nombre, FINLAY FITZJAMES, grabado con un finísimo trazo al dorso, bajo el vástago del prendedor. Sin embargo no había la menor duda: ése era el nombre.

Miró a Ewart y después a Lennox, que seguía de pie en el umbral de la puerta, con la cara pálida, sin vida ni color, y mirada de desolación.

–¿La ha encontrado usted? –preguntó a Ewart.

–Sí. El agente no la ha movido. Asegura que no ha tocado nada. Ha visto que estaba muerta y ha dado inmediatamente la voz de alarma.

–¿Por qué entró aquí? ¿Qué lo trajo a esta habitación? –Quizá no importase, pero debía averiguar todas la circunstancias–. ¿La conocía?

–De vista –contestó Ewart–. Se llamaba Ada McKinley. Llevaba cinco o seis años trabajando en esta zona. El agente Binns vio salir corriendo a un hombre aterrorizado y le dio el alto. Sospechó que ocurría algo y lo obligó a volver a la casa, pensando que quizá huía de una reyerta o había intentado timar a alguna de las chicas. Según parece, era cliente asiduo de otra prostituta, Rose Burke, y cuando se marchaba, vio la puerta de Ada abierta y, como buen entrometido, se asomó a echar una ojeada. Con la esperanza de ver a una pareja en plena acción, supongo. Desde luego no imaginaba lo que iba a encontrar. –Ewart arrugó la nariz en un gesto de aversión–. Ha salido de aquí como alma que lleva el diablo. Pero no puede haber sido el autor del crimen. Unos segundos antes de toparse con el agente Binns estaba aún con Rose. Ella lo ha jurado. La propia Rose es una de las personas que ha visto entrar en la casa al otro individuo, fuera quien fuese. La hemos retenido para que usted la interrogue.

–¿Y al hombre?

–También. –Ewart dejó escapar el aire con un ligero gruñido–. Está hecho un basilisco, pero sigue aquí, jurando como un carretero. En realidad, la indignación es general entre los vecinos. –Con expresión avinagrada, añadió–: Estas cosas son perjudiciales para el negocio.

–¿No es ya un poco tarde para el negocio? –repuso Pitt con tono pesaroso–. ¿Cuándo ocurrió todo esto?

–Cuando Binns vio salir al hombre despavorido. –Ewart abrió más los ojos–. A eso de las doce y media. Yo llegué poco después de la una. Examiné por encima la habitación, y al ver la insignia comprendí que era un caso de su competencia, así que mandé al agente Wardle a buscarlo. Lo siento, pero tal como pinta el asunto las cosas van a ponerse feas.

No hay escapatoria. –Respiró hondo–. Aunque, claro está, siempre cabe la posibilidad de que FitzJames nos ofrezca una explicación aceptable y podamos investigar en otra dirección.

–Puede ser –dijo Pitt con poca convicción–. ¿Y el dinero? ¿Sabe si han robado algo?

El rostro de Ewart se iluminó de pronto. Un destello titiló por un instante en sus ojos, y vaciló al contestar.

–¿Su chulo? –aventuró por fin con rostro pensativo–. Ésa sería una solución más sencilla. Sencilla de comprender, quiero decir, de creer. –Se interrumpió.

–Así pues, ¿había dinero? –insistió Pitt.

–He encontrado un pequeño monedero de piel en el baúl –respondió Ewart–. Contenía unas tres guineas.

Pitt lanzó un suspiro, aunque en realidad no había puesto demasiadas esperanzas en esa posibilidad.

–Si la muchacha hubiese ocultado el dinero a su chulo, no estaría ya en el monedero –dedujo con tristeza–. Es el primer sitio donde él habría mirado.

Se oyó el silbido de una tetera en la parte posterior de la casa, seguido de una colérica maldición.

–Quizá discutieron, y el chulo la mató antes de registrarla –prosiguió Ewart con renovado entusiasmo–. Luego se asustó y huyó. Sería más lógico. Un castigo así serviría de lección a las otras chicas. Más motivos tendría él para matarla que un cliente como FitzJames.

–Pero ¿y las botas? –preguntó Lennox con voz ronca desde la puerta–. Puedo imaginarme al chulo torturándola, pero ¿por qué abrocharía de ese modo las botas alguien dispuesto a matarla por dinero? ¿O por qué le pondría una liga en el brazo?

–Quién sabe –repuso Ewart con impaciencia–. Eso tal vez sea obra del cliente anterior. Acaso el chulo sabía que la chica estaba sisándole más de la cuenta, y entró en cuanto vio marcharse al cliente. En ese caso ella no habría tenido tiempo de desabrochar las botas ni quitarse la liga.

–Entiendo que no haya tenido tiempo de desabrochar las botas –dijo Lennox con sutil sarcasmo–. Pero ¿se habría ido el cliente dejándola atada a la cama? ¿Habría seguido ella así mientras discutía con el chulo?

–¡Y yo qué sé! –exclamó Ewart–. Quizá el chulo la ató para buscar el dinero. O para torturarla.

–¿Y no lo encontró? –atajó Lennox, enarcando las cejas.

–Puede que hubiese más, bajo el colchón tal vez. En todo caso, ¿por qué mataría a una mujer así un hombre como FitzJames? –Ewart contempló el cuerpo que yacía en la cama con una extraña mezcla de compasión y asco.

–Probablemente por la misma razón que recurría a sus servicios –replicó Lennox con frialdad, y se volvió hacia Pitt–. No la he movido. ¿Necesita ver algo más o puedo taparla?

–Tápela –contestó Pitt, advirtiendo en su rostro el apremio de la angustia.

Lennox le inspiraba más simpatía que Ewart, aunque comprendía la actitud de éste, su hastío, su impasibilidad, fruto de la experiencia, ante tales escenas, ante aquella clase de vida y la gente que la practicaba. Si alguna vez había albergado ilusiones románticas sobre las jóvenes mujeres de la calle, la realidad se había encargado de disiparlas hacía ya mucho tiempo. No era indiferente a sus desgracias. Simplemente debía moderar sus emociones por el bien de su propia cordura. Y desde un punto de vista práctico, para realizar su trabajo y ser útil debía mantener la mente fría, guiarse por la razón y no por los sentimientos. Ni él ni ser humano alguno podían ya ayudar a Ada McKinley, pero sí a otras mujeres como ella.

Aun así, Pitt prefería la vulnerabilidad de Lennox. Emanaba de ciertas esperanzas y de un tipo distinto de preocupación.

Lennox le dirigió una mirada de gratitud y cruzó la habitación. Primero bajó la falda de la muerta para cubrirle las piernas y luego extendió sobre ella el cubrecama, ocultándole también el rostro distorsionado.

–¿Han encontrado algo más que no haya mencionado todavía? –preguntó Pitt a Ewart.

–¿Quiere una lista de los efectos personales de la víctima? –dijo Ewart con tono cortante.

–Aún no. Antes hablaré con el agente Binns y los otros testigos.

–¿Aquí? –preguntó Ewart, mirando alrededor pero eludiendo la cama.

–¿Hay algún otro sitio disponible?

–Sólo las habitaciones de las demás mujeres.

–Hablaré con Binns aquí y con las mujeres en sus respectivas habitaciones. Necesito formarme una idea de la distribución de la casa.

Ewart parecía satisfecho. Él hubiese actuado de igual modo.

Binns era un hombre de unos treinta años, cabello claro y rostro chato. Se frotaba las manos sin cesar, afectado aún por la impresión. No estaba acostumbrado a montar guardia inmóvil. Tenía los pies entumecidos, adivinó Pitt por su andar torpe y cauteloso.

–¿Señor? –dijo, colocándose ante Pitt y evitando a toda costa mirar hacia la cama.

–Cuénteme todo lo que ha visto –ordenó Pitt.

Binns se puso en posición de firmes.

–Sí, señor. Estaba realizando mi ronda habitual por la zona de Spitalfields, que incluye el último tramo de Whitechapel Road hasta el principio de Mile End Road, y de allí hacia el norte hasta Hanbury Street, y vuelta a empezar. –Tomó aire sin dejar de mirar al frente–. Al llegar a la esquina de Old Montague Street vi a un sujeto salir a toda prisa de Pentecost Alley, como si acabase de cruzarse con un fantasma o algo así. Iba en dirección oeste, hacia Brick Lane, e imaginé que pasaba algo, porque si no habría caminado de una manera normal, sin volver la cabeza a cada instante como si creyese que le perseguía alguien. –Tragó saliva–. Así que lo cogí por el cuello de la chaqueta y lo detuve. Chilló como si llevase el demonio en el cuerpo, y eso me demostró que efectivamente había pasado algo. Estaba muerto de miedo.

Pitt movió la cabeza en un gesto de elogio. Ewart y Lennox permanecían inmóviles en la oscuridad, escuchando con atención.

–Lo obligué a volver al callejón –prosiguió Binns, desplazando el peso del cuerpo de una a otra pierna para estimular la circulación de la sangre en sus pies entumecidos–. Pensé que debía de venir de esta casa, porque enfrente hay un taller. Podía haber robado algo en el taller, claro, pero no llevaba nada encima, así que entramos aquí. –Dejó vagar la mirada alrededor por un momento sin fijarse siquiera en Ewart y Lennox–. Como ésta es la primera habitación y la puerta estaba entornada, entré. –Bajó la voz hasta casi un susurro y lanzó una ojeada a la cama–. Esa pobre chica... Enseguida me di cuenta de que estaba muerta, y no toqué nada. Cerré la puerta y bajé a la calle con el testigo para dar la alarma con el silbato. No tardaron ni cinco minutos en oírme, pero a mí se me antojaron una eternidad. El agente Rogers estaba en Wentworth Street y acudió corriendo. En cuanto llegó, lo envié por el señor Ewart.

–¿A qué hora ocurrió todo eso? –preguntó Pitt.

Binns se sonrojó.

–No lo sé, señor. Al principio estaba demasiado ocupado sujetando al testigo como para mirar el reloj, y cuando vi a la chica, se me olvidó por completo. Soy consciente de que ha sido poco profesional por mi parte, pero la conocía, ¿sabe?, y me ha afectado mucho.

–¿Qué puede decirme de ella? –preguntó Pitt, mirando a Binns a la cara.

El agente volvió a balancearse ligeramente, pero continuó en posición de firmes.

–Trabajaba en este barrio desde hacía más o menos seis años. No sé de dónde era exactamente. De los alrededores de Pinner, creo. En todo caso, venía del campo, de algún sitio a muchas leguas de aquí. Y por aquel entonces era preciosa. Tenía color en la cara y una piel de porcelana. –Contrajo el rostro y movió la cabeza en un gesto de desolación–. Me contó que había servido en una casa rica de Belgravia. Allí perdió la honra –prosiguió con voz casi inexpresiva, como si relatase una tragedia antigua, demasiado conocida para suscitar aún indignación–. El mayordomo la dejó embarazada. Ella se lo dijo a la señora de la casa, y sólo consiguió que la echaran en el acto a la calle. El mayordomo, en cambio, conservó su puesto. El niño nació antes de tiempo, y el pobre murió al cabo de unos días. Quizá fuese lo mejor para él. –Arrugó la frente y desvió la mirada–. La muerte es mejor que la inclusa. Después de eso la desdichada se dedicó a la mala vida. Era lista, y supongo que estaba asqueada y también resentida. –Una expresión adusta se extendió por su rostro, barriendo todo indicio de ternura–. Le habría gustado desquitarse de aquel mayordomo.

Pitt no tenía la menor duda de que si la muchacha hubiese logrado desquitarse, Binns habría hecho la vista gorda. Y quizá también el propio Pitt cuando era sólo un agente de policía. En su actual posición, sin embargo, no podía permitirse ese lujo.

–Puede que intentase chantajear al mayordomo –sugirió Ewart con optimismo, hablando por primera vez desde que Binns había entrado en la habitación–. Y la haya matado él.

–¿Con qué fin iba a chantajearlo? –refutó Lennox con voz pausada–. Los señores de la casa conocían ya lo ocurrido y les traía sin cuidado.

–Eso es intrascendente –terció Pitt–. Nadie habría dado crédito a su palabra contra la de él. No viviendo ella como vivía. –Con una sola frase había reducido a la muchacha a lo que era, y tenía total conciencia de ello. El hecho de que apareciese el nombre de Finlay FitzJames grabado en la insignia era el único motivo por el que aquel asesinato requería su intervención. En el lugar de Ewart, otros la habrían ocultado y seguido los trámites habituales de cualquier investigación para finalmente declarar el caso no resuelto y archivarlo. Quizá el propio Ewart habría optado por esa vía si Lennox no hubiese estado presente. Pero Lennox lo había visto encontrar la insignia bajo el cadáver, y no habría guardado silencio. En su rostro no se advertía la menor predisposición a la discreción o el cinismo, sólo evidenciaba una lacerante pena y un sentimiento de derrota.

En el resto de la casa reinaba el silencio, pero en la calle se oían ya los primeros transeúntes del día y el cielo empezaba a clarear tras las ventanas.

Pitt se volvió hacia Binns.

–¿Eso es todo?

–Sí, señor. Esperé a que llegase el señor Ewart, le conté todo lo que había visto y hecho, y dejé el asunto en sus manos. Eso fue un poco después de la una.

–Gracias. Ha actuado como debía.

–Gracias, señor –dijo Binns, y salió con los hombros rectos, la cabeza en alto y los pies todavía entumecidos.

–Será mejor que veamos ya al primer testigo –anunció Pitt, dirigiendo una seña a Ewart con la cabeza–. Aquí mismo.

Al cabo de un momento entró en la habitación, custodiado por otro agente, un hombre delgado de hombros estrechos. Vestía una chaqueta marrón y un pantalón oscuro con vueltas en los bajos, heredado sin duda de alguien más alto que él. Estaba blanco como el papel y tenía las facciones contraídas por el miedo. Fuera cual fuese el placer que había obtenido allí aquella noche, había pagado por él un precio muy superior a sus cálculos.

–¿Cómo se llama? –preguntó Pitt.

–Ob-badiah S-skeggs –contestó tartamudeando con labios temblorosos–. Yo no la he tocado. ¡Juro por Dios que no he sido yo! –exclamó, elevando la voz para aparentar mayor franqueza y consiguiendo sólo poner aún más de manifiesto su pánico–. ¡Pregúntele a Rosie! –Señaló hacia donde imaginaba que estaba Rosie en ese momento–. Ella se lo dirá. Es una chica de fiar. Nunca mentiría por mí. No me conoce de nada. –Miró a Pitt y luego a Ewart–. Lo juro.

Pitt sonrió contra su voluntad.

–¿Rosie no le conoce?

–No.

–Y entonces ¿cómo es posible que usted la conozca a ella?

–¡Yo no la conozco! Quiero decir... –Vio la trampa pero ya había caído en ella. Tomó aire y se atragantó con su propia saliva.

–No se esfuerce –atajó Pitt con aspereza–. Se lo preguntaré a Rosie de todos modos. Sin duda ella sabrá si es usted un cliente asiduo o no.

–Rosie no mentiría por mí –repitió Skeggs, desesperado, hablando a borbotones y respirando entrecortadamente entre las palabras–. Ni siquiera le caigo bien.

–Eso ya lo supongo –concedió Pitt–. ¿Recuerda a qué hora llegó a esta casa?

–No. –No quería arriesgarse a que le tendieran otra trampa–. No. Ya me marchaba cuando me detuvo el policía. Y ha sido una injusticia. Yo nunca he faltado a la ley. –De pronto adoptó un tono lastimero–. Un hombre tiene derecho a darse algún que otro gusto, ¿no? Y siempre he pagado bien. Rosie se lo dirá.

–¿Cómo va a saberlo ella? –preguntó Pitt, enarcando las cejas.

Skeggs miró a Pitt con rencor.

–Así pues, cuando vio entreabierta la puerta de Ada –prosiguió Pitt–, decidió asomarse a curiosear para divertirse un poco más. Pero en lugar de sorprenderla fornicando con un cliente, la encontró muerta en la cama, atada a la cabecera, con una media alrededor del cuello y una liga en el brazo.

Skeggs profirió una blasfemia de amargura.

–Luego salió huyendo, y el agente Binns lo detuvo –concluyó Pitt.

–Iba a dar la voz de alarma –protestó Skeggs, mirando a Pitt con ira. Luego se volvió hacia Ewart como si esperase que él fuese a confirmar su declaración–. Iba a avisar a la policía, como era mi obligación. Tan deprisa como me permitiesen las piernas. Por eso corría.

–En ese caso, ¿por qué no informó de inmediato al agente Binns sobre lo que acababa de ver? –acosó Pitt.

Skeggs le lanzó una mirada asesina.

–¿Ha visto a alguien más? –continuó Pitt.

Fuera la claridad era mayor, y el ruido de la calle aumentaba por momentos. Los viandantes iban y venían, llamándose a gritos. El taller de enfrente abría ya sus puertas.

–¿Se refiere al culpable? –preguntó Skeggs con ostensible indignación–. Claro que no. Si lo hubiese visto, ya se lo habría dicho. ¿Cree que me callaría si lo supiese, siendo como soy uno de los sospechosos? ¿Qué se ha creído? ¿Que soy idiota, o qué?

Pitt se abstuvo de contestar, pero Skeggs interpretó como asentimiento su silencio y se dio por ofendido. Cuando salía de la habitación tras el agente, echó una mirada furtiva por encima del hombro, buscando aún un comentario mordaz con que replicar.

Pitt habló con Rose Burke en la habitación de ésta, a un par de puertas de la de Ada McKinley. Tenía una forma algo distinta y quizá medía cinco o seis palmos más de ancho, pero en esencia era muy parecida. Una amplia cama ocupaba la mayor parte del espacio, y era obvio que había sido usada recientemente. Las sábanas griseaban en el centro y estaban en extremo arrugadas. Se percibía un fuerte olor a sudor y suciedad corporal. Por lo visto, Skeggs había sacado provecho a su dinero, al menos hasta que salió de aquella habitación.

Lennox estaba lívido. Su presencia allí no era necesaria, y Pitt se preguntó por qué lo había acompañado. Tal vez pensaba que Rose podía requerir su atención.

Sin embargo Rose poseía una naturaleza mucho menos frágil. Era un mujer de hombros anchos, pecho generoso y estatura media. Tenía el cabello castaño pero se había teñido un mechón claro en la parte delantera, y le favorecía de manera sorprendente. De hecho era una mujer hermosa, pese a que su piel morena estaba ya un tanto ajada y le faltaban algunos dientes. Resultaba difícil precisar su edad, que podría haber sido cualquiera entre veinticinco y cuarenta años.

Estaba demasiado serena para hacer comentarios antes de iniciarse el interrogatorio. Se hallaba de pie en medio de la habitación con los brazos cruzados y miraba a Pitt, esperando, ajena a la presencia de Lennox. Sólo el acelerado movimiento de su pecho delataba cierta tensión. Pitt ignoraba si tal entereza era fruto del valor o de la indiferencia ante el destino de Ada. Sospechaba no obstante que, al menos en parte, se debía al valor.

–¿Rose Burke?

–Sí –contestó con el mentón en alto.

–Cuénteme todo lo que hizo esta noche a partir de las ocho –ordenó Pitt. Al ver aparecer en sus labios una sonrisa de desdén, aclaró–: No tengo interés en detenerla por prostitución. Sólo pretendo averiguar quién ha matado a Ada. El asesino ha estado aquí ya una vez. Si no lo impedimos, es posible que vuelva. Usted podría ser la siguiente.

–¡Santo Dios! –exclamó Rose. Respiró hondo, y una chispa de odio y respeto brilló en sus ojos.

–¿Preferiría que le dijese que estas cosas no ocurren dos veces? –preguntó Pitt con mayor delicadeza–. Le mentiría. Ese individuo le ha roto a Ada los dedos de las manos y los pies y luego la estranguló con una de sus medias. –No mencionó las botas ni la liga. Convenía dejar algún detalle sin especificar–. ¿Cree que no volverá a hacerlo?

Lennox se estremeció y por un instante pareció dispuesto a intervenir, pero cambió de idea y se marchó de la habitación en silencio, cerrando la puerta al salir.

Rose susurró el nombre de Dios en lo que quizá fuese una oración, ya que, casi sin darse cuenta de lo que hacía, se santiguó. Había palidecido, y el colorete, aunque diestramente aplicado, resultó de pronto estridente.

Pitt aguardó.

–He recibido a un cliente a las nueve –comenzó Rose con hablar pausado–. ¿Es necesario que diga su nombre? En este oficio una tiene que ser discreta.

–Debo saberlo.

Rose vaciló apenas un instante y dijo:

–Chas Newton. Ha estado aquí casi hasta las diez.

–Es usted muy generosa con su tiempo, ¿no? –comentó Pitt con escepticismo–. ¿Toda una hora? ¿Escasea el trabajo últimamente?

–¡Ha pagado doble! –replicó Rose, herida en su orgullo.

Pitt la creyó. Era una mujer deseable, y algo en su aspecto hacía pensar que conocía todos los secretos del oficio, que pocos gustos o técnicas escapaban a su aptitud.

–¿Y qué hizo cuando él se fue? –preguntó Pitt, incitándola a seguir.

–Vestirme y salir a la calle, claro está –contestó ella con hostilidad–. ¿Qué iba a hacer? ¿Echarme a dormir? Bajé, y cuando me volvía para ir a Whitechapel Road por el pasadizo que hay al fondo del callejón, vi aparecer a ese fulano al otro lado...

–¿Al otro lado? –la interrumpió Pitt–. ¿En la entrada del callejón, quiere decir?

–No, quiero decir al otro lado de Old Montague Street, en la esquina –respondió Rose con impaciencia–. En la entrada del callejón no habría distinguido a Papá Noel del mismísimo demonio. Ahí no hay farola. ¿Es que no se fija en nada?

–¿Lo vio pasar bajo la farola? –dijo Pitt, y notó que la voz se le aceleraba contra su voluntad.

–Sí. –Rose seguía de pie en medio de la habitación con los brazos cruzados.

–Descríbalo –pidió Pitt.

–Era más alto que yo, y menos que usted. Un poco más alto que la media, quizá. Bien plantado. Tirando a joven.

–¿Veinte años? ¿Veinticinco? –se apresuró a decir Pitt.

–¡No tan joven! Unos treinta. Con la gente fina no es fácil calcular la edad. A ellos la vida los trata mejor. Quien vive entre algodones, vive más años.

–¿Cómo iba vestido? –preguntó Pitt, procurando ser lo más escueto posible para no imbuirle ideas preconcebidas.

Rose meditó por un instante.

–Llevaba una buena chaqueta. Debía de haberle costado una o dos libras. Sombrero no, porque vi reflejarse la luz en su pelo. Lo tenía claro y espeso. Y ondulado. Ojalá tuviese yo esos rizos. –Se encogió de hombros–. Aunque la cara no se la envidio, desde luego. No inspiraba confianza. Quizá por la forma de la boca. Tenía una nariz bien formada, eso sí. Una de esas narices muy masculinas. –Escrutó el rostro de Pitt, pero de inmediato alejó cualquier especulación de su pensamiento. Para ella, las relaciones físicas formaban parte de su trabajo. No le producían el menor placer.

–¿Lo había visto antes? –preguntó Pitt, pasando por alto su mirada.

–Me es imposible decírselo.

–¿Por qué?

–¡Porque no lo sé, claro está! –replicó con una mueca de miedo y aflicción–. Si supiese quién ha matado a Ada, se lo diría. Y me pondría en primera fila el día que lo ahorcasen. Aunque sólo fuese por eso, lo ayudaría. Ada era codiciosa y nos miraba a veces por encima del hombro, pero no se merecía una cosa así.

–No sabe si lo había visto antes –acució Pitt.

–De noche todos los gatos son pardos. –Hizo un gesto de desdén–. ¿Nunca había oído ese dicho? Además, yo no me fijo en las caras de los hombres; sólo me interesa su dinero. Pero ese individuo no me sonaba de nada. No creo que lo haya visto antes. Y como hay fuego en el infierno, que no sé su nombre. Si lo supiese, se lo diría.

–Fuego en el infierno –repitió Pitt pensativamente–. ¿Por qué ha dicho eso?

–Porque es una de las pocas cosas que sé con toda seguridad –repuso, mirando a Pitt de arriba abajo–. ¿Qué quería que dijese? ¿Que hay Dios en el cielo? De eso ya no estoy tan segura. –Desvió la mirada y la dejó vagar por la habitación, vulgar y para ella en extremo familiar–. Yo no creo en Dios, y si existiese un cielo, no sería para mí ni para Ada. O si no, pregúntele a los curas. Ellos le confirmarán encantados que las mujeres como yo arderemos en el infierno por corromper y apartar del buen camino a los hombres de bien. –A continuación profirió un juramento tan soez que incluso Pitt se sobresaltó al oírlo salir de aquellos labios todavía hermosos.

–¿Le suena de algo el club Fuego del Infierno? –dijo Pitt.

Una sonrisa iluminó la cara de Rose.

–No. ¿Qué es eso? ¿A qué van ahí? ¿A quemarse o a echar leña? Créame, ese canalla arderá en el infierno, aunque tenga que llevar el carbón yo misma, sea o no un caballero.

–¿Era un caballero? –preguntó Pitt tras unos instantes de vacilación.

Rose lo miró a los ojos.

–Eso aparentaba. Desde luego no parecía un pelagatos. Y como hay fuego en el infierno, señor mío, le aseguro que llegó aquí poco más o menos a la hora en que mataron a la pobre Ada. Yo estuve en Whitechapel Road una media hora, y durante ese rato no vi entrar a nadie por el pasadizo, hasta que yo misma volví con otro cliente a la habitación.

–Pero no veía el otro extremo, la entrada del callejón. –Pitt señaló hacia la calle.

–Ése no es mi sitio –respondió con toda lógica–. Si quiere saber qué ha pasado a ese lado, hable con Nan.

–Ha dicho que Ada era codiciosa –recordó Pitt–. ¿Le robó a usted alguna vez?

–Yo no he dicho que fuese una ladrona –prorrumpió Rose, de nuevo iracunda, clavando en Pitt una mirada intensa y brillante–. He dicho que era codiciosa. Nunca tenía suficiente. Siempre estaba pensando en la manera de sacar más tajada, pero no solamente para ella, sino para todas nosotras. Nunca había visto tanto odio en nadie. A veces la consumía el rencor.

–¿A quién odiaba?

–Al mayordomo miserable que la deshonró, supongo –contestó con una mueca de desprecio–. Luego mintió a los señores de la casa. No sé qué esperaba Ada que hiciese. Era un poco ingenua, la pobre. –Volvió a contraer el rostro por el dolor.

Fuera se oyó un repentino estrépito y el chacoloteo de unos cascos de caballo. Alguien voceó. Sonaron una pisadas en el pasillo y un violento portazo en el piso superior. Vibró toda la habitación.

–¿Mencionó Ada en alguna ocasión el nombre del mayordomo? –quiso saber Pitt.

Rose lo miró con asombro.

–¿Cree que él la mató? ¿Por qué iba a hacerlo? Ada no representaba ninguna amenaza. Por ese lado el muy canalla podía estar tranquilo.

–No, no lo creo –convino Pitt–. Así pues, ha visto a ese hombre alrededor de las diez.

–No sé la hora exacta, pero sí, alrededor de las diez.

–Y después ¿qué?

–Nada especial, un par de trabajos rápidos –respondió con indiferencia–. Media hora cada uno. El siguiente ha sido el pobre desgraciado de Skeggs. Le cuesta una hora ponerse a tono. Lo que realmente le gusta es mirar mientras otros lo hacen. –Hablaba con un dejo de asco–. Al salir de aquí, fue a meter las narices en la habitación de Ada para ver si pescaba a otro idiota con los pantalones bajados haciendo el ridículo.

–Se apoyó las manos en las caderas–. El caso es que no se imaginaba lo que iba a encontrar. Cuando vio a Ada muerta, poco le faltó para mearse encima.

–¿A qué hora ha ocurrido eso?

–A las doce y media. Lo sé porque acababa de mirar el reloj. Tenía hambre, y como se me había dado bien la noche, pensé en ir a comprar una cena como Dios manda. Bajaba ya para acercarme al puesto de comida de la esquina de Chicksand Street cuando apareció el policía y empezó el jaleo. Tuve que quedarme aquí, y ahora estoy muerta de hambre.

Pitt guardó silencio.

Rose lo miró con repentina cólera.

–Cree que soy una desalmada, ¿no? –reprochó con voz severa y resentida–. Al principio también yo estaba muy afectada, pero de eso hace ya rato, y no he comido apenas desde ayer. Por estos barrios la muerte es cosa frecuente, no como en la zona alta, donde la vida es fácil y la gente muere plácidamente en su cama. Además, ese médico se portó muy bien con nosotras. Me dijo que Ada no tardó en morir y le pidió a Nan que pusiese agua a hervir y nos preparase un té. Y luego añadió un chorro de coñac. Nunca había conocido a un hombre tan... –Se interrumpió, incapaz de encontrar el adjetivo adecuado. En su vocabulario no existía una palabra de elogio para expresar lo que sentía, aquel súbito afecto, aquella sensación de que Lennox había concedido mayor importancia a las emociones y el dolor de ella que a los suyos propios. El resentimiento desapareció de su rostro, y Pitt vio por un instante a la mujer que habría podido ser en un tiempo y unas circunstancias distintas.

Nan Sullivan era al menos diez años mayor que Rose, y el continuo trasnochar y el exceso de ginebra habían desdibujado sus facciones y arrebatado el brillo a sus ojos y su pelo. Sin embargo aún se apreciaba en ella un resto de dulzura, el vago vestigio de una antigua delicadeza, y cuando hablaba, resonaban en su voz los ecos del oeste de Irlanda. Estaba sentada en la cama, desaliñada, con el rostro manchado aún por el llanto reciente, demasiado cansada para preocuparse por su aspecto.

–Sí, estaba en la entrada del callejón –confirmó, mirando a Pitt con indiferencia–. Me costó un buen rato encontrar un cliente. Tuve que acercarme hasta Brick Lane. –Obviamente era una derrota que ya no se molestaba en ocultar–. Volví justo cuando llegaba Ada.

–¿Ha visto, pues, a su cliente? –se apresuró a preguntar Pitt.

–Sí, claro. Lo vi por detrás, y me llamó la atención su chaqueta. –Suspiró, y un amago de sonrisa se dibujó en sus labios–. Una chaqueta preciosa. De buena tela de gabardina. Distingo la gabardina de buena calidad en cuanto la veo. Antes trabajaba en una fábrica, y el amo tenía una chaqueta de gabardina. La suya era marrón, recuerdo, pero le sentaba igual de bien en los hombros. Era una chaqueta impecable, sin arrugas, sin pliegues donde no debía haberlos.

–¿De qué color era la del hombre que vio esta noche?

Pitt estaba sentado en la única silla de la habitación, a un paso de Nan. Las ventanas daban al patio interior, y no se oían los ruidos de la calle.

–¿De qué color? –repitió Nan, y pensó por un momento con mirada ausente–. Azul. O puede que negra. Marrón no, desde luego.

–¿Y se fijó en el cuello de la chaqueta?

–Le caía bien. Hacía esa curva que no se ve en una chaqueta barata.

–¿No era de piel o terciopelo? –preguntó Pitt–. ¿O de borreguillo?

Nan negó con la cabeza.

–No, de la misma tela. La piel no quedaría bien con ese corte.

–¿Cómo tenía el cabello?

–Muy abundante. –Inconscientemente se pasó los dedos entre el pelo, ralo a causa de la edad y los excesos. Al cabo de un instante añadió–: Y claro. Se lo vi brillar a la luz de las velas que salía de la habitación de Ada. La pobre desgraciada. –Bajó la voz–. No es justo lo que le han hecho.

–¿Sentía simpatía por ella? –preguntó Pitt de improviso.

Nan se sorprendió. Tuvo que reflexionar por un momento.

–Supongo que sí. Era conflictiva, pero me hacía reír. Y he de reconocer que supo plantar cara.

Por un instante Pitt experimentó una irracional esperanza.

–¿A quién plantó cara?

–A veces iba a trabajar en las calles de la zona oeste. Tenía valor, se lo aseguro. No se rebajaba ante nadie.

–¿Y a quién plantó cara, Nan?

Dejó escapar una risa aguda y entrecortada.

–Ah, a las chicas de George, *el Gordo*, que están cerca del parque. Ése es su territorio. Si la hubiesen matado a cuchilladas, habría dicho que el asesino era Georgie, *el Figurilla*. Pero él nunca la habría estrangulado, y mucho menos en su habitación. La habría matado en la calle y la habría dejado allí. Además, a esos dos los reconocería en el acto si los viese.

Eso era indiscutible. Pitt los conocía también. George, *el Gordo* era una auténtica montaña de carne; nadie lo confundiría con otra persona, y menos con alguien como Finlay FitzJames. Y Georgie, *el Figurilla* era un enano. Por otra parte, si hubiesen decidido escarmentar a Ada por violar su demarcación, la habrían apaleado, lisiado o incluso desfigurado, pero nunca se habrían arriesgado a atraer la atención de la policía con un asesinato. Eso habría perjudicado sus intereses.

–Así pues, ¿vio entrar a ese hombre en la habitación de Ada? –continuó Pitt, volviendo sobre el tema.

–Sí.

–¿Quiere decir que ella le abrió la puerta y lo hizo pasar? –Pitt arrugó el entrecejo–. ¿No lo trajo de la calle?

–No –respondió Nan con cierto asombro–. Ahora que lo dice, es verdad; no lo trajo ella. Debió de llegar hasta aquí por su cuenta. Quizá era un cliente asiduo.

–¿Usted tiene muchos clientes asiduos? –Pitt advirtió de inmediato su falta de tacto. Ada sí podía tener clientes asiduos, pero Nan no.

A juzgar por la expresión de su rostro, también ella tomó conciencia de pronto del fracaso en todos sus matices, y se dio cuenta de que él comprendía lo que eso significaba y se arrepentía de haber formulado la pregunta. Sonrió. Era una sonrisa forzada pero casi convincente.

–Asiduos en el sentido estricto de la palabra, no. Veo las mismas caras pero nadie me pide una cita. Aunque puede salir alguno, claro está. Y Ada tenía mucho éxito. –Contrajo el rostro, hundió los hombros, y se le empañaron los ojos–. Tenía chispa al hablar, la pobre, y hacía reír. –Tomó aire con una bocanada profunda y convulsa–. Y a la gente le gusta reír. –Miró a Pitt–. Una vez me regaló unas botas. Calzábamos el mismo número. Tenían un tacón precioso. Aquella semana el trabajo le había ido mejor que a mí, y era mi cumpleaños. –Las lágrimas le rodaron por las mejillas, arrastrando el colorete a su paso, pero sus facciones no se demudaron. Había en su actitud una extraña dignidad, un genuino dolor que ennoblecía en cierto modo la sórdida habitación con su cama sucia y revuelta, la ropa de mal gusto, el hedor a basura procedente del patio, e incluso su cuerpo cansado, tantas veces manoseado y tan pocas amado.

Pitt no podía hacer más que conceder igual respeto a Ada McKinley.

–Lo siento –susurró espontáneamente y apoyó sus manos en las de ella–. Haré todo lo que esté a mi alcance para encontrar al culpable y lo obligaré a dar cuenta de sus actos, sea quien sea.

–¿De verdad? –preguntó Nan, y tragó saliva con dificultad–. ¿Aunque sea un caballero?

–Aunque sea un caballero –prometió Pitt.

A continuación Pitt repitió el interrogatorio a una tercera mujer, la que ocupaba la habitación contigua a la de Ada. Se llamaba Agnes Salter. Era joven y de aspecto corriente, con la nariz larga y la boca grande, pero poseía una vitalidad a la que probablemente podría seguir sacando provecho al menos otros diez años. Cuando su piel se marchitase y su carne perdiese firmeza, no le sería fácil ganarse la vida. Ella debía de ser tan consciente de aquello como Pitt.

–Claro que conocía a Ada –dijo con naturalidad. Estaba sentada en una silla de respaldo duro con el tronco erguido y la falda remangada casi hasta las rodillas. Tenía unas excelentes piernas, sin duda su mejor rasgo físico. Resultaba obvio que también de eso era consciente. Sin embargo no las exhibía porque hubiese un hombre ante ella. Por su expresión, se adivinaba que lo hacía simplemente por hábito, y quizá por comodidad–. Era buena chica. Un poco engreída pero buena chica –prosiguió–. Compartía sus cosas con las demás. Una vez me prestó un liguero. –Sonrió–. Sabía que yo tenía las piernas más bonitas. Y no es que ella las tuviese feas, ni mucho menos. Pero el dinero es el dinero, y yo le saqué buen partido a aquello. Hay tipos que se ponen a tono con los ligueros. Supongo que las señoronas no llevan esas cosas. Ellas usan solamente corsés con ballenas y calzones de algodón.

Pitt guardó silencio. Fuera era ya de día. El taller de enfrente estaba en plena actividad y circulaban carruajes por las calles vecinas.

–No tengo nada que decirle –continuó Agnes–. No sé nada. Desearía ver descuartizado a ese individuo. Hay riesgos que una ya tiene asumidos. –Sus puños cerrados y sus nudillos blancos dejaban traslucir la tensión que se ocultaba bajo su afectado aire de tranquilidad–. Una espera una paliza de vez en cuando. Forma parte de esta vida. E incluso alguna que otra cuchillada, que puede pasarse de la raya si tu hombre lleva una curda encima. Pero esto no es justo. Ada, la pobre, no se lo merecía. –Hizo un mohín de ira–. Aunque dudo mucho que a ustedes les preocupe demasiado. ¿Qué importa que hayan quitado de en medio a otra fulana? Al fin y al cabo, aún quedan muchas en Londres. A lo mejor un puritano fanático se ha propuesto limpiar la ciudad. –Soltó una estridente carcajada, y Pitt advirtió miedo en ella.

–No lo creo –dijo Pitt con franqueza, aunque era una posibilidad que aún no se había parado a considerar. En todo caso, no debía descartarla.

–¿No? –preguntó Agnes con curiosidad–. ¿Por qué? Ada era una puta, como todas nosotras.

Pitt no se escandalizaba por el uso de esa clase de palabras. Fue sincero en su respuesta.

–Ciertas pruebas indican que el culpable podría haber sido un hombre de dinero y buena posición. Ada no lo trajo de la calle. Según Nan, vino por su cuenta y ella lo dejó entrar en su habitación. Se diría, pues, que ya había estado aquí anteriormente.

–¿Sí? –Agnes se sorprendió y sintió un relativo alivio–. Quizá era algún conocido suyo.

–¿Quiénes eran sus conocidos?

Agnes reflexionó por un momento. Pitt lo había preguntado por simple diligencia. Seguía convencido de que todos los indicios llevarían hasta Finlay FitzJames. ¿Cómo se explicaba, si no, el hallazgo de la insignia del club Fuego del Infierno bajo el cadáver?

–¿Alguien que quisiese matarla? –dijo Agnes pensativamente–. Cualquiera con quien se hubiese peleado, supongo. Quizá alguna fulana a la que le hubiese quitado un cliente. Pero en ese caso Ada se habría defendido y se habría armado un buen escándalo. Y yo no oí nada. Además... –Se encogió de hombros–. Una fulana habría intentado sacarle los ojos con las uñas, o como mucho, si era muy sanguinaria, le habría marcado la cara con una navaja. Pero lo habría hecho en la calle. Habría que estar loca de rabia para seguirla hasta su habitación y matarla a sangre fría. Y Ada no era tan mala...

–No era tan mala –repitió Pitt–. Pero quitaba los clientes a otras mujeres...

Agnes dejó escapar una sonora risotada.

–¡Sí, claro que sí! ¿Quién no lo haría? Era guapa y lista. Y muy dicharachera. Hacía reír a los clientes. A algunos tipos les gusta reír. Así se olvidan un poco de que han bajado al arroyo, tienen la sensación de estar con una mujer normal. Parece que con sus redichas esposas, siempre tan encorsetadas y almidonadas, no se ríen mucho. –Esbozó una mueca de desdén pero en ella se percibía un trasfondo de lástima–. Seguramente las pobres desgraciadas no se han reído con ganas en toda su vida. Reír no está bien visto en una señora.

Pitt no hizo comentarios. Por su mente pasó una docena de imágenes, pero ella no las comprendería, y de nada serviría tratar de explicárselas.

Se oyó un portazo en el piso superior e instantes después unas rápidas pisadas en la escalera. Alguien vociferó.

–Y hay otros que se encuentran a gusto en el arroyo –prosiguió Agnes con expresión ceñuda–. Como cerdos entre el estiércol. Tiene algo que los excita. –Su voz rezumaba desprecio–. Si no necesitase su condenado dinero, los despacharía yo con mis propias manos.

Pitt no lo ponía en duda. Sin embargo eso no aportaba la menor luz sobre quién había matado a Ada McKinley sin aparente resistencia por parte de ella. En la habitación no había sangre, y en su cuerpo apenas se advertían rastros de violencia, salvo por los dedos fracturados con deliberación y extrema crueldad. No presentaba los arañazos ni los moretones que sin duda habría causado una prolongada pelea. Tenía rota una uña de la mano derecha, nada más.

–¿A quién conocía Ada que pudiese venir a visitarla? –insistió Pitt.

–No lo sé. Tommy Letts, quizá. Ése viene por aquí. O mejor dicho, venía. Últimamente ya no trabajaba para él. Había encontrado otro mejor, decía Ada. ¡Y anda que no alardeaba, la muy potrosa!

–¿Podría ser Letts el hombre que vino a verla esta noche?

–¡Qué va! –Balanceó los pies–. Tommy es un tipejo mugriento, con el pelo negro como una cola de rata y poco más o menos de mi estatura. El fulano de esta noche era alto, tenía el pelo rizado y abundante, e iba muy limpio, como un caballero. Y Tommy nunca llevaría una chaqueta como ésa, ni aun robada.

–¿Lo ha visto? –preguntó Pitt, sorprendido.

–¡No, qué va! Pero Rose sí. Y Nan también. A Nan le ha afectado mucho. Es muy blanda, la pobre. El matasanos se ha portado bien con ella. Para médico de la policía, hasta es medio humano. –Hizo una mueca–. Aunque todavía es joven, claro. Ya cambiará.

Poco quedaba por indagar. Pitt insistió en si había oído algo, pero durante las horas en que había tenido lugar el hecho Agnes estaba ocupada con sus propios clientes, y el hecho de que no recordase ningún ruido anormal demostraba que no se habían producidos gritos ni estrépito de muebles caídos. Pitt lo suponía ya por la naturaleza del crimen y el relativo orden de la habitación. Quienquiera que fuese el asesino, había cogido a Ada McKinley por sorpresa y había actuado deprisa. Había sido alguien en quien ella confiaba.

Pitt se despidió de Agnes y salió al pasillo, donde lo aguardaba Ewart, quien, al ver su expresión, supo que no había escapatoria, ningún dato revelador que los eximiese de la necesidad de visitar a Finlay FitzJames. El asomo de esperanza se desvaneció en sus ojos, y todo él pareció encogerse, menguar, pese a que en realidad era un hombre recio.

Pitt movió apenas la cabeza en un gesto de negación.

Ewart lanzó un suspiro. La puerta de entrada de la casa estaba abierta, y una corriente de aire barría la escalera. Al pie, en la oscuridad esperaba Lennox. Sólo su rostro quedaba iluminado por la luz amarillenta de la linterna que sostenía el agente.

–¿FitzJames? –preguntó Lennox con manifiesto interés.

Ewart se crispó, como si hubiese percibido entusiasmo en la voz del médico. Le rechinaron los dientes. Parecía dispuesto a hablar, pero se contuvo, limitándose a suspirar de nuevo.

–Eso me temo –contestó Pitt–. Iré a verlo a la hora del desayuno. Me dará tiempo de pasar antes por casa para lavarme, afeitarme y comer algo. Mejor será que hagan ustedes lo mismo. No los necesitaré hasta dentro de unas horas como mínimo.

–Bien –dijo Ewart, pero en su voz no se traslucía el menor alivio. El asunto quedaba pospuesto, no zanjado.

Lennox miraba fijamente a Pitt, con los ojos muy abiertos. En las sombras, su rostro era inescrutable, pero se apreciaba tensión en su cuerpo enjuto bajo la holgada chaqueta, y por un momento Pitt tuvo la impresión de hallarse ante un corredor en ademán de iniciar su carrera. Lo comprendía. Su propia indignación era intensa, como una brasa candente en lo más hondo de su alma.

Encargó a Ewart que apostase un agente en Pentecost Alley. La habitación no tenía cerradura, y aun de haberla tenido, no habría proporcionado la seguridad necesaria. En cien yardas a la redonda había suficientes ganzúas para que el gesto de cerrar una puerta con llave fuese inútil. No existían muchas pruebas que destruir, pero el cuerpo debía trasladarse al depósito de cadáveres, donde Lennox llevaría a cabo la penosa tarea de examinarlo con mayor detenimiento. Probablemente no aportaría nada nuevo pero era la norma.

Mientras volvía a casa entre el ajetreo matutino de los carros de carga, las carretas de los mercados e incluso un rebaño de ovejas, se preguntó si Ada McKinley tendría algún pariente a quien comunicar la noticia de su muerte, alguien que la llorase. Casi con toda certeza sería enterrada en una fosa común. Personalmente había decidido ya asistir al sepelio, aunque no fuese más que una simple inhumación.

El carruaje atravesó Spitalfields y St. Luke's, evitando el paso por Holborn. Eran las siete y cuarto.

Bloomsbury empezaba a despertar. Los limpiabotas y las fregonas se afanaban en los patios de los sótanos. El humo ascendía despacio en el aire quieto desde las chimeneas. Las criadas, dispuestas ya para la jornada, comenzaban a cebar el fuego en los salones.

Cuando llegó a su casa, en Keppel Street, y pagó al cochero, una veta azul se abría en el cielo encapotado sobre la City y soplaba una ligera brisa. Quizá se llevase las nubes.

La puerta de la calle no tenía ya el cerrojo echado, y en cuanto entró percibió el calor y el aroma de la comida. Se oyeron unas rápidas pisadas, y Jemima se asomó desde la puerta de la cocina.

–¡Papá! –exclamó, y corrió hacia él con unos pasos asombrosamente ruidosos para un cuerpo tan espigado y ligero.

Tenía ya ocho años y era muy consciente de su dignidad e importancia, pero aún no se sentía tan señorita como para rehuir los abrazos o presumir. Llevaba un vestido azul bajo un delantal blanco recién planchado y unas botas nuevas, y el cabello, castaño y rizado como el de Pitt, recogido detrás en una pulcra coleta. Parecía recién lavada y lista para marcharse al colegio.

Pitt abrió los brazos, y Jemima se lanzó a ellos. La estrechó y la levantó en el aire. Olía a jabón y algodón limpio. Pitt alejó a Ada McKinley de su pensamiento.

–¿Está tu madre en la cocina? –preguntó, dejándola de nuevo en el suelo.

–Claro –contestó Jemima–. Daniel ha perdido los calcetines, y se nos ha hecho tarde. Pero Gracie está preparando el desayuno. ¿Tienes hambre? Yo sí.

Se disponía a decirle que no estaba bien ser acusica, pero la niña tiraba ya de él hacia la cocina, así que la ocasión había pasado.

En la templada cocina se mezclaban los olores del beicon, el pan recién hecho, la madera abrillantada y el vapor de la tetera que empezaba a silbar en el fogón. La sirvienta, Gracie, estaba de puntillas ante el aparador, intentando coger la caja del té, que Charlotte inadvertidamente había dejado en el estante central. Gracie contaba ya casi veinte años, pero apenas había crecido desde que la habían recogido de la calle a la edad de trece. Por lo general, en los vestidos aún tenían que acortarle los bajos, entallarle la cintura y rellenarle los hombros.

Finalmente saltó y sólo consiguió empujar la caja hasta el fondo del estante.

Pitt se acercó y se la alcanzó.

–Gracias, señor –dijo la sirvienta casi con brusquedad. Sentía por Pitt un gran respeto, que aumentaba con cada nuevo caso, y estaba de sobra acostumbrada a esa clase de ayudas; pero la cocina era su territorio, no de él. Cada cosa y cada persona debían mantenerse en su lugar.

Charlotte entró sonriente. Al verlo allí, le dirigió una mirada complacida pero también inquisitiva. Después de tantos años de matrimonio y tan estrecha relación, Pitt no podía ya ocultarle el carácter de su salida nocturna ni el efecto que había causado en su ánimo. Los detalles no tenía por qué contárselos ni pensaba hacerlo.

Ella lo miró con atención y advirtió de inmediato sus ojos cansados, su rostro sin afeitar, la expresión de tristeza en las arrugas que rodeaban su boca.

–¿Te apetece comer algo? –preguntó con delicadeza–. Deberías.

Pitt sabía que era lo más conveniente.

–Sí, tomaré algo.

–¿Cereales?

–Sí, por favor.

Pitt se sentó en una de las sillas de suave madera y duro

respaldo. Jemima, con las dos manos y sumo cuidado, cogió la jarra de leche de la alacena y la llevó a la mesa. Era de rayas azules y blancas y en un costado se leía la palabra LECHE en letras mayúsculas.

De pronto se abrió la puerta de par en par y entró Daniel, agitando sus calcetines triunfalmente.

–¡Aquí están! –La alegría iluminó su rostro cuando vio a su padre. A menudo Pitt se había marchado ya cuando los niños bajaban a desayunar–. ¡Papá! ¿Qué pasa? ¿Hoy no vas a trabajar? –Dirigió a su madre una mirada acusadora–. ¿Es fiesta? ¡Has dicho que había colegio!

–Y hay colegio –se apresuró a aclarar Pitt–. He salido hace un rato, pero he vuelto a desayunar porque aún es temprano para una visita que tengo que hacer. Ahora cálzate y ven a la mesa para comerte los cereales que te traerá Gracie.

Daniel se sentó en el suelo, se puso los calcetines y observó atentamente las botas para decidir en qué pie iba cada una. Por fin ocupó su silla y preguntó a su padre:

–¿A quién vas a ver?

Charlotte también lo miraba, aguardando la respuesta.

–A un hombre que se llama FitzJames –contestó Pitt–. Desayuna más tarde que nosotros.

–¿Por qué? –dijo Daniel con curiosidad.

Pitt sonrió. La mitad de la conversación de Daniel consistía en porqués.

–Se lo preguntaré –prometió.

Un gatito rayado de pelaje rubio y blanco entró corriendo desde la trascocina, se detuvo en seco, enarcó el lomo y camino cinco o seis pasos de medio lado con el rabo erizado. Otro cachorro negro azabache apareció como una exhalación y saltó sobre el primero. Los dos rodaron por el suelo entre bufidos e inocuos arañazos para deleite de los niños. Nadie prestó atención a los cereales y nadie discutió.

Pitt se reclinó contra el respaldo mientras Jemima se agachaba bajo la mesa para contemplarlos y Daniel echaba su silla hacia atrás para ver mejor. Todo era grato y trivial, un mundo muy distinto del de Pentecost Alley y la gente que allí vivía y moría.

2

Eran casi las nueve cuando Pitt se apeó de un carruaje ante el número 38 de Devonshire Street y se dirigió hacia la puerta. La comisaría de Bow Street le había enviado un mensajero con la dirección de FitzJames y una nota de Ewart en la que prometía mantenerlo al corriente de cualquier nuevo indicio que encontrase. Tenía previsto interrogar al chulo de Ada McKinley e intentar localizar a sus anteriores clientes de la noche anterior. Admitía, no obstante, que no albergaba grandes esperanzas.

Pitt llamó a la puerta y retrocedió un paso. Se había levantado un viento del este que había despejado parcialmente el cielo. El día era más claro y la temperatura más alta. El tránsito matutino se reducía a algún que otro cabriolé de alquiler. Las señoras no salían a la calle tan temprano, ni siquiera para visitar a sus modistas, y por eso no circulaban aún coches particulares. Por la acera pasó un recadero silbando y lanzando al aire una moneda de seis peniques, sin duda la recompensa por la diligencia mostrada en su último servicio.

Se abrió la puerta y apareció un mayordomo de nariz larga y expresión insólitamente cordial.

–Buenos días, caballero. ¿En qué puedo servirle?

–Buenos días –saludó Pitt, desconcertado ante tanta amabilidad. Extrajo una tarjeta de visita, más elegante que las que usaba antes de su ascenso, donde constaba su nombre pero no su profesión. Los policías nunca eran bien recibidos por alto que fuese su rango. De inmediato se apresuró a explicar–: Lamentablemente ha surgido un asunto de la máxima urgencia que me exige ver al señor Finlay FitzJames.

–Muy bien –dijo el mayordomo, y le tendió una bandeja de plata, pequeña y exquisita en su sencillez.

Pitt dejó en ella su tarjeta. El mayordomo se apartó para dejar entrar a Pitt en el vestíbulo revestido de magnífica madera. Colgaban retratos de las paredes, en su mayoría de hombres de semblante severo e indumentaria del siglo anterior. Había asimismo un par de cuadros que representaban las labores del campo y vacas paciendo bajo un cielo plomizo, que si eran originales, pensó Pitt, debían de poseer un gran valor.

–Creo que en este momento el señor FitzJames está desayunando –añadió el mayordomo–. Si el caballero es tan amable de aguardar en el salón... Da al jardín, y las vistas le harán más grata la espera. ¿Conoce personalmente al señor FitzJames?

Era una manera discreta de preguntar si FitzJames tenía la menor idea de quién era Pitt.

–No –admitió Pitt–. Por desgracia se trata de un asunto urgente, y desagradable. De lo contrario no habría venido sin anunciar previamente mi visita. Sintiéndolo mucho, requiere atención inmediata.

–Comprendo. Informaré al señor FitzJames –dijo, y se marchó a transmitir el mensaje de Pitt, dejándolo en el fresco salón de colores marrón y azul, salpicado por el sol.

Pitt echó un vistazo alrededor. Ya antes de entrar en la casa sabía que la familia FitzJames poseía una gran fortuna, amasada en su mayor parte mediante la especulación por Augustus FitzJames, quien en sus comienzos había utilizado el dinero que su esposa había heredado de su madrina. Pitt había recibido esa información de la hermana menor de Charlotte, Emily, que antes de su actual matrimonio con Jack Radley había estado casada con el difunto lord Ashworth. De su primer marido había conservado la hacienda y las amistades aristocráticas, así como su inveterada curiosidad por los detalles concernientes a las vidas ajenas, y cuanto más íntimos mejor.

El salón de los FitzJames era muy confortable, aunque quizá un poco frío. No contenía el habitual cúmulo de trofeos en vitrinas, flores secas y bordados que muchas familias relegaban a un aposento en que pasaban poco tiempo. En lugar de eso había dos excelentes estatuas de bronce, una de un león presto a saltar y otra de un venado. Una estantería cubría de arriba abajo la pared del fondo, y los sesgados rayos de sol que penetraban entre las tupidas cortinas de brocado no revelaban una sola mota de polvo en las lustrosas superficies de caoba.

Pitt se acercó a la estantería y echó una ojeada a los títulos. Probablemente los libros que FitzJames leía se hallaban en la biblioteca de la casa; así y todo, sería interesante saber qué deseaba que sus invitados creyesen que leía. Vio varios volúmenes de historia, todos de Europa y el imperio británico, biografías de políticos, textos religiosos de carácter ortodoxo, y la obra completa de Shakespeare encuadernada en piel. Incluía asimismo traducciones de algunos escritos de Cicerón y Julio César. No había poesía ni novelas. Pitt sonrió inconscientemente. Esa imagen quería ofrecer de sí mismo Augustus FitzJames: un hombre de amplios conocimientos que no hacía la menor concesión a la imaginación o la frivolidad.

No habían transcurrido más de diez minutos cuando regresó el mayordomo, todavía sonriente.

–El señor FitzJames lamenta comunicarle que esta mañana no dispone de un solo minuto libre, caballero, pero si el asunto es tan urgente como dice, quizá no tenga usted inconveniente en reunirse con él ahora en el comedor.

No era ése ni mucho menos el deseo de Pitt, pero no le quedaba alternativa. Tal vez cuando FitzJames descubriese el motivo de su visita, accediese a hablar con él en privado.

–Gracias –aceptó a su pesar.

El comedor era majestuoso, diseñado para acomodar por lo menos a veinte personas con holgura. Las tres profundas ventanas estaban flanqueadas por cortinas de terciopelo y daban a un pequeño y sobrio jardín. Pitt vio de reojo bojes y un seto de formas geométricas, y un camino de pavimento uniforme. El servicio de mesa se componía de cubiertos de plata, vajilla de porcelana y un mantel de hilo recién planchado. En el aparador cercano había platos de arroz con pescado, otro con beicon, embutido y riñones, y otros con huevos preparados de distintas maneras, cada uno de los cuales habría bastado para saciar el apetito de media docena de personas. El delicioso aroma que emanaban inundó el olfato de

Pitt, pero de inmediato se obligó a mantener su mente fija en Pentecost Alley, y se preguntó si Ada McKinley habría visto tanta comida junta alguna vez en su vida.

Debía recordar no obstante que FitzJames no tenía por qué ser el culpable.

En torno a la mesa había cuatro personas sentadas, y Pitt concentró en ellas su atención. Ocupaba la cabecera un hombre de unos sesenta años, cabeza estrecha y marcadas facciones. Era el rostro de un hombre hecho a sí mismo, sin compromisos con el pasado ni posiblemente con el futuro. Era un rostro que revelaba determinación e intolerancia. Miraba a Pitt con expresión desafiante por haber interrumpido la paz doméstica de su desayuno.

Junto a él se hallaba una mujer aún hermosa de su misma edad. En sus rasgos se adivinaba una gran paciencia y cierto grado de control interior. Conocía millares de reglas y estaba acostumbrada a obedecerlas. Quizá supusiese que Pitt era banquero o comerciante, porque inclinó cortésmente la cabeza pero en sus separados ojos no se advirtió el menor interés.

Su hijo se parecía a ella. Tenía la misma frente despejada, boca ancha y mandíbula angulosa. Rondaba los treinta años, y su cuerpo mostraba ya un incipiente exceso de peso, los primeros indicios de la pérdida de la esbeltez juvenil. Aquél debía de ser Finlay, y su magnífico cabello rubio y ondulado coincidía exactamente con la descripción ofrecida por Rose y Nan.

El cuarto miembro de la familia presentaba un aspecto muy distinto. Probablemente la hija había heredado su físico de algún antepasado. No tenía el menor parecido con su madre, y muy poco con su padre, salvo por la nariz alargada, aunque en ella era más fina y proporcionaba a su cara excentricidad suficiente para que la suya no fuese una belleza común. Daba impresión de osadía y vitalidad. Observaba a Pitt con vivo interés, quizá simplemente porque había interrumpido la habitual monotonía del desayuno.

–Buenos días, señor Pitt –dijo el cabeza de familia con manifiesta frialdad, leyendo el nombre de Pitt en la tarjeta que el mayordomo le había entregado–. ¿Cuál es ese asunto tan urgente que debe tratarse a estas horas?

–Es con el señor Finlay FitzJames con quien deseo hablar –respondió Pitt, todavía de pie, puesto que no le habían ofrecido asiento.

–Puede dirigirse a él a través de mí –replicó el padre sin preguntar a Finlay. Probablemente le había consultado antes de dejar entrar a Pitt.

Pitt contuvo un impulso de indignación. Aún no podía permitirse ofender a aquel hombre. Si bien tenía sus dudas, no debía descartarse la posibilidad de que todo aquello fuese sólo un error. Y si sus peores sospechas se cumplían y finalmente Finlay resultaba culpable, la investigación debía desarrollarse sin que existiese el menor motivo de queja. Cabía esperar que FitzJames presentase la más enconada batalla para proteger a su único hijo varón, el buen nombre de su familia, y por consiguiente a sí mismo.

Pitt abordó la cuestión con suma cautela. Comprendía de sobra las razones de Ewart para aferrarse a la esperanza de que una nueva prueba los guiase en otra dirección.

–¿Conocen ustedes a un grupo que se hace llamar club Fuego del Infierno? –preguntó con mesura.

–¿Para qué quiere saberlo, señor Pitt? –FitzJames enarcó las cejas–. Mejor será que se explique. ¿Por qué vamos a facilitarle información sobre nuestros asuntos? Esta... tarjeta... contiene su nombre y nada más. Sin embargo asegura usted que se trata de algo urgente y desagradable. ¿Quién es usted?

–¿Ha ocurrido algún accidente? –preguntó la señora FitzJames con visible preocupación–. ¿A alguien que conocemos?

Su marido la fulminó con la mirada y ella desvió la vista, como indicándole a Pitt que no esperaba respuesta.

–Soy comisario del Cuerpo de Policía Metropolitana –respondió Pitt–. En la actualidad estoy al frente de la comisaría de Bow Street.

–¡Santo cielo! –exclamó la señora FitzJames, perpleja y sin saber qué decir. Era evidente que nunca se había encontrado en una situación así. Deseaba hablar y a la vez temía hacerlo. Miraba a Pitt como si no lo viese.

Finlay tampoco salía de su asombro.

–Yo pertenecía a un club con ese nombre –declaró por fin lentamente, con la frente arrugada–. Pero de eso hace ya muchos años. Éramos sólo cuatro, y nos separamos en el... ochenta y cuatro o poco después.

–Comprendo. –Pitt mantenía un tono de voz sosegado–. ¿Sería tan amable de darme los nombres de los otros socios?

–¿Han hecho alguna atrocidad? –preguntó la señorita FitzJames con un destello de curiosidad en la mirada–. ¿Por qué quiere saberlo señor... Pitt? Así se llama, ¿no? Debe de ser algo espantoso si han enviado a un comisario. Creo que hasta la fecha sólo había visto agentes.

–Cállate, Tallulah –ordenó FitzJames con severidad–. O si no, tendrás que excusarte y salir del comedor.

Respiró hondo dispuesta a protestar pero, al ver la expresión de su padre, se lo pensó mejor, apretó los labios y bajó la vista.

FitzJames se limpió la boca y dejó la servilleta.

–Señor Pitt, no entiendo por qué ha venido a alarmarme con una cuestión así a mi casa, y a esta hora de la mañana. Habría bastado con una carta. –Hizo ademán de levantarse de la mesa.

–El asunto es mucho más grave de lo que usted piensa –replicó Pitt con tono igualmente cortante–. He considerado que, por discreción, sería mejor tratarlo aquí. Aunque si lo prefiere, podemos hablar de ello en Bow Street. Todo podría quedar explicado sin necesidad de ir a la comisaría, pero si ése es su deseo, no tengo inconveniente en complacerlo.

La sangre afluyó a las enjutas mejillas de FitzJames. Al instante se puso en pie como si le molestase alzar la vista para mirar a Pitt. Era un hombre de considerable estatura, y los ojos de ambos quedaron casi al mismo nivel.

–¿Acaso está deteniéndome? –dijo entre dientes.

–No era ésa mi intención, señor FitzJames –contestó Pitt. No iba a dejarse intimidar por aquel hombre. Si mostraba debilidad, sentaría un precedente imposible de cambiar en el futuro. Estaba al frente de la comisaría de Bow Street y no tenía más obligaciones ante FitzJames que la cortesía y la verdad–. Pero si desea plantearlo así, no seré yo quien se lo discuta.

FitzJames tomó aire con vehemencia, decidido a contraatacar, pero comprendió de pronto que el asunto debía de ser mucho más grave de lo que había supuesto en un principio, o si no, Pitt no habría tenido la osadía de dirigirse a él en aquel tono.

–Mejor será que se explique. –Se volvió hacia su hijo–. ¡Finlay! Nos retiraremos a mi gabinete. No hay necesidad de inquietar a tu madre y tu hermana con esto.

La señora FitzJames le lanzó una mirada de súplica, pero su marido la había dejado al margen, así que de nada servía protestar. Tallulah se mordió el labio en un gesto de frustración, pero tampoco rechistó.

Finlay se disculpó, se levantó y salió del comedor tras su padre y Pitt. Atravesaron el vestíbulo con retratos en las paredes y entraron en un amplio gabinete lleno de libros. Varias butacas de piel rojiza rodeaban la chimenea, provista de una pantalla de bronce guarnecida también de piel. Era una habitación agradable, diseñada para que cuatro o cinco personas pudiesen charlar y leer cómodamente. Sobre un aparador había una licorera de plata y media docena de libros extraídos de las librerías con puertas de cristal.

–¿Y bien? –dijo FitzJames en cuanto cerró la puerta–. ¿A qué ha venido, señor Pitt? Doy por sentado que se ha cometido algún delito o se ha presentado alguna queja. Sea lo que sea, mi hijo no tiene nada que ver, pero si sabe algo que pueda ayudarle, naturalmente le facilitará cualquier detalle que usted le pida.

Pitt miró a Finlay, pero fue incapaz de adivinar si le molestaba que su padre asumiese el control de la situación o, por el contrario, lo agradecía. Su rostro delicado y atractivo no revelaba ninguna emoción profunda. Y desde luego no parecía asustado.

No tenía sentido andarse con más rodeos. FitzJames, con su actitud, había anulado toda posibilidad de plantear sutilmente el asunto y sorprenderlo cuando menos lo esperase. Pitt optó por un ataque frontal.

–Se ha producido un asesinato, en el East End –respondió con calma, mirando a Finlay–. En el lugar del crimen se encontró una insignia del club Fuego del Infierno.

Preveía alguna manifestación de miedo, un parpadeo al encajar el golpe por más que lo esperase, o una repentina palidez. Sin embargo no percibió nada semejante. Finlay permaneció impávido.

–Podrían haberla perdido en cualquier momento –repuso FitzJames sin darle importancia a la noticia del asesinato. Señaló una butaca a Pitt y él ocupó la de enfrente. Finlay se sentó entre ambos, a la izquierda de Pitt–. Supongo que considera oportuno hablar con todos los que son, o han sido, socios de ese club –continuó con frialdad–. Aunque personalmente pongo en duda la utilidad de esa medida. ¿Acaso cree que alguno de ellos podría haber presenciado el hecho? –Enarcó ligeramente sus rectas cejas–. Si así fuese, sin duda lo habría denunciado ya en alguna comisaría.

–La gente no siempre denuncia lo que ve, señor FitzJames –dijo Pitt–. Por diversas razones. Unas veces no se dan cuenta de la trascendencia de un hecho, otras son remisos a admitir que se hallaban presentes porque los avergüenza el lugar o la compañía en que estaban, o sencillamente porque habían dicho a sus familias que iban a otra parte.

–Comprendo. –FitzJames se relajó un poco pero siguió sentado con el tronco hacia delante, los codos apoyados en los brazos de la butaca y los dedos curvados en torno a los extremos de éstos. Era una actitud de autoridad y control, y recordaba a las grandes estatuas del faraón Ramsés que aparecían dibujadas o fotografiadas en los periódicos–. ¿Cuándo ocurrió el hecho que nos atañe?

–Anoche entre las nueve y las doce, o un poco más tarde a lo sumo.

FitzJames mantenía el semblante deliberadamente sereno e inexpresivo. Se volvió hacia su hijo.

–Podemos zanjar el asunto de inmediato. ¿Dónde estuviste anoche, Finlay?

Finlay pareció incómodo ante la pregunta de su padre, pero más por resquemor que por miedo, como si lo hubiese sorprendido en una indiscreción. Por primera vez Pitt albergó una tenue duda sobre su implicación.

–Fuera. Salí con... con Courtney Spender. Fuimos a un par de clubes y jugamos un poco, no mucho. Pensamos en ir a algún espectáculo de variedades, pero al final cambiamos de idea. –Dirigió a Pitt una mirada lastimera–. No vi ningún crimen, inspector. Y para serle franco, hace años que no sé nada de los otros socios del club. Lamento no poder ayudarlo.

Pitt no se molestó en corregirlo en cuanto a su rango. Tenía casi la total certeza de que mentía, no sólo por la insignia sino porque su físico concordaba en gran medida con la descripción del hombre que Rose y Nan habían visto. Un ligero rubor teñía sus mejillas y sus ojos brillaban de manera anormal, pero mantenía la mirada firme.

FitzJames se revolvió en su butaca pero no los interrumpió, y Finlay no se volvió hacia él.

–¿Tendría la bondad de darme la dirección del señor Spender? –solicitó Pitt cortésmente–. O mejor aún, si su amigo tiene teléfono, podríamos aclarar las cosas ahora mismo.

Finlay quedó boquiabierto.

–Puedo... puedo darle su dirección. No sé si tiene... si tiene teléfono.

–Seguramente su mayordomo sí lo sabe –se apresuró a decir Pitt. Dirigiéndose a FitzJames, añadió–: ¿Le importa que se lo pregunte?

FitzJames lo miró atónito.

–¿Insinúa que mi hijo no ha dicho la verdad, señor Pitt?

–Ni siquiera se me ha pasado por la cabeza –respondió Pitt, sentado en igual postura que FitzJames, con las manos apoyadas en los brazos de la butaca.

Finlay, por su parte, estaba sentado en el borde del asiento con la espalda erguida.

FitzJames respiró hondo y por lo visto cambió de idea. Alargó un brazo hacia la campanilla.

–Creo... creo que eso fue anteayer. Y a usted le interesa saber qué hice anoche, ¿no? –lo interrumpió Finlay, en apariencia confuso. Se movió inquieto en la butaca con los puños cerrados y el rubor de las mejillas mucho más intenso.

–Sí –confirmó Pitt. No podía ceder–. ¿Dónde estuvo anoche?

–Ah, pues... verá, inspector... para serle sincero... –Desvió la vista por un instante y luego volvió a mirar a Pitt–. El caso es que... bebí demasiado, y no lo recuerdo exactamente. En el West End, de eso sí estoy seguro. No me acerqué al East End en toda la noche. ¿Qué motivo tendría para ir allí? No son barrios que yo frecuente, ¿comprende?

–¿Estaba solo?

–¡No! Claro que no.

–¿Quién lo acompañaba?

Finlay se revolvió en la butaca.

–Ah, diversas personas en distintos momentos. ¡Por Dios, no llevo la cuenta de toda la gente que veo! Quien más quien menos sale una noche de vez en cuando. Va a un club, a un cabaret, ya debe de saberlo. No, supongo que no lo sabe. –Él mismo no estaba seguro de si ese comentario pretendía ser un insulto o no; la incertidumbre se reflejó en su rostro.

–Quizá pueda informarme con más detalle si tiene la suerte de recordarlo –dijo Pitt con comedimiento.

–¿Por qué? –prorrumpió Finlay–. No vi nada. –Dejó escapar una risa nerviosa–. Además, en el estado en que me hallaba no le serviría como testigo.

Por fin FitzJames se decidió a intervenir.

–Señor Pitt, se ha presentado usted en mi casa sin previo aviso y a una hora intempestiva. Sostiene que se ha cometido un nuevo asesinato en el East End, una zona muy amplia y poco precisa. No nos ha dicho quién es la víctima ni qué relación guarda ese crimen con los miembros de esta familia, salvo por el hecho de que fue hallada una insignia de cierto club al que mi hijo perteneció hace años y ya no pertenece. Por lo que se ve, ni siquiera existe. Necesita una razón mejor para seguir abusando de nuestro tiempo.

–El asesinato tuvo lugar en Pentecost Alley, en Whitechapel –contestó Pitt, y de inmediato se volvió nuevamente hacia

Finlay–. ¿Cuándo se reunieron por última vez los socios del club Fuego del Infierno, señor FitzJames?

–¡Esto es el colmo! –protestó Finlay, sin manifestar aún más sentimiento que simple enojo–. ¡Hace años! ¿Qué importancia tiene? A cualquiera podría habérsele caído la insignia en la calle, o en un club, ¿quién sabe? –Gesticuló de manera exagerada–. Esa insignia no demuestra nada. Podría haber estado donde la encontraron durante... no sé... meses, incluso años.

–Tiene un prendedor bastante afilado –observó Pitt–. Imagino que una prostituta lo habría notado en su cama en muy poco tiempo, digamos cinco minutos como máximo. Y más aún en este caso en particular, ya que la mujer yacía exactamente encima.

–¿Y de dónde dice ella que ha salido la insignia? –preguntó FitzJames airado–. ¿No irá a dar más crédito a la palabra de una vulgar ramera que a la de un caballero? La de cualquier caballero, y por descontado la de mi hijo.

–Ella no ha dicho nada. –Pitt miró alternativamente al padre y al hijo–. Estaba muerta, y tenía rotos los dedos de las manos y los pies. La habían empapado de agua y estrangulado después con una de sus medias.

Finlay palideció. Se le cortó la respiración y la energía pareció abandonar su cuerpo.

FitzJames tomó aire lentamente, lo contuvo en los pulmones mientras se serenaba y lo exhaló en un suspiro. Tenía blanco el contorno de los labios y dos puntos de color en las mejillas. Clavó en Pitt una mirada fría y desafiante.

–Es un hecho lamentable. –Le costaba mantener la voz controlada–. Pero a nosotros no nos atañe. –No apartaba su mirada de la de Pitt, como si se creyese capaz de hipnotizarlo con su fuerza de voluntad–. Finlay, facilitarás al inspector los nombres y direcciones de todos los socios de esa desafortunada asociación. Aparte de eso, señor Pitt, en nada podemos ayudarlo.

Pitt miró a Finlay.

–La insignia lleva grabado su nombre.

–Ya le ha dicho que no se relaciona con esa gente desde

hace años –dijo FitzJames, alzando cada vez más la voz–. Sin duda devolvió la insignia a quienquiera que fuese el presidente de ese... club..., y él la perdió. No tiene nada que ver con la identidad del asesino de esa desdichada. Supongo que una muerte así es uno de los gajes de un oficio como el suyo.

Pitt aguardó a que su repentina cólera remitiese, buscando algún comentario que desarbolase la desconsiderada arrogancia de aquel hombre y le permitiese ver a Ada McKinley, y a todas las mujeres de su condición, como se veía a sí mismo: no hermosa, no ingeniosa ni inocente, pero sí al menos como a cualquier ser humano. Había sido tan susceptible de esperanza o dolor como su propia hija, sentada en el comedor con su precioso vestido de muselina orlado de puntilla, con toda una vida por delante en la que probablemente no conocería el hambre ni el temor físico, y en la que su peor pecado social sería vestirse igual que su anfitriona o reírse del chiste indebido.

Pero no se le ocurrió nada que tuviese sentido. Para las estrechas miras de FitzJames, Ada McKinley era exactamente lo que él creía.

–Sin duda –respondió Pitt con frialdad–. Pero la policía no puede permitirse el lujo de elegir qué asesinatos investigar o adónde le llevan sus indagaciones.

Ninguno de sus dos interlocutores captó la insinuación implícita en su frase.

–Naturalmente –concedió FitzJames con el entrecejo fruncido. Para él, como se adivinaba por su expresión, aquella conversación no conducía ya a ninguna parte. Se volvió hacia Finlay–. ¿Puedes decirnos, si lo recuerdas, cuándo viste esa insignia por última vez?

Finlay parecía desolado. Su extrema zozobra podía atribuirse al menos a media docena de razones: el temor a verse envuelto en el asesinato de una mujer de la calle, la turbación por haber tenido que admitir que su estado de ebriedad de la noche anterior le impedía recordar sus movimientos, el malestar ante la necesidad de dar los nombres de sus amigos e involucrarlos también a ellos. Quizá se debía incluso a la sospecha de que uno o varios de ellos estuviesen de hecho implicados; o sencillamente al presagio de la filípica que recibiría de su padre en cuanto Pitt se marchase.

–La... la verdad es... que no lo sé. –Miraba a Pitt a la cara y tenía los brazos cruzados sobre el estómago. Quizá se le había indigestado el opíparo desayuno de minutos antes. Y muy posiblemente le dolía la cabeza, dedujo Pitt por la hinchazón de sus párpados–. Hace años, de eso estoy seguro –insistió con firmeza–. Cinco como mínimo. –Eludía la gélida mirada de su padre–. La perdí por entonces, pero dudo que se la quedase alguno de mis amigos a menos que fuese por accidente o a modo de broma.

Pitt estaba convencido de que mentía en algo, pero cuando se volvió hacia FitzJames esperando ver confirmada su sospecha, encontró sólo una impenetrable muralla de silencio. En su rostro no se traslucía el menor asomo de sorpresa. Daba la impresión de que conociese de antemano la respuesta. ¿Acaso padre e hijo habían ensayado previamente la conversación?

–¿Y los nombres de los otros socios? –preguntó Pitt, cada vez más cansado. Empezaban a causar mella en él la falta de sueño y el agotamiento provocado por tanta miseria, tantas callejuelas oscuras impregnadas de hedor a desechos y desesperanza–. Necesito esos nombres. Anoche alguien llevaba encima esa insignia y la dejó bajo el cuerpo de la mujer asesinada.

FitzJames hizo una mueca de disgusto, pero se limitó a tensar ligeramente los dedos en torno al extremo del brazo de la butaca.

En un rincón resonaban con ritmo uniforme las manecillas de un reloj de pie. Fuera del gabinete se oyeron las discretas pisadas de una criada en el suelo de madera.

–Éramos sólo cuatro –respondió Finlay por fin–. Norbert Helliwell, Mortimer Thirlstone, Jago Jones y yo. Puedo darle las direcciones actuales de Helliwell y Thirlstone. Ignoro el paradero de Jones. No sé nada de él desde hace años. Alguien me comentó que se había ordenado sacerdote, pero probablemente era broma. Jago era muy parrandero; le gustaba la diversión como al que más. Antes me inclinaría a pensar que se ha marchado a América. Es la clase de hombre que se iría a algún lugar remoto, como Texas o la costa de Berbería.

–Si es tan amable de anotarme las otras dos direcciones –pidió Pitt.

–¡No creo que le sirvan de nada!

–Tal vez, pero serán un punto de partida. –Pitt sonrió–. Por cierto, ¿le he dicho ya que al menos dos testigos vieron al supuesto autor del crimen?

Esperaba que Finlay se alterase al oír la noticia, o quizá incluso que se desmoronase por completo. Pero se vio defraudado.

Finlay lo miró con los ojos muy abiertos.

–¿En serio? ¡Gracias a Dios! Así sabrá que no era yo. –Tras un instante se apresuró a añadir–: Y no es que yo conozca a mujeres de esa calaña. –Era mentira, y ni siquiera convincente. De hecho pareció a punto de retractarse.

Sin embargo fue el rostro de su padre el que se crispó en un fugaz asomo de miedo, insólito en él. De inmediato, quizá porque sospechaba que Pitt lo había notado, el miedo dio paso a la ira. Al fin y al cabo, era Pitt quien lo había causado, y eso no estaba dispuesto a perdonarlo.

–Dudo mucho que fuesen Helliwell o Thirlstone –prosiguió Finlay para romper el silencio–. Pero si insiste, tendrá ocasión de comprobarlo usted mismo. En cuanto a Jago Jones, no me atrevo a darle garantías, porque incluso puede que no le sea fácil averiguar sus antecedentes. Ni siquiera sé si tiene familia. A veces uno no pregunta esa clase de cosas cuando la respuesta no es evidente. Si un tipo ha salido de la nada, como al parecer era el caso de Jones, por cortesía es mejor no hacer indagaciones.

No había mucho más que decir. Pitt pensó en pedirle que le enseñase la chaqueta que había llevado la noche anterior, pero para eso, a menos que la destruyese, podía acudir más tarde al ayuda de cámara.

–Hay otro detalle –comentó por fin–. Un gemelo. Bastante peculiar. Estaba también en la habitación de la víctima, entre el cojín y el respaldo de una silla. Lleva grabadas las iniciales FFJ y el sello de contraste. Sospecho que no es la clase de objetos que poseen sus clientes normales.

FitzJames palideció y sus nudillos brillaron al crisparse aún más sus dedos en torno al brazo de la butaca. Tragó saliva con dificultad. Su garganta parecía haberse contraído, como si le oprimiese el cuello de la camisa.

Finlay, en cambio, quedó perplejo. Su rostro blando y agraciado reflejaba sólo desconcierto.

–Yo tenía un par así... –barbotó–. Me los regaló mi hermana. Perdí uno... pero hace años. Siempre me he resistido a decírselo. Fue una torpeza por mi parte. Me avergonzaba, porque sabía que eran caros. Quería encargar otro igual para que ella no se enterase.

–¿Y cómo llegó hasta la silla de Ada McKinley, señor FitzJames? –preguntó Pitt con una tenue sonrisa.

–Sabe Dios –contestó Finlay–. Como ya le he dicho, no frecuento sitios como ése. Nunca he oído ese nombre. Es la mujer asesinada, supongo.

FitzJames enrojeció de ira y desdén.

–¡Válgame Dios, muchacho! ¿Cómo puedes ser tan necio? ¡Claro que recurriste a mujeres como ésa en su día! –Se volvió hacia Pitt–. Pero ese gemelo podría llevar años en esa silla. No hay motivo alguno para relacionarlo con lo que ocurrió anoche. Vaya a buscar a esos otros jóvenes. Intente averiguar algo sobre esa condenada mujer. Probablemente murió en una pelea por dinero o la mató alguna rival de su mismo oficio. Ése es su trabajo, señor Pitt. –Se puso en pie, y por un momento sus miembros permanecieron rígidos, como si a causa de la tensión de contenerse se le hubiesen trabado las articulaciones–. Le anotaremos esas direcciones. Ahora debo ocuparme de mis asuntos. Tendría que estar ya en la City desde hace rato.

Dicho esto, FitzJames salió del gabinete sin mirar atrás, dejando a Pitt a solas con su hijo.

Finlay, incómodo, vaciló por un momento. Se sentía violento no sólo por haber sido descubierto en una mentira, sino también por la reprimenda de su padre en presencia de Pitt. Había cometido una estupidez inexcusable. Había sucumbido a un acto instintivo de cobardía, el deseo espontáneo de desmentirlo todo, de huir, algo de lo que ningún hombre podía estar orgulloso. Además, se disponía a dar a Pitt los nombres y direcciones de sus amigos, y tampoco eso podía evitarlo. Habría sido mucho más honroso, más acorde a un caballero, tener opción a negarse.

–Desconozco el paradero de Jago Jones –dijo con satisfacción–. Hace años que no lo veo. Podría estar en cualquier parte. Siempre ha sido un tanto excéntrico.

–Supongo que habrá alguna manera de averiguarlo –repuso Pitt con una sombría sonrisa–. Quizá a través de los archivos del ejército o del Foreign Office.

Finlay lo miró con los ojos muy abiertos.

–Sí, es posible.

–¿Y en cuanto al señor Helliwell? –apremió Pitt.

–Ah, sí. Vive en Taviton Street. En el número diecisiete, creo, o tal vez el quince.

–Gracias. –Pitt sacó un lápiz y una libreta y anotó la dirección–. ¿Y el señor Thirlstone?

–En Cromer Street. Es una de las calles adyacentes a Grey's Inn Road.

–¿Número?

–Cuarenta y tantos. No lo recuerdo exactamente.

Pitt tomó nota.

–Gracias.

Finlay tragó saliva.

–Pero ellos no tienen nada que ver con esto, se lo aseguro. No sé de dónde habrá salido esa maldita insignia pero... pero le juro que ellos no están involucrados. La verdad es que era un club ridículo. La idea de diversión desenfrenada de un grupo de jóvenes, pero en realidad todo era bastante inofensivo. No hacíamos daño a nadie, simplemente... pues... –Hizo un gesto de afectada indiferencia–. Nos excedíamos con la bebida, jugábamos más de lo que teníamos... esas cosas. Pura inmadurez, supongo. Pero en esencia éramos gente decente.

–No lo dudo –concedió Pitt sin gran convicción. Muchas personas que uno consideraba decentes tenían un lado oscuro, perverso.

–Como le he dicho, la insignia debió de perderse hace años

–continuó Finlay con expresión ceñuda y mirada apremiante–. No recuerdo cuándo vi la mía por última vez. Dios sabe.

–Muy bien –dijo Pitt, evasivo–. Gracias por las direcciones.

Se despidió de él, y el mayordomo, todavía cordial, lo acompañó a la puerta.

Norbert Helliwell no estaba en casa. Había salido a montar a caballo por el parque a primera hora de la mañana, informó a Pitt su mayordomo, y después de un copioso desayuno había decidido marcharse a su club. Era el club Regency, en Albemarle Street, pero el mayordomo consideraba poco aconsejable –no lo manifestó con palabras pero sí con su expresión– que Pitt fuese a verlo allí.

Pitt paró un coche y se dirigió primero al sur y luego al oeste, hacia Piccadilly. Cuantas más vueltas daba al asunto, más firme era su impresión de que no obtendría ninguna información útil de Norbert Helliwell. Ciertos aspectos de su visita a la casa de los FitzJames le habían sorprendido. Había esperado evasivas, enojo e incluso alguna situación violenta. Había previsto asimismo que Augustus FitzJames fuese un hombre dominante, decidido a defender a su hijo tanto si era inocente como si no.

Se recostó en el asiento del cabriolé, que avanzaba rápidamente por las concurridas calles, adelantando a toda clase de carruajes. Era ya media mañana, había una agradable temperatura y soplaba una brisa templada. Elegantes damas tomaban el aire, viendo a la gente y dejándose ver. Dejaron atrás más de un landó descubierto y varias calesas. Se cruzaron con una pesada carreta cargada de barriles de cerveza y tirada por grandes caballos de abundantes crines, piel lustrosa bajo el sol y titilantes jaeces. Hombres de negocios de semblante resuelto caminaban por las aceras con paso enérgico, levantándose de vez en cuando la chistera para saludar a algún conocido.

Era Finlay FitzJames quien desconcertaba a Pitt. Sin duda mentía, pero no como él había esperado. Claro que había conocido a mujeres como Ada McKinley. Negarlo no había sido más que un acto reflejo, una reacción defensiva ante un desconocido. Y sentía un profundo miedo, pero no por las razones previsibles. Al conocer la muerte de Ada no había manifestado más emoción que el ligero pesar provocado en cualquier hombre de su edad por un hecho semejante. ¿Era posible que no la considerase apenas humana y la acción de matarla no le produjese la menor lástima, ni siquiera el temor de tener que pagar por su crimen?

¿Acaso recurrir a los servicios de una prostituta era para él comparable a la caza del zorro, un deporte de caballeros donde el encanto residía en la persecución, y la muerte final de la presa no era más que la conclusión lógica, y justificable incluso, puesto que quizá los zorros fuesen alimañas?

Sus reflexiones se interrumpieron al detenerse el cabriolé frente a la entrada del club Regency. Se apeó, pagó al cochero y se dirigió hacia la escalinata.

–¿Es usted socio? –preguntó el portero. Aunque miraba a Pitt con rostro inexpresivo, el excesivo énfasis puesto en la pregunta daba a entender con claridad meridiana que sabía que no era socio.

–No –respondió Pitt con una sonrisa forzada–. Necesito hablar con uno de los socios sobre un asunto delicado y en extremo desagradable. Quizá sea mejor que le transmita usted mi mensaje y luego nos busque un lugar donde conversar en privado, para ahorrarle así la embarazosa situación de recibirme en público.

El portero lo observó como si fuese un chantajista.

Pitt mantuvo la sonrisa.

–Soy policía –aclaró–. De la comisaría de Bow Street.

–Comprendo –dijo el portero, si bien era obvio que no comprendía nada. Pitt no se correspondía con su imagen preconcebida de un policía.

–¿Me hará el favor? –añadió Pitt con tono algo más áspero–. El socio con quien quiero hablar es el señor Norbert Helliwell. Su mayordomo me ha asegurado que estaba aquí.

–Enseguida, señor –contestó el portero. No veía otra salida a una lamentable situación que amenazaba con escapársele por completo de las manos. Ordenó a un mozo que acompañase a Pitt a una pequeña sala contigua al vestíbulo, prevista posiblemente para casos como aquél. No podía dejarlo en la entrada, donde existía la posibilidad de que hablase con otros socios y complicase aún más las cosas. El mozo lo guió hasta la sala, se dio media vuelta y fue a informar a Helliwell de su visita.

Norbert Helliwell era un hombre de poco más de treinta años y aspecto corriente, en nada distinto a cualquier joven de buena familia y posición acomodada.

–Buenos días. –Entró y cerró la puerta–. Me ha dicho Prebble que se ha producido algún hecho desagradable respecto al cual considera que puedo ayudarlo. Siéntese. –Señaló uno de los sillones y se sentó cómodamente en otro–. ¿De qué se trata?

Pitt nunca había visto a un hombre de apariencia menos culpable.

–Puedo concederle diez minutos –añadió Helliwell con magnanimidad–. Sintiéndolo mucho, luego debo reunirme con mi esposa y mi suegra. Han salido de compras. Las señoras son muy aficionadas a eso, ¿sabe? –Se encogió de hombros–. No, quizá no lo sepa. Se alteran mucho cuando se las hace esperar. No es en absoluto correcto. Da pie a malentendidos. Seguramente se hace usted cargo. Sólo hay dos clases de mujeres, ¿comprende? –Sonrió–. Al menos rondando por las calles. Recordará aquel deplorable suceso, el de una mujer totalmente respetable que fue detenida cuando iba de compras. –En su voz se advertía ánimo de escarnio, y ciertamente el caso en cuestión no decía mucho en favor de la policía.

–Si es así, no me andaré con rodeos –anunció Pitt, consciente de que estaba formándose una opinión de aquel hombre demasiado deprisa, prejuzgándolo a partir de meras suposiciones–. ¿Perteneció usted en otro tiempo a una asociación compuesta por varios jóvenes y conocida como el club Fuego del Infierno?

Helliwell dio un respingo de sorpresa, pero su rostro anodino y confiado no reveló la menor alarma.

–Hace mucho tiempo. ¿Por qué lo pregunta? ¿Pretende alguien resucitarlo? –Hizo un leve gesto de indiferencia–. No era demasiado original. Y el nombre resultaba bastante trillado, si uno se para a pensar. Recuerda a los caballeros románticos de principios de siglo, ¿no le parece? –Se recostó en el sillón y cruzó las piernas–. Hoy en día está mucho más de moda ser esteta, si uno tiene energía emocional suficiente. Yo personalmente no conseguiría apasionarme hasta ese punto por el arte. Estoy demasiado ocupado con la vida real. –Sonrió con comedimiento.

¿Traslucía su voz cierto nerviosismo, o eran imaginaciones de Pitt?

–¿Tenía usted una insignia más o menos de este tamaño? –Pitt alzó una mano y separó aproximadamente media pulgada los dedos pulgar e índice–. ¿De oro esmaltado, con su nombre grabado al dorso?

–No me acuerdo, sinceramente –respondió Helliwell, mirando a Pitt a los ojos con descaro–. Es posible. ¿Por qué? ¿Qué importancia puede eso tener a estas alturas? El club se disolvió hace años. No nos vemos desde... –Tomó aire. Sin duda había palidecido ligeramente–. No sé... antes de casarme. Hace seis años como mínimo. –Volvió a sonreír, mostrando una excelente dentadura–. Cosas de solteros, ¿comprende?

–Me hago una idea. ¿Conserva esa insignia? –preguntó Pitt, pasando por alto la incertidumbre de Helliwell acerca de su existencia.

–No sabría decirle. –Pese a su evidente perplejidad, parecía encontrar gracioso su interés–. Pero no lo creo. ¿Por qué? Mire, mejor será que se explique. Hasta el momento no he oído nada que pueda calificarse ni mucho menos de urgente o importante. Le ha dicho al portero que se trataba de un asunto desagradable. Vaya al grano de una vez, o tendré que dejarlo. –Sacó un macizo reloj de oro que pendía de una cadena de oro igualmente maciza y miró la hora con gesto ostentoso–. Debo marcharme dentro de tres minutos.

–Anoche murió asesinada una mujer, y bajo el cadáver encontramos una insignia de ese club –aclaró Pitt, escrutando su rostro.

Helliwell tragó saliva convulsivamente pero no perdió la compostura. Tardó unos segundos en contestar.

–Lo siento. Pero si era mi insignia, puedo asegurarle que no tuve nada que ver. Anoche cené con mi suegro e inmediatamente después volví a casa en el coche. Mi esposa se lo confirmará, y también mis criados. ¿Quién era esa mujer? –A medida que hablaba su voz se hacía más firme y su rostro recobraba el color–. ¿Era mi insignia? Lo mínimo que puedo hacer es averiguar dónde la perdí, o si me la robaron. Aunque dudo que le sirva de algo. Podrían haber pasado muchos años.

–No, no era su insignia. Pero...

Helliwell, iracundo, se puso en pie y la sangre afluyó a sus mejillas.

–Entonces ¿por qué demonios ha venido a importunarme? –prorrumpió–. ¡Esto es intolerable, caballero! Así pues, ¿de quién...? –Se interrumpió súbitamente, con una mano alzada.

–¿Sí? –preguntó Pitt–. Lo acompaño. ¿Qué iba a decir?

–¿De quién...? –Helliwell volvió a tragar saliva–. ¿De quién era la insignia? –Dio un paso hacia la puerta.

–Según la información de que dispongo, eran sólo cuatro socios –prosiguió Pitt–. ¿Es eso correcto?

–Ah... –Resultó evidente que Helliwell consideró la idea de mentir pero la descartó en el acto–. Sí... sí, así es. Al menos en mi época. Yo abandoné el club. Otros podrían haberse unido después, naturalmente.

Pitt se acercó a la puerta y se la abrió.

–No desearía que hiciese esperar a su esposa y a su suegra por mi culpa.

–No, claro. En fin... siento mucho no haber podido ayudarlo.

Helliwell salió y cruzó el vestíbulo en dirección a la entrada, saludando al portero con la cabeza.

Pitt lo siguió a medio paso de distancia.

–¿Qué puede decirme de los otros socios de los tiempos en que usted pertenecía al club? –preguntó.

Helliwell atravesó la puerta principal, bajó por la escalinata y se encaminó hacia Piccadilly por la soleada acera de Albemarle Street.

–Ah... nada en especial. Tipos decentes. Ahora tendrán todos más años y más sentido común, claro está. –Optó por desentenderse del asunto y renunció a saber de quién era la insignia.

–¿Mortimer Thirlstone? –insistió Pitt, apretando el paso para no rezagarse. Helliwell avanzaba a tal velocidad que estuvo a punto de arrollar a otros viandantes; un landó con tres damas de paseo no consiguió rebasarlo.

–No lo he visto desde hace una eternidad –contestó sin aliento–. No sé en qué anda, la verdad.

–¿Y Finlay FitzJames?

Helliwell se detuvo en seco, y un hombre con un pantalón a rayas que caminaba en su misma dirección un par de pasos por detrás tropezó con él.

–¡Disculpe! –dijo el hombre a pesar de que obviamente la culpa había sido de Helliwell. A continuación añadió–: ¡Por favor, caballero, lleve un poco más de cuidado!

–¿Cómo? –Helliwell se sobresaltó, como si no se hubiese dado cuenta hasta ese momento de que había en la calle otra gente además de él y Pitt–. Ah. ¿Estaba en su camino? ¡Pues dé un rodeo, por amor de Dios!

El hombre se arregló el sombrero, lo miró con expresión airada por un instante y, balanceando su paraguas, siguió adelante.

–¿Finlay FitzJames? –repitió Pitt.

–Mejor será que hable con él usted mismo –contestó Helliwell, y de nuevo tragó saliva–. Probablemente perdió de vista su insignia hace años. No había necesidad de guardarla. Y ahora tendrá que perdonarme, pero veo ya a mi familia en aquella esquina.

Hizo señas con un brazo a un carruaje que reducía en ese momento la velocidad. En su interior una joven muy bien vestida miraba hacia ellos. La acompañaba una pareja de mayor edad y aspecto en extremo respetable, ambos cómodamente recostados en sus asientos. Las damas estaban de cara al frente y el caballero de espaldas al sentido de la marcha.

Pitt inclinó la cabeza, y ellas le devolvieron el saludo.

Helliwell no tenía más alternativa que presentar a Pitt a su familia, o despedirlo en el acto, gesto que se interpretaría como una censurable descortesía y requeriría posteriores explicaciones.

Helliwell juró entre dientes y tomó una decisión. Con paso brioso y una tensa sonrisa en el rostro, se dirigió hacia el carruaje.

–Mi querida Adeline, mis queridos padres políticos –saludó con postiza cordialidad–. Un día magnífico, ¿no os parece? Permitidme que os presente al señor Pitt. Hemos coincidido casualmente en el club. Tenemos algunos conocidos comunes, relaciones de otro tiempo, no actuales. Señor Pitt, mi esposa y mis padres políticos, el señor y la señora Alcott.

Una vez cumplimentadas las presentaciones, Helliwell hizo ademán de subir al coche.

–¿Y el señor Jago Jones? –dijo Pitt con tono desenfadado–. ¿Sabe dónde puedo encontrarlo?

–No tengo la menor idea –respondió Helliwell al instante–. Lo siento, amigo mío. Hace años que no lo veo. Un individuo un tanto excéntrico. Era una de esas relaciones circunstanciales, ¿comprende? En realidad, no teníamos nada en común. Me es imposible ayudarlo. –Apoyó una mano en la puerta del coche.

–¿Y el señor Thirlstone? –insistió Pitt–. ¿También él era una relación circunstancial?

Antes de que Helliwell contestase, su esposa se inclinó en el asiento y miró primero a su marido y después a Pitt.

–¿Se refiere usted a Mortimer Thirlstone? No, no es ni mucho menos una relación circunstancial. Lo conocemos bien. De hecho, ¿no asistió la otra noche a la velada que ofreció lady Woodville? Sí, lo recuerdo claramente. Acompañaba a Violet Kirk. Según rumores, no tardarán en celebrar sus esponsales. A decir verdad, ella misma me lo ha confirmado.

–No deberías divulgar esas cosas, querida –reprendió Helliwell con voz ronca, sonrojándose–. No hasta que se anuncie oficialmente. Podría crear situaciones incómodas. ¿Y si al final no fuese verdad?

Abrió la puerta del coche, y cuando se disponía a subir, su esposa habló de nuevo, dirigiéndose todavía a Pitt. Era una mujer de bellas facciones y hermoso cabello castaño.

–¿Preguntaba hace un momento por el paradero del señor Jago Jones? –quiso saber Adeline.

–En efecto, señora –se apresuró a contestar Pitt–. ¿Lo conoce usted?

–No, pero seguramente la señorita Tallulah FitzJames podría informarle. El señor Jones era íntimo amigo de su hermano, Finlay, a quien todos conocemos. –Se volvió por un instante hacia Helliwell, cuya expresiva mirada debería haberla hecho enmudecer. Sin embargo conservó su radiante sonrisa y prosiguió–. Si le pregunta a ella, y le explica lo importante que es para usted localizarlo, sin duda procurará ayudarle. Es una muchacha encantadora, y muy amable.

–Es una joven veleidosa con quien preferiría que no te relacionases –rectificó el señor Alcott–. Pecas de generosa en tus opiniones, cariño.

–Si estuvieses más atenta a los comentarios de la gente –agregó la señora Alcott–, sabrías que su reputación desmerece a medida que pasan los años y sigue soltera. Estoy segura de que ha tenido pretendientes. –Subrayó su afirmación con un delicado gesto–. Su padre tiene dinero; su madre está bien emparentada, y ella a su manera es una muchacha agraciada. Si no contrae matrimonio pronto, la gente empezará a preguntarse cuál es la razón.

–Estoy de acuerdo –se apresuró a decir Helliwell–. Vale más que limites tu relación con ella a lo que exige la cortesía, caso que coincidáis en algún sitio, cosa poco probable. Ella se mueve en unos círculos con los que tú no tienes nada que ver. Creo que «veleidosa» es un calificativo muy benévolo para referirse a Tallulah, querida madre política. Yo habría elegido una palabra mucho más contundente. –Su tono era inapelable. Se volvió hacia Pitt–. Ha sido un placer conocerlo, caballero. –Subió al coche y cerró la puerta–. Buenos días –añadió, e hizo una señal al cochero para que se pusiese en marcha, dejando a Pitt en la acera bajo el sol.

A primera vista Mortimer Thirlstone era un hombre muy distinto. Era alto y delgado e imitaba el comportamiento y la indumentaria de un artista. Llevaba el cabello largo y peinado con raya en medio. Vestía una chaqueta informal, una camisa de seda y un ondeante pañuelo meticulosamente atado en torno al cuello. Pero ofrecía el mismo aspecto de seguridad en sí mismo que Helliwell, como si fuese consciente de su buena presencia y se sintiese a gusto con la idea de que ésta siguiese granjeándole la cortesía a que estaba acostumbrado.

Se hallaba en el centro del sinuoso sendero que atravesaba el Regents Park en dirección al jardín botánico. Con la vista en alto, contemplaba la brumosa luz del sol con una sonrisa en los labios. Era ya primera hora de la tarde, y Pitt llevaba buscándolo desde media mañana. Sólo tras perseverantes indagaciones había conseguido localizarlo.

–¿Señor Thirlstone? –preguntó, aunque estaba ya convencido de que era él.

–El mismo, caballero –respondió Thirlstone sin bajar la mirada–. Una tarde magnífica, ¿no le parece? ¿No huele ya los aromas de millares de flores, autóctonas y exóticas, que se encuentran más allá del alcance de nuestra vista? La naturaleza es algo extraordinario. No la valoramos como merece. Nos ha dotado de sentidos, ¿y qué hacemos? Utilizarlos muy por debajo de sus posibilidades, señor mío, muy por debajo. ¿En qué puedo servirle, aparte de recordarle la existencia de su percepción olfativa?

–Según tengo entendido, hace unos años perteneció usted a una organización conocida como el club Fuego del Infierno... –empezó a decir Pitt.

–¿Organización? –Thirlstone bajó la mirada y sonrió a Pitt–. Nada más lejos. El club nunca estuvo organizado. Aborrezco la organización. Es la antítesis del placer y la creatividad. Es el patético esfuerzo de los hombres por dejar su huella en un mundo del que apenas conocen los rudimentos. Es digna de lástima. –Un abejorro voló sin rumbo junto a ellos. Thirlstone lo observó complacido–. Es la naturaleza quien organiza. Nosotros somos simples espectadores, ignorantes y a menudo temerosos. Reverentes deberíamos ser, no temerosos. El miedo atrofia nuestras facultades; es el abismo que nos separa de la emoción pura. ¿Acaso le interesa?

Pitt lo miró desconcertado.

–¡El club Fuego del Infierno, caballero! –aclaró Thirlstone–. ¿Le interesa? Fue una locura de juventud. Yo personalmente he evolucionado, persigo metas superiores en esta vida. ¿Desea unirse al club? –Hizo un gesto de indiferencia y alzó de nuevo la vista al cielo–. No puedo ayudarlo. Inicie uno por su cuenta. No espere a nadie. Parta de cero. Visite los casinos, los cabarets, los hipódromos, las casas de mala fama. Encontrará hombres de inclinaciones afines. Tendrá dónde elegir.

–¿Era ésa la clase de lugares que frecuentaban? –preguntó Pitt, esforzándose por aparentar interés pero no ingenuidad. No lo consiguió. Era un empeño imposible.

Thirlstone bajó la mirada y lo observó como si acabase de descubrir una planta exótica.

–¿Qué esperaba? ¿Horticultura? ¿Poesía? Si sus gustos no incluyen la bebida, el juego, los buenos caballos y las mujeres dadivosas, ¿qué busca en un club así?

La farsa había sido breve y tocaba ya a su fin.

–Los nombres de los socios fundadores y sus actuales paraderos –replicó Pitt, aún con cierto artificio.

Thirlstone lo miró con asombro.

–¿Para qué, amigo mío? El grupo se dispersó hace años, o quizá sería más exacto decir que se disolvió de común acuerdo. Esa información de nada le serviría ahora.

Una mariposa aleteaba bajo el sol junto a ellos. Un perro ladraba a lo lejos.

–Anoche se encontró una insignia del club Fuego del Infierno bajo el cuerpo de una mujer asesinada –explicó Pitt.

–¡Santo Dios! ¡Es increíble! –Thirlstone alzó sus negras cejas y arrugó la frente en un gesto teatral–. ¿Y a usted en qué le atañe? ¿Era de su familia? Mi más sincero pésame. –Extendió la mano en un ademán compasivo.

–No. No era pariente mía –contestó Pitt, incómodo.

–Entonces... no será policía, ¿verdad? No tiene aspecto de policía. ¡Sí lo es! –Pareció encontrarlo gracioso, como si el hecho entrañase algún tipo de humor esotérico–. ¡Qué sórdido asunto! ¿Y para qué demonios me necesita? Yo no sé nada. ¿Quién era esa mujer?

–Se llamaba Ada McKinley. Era prostituta.

Un asomo de lástima se reflejó en el rostro de Thirlstone, algo que Pitt no había advertido en Finlay FitzJames ni en Helliwell. De súbito adoptó una actitud grave. La leve socarronería de segundos antes desapareció por completo, dando paso a una total concentración. Entornó los ojos, y por un momento permaneció tan inmóvil que Pitt de pronto tomó conciencia de la brisa y el ligero vaivén de las flores.

–Éramos sólo cuatro, y cada insignia llevaba grabado el nombre de su dueño. –Thirlstone hablaba con voz tan monótona que no parecía natural–. ¿Debo interpretar que era mía la placa que se encontró bajo el cuerpo?

–No.

Thirlstone no pudo disimular su alivio.

–Me alegro. Hace años que no la veo. –Tragó saliva–. Pero nunca se sabe... –Observó a Pitt con una mezcla de curiosidad y temor–. ¿De quién era? Me... me cuesta creer que cualquiera de los otros fuese tan necio como para... –Dejó incompleta la frase, pero su sentido quedó flotando en el aire, inequívoco.

Una joven pareja pasó cerca de ellos, y la grava crujió bajo sus pies.

–He hablado ya con el señor FitzJames y el señor Helliwell –comentó Pitt como de pasada–. Pero aún no he localizado a Jago Jones.

–Es inconcebible que Jago haya hecho una cosa así –afirmó Thirlstone, y esta vez su tono evidenciaba una total convicción.

–¿Por qué?

–Amigo mío, si conociese a Jago, no lo preguntaría.

–No lo conozco. ¿Por qué le parece inconcebible?

–Ah, pues... –Thirlstone se encogió de hombros y abrió las manos en un ademán de impotencia–. Quizá lo conozco menos de lo que creo. Afortunadamente es usted quien debe investigar, y no yo.

–¿Dónde puedo encontrar al señor Jones?

Pitt no esperaba respuesta, y no la recibió.

–Lo siento pero no tengo la menor idea –dijo Thirlstone con un gesto de indiferencia y expresión de duda–. En las calles. En los barrios pobres. Ése fue uno de los últimos comentarios que le oí, pero ignoro si hablaba en serio.

Alzó de nuevo la cara al sol en una clara insinuación de que no deseaba seguir hablando, y Pitt se dio por enterado.

Cuando se marchaba, Pitt pasó junto a un oficial del ejército de permiso, magníficamente ataviado con una casaca roja de relucientes botones y un inmaculado pantalón, para delicia de varias muchachas con vestidos de colores pastel de muselina y encajes, y envidia de una niñera con un almidonado mandil blanco que empujaba un cochecito. De detrás de los árboles llegaba el sonido de un organillo.

A las cuatro Pitt había tomado un almuerzo tardío, pero seguía tan cansado por la falta de sueño que le escocían los ojos y le dolía la cabeza. No creía que Jago Jones hubiese dejado la insignia y el gemelo de Finlay FitzJames en Pentecost Alley, pero debía comprobarlo, aunque sólo fuese para descartarlo. Al fin y al cabo, no era imposible.

Regresó a Devonshire Street y preguntó al cordial mayordomo si podía hablar con la señorita Tallulah FitzJames. Sabía que a esa hora probablemente estaría en casa, aguardando el momento de arreglarse para salir a cenar o a casa de alguna amiga.

Entró en el salón en medio de un remolino de suave tela rosada de un tono tan claro que parecía blanco, con una llamativa rosa cosida a la cintura y largas cintas de raso colgando a un costado. Si su rostro hubiese sido más redondeado, menos resuelto e inteligente, su aspecto habría producido un efecto de empalagosa candidez. En cambio, ofrecía un enigmático contraste, y a juzgar por el modo en que permaneció apoyada contra la puerta, con las manos en la espalda sujetas al picaporte, Pitt dedujo que también ella era consciente de eso.

–¡Vaya! –exclamó sorprendida–. ¿Otra vez aquí? Ya me he enterado de la muerte de esa pobre mujer, pero ¿no creerá que Finlay está involucrado? Sería absurdo. ¿Por qué iba a hacer una cosa así? A mi madre le gustaría pensar que nunca se ha acercado siquiera a sitios como ése, pero, ya se sabe, los padres son como los buenos caballos de tiro. Cumplen a la perfección su cometido mientras no se rompan los arneses, quedan bien cuando uno pasea por la ciudad, son la admiración de los amigos, y no ven nada salvo lo que tienen enfrente. Les ponemos anteojeras para que no desvíen la atención o se asusten de lo que ocurre en las aceras.

Pitt sonrió a su pesar.

–En realidad he venido a pedirle la dirección del señor Jago Jones.

Pitt vio tensarse su cuerpo y cuadrarse sus frágiles hombros bajo el vestido de seda y muselina. Imaginó sus manos aferradas al picaporte tras la espalda. Lentamente Tallulah se irguió y se aproximó a él.

–¿Por qué? ¿Cree que ha sido Jago? Usted no lo conoce y naturalmente no imagina lo ridícula que es esa idea, pero le aseguro que yo sospecharía del príncipe de Gales antes que de él. Mucho antes, ahora que lo pienso.

–Tiene un elevado concepto del señor Jones, veo –dijo Pitt con cierta extrañeza.

–No en especial. –Volvió la cabeza, y los rayos del sol iluminaron su singular perfil: la nariz ligeramente grande, los ojos oscuros y vivos, la boca ancha, presta a la risa y la emoción–. De hecho es demasiado formal. Bastante aburrido. –Continuaba vuelta hacia la ventana, contemplando con fingido interés los reflejos del sol en las hojas de los árboles–. Pero nunca haría una cosa así. Es de la edad de mi hermano, y cuando Finlay tenía veinte años y yo dieciséis, Jago era un muchacho divertido. Nadie contaba los chistes mejor que él, porque era capaz de imitar cualquier cara y cualquier voz. –Hizo un gesto de afectada indiferencia, como si tales cosas no fuesen con ella–. Pero ahora es un hombre muy devoto. Sólo piensa en las buenas obras y la salvación de las almas. ¿Por qué la gente se vuelve tan insulsa cuando se mete en la Iglesia?

–¿La Iglesia? –repitió Pitt sin ocultar su sorpresa.

–¿No lo sabía? No, imagino que no. Ha sido una estupidez por parte de Finlay simular que no sabía nada de sus antiguos compañeros del club Fuego del Infierno. Probablemente considera que ésa es la mejor manera de protegerlos. Si lo ha hecho alguno de ellos, tiene que ser Norbert Helliwell o Mortimer Thirlstone. –Negó con la cabeza–. No ha podido ser Jago, y Finlay tampoco, desde luego. Seguramente esa mujer robó la insignia, y luego alguna otra persona la mató. Resulta bastante evidente, ¿no le parece? –Dirigió a Pitt una mirada desafiante–. Para empezar, ¿por qué iba a quedarse otro de los socios la insignia de Finlay? Cada uno tenía la suya.

–No tendrían por qué habérsela quedado adrede –explicó Pitt–. El nombre grabado al dorso apenas se ve. Sería fácil intercambiarlas por error.

–Ah. –Tallulah respiró hondo, y la seda que envolvía su pecho y sus hombros se elevó, reflejando la luz del sol–. No se me había ocurrido.

–¿Dónde puedo encontrar al señor Jones?

–En la iglesia de Santa María, en Whitechapel.

Pitt tomó aire con una brusca aspiración. Conocía esa iglesia. Se hallaba en las cercanías de Pentecost Alley. Old Montague Street corría paralela a Whitechapel Road hasta que ésta pasaba a llamarse Mile End.

–Bien. Gracias, señorita FitzJames.

–Le ha cambiado la expresión –observó Tallulah–. El nombre de Santa María significa algo para usted, lo veo en su cara. ¡La conoce!

No tenía sentido mentir.

–Esa mujer fue asesinada en un callejón que sale de Old Montague Street.

–¿Eso está cerca de la iglesia? –preguntó ella, demasiado inquieta para sentirse ofendida por el hecho de que él hubiese podido suponer que estaba familiarizada con un barrio semejante.

–Sí.

–¡Oh! –Se volvió de medio lado–. Es igual. Ya descubrirá

que Jago Jones no está involucrado. Él no se acercaría a una mujer así, excepto para salvar su alma. –Su voz adquirió un súbito tono de aflicción, casi de resentimiento–. ¿No murió de aburrimiento, supongo?

–No, señorita FitzJames. Murió estrangulada.

Hizo una mueca de dolor.

–Si pudiese, lo ayudaría –susurró–. Pero no sé nada.

–Me ha proporcionado la dirección del señor Jones, y se lo agradezco. Muchas gracias por recibirme a una hora tan poco oportuna. Buenas tardes.

Tallulah FitzJames no respondió. Se quedó inmóvil en medio del salón y siguió a Pitt con la mirada mientras salía.

Pasaban de las seis cuando regresó a Whitechapel. Al entrar en la iglesia de Santa María, el sacristán le anunció que el párroco estaba ausente. Había ido a algún lugar de Coke Street para auxiliar a los enfermos. Si Pitt no lo encontraba allí, podía probar en Chicksand Street, en dirección opuesta.

El sol poniente quedaba oculto tras las altas y mugrientas casas de vecindad, pero las aceras despedían aún el calor claustrofóbico y los olores acres del día. Lentos regueros de inmundicia corrían por los albañales. Eso era Whitechapel, donde dos años atrás un maníaco había asesinado y destripado a cinco mujeres, dejando en la calle sus cuerpos ensangrentados. No lo habían encontrado. Había desaparecido sin dejar rastro, como si el infierno se lo hubiese tragado.

Aun así, cuando Pitt se dirigía hacia Coke Street, vio mujeres de pie en los umbrales de las casas y las entradas de los callejones con ese peculiar aire de disponibilidad característico de las prostitutas. Era el desparpajo de sus miradas, el ángulo de las caderas, tan distinto de la cansina lasitud de las mujeres tras una jornada en el taller o la fábrica, o todo un día metiendo y sacando ropa de los calderos, revolviéndola con la pala, levantando y escurriendo sábanas.

¿Tenían miedo pero el hambre las obligaba a vencerlo? ¿O se habían olvidado ya de Jack, *el Destripador* y el pánico que había paralizado Londres mientras duraron sus fechorías?

Lo abordó una muchacha de ojos grandes y castaños y piel lozana de campesina recién llegada a la ciudad y lo miró de arriba abajo. Pitt sintió un súbito acceso de repugnancia e ira por el hecho de que la joven se viese reducida a aquello, ya fuese por circunstancias ajenas a ella o por su innata inmoralidad. No sin esfuerzo, se controló y dijo con tono adusto:

–Busco al reverendo Jones. ¿Lo ha visto por aquí?

La muchacha lo miró con resignación.

–Sí. Está a la vuelta de la esquina. –Le indicó la dirección con un pulgar–. También usted quiere que salve su alma, ¿no? Buena suerte. Yo puedo pagarme la cena con mi trabajo, y a un precio más bajo. –Dicho esto, desvió su atención de Pitt y se alejó despreocupadamente hacia Whitechapel Road en busca de algún cliente.

Pitt no sabía qué esperar de Jago Jones. Quizá era un sacerdote diletante, interesado en la teatralidad del gesto; o un hijo segundón no apto para la carrera militar que había optado por la Iglesia. Aquél podía ser su primer paso con vistas a un futuro ascenso en la jerarquía eclesiástica.

Fueran cuales fuesen sus difusos prejuicios, en modo alguno se ajustaban al hombre que encontró en Coke Street, sirviendo cucharones de caldo espeso y humeante de una gran lechera en pequeñas tazas a una muchedumbre de desmedrados niños, algunos de los cuales bailoteaban expectantes.

Jago Jones vestía un informe traje negro. No se veía el destello blanco del alzacuello propio de su condición, pero tales cosas carecían de importancia. Su rostro por sí solo era demasiado impresionante para que cualquier detalle indumentario pudiese llamar la atención. Estaba en extremo delgado, casi demacrado. El abundante cabello le caía sobre las oscuras cejas y unos ojos de extraordinaria intensidad. Tenía una nariz aguileña y viril, y las profundas arrugas que rodeaban su boca daban realce a sus pómulos. Era el rostro de un hombre consumido por sus emociones, y tan seguro del camino elegido que nada ni nadie podía desviarlo. Miró a Pitt con interés.

–¿Jago Jones? –preguntó Pitt, aunque sabía con toda certeza que era él.

–Sí. ¿En qué puedo servirle? –No dejó de servir caldo y repartir tazas llenas entre los niños–. ¿Tiene hambre? –Era un ofrecimiento más que una pregunta. Un simple vistazo a la ropa de Pitt, no sólo por su calidad sino también por su limpieza y su estado de conservación, bastaba para comprender que no padecía las mismas carencias que los feligreses de Jones.

–Gracias –dijo Pitt–. Pero es mejor el uso que usted está dándole.

Jago sonrió y siguió con su tarea. Tanto su provisión de caldo como la cola de niños tocaban ya a su fin.

–¿Para qué me necesita, pues?

–Me llamo Thomas Pitt –dijo Pitt, y al instante se preguntó por qué se había presentado así, como un hombre que esperaba acaso el nacimiento de una amistad, y no como un policía de servicio dispuesto a interrogar a un testigo o tal vez un sospechoso.

–¿Qué tal? –Jago Jones inclinó ligeramente la cabeza–. Yo, como ya sabe, soy Jago Jones, sacerdote, si no en apariencia, sí al menos en espíritu. No es usted de estos barrios. ¿Qué lo trae por aquí?

–El asesinato de Ada McKinley en Pentecost Alley –contestó Pitt, mirándolo a la cara.

Jago lanzó un suspiro y ofreció la última taza de caldo a un golfillo agradecido. El muchacho observó a Pitt, pero el hambre apremiaba más que la curiosidad, pese a que distinguía a un policía a la legua.

–Me lo temía –admitió Jago con tristeza, viendo alejarse al golfillo–. ¡La pobre desdichada! Es un oficio duro, destructivo para el cuerpo y el alma, aunque pocas veces de manera tan rápida y violenta como en el caso de Ada. Y según parece, al menos en esta ocasión, el alma de otra persona está en mayor peligro que la de ella. No era mala mujer. Un poco codiciosa a veces, pero tenía redaños y sentido del humor, y cierta lealtad con las de su clase. Me encargaré de que tenga un entierro digno.

–¿Celebrará las honras fúnebres en Santa María? –preguntó Pitt, sorprendido.

La expresión de Jago se endureció.

–Si tiene alguna queja a ese respecto, señor Pitt, elévesela a Dios. Él decidirá quién merece y quién no el perdón por sus pecados y flaquezas. No es prerrogativa de usted, y sé a ciencia cierta que tampoco lo es mía.

Pitt sonrió con sincero agrado.

–De lo cual me alegro profundamente –declaró–. Pero es usted un sacerdote poco común, reverendo Jones. Espero que sus feligreses no pongan el grito en el cielo. Aunque quizá estén demasiado cerca del lado cuestionable de la supervivencia y la moralidad para juzgarse mutuamente.

Jago resopló, prefiriendo no responder. Sin embargo su ira y la tensión de su cuerpo se atenuaron mientras cargaba el cucharón y la lechera vacía en la carretilla situada tras él. Media docena de golfillos, con las tazas aún entre las manos, se habían aproximado de nuevo y los observaban desde la esquina. Había corrido la voz de que un policía andaba haciendo preguntas. La información era vital en aquel barrio.

–¿Ha venido a interrogarme sobre el asesinato de Ada? –dijo Jago al cabo de unos segundos–. No sé qué puedo explicarle que le sea de utilidad. Probablemente la mató algún cliente cuyos demonios internos se desmandaron y se adueñaron de él. Muchos sobrellevamos mal el dolor y la necesidad de sentir que controlamos el mundo aun cuando seamos incapaces de controlarnos nosotros mismos.

Pitt se sorprendió no por el comentario, sino por la vehemencia con que lo había expresado. Tras esas palabras se adivinaba la profundidad de sus sentimientos, la diáfana claridad de su percepción, como si la ira no se debiese a la atrocidad perpetrada por el asesino en un momento de enajenación, sino a hondas reflexiones albergadas en su alma desde hacía mucho tiempo. ¿Era acaso un examen de conciencia? La idea repugnó intensamente a Pitt, pero no pudo evitarla.

–Es posible –convino Pitt con calma.

Jago mantenía en él la mirada con firmeza.

–¿Va en esa línea su investigación?

–Es la explicación más verosímil.

–Pero ¿no es la única posibilidad? –Jago se apoyó en la carretilla–. ¿Por qué ha acudido a mí, señor Pitt? Yo sólo puedo decirle de Ada lo que probablemente ya sabe. Era una prostituta corriente, como otros muchos miles en Londres. Cuando las muchachas son despedidas del servicio doméstico, o ni siquiera admitidas de buen principio, y no encuentran o no buscan trabajo en los talleres y las fábricas, sólo les queda una cosa que vender: su cuerpo. –No apartaba la mirada de Pitt–. Para mí, es un pecado; para usted, un delito. Pero para ellas es mera supervivencia. Ignoro a quién debe culparse de que ocurran estas cosas, y sinceramente las vivo demasiado de cerca para plantearme tales preguntas. Yo sólo veo mujeres de carne y hueso luchando por su siguiente comida, por el alojamiento de esta semana, por evitar las palizas de sus clientes y sus chulos, o las cuchilladas de una rival de otra zona; mujeres que rezan a Dios con la esperanza de no contraer enfermedades demasiado pronto. Probablemente no llegarán a viejas, y lo saben. La sociedad las desprecia, y ellas mismas se desprecian también la mayor parte del tiempo. Ada era sólo una de tantas.

Junto a ellos pasó una mujer con una canasta de ropa recién lavada en la cadera.

–¿La conocía personalmente? –preguntó Pitt, y fue a apoyarse en el otro lado de la carretilla. Le vencía el cansancio. Debería haber aceptado la taza de caldo.

–Sí. –Jago esbozó una tensa sonrisa–. Pero no estoy al corriente de su clientela. De todos modos debían de ser clientes ocasionales en su mayoría. La persona que usted busca podría haber venido de cualquier sitio. A veces Ada iba al West End. No está tan lejos de aquí como puede parecer. Era una muchacha de buen ver. Podría haberse traído a alguien de Piccadilly o Haymarket. O también podría haber sido un marino de paso en la ciudad.

–Gracias –dijo Pitt con tono cortante. Había llegado el momento de exponer el verdadero motivo de su visita. Cuanto más lo postergase, más difícil le resultaría–. En realidad he venido a verlo porque perteneció usted a una asociación conocida como el club Fuego del Infierno.

Los músculos de Jago se tensaron bajo la informe chaqueta. En la decreciente luz sus facciones se veían anormalmente rígidas.

–De eso hace mucho tiempo –respondió con serenidad–. Y no es algo que recuerde con orgullo. ¿Qué tiene que ver con la muerte de Ada? El club se disolvió hace seis o siete años. Por entonces Ada ni siquiera se había instalado aún en este barrio.

–¿Cuándo llegó?

–Hará unos cinco años. ¿Por qué?

–En realidad no creo que tenga mucha importancia –admitió Pitt–. Imagino que ocurrió exactamente como usted ha dicho, la acción de un hombre cuya violencia y necesidades obedecían a razones íntimas, y Ada no hizo más que despertarlas. O quizá fuese fruto de la casualidad y pudiese haberle sucedido a cualquier otra mujer que se cruzase con él. Acaso su cara, su pelo, un gesto o el tono de voz desencadenaron algún recuerdo en la mente de ese hombre, y el odio que llevaba dentro escapó a su control.

–El miedo –dijo Jago, y apretó los labios–. El miedo al fracaso, el miedo a no cumplir las propias expectativas o las de los demás. –Creyó detectar algo en el rostro de Pitt, o quizá sólo lo esperaba–. No me refiero a un simple miedo a la impotencia. Me refiero a un miedo espiritual a la debilidad del alma, esa clase de miedo que nos induce a odiar porque estamos demasiado obsesionados con nuestros propios asuntos para amar, demasiado consumidos por la rabia de no ser como deseamos, de que los obstáculos del camino nos resulten insalvables, de que el precio sea más alto de lo que imaginábamos.

Pitt permaneció en silencio mientras diversas ideas se arremolinaban en su mente. ¿Hasta qué punto Jago Jones hablaba por sí mismo, por las exigencias y expectativas de su función sacerdotal? ¿Había necesitado una mujer y recurrido a una prostituta porque las mujeres decentes se le resistían dado el papel que había elegido? ¿Se había reído entonces de él la prostituta, movida por su propia decepción? Esa mujer difícilmente podía considerar a Jago mediador de Dios después de verlo faltar a su voluntaria virtud.

¿Era aquel extraño monólogo una declaración de culpabilidad?

–Encontramos una insignia del club Fuego del Infierno bajo el cadáver –dijo por fin en el círculo de silencio que los envolvía. Los ruidos de los carruajes y las caballerías y las voces de un hombre al otro lado del cruce sonaban lejanas, en otra existencia.

–La mía no –respondió Jago con cautela–. La tiré al río hace años. ¿Por qué ha venido a mí, señor Pitt? No sé nada a ese respecto. Si supiese algo, habría ido ya a denunciarlo. No habría esperado a que viniese a preguntarme.

Jago Jones tenía la expresión de un hombre que seguía sólo los dictados de su conciencia, ajeno a la ley y sin importarle el coste. Si se lo hubiese confesado un feligrés, presa del terror o el remordimiento, probablemente no habría ido a informar a Bow Street ni a ninguna otra comisaría.

–Me consta que no era la suya –afirmó Pitt elevando la voz–. Era la de Finlay FitzJames.

La tenue luz crepuscular no permitía ya ver el color del rostro de Jago, pero el súbito respingo y la contracción de angustia en su boca y sus ojos delataron una violenta emoción.

El silencio permaneció inalterado, denso como la creciente oscuridad. ¿Qué horrores inundaban la mente de Jago, agudizados de pronto por la muerte de una mujer que conocía? ¿Era el temor por el peligro que corría su antiguo amigo, por los trastornos que aquello podía causarle? ¿O la culpabilidad porque quizá había hecho lo que Thirlstone sugería, quedarse inadvertidamente con la insignia de Finlay y dejarla después en el escenario del crimen?

–No defiende la inocencia de FitzJames, señor Jones –añadió Pitt en voz baja–. ¿Quiere eso decir que no le sorprende?

–No... no... –Jago tragó saliva–. No quiere decir nada, señor Pitt, salvo que la noticia me apena. No creo que Finlay sea culpable, pero no puedo ofrecerle una explicación satisfactoria, y seguramente ya habrá pensado usted en todas las posibilidades. –Desplazó el peso del cuerpo de una a otra pierna–. Quizá Finlay haya estado allí en algún otro momento y se le haya caído la insignia, aunque me extraña que siguiese llevándola, me extraña mucho. Quizá incluso se la dio a Ada a modo de... de pago. El hecho de que la tuviese ella no implica que llegase a sus manos anoche.

–Advierto sus esfuerzos por ser leal a un amigo, señor Jones –replicó Pitt con hastío–. Actitud que respeto pero no aplaudo. Naturalmente investigaré todas y cada una de las pruebas, y buscaré su posible significado. Si recuerda algo más sobre Ada McKinley o cualquier cosa que ocurriese anoche, tenga la amabilidad de hacérmelo saber. Deje un mensaje en la comisaría de Bow Street.

–¿Bow Street? –Jago enarcó sus negras cejas–. ¿No Whitechapel?

–Trabajo en Bow Street. Soy comisario.

–¡Un comisario de Bow Street! ¿Qué interés tiene en el asesinato de una prostituta de Whitechapel? –Su voz se convirtió en un susurro y vibró ligeramente con repentino miedo–. ¿Teme que haya aparecido otro Jack, *el Destripador*?

Pitt se estremeció, notando un frío nudo en el centro del estómago.

–No. Solicitaron mi colaboración porque las pruebas implicaban al señor FitzJames.

–Son muy poco sólidas... –Jago se interrumpió y volvió a tragar saliva, mirando a Pitt casi con expresión suplicante.

–Un hombre que concuerda con su descripción fue visto, por dos testigos, en el lugar del crimen casi a la hora exacta.

Jago reaccionó como si Pitt le hubiese asestado un golpe.

–¡Santo Dios! –susurró. No usaba el nombre de Dios en vano; simplemente oraba.

–Reverendo Jones, ¿sabe algo que deba decirme?

–No.

Pitt notó que la palabra salía de una garganta seca y unos labios tensos. Deseó creerle pero no pudo. La franqueza que momentos antes existía entre ambos se había desvanecido como el resplandor amarillento del cielo sobre los tejados. Pitt advirtió de pronto que el farolero había pasado ya. Las artificiales lunas de luz de gas relucían a intervalos en el camino de regreso a Whitechapel Road y a casa.

–¿Le ayudo con la carretilla? –ofreció Pitt con sentido práctico.

–No, gracias. Estoy acostumbrado a llevarla, y no pesa demasiado –rehusó Jago, y se movió por fin, inclinándose para agarrar las varas.

Caminaron uno junto al otro por Coke Street y doblaron la esquina hacia Santa María. No volvieron a hablar hasta hallarse frente a la iglesia, donde cruzaron una lacónica despedida y se separaron.

Pitt llegó a su casa, en Bloomsbury, cansado y anormalmente abatido. Comió la cena que Charlotte le había guardado y fue a sentarse a la sala, dejando entreabiertas las puertas del jardín. La templada temperatura del día bajaba rápidamente y el aroma del césped cortado impregnaba el aire.

Charlotte cosía bajo la lámpara. Le había preguntado por el caso que lo había obligado a salir tan temprano y regresar tan tarde. Pitt había explicado sólo que se trataba de un asesinato en Whitechapel y, dado que las pruebas implicaban a una persona importante, podía tener graves repercusiones políticas.

Pitt contempló a su esposa, su pelo limpio y rizado, reluciente cómo la caoba donde la luz se reflejaba, casi negro donde lo envolvía la penumbra. Tenía la tez suave y un leve arrebol en las mejillas. Se la veía relajada y a gusto. Llevaba un vestido de color rosa intenso, y le favorecía tanto como cualquier otra prenda de su vestuario. Sus dedos daban una puntada tras otra, clavando la aguja en la tela con la ayuda de un dedal de plata y tirando de ella. Whitechapel se hallaba sólo a unas millas de allí en línea recta, y sin embargo un abismo de proporciones inimaginables separaba ambos mundos. Charlotte vivía en un mundo seguro, pulcro, con un sistema de valores estable; la honradez era fácil, y la castidad ni siquiera representaba un esfuerzo. Se sentía amada, y seguramente nunca había dudado de ese amor. No tenía que hacer concesiones ni emitir juicios de valor sobre la supervivencia. No sabía qué era el cansancio anímico, ni la permanente incertidumbre, ni la aversión hacia la propia existencia.

No era extraño que sonriese mientras cosía. ¿Qué habría pensado Jago Jones de ella? ¿La habría considerado insufriblemente satisfecha de sí misma, imperdonablemente cómoda en su ignorancia?

Charlotte seguía traspasando la tela con la aguja, atenta a la labor porque no sabía trabajar de otro modo. Le gustaba tener las manos ocupadas. Le resultaba más fácil que estar ociosa. El día había sido largo. Se había despertado a la misma hora que Pitt, y aunque había continuado acostada, ya no había vuelto a conciliar el sueño.

Su hermana, Emily, la había visitado a media mañana. Había hablado de trivialidades, pero Charlotte había notado en ella una desacostumbrada inquietud. No era fruto de la energía mal canalizada, sino de la búsqueda de algo que no era capaz de encontrar, o quizá ni siquiera determinar. Se había mostrado muy susceptible, ofendiéndose por varios comentarios hechos sin mala intención. Esa conducta no era propia de ella.

Charlotte se había preguntado si se debía a la molestia de tener a su abuela alojada en casa desde las segundas nupcias de su madre. La abuela se había negado a vivir bajo el mismo techo que el nuevo marido de Caroline, que era actor y de menor edad que Caroline. La circunstancia de que fuesen en extremo felices no hacía más que agravar la afrenta.

Pero al parecer el malestar de Emily no tenía una causa concreta, y se había marchado sin dar explicaciones.

Pitt permanecía callado y pensativo en su sillón, con la frente fruncida y la boca enarcada en una mueca de tristeza. Charlotte sabía que su preocupación se debía al nuevo caso. En momentos como aquél mantenía un silencio especial que con los años ella había aprendido a discernir. Tenía los hombros caídos y las piernas cruzadas. Cuando estaba relajado, apoyaba los pies en la pantalla de la chimenea fuera cual fuese la época del año y estuviese o no encendido el fuego. En una noche de verano como aquélla, de no hallarse absorto en sus pensamientos, habría caminado hasta el fondo del jardín y allí, de pie bajo el manzano, habría aspirado el perfume del aire. Habría esperado que ella se acercase, y si hubiesen hablado, no habría sido más que de nimiedades.

Charlotte estuvo tentada en varias ocasiones de preguntarle por el caso, pero él mantenía un semblante hermético y no había hecho el menor comentario por propia iniciativa. Era obvio que no deseaba hablar del tema. Quizá era algo tan atroz y siniestro que prefería no darle cabida en su hogar. Al fin y al cabo, aquél era el único sitio donde podía liberarse de aquello. O si no liberarse por completo, al menos no mencionarlo si no era su deseo.

Sabía que había ido a Whitechapel, y sabía cómo eran esos barrios. No podía olvidar las numerosas veces en que había visto sus casas lóbregas y estrechas con la inmundicia de una generación tras otra impregnada en las paredes, sus gentes cansadas, famélicas y angustiadas, en que había olido sus fétidos albañales.

Pero para auxiliar al prójimo uno debía mantener su propia fortaleza. De nada servía compadecerse. Para ayudar a las masas se requerían nuevas leyes y un cambio de sensibilidad en la clase dominante. Para influir en un individuo se requerían conocimientos, y quizá dinero o alguna aptitud adecuada. Pero sobre todo se requería entereza y discernimiento, se requería toda la fortaleza emocional de que uno pudiese hacer acopio.

Así que siguió cosiendo en silencio, esperando a que Pitt estuviese preparado para compartir con ella sus preocupaciones, o al menos olvidarlas momentáneamente y disfrutar de los pequeños placeres de la vida para recobrar el ánimo.

3

Emily Radley, la hermana de Charlotte y últimamente motivo de preocupación para ésta, estaba en efecto alicaída. Su estado de ánimo no se debía a nada en particular. Tenía todo aquello que consideraba necesario para ser feliz. En realidad tenía más. Su marido era atento, bien parecido y afectuoso. No podía reprocharle ningún defecto grave.

Cuando se conocieron, él era un hombre de alta cuna que vivía básicamente de sus cualidades como acompañante e invitado divertido y encantador, sus exquisitos modales y su agudo ingenio. Emily no ignoraba los riesgos de enamorarse de él. Llegado el momento podía resultar superficial, dilapidador, o aun aburrido pasada la novedad. En interminables monólogos había intentado convencerse de que aquella relación era una necedad por su parte, y de que incluso existía la posibilidad de que él la persiguiese principalmente por la fortuna que había heredado de su primer marido, el difunto lord Ashworth.

Sonrió al acordarse de George. La memoria era una facultad extraordinaria, una extraña mezcla de tristeza, añoranza, gozosa recreación de los buenos ratos y deliberado olvido de los malos.

Sin embargo sus temores habían sido infundados. Lejos de ser un hombre superficial, Jack había desarrollado una conciencia social y un notable anhelo de cambiar la sociedad. Había hecho campaña para lograr un escaño en el Parlamento, y tras la derrota inicial había vuelto a presentar batalla y alcanzado su meta al segundo intento. En la actualidad dedicaba buena parte de su tiempo y sus emociones a la labor política.

Era Emily quien parecía un tanto insustancial, un tanto derrochadora.

Edward, el hijo y heredero de George, estaba en el estudio

con su preceptor, y la pequeña, Evangeline, estaba en su habitación, donde la niñera la cuidaba, le daba de comer y le cambiaba los pañales. Por tanto, la presencia de Emily era en gran medida superflua.

La mañana estaba ya avanzada, y Jack se había marchado a la City hacía ya rato para atender varios compromisos antes de la sesión en la Cámara de los Comunes. Tras haber sido testigo de sus denodados esfuerzos en la selección de candidatos para las listas electorales, la campaña, la derrota y la campaña siguiente, Emily sentía por él un mayor respeto, que había aumentado su felicidad. Además, Jack consolidaba su posición rápidamente con auténtica destreza.

Así pues, ¿por qué estaba de brazos cruzados en el amplio y soleado salón de su preciosa casa, vestida de encajes y tusor de color café, y sumida en aquella sensación de frustración?

Edward se hallaba en el estudio, Evie en su habitación, y Jack en la City, sin duda empeñado en reformar alguna ley que consideraba anticuada. La cocinera debía de estar preparando el almuerzo bajo la supervisión del mayordomo; esa noche no era necesario servir cena. Jack y Emily cenaban fuera. Había encargado ya a la doncella que tuviese lista su ropa para la ocasión. Se pondría un vestido nuevo de seda verde bosque ribeteado de flores de colores marfil y oro, que entonaban bien con los tonos claros de su piel y cabello. Estaría deslumbrante.

Había hablado con el ama de llaves. Las cuentas estaban en orden. Tenía la correspondencia al día. No había nada que decir al mayordomo.

Se preguntó qué haría Charlotte en ese momento. Probablemente alguna labor doméstica, coser o guisar. Desde el ascenso de Pitt podía permitirse más servicio, pero había aún muchos quehaceres de los que debía ocuparse personalmente.

¿Y Pitt en qué andaría metido? Su mundo era por completo distinto. Debía de estar investigando algún delito, quizá sólo un robo o una falsificación, pero posiblemente algo mucho más siniestro. Sus problemas eran siempre acuciantes, relacionados con las pasiones, la violencia, la codicia. Debía de estar empleando la habilidad e imaginación que poseía, trabajando hasta el agotamiento, intentando desenredar una maraña de acontecimientos y hallar la verdad, discernir el bien y el mal, conseguir que se hiciese justicia o cuando menos aportar una solución.

En otro tiempo ella y Charlotte habían colaborado con él. En la búsqueda del Decapitador de Hyde Park su ayuda había sido considerable.

Emily sonrió sin darse cuenta. El sol entraba a raudales por las grandes ventanas y hería los pétalos azules y morados de unas consólidas reales tardías –de la segunda floración– dispuestas en un jarrón. Jack había tardado un tiempo en perdonarla por los riesgos que había corrido en aquel caso. Era comprensible. Podría haber perdido la vida. Sin embargo ella no había tratado de justificarse; consideraba que bastaba con una disculpa.

Deseaba que surgiese otro asunto en el que ella y Charlotte pudiesen participar. Últimamente apenas veía a Pitt. Al parecer, desde su ascenso investigaba delitos más impersonales, delitos cuyos móviles pertenecían a un mundo ajeno a Emily, tales como la traición en el Foreign Office de hacía un par de meses.

–¿Qué tenemos para el almuerzo? –preguntó a sus espaldas una voz quejosa–. No te has molestado en decírmelo. ¡En realidad no me dices nada! Me tratas como si no existiese.

Emily se dio media vuelta y vio en el umbral de la puerta la figura negra y menuda de su abuela. La anciana se había sentido obligada a abandonar su propia casa cuando la madre de Emily se casó en segundas nupcias, y como Charlotte no tenía espacio para acogerla y Emily, en cambio, disponía de habitaciones y recursos de sobra, no había quedado otra alternativa razonable. Era un arreglo que no agradaba a ninguna de las dos, a Emily porque la anciana tenía un mal carácter insufrible, y a la anciana por puro principio. Al fin y al cabo, no había tomado ella la decisión.

–¿Y bien? –insistió la anciana.

–No sé qué hay para el almuerzo –respondió Emily–. Lo he dejado en manos de la cocinera.

–Tengo la impresión de que nunca haces nada en esta casa

–reprochó la anciana, golpeando el suelo con su bastón. Era un suelo de madera con una cenefa pintada, y no le parecía bien. Demasiado recargado, decía. Con simple madera habría bastado.

Vestía totalmente de negro, un recordatorio permanente –por si alguien lo olvidaba– de que era viuda y debía ser respetada y compadecida como tal.

–La cocinera manda en la cocina y el ama de llaves organiza el servicio –prosiguió con tono crítico–. El mayordomo mantiene surtidas la despensa y la bodega. La doncella decide qué ropa vas a ponerte. El preceptor instruye a tu hijo y la niñera cuida de tu hija. Te lo hacen todo, y aun así no encuentras un momento para hablar conmigo. Estás muy consentida, Emily. Eso te pasa por casarte primero con un hombre de posición social superior a la tuya, y después con uno de posición inferior. A este paso no sé adónde va a ir a parar el mundo.

–De eso no me cabe la menor duda –convino Emily–. En realidad nunca has sabido mucho del mundo. Para ti una mitad no existía y la otra la dabas por sentada.

La anciana la miró horrorizada y se irguió cuan alta era, que no era mucho.

–¿Cómo has dicho? –preguntó con una voz aguda por la indignación.

–Si quieres saber qué hay para almorzar, llama al timbre de la cocina y entérate. Si te apetece algo distinto, supongo que podrán complacerte.

–¡Qué despilfarro! –La anciana chasqueó los dientes en señal de desaprobación–. En mi época nos comíamos lo que nos ponían en el plato. Es un pecado desperdiciar la comida.

Y tras estas palabras de despedida, se dio media vuelta y salió airada del salón. Sus ruidosas pisadas resonaron en el vestíbulo. Al menos así se ahorraban la habitual conversación sobre las recientes andanzas de Caroline y su egoísmo por haberse casado por segunda vez sin tomar en consideración el caos en que sumía las vidas de los demás. O una nueva diatriba sobre los actores en general, o los actores judíos en particular, y la inevitable conclusión de que, desde el punto de vista social, eran aún peores que los policías. El único aspecto positivo de aquel asunto, en la estridente opinión de la anciana, era que como mínimo a la edad de Caroline el matrimonio ya no procrearía.

Sin duda alguno de esos temas, si no todos, saldrían a colación durante el almuerzo.

Emily dedicó la tarde a escribir cartas, más por entretenimiento que por necesidad real, y después subió al piso superior a pasar un rato primero con Evie y luego con Edward. Éste la puso al corriente de sus últimas lecciones y de su complicado proyecto de construir un castillo a escala como el que los templarios habían erigido en Tierra Santa durante las cruzadas.

Jack llegó a casa poco después de las seis. Había estado todo el día en la City, pero cuando entró en el salón caminaba aún con brío suficiente para dejar basculando a sus espaldas la puerta de vaivén.

–Ha sido un día magnífico –anunció con entusiasmo mientras se inclinaba a besarla en la frente y acariciarle delicadamente el cabello–. Creo que podré contar con el apoyo del viejo Fothergill. Hoy he almorzado con él. Lo he llevado a ese restaurante nuevo del Strand. Es demasiado caro para lo que sirven, pero la decoración es exquisita, y Fothergill ha quedado impresionado, que era de lo que se trataba. –Se sentó de medio lado en el brazo de un sillón y empezó a balancear la pierna que colgaba en el aire–. La cuestión es que me ha escuchado con sincera atención. He intentado convencerlo de la importancia de la enseñanza gratuita para toda la población como inversión con vistas al desarrollo industrial...

Desde su entrada en el Parlamento, Jack luchaba por conseguir un mayor nivel educativo para los pobres. Emily había seguido de cerca los altibajos de su empeño.

–Me alegro mucho –dijo Emily, y era cierto, pero su ánimo le impedía sonreír con el debido júbilo–. Quizá así se decante de una vez la balanza.

Por puro amor propio, Emily se vistió para la velada con sumo esmero, y a las ocho y media estaba sentada a una enorme mesa entre un corpulento militar con opiniones categóricas sobre India y un banquero que estaba firmemente convencido de que a las mujeres les interesaban sólo la moda, el cotilleo y el teatro, y restringía su conversación en consecuencia.

Frente a ella se hallaba un hombre de unos treinta años cuya única preocupación era la cría de purasangres, pero junto a él se sentaba una joven de singular aspecto, con la nariz un poco demasiado larga, la boca ancha y una expresión de buen humor y vitalidad que indujo a Emily a mirarla con frecuencia suficiente para atraer su atención y hacerle saber en determinados momentos de la tertulia que compartía su aburrimiento y exasperación.

Jack, en cumplimiento de sus obligaciones políticas, ocupaba una silla próxima a la cabecera y procuraba captar el interés de personas influyentes que pudiesen dar mayor impulso al proyecto de reforma educativa. Para Emily aquello también era importante, pero allí sólo podía exhibir su encanto y desempeñar un papel ornamental, y la idea de seguir así indefinidamente cada vez le convencía menos.

El comedor estaba suntuosamente pintado en colores azul y oro. Largas cortinas de terciopelo engalanaban los altos ventanales, fruncidas en abundantes pliegues y desparramadas por el suelo en su parte inferior conforme a la moda del momento. En la mesa destellaban la plata y el cristal. Los cegadores reflejos de la luz apenas permitían ver los rostros de los comensales sentados en los extremos de la mesa. En torno a los blancos cuellos de las damas los diamantes brillaban como el fuego y las perlas despedían su lechoso resplandor.

Bajo el rumor de voces se oía el discreto tintineo de la plata contra la porcelana. Los lacayos llenaban una y otra vez las copas. Los platos iban y venían: entremeses, sopa, pescado, pudín, postres, fruta. Y finalmente la anfitriona se puso en pie e invitó a las señoras a retirarse y dejar a los hombres con su oporto y sus serias conversaciones. Al fin y al cabo, ése era el propósito real de aquella cena.

Obediente, Emily se levantó y salió con el resto de las damas en medio de un susurro de telas y un remolino de faldas de preciosos colores. En el camino, mientras cruzaban el vestíbulo, consiguió situarse a la par de la joven que había estado sentada frente a ella durante la cena. La miró de soslayo y captó su atención cuando entraban en la recargada sala, ornamentada con retratos de antepasados en irreales escenarios campestres.

–¿No es un fastidio, la velada? –mascculló la joven, alzando el abanico para que las damas de su izquierda no oyesen sus palabras.

–¡Insufrible! –admitió Emily también en un susurro–. En la vida me había aburrido tanto. Tengo la impresión de saber qué va a decir cada uno de los presentes antes de que lo diga.

–Eso es porque la última vez dijeron exactamente lo mismo –afirmó la joven con una sonrisa–. Oscar Wilde sostiene que la obligación del artista es sorprender siempre.

–Entonces la obligación del político debe de ser decir y hacer siempre lo que se espera de él –añadió Emily–. Así nunca coge a nadie desprevenido.

–Ni dice nunca nada interesante o gracioso. Por cierto, me llamo Tallulah FitzJames. Ya sé que no nos han presentado, pero es obvio que tenemos espíritus afines.

–Yo soy Emily Radley.

–¡Ah! ¿Es la esposa de Jack Radley? –preguntó Tallulah con un asomo de admiración en la mirada.

–Sí –respondió Emily con orgullo. A continuación agregó con franqueza–: De no ser su esposa, no estaría aquí.

Se dirigieron a un sofá de dos plazas para sentarse solas sin incurrir en la descortesía de excluir a nadie de su conversación.

–Yo no sé qué hago aquí. –Tallulah dejó escapar un suspiro–. He venido con mi primo, Gerald Allenby, porque él me lo ha pedido con la idea de cortejar a la señorita... En fin, no recuerdo su nombre. El padre de ella ha comprado una mansión enorme en Yorkshire o algún otro lugar. Maravillosa en verano y como el polo norte en invierno.

–Yo he venido como figura decorativa, para sonreír a las personas debidas –admitió Emily con tono lastimero.

A Tallulah se le iluminó el rostro.

–¿Y le está permitido mirar con odio y sacar la lengua a las personas indebidas? –preguntó esperanzada.

Emily se echó a reír.

–Quizá sí, en caso de que supiese quiénes son unas y otras. El problema es que quienes un día son las personas indebidas al día siguiente son las personas debidas, y entonces no es posible ya retirar las miradas de odio.

–No, no es posible –convino Tallulah con súbita seriedad–. En realidad lo hecho, hecho está. La gente siempre recuerda, aunque una haya olvidado.

Emily percibió un deje de pesar en su voz. De improviso las emociones cobraron nueva autenticidad. El resto de la sala desapareció de la conciencia de Emily, las voces en afable charla, el tintineo de las comedidas risas.

–Hay personas que sí olvidan –dijo en voz baja–. Olvidar es un arte, y si quiere usted seguir amando a alguien, debe aprenderlo.

–No quiero seguir amándolo –respondió Tallulah con una tensa sonrisa, como burlándose de sí misma–. Daría cualquier cosa por saber cómo dejar de hacerlo.

Emily formuló la pregunta obvia:

–¿Está casado?

Aunque su amargura era evidente, Tallulah pareció ver un lado cómico a la idea.

Emily no deseaba pecar de indiscreta, pero presentía que aquella joven necesitaba confiar a alguien intimidades que sin duda la afligían y quizá no podía contar a su familia. Tal vez sus padres no estuviesen al corriente, o si lo estaban, acaso no lo aprobasen. En realidad, si el objeto de su amor era un hombre casado, ellos poco podían hacer.

–No, no está casado –contestó Tallulah–. O al menos no lo estaba la última vez que lo vi. Dudo que llegue a casarse, y si se casa, será con una mujer sensata y hermosa, de mirada inocente y rizos naturales, y actitud siempre amable.

Emily reflexionó por un instante. No quería decir una impertinencia, y no era fácil interpretar la verdadera índole de la aflicción de Tallulah a través de sus displicentes palabras. No sabía si responder también con ironía o con vaguedades, o si demostrarle que adivinaba la profundidad de la herida pero no su naturaleza.

En el otro extremo de la sala una corpulenta mujer con el cabello claro y la tez de color magnolia echó atrás la cabeza y rió con recato. La luz de las lámparas de gas centelleaba en un tumulto de bellos colores anaranjados, rosáceos y azules tornasolados, y las faldas de seda se desplegaban como pétalos de amapola. Tras los cristales de las ventanas caía lentamente la noche estival, y entre las ramas de los árboles, por encima de la tapia del jardín, se veían aún jirones arrebolados.

–A mí no me gustaría estar casada con una persona siempre amable –dijo Emily con sinceridad–. Me sentiría inferior. Además, nunca tendría la certeza de que pensaba realmente lo que decía.

Tallulah se contempló las manos largas y finas apoyadas en el regazo.

–Jago no se sentiría inferior –repuso–. Es el mejor hombre que he conocido.

Emily seguía sin saber a qué atenerse. Jago, quienquiera que fuese, parecía un individuo más bien aburrido, y de hecho un tanto irreal. O quizá ésa fuese una apreciación injusta. Tal vez esa imagen era sólo la que Tallulah tenía de él. Pero mirando de reojo el semblante triste de la muchacha, costaba creer que alguien tan bueno como afirmaba le despertase el mínimo interés, salvo que se tratase de simple curiosidad. Aun sumida en sus cavilaciones, su rostro desbordaba vitalidad y osadía. Tenía la boca demasiado ancha, hecha para la risa, la nariz pronunciada pero inconfundiblemente femenina, y los ojos preciosos, grandes e inteligentes. Era el rostro de una rebelde, imprevisible, en absoluto juiciosa, quizá descomedida a veces, pero siempre audaz.

–Mejor ¿en qué sentido? –preguntó Emily sin pensar demasiado sus palabras.

Tallulah sonrió a su pesar.

–En cuanto a nobleza de espíritu, en cuanto a amor al prójimo, a la gente real –contestó–. Y también en el sentido de que trabaja tantas horas como tiene el día, renuncia a sus bienes para dar de comer a los pobres, y dedica su vida entera a servir a los demás. Si le parece aburrido o inverosímil, es sólo porque no lo conoce.

–¿Y está segura de que usted sí lo conoce?

Tallulah alzó la vista.

–Sí, claro. Es párroco en Whitechapel. Yo no he estado allí, naturalmente. Es un sitio espantoso. Dicen que sólo el olor basta para revolverle a una el estómago. Hay cubos de basura abiertos por todas partes. El hedor se palpa en el aire. La gente vive en la más absoluta miseria, y están todos sucios y demacrados.

Emily recordó sus propias experiencias con la pobreza, las ocasiones en que había ayudado a Charlotte y Pitt y visto con sus propios ojos la realidad del hambre: diez o doce personas hacinadas en un cuartucho, durmiendo en el suelo, siempre ateridas de frío, sin intimidad ni siquiera para los actos más privados. Sabía mucho mejor que Tallulah de qué hablaba. Quizá el tal Jago fuese realmente un buen hombre.

–¿Cómo lo ha conocido? –preguntó–. Dudo que se mueva en sus mismos círculos. Sin ir más lejos, no lo imagino en un lugar como éste. –Desvió la mirada hacia las risueñas mujeres de cinturas encorsetadas, faldas ondeantes, hombros blancos y lustrosos, cuellos adornados con piedras preciosas. Si alguien allí había pasado hambre alguna vez, había sido por simple vanidad. Pero en justicia debía reconocerse que al menos para las solteras la belleza era el único medio de supervivencia.

–Antes sí –respondió Tallulah. Miró a Emily con expresión franca–. Cree que lo veo a través de un velo de romanticismo, ¿verdad? Que no conozco a la persona real, que sólo veo su vocación y su entrega profesional. –Negó con la cabeza–. No es así. Tiene la misma edad que mi hermano, Finlay, y en otro tiempo eran amigos. Finlay es mayor que yo. Ocho años mayor. Pero recuerdo que Jago venía a casa a menudo cuando yo tenía dieciséis años, poco antes de presentarme en sociedad. Era encantador conmigo.

–Pero ¿ahora ya no lo es?

Tallulah la miró con resquemor.

–Claro que no. Me trataría cortésmente si nos encontrásemos por casualidad, desde luego. Es cortés con todo el mundo. Pero imagino el desdén en su mirada. El mero hecho de que me hablase a través de un muro de buenos modales, como si no fuese ya una persona real para él, es prueba de su desprecio.

–¿Por qué tendría que despreciarla? ¿No sería ésa una actitud más bien intolerante?

La amargura volvió a apoderarse del rostro de Tallulah, barriendo a su paso toda vivacidad y determinación.

–En realidad, no. Quizá he exagerado al decir «desprecio». Simplemente no dispone de tiempo para mí. Yo vivo rodeada de lujos. Voy de fiesta en fiesta. Como exquisitos manjares que no pago con mi trabajo ni preparo con mis manos. –Alzó un elegante hombro–. Para serle sincera, ni siquiera sé de dónde vienen. Me limito a pedirlos a la cocina y llegan a mi mesa, ya en el plato y listos para comer. Y cuando vacío el plato, alguien se lo lleva y hace con él lo que tenga que hacer. Lavarlo y guardarlo, supongo. –Se tocó la falda, acariciando con las yemas de los dedos la seda suave y brillante–. Y llevo magníficos vestidos, que no me coso, y si tuviese que cuidarlos yo personalmente, no sabría por dónde empezar. Incluso tengo una doncella que me ayuda a ponérmelos y quitármelos. Cuando están sucios, ella se los entrega a la lavandera, salvo los mejores, como éste, que los lava ella misma. Creo que algunos incluso han de descoserse para lavarlos debidamente, pero no estoy segura.

–Sí, así es –confirmó Emily–. Es una tarea muy ardua.

–¿Lo ve?

–No. Mucha gente vive como usted. ¿No le gusta esa vida?

Tallulah alzó la cabeza y miró fijamente a Emily con los labios apretados.

–Sí, claro –respondió por fin–. ¡Me encanta! Claro que me gusta. ¿A usted no? ¿No le gusta salir a cenar y bailar, arreglarse, estar en sitios preciosos, ir al teatro y reír las ocurrencias de gente ingeniosa? ¿No desea a veces ser atrevida, llevar la voz cantante, hacer comentarios escandalosos y pasar un rato con personas excepcionales?

Emily la entendía perfectamente, pero no pudo evitar una sonrisa y una ojeada a un grupo de formales y remilgadas damas que se hallaban a unos pasos de ellas, sentadas con la espalda erguida –algo inevitable con los corsés de ballenas–, hablando en susurros de las insignificantes faltas de decoro de alguna conocida.

–¿Quizá él y usted tengan una idea distinta de lo que es una persona excepcional? –sugirió Emily.

–¡Eso por supuesto! –repuso Tallulah con tono tajante, pero un asomo de sonrisa en sus labios reveló que comprendía la insinuación–. Para mí es excepcional Oscar Wilde. Él nunca habla a nadie con superioridad, salvo desde el punto de vista artístico, que es algo distinto. Y es sinceramente insincero, ¿no sé si me entiende?

–Pues no –admitió Emily, aguardando una explicación.

–Quiero decir... –Tallulah buscó las palabras–. Quiero decir que... no se engaña. No es pomposo. Dice tales disparates que una se da cuenta al instante de que está riéndose de todo, y a la vez todo tiene gran importancia. Es... es divertido. No va por ahí intentando mejorar a nadie ni emitiendo juicios morales, y sus comentarios son siempre ingeniosos, y tiene gracia repetirlos en otras conversaciones, y no hacen daño a nadie. –Echó un vistazo alrededor–. Esto resulta tan... insufriblemente tedioso. Nadie ha pronunciado una sola palabra digna de recordarse, y menos aún de contarse a otra gente.

Emily tenía que darle la razón.

–¿Qué es entonces lo que tanto le atrae de Jago? Por lo que explica, no se parece en nada al señor Wilde.

–Lo sé –reconoció Tallulah–. A mí me gusta escuchar a Oscar Wilde, pero no me casaría con él. Eso es otra cosa.

Quizá no era consciente de lo que había dicho. Emily la miró y vio en su rostro sinceridad, y un amago de ironía apenas disimulado, y comprendió que tanto si deseaba expresarlo en voz alta como si no, había dicho lo que pensaba.

–No sé por qué –prosiguió Tallulah–, y creo que prefiero no saberlo.

La llegada de los caballeros les impidió seguir dialogando sobre el tema. Jack tenía una expresión muy seria. Al entrar conversaba abstraídamente con un hombre rubicundo de pobladas patillas que lucía una banda de alguna orden sobre el pecho. Miró a Emily por un momento y continuó hablando. Esa breve mirada significaba que no debía ser interrumpido, y Emily lo aceptó.

Fue igualmente comprensiva cuando una hora más tarde Jack se acercó y le comunicó, con encarecidas disculpas, que tenía que abandonar temprano la velada para ir al Ministerio del Interior con el caballero de las patillas, y dejaría el coche a su disposición para que regresase a casa cuando tuviese a bien. Le aconsejó que no lo esperase despierta, ya que ignoraba cuánto tiempo se prolongaría aquel asunto, pero podía ser toda la noche. Lo sentía realmente.

Así pues, veinte minutos más tarde, tan aburrida ya que apenas podía ofrecer respuestas coherentes a las preguntas más triviales, Emily vio complacida que Tallulah FitzJames se acercaba de nuevo a ella.

–Ya no aguanto más –susurró Tallulah–. Por lo visto, mi primo tiene ya cautivada a la señorita como se llame, y puedo marcharme tranquilamente y dejarlo que disfrute su victoria. –Por su tono de voz se adivinaba que concedía poca importancia a aquellas cosas–. Reggie Howard me ha invitado a una fiesta en Chelsea. Asiste la clase de gente de que hablábamos hace un rato, artistas, poetas, intelectuales. Tratarán de los temas más diversos. –De pronto su entusiasmo era manifiesto–. Algunos han estado en París y han conocido a los escritores franceses. De hecho he oído decir que Arthur Symons regresó de allí hace uno o dos meses, y quizá nos ponga al corriente de su entrevista con el gran Verlaine. Será incomparablemente más interesante que esto.

Era una clara invitación, y Emily vaciló. Lo correcto habría sido excusarse y volver a casa en el coche. Al fin y al cabo, su función allí ya había concluido.

Pero estaba ya cansada de cumplir con sus deberes para con aquellos que no esperaban menos y en realidad la tenían muy poco en cuenta. Ni Jack ni sus hijos la necesitaban. La casa marchaba por sí sola; sus decisiones eran una mera formalidad. Le preguntaban sólo por cortesía. La cocinera, el mayordomo y el ama de llaves hacían exactamente lo mismo tanto si ella estaba como si no. Su madre había vuelto a casarse y se hallaba demasiado absorta en su propia felicidad para requerir su compañía o sus recomendaciones.

Tampoco Charlotte había solicitado su ayuda últimamente. Pitt no había tenido ningún caso en que su colaboración pudiese ser necesaria. De hecho, ni siquiera sabía qué investigaba en esos momentos.

A Tallulah FitzJames, en cambio, la atribulaba un problema para el cual podía ofrecerle útiles consejos. A medida que pensaba en ello, veía cada vez más clara la respuesta a sus males. Todo se reducía a una cuestión de prioridades y sinceridad con una misma. Nadie podía tenerlo todo, así que era forzoso elegir. Y la elección debía hacerse con franqueza y valor, y después poseer la sensatez de comprender y aceptar las consecuencias.

Además, podía ser entretenido saber qué ocurría en París, en el campo de las ideas escandalosas.

–¡Es una perspectiva apasionante! –exclamó Emily con resolución–. Me encantaría ir.

–Reggie nos llevará –dijo de inmediato Tallulah–. Vamos, Reggie. ¿Conoces a la señora Radley? Señora Radley, éste es Reginald Howard.

Y sin darles tiempo más que a saludarse con un gesto, los guió hasta la anfitriona para despedirse. A continuación Emily envió su coche a casa sin ella.

La fiesta de Chelsea era tan distinta de la velada que acababan de abandonar como imaginarse pueda. Se celebraba en varias salas, todas espaciosas, llenas de libros y cómodas butacas y divanes. Una densa neblina de humo de tabaco flotaba en el aire, parte del cual tenía un olor dulce semejante al del incienso que Emily no reconocía. En todos los rincones la gente, con claro predominio de hombres, conversaba animadamente.

El primer hombre en quien Emily se fijó en particular poseía un rostro soñador, una nariz grande, unos ojos risueños y una boca pequeña y delicada. A la luz de las lámparas de gas, su cabello parecía claro; lo llevaba tan largo que le rozaba el blanco cuello festoneado de la chaqueta de terciopelo.

–Creo que ése es Richard Le Gallienne –susurró Tallulah–. El escritor. –Miró al frente, donde otro joven de aspecto serio, cabello ondulado con raya en medio y poblado bigote coronando el carnoso labio superior disertaba sobre algo para placer de su extasiado público–. Y ése es Arthur Symons –anunció con entusiasmo–. Debe de estar hablando de su visita a París. Según he oído, conoció allí a todo el mundo.

Salió a recibirlas de manera informal una mujer de mediana edad y pronunciadas facciones que sostenía un cigarro entre sus largos dedos y lucía un atuendo que podría haber salido de la representación de un viajero oriental hecha por un artista. Le favorecía pero era en extremo excéntrico. Al parecer, conocía a Tallulah, y le complacía por tanto acoger a cualquiera que la acompañase.

Emily le dio las gracias y echó un vistazo alrededor con interés y cierto recelo. Una enorme palmera plantada en una maceta sumía en la penumbra un rincón de la sala, y al lado había sentados dos hombres jóvenes, tan cerca el uno del otro que casi se tocaban. Uno leía algo al otro de un fino libro encuadernado en piel. Permanecían ajenos al resto de los presentes.

En un diván próximo a la pared del fondo, un hombre de mediana edad y rostro rubicundo dormía o estaba inconsciente.

Arthur Symons narraba su reciente viaje a París, donde en efecto había visitado a Verlaine.

–Fuimos a su casa, Havelock Ellis y yo –dijo enardecido sin apartar la vista de su público un solo instante–, y recibimos la más calurosa acogida. No existen palabras para describir aquella atmósfera, todo lo que vimos y oímos. Nos obsequió con un buen vino, y fumaba como una chimenea. Les aseguro que el olor a tabaco quedará ligado para siempre en mi memoria a esa velada. ¡Imagínenlo! –Alzó las manos como si abarcase con ellas un mundo completo y precioso.

Quienes se hallaban congregados alrededor lo miraban con embeleso. Nadie hacía ademán de alejarse.

El rostro de Symons resplandecía de fervor, aunque Emily no sabía si su arrobo se debía al recuerdo que con tan viva llama ardía en su interior o al placer de sentirse centro de la atención y la envidia de quienes lo escuchaban.

–¡Havelock y yo sentados en la casa del mismísimo Verlaine! ¡Y cuánto llegamos a hablar! Abordamos toda clase de asuntos: filosofía, arte, poesía, el sentido de la vida. Era como si nos conociésemos de siempre.

Se produjo un murmullo en el pequeño círculo, un suspiro de admiración o quizá de anhelo. Un joven parecía casi embriagado por la idea de tal experiencia. Con el rostro teñido de un intenso rubor, se inclinaba hacia Symons como si aproximándose a él pudiese vivirla personalmente.

–Nos invitó a volver al día siguiente –prosiguió Symons.

–¡Y naturalmente fueron! –dijo el joven con impaciencia.

–Naturalmente –asintió Symons. De pronto asomó a su semblante una curiosa expresión, mezcla de ira, hilaridad y pesar–. Por desgracia, él no estaba.

Alguien respiró hondo junto a Emily.

–Nos marchamos sumidos en el mayor desánimo –continuó Symons con el semblante de quien acaba de padecer una tragedia–. ¡Fue espantoso! Nuestros sueños hechos añicos, la copa rota cuando nos rozaba ya los labios. –Titubeó por puro efectismo–. Y en el preciso momento en que salíamos, regresó él acompañado de un amigo.

–¿Y? –apremió alguien.

Nuevamente afloró al rostro de Symons la mezcla de emociones.

–No tenía la menor idea de quiénes éramos –admitió–. Se había olvidado de nosotros por completo.

La anécdota suscitó diversas reacciones entre el público, incluidos una ahogada exclamación de asombro por parte de Reggie Howard y un arrebato de risa en Tallulah.

Pero Symons tenía su atención, y eso le bastaba. Pasó entonces a describir con todo lujo de detalles, gran colorido e incuestionable gracia sus andanzas por cafés, teatros, exposiciones y salas de conciertos. Fueron a ver a varios artistas y viajaron también a las afueras de la ciudad, donde visitaron el estudio de Auguste Rodin, que apenas les habló, como de hecho no hablaba a nadie.

Encandiló aún más a su público con el relato de su paso por el Moulin Rouge, vistoso, desenfrenado e indecoroso, con su música y sus bailarinas, con su mezcolanza de clases sociales. Contó asimismo su encuentro con el genial y perverso Henri de Toulouse-Lautrec, que pintaba chicas bailando el cancán y prostitutas.

Emily estaba fascinada. Aquél era un mundo que ella apenas concebía. Había oído aquellos nombres, por supuesto; corrían en boca de todos, aunque algunos se pronunciasen en voz baja. Eran los poetas y pensadores que desafiaban las convenciones, que se proponían escandalizar y a menudo lo conseguían. Idolatraban la decadencia, y así lo pregonaban.

Se separó del corrillo que atendía a Arthur Symons y fue a la sala contigua. Allí se detuvo a escuchar una conversación entre dos jóvenes que no repararon siquiera en su presencia, situación insólita para ella, ya que en sus círculos se imponía la cortesía, aun a costa de disimular los sentimientos reales, y los cumplidos eran la moneda de cambio.

Aquello era algo totalmente ajeno a su mundo, y por eso mismo estimulante. Nadie hablaba del tiempo ni de los recientes noviazgos. Los políticos, los banqueros y la realeza podrían haber dejado de existir sin importarle a nadie. Allí sólo contaban el arte, las palabras, las sensaciones y las ideas.

–¡Pero iba vestido de verde! –decía consternado uno de los jóvenes con el rostro contraído como por efecto de un dolor físico–. La música era de un color violeta como no he oído jamás. Todos los tonos de púrpura y malva se fundían en la oscuridad. El verde era de una insensibilidad imperdonable. Una auténtica demostración de ignorancia.

–¿Le dijiste algo? –se apresuró a preguntar el otro.

–Lo intenté –respondió el primero–. Estuve horas con él. Le expliqué la interrelación de los sentidos, cómo se complementan el color y el sonido, cómo se combinan el gusto y el tacto, pero dudo que comprendiese una sola palabra. –Gesticulaba exageradamente con las manos, abriendo y cerrando los dedos–. Pretendía inculcarle todo un arte. Es un hombre tan unidimensional. Pero ¿qué puede hacerse?

–¡La conmoción es la clave! –afirmó al instante su compañero–. Ante algo tan sublime se verá obligado a replantearse todas sus convicciones.

–¡Claro! –exclamó el otro, golpeándose la frente con la palma de la mano–. ¿Cómo no se me ocurrió? Eso es lo que dice nuestro querido Oscar: el principal deber del artista es asombrar continuamente.

–A propósito –dijo su amigo, inclinándose hacia él–, ¿has leído el último número del *Lippincott's Monthly Magazine*?

Ambos seguían ajenos a Emily, de pie a un par de pasos de ellos.

–No, creo que no –contestó el joven después de pensarlo un momento–. ¿Te refieres al de julio? ¿Por qué lo dices? ¿Había algo interesante? ¿Ha escrito Oscar algo provocativo? –Tocó al otro en el brazo–. ¡Ponme al corriente!

–Provocativo es poco. Es extraordinario –confirmó su amigo con vehemencia, casi atropelladamente–. Se trata de la historia de un hombre joven y apuesto. ¿Adivinas en quién se ha inspirado? En fin, el caso es que el joven entabla relación con un dandi depravado, un hombre de mayor edad y gran inteligencia, a quien un día dice que daría cualquier cosa por no envejecer, por conservar la belleza y juventud que en ese momento posee. –Enarcó las cejas–. Es muy atractivo, ¿comprendes?

–Eso has dicho. ¿Dónde está el misterio? –El joven se echó hacia atrás, golpeándose casi en la cabeza con la palmera que se alzaba a sus espaldas–. A todos nos complacería conservar la belleza de la juventud. Esa idea ni siquiera es digna del ingenio de Oscar, y desde luego no resulta sorprendente ni mucho menos.

–¡Pero la historia sí lo es! –aseguró su compañero–. Verás, otro hombre, un respetable artista, pinta un retrato de ese joven, ¡y éste ve cumplido su deseo! Su rostro permanece hermoso. –Alzó una mano de dedos blancos y alargados–. Sin embargo su alma se corrompe gradualmente mientras él se entrega a la búsqueda del placer, indiferente al precio que otros tengan que pagar, que es alto, a veces incluso la pérdida de la vida.

–Amigo mío, sigue pareciéndome una historia corriente.

Una simple descripción de lo obvio. –Se recostó contra los cojines chinos del diván, exhibiendo su aburrimiento.

–¿De verdad crees que Oscar escribiría algo obvio? –El otro joven enarcó aún más las cejas–. ¡Qué poca imaginación tienes, y qué poco conoces a la gente!

–Quizá para ti no resulte obvio, pero para mí sí lo es.

–¡Adivina pues el final! –desafió su amigo.

–No hay final. Son simplemente las cosas de la vida.

–¡Ahí te equivocas! –exclamó, señalando a su compañero con un dedo acusador–. El protagonista sigue tan joven y apuesto como siempre. Los años pasan. Su rostro es inmune a la abyección de su alma y la disipación de su vida...

–Vanas ilusiones.

–... pero el retrato no. Semana tras semana el rostro pintado en el lienzo se hace más siniestro...

–¿Cómo? –dijo el otro, irguiéndose de pronto y tirando al suelo uno de los voluptuosos cojines.

Emily reprimió el impulso de agacharse a recogerlo y ponerlo en su sitio.

–¡El rostro del lienzo se hace cada vez más siniestro! –repitió el joven, consciente de que su amigo lo escuchaba absorto–. Todos sus pecados y su maldad, la enfermedad de su alma, dejan su huella en él, hasta el punto de que su mera visión le hiela la sangre y le impide conciliar el sueño por temor a verlo en sus pesadillas.

–¡Válgame Dios! Y luego ¿qué? ¿Cuál es el final?

–Asesina al artista, que ha descubierto su secreto –respondió con tono triunfal–. Y finalmente, horrorizado por la monstruosidad del rostro pintado, reflejo de su alma, acuchilla el retrato.

Emily tomó aire con una ahogada exclamación, pero ninguno de los dos la oyó.

–¿Y? –apremió su compañero.

–¡Se mata a sí mismo! Su vida está inextricablemente ligada al cuadro. Él es el retrato, y el retrato es él. Muere, y su cuerpo adquiere la extrema fealdad del retrato, y éste recupera su inicial belleza y candidez. El relato es un alarde de ingenio y lenguaje, como todo lo que Oscar escribe. –Se encogió de hombros, sonriente, y se recostó contra el respaldo del diván–. Naturalmente ha indignado a muchas personas bien pensantes, que lo consideran inmoral y pernicioso y todas esas cosas. Pero ¿qué cabría esperar? Una obra de arte que acepta todo el mundo está condenada al fracaso desde el principio. Eso es en sí mismo la prueba más clara de que no aporta nada nuevo. Si no ofendes a nadie, mejor sería que no te molestases siquiera en hablar, porque obviamente no tienes nada que decir.

–¡Tengo que conseguir un ejemplar del *Lippincott's* inmediatamente!

–He oído decir que quizá también publique el relato en forma de libro.

–¿Cómo se titula? Tengo que saberlo.

–*El retrato de Dorian Grey.*

–¡Magnífico! Lo leeré, probablemente varias veces.

También yo, pensó Emily cuando se alejaba de los dos hombres, que empezaban a discutir las implicaciones más profundas de la historia. Pero no se lo diré a Jack. Quizá no lo comprendiese.

Comenzaba a sentirse un poco mareada, y desde luego la vencía ya el cansancio. No estaba habituada a ambientes tan cargados. En la buena sociedad los caballeros se retiraban de las estancias principales para fumar. Había habitaciones destinadas específicamente a ello, a fin de no molestar a quienes no tenían el hábito, y los fumadores se ponían unas chaquetas especiales para no llevar el olor impregnado en la ropa al resto de la casa.

Vio a Tallulah en el otro extremo de la sala. Coqueteaba con un joven lánguido vestido de verde, pero al parecer más por simple rutina que por verdadero interés. Emily no sabía qué hora era, pero todo indicaba que debía de ser muy tarde. No tenía medio de transporte para volver a casa, así que dependía de Tallulah. No consideraba prudente marcharse sola y vagar por las calles en busca de un cabriolé a esas horas de la madrugada. Cualquier hombre o policía con quien se cruzase la tomaría por una prostituta. Desde el revuelo que se había producido cuatro años atrás en torno a la prostitución y la purga de la pornografía, habían sido detenidas muchas mujeres decentes que paseaban por zonas poco recomendables en pleno día, así que el riesgo a esas horas era mucho mayor.

Con paso un tanto inestable cruzó la sala y se detuvo junto a la butaca donde estaba sentada Tallulah.

–Creo que es hora de que nos excusemos –dijo Emily con claridad, o al menos eso pretendía–. Ha sido una velada encantadora, pero me gustaría estar en casa para el desayuno.

–¿El desayuno? –Tallulah parpadeó con cara de incomprensión–. ¡Ah, sí! –exclamó, irguiéndose de pronto–. Ese prosaico mundo que toma el desayuno. Supongo que debemos regresar ya. –Exhaló un suspiro. Dio la impresión de que se había olvidado del joven con quien hablaba segundos antes, y él no parecía desconcertado. Simplemente desvió la atención a otra persona.

No tardaron en encontrar a Reggie, quien amablemente accedió a marcharse y se encaminó hacia la puerta con Emily de un brazo y Tallulah del otro. Despertó a su cochero, y subieron los tres al carruaje. Reggie, medio dormido, cerró con dificultad la puerta. Al este se veía ya la primera luz del alba, y los más madrugadores circulaban ya por las calles.

Nadie había preguntado a Emily dónde vivía, y cuando se apartaron de la orilla del río, tomando hacia el norte, observó a la luz de las farolas el rostro de Reggie Howard, adormecido con el traqueteo del coche, y dudó en pedirle que primero la dejase a ella en su casa. No iban en la dirección correcta. Tendría que esperar.

Se detuvieron con cierta brusquedad en Devonshire Street. Reggie despertó sobresaltado.

–¡Ah, ya hemos llegado! –dijo, parpadeando–. Permítanme que las ayude.

Buscó a tientas el tirador de la puerta, pero el lacayo se le adelantó, y tendió la mano primero a Tallulah y después a Emily.

–Será mejor que se quede a dormir aquí –se apresuró a sugerir Tallulah al ver que vacilaba en salir del coche–. ¿No querrá llegar a su casa a estas horas, supongo?

Emily dudó por un instante. Quizá el ofrecimiento era también una manera educada de decir que ya habían abusado bastante de la amabilidad de Reggie. En cualquier caso, Tallulah tenía razón; explicar a Jack que había pasado la noche en casa de ella sería más fácil que admitir que había estado en una fiesta en Chelsea hasta las cuatro de la madrugada con artistas y escritores del movimiento decadentista, tan en boga por entonces.

–Gracias. –Emily se apeó con más premura que donaire–. Es muy generoso de su parte.

Dio las gracias también a Reggie y al lacayo, y cuando el carruaje se alejó ruidosamente, siguió a Tallulah, que cruzó la acera, atravesó las verjas del pasaje contiguo a la casa y entró en el patio trasero, donde al parecer la puerta de la trascocina no estaba cerrada con llave.

Tallulah se detuvo en la cocina. Bajo la fría luz del amanecer, lejos del resplandor de las lámparas de gas y los cortinajes de terciopelo, presentaba un aspecto sorprendentemente frágil. A sus espaldas se hallaban el aparador de madera con platos dispuestos en hileras, los cacharros de cobre colgados de la pared y los tarros de harina, y a su izquierda el fogón negro. Cerca del techo había un tendedero con ropa blanca puesta a orear, y en el aire flotaba un olor a hierbas secas y ristras de cebollas.

Las primeras criadas no tardarían en levantarse para limpiar y encender el fogón, a fin de que la cocinera lo encontrase todo a punto llegado el momento de empezar a preparar el desayuno.

Lo mismo ocurriría pronto en casa de Emily.

Tallulah tomó aire y lo dejó escapar en silencio. Se dio media vuelta para guiar a Emily hacia el piso superior. Ésta la siguió de puntillas para no ser oída por los miembros del servicio más madrugadores.

En el rellano, Tallulah se detuvo frente a la puerta de una de las habitaciones para huéspedes.

–Le prestaré un camisón –susurró–. Y le enviaré a mi doncella por la mañana. –Hizo una mueca–. No será antes de las ocho. Nadie desayunará muy temprano... o eso creo. En realidad... –La consternación le demudó súbitamente el rostro–.

En realidad, atravesamos un mal momento. Ha sucedido una desgracia. –Bajó aún más la voz–. Fue asesinada una mujer de la calle cerca de Whitechapel Road, y la policía encontró una insignia que pertenecía a mi hermano. Incluso vinieron a interrogarlo. –Se estremeció–. Él no ha tenido nada que ver con eso, desde luego, pero me da miedo que no lo crean. –Miró a Emily fijamente, esperando algún comentario.

–Lo siento –dijo Emily con sinceridad–. Usted y su familia deben de estar pasándolo mal. Quizá no tarden en descubrir al verdadero culpable. –De pronto la venció su natural curiosidad–. ¿Dónde encontraron la insignia?

–En la habitación de esa mujer, donde la mataron. –Tallulah se mordió el labio, y el temor se traslució con toda claridad en su semblante, acentuado por las marcadas sombras que se formaban a la tenue luz de la lámpara de gas situada en lo alto de la escalera y la claridad del día que comenzaba a penetrar por las ventanas del rellano.

–¡Oh! –exclamó Emily.

No halló palabras de consuelo. No le sorprendía que el hermano de Tallulah hubiese utilizado los servicios de una prostituta. Tenía experiencia suficiente de la vida para saber que esas cosas ocurrían. Ni siquiera podía descartarse que la hubiese matado él. Alguien lo había hecho, quizá de manera accidental. Podría haberse desatado una pelea por dinero. Acaso la mujer hubiese intentado robarle. Emily sabía por Pitt que tales situaciones eran corrientes. No requería demasiada imaginación concebir lo sucedido: por un lado un joven rico, bien vestido, con objetos de oro tales como gemelos, botonadura, reloj, cortapuros, y con dinero encima para satisfacer sus apetitos; por otro, una mujer desesperada, exhausta, hambrienta, sin saber siquiera si dormiría bajo techo la semana siguiente. Tal vez incluso tuviese un hijo que alimentar. En realidad, lo sorprendente era que tales hechos no se produjesen con mayor frecuencia.

Pero no podía decir todo eso a Tallulah en aquellos momentos. Aunque quizá, a juzgar por la palidez de su rostro, las ojeras de fatiga, el miedo que mermaba su vitalidad, ya lo sabía.

Emily le dirigió una sonrisa forzada, sombría y un tanto vacilante.

–Sin duda ha pasado mucha gente por esa habitación –dijo con deliberado optimismo–. Probablemente la mató alguien que ella conocía. Tienen hombres que se quedan con su dinero a cambio de protección, ¿sabe? Es posible que haya sido él. La policía está al corriente de eso. Seguramente vinieron por puro trámite.

–¿Usted cree? –preguntó Tallulah–. Vino un policía muy educado. Hablaba con corrección, como un caballero, pero se le veía desaliñado. Llevaba el cuello de la camisa limpio pero torcido, y el pelo largo y despeinado. Si no hubiese sabido que era policía, lo habría confundido con un artista o un escritor. Pero no parecía tonto. Además, mi padre no lo intimidaba, cosa poco común.

Emily experimentó un repentino escalofrío, una sensación de familiaridad, como en una escena de un sueño, en la que uno sabe qué va a ocurrir antes de que ocurra.

–No se preocupe –dijo con todo el aplomo que pudo reunir–. Averiguará la verdad. No se equivocará de hombre. Su hermano saldrá indemne.

Tallulah permaneció inmóvil.

Fuera se oyeron los silbidos de un viandante y el estrepitoso traqueteo de una carreta. Las criadas bajarían por la escalera posterior de un momento a otro.

–Gracias –dijo Tallulah por fin–. Nos veremos en el desayuno. Ahora mismo le traigo un camisón.

Emily sonrió agradecida y decidió buscar un teléfono en cuanto fuese posible para informar a su doncella de que estaba sana y salva, pasando la noche en casa de una amiga. Si Jack había regresado a casa, serviría también de explicación para él. Si al levantarse por la mañana veía que llegaba tarde al desayuno, lo comprendería.

Emily se despertó sobresaltada. Las cortinas estaban descorridas, y el sol entraba a raudales en una habitación que nunca había visto. Todo estaba estampado de flores amarillas con un poco de gris y azul. Una doncella vertió agua caliente en una palangana de porcelana y dejó unas toallas limpias en el respaldo de la silla.

–Buenos días, señora –saludó alegremente la muchacha–. Vuelve a hacer una mañana espléndida. Parece que tendremos un día cálido y soleado. La señorita Tallulah ha dicho que si desea ponerse uno de sus vestidos, se lo prestará con mucho gusto. El que usted traía es poco adecuado para el desayuno. –No desvió la mirada hacia el traje de noche verde de Emily extendido sobre el diván con su falda abierta en abanico, sus rosas amarillas y ebúrneas, su pronunciado escote y sus ligerísimas mangas, semejantes a flores marchitas bajo la intensa luz de la mañana. Ni en su expresión se notaba más que solícita cortesía. Era una excelente doncella.

–Gracias –accedió Emily.

Le habría desagradado profundamente aparecer ante Augustus FitzJames durante el desayuno como si hubiese pasado en vela la noche entera. Y el vestido de muselina de color crema que le ofrecieron era realmente precioso. Un tanto juvenil para ella, quizá, pero no exento de elegancia con su canesú cerrado y sus finos bordados.

Bajó con Tallulah a fin de que su presencia fuese debidamente explicada y cumplimentadas las oportunas presentaciones.

El comedor era amplio, formal y en extremo agradable, pero sólo tuvo tiempo de echarle un rápido vistazo, porque inmediatamente las tres personas sentadas a la mesa atrajeron por completo su atención. Ocupaba la cabecera Augustus FitzJames, que leía el periódico matutino con una expresión severa en el rostro alargado e imponente. Lo tenía plegado sobre la mesa, pero no levantó la vista hasta advertir una presencia imprevista.

–Buenos días, papá –saludó Tallulah con jovialidad–. Permíteme que te presente a la señora Radley. La invité a pasar aquí la noche, porque era ya tarde y su esposo se vio obligado a llevarse el coche para atender un asunto de Estado urgente. –Mintió con notable destreza, como si tuviese ya ensayada la historia.

Augustus observó a Emily con semblante un tanto ceñudo, pero no tardó en relacionar el apellido con un miembro del Parlamento e inclinó la cabeza en señal de respeto.

–Buenos días, señora Radley. Me complace haber tenido ocasión de ofrecerle nuestra hospitalidad. Por favor, siéntese a desayunar con nosotros. –Lanzó una mirada fugaz a la mujer que ocupaba el otro extremo de la mesa, correctamente peinada, ataviada con un inmaculado vestido, pero bajo una gran tensión a juzgar por las arrugas que surcaban su rostro. Con tono inexpresivo, Augustus dijo–: Mi esposa.

–Mucho gusto, señora FitzJames –saludó Emily con una sonrisa–. Le agradezco la gentileza de haberme acogido en su casa esta noche pasada. –Era una simple formalidad, unas palabras con que romper el incómodo silencio. Aloysia siquiera había reparado en ella.

–Es usted bienvenida –se apresuró a decir Aloysia–. Espero que haya dormido bien.

–Muy bien, gracias.

Emily se sentó en la silla que le indicaron mientras la sirvienta ponía otro cubierto en la mesa para Tallulah.

–Mi hijo –continuó Augustus, señalando con una mano huesuda al joven sentado frente a Emily.

–Mucho gusto, señor FitzJames –dijo Emily, contemplándolo con mayor interés del que le habría despertado si Tallulah no le hubiese confiado su lamentable conexión con el asesinato de Whitechapel. Procuró mostrar una sonrisa alegre y despreocupada, pero no pudo resistirse a la tentación de escrutar su rostro. Era bien parecido, con nariz masculina, boca grande y una mandíbula ancha y firme. Tenía el cabello claro y hermoso, peinado hacia atrás en tupidas ondas. Era el rostro de un hombre que nunca carecería de la admiración de las mujeres. ¿Qué desordenados apetitos o veladas flaquezas lo habían llevado a buscar a una prostituta nada menos que en Whitechapel? Observándolo sentado a la mesa con su familia, Emily pensó en lo poco que podía adivinarse de la verdadera naturaleza de una persona enmascarada tras unos modales refinados, una indumentaria tradicional y un cabello pulcro y cuidado.

–El gusto es mío, señora Radley –respondió Finlay con indiferencia–. Buenos días, Tallulah. ¿Lo pasaste bien anoche?

Tallulah se sentó junto a Emily, examinó con desgana el contenido de un frutero y finalmente optó por las tostadas y la mermelada de albaricoque.

–Sí, gracias –contestó lacónicamente. Su hermano le había preguntado sólo por cumplir.

Ofrecieron a Emily abadejo ahumado y huevos, pero ella rehusó, diciendo que le bastaba también con unas tostadas. Debía regresar a casa en cuanto pudiese abandonar aquella mesa sin faltar a la obligada cortesía. Dar una explicación satisfactoria de su ausencia de la noche anterior sería ya de por sí delicado, así que no deseaba agravar la situación con un mayor retraso.

–¿Adónde fuiste? –preguntó Augustus a Tallulah. Aunque sin emplear un tono autoritario, había dejado sobradamente claro que esperaba una respuesta, y una respuesta sincera.

Tallulah no apartó la vista del plato.

–A cenar a casa de lady Swaffham. ¿No lo había mencionado?

–Sí, lo mencionaste –repuso Augustus con tono inflexible–. Y desde luego no estuviste allí hasta pasadas las dos de la madrugada. Conozco a lady Swaffham, y sé que no alargaría una velada hasta esas horas.

Tallulah no había dicho a qué hora habían llegado. Cabía suponer que a las dos se había acostado él, y sabía que ella no estaba aún en casa.

–Fui con Reggie Howard y la señora Radley a una tertulia literaria en Chelsea –contestó Tallulah, dirigiendo una mirada fugaz a su padre.

–¿A las dos de la madrugada? –Augustus enarcó las cejas con expresión sarcástica–. Querrás decir a una fiesta en que ciertos jóvenes que se creen escritores adoptan poses afectadas y pregonan estupideces. ¿Estaba también Oscar Wilde?

–No.

Augustus miró a Emily esperando que confirmase o desmintiese la respuesta de su hija.

–No creo que hubiese allí nadie del círculo de Oscar Wilde

–dijo con toda franqueza. En realidad no estaba muy segura de quiénes formaban ese «círculo», y le incomodaba verse en la desagradable situación de tener que responder por Tallulah o hacerla quedar como una embustera.

–El joven Howard no es de mi agrado –prosiguió Augustus mientras cogía otra tostada y se servía un poco más de té. No miraba a su hija–. No volverás a salir en su compañía.

Tallulah respiró hondo y su rostro se tensó.

Augustus se volvió hacia su esposa.

–Ya va siendo hora de que la lleves a lugares más adecuados, querida. Es tu obligación encontrarle el marido que le corresponde. Y este mismo año, diría yo. Ya deberías haberlo hecho. Siempre y cuando no ponga en peligro su buen nombre andando en malas compañías, es un buen partido. Conducta aparte, no seguirá así indefinidamente. –Augustus miraba aún a Aloysia, no a Tallulah, pero Emily vio sonrojarse de humillación a la muchacha–. Prepararé una lista de familias deseables –concluyó, y mordió la tostada a la vez que tendía la otra mano hacia la taza.

–Deseables ¿para quién? –replicó Tallulah, airada.

Augustus se volvió hacia ella. No se advertía en sus ojos el menor asomo de luz o humor.

–Para mí, naturalmente. Es mi responsabilidad procurar que no te falte de nada y saques provecho a tu vida. Tienes todo lo necesario, excepto autodisciplina. Deberás ejercitarla, a partir de hoy mismo.

De no haber sabido que nadie le prestaba atención, Emily habría sentido vergüenza ajena, pero incluso Finlay parecía absorto en las palabras de su padre. Por lo visto, aquella demostración de autoridad absoluta no sorprendía a ninguno de ellos. No necesitaba ver a Tallulah, con la cabeza gacha, para adivinar que la lista de pretendientes aceptables de Augustus FitzJames no incluiría al Jago de quien le había hablado. La virtud que con tal certidumbre ella le atribuía no podía atraer a un padre con ambiciones sociales.

Para tener una mínima opción de felicidad, Tallulah debía evaluar a fondo sus deseos y sopesar pros y contras.

Emily observó a Finlay, que seguía comiendo tostadas con

mermelada y tomando té. Si compadecía a su hermana, el sentimiento no se reflejaba en su rostro.

De improviso Augustus se volvió hacia él.

–Y también va siendo hora de que tú encuentres una esposa adecuada a tus intereses. No conseguirás un puesto en una embajada importante a menos que tengas una esposa capaz de desempeñar su papel. Debe poseer una buena educación, dignidad, desenvoltura para sostener una conversación inteligente, y encanto suficiente para cautivar pero no tanto que pueda suscitar habladurías y especulaciones. Es preferible una buena salud a una gran belleza. Y su reputación debe ser intachable, ni que decir tiene. Ahora mismo me vienen a la cabeza al menos una docena de candidatas idóneas.

–En estos momentos... –empezó a decir Finlay, pero se interrumpió bruscamente.

A Augustus se le heló el semblante.

–De sobra sé que en estos momentos reclaman nuestra atención asuntos más urgentes. –Tenía una expresión tensa y dura, y no miraba a Finlay mientras hablaba–. Confío en que eso quede resuelto en el plazo de unos días.

–Eso espero –dijo Finlay apesadumbrado, con la vista fija en su padre como si deseara que alzase la cabeza y lo mirase a los ojos–. ¡Yo no tuve nada que ver! Y si son mínimamente competentes, no tardarán en averiguarlo. –Habló casi con tono de desafío, como si no esperara que diesen crédito a sus palabras sin una prueba fiable, y sin embargo Emily percibió sinceridad en su voz.

Tallulah había olvidado la tostada a medio comer, y el té se le enfriaba en la taza. Miró a su madre por un instante y luego de nuevo a su padre.

–¡Claro que lo averiguarán! –afirmó Aloysia por decir algo–. Es un asunto desagradable, pero no hay por qué preocuparse.

Augustus le dirigió una mirada de profundo desprecio, y las arrugas que rodeaban su boca se hicieron más acusadas.

–Nadie está preocupado, Aloysia. Se trata simplemente de resolver el problema para que no se produzcan situaciones desagradables a causa de... la incompetencia o alguna otra contrariedad que escape a nuestro control. –Se volvió hacia Tallulah–. Tú, jovencita, te comportarás debidamente para que nadie se escandalice y las malas lenguas no tengan excusa alguna en que basar sus habladurías. –Miró a Finlay–. Y tú te conducirás como un caballero. No atenderás más que a tus obligaciones y esos entretenimientos que ocupan a la clase de jóvenes con que desearías casarte. Puedes acompañar a tu hermana. En Londres hay muchas veladas, exposiciones y otros actos decorosos.

Finlay parecía desesperado.

–De lo contrario –añadió Augustus–, este asunto podría no ser tan fácil de atajar como desearías.

–¡Yo no tuve nada que ver! –protestó Finlay con un creciente tono de angustia en la voz.

–No lo dudo –dijo Augustus con severidad, y continuó desayunando. La conversación había concluido. No era necesario que lo expresase con palabras; la irrevocabilidad de su voz bastaba. Cualquier objeción habría sido en vano.

Tallulah y Emily terminaron de comer en silencio y a continuación se excusaron. Cuando estaban en el vestíbulo y nadie las oía, Tallulah se volvió hacia Emily.

–Lo siento –dijo apenada–. Debe de haber sido muy desagradable para usted, porque sabía a qué se refería mi padre. Todo se aclarará, desde luego, pero podría tardarse una eternidad. ¿Y si no encuentran al culpable? –Su voz se hizo más aguda a medida que el pánico se apoderaba de ella–. Al fin y al cabo, no descubrieron al otro asesino de Whitechapel. Mató a cinco mujeres, y dos años más tarde aún no saben ni remotamente quién fue. ¡Podría ser cualquiera!

–No, no podría ser cualquiera –corrigió Emily con firmeza. Eran palabras vacías, pero confiaba en que Tallulah no se diese cuenta–. Ese otro fracaso y este asunto son casos completamente distintos.

Estaba convencida de que Pitt averiguaría la verdad, pero probablemente *toda* la verdad, y eso, incluso si Finlay era tan inocente como afirmaba, podía sacar a la luz información sobre él embarazosa o hiriente, o ambas cosas. El inconveniente de una investigación era que desvelaba los hechos más diversos, a veces ajenos al propio delito, indignidades y faltas íntimas que después era imposible olvidar.

Y a menudo la gente, por efecto del miedo, obraba de manera abyecta. Uno atisbaba su verdadera naturaleza con mayor claridad de la deseable. No era un simple temor a que se descubriese la culpabilidad.

–Probablemente la mató alguien de su entorno –prosiguió con aparente certidumbre, pensando mientras lo decía que Augustus FitzJames no estaba seguro de la inocencia de su hijo. Por su tenso tono de voz y por el modo en que había descalificado las palabras de consuelo de su esposa, Emily había advertido que una sombra de duda lo inquietaba. ¿Por qué? ¿Por qué un hombre confiaría tan poco en su hijo como para admitir esa siniestra posibilidad?

–Sí, probablemente –concedió Tallulah–. Es sólo que estoy un poco alterada porque mi padre pretende obligarme a contraer matrimonio con un pelmazo y convertirme en una esposa insulsa y anodina que se pasa la vida haciendo inservibles bordados y pintando acuarelas que a nadie interesan.

–Gracias –bromeó Emily con una sonrisa.

Tallulah se ruborizó.

–¡Vive Dios! ¡Cuánto lo siento! ¿Cómo he podido ser tan desconsiderada? ¡Es imperdonable! No quería decirlo.

Emily parpadeó al oír el juramento, pero repuso con franqueza:

–Sí quería decirlo. Y no me sorprende. Muchas mujeres malgastan la vida entera en cosas que aborrecen. A veces yo misma me echo a llorar de aburrimiento. Y estoy casada con un político, y por lo general es un hombre interesante. Anoche me sentía aburrida porque últimamente mi marido está tan ocupado que apenas lo veo, y yo no he movido un dedo para encontrar algo que me atraiga. Necesito una buena causa por que luchar.

El rubor abandonó gradualmente las mejillas de Tallulah, pero aún parecía abochornada.

Emily la cogió del brazo y la llevó consigo escalera arriba hacia la habitación de huéspedes que le habían cedido esa noche.

–Tengo una tía abuela que no se aburre un solo día de su vida –continuó–, porque siempre está muy atareada, normalmente combatiendo la ignorancia o la injusticia. Nunca se embarca en empresas fáciles, y por lo tanto todo tiende a prolongarse.

Podría haber mencionado también que el nuevo esposo de su madre era un actor judío diecisiete años menor que ella, o que su hermana se había casado con un hombre de inferior posición social, un policía, y tenía a toda la familia con el alma en vilo porque se involucraba en sus peores casos. Pero en ese momento habría sido poco discreto, además de alarmante.

–¿De verdad? –preguntó Tallulah con interés–. ¿Y su marido lo consiente?

–En realidad está muerto, así que su opinión no cuenta –admitió Emily–. Si aún viviese, sería mucho más complicado. ¿Y ese Jago del que me habló anoche?

–¡Jago! –Tallulah dejó escapar una risa entrecortada–. ¿Cree que mi padre me permitiría casarme con un párroco de Whitechapel? Acabaría con sólo un par de vestidos de quita y pon, viviendo en un cuartucho con corrientes de aire y goteras en el techo. Desaparecería de la vida de sociedad.

–Pensaba que los sacerdotes tenían vicarías –adujo Emily, deteniéndose en el soleado rellano adornado con alfombras y macetas. Abajo, una sirvienta impecablemente ataviada con cofia y delantal de encaje cruzó el vestíbulo, oyéndose su taconeo contra el parquet. Aunque en Whitechapel hubiese vicarías, el abismo entre ese mundo y el de Tallulah era insalvable.

Tallulah se mordió el labio.

–Lo sé. Pero tendría que renunciar a demasiadas cosas. Las fiestas, los vestidos bonitos, las conversaciones ingeniosas como la de anoche. Las salidas a la ópera y el teatro. Las cenas, los bailes, las noches en vela. La mayor parte del tiempo pasaría frío e incluso hambre. ¡Y tendría que lavarme yo misma la ropa!

Todo aquello era verdad.

–¿Quiere convertir a Jago en lo que no es? –preguntó Emily.

–¡No! –Tallulah tomó aire lentamente–. No, claro que no. Yo... –Se interrumpió. No sabía qué quería. Era una decisión difícil.

–Nadie lo tiene todo –dijo Emily con delicadeza–. Si lo que le atrae de él es esa fidelidad a sus valores, debe aceptar todo lo que eso implica. Quizá sea momento de considerar seriamente qué clase de vida llevaría usted a su lado, y luego decidir qué es en realidad lo que desea. No lo elija a falta de otra alternativa. Es una cuestión demasiado importante. Toda su vida puede depender de esta decisión.

En el singular rostro de Tallulah se formó una mueca burlona, como si se riese de su propia situación, pero tenía lágrimas en los ojos.

–No tengo nada que decidir. Jago no se fijaría en mí con ese propósito. Desprecia la forma de vida que represento. La cuestión es cómo ayudar a Finlay a salir de esta situación, y la verdad es que no se me ocurre nada. Y por otra parte impedir que mi padre me case con un hombre tan aburrido que el tedio acabe idiotizándome. –Se sorbió la nariz–. Quizá me busque un marido muy viejo, y no tarde en morir. Así seré una viuda, como su tía abuela, y haré lo que me plazca.

Abajo se abrió la puerta del comedor, y salió Finlay, que fue derecho hacia la puerta de la calle con paso rápido y un tanto airado.

–¡Jarvis! –gritó–. ¿Dónde están mi sombrero y mi bastón? Anoche los dejé en el perchero. ¿Quién se los ha llevado?

Al instante apareció un lacayo, mostrando la debida deferencia.

–El bastón sigue en el perchero, señor, y el sombrero me lo llevé para cepillarlo.

–Ah, gracias. –Finlay cogió el bastón–. Ve a traerme el sombrero. Pero ¿por qué te lo llevaste? No hace falta que me cepilles el sombrero cada vez que me lo pongo.

–Lamentablemente un pájaro... –insinuó Jarvis.

Tallulah sonrió sin querer y cogió a Emily del brazo para conducirla a la habitación, donde dispuso que plegasen y envolviesen su traje de noche a fin de que pudiese transportarlo cómodamente en su regreso a casa.

Emily se despidió y volvió a casa en el segundo coche de los FitzJames; Augustus se había llevado el otro. No podía apartar de su pensamiento los problemas de Tallulah. ¿Cabía la posibilidad de que Finlay fuese culpable?

¿Qué podía inducirlo a perpetrar una acción semejante? ¿Qué sabía, o sospechaba, de él su padre para justificar tal frialdad, tal desconfianza, y a la vez tan firme propósito de defenderlo?

¿O acaso Emily había interpretado erróneamente las emociones de su rostro? No había sido más que una simple espectadora durante el breve rato que había durado el desayuno. Quizá estaba sobreestimando sus opiniones y todo aquello no eran más que fantasías.

Ociosamente se preguntó cómo sería el tal Jago para cautivar de aquel modo a Tallulah. Por lo visto, era lo opuesto de todo lo que ella atesoraba en su actual vida. ¿Se debía tal vez a eso su atracción? Ajena a la realidad, ¿se sentía sencillamente fascinada por lo que él tenía de distinto? Fuera lo que fuese, Tallulah le inspiraba simpatía. Le gustaba por su vivacidad, su propensión a preocuparse por los demás, y porque se tambaleaba al borde de unos sueños por los que debería pagar durante el resto de su vida. Merecía toda la ayuda que Emily fuese capaz de dispensarle, de eso no había duda.

Cuando llegó, dio las gracias al cochero de los FitzJames, se apeó y subió por la escalinata de su casa. El mayordomo abrió la puerta sin inmutarse.

–Buenos días, Jenkins –dijo con calma, y entró.

–Buenos días, señora –saludó él mientras cerraba–. El señor Radley está en el gabinete.

–Gracias.

Emily le entregó el paquete con el traje de noche para que se lo diese a la doncella. A continuación, sintiéndose un tanto extraña con el vestido de muselina de Tallulah, se dirigió al gabinete con la cabeza en alto para rendir cuentas a Jack.

–Buenos días –dijo él con frialdad al verla aparecer en la puerta. Se hallaba sentado tras el escritorio con un montón de papeles enfrente, una pluma en la mano y expresión seria–. He recibido tu mensaje. Bastante incompleto, por cierto. ¿Dónde has estado?

Emily respiró hondo. Le molestaba tener que dar explicaciones, pero se había hecho ya a la idea de que sería inevitable.

–Accedí a ir a otra fiesta y no me di cuenta de lo tarde que se hacía. Los invitados eran gente interesante, y conocí a alguien... –Se interrumpió. Aún no sabía si disculparse aduciendo su deseo de ayudar a una amiga en apuros o su intento de recabar información para el nuevo caso de Pitt. El obvio descontento que veía en el rostro de Jack no le sirvió para salir de dudas. Dijera lo que dijese, más le valía poder demostrarlo.

–¿Sí? –la instó a seguir Jack con una mirada glacial.

Debía tomar una decisión de inmediato, o si no daría la impresión de que mentía. Era más difícil engañarlo de lo que a veces deseaba. En otra ocasión había supuesto que conseguiría desviar su atención con una sonrisa, pero se había equivocado.

–Estoy esperando, Emily...

–Conocí a una muchacha que me cayó muy bien, y la pobre estaba consternada porque su hermano ha sido acusado de asesinato... Thomas investiga el caso. ¡No podía marcharme, Jack! Tenía que averiguar todo lo posible... por ella, por Thomas... y por la verdad en sí.

–Ya veo. –Jack se reclinó contra el respaldo y la observó con escepticismo–. Así que has pasado la noche en casa de esa muchacha. ¿Y qué has descubierto en tu generoso esfuerzo? ¿Es culpable, su hermano?

–No te pongas sarcástico –replicó Emily con tono cortante–. Ni siquiera yo puedo resolver un asesinato durante un desayuno. –Lo miró con una vacilante sonrisa–. Me llevará al menos hasta la hora de la cena... quizá más incluso.

Sus miradas se cruzaron por un instante, y Emily advirtió en los ojos de Jack un atisbo de sonrisa. En el acto se dio media vuelta, salió y cerró la puerta.

En el pasillo dejó escapar un suspiro de alivio y subió rápidamente a cambiarse.

4

En el preciso instante en que Emily hablaba con Tallulah en el rellano y Finlay cogía su bastón y su sombrero y se disponía a salir, un cabriolé en el que viajaban Pitt y Rose Burke entraba por Devonshire Street. Cuando se abrió la puerta del número treinta y ocho y apareció Finlay, Rose, de pronto tensa, se inclinó para asomarse por un costado del coche. Volvió lentamente la cabeza, siguiendo a Finlay con la mirada hasta que dobló la esquina de Upper Wimpole Street, y luego se reclinó de nuevo.

–¿Y bien? –preguntó Pitt.

No sabía cuál deseaba que fuese la respuesta. Si lo identificaba, tendrían que acometer la desagradable tarea de reunir pruebas para la detención y la instrucción del caso. La familia FitzJames presentaría batalla con todos los recursos a su alcance. Sin duda aducirían incompetencia policial. La propia Rose sería blanco de sus ataques, dirigidos a socavar su resolución, difamarla –cosa fácil– y desacreditar su testimonio.

Por otra parte, si no era capaz de identificarlo con certeza (o peor aún, descartaba que hubiese sido él), tendrían que empezar de nuevo desde el gemelo y la insignia, buscando una solución que explicase la presencia de esos dos objetos en el lugar del crimen y a la vez que excluyese a Finlay del asesinato.

Rose volvió la cabeza y miró a Pitt. Podría haber saboreado su momento de poder. Pitt esperaba ver esa clase de satisfacción en sus ojos; sin embargo vio sólo ira y un odio intenso.

–Sí, era ése –declaró con voz ronca y tensa–. Ése era el que vi entrar en la casa justo antes de morir Ada. Deténgalo. Llévelo a juicio para que lo cuelguen.

Pitt sintió una opresión en el pecho y el corazón acelerado.

–¿Está segura?

Rose se irguió en el asiento como movida por un resorte y le clavó una mirada colérica.

–Sí, estoy segura. ¿Va a discutírmelo porque vive en una casa elegante de un barrio fino y tiene dinero? –reprochó con una mueca de aversión rayana en rencor.

–No, Rose, no es ésa mi intención –respondió Pitt sin alterarse–. Pero cuando lo lleve ante el juez, no debe haber cabos sueltos. No quiero que un abogado astuto encuentre errores y consiga la absolución.

–Ya... –Avergonzada de su reacción, volvió a reclinarse contra el asiento–. En fin..., sí..., supongo que tiene razón. Pero esta vez no lo dejen escapar.

–¿Esta vez? –preguntó Pitt, aunque intuía con amargura qué iba a contestar.

–Sí. Al fin y al cabo, no encontraron a Jack, ¿no? –Se advertía la rigidez de sus hombros bajo el chal–. Que se sepa, anda aún suelto por ahí, esperando en algún portal oscuro para rajar a otra mujer. A ver si ahora cogen a ese condenado asesino y acaban con él antes de que mate a otra pobre desgraciada.

De buena gana le habría dicho que aquel crimen no había sido obra de otro asesino en serie, que no se repetiría, que había sido sólo un hecho aislado, una horrenda aberración. Pero no estaba seguro. Tras aquel asesinato se adivinaba una compulsión, una rabia interior momentáneamente fuera de control. Si había ocurrido una vez, quizá podía ocurrir de nuevo.

–Rose, si nos equivocamos de hombre, no servirá de nada –declaró Pitt, mirándola a la cara.

El miedo y el odio se traslucían en sus facciones atractivas y severas, en la piel aún tersa de sus pómulos. De no ser por el desparpajo de su expresión y la mala calidad de su ropa, podría habérsela confundido con una dama de Devonshire Street o cualquiera de las calles de aquella parte de Mayfair.

–No me equivoco de hombre –aseguró–. En fin, no tengo todo el día para quedarme aquí de charla con usted. Yo cobro por mi tiempo.

–Cobra por sus servicios, Rose –corrigió Pitt–, y yo no los quiero. Me concederá todo el tiempo que sea conveniente. Ahora volveremos en el coche a Bow Street, y una vez allí lo dejaré a su disposición si lo desea.

–¿Quién va a pagarlo? –se apresuró a preguntar.

–Yo –ofreció Pitt con una sonrisa–. Por esta vez. Lo pondremos a cuenta para la próxima ocasión en que necesite hablar con usted.

Rose guardó silencio. No deseaba comprometerse con palabras, pero un ligero atisbo de sonrisa se dibujó en sus labios.

Pitt se inclinó y dio indicaciones al cochero. Cuando llegaron a Bow Street, se apeó y pagó el resto del recorrido hasta Whitechapel.

Rose no había vuelto a hablar durante el trayecto. Estaba asustada. Mantenía aún demasiado vivo el recuerdo de las atrocidades de 1888, el pánico que se había apoderado de Londres de tal modo que ni siquiera en los cabarets, donde nada ni nadie escapaba a las burlas de los cómicos, se había oído un solo chiste sobre el Asesino de Whitechapel. Rose necesitaba a la policía, y eso en sí mismo le resultaba detestable. Veía a los agentes del orden como parte de una clase dominante que la utilizaba y a la vez la despreciaba.

Cuatro años atrás se habían aprobado nuevas leyes, concebidas en principio para proteger a las mujeres y frenar la escalada de la pornografía y la prostitución. A la hora de la verdad sólo habían servido para que la policía acosase y detuviese a más mujeres, y mientras unos burdeles se cerraban, otros abrían. Muchos hombres creían aún que cualquier mujer que se pasease por ciertas zonas, algunas del West End inclusive, estaba vendiendo sus favores. La pornografía corría con igual libertad que antes. Era todo una descomunal hipocresía, y Rose así lo entendía y detestaba a todo aquel que la respaldase o se beneficiase de ella.

Pitt entró en la comisaría de Bow Street, saludó al sargento de guardia y subió a su despacho. Allí lo aguardaba Tellman, con mirada severa y una expresión sarcástica en el rostro alargado.

–Buenos días, señor. He dejado en su mesa un informe de un tal doctor Lennox. Ha pasado por aquí hace un cuarto de hora. Le he dicho que no sabía exactamente cuánto tardaría usted en llegar, así que no se ha esperado. Parecía un alma en pena, como si lo hubiesen invitado a su propio velatorio. Tiene que ver con el asesinato de Whitechapel. Supongo que ese pájaro gordo es culpable, ¿no?

–Esa impresión da –convino Pitt

Se inclinó sobre el elegante escritorio y cogió la hoja escrita con letra grande y sesgada del tapete verde de piel embutido en la madera.

Tellman se encogió de hombros.

–Feo asunto –comentó. Se advertía en su voz cierta satisfacción, aunque era imposible saber si se debía al desasosiego de Pitt o a la perspectiva de ver a una familia como los FitzJames sometida a tal vergüenza pública. Tellman había ascendido desde los niveles más bajos del escalafón y tenía más que asumidas la amarga realidad del hambre, la humillación y la idea de que la vida nunca le depararía grandes recompensas.

Pitt tomó asiento y leyó el informe de Lennox. Ada McKinley había muerto por estrangulamiento entre las diez y las doce de la noche. En su cuerpo no se apreciaban hematomas o rasguños que indicasen que había opuesto resistencia al agresor. Tenía fracturados tres dedos de la mano izquierda y dos de la derecha, y dislocados tres dedos del pie izquierdo. Se le había roto una uña de la mano derecha, pero eso se debía probablemente al intento de arrancarse la media que le rodeaba el cuello. La sangre hallada bajo las uñas procedía casi con toda seguridad de los arañazos que ella misma se había hecho en la garganta.

Presentaba estrías en el abdomen por efecto de su antiguo embarazo, un par de hematomas en el muslo y otro en un hombro que por su color verde amarillento no podían haberse producido en la noche de su muerte. Por otra parte, en vida había gozado de buena salud. Por lo que Lennox podía conjeturar, contaba alrededor de veinticinco años. No había mucho más que decir.

Pitt alzó la vista.

Tellman esperaba con una expresión sombría en el tosco rostro.

–Tendrá que quedarse un rato más al frente de la comisaría –dijo Pitt con aspereza–. Voy a ver al subjefe de policía.

–¿Hay material suficiente para practicar la detención? –preguntó Tellman con cierto tono de sorpresa y desafío, mirando a Pitt a la cara.

–Casi –respondió Pitt.

–No será fácil para usted –observó Tellman sin el menor asomo de lástima en la voz. Se dio media vuelta con una sonrisa y se dirigió a la puerta–. Le conviene cerciorarse bien. Supongo que no querrá que, por algún error, el juicio sea un fracaso.

Salió con los hombros rectos y la cabeza en alto.

John Cornwallis ocupaba el cargo de subjefe de la policía desde hacía muy poco tiempo, de hecho poco más de un mes. Lo habían nombrado para cubrir la vacante dejada por la súbita marcha de su predecesor, Giles Farnsworth, al zanjarse el caso de Arthur Desmond. Cornwallis era un hombre de estatura media, anchas espaldas, figura esbelta y movimientos ágiles. No era bien parecido; tenía las cejas muy pobladas, la nariz demasiado pronunciada, los labios finos y la boca demasiado grande. Con todo, su presencia imponía respeto, y hacía gala de una actitud flemática que revelaba seguridad en sí mismo. Uno apenas reparaba en que no tenía un solo pelo en la cabeza.

–Buenos días, señor –saludó Pitt al entrar en su despacho mientras cerraba la puerta.

Era la segunda vez que estaba allí desde su altercado con Farnsworth. En esencia el despacho permanecía igual que antes: las altas ventanas, el escritorio de roble grande y lustroso, los sillones. Pero se percibía en el ambiente la impronta de otra personalidad. La suave fragancia de los cigarros de Farnsworth había desaparecido, y en el aire flotaban en su lugar los olores del cuero y la cera de abrillantar, y también de algo vagamente aromático. Quizá procedía de la caja de cedro labrado que había en una cantonera. Ese detalle era nuevo, al igual que el catalejo metálico y el sextante que colgaban de la pared.

Cornwallis se hallaba de pie, como si hubiese estado mirando por la ventana. Esperaba a Pitt. Aquella reunión había sido concertada previamente.

–Buenos días. Tome asiento. –Cornwallis señaló los sillones, colocados uno frente a otro a una cómoda distancia. El sol formaba una mancha de viva luz en el dibujo rojo de la alfombra–. Parece que el asunto de Pentecost Alley está tomando un rumbo desagradable. ¿La mató él? Su opinión...

–Rose Burke lo ha identificado –respondió Pitt–. Las pruebas son sólidas.

Cornwallis dejó escapar un gruñido y se sentó.

Pitt se acomodó en el otro sillón.

–Pero ¿no concluyentes? –preguntó Cornwallis, escrutando el semblante de Pitt. Había advertido cierta vacilación en su voz y lo tanteaba.

Pitt no había llegado a una conclusión definitiva. Había dado muchas vueltas al caso tras separarse de Rose. Aparentemente ella no albergaba la menor duda. Había descrito a Finlay FitzJames antes de volver a verlo de nuevo en Devonshire Street; la descripción de Nan Sullivan también concordaba. Además, tenían el gemelo y la insignia del club Fuego del Infierno.

–El margen de duda es escaso –contestó–. Y hasta el momento no ha aparecido ningún otro sospechoso.

–¿Cuál es, pues, el motivo de su indecisión? –Cornwallis frunció el entrecejo. Sólo conocía a Pitt por sus referencias. Quería sopesar su criterio, comprender qué le impedía tomar una determinación–. Sé que es un asunto desagradable, pero eso no debe preocuparle. Si ese hombre es culpable, cuente con todo mi apoyo. Me tiene sin cuidado de quién sea hijo.

Pitt contempló su rostro tenso y franco y supo que hablaba sinceramente. No poseía la artería ni la escurridiza mezquindad de Farnsworth; pero posiblemente tampoco su pericia diplomática ni su habilidad para persuadir y embaucar a quienes se hallaban en posiciones de poder. Como hombre ambicioso y proclive a la mentira, Farnsworth comprendía bien a los de su misma calaña. Cornwallis era más susceptible de caer en ardides y engaños.

–Gracias –dijo Pitt con franqueza–. Es posible que el resultado sea ése, pero aún no estoy seguro.

–Esa mujer lo ha identificado –señaló Cornwallis, echándose hacia adelante–. ¿Qué le preocupa? ¿Teme que el jurado no dé crédito a su testimonio por la clase de vida que lleva?

–Es una posibilidad –dijo Pitt pensativamente–. Pero mi mayor temor es que Rose Burke, por miedo e indignación, esté demasiado impaciente por quitar de en medio al asesino, que por ese acuciante deseo se preste a identificar a cualquiera. Whitechapel no ha olvidado aún al Destripador. Dos años son poco tiempo. El recuerdo revive con mucha facilidad, sobre todo en mujeres de su condición. Es posible que ella conociese a Liz, *la Larga*, a Mary Kelly o a alguna de las otras víctimas.

–¿Y la insignia? –insistió Cornwallis–. Eso no son imaginaciones de Rose Burke.

–No –admitió Pitt con cautela–. Pero podría ser que alguna otra persona la hubiese dejado en la habitación, o que él la hubiese perdido allí tiempo atrás. No es probable, de acuerdo, pero eso afirma él... que perdió de vista la insignia y el gemelo hace años.

–¿Y usted le cree? –preguntó Cornwallis con las cejas enarcadas y los ojos muy abiertos.

–No. Miente. Pero no lo noté tan asustado como cabría esperar. –Pitt intentaba analizar sus propias impresiones a medida que hablaba–. Hay algo que aún no he descubierto, algo importante. Quiero investigar un poco más antes de detenerlo.

Cornwallis se reclinó contra el respaldo.

–Van a someternos a una gran presión, eso sin duda –comentó–. De hecho han empezado ya. Hace una media hora he recibido una llamada del Ministerio del Interior. Me han advertido de los riesgos de cometer errores, considerando que soy nuevo en el cargo y quizá no comprenda aún ciertas cosas. –Apretó los labios, y la ira destelló en sus ojos–. Distingo una amenaza en cuanto la oigo, y también las maniobras de la clase gobernante cuando cierra filas para proteger a uno de los suyos. ¿Qué sabe de Finlay FitzJames, Pitt? ¿Qué clase de hombre es? No me gustaría presentar cargos contra él y descubrir después que es un dechado de virtudes. Quizá necesitamos algo más que pruebas circunstanciales de su presencia en el lugar del crimen. ¿Existen indicios de algún posible motivo aparte del vicio privado de un hombre débil y violento?

–No –dijo Pitt con calma–. Y si el culpable es FitzJames, dudo que encontremos algo. Si ha maltratado antes a una mujer o se ha permitido la más leve práctica de sadismo, la familia se habrá ya asegurado de que no queden pruebas. Habrán silenciado a cualquiera que sepa algo, bien con dinero, bien de alguna otra manera.

Cornwallis dirigió la mirada al otro extremo del despacho y contempló la chimenea vacía con semblante pensativo. El caliente sol de agosto resplandecía en la alfombra entre ellos y una avispa arremetía con furia una y otra vez contra los cristales de las ventanas.

–Sí, tiene razón –coincidió Cornwallis–. Cualquiera que estuviese implicado o lo supiese sería de su círculo, y no lo delataría. –Se volvió de repente hacia Pitt–. ¿Qué impresión le causó su padre? ¿Considera inocente a su hijo?

Pitt guardó silencio por un momento y repasó mentalmente la reacción de Augustus: su rostro, su voz, la prontitud con que había asumido el control del interrogatorio.

–No sabría decirle. No creo que esté plenamente convencido de su inocencia. Bien eso, o bien no confía en nosotros en absoluto y teme que podamos mentir o interpretar erróneamente las pruebas.

–Me sorprende –admitió Cornwallis–. Es un hombre hecho a sí mismo, pero siempre ha demostrado un gran respeto por el Estado y sus instituciones. Y no es de extrañar. Tiene muchos amigos en puestos importantes. Según he oído, espera que Finlay llegue algún día a las altas esferas de la política, incluso a primer ministro. Procurará ahogar cualquier rumor que pueda representar el menor desdoro para él. Si esto se vuelve contra su hijo, sería el final de sus sueños. Quizá se debía a eso el temor que usted percibió.

–O a la firme voluntad de protegerlo a toda costa –señaló Pitt–. Puede que para él la muerte de una prostituta no sea más que un lamentable accidente en una vida por lo demás bien planificada. No lo sé. ¿Dice que tiene amigos poderosos?

La expresión de Cornwallis cobró vida de pronto.

–¿Cree que podría tener también enemigos poderosos?

–¿Finlay? –dijo Pitt con un suspiro–. No. Creo que es un joven arrogante que no se para en nada a la hora de satisfacer sus antojos. Una noche, en su avidez de poder, de control sobre otras personas, se pasó de la raya y mató a una prostituta. Al ver lo que había hecho, le venció el pánico y la dejó allí. Posiblemente no está tan asustado como sería de esperar porque da por supuesto que su padre lo sacará del aprieto para salvaguardar sus propios sueños. –Adoptó un tono de voz más severo–. No se siente tan culpable como debería porque apenas ve a Ada McKinley como miembro de su misma especie. Para él es algo así como arrollar a un perro. Lo lamenta. No lo haría a propósito. Pero tampoco va a consentir que un hecho así arruine su vida.

Cornwallis permaneció inmóvil por unos segundos, abstraído, con cierta expresión de tristeza.

–Probablemente está usted en lo cierto –dijo por fin–. Pero si lo acusamos, vale más que seamos capaces de demostrar su culpabilidad. ¿Hay alguna otra cosa que deba saber?

–No, señor; todavía no –contestó Pitt, moviendo la cabeza en un gesto de negación.

–¿Por dónde va a proseguir la investigación?

–Por Pentecost Alley. Si los indicios siguen apuntando en la misma dirección, y existe la menor esperanza de averiguar algo más, empezaré a hacer indagaciones sobre la personalidad y el pasado de Finlay FitzJames. No quiero ahondar en su vida antes de tiempo. Inevitablemente se enterará.

Cornwallis esbozó una aciaga sonrisa.

–De hecho está ya en guardia, y ha comenzado a tomar las medidas oportunas.

Pitt ya lo preveía, pero quizá no tan pronto.

–Gracias por avisarme, señor. Andaré con pies de plomo.

Cornwallis se puso en pie y le tendió la mano. Fue un gesto espontáneo, y a Pitt se le antojó especialmente grato. Estrechó con fuerza la mano de Cornwallis por un momento y a continuación salió del despacho con renovado ánimo.

Ewart estaba ya en la casa de Pentecost Alley. A plena luz del día se le notaba tenso y cansado. Tenía amplias entradas y mechones grises en el cabello y llevaba la ropa arrugada, como si por falta de tiempo o interés descuidase su aspecto personal.

–¿Alguna novedad? –preguntó Pitt al reunirse con el inspector en la escalera que llevaba a la puerta.

–No. ¿Esperaba algo?

Ewart se quedó atrás para que Pitt subiese primero.

–Rose Burke ha identificado a FitzJames –informó Pitt al llegar a lo alto de la escalera. Dentro hacía calor, el aire estaba viciado, y olía a comida y ropa sucia.

Ewart ascendió tras él en silencio.

–¿Va a detenerlo sólo por eso? –dijo cuando cruzaron la puerta con voz ronca, como si le faltase el aliento–. No debería. Es poco probable que el jurado dé más crédito a su palabra que a la de un hombre como FitzJames. Perderemos.

Pitt se volvió hacia él. En la penumbra del pasillo la visibilidad era escasa, y sin embargo percibió con claridad su expresión acuciante, casi aterrorizada.

–¿Usted cree que es culpable? –preguntó Pitt con aparente despreocupación.

Ewart lo miró fijamente.

–Ésa no es la cuestión. Lo que yo crea no tiene importancia...

Se oyó un portazo al fondo del pasillo, y en la calle un cochero gritaba a alguien que obstruía el paso.

–Para mí sí –afirmó Pitt con calma.

–¿Cómo? –preguntó Ewart, desconcertado.

–Para mí sí tiene importancia su opinión –repitió Pitt.

–Ah... –Ewart resopló–. Bueno, no sé qué decir. Yo me atengo a los hechos. Hasta el momento parece que sí es culpable, pero no tenemos pruebas suficientes. O sea... ¿por qué iba a matarla? Más lógico sería que la hubiese asesinado alguien que la conocía personalmente. –Hablaba con creciente convencimiento–. Debemos tener en cuenta la clase de vida que lleva una mujer así. Podría haberse creado muchos enemigos. Nos han dicho que era codiciosa. Además, cambió de chulo, ¿lo sabía? Y convendría ahondar más en los asuntos de dinero, propiedades, etcétera. Como, por ejemplo, de quién es esta casa.

Ewart tenía razón, pero Pitt sospechaba que esos datos de poco servirían en aquel caso. Sin duda las prostitutas eran asesinadas por muy diversas razones, en su mayoría relacionadas de un modo u otro con el dinero; pero detalles como los dedos rotos, el agua o las botas abrochadas entre sí no encajaban en un crimen por codicia. Seguramente Ewart era tan consciente de eso como él.

–¿De quién es la casa? –preguntó Pitt.

–De una tal Sarah Barrows –respondió Ewart con complacencia–. Tiene además otras tres casas más al oeste. Ésta la alquila, pero al menos dos de las otras están regentadas como burdeles. Alquila incluso los vestidos. Las mujeres de esta casa sostienen que ellas no alquilan la ropa, pero eso es lo de menos. Ada quizá trabajaba también en otras partes. Muchas lo hacen, ¿sabe? Viven en un sitio y cogen habitaciones por horas en las zonas de Haymarket y Leicester Square. Podría haberse largado de una de esas casas sin pagar y llevándose el vestido alquilado.

–¿Y un hombre la siguió hasta aquí y la estranguló? –dijo Pitt con incredulidad.

–¿Por qué no? –replicó Ewart–. Alguien la siguió desde algún sitio y la estranguló. Dígame, si no, qué explicación le parece más verosímil: que la matase un chulo estafado o un cliente de la posición de FitzJames.

–Planteémoslo de otra manera –contestó Pitt sin cambiar

el tono de voz–. Veamos qué es más probable. Que alquilase otra habitación y engañase a la madama, y luego ésta la hiciese seguir... y me consta que las madamas contratan a gente para seguir a las chicas, aunque suelen ser prostitutas inservibles ya para el trabajo, y no hombres jóvenes y fuertes...

Una de las mujeres salió de una habitación a su izquierda y los observó con curiosidad por un momento. Luego pasó junto a ellos, bajó por la escalera, se dirigió a la entrada del callejón y dobló la esquina.

–Pero supongamos que se llevó un vestido –prosiguió Pitt– y todas sus ganancias del día y regresó aquí. Y la siguió un hombre, que en lugar de avisarla para que aquello no volviese a ocurrir, quitarle el dinero y el vestido, y quizá darle una paliza para que aprendiese la lección, le rompió los dedos de las manos y los pies... –Notó que Ewart se estremecía y hacía una mueca de aversión, pero continuó–. Luego le quitó una media y la estranguló con ella. Y para acabar, cuando Ada estaba ya muerta, le puso una liga en el brazo, abrochó las botas entre sí, le echó una jarra de agua fría y se marchó.

Ewart hizo ademán de protestar, pero no encontró palabras a causa de la repugnancia y la confusión.

–O bien imaginemos que todas esas cosas forman parte de la particular perversión de un cliente –sugirió Pitt–. Un hombre al que le gusta amenazar, causar un poco de dolor o miedo. Eso es lo que le excita. Pero en esta ocasión se le va la mano, y la chica muere. El cliente se asusta y huye. ¿Qué le parece?

Ewart lo miraba con expresión hosca y un inconfundible asomo de miedo en los ojos oscuros. En el pasillo hacía un calor sofocante y el aire era irrespirable. Ambos sudaban copiosamente.

–Me parece que podemos cometer un grave error si no andamos con cuidado –dijo con aspereza–. Llegado el momento, si hay que planteárselo directamente, FitzJames no negará que ha estado aquí en el pasado. Eso le aconsejará su abogado. Muchos hombres respetables van con prostitutas. Todos lo sabemos. No cabe esperar que un hombre ponga freno a sus instintos naturales durante toda su juventud, y acaso no pueda permitirse un buen matrimonio hasta casi los cuarenta años como mínimo. Es mejor no hablar del tema, pero si lo sacamos a la luz, nadie se sorprenderá; sólo conseguiremos despertar la indignación de la gente por el mal gusto de airear semejantes cuestiones. –Respiró hondo y se frotó la frente con el dorso de la mano. En la calle, el cochero seguía vociferando–. Declarará que estuvo aquí, pero no esa noche, y que ella debió de robarle la insignia. No sería el primero a quien roban en un burdel. ¡Santo Dios, pero si antes había sitios en Bluegate Fields y Saint Giles donde un hombre podía darse por contento si no le quitaban hasta la camisa! –Gesticulaba nerviosamente–. Yo los he visto salir sin pantalones, desnudos como Dios los trajo al mundo y muertos de miedo, llenos de moretones y heridas.

–Tampoco sería el primero en volver hecho una furia y dar una paliza a la ladrona –comentó Pitt–. Dudo que sea muy aconsejable alegar algo así.

–Pero no hubo pelea –arguyó Ewart con una repentina sonrisa–. Eso dijo Lennox, y nosotros mismos lo comprobamos.

–¿Y eso qué demuestra?

Ewart lo miró con los ojos desorbitados.

–Que... que el asesino la cogió por sorpresa, claro está. Que era alguien a quien conocía y no temía.

–Es decir, no un cliente a quien hubiese robado.

Ewart empezaba a perder la paciencia.

–No sé qué demuestra, salvo que todavía nos queda mucho por averiguar.

Se dio media vuelta, empujó la puerta de la habitación de Ada y entró. Pitt lo siguió. Todo permanecía exactamente igual que la otra vez, salvo el cadáver de Ada, que había sido ya retirado. La ventana estaba cerrada, y el calor resultaba agobiante.

–He registrado la habitación de arriba abajo –dijo Ewart con hastío–. No había más que lo previsible. Nada que aporte información sobre ella. Tampoco cartas. Si tenía parientes o amigos, no le escribían o bien ella no guardaba la correspondencia.

Pitt se quedó inmóvil en medio de la habitación.

–Probablemente no sepan escribir –comentó con tristeza–. Hay mucha gente analfabeta. No disponen de medio alguno para mantenerse en contacto. ¿Algún retrato?

Ésa era otra vana esperanza. Las personas como Ada no podían permitirse el lujo de pagar a un fotógrafo o un pintor.

–No. –Ewart corroboró su respuesta con un gesto de negación–. Bueno, hay un esbozo a lápiz de una mujer, pero bastante impreciso. Podría ser cualquiera. Y no lleva nada escrito.

Se acercó al baúl y sacó una caja que, además del esbozo, contenía unos cuantos pañuelos, horquillas y un peine. Entregó el papel a Pitt, y éste lo examinó. Tenía los bordes doblados y un ángulo ligeramente roto. Era un esbozo muy sencillo, como Ewart había indicado, de una mujer de unos treinta años, rostro dulce y sonriente y cabello recogido en un moño. Se advertía cierta armonía en los trazos, pero era sólo un borrador, el trabajo rápido de una mano inexperta. Quizá fuese la madre de Ada, lo único que conservaba de su pasado, del tiempo y el lugar en que había sido feliz.

De pronto un sentimiento de ira le atenazó la garganta. En ese instante él mismo habría vapuleado a Finlay FitzJames tanto si había matado a Ada como si no, simplemente por su indiferencia.

–¿Señor? –La voz de Ewart interrumpió sus pensamientos.

–¿Qué? –dijo Pitt, alzando la vista.

–He hecho indagaciones por el barrio y reunido bastante información sobre su vida, la clase de clientes que recibía, qué lugares frecuentaba, posibles enemigos. Como sabe, no podemos descartar que las botas abrochadas y la liga en el brazo fuesen cosa de su último cliente, y no forzosamente de quien la mató.

–¿Ah, sí? ¿Y qué ha averiguado?

El descontento de Ewart era patente. Tenía el rostro contraído y la piel le brillaba a causa del sudor.

–Era un tanto descarada. Quizá demasiado para su propio bien –dijo lentamente–. Cambió de chulo no hace mucho. Lo dejó plantado y se buscó a otro. Es posible que él no se lo haya tomado bien. Ada le reportaba un buen dinero. Y quizá tuviese también interés personal en ella. Era una mujer de buen ver.

–¿Qué aspecto tiene ese hombre? –preguntó Pitt, intentando acallar un repentino brote de esperanza.

Ewart eludió su mirada.

–Es delgado, moreno... –Se interrumpió. El chulo no se parecía en nada al hombre que Rose Burke y Nan Sullivan habían descrito. Era inútil seguir hablando de ello. Aunque naturalmente debían recabar la máxima información posible sobre la vida de Ada, y después también sobre la de Finlay FitzJames.

–En fin, mejor será que investigue al nuevo chulo –recomendó Pitt con cansancio–. Volveré a interrogar a las otras mujeres.

A Pitt no le fue fácil despertar a nadie, pero al cabo de un cuarto de hora estaba en la cocina, sentado en una incómoda silla de madera, frente a Nan Sullivan, que no se había arreglado, tenía cara de sueño y no parecía recobrada de los esfuerzos de la noche anterior. Cada vez que Pitt cambiaba de posición, la precaria silla se ladeaba y amenazaba con desplomarse. Pidió a Nan que le contase de nuevo todo lo que recordaba de la noche que Ada fue asesinada. No esperaba más pruebas; sólo quería formarse una idea de qué impresión causaría Nan a un jurado y si darían más crédito a su palabra que a la de Finlay FitzJames.

Nan, incapaz de concentrar la mirada, no dejaba de parpadear.

–Describa al hombre que vio entrar en la habitación de Ada –dijo Pitt para animarla a empezar a la vez que se afirmaba de nuevo en la silla.

Un par de moscas volaban con un monótono zumbido junto a la ventana. Debajo había dos baldes tapados con paños. Probablemente contenían agua.

–Pelo rubio –contestó Nan–. Abundante. Y llevaba una buena chaqueta. Es lo único que sé con seguridad. –Eludió la mirada de Pitt–. No lo reconocería si volviese a encontrármelo. Lo vi de espaldas. La chaqueta era cara. Sé distinguir una buena chaqueta. –Se mordió el labio y se le saltaron las lágrimas–. Cuando mi marido murió, entré a trabajar en un taller de costura. Hacía chaquetas. Pero es imposible mantener vivas a dos criaturas con lo que pagan. Trabajaba todo el día y la mitad de la noche, y sacaba sólo seis chelines a la semana. ¿Adónde va una con eso? Podría haber conservado la virtud y metido a la pequeña en una casa cuna, pero sé lo que hacen allí con los niños. ¡Los venden, y sabe Dios para qué! O si se ponen enfermos, los dejan morir. Los matan de hambre, eso hacen.

Pitt guardó silencio. Le constaba que aquello era cierto. Conocía los sueldos de los talleres y había visto las casas cuna.

No se oía el menor sonido en toda la casa. Las otras mujeres dormían o habían salido. De la calle llegaban las voces de un hombre y el ruido lejano de las ruedas y los cascos de los caballos contra los adoquines. El taller de enfrente se hallaba en plena actividad, las costureras encorvadas sobre la aguja. Ellas llevaban ya cinco horas de trabajo.

–También podría haber ido a un asilo de pobres –prosiguió Nan lentamente–. Pero me habrían quitado a las niñas, y eso no lo habría resistido. Haciendo la calle, podía darles de comer.

–¿Qué ha sido de sus hijas? –preguntó Pitt con amabilidad, pero al instante se arrepintió. No deseaba verse obligado a compartir su tragedia.

Nan sonrió y levantó la vista.

–Ya son mayores –respondió–. Mary entró a servir y ha salido adelante. Bridget se casó con un carnicero de Camden.

Pitt no necesitaba preguntar más. Podía imaginar qué harían las dos muchachas para conservar el precioso don que su madre les había hecho. Se acordarían de ella de vez en cuando, quizá incluso tenían una vaga idea de lo que su bienestar había costado; pero por nada del mundo se acercarían a Pentecost Alley. Y mejor así probablemente. Nan podía imaginar su felicidad, y las muchachas podían guardar el recuerdo de su madre cuando no presentaba aún los estragos causados por la vida.

–Enhorabuena –dijo Pitt con toda sinceridad, intentando mantener el equilibrio al notar que la silla se ladeaba peligrosamente.

–El hijo de Ada murió. Pobre. –No precisó si compadecía al niño o a la propia Ada–. Si supiese quién la mató, se lo diría. Pero no lo sé. –Se encogió de hombros–. Además, como dijo el señor Ewart, ¿quién iba a creerme?

La ira se apoderó nuevamente de Pitt.

–¿Eso le dijo el señor Ewart?

–Con otras palabras, pero eso era lo que quería decir. Y tiene razón, ¿o no?

–Eso depende de varias cosas –dijo Pitt, evadiendo la respuesta. En caso de ser sincero, ella no se lo habría agradecido–. Pero si no está segura de poder identificarlo, eso carece de importancia. Hábleme de Ada. Si no la mató FitzJames, ¿quién cree que pudo haber sido?

El silencio de Nan se prolongó tanto que Pitt pensó que no contestaría. Las moscas chocaban una y otra vez contra los cristales. Arriba se oyó un repentino estrépito, y alguien juró en el pasillo.

–Bueno –dijo por fin–, de no ser por las botas abrochadas, habría pensado que fue Costigan, el nuevo chulo de Ada. Es un elemento de cuidado, se lo aseguro. Todo un galán. –Usó la palabra con tono de repulsa–. Cree que todas las mujeres deberían caer rendidas a sus pies. Y tiene un temperamento como una ratonera. De momento ves sólo el queso, y de pronto ¡zas!, se dispara el resorte y te rompe las piernas. –Hizo un gesto de aversión–. Pero es un cobarde. Conozco a esa clase de sujetos. Al verla muerta habría temido por su vida y habría escapado al instante. No se hubiera entretenido con las botas ni con la liga. –Miró a Pitt con rostro inexpresivo–. Así que debió de ser un cliente, FitzJames u otro.

No había mencionado los dedos rotos sencillamente porque desconocía ese detalle.

–Quizá el cliente abrochó las botas y le puso la liga en el brazo, y cuando Costigan entró, Ada no había tenido tiempo aún de poner orden –sugirió Pitt. Era una posibilidad razonable.

Nan negó con la cabeza.

–Si Ada hubiese tenido dos visitas, Rosie o yo nos habríamos enterado. O Agnes. Quizá dé la impresión de que nadie ve quién entra y sale de estas habitaciones, pero no es así. Nos cuidamos entre nosotras. Tenemos que hacerlo. Principalmente es la vieja Madge quien vigila. Nunca se sabe adónde puede llegar un cliente. Algunos han empinado el codo y se ponen muy violentos. Otros piden cosas que a una persona en su sano juicio ni se le pasarían por la mente. –Parpadeó, se sorbió la nariz y se sonó con un trapo–. Eso es lo raro. Lo lógico es que hubiese gritado, ¿no? Puede que no se diese cuenta hasta que tenía la media alrededor del cuello, la desdichada.

–Lo cual nos lleva a pensar que no era un cliente nuevo –discurrió Pitt–, sino más bien alguien a quién Ada ya había atendido otras veces, alguien de quien esperaba esa clase de prácticas. ¿Era Costigan su amante además de su chulo? –Se echó hacia adelante olvidándose de la silla, que estuvo a punto de desplomarse.

–A él le habría gustado –dijo Nan con una mueca de desprecio. No prestó atención a la silla de Pitt. Estaba ya acostumbrada–. No lo creo pero, claro, yo no lo sé todo. Podría ser. Pero si Ada se lo consentía, ¿por qué la mató?

–No lo sé. Gracias, Nan. Si recuerda algo más, hágamelo saber... a mí o al señor Ewart.

–Sí, sí, descuide.

Nan lo observó mientras se levantaba. La silla se enderezó con un crujido.

Pitt dedicó varias horas a indagar la vida cotidiana de Ada, y por lo que averiguó, sus costumbres en nada diferían de las de cualquier otra mujer que se ganase la vida en las calles. Se levantaba después del mediodía, se vestía, tomaba su principal comida del día y empezaba a rondar por las aceras. Normalmente permanecía en las inmediaciones de Whitechapel. Allí había muchos clientes. Pero algunas noches si hacía buen tiempo, y sobre todo en verano, visitaba alguna de las otras zonas tradicionales de prostitución como Windmill Street, Haymarket o Leicester Square en busca de clientes más ricos. Allí el público de los teatros, elegantes damas y caballeros, se mezclaba con prostitutas de todos los niveles y edades, desde las cortesanas caras y bien vestidas hasta niñas de diez o doce años que, desesperadas por embolsarse unos peniques, correteaban entre la gente, tiraban a los hombres de las mangas y susurraban obscenos ofrecimientos.

Ada había recibido alguna que otra paliza, por lo general de su antiguo chulo, un tal Wayland, un hombre de aspecto mezquino que trabajaba por horas como carretero y redondeaba sus ingresos –a veces mediante extorsión, a veces a cambio de protección– a costa de las chicas de las proximidades de Pentecost Alley. Vivía frente al callejón y destinaba la mayor parte de su tiempo a merodear por la zona para asegurarse de que nadie molestaba a las chicas en la calle. Una vez que entraban en sus habitaciones, les correspondía a ellas defenderse de clientes violentos o poco honrados. Había una mujer, la vieja Madge a quien Nan había aludido, prostituta en su juventud, que se alojaba en la parte trasera de la casa y hacía acto de presencia al menor grito. La vieja Madge veía mal, pero tenía un oído finísimo, y manejaba el rodillo de amasar con destreza y toda la potencia que le conferían sus doscientas ochenta libras de peso. Había dejado medio muerto a más de un cliente cuyas exigencias no había considerado admisibles.

Pero como todas las demás, incluida Agnes, la inquilina de la habitación contigua, no había oído nada la noche en que murió Ada.

Wayland quedaba libre de sospecha, porque podía dar cuenta de su paradero durante toda esa noche una de sus recientes adquisiciones, una muchacha de unos dieciocho años y rostro corriente cuya excelente figura proporcionaba a ambos holgadas ganancias. Y como Ewart había admitido, no se parecía en nada al hombre que Rose y Nan habían descrito. Era bajo y delgado, de cabello oscuro y liso como brochazos de pintura negra sobre su estrecho cráneo.

Ada se había visto envuelta en momentáneas riñas con

otras mujeres, estallidos de mal genio seguidos de un rápido perdón. No era rencorosa. También recordaban de ella sus impulsivos gestos de generosidad: compartir ropa; ofrecer una libra en momentos difíciles; deshacerse en elogios, a veces cuando menos se merecían.

Había velado a la vieja Madge cuando ésta estuvo enferma, y le había hecho recados, la había lavado con agua limpia y caliente, le había vaciado los orinales, renunciando a salir a la calle a ganar dinero. Y Pitt, sentado nuevamente en la inestable silla de la cocina, contemplaba el rostro rojizo y ajado de Madge y pensaba que si llegaban a encontrar al asesino de Ada, saldría mejor librado a disposición de la justicia que en manos de Madge.

–Me cuidó bien, sí señor –dijo Madge, mirando fijamente a Pitt–. ¡Tendría que haberla oído! ¿Por qué no la oí gritar? Habría matado a ese cerdo antes que dejarle tocar un solo pelo a Ada. Ya no sirvo para nada. –Sus carnosas mejillas se contrajeron a causa del dolor, y su voz, en extremo aguda para una mujer de su corpulencia, se empañó por el sentimiento de culpabilidad–. Ya ve qué hice por ella. Nada. ¿Dónde estaba cuando más me necesitaba? Aquí, medio dormida. Igual daría que no hubiese estado. ¡Valiente inútil estoy hecha!

–Ada no gritó –dijo Pitt en voz baja–. Y debió de ocurrir todo muy deprisa.

–Me está mintiendo –repuso Madge con una forzada sonrisa–. Lo dice para consolarme, y se lo agradezco, pero ya he visto otras veces gente estrangulada. Tardan lo suyo en morir. Y por lo menos podría haber cogido a ese canalla. Lo habría fulminado con mi rodillo. –Señaló el rodillo de amasar que había en la mesa, cerca de su mano derecha–. Entonces usted me habría hecho ahorcar, y yo habría subido contenta al patíbulo.

–No la habría hecho ahorcar por una cosa así, Madge –dijo Pitt con toda sinceridad–. Lo habría considerado legítima defensa y habría hecho la vista gorda.

–Sí, es posible.

Pero aunque interrogó incluso a Albert Costigan –un hombre insolente de unos treinta años, muy acicalado y con una espesa mata de pelo castaño–, Pitt no descubrió nada que corroborase o rebatiese su convicción de que Finlay FitzJames era culpable.

Pitt decidió investigar a fondo el pasado de Finlay. Sería difícil, y temía que la información le llegase ya cribada por el mero hecho de solicitarla. De no ser por la urgencia del caso, habría sido la clase de investigación en que Charlotte podía haber colaborado, como en otras ocasiones había hecho con gran acierto. Requería sutileza y perspicacia. Sólo con preguntas no descubriría lo que deseaba saber.

Había ya indagado sobre Finlay en el cuerpo de policía, y de nada había servido. Los otros comisarios lo conocían sólo de nombre, y siempre en conexión con su padre. Pitt había concertado una entrevista con Micah Drummond, su superior antes de que él heredase el cargo. Drummond se había marchado a vivir al extranjero con su nueva esposa, ya que a ella la vida social de Londres le resultaba intolerable después del escándalo suscitado por la muerte de su primer marido. Drummond volvía a la ciudad de vez en cuando, y afortunadamente la investigación coincidió con una de sus visitas. Él al menos sería sincero con Pitt y no se dejaría influir por las implicaciones políticas del caso.

Por otra parte, quizá Emily fuese la persona más indicada para aclarar algunas de sus dudas. Ella se codeaba con la alta sociedad y tal vez había oído rumores que como mínimo le indicarían en qué dirección investigar. Jack no vería con buenos ojos que le diese pie a inmiscuirse de nuevo. Pero, al fin y al cabo, Pitt sólo necesitaba información.

Pensó en Helliwell y Thirlstone. Eran ellos seguramente quienes mejor conocían a Finlay, pero cerrarían filas, como en realidad ya habían empezado a hacer. Por principio, un caballero no traicionaba a sus amigos. La lealtad era un requisito fundamental. Pitt no era más que un intruso. Nunca le hablarían mal de Finlay, al margen de cuáles fuesen su opiniones personales de él o qué supiesen de su pasado.

Entró en el edificio del Foreign Office y dio el nombre del funcionario con quien había concertado su primera entrevista. Lo acompañaron al piso superior y allí lo guiaron por un ancho y elegante pasillo hasta un despacho exterior donde tuvo que esperar casi un cuarto de hora.

Finalmente entró un hombre bien parecido de pelo cano, expresión serena e impecablemente vestido.

El despacho era muy acogedor. Un cuadro impresionista, todo luces y sombras, colgaba de una de las paredes revestidas de madera. A través de la ventana se veían las ramas de un árbol.

–Tome asiento, comisario Pitt. Lamento haberle hecho esperar, pero como en su carta me explicaba la razón de su visita, quería tener preparada toda la información que pueda resultarle útil. –Dirigió a Pitt una elocuente mirada–. Confío en que consiga esclarecer este desafortunado asunto cuanto antes.

Pitt se sentó como si tuviese la intención de quedarse allí por un largo espacio de tiempo.

–Gracias, señor Grainger. Yo también lo espero –dijo Pitt. Cruzó las piernas y aguardó a que Grainger también tomase asiento.

Grainger se sentó de mala gana, casi en el borde de la butaca.

–En realidad no sé qué clase de datos pueden interesarle –dijo, frunciendo el entrecejo–. La vida privada del señor FitzJames nunca nos ha dado motivo de preocupación. Naturalmente antes de considerar su designación para un cargo diplomático convendría que contrajese matrimonio. –Se encogió de hombros–. Pero sin duda lo hará. Aún es joven...

–Treinta y tres años –apuntó Pitt.

–Exacto. Una edad óptima para dar un paso así. Y es un buen partido. ¿Qué tiene todo esto que ver con su investigación?

–¿Están considerando su nombramiento para un cargo diplomático?

Grainger titubeó. Empezaba a presentir el riesgo de una situación embarazosa y prefería no ofrecer información comprometedora.

–¿No? –conjeturó Pitt–. ¿No lo han encontrado por completo idóneo?

–Yo no he dicho eso –replicó Grainger con tono tajante, irritado ante una interpretación tan categórica de su silencio–. Para serle sincero, no es mi deseo hablar con usted de ese tema tan abiertamente. Es un asunto en extremo confidencial.

Pitt no se inmutó.

–Si el señor FitzJames es candidato a un puesto diplomático, imagino, señor Grainger, que el Foreign Office ha realizado indagaciones acerca de su vida privada. –Lo planteó como afirmación, no como pregunta–. Comprendo que la información recabada es confidencial, pero le ahorraríamos muchas molestias al señor FitzJames si yo averiguase lo que necesito saber a través de ustedes, que al fin y al cabo han indagado en su vida por una causa mucho más honrosa, en lugar de averiguarlo por mi cuenta, dado que investigo un asesinato especialmente sórdido en Whitechapel.

–Se ha explicado usted con toda claridad, señor Pitt –dijo Grainger con una expresión mucho más severa–. Preferiría que no lo hiciese, tanto por la vergüenza que pudiese ocasionar a su familia como por las repercusiones que tendría en su carrera. Estoy seguro de que se hace usted cargo.

–Naturalmente. Por eso he acudido a usted.

–Muy bien –asintió Grainger con resignación–. Hace seis o siete años era un joven inmaduro y arrogante que se entregaba a los placeres sin mesura. Conducía su carruaje a excesiva velocidad. Su padre le había comprado un par de excelentes caballos, y él los ponía a prueba en carreras con otros jóvenes, a menudo en plena calle. –Miraba a Pitt fríamente con sus ojos azules–. Pero nunca se produjeron heridos graves, y ése es un pasatiempo muy extendido entre jóvenes ricos. Ni siquiera da pie a comentarios. –Juntó las yemas de los dedos–. Jugaba, pero siempre pagó sus deudas; él o su padre. El caso es que nunca cayó en deshonra ni se granjeó el rencor de nadie. Y por supuesto nunca hizo trampas, lo cual habría sido imperdonable.

–Lo suponía –dijo Pitt con una sonrisa–. ¿Y en cuanto a su relación con las mujeres?

–Tuvo sus escarceos amorosos, como es lógico, pero por lo que sé nunca dio motivo de ofensa a nadie. Rompió algún que otro corazón, y él mismo se vio defraudado de vez en cuando. Durante una época se le relacionó con una de las hijas de Rutland, según creo, pero quedó en nada. Sin embargo ninguno de los dos fue blanco de las malas lenguas. Probablemente ella recibió una oferta mejor.

–En suma, pues, un joven intachable –comentó Pitt con cierta ironía.

Grainger respiró hondo y se esforzó por disimular su irritación.

–No, claro que no. Usted bien sabe, señor Pitt, que si así fuese, me habría limitado a decírselo y lo habría dejado que siguiese con su investigación. Frecuentó algunas casas de mala fama. Pasó no poco tiempo en Haymarket y sus alrededores, y muchas noches más ebrio que sereno. Sus gustos eran en ocasiones más escabrosos de lo que habría sido de desear, y sus excesos algo que es mejor olvidar. –Miró a Pitt con expresión de franqueza–. Pero todo eso es agua pasada, comisario. Estoy seguro de que también en su juventud hubo algún episodio que prefiere usted no recordar, y que quizá su esposa ignora. Claro que lo hubo. También en la mía –dijo sin el menor asomo de humor, como si se tratase de un discurso ensayado.

Pitt notó, sorprendido, que se había sonrojado. En su pasado no había nada escandaloso, sino simples torpezas y acciones egoístas que prefería ocultar a Charlotte; alterarían la imagen que ella tenía de él.

¿Podía ser también ése el caso de Finlay FitzJames?

Como si le adivinase el pensamiento, Grainger añadió:

–¿Se da cuenta, comisario? En nuestras vidas hay siempre partes que por lo regular el destino nos permite enterrar de una manera discreta. Sólo a veces, cuando uno tiene la desgracia de hallarse en el lugar y el momento menos oportunos, surgen ciertas circunstancias que nos obligan a afrontarlas de nuevo. O también, por supuesto, cuando uno tiene enemigos... –No terminó la frase, dejándola en el aire más como insinuación que como afirmación, para que Pitt la completase en su imaginación y el efecto fuese mayor.

Pitt reflexionó por un instante. ¿Cabía la posibilidad de que Finlay o su padre tuviesen enemigos con la astucia y la falta de escrúpulos necesarias para dejar la insignia de Finlay en el lugar del crimen? Sería una extraordinaria coincidencia.

Contempló el rostro tranquilo de Grainger. Era diplomático y estaba acostumbrado a pensar en la muerte como algo lejano, un suceso que ocurría en otros países y a otra gente que él ni siquiera conocía. Quizá para alguien como él, para quien los seres humanos a menudo eran sólo nombres y hojas de papel, un enemigo de tales características no era inimaginable.

Un pájaro se posó en una de las ramas del árbol que veía por la ventana.

–¿Enemigos capaces de asesinar a una mujer con el único propósito de hostigar a FitzJames? –dijo Pitt con manifiesto escepticismo.

–Quizá no a Finlay –admitió Grainger–, pero sí a su padre. Augustus FitzJames posee una gran fortuna, y en los inicios de su ascenso social era un hombre implacable. Estoy de acuerdo en que asesinar a alguien sólo por incriminar a otra persona puede parecer desproporcionado, pero no es imposible. –Separó las manos por un momento y volvió a juntarlas con delicadeza–. O como mínimo, comisario, no es más improbable que la hipótesis de que un hombre como Finlay FitzJames, que tiene mucho que perder y nada que ganar, visitase a una prostituta de Whitechapel y la asesinase. Probablemente está usted tan interesado en que se haga justicia como yo mismo, y no sólo en los tribunales sino en el sentido más amplio. Una reputación arruinada o una oportunidad de promoción perdida exigen algo más que una disculpa o una retractación. Supongo que es usted tan consciente de eso como yo –concluyó, y miró a Pitt con los ojos muy abiertos y una leve sonrisa.

Pitt salió del Foreign Office aún con más dudas que a su llegada. Almorzó con Micah Drummond, y luego los dos se pasearon tranquilamente por el Mall entre damas ataviadas con hermosos vestidos de faldas ahuecadas apenas por estrechos miriñaques, diseñados no tanto para dar volumen como para fruncir ligeramente la tela. Era la última moda. Sus amplios sombreros añadían a su indumentaria una elegancia casi inimaginable. Llevaban plegados los parasoles y los empuñaban con garbo, casi como bastones. A pesar de que Pitt se hallaba allí para hablar sobre Finlay FitzJames, no podía evitar mirarlas de reojo con admiración y manifiesto placer.

Eso mismo hacían los otros hombres, caballeros con trajes de excelente corte y chisteras altas y relucientes, militares de uniforme con sus medallas y galones. En el aire templado flotaban las risas, los lejanos acordes de un organillo y las voces de los niños que jugaban en el parque. Bajo sus pies se oía el leve crujido de la grava.

–Un hombre implacable –dijo Micah Drummond, empleando el mismo calificativo que Grainger para definir a Augustus FitzJames–. Claro que tenía enemigos, Pitt, pero no entre la clase de gente que frecuentaría Whitechapel o visitaría una casa de vecindad de Pentecost Alley. Para empezar, la mayoría son ahora de su misma edad.

–Los caballeros maduros utilizan a las prostitutas como cualquier otro –replicó Pitt con cierta impaciencia–, y usted lo sabe.

–Claro que lo sé –admitió Drummond, arrugando la nariz. Tenía buen aspecto. No estaba ya tan delgado y su piel mostraba el lustre del sol y el aire libre–. Pero no en la zona de Whitechapel. Piénselo bien, Pitt. –Saludó con el sombrero a una dama que al parecer conocía y se volvió de nuevo hacia Pitt–. Si uno de esos enemigos matase a una prostituta para implicar a FitzJames, elegiría una mujer de mejor clase, como las que él mismo frecuentaría, en los alrededores de Windmill Street o Haymarket. No se aventuraría a entrar en un barrio que desconocía y donde lo recordarían fácilmente por ser distinto.

–Y lo recordaban. Ésa es la cuestión. Quizá temía que lo reconociesen si actuaba en uno de los sitios a que solía acudir.

–¿Y cómo consiguió la insignia del club Fuego del Infierno? –preguntó Drummond.

–No lo sé. Quizá llegó a sus manos por casualidad, y eso le dio la idea.

–¿Oportunismo? –dijo Drummond, escéptico.

–Quizá –asintió Pitt–. Y tal vez la posibilidad de utilizar el asesinato contra FitzJames fuese también oportunismo.

Drummond lo miró de soslayo con obvia incredulidad.

–En cualquier caso, me atengo a las pruebas –admitió Pitt–. Probablemente la mató Finlay. Juraría que posee una vena violenta que ha conseguido mantener bajo control hasta ahora, y esta vez ha ido demasiado lejos. No sería el primer hombre de buena familia que disfruta con el dolor ajeno y está dispuesto a pagar por esa clase de diversión. –Respiró hondo–. Ni el primero en desmandarse y acabar matando a alguien.

Junto a ellos pasó un perro negro y pequeño con el rabo en alto y el hocico rozando el suelo.

–No –dijo Drummond con pesar–. Y me temo que coincidiría con lo poco que sé de él de la época en que estuve en Bow Street.

Pitt paró en seco.

Drummond se metió las manos en los bolsillos y siguió andando, aunque algo más despacio.

Pitt apretó el paso para alcanzarlo.

–Hace unos años tuvimos que encubrir un par de situaciones desagradables –continuó Drummond–. Siete u ocho años, casi. Uno de los incidentes se produjo en uno de los callejones adyacentes a Haymarket. Varios jóvenes bebieron más de la cuenta y se vieron envueltos en un violento altercado. Una mujer recibió una brutal paliza.

–¿Ha dicho un par de situaciones desagradables? –preguntó Pitt, incitándolo a proseguir.

–La otra fue una pelea con un chulo. Éste declaró que FitzJames había pedido algo fuera de lo común, y al no ser complacido se había negado a pagar. Por lo visto, la mujer le había prestado ya el servicio habitual, y cuando rehusó satisfacer su otra petición, fuera lo que fuese, FitzJames perdió los estribos. Contra lo que suele ocurrir en tales casos, el chulo salió mal parado. En la reyerta apareció un cuchillo, pero resultaron heridos los dos, y ninguno de gravedad.

–¿Y eso también se encubrió? –preguntó Pitt, sin saber si sorprenderse o no. El caso empeoraba por momentos, apuntando cada vez con mayor claridad en la dirección que él y Ewart temían.

–Al fin y al cabo, no hubo delito –señaló Drummond, tocándose el ala del sombrero distraídamente para saludar a otra conocida–. A menos que califiquemos de delito una alteración del orden. No tenía demasiado sentido emprender una acción judicial. FitzJames se habría declarado inocente, y el chulo no era precisamente un testigo ideal.

–¿Qué pidió FitzJames a la chica? –quiso saber Pitt, recordando las botas abrochadas entre sí, la cama empapada de agua y la liga en torno al brazo de Ada McKinley. Daba por supuesto que los dedos rotos eran una crueldad restringida a aquel incidente en particular.

–No lo sé –aseguró Drummond.

–¿Cómo se llamaba el chulo? –insistió Pitt–. ¿En qué fechas ocurrió eso? En fin, no importa; ya consultaré el expediente. Redactó un informe del hecho, ¿no?

–No –contestó Drummond con mala conciencia–. Lo siento, Pitt. Por entonces yo era más ingenuo que ahora.

No añadió ningún otro comentario al respecto, pero los dos pensaron en sus experiencias de aquellos últimos años, los muchos casos de corrupción, abuso de poder, falta de honradez. Caminaron en silencio durante un rato, sin oír más sonido que sus pisadas en la grava.

–¿Recuerda el nombre del chulo? –preguntó Pitt por fin.

Drummond dejó escapar un suspiro.

–Sí. Percy Manker. Pero no le servirá de nada. Murió de una sobredosis de opio. La brigada fluvial lo sacó de Limehouse Reach. Lo siento.

Pitt calló. Recorrieron un trecho más bajo el sol y luego volvieron sobre sus pasos. Dejaron de lado a FitzJames, y la conversación tomó por derroteros más agradables, principalmente asuntos domésticos y familiares. Drummond se interesó por Charlotte y puso a Pitt al corriente sobre la felicidad de su propia esposa en su nueva casa y las trivialidades de su vida cotidiana.

Pitt no albergaba la menor esperanza de sonsacar información valiosa acerca de Finlay FitzJames a Helliwell o Thirlstone. Sí concebía, en cambio, la posibilidad de convencer a Jago Jones de que en aquel caso la verdad era más importante que la lealtad personal. También sus feligreses tenían derecho a su lealtad, y Ada, aunque en un sentido vago, había sido feligresa de su parroquia.

Encontró a Jago solo en la iglesia. El sol penetraba por las vidrieras y formaba dibujos en el suelo de piedra y los gastados bancos. Se sorprendió al ver acercarse a Pitt por el pasillo central.

–Gracias por venir –dijo.

Pitt sabía que no se refería a esa imprevista visita, sino a su asistencia dos días atrás al funeral de Ada. Sonrió. No había nada que responder.

–¿Qué lo trae de nuevo por aquí? –preguntó Jago, dirigiéndose hacia el primer banco, contra el cual había apoyada una escoba–. ¿Sabe ya quién mató a Ada?

–Eso creo.

–Pero no está seguro –dijo Jago, enarcando las cejas–. Eso significa que no tiene pruebas.

–Tengo sólidos indicios. El problema es que la acción en sí parece tan absurda que necesito formarme una idea más clara del presunto culpable para acabar de convencerme. Respecto a Ada ya me la he formado.

Jago movió la cabeza en un gesto de negación.

–En cuanto a Ada quizá podría haberle ayudado. Al hombre probablemente no lo conozco. –Cogió la escoba y empezó a barrer la parte de la iglesia que aún le quedaba por limpiar–. ¿Le importa?

–En absoluto –contestó Pitt. Se sentó en un banco y cruzó las piernas–. Se equivoca. Sí conoce a ese hombre, o al menos lo conocía.

Jago se interrumpió, quedando inmóvil con la escoba en las manos.

–¿Se refiere a Finlay? –dijo sin volverse a mirar a Pitt.

–Sí.

–¿Por la insignia? Ya le dije que seguramente la perdió hace años.

–Es posible, reverendo. Pero sin duda no la dejó en la cama de Ada McKinley hace años.

Jago guardó silencio. Ambos descartaron tácitamente la improbable hipótesis de que alguien hubiese robado la insignia, o la hubiese encontrado por azar, y casualmente la hubiese dejado en la habitación de la víctima, junto con el gemelo. Jago reanudó su tarea, dirigiendo con cuidado el polvo del suelo y amontonándolo en un mismo sitio. Pitt lo observó. Las motas flotaban en los sesgados rayos de sol.

–Hace años usted lo conocía bien –dijo Pitt por fin–. ¿Ha vuelto a verlo desde entonces?

–Contadas veces. –Jago no alzó la vista–. No frecuentamos los mismos lugares. Yo no voy a Mayfair o Whitehall, y él no viene a Santa María.

–No niega sin embargo que haya venido a Whitechapel –señaló Pitt.

Jago sonrió.

–Ésa es la cuestión, ¿no?

–¿Lo ha visto alguna vez por aquí?

–No.

–¿O le han llegado noticias de que haya estado en el barrio?

Jago se irguió.

–No, comisario. Que yo sepa no ha estado aquí, ni se me ocurre razón alguna por la que pudiese haber venido.

Pitt lo creyó. No obstante algo en su actitud lo inquietaba. Se traslucía en ella una aflicción, un desasosiego que no podía explicarse sólo por la tristeza ante la muerte violenta de una persona que conocía. En su primera entrevista, al enterarse de que había sido hallada la insignia de Finlay reaccionó como un hombre atrapado en una pesadilla.

Encaminó sus preguntas en otra dirección.

–¿Cómo era Finlay en la época en que se relacionó con él?

Antes de responder, Jago arrastró el polvo a un recogedor, lo dejó a un lado y apoyó la escoba contra la pared.

–Más joven, comisario, y mucho más insensato. Como todos nosotros. No me enorgullezco de mi conducta de aquellos tiempos. Era en extremo egoísta, satisfacía mis caprichos siempre que podía, sin importarme las consecuencias que eso pudiese acarrear a los demás. No es una etapa de mi vida que me complazca recordar. Supongo que a Finlay le ocurre lo mismo. Uno madura. No es posible reparar el egoísmo de la juventud, pero sí dejarlo atrás, aprender de los propios errores, y no juzgar con precipitación o excesiva severidad a quienes a su vez incurren en ellos.

Pitt no dudaba de su sinceridad, pero tenía la impresión de que era un discurso preparado para aquella ocasión.

–Me ha hablado mucho de usted, reverendo, pero muy poco de Finlay FitzJames.

Jago negó con la cabeza.

–No hay nada más que decir. Todos vivíamos sin la menor mesura. Si me pregunta si Finlay también ha cambiado, si ha madurado, lo cierto es que sólo lo he visto un par de veces en los últimos tres años, así que no puedo contestarle con certeza. Imagino que sí.

–Supe que era usted párroco de Santa María gracias a la hermana de Finlay. Supongo, pues, que aún mantiene el contacto con ella –insistió Pitt.

Jago rió brevemente.

–¿Con Tallulah? Sí, en cierto modo. Ella atraviesa aún esa etapa de egoísmo y absorbente búsqueda del placer en que los miembros del club Fuego del Infierno se hallaban inmersos hace seis o siete años. Todavía no encuentra sentido a otra clase de existencia.

Aunque no lo dijo, su expresión de hastío y sus labios algo tensos ponían de manifiesto la pobre opinión que tenía de ella. Era como si no desease despreciarla pero a la vez no pudiese evitarlo. Aborrecía su propia vida pasada y al mismo tiempo pedía compasión por Finlay.

¿Por qué? ¿Temía acaso que Finlay en realidad no hubiese madurado y, como Tallulah, antepusiese aún los placeres al honor y la responsabilidad?

–¿Por qué se enfrió tanto la amistad entre ustedes? –preguntó Pitt como si el hecho le inspirase sólo una vaga curiosidad.

Jago no se movió. Miró a Pitt sin hablar. Tomó aire como para responder pero volvió a expulsarlo.

Fuera de la iglesia una mujer llamaba a un niño, y un perro pasó al trote ante las puertas abiertas.

Pitt aguardó.

–Supongo... supongo que tomamos... caminos distintos –contestó Jago por fin con los ojos muy abiertos. Su respuesta distaba mucho de la verdad, y aun antes de acabar la frase supo que Pitt se daba cuenta de ello.

Pitt no se molestó en discutir.

–Admiro su lealtad, reverendo –dijo con serenidad–. Pero ¿está seguro de que es tan encomiable como al parecer cree? ¿Y su lealtad a Ada McKinley, que en definitiva, al margen de su oficio, era feligresa de esta parroquia? ¿O a tantas otras mujeres como ella? Aunque sean rameras, si se ha erigido usted en su pastor, ¿no debería ser fiel también a la verdad y al camino que ha escogido?

Jago palideció, y la piel de su rostro pareció adherirse a los huesos como si tirase de ella una desesperada tensión interior.

–Ignoro quién mató a Ada, comisario. No lo sé, de verdad; a Dios pongo por testigo. Tampoco tengo razón alguna para pensar que Finlay estuviese en Whitechapel ni aquélla ni ninguna otra noche. De lo contrario, se lo diría. –Respiró hondo–. En cuanto a mi amistad con los FitzJames, se enfrió a causa de una divergencia de opiniones, o de metas si lo prefiere. Finlay no entendió mi vocación, ni mi deseo de dedicarme a ella en cuerpo y alma. Es algo que sólo puede explicarse en términos que él no creía ni respetaba. Lo considera una excentricidad, al igual que su hermana.

–¿Una excentricidad?

Jago volvió a reír, esta vez con ganas.

–No en un sentido admirable, por supuesto. Tallulah admira a los estetas, a hombres como Oscar Wilde, Arthur Symons o Havelock Ellis, que poseen una imaginación inagotable y siempre dicen o hacen... o creen... algo nuevo. Su objetivo es conmocionar y suscitar comentarios, y también, supongo, inducir a la gente a reflexionar. A mí me ven como otra clase muy distinta de excéntrico. Soy un hombre aburrido, y eso es lo único inadmisible aun para su extrema tolerancia moral, el único pecado imperdonable.

Pitt escrutó el rostro de Jago pero no vio en él el menor indicio de autocompasión o resentimiento. Desde su punto de vista eran ellos, y no él, quienes desconocían la verdadera felicidad.

Sin embargo algo seguía ensombreciendo su sonrisa, un oscuro y doloroso secreto que no estaba dispuesto a revelar a Pitt. ¿Era algo relacionado con Finlay FitzJames o con él mismo? ¿O acaso con uno de los otros dos miembros del club Fuego del Infierno, el sensual Thirlstone o el ufano Helliwell?

–¿Mantiene relación con alguno de los otros miembros del club Fuego del Infierno? –preguntó Pitt de improviso.

–¿Cómo? –Jago parecía sorprendido–. ¡Ah! No. No, en realidad no. De vez en cuando me encuentro con Thirlstone, pero siempre por casualidad. A Helliwell hace un par de años que no lo veo. Le van bien las cosas, por lo que he oído decir. Está casado y se ha convertido en un hombre respetable, y rico. Una vez que hubo echado su cana al aire, ése era su mayor deseo.

–¿Y Finlay qué desea?

Jago volvió a sonreír, esta vez con resignación.

–Dudo que él mismo lo sepa. Quizá realizar las ambiciones que su padre alberga para él, aunque sin el esfuerzo y la presión que inevitablemente conllevan. No creo que quiera ser ministro de Asuntos Exteriores, y menos aún primer ministro. Lo más probable, de todos modos, es que su padre muera antes de que se le presente la ocasión, y entonces podrá relajarse y ser lo que realmente desea... si es que aún lo recuerda. –Se interrumpió–. Tallulah tal vez encuentre un buen partido y llegue a ser duquesa o una gran condesa. Dudo que posea la inteligencia necesaria para ser esposa de un político de relieve. Eso requiere una habilidad y un tacto considerables, además de un profundo conocimiento de los temas de actualidad y la naturaleza humana, y no sólo de la moda, la etiqueta y las relaciones sociales. Para empezar, no creo que tenga la discreción suficiente.

–¿No podría adquirirla? –preguntó Pitt–. Todavía es joven.

–De nada sirve adquirir discreción cuando uno ha caído ya en descrédito, comisario. La alta sociedad no olvida. Mejor dicho, olvida hasta cierto punto si se es hombre, pero no si se es mujer. En el caso de los hombres, depende de cuál sea la falta. –Se inclinó contra el banco y por fin se relajó un poco–. He conocido a algún joven con una conducta realmente deplorable... continuas borracheras y una actitud en extremo ofensiva... y sus camaradas lo han sometido a juicio y declarado culpable de una infracción que no puede pasarse por alto. Entonces le han aconsejado que se ofrezca voluntario para algún servicio en el extranjero, por ejemplo África o India, y que no vuelva nunca.

Pitt lo contempló atónito.

–Y el joven ha obedecido –añadió Jago–. La alta sociedad impone disciplina a los suyos. Ciertas cosas no son admisibles. –Se irguió–. Otras en cambio sí lo son, incluso algunas conductas que usted o yo consideraríamos abominables. Depende de quién sea la víctima del atropello y de si trasciende o no a la opinión pública. Si quiere que diga que Finlay nunca ha visitado a una prostituta, no puedo. Pero eso usted ya lo sabe. Si eso fuese un delito, tendría que presentar cargos contra la mitad de los caballeros de Londres. ¿Dónde, si no, satisfarían sus apetitos? Una mujer decente vería arruinada su reputación, y después ellos mismos la rechazarían.

–Lo sé –admitió Pitt–. ¿Es ésa la cuestión?

–No –reconoció Jago, mirando a Pitt pensativamente–. La cuestión es más bien que Augustus FitzJames se ha granjeado la enemistad de mucha gente, personas que utilizó y desechó en su ascenso al poder, personas a quienes su triunfo acarreó graves perjuicios. Más de una familia debe a él su desgracia, y una gran casa nunca perdona su ruina. Un individuo con ambiciones políticas recibiría no pocas ayudas si corriese la voz de que ha contribuido al hundimiento de FitzJames. El poder es cruel, comisario, y la envidia lo es aún más. Antes de emprender cualquier acción contra Finlay, asegúrese de que fue él realmente quien dejó la insignia en Pentecost Alley, y no algún enemigo de su padre. Me cuesta mucho creer que ese crimen lo cometiese el hombre que yo conocía en mi juventud... y lo conocía bien.

Pitt escrutó su rostro, intentando desentrañar las emociones que se ocultaban tras sus palabras, y vio distintas corrientes enfrentadas, y sobre todo una firme voluntad de no emitir juicios.

Se puso en pie.

–Gracias, reverendo. No puedo decir que me haya servido de gran ayuda, pero tampoco lo esperaba.

Se despidió y salió a la calle, donde lo aguardaban el tránsito y el bullicio, los caballos y los transeúntes corriendo de un lado a otro, las voces y la permanente capa de suciedad. Sentía aún más simpatía por Jago Jones que antes, y tenía la convicción de que en algún aspecto esencial mentía.

–Y bien –dijo Cornwallis exasperado–. ¿Ha averiguado algo más sobre FitzJames?

Atardecía, y el sol no era ya más que una bola anaranjada tras el manto de humo que cubría los tejados. Las aceras despedían aún el calor del día y en el aire flotaba el intenso olor de las bostas de caballo, que los barrenderos habían amontonado junto a los bordillos en espera de que las carretas pasasen a recogerlas.

Seguían circulando carruajes y empezaban a encenderse las farolas, ya eléctricas en los paseos de las márgenes del Támesis. La gente comenzaba a pensar en los teatros y la ópera, los restaurantes y las fiestas. Se veían las luces de las embarcaciones de recreo atracadas en el río y llegaban ráfagas de música.

–No –admitió Pitt con cansancio, de pie ante la ventana junto a Cornwallis–. Jago Jones sólo declarará que hace seis o siete años llevaban todos una vida desenfrenada y desde entonces sólo se han visto casualmente alguna que otra vez, lo cual no es difícil de creer, dado que ahora él es párroco en Whitechapel. –Esbozó una fugaz sonrisa–. Y Whitechapel no es precisamente el territorio de FitzJames. Según el Foreign Office, es un joven capaz y diligente con una conducta tan correcta como la de la mayoría y mejor que la de algunos. Y en cuanto encuentre una esposa adecuada, probablemente se le asignará un buen puesto diplomático. Sin duda tiene talento para eso, y considerable encanto personal.

–¡Pero Rose Burke lo ha identificado! –insistió Cornwallis, volviéndose para mirar a Pitt–. Y tenemos también la insignia y el gemelo. ¿Se ha verificado que son suyos?

–Sí.

Cornwallis lo observaba con expresión grave.

–¿Qué le preocupa, pues, Pitt? ¿Tiene alguna otra prueba que no ha mencionado? ¿O acaso lo intimida la presión política? –Movió la cabeza en un gesto de negación–. Los amigos de FitzJames presionan cada vez más, pero aun así puede contar con mi total respaldo si está seguro de que es culpable y puede demostrarlo.

–Gracias, señor –dijo Pitt con sincera gratitud.

Era un don inestimable tener un superior que no se arredrase ante el riesgo ni aun cuando su posición pudiese verse amenazada. No estaba ya tan seguro de su buen juicio. ¿Sabía realmente lo poderosos que eran los amigos de FitzJames y lo poco que les importaba la inocencia o la culpabilidad de Finlay en tanto nada saliese a la luz pública? ¿Y había considerado, por otra parte, la posibilidad de que tuviese enemigos igualmente poderosos? Las palabras de Jago Jones resonaban en su mente y no podía pasarlas por alto.

–No me ha contestado –dijo Cornwallis, interrumpiendo sus reflexiones.

–Me gustaría tener otro testigo que hubiese visto a Finlay en Whitechapel... cualquier testigo –respondió Pitt–. No he encontrado un solo indicio de que haya estado allí ni esa noche ni ninguna otra. Mañana encargaré a Tellman que investigue, con la mayor discreción posible.

–No servirá de nada –aseguró Cornwallis–. Quizá normalmente frecuente los burdeles de Haymarket, pero no por eso podría descartarse que fuese a Whitechapel la otra noche. ¿Ha preguntado a los cocheros de los cabriolés de alquiler? ¿A otras mujeres de la calle? ¿A los policías de ronda en la zona?

–De eso se ha ocupado Ewart. Nadie sabe quién es. En cambio, más al oeste sí lo conocen.

–¡Maldita sea! –exclamó Cornwallis entre dientes–. ¿Cuándo vio por última vez la insignia y el gemelo su ayuda de cámara, o alguien cuyo testimonio sea relativamente imparcial?

–El ayuda de cámara está a su servicio desde hace años y no recuerda haber visto ninguno de esos dos objetos.

Cornwallis digirió la noticia en silencio.

Los farolillos de los coches se acercaban lentamente hacia ellos por la calle y los sonidos de las ruedas y los cascos de los caballos se elevaban en el aire quieto.

–¿Cuál es su opinión, Pitt? –preguntó por fin Cornwallis.

–Creo que es culpable, pero considero que no tenemos todavía pruebas suficientes –respondió Pitt, sorprendiéndose a sí mismo. Añadió–: En todo caso, no estoy seguro.

–Pues mejor será que se cerciore –dijo Cornwallis con severidad–. Y en el transcurso de la próxima semana.

–Sí, señor –contestó Pitt–. Haré todo lo posible.

5

Emily pasó el día como cualquier otro de la temporada de verano en Londres. Se levantó a las ocho. A las nueve salió a montar por el parque, donde tuvo ocasión de saludar a una veintena de conocidos, y aunque todos ellos eran gente afable, con ninguno la unían especiales lazos de amistad. Hacía un día extraordinario, el aire era fresco, y tenía un excelente caballo. Montó a gusto y regresó a casa poco después de las diez, pletórica de energía.

Jack ya se había marchado a Whitehall y Edward estaba en el estudio con su preceptor, así que desayunó sola. Evie se hallaba en su cuarto con la niñera.

Durante las dos horas siguientes Emily se dedicó a leer y atender la correspondencia, que era escasa. Básicamente buscaba tareas para matar el tiempo. Decidió el menú del día. Luego llamó al ama de llaves y trató con ella sobre media docena de cuestiones domésticas, que incluían la ropa blanca, las obligaciones de las sirvientas, el rendimiento de la nueva fregona y la marca en la alfombra de la biblioteca, descubriendo que todo había quedado resuelto satisfactoriamente sin su ayuda.

Habló después con su doncella y comprobó que también ésta había solucionado todos los problemas menores que habían surgido.

–¿Qué ha pasado con aquella mancha de tinta roja en la manga de mi vestido? –preguntó en primer lugar. Se había manchado mientras admiraba un mapa de India que había dibujado Edward.

–Ya la he quitado, señora –contestó Gwen complacida.

–¿Se ha ido? –dijo Ewart, asombrada–. ¿La tinta roja?

–Sí, señora. Se va con mostaza. Hay que extender un poco de mostaza por encima de la mancha antes del lavado. Nunca falla.

–Gracias.

–Y si consiguiera unas gotas de ginebra, señora, le sacaría brillo a los diamantes de su pulsera. Están un poco empañados por el uso. Se la he pedido a la cocinera, pero se ha negado a dármela sin su consentimiento. Habrá imaginado que la quería para bebérmela.

–Sí, muy bien –contestó Emily, sintiéndose superflua.

No salió mejor parada de sus conversaciones con la niñera y la cocinera.

A mediodía cogió su propio coche y fue a ver a su madre, pero no la encontró en casa. Dudó entre ir de compras o visitar una galería de arte, y finalmente se inclinó por lo segundo. Se aburrió soberanamente. Los cuadros eran todos de una gran delicadeza, y a ella se le antojaron idénticos a los de la exposición del año anterior en esa misma sala.

Regresó a casa, donde almorzó en compañía de su abuela, que se interesó por sus actividades de esa mañana y sus planes para el resto de la semana. Tras oírlos, la anciana los tachó de triviales, vacuos y frívolos. La criticaba por envidia, pues ella habría deseado hacer lo mismo; pero en su fuero interno Emily estaba de acuerdo con ella.

–Deberías apoyar a tu marido –reprochó con inquina–. Deberías dedicarte a las buenas obras. A tu edad, yo lo hacía. Formaba parte del consejo de distrito para la ayuda de las madres solteras. No te imaginas cuántas descarriadas rehicieron su vida gracias a mí.

–Dios las ayude –mascculló Emily.

–¿Cómo has dicho?

–Que sin duda fue una gran ayuda –mintió Emily a fin de evitar un altercado.

A las tres y media asistió a un concierto con la esposa de un amigo de Jack, una respetable mujer con una conversación muy limitada. En su opinión todo era «reconfortante». A las cuatro y media fueron juntas a una fiesta al aire libre, pero se marcharon al cabo de media hora, cuando la paciencia de Emily estaba ya a punto de agotarse. Se arrepintió de no haber ido a casa de alguna amiga o a una subasta benéfica, pero era ya demasiado tarde.

A las seis y media Jack regresó a casa con el tiempo justo. Apresuradamente tomaron un tentempié y se cambiaron para ir al teatro con unos conocidos. A las once y media cenaron y charlaron de trivialidades. A la una menos cuarto Emily se acostó, demasiado cansada para pensar de manera constructiva, pero convencida de que había malgastado el día.

Se propuso hacer algo más útil al día siguiente. Se informaría por teléfono de cuáles eran los actos sociales en que más probabilidades tenía de encontrar a Tallulah FitzJames. Buscaría el modo de ayudarla a tomar una decisión respecto a Jago y llevarla a cabo felizmente, o bien a esclarecer la inocencia de su hermano en relación con el asesinato de Whitechapel. O si era posible, la ayudaría en ambos frentes.

Poco después de las dos de la tarde, tras el almuerzo, Emily se puso un elegante vestido de tarde a la última moda: un brocado rosa exquisitamente cortado y guarnecido de seda en el pecho, el cuello y los codos. Cuando andaba, la falda tenía un gracioso vuelo. Lo complementó con un extravagante sombrero –que habría impresionado incluso a la tía Vespasia– y un parasol a juego. A continuación se dirigió a Kensington, donde se celebraba una muestra floral en la que, según sus averiguaciones, muy probablemente encontraría a Tallulah.

Llegó a las tres, se apeó del coche y de inmediato vio a varias conocidas. No tuvo más remedio que saludarlas y entrar con ellas en los sucesivos pabellones y cercados donde estaban expuestas las flores, junto con los más diversos árboles y arbustos. Entre los arriates había pequeñas mesas blancas de hierro forjado, y dos o tres elegantes sillas alrededor de cada una. Damas magníficamente ataviadas se paseaban de pabellón en pabellón, muchas de ellas acompañadas de caballeros con levitas, pantalones a rayas y relucientes chisteras. Dispuestas por todo el recinto había niñas de doce o catorce años con vestidos de volantes y cintas en el cabello que permanecían inmóviles en remilgadas poses, o se hacían muecas cuando creían que nadie las miraba.

Emily sintió un repentino desánimo. Había olvidado lo concurridas que solían estar las muestras florales, y el sinfín de sinuosos caminos que discurrían entre las plantas expuestas, pérgolas instaladas bajo los árboles, y rincones entre las flores y bajo las ramas donde la gente podía hablar discretamente o coquetear. Una podía tener allí una cita a escondidas sin demasiado riesgo de ser vista por quienes prefería eludir. Por eso sin duda había elegido Tallulah un lugar como aquél. Resultaba en extremo respetable. ¿Qué habría más correcto para una joven que asistir a una muestra floral? Algo tan femenino, tan encantadoramente inocente. Allí podía aprender mucho sobre jardines, invernaderos y las diversas maneras de decorar con buen gusto los salones de una casa para las cenas, veladas o cualquier otra clase de recepción. Nada más lejos de los intereses de Tallulah.

Emily, como sin darle importancia, preguntó entre sus conocidas si alguien había visto a la señorita FitzJames, inventando una vaga excusa para justificar su deseo de hablar con ella: una amiga común, la dirección de un sombrerero.

Tardó casi una hora en encontrarla, y dio con ella por casualidad. Al doblar la esquina de un amplio arriate de rosas tardías y altos lirios de vivo color amarillo, vio a Tallulah en una pérgola formada por el ramaje entretejido de una parra. Estaba recostada en el banco, con las piernas extendidas sobre el asiento como si fuese un diván, la falda colgando en descuidados pliegues, la cabeza echada hacia atrás, el largo y grácil cuello arqueado, el oscuro cabello parcialmente desprendido de las horquillas. Era una postura relajada y seductora, graciosa y sugerente.

El joven sentado junto a ella la contemplaba embelesado, inclinándose cada vez más como atraído por un imán mientras ella lo miraba lánguidamente por entre los párpados entornados. Emily comprendía el deseo de comportarse de manera atrevida. Ella nunca había hecho nada semejante pero, al menos hasta la fecha, tampoco había experimentado nunca la tentación.

–¡Tallulah, usted por aquí! ¡Qué alegría verla! –exclamó con fingida candidez, como si acabasen de tropezarse en un parque–. ¿No le parecen magníficas las flores? Me asombra que hayan conseguido tantas a estas alturas del año.

Tallulah la miró primero atónita y luego consternada. Tal falta de tacto era inexcusable. Emily debería haberse sonrojado y retirado en silencio con la debida turbación.

Sin embargo permaneció donde estaba, con una amable sonrisa en el rostro.

–Siempre he pensado que agosto es una época difícil –prosiguió jovialmente–. Demasiado tarde para unas cosas y demasiado pronto para otras.

–A mí me parece que hay flores de sobra –dijo el joven, ruborizado. Se arregló la corbata y el cuello de la camisa, intentando disimular.

–De eso no me cabe duda, caballero –repuso Emily, clavando la mirada en las manos del joven–. Para los hombres, siempre hay flores de sobra. –Dejó el comentario en el aire con su doble sentido y se volvió hacia Tallulah, exhibiendo de nuevo una radiante sonrisa–. He estado pensando mucho en el tema del que hablamos en nuestra última charla. Me encantaría ayudarla, y estoy segura de que algo puede hacerse.

Tallulah siguió mirándola, y la placidez de momentos antes desapareció gradualmente de su rostro. Se irguió sin prestar atención a su vestido ni al ángulo en que se había deslizado la falda.

–¿Sí? Pues las cosas se han complicado, ¿sabe? Se han complicado mucho.

El joven se dio cuenta de que la conversación había tomado un rumbo del que nada sabía. Se puso en pie, se excusó con notable desenvoltura dadas las circunstancias y, tras inclinar cortésmente la cabeza, se marchó.

Tallulah se recompuso el vestido, incapaz ya de ocultar su tristeza.

–Volví a ver a Jago –susurró–. No mucho rato. Fue en una subasta benéfica. Sabía que estaría allí, recaudando fondos para su mísera iglesia, así que me presenté. Me trató como si fuese una niña díscola con la que estaba obligado a ser cortés, como cuando una aguanta el mal comportamiento de los hijos de otra gente sin decir nada para no ofender a los padres. –Contrajo el rostro–. Soportándolos con paciencia. Me puso tan furiosa que lo habría abofeteado.

Emily vio el dolor en sus ojos, y el esfuerzo por decidir si debía negar ese dolor o afrontarlo y superarlo. Resultaba mucho más fácil intentar convencerse de que era sólo rabia.

Emily se sentó en el lugar que minutos antes ocupaba el joven. El perfume de las flores saturaba el aire, y le complació notar una suave brisa.

–¿Está segura de que no lo quiere simplemente porque es inalcanzable? –preguntó con franqueza.

Tallulah reflexionó en silencio. Volvió a sentarse donde antes, pero esta vez con mayor decoro, manteniendo los pies en el suelo.

–¿Le atraería un hombre que la adorase? –dijo Emily sin dejarse desanimar.

–No –contestó Tallulah de inmediato, y una sonrisa asomó a sus labios–. ¿Y a usted?

–En absoluto –admitió Emily–. Como mínimo no debe convenirme, pero si además es necesario conquistarlo, mucho mejor. Cuanto más enconada es la batalla, más se valora el premio. A los hombres les ocurre lo mismo, naturalmente. Pero en general nosotras somos más hábiles a la hora de disimular y fingir desinterés cuando de hecho estamos prendadas.

–Jago no está prendado –aseguró Tallulah con pesimismo–. Al menos de mí. Tendría más probabilidades de despertar sus emociones si fuese una perdida. Así como mínimo pensaría que podía salvar mi alma.

–¿Eso pretendía hace un momento? –preguntó Emily con una sonrisa–. ¿Perderse?

Pero el dolor impidió a Tallulah participar en la broma.

–No, claro que no –dijo con tono tajante–. En realidad me aburría. Todo eran palabras e ideas. Si conociese a Sawyer, entendería a qué me refiero. Su actitud es pura pose.

Emily se reclinó un poco para estar más cómoda. Hacía calor en la pérgola, y el aroma de tantos pétalos resultaba casi sofocante.

–¿Por qué no se olvida de Jago? –preguntó sin perder tiempo en sutilezas–. Su recuerdo no hace más que afligirla. Un desafío es estimulante, pero sólo si existe alguna posibilidad de triunfo. Si no, es deprimente. Además, ¿qué haría si lograse cautivarlo? No puede casarse con él. No tiene dinero. ¿O acaso sólo pretende vengarse de él porque la desprecia, o eso cree usted?

–Me desprecia, se lo aseguro.

–Así que quiere vengarse.

Tallulah la miró fijamente. El sol se filtraba entre las hojas de la parra y salpicaba su rostro realzando su peculiar belleza, una belleza nacida del valor y una intensa vitalidad.

–No. Eso sería monstruoso –contestó con voz aguda a causa de la frustración–. No entiende nada, ¿verdad? Jago es la mejor persona que he conocido. Posee sentido del honor, y una dulzura como no he visto en nadie. Es honrado. –Se inclinó–. No me refiero sólo a que no se apropia de cosas que no le pertenecen, sino a que él ni siquiera lo desea. No engaña a los demás, pero además tampoco se engaña a sí mismo. Eso es muy poco común, ¿sabe? Yo me engaño a mí misma continuamente. Y en mi familia también se engañan todos, en especial respecto a los motivos de sus acciones. Afirman que obran de tal o cual forma porque es su obligación cuando en realidad lo hacen porque así lo desean y luego buscan cualquier excusa. Lo he visto mil veces.

–Y yo también –admitió Emily–. Pero no sé si sería capaz de vivir con alguien que dijese siempre la verdad desnuda. Dudo que quiera saberla, y estoy convencida de que no quiero oírla. Quizá sea una actitud admirable, pero preferiría admirarla a distancia... a mucha distancia.

Tallulah rió pero sin alegría.

–Está malinterpretándome adrede. No quiero decir que Jago sea un hombre cruel o carezca de tacto. Es sólo que tiene una especie de... luz interior. Es... íntegro. La mayoría de las personas tienen la mente dividida en muchas piezas, y cada pieza va por su lado, deseando algo distinto y mintiendo a las otras, de ese modo intentamos tenerlo todo y sentirnos además justificados. A Jago, en cambio, eso no le ocurre.

–¿Cómo está tan segura?

–¿Qué?

–¿Cómo está tan segura de eso? –repitió Emily–. ¿Cómo sabe qué ocurre en la mente de Jago?

Tallulah guardó silencio por un momento. Frente a ellas pasaron dos muchachas, vestidas una de rosa y otra de color melocotón. Conversaban abstraídamente, con las cabezas muy juntas y motas de sol en el cabello.

–No sé por qué le explico todo esto –dijo Tallulah por fin–. En realidad no puede expresarse con palabras. Sé lo que digo. Me consta que Jago posee un coraje del que la mayoría de la gente carece. Hace frente a las cosas verdaderamente importantes, sin evasivas ni excusas. Para él, sus principios lo son todo. –Dirigió a Emily una mirada escrutadora–. ¿Me entiende?

–Sí –contestó Emily en voz baja, abandonando el tono desafiante–. Sólo quería comprobar si su interés por él es tan profundo como cree. ¿No lo encontraría demasiado serio a la larga? ¿Esa extrema bondad, pasado un tiempo, no le resultaría demasiado previsible y al final incluso aburrida?

Tallulah volvió la cabeza en otra dirección, y su perfil se recortó contra un fondo de flores.

–En realidad poco importa. Siempre me verá como la frívola hermana de Finlay FitzJames, una muchacha que malgasta su vida comprando vestidos tan caros que con lo que cuesta uno solo podría alimentarse y vestirse durante años una de sus familias de Whitechapel. –Se miró la exquisita falda y se la alisó–. Éste cuesta cincuenta y una libras, diecisiete chelines y seis peniques. A nuestras mejores criadas les pagamos veinte libras al año. Las fregonas y las ayudantas no cobran ni la mitad. Lo he visto en el libro de cuentas de la casa. Y tengo una docena de vestidos como éste o más. –Se encogió de hombros y sonrió–. Aun así, voy a misa los domingos y rezo, como cualquiera de las mujeres que conozco, y todas visten como yo. No es que Jago fuese a decirme que obro mal. Si nadie comprase esta ropa, la gente que la hace se quedaría sin trabajo. Simplemente no me prestaría atención porque me preocupo demasiado de mi aspecto. Pero para una mujer soltera eso es lo importante, ¿no? –No era una pregunta sino una afirmación.

Emily no discutió, ni se molestó en mencionar el dinero o las influencias familiares. Tallulah conocía las reglas tan bien como ella.

–¿Se casaría con él? –preguntó con delicadeza, pensando en Charlotte y Pitt.

Pero el caso de Charlotte era distinto. A diferencia de Tallulah, ella nunca había sentido la menor atracción por la vida social. Era demasiado mordaz, y su franqueza rara vez resultaba graciosa. No era intencionadamente atrevida; era una auténtica inadaptada. Y a decir verdad tampoco había recibido muchas más ofertas. Su actitud desalentaba a los pretendientes.

No obstante, si Tallulah seguía comportándose como esa tarde o la otra noche en Chelsea, podía no tener tampoco ofertas en el futuro a pesar de la fortuna de su padre. Había muchas mujeres que la gente consideraba divertidas pero no encontraban marido.

Tallulah suspiró y contempló las flores que pendían sobre su cabeza. En su rostro apareció una extraña expresión, mezcla de añoranza y horror, y también quizá ironía ante su propia situación.

–Si me casase con él, tendría que vivir en Whitechapel, llevar vestidos de paño gris y ser feliz repartiendo caldo entre los pobres. Tendría que mostrarme educada con esas mojigatas que creen que reírse es un pecado y que el amor es decir a la gente lo que debe hacer. Comería todos los días lo mismo, atendería la puerta y hablaría con comedimiento para no ofender a nadie. Nunca más iría al teatro, la ópera o los restaurantes, ni saldría a montar por el parque.

–Y peor aún –añadió Emily–, tendría que viajar en ómnibus, apretujada entre una multitud de gente gruesa, jadeante, apestando a cebolla. Tendría que guisar y hacer cuentas antes de comprar algo para saber si el dinero le llegaba o no, y las más de las veces la respuesta sería que no.

Emily pensaba en los primeros años del matrimonio de Charlotte, cuando Pitt aún no había sido ascendido. Fueron tiempos difíciles para ellos. Sin embargo compartían tantas cosas que Emily recordaba esa etapa en la vida de su hermana con cierta envidia. Tenía la impresión de que ella misma compartía más cosas con Jack antes de ganar él su escaño en el Parlamento, en la época en que aún le quedaba mucho por hacer y la victoria era incierta y lejana. Por aquel entonces Jack la necesitaba mucho más.

–No llegaría a ese extremo –replicó Tallulah–. Mi padre me concedería una asignación.

–¿Aun si se casase con un párroco en lugar de aceptar a alguno de sus candidatos? –dijo Emily con escepticismo–. ¿Está segura?

Tallulah la miró, abriendo desmesuradamente sus ojos castaños, casi negros.

–No –susurró–. No. Se pondría furioso. Nunca me lo perdonaría. A él le gustaría que me casase con un duque, aunque en realidad bastaría con un marqués o un conde. Para serle sincera, no creo que su ambición tenga límite. Si pensase en ello más a fondo, me daría miedo. Jamás se detiene ante nada. Siempre encuentra la manera de vencer los obstáculos. Muchos han intentado hacerle frente, pero no les ha servido de nada.

Detrás de ellas se oyeron risas. El calor empezaba a ser insoportable.

–¿Y usted le ha hecho frente? –preguntó Emily.

Tallulah negó con la cabeza.

–Nunca me he encontrado en la necesidad.

–¿Y le plantaría cara para casarse con Jago?

Tallulah desvió la mirada.

–No lo sé. Puede que no. Pero, como ya le he dicho, eso poco importa. Jago no me aceptaría.

–Quizá sea mejor así –dijo Emily con toda intención–. De ese modo no tendrá que decidir qué desea realmente, si casarse con quien su padre elija y disfrutar de vestidos bonitos, fiestas, funciones de teatro, o casarse con un hombre que de verdad ama y admira, y en quien confía, y ayudarlo en su trabajo viviendo en relativa pobreza. Probablemente no llegaría a pasar hambre, y siempre dispondría de un techo bajo el cual cobijarse, aunque tuviese goteras.

Tallulah se volvió de pronto y la miró colérica.

–¡Estoy segura de que su techo no tiene goteras, señora Radley! –espetó–. ¡Aunque el de Jack Radley las tuviese, apostaría cualquier cosa a que el del difunto lord Ashworth no las tiene!

Era una directa alusión al primer marido de Emily y su considerable fortuna. Emily podría haber tomado a mal la pulla, pero era consciente de que había provocado a Tallulah, y consideró justa su reacción.

–No, no tiene goteras –dijo–. Pero si en su día yo tomé o no una decisión no es lo que ahora nos atañe. La cuestión es que comprenda usted la verdadera naturaleza de sus distintas opciones. Nadie lo tiene todo. Ninguna relación lo proporciona todo. Considere con detenimiento a Jago. Considere asimismo las otras alternativas que se le presenten. Luego decida qué desea y luche hasta conseguirlo.

–Dicho así parece muy sencillo.

–Esa parte lo es.

–No, no lo es –replicó Tallulah. Echó el tronco hacia delante, se acodó en las rodillas y apoyó la cara en las palmas de las manos. Era una postura de profunda y angustiada introspección.

Frente a ellas pasó una pareja de avanzada edad, la mujer arrastrando un parasol, el hombre con el sombrero ladeado. Ella hizo un comentario, y los dos se echaron a reír.

–Si el lamentable asunto de Finlay no se resuelve pronto –dijo por fin Tallulah con ira y miedo en la voz– y la policía no deja de hacer preguntas a todo el mundo sobre nosotros, poco importará de todos modos. Nos arruinarán la vida y nadie nos dirigirá la palabra por poco que pueda evitarlo. Me consta que otras familias se han visto en esa situación. Surge un rumor, empieza a correr la voz, y de repente nadie te ve. Eres invisible. Vas por la calle, y la gente vuelve la cabeza en otra dirección. Hablas a alguien, y no te oye. –Elevaba la voz gradualmente por efecto del pánico–. Los restaurantes donde solías cenar nunca tienen mesa libre para ti. Las modistas están demasiado ocupadas para recibirte. Los sombrereros no tienen nada que te quede bien. Los sastres no pueden atenderte. Visitas a la gente, y nunca hay nadie en casa aunque las luces estén encendidas y los coches frente a la entrada. Es como si hubieses muerto sin darte cuenta. Una cosa así puede ocurrir por hacer trampas en el juego o incumplir una deuda de honor, así que imagine lo que podría pasar si un miembro de la familia es ahorcado por asesinato.

Esta vez Emily no se precipitó en su respuesta. El asunto era demasiado doloroso para cuestionar actitudes o exigir un examen de conciencia. Le habría gustado pensar sin sombra de duda que Finlay era inocente; en ese caso habría sido sólo cuestión de esperar a que Pitt averiguase la verdad. Pero conocía a Pitt desde hacía tiempo y había presenciado suficientes tragedias humanas y situaciones de violencia para buscar consuelo en tales ilusiones. Las personas que una amaba, las personas que una creía conocer, podían ocultar facetas de incontrolable amargura o cólera, oscuras necesidades que ni siquiera ellas mismas comprendían.

–Si aún siguen investigándolo, significa que todavía no tienen pruebas contra él –dijo, midiendo las palabras.

–Y que todavía creen que es culpable –precisó Tallulah al instante con un extraño brillo en los ojos–. Si no, lo dejarían en paz.

En la pérgola no se movía el aire y el calor era sofocante. Las risas sonaban lejanas pese a que provenían de la gente que estaba a unos pasos de ellas. Por encima del rumor de las voces se oía nítidamente el tintineo del cristal y la porcelana, pero Emily y Tallulah se hallaban demasiado absortas en la conversación para pensar en refrigerios.

–¿Sabe por qué? –preguntó Emily.

Tallulah apretó los labios. Obviamente había pensado ya en ello y la respuesta le inquietaba.

–Sí. En el lugar donde mataron a esa mujer aparecieron dos objetos de Finlay, una insignia del ridículo club al que pertenecía y un gemelo. Finlay les explicó que los había perdido hacía años. Ni él ni nadie había vuelto a verlos. –Contrajo el rostro–. Vino a casa un policía, un tipejo de lo más ordinario, e interrogó a su ayuda de cámara, pero forma parte del servicio hace sólo unos años y nunca había visto la insignia ni el gemelo. Le aseguro que Finlay no los llevaba encima esa noche. –Miró a Emily como si la desafiase a dudar de sus palabras.

–¿Sólo eso? –preguntó Emily manteniendo una expresión de objetivo interés por los hechos.

–No. Además una prostituta ha declarado que vio entrar a un hombre en la habitación de esa mujer, y jura que se parecía a Finlay. Pero ¿cómo pueden dar más crédito a su palabra que a la de Finlay? ¡Ningún jurado lo haría! –Buscó la mirada de Emily–. ¿No cree?

Emily percibía el miedo de Tallulah con la misma intensidad que el calor del sol o el empalagoso perfume de las flores. Era más real que las voces lejanas o la mancha de color en movimiento que para ella era en ese instante el exquisito vestido de una mujer que pasaba. Pero ¿era miedo al menoscabo social, miedo a una condena injusta, o miedo a que quizá su hermano no fuese inocente?

–Me extrañaría –dijo Emily con cautela–. ¿Dónde estaba Finlay esa noche?

–En Beaufort Street, en una fiesta. No recuerdo el número, pero era hacia el final de la calle, cerca del río.

–¿Y no puede demostrarlo? –sugirió Emily con súbita esperanza–. Algún otro invitado debe de recordarlo. Probablemente docenas de personas. Imagino que ya ha informado de eso a la policía.

Tallulah pareció sumirse en una profunda tristeza.

–¿No estuvo allí? –preguntó Emily.

–Sí... sí estuvo. –Unas arrugas de confusión y pesar surcaron el rostro de Tallulah–. Yo misma lo vi allí...

Ante ellas pasó un camarero con una bandeja de bebidas frías en copas de pie alto que tintineaban al entrechocarse. Alguien rió a lo lejos.

Emily adivinó que la historia no terminaba ahí, que entrañaba algún secreto inquietante y además muy personal. En lugar de preguntar, se limitó a añadir el final obvio a la frase de Tallulah:

–Pero no puede decirlo.

Tallulah se volvió de inmediato hacia ella.

–Lo diría si alguien fuese a creerme. No intento protegerme. Si pudiese, libraría ahora mismo a Fin de las sospechas de la policía. Pero no era una fiesta corriente. Todos andaban fumando opio y esas cosas. Yo estuve allí sólo una media hora y me marché. Pero vi a Fin, aunque creo que él no se encontraba ya en condiciones de advertir mi presencia. Había mucha gente, y todos reían, bebidos o narcotizados.

–¡Pero usted vio a Finlay, eso es lo que cuenta! –exclamó Emily con convicción–. ¿No había bebido ni... fumado opio?

–No. –Tallulah respiró trémulamente–. Pero cuando mi padre me preguntó dónde había estado delante de mi madre, los criados y el médico de mi madre, dije que había ido a otra parte. Ahora nadie me creería. Pensarían que miento para proteger a Finlay. Y es lógico. Yo en su lugar, pensaría lo mismo.

A Emily le habría gustado encontrar un argumento en contra, o unas palabras de consuelo, pero Tallulah tenía razón. Nadie tomaría en serio su testimonio.

Tallulah se miró las manos apoyadas en la falda.

–¡Maldita sea! –exclamó con vehemencia–. ¡Qué desastre! –Cerró los puños–. A veces Fin es tan estúpido que sería capaz de odiarlo.

Emily guardó silencio. Daba vueltas y más vueltas al asunto, buscando un cabo suelto al que aferrarse para ayudar a Tallulah. Aquello era un problema práctico. No se resolvería dejándose llevar por las emociones, por justificadas que estuviesen.

–Recuerdo que de niños Fin me parecía maravilloso –continuó Tallulah, hablando más para sí que para Emily–. Tenía unas ideas fascinantes. Siempre inventaba juegos. Convertía nuestra habitación en otro mundo: una isla desierta, un barco pirata, la batalla de Trafalgar, un palacio, la Cámara de los Comunes. –Su mirada se enterneció con el recuerdo y sonrió–. O un bosque lleno de dragones. Yo era la doncella, y Finlay me rescataba. Él hacía también de dragón. Me reía tanto...

Emily no la interrumpió.

–Y naturalmente llegó el día en que tuvo que marcharse a

estudiar –prosiguió Tallulah–. Lo eché mucho de menos. Nunca me he sentido tan sola como en esa época. Cada trimestre contaba los días que faltaban para su regreso. Al principio todo siguió igual, pero él cambió gradualmente. No podía ser de otro modo. Creció. Sólo quería jugar con otros chicos. Continuaba portándose bien conmigo, pero enseguida perdía la paciencia. Tenía todos sus sueños puestos en el futuro, no en el pasado, donde yo estaba. Fue por aquel entonces cuando empecé a comprender todo lo que los hombres pueden hacer y las mujeres no. –Posó la mirada en un grupo que pasaba, un hombre con chistera y dos mujeres del brazo, una joven y otra de mayor edad con un magnífico sombrero guarnecido de plumas, pero no parecía verlos–. Los hombres pueden ir al Parlamento o llegar a ser embajadores. Alistarse en el ejército o la marina. Convertirse en exploradores o banqueros. Jugar en la bolsa o dedicarse a la importación y la exportación. –Hizo un exagerado gesto de desolación–. Pueden ser dramaturgos, músicos, filósofos o poetas. Las mujeres simplemente nos casamos. Los hombres también se casan, claro, pero para ellos es un aspecto secundario de la vida. Me di cuenta de eso por las distintas expectativas de nuestro padre respecto a mí y respecto a Fin. Le habría gustado tener más hijos varones. Mi madre siempre ha lamentado no poder dárselos. Supongo que fue culpa de ella.

Emily se representó de pronto una sombría imagen de la vida en casa de los FitzJames, de una niña consternada al comprender el escaso control que ejercía sobre su propia existencia en comparación con su hermano. El éxito o el fracaso de su madre dependía de cuántos hijos varones era capaz de traer al mundo, y de hecho eso no lo decidía ella sino la naturaleza. Quizá a Tallulah le esperase el mismo futuro, el fracaso. Sólo una misión importante tenía en la vida, y tal vez no consiguiese llevarla a cabo.

Emily sabía que así era su propia vida. Había contraído matrimonio con un hombre que deseaba hijos varones para que un día heredasen su título, pero no había experimentado la misma presión. No recordaba haber dudado una sola vez de sus posibilidades. Pero ella no había tenido ningún hermano.

–A veces cuando Fin volvía a casa por vacaciones se producían unas discusiones horribles. –Tallulah seguía mirando a lo lejos, con la mente en el pasado–. Nuestro padre lo llamaba a su gabinete, y Fin salía blanco como el papel. Pero al final todo acababa bien. No ocurría nada grave. Al principio me asustaba. Recuerdo que me quedaba sentada en el rellano, detrás de la barandilla, con la vista fija en el vestíbulo esperando a que saliese del gabinete, pensando aterrorizada que quizá le pegase. En realidad no sé qué temía exactamente, pero nunca ocurrió nada. Siempre acababa bien. –Alguien rió, pero Tallulah no pareció oírlo–. Nuestro padre y Fin siguieron con sus planes. Fin volvió al internado, después fue a la universidad y luego entró en el Foreign Office. Si este asunto no acaba en un escándalo, lo destinarán a una buena embajada, probablemente París. Antes tendrá que casarse, pero no le costará encontrar una esposa. Hay docenas de chicas adecuadas que estarían encantadas de tenerlo por marido. –Respiró hondo y se volvió para mirar a Emily. Tenía lágrimas en los ojos–. Me gustaría ayudarlo, pero no sé qué hacer. Fin no quiere hablar conmigo de ello, pero me consta que tiene miedo. Nuestra madre tampoco quiere hablar del tema, salvo para decir que todo se arreglará porque Fin no puede ser culpable de una cosa así y nuestro padre no permitirá que lo acusen de algo que no ha hecho.

Emily imaginó a una mujer asustada, que amaba a su hijo pero apenas lo conocía, que continuaba viéndolo como el niño que había sido hacía muchos años. Aferrada a la decencia porque toda su existencia se basaba en ella, era incapaz de ver al hombre adulto que vivía en un mundo ajeno a su experiencia, con apetitos físicos y emocionales que escapaban a su imaginación. ¿Qué sabía Aloysia FitzJames de la realidad que existía más allá de las seguras y elegantes paredes de su casa?

No era extraño que Tallulah, una joven moderna y atrevida, no pudiese hablar con su madre o confiarle sus temores. Siquiera intentarlo sería cruel y absurdo. ¿A quién podía comunicar Tallulah sus inquietudes? ¿A sus amigas de la alta sociedad que sólo pensaban en encontrar un buen partido? ¿Al círculo de estetas, enemigos del convencionalismo, que noche tras noche departían sobre el arte y el significado de la vida, idolatraban los sentidos y veneraban la belleza y el ingenio? ¿A Jago? Él sólo tenía tiempo para los pobres. No advertía la soledad y el pánico que anidaban tras los vestidos caros y el rostro desafiante de Tallulah.

–Tenemos que hacer algo –anunció Emily con total determinación–. Para empezar nos ocuparemos de esa insignia que, según dicen, le pertenece. Si Finlay no la dejó, debió de dejarla otra persona, ya fuese por azar, o a propósito.

–¿A propósito? –Tallulah la miró con expresión de asombro–. ¿Quiere decir que alguien la robó y la dejó allí para que Finlay acabe en la horca? –Se estremeció a pesar del calor, ya tan intenso que Emily veía pequeñas gotas de sudor en la frente de Tallulah y notaba incómoda que la muselina de su propio vestido se le pegaba a la piel.

–¿Le parece imposible? –preguntó Emily.

Tallulah vaciló sólo un instante.

–No, en realidad no –contestó con voz trémula–. Mi padre tiene unos cuantos enemigos. Me he dado cuenta en estos últimos años. Podrían desear golpearlo donde más le duele, y donde es más vulnerable. A veces Finlay comete locuras. Eso es innegable. –Movió la cabeza en un gesto de lástima–. Creo que le asusta ser embajador y llegar luego al Parlamento porque quizá no esté a la altura de lo que nuestro padre espera de él. Casi da la impresión de que desease hacer algo para impedirlo, para no tener que intentarlo siquiera. No es que se lo haya propuesto –añadió de inmediato con una fugaz sonrisa–. Actúa así sólo en momentos en que... en que pierde la confianza en sí mismo. Todos atravesamos por etapas así.

–¿Quiénes son concretamente esos enemigos? –insistió Emily, sacudiendo una mano para espantar una mosca.

Tallulah pensó por un momento.

–Roger Balfour, por ejemplo. Mi padre estuvo a punto de estropearle un negocio con el ejército, una venta de municiones, creo. Y Peter Zoffany. A mí me caía bien. Contaba anécdotas maravillosas sobre sus experiencias en India. Me parece que la simpatía era recíproca. Durante un tiempo pensé que mi padre quería casarme con él, pero al final se aprovechó de él para conseguir algo de otra persona, se produjo una discusión espantosa, y no volví a verlo. Fin nunca haría una cosa así. –No añadió ninguna expresión de énfasis a la frase, con lo cual resultó aún más categórica. Miró a Emily con el ceño fruncido–. Pero ¿qué importa quiénes sean? Lo único que podríamos hacer sería informar a la policía. No tendría inconveniente en decírselo al señor Pitt si volviese, pero a ese otro hombre de aspecto mezquino no le dirigiría la palabra. Creo que se llamaba Tellman, o Bellman, o algo así. Me miró como si tuviese la lepra. Además, pensaría que sólo intentaba proteger a Finlay.

–No, supongo que no tiene importancia –admitió Emily–. Lo que cuenta es esa insignia del club. Si consiguiésemos despertar dudas por ese lado, el caso se debilitaría considerablemente.

–¡Pero si la encontraron allí! –protestó Tallulah–. ¿Qué duda va a haber? Lleva el nombre de Fin grabado. Él me lo dijo, y yo misma lo había visto.

–¿Cómo es? –se apresuró a preguntar Emily–. ¿Cómo es exactamente? ¿Lo recuerda?

–Claro. De este tamaño poco más o menos. –Separó los dedos pulgar e índice una media pulgada–. Redonda. Con esmalte gris, el rótulo «Club Fuego del Infierno, 1881» en letras doradas delante y un prendedor detrás. ¿Por qué?

–¿Y dónde lleva el nombre de Finlay?

–Al dorso, bajo el prendedor. ¿Por qué?

–¿Cómo está escrito?

–¿Qué quiere decir?

–¿Con letra inglesa, gótica, redonda?

–Con... letra inglesa, como una firma pero más nítida. –Su expresión cobró vida–. ¿Por qué? –Contuvo el aliento–. ¿Está pensado en hacer un duplicado? ¿Encargar otra idéntica? Pero ¿para qué?

–Bueno, si hubiese dos, al menos quedaría la duda de cuál era la auténtica. –Emily no hacía más que tantear posibilidades–. Una tendría que ser falsa. ¿Por qué no la que apareció en la habitación de la prostituta? Así, como mínimo, demostraríamos que alguien pudo conseguir una insignia falsa y colocarla donde le viniese en gana.

–Sí, es cierto –dijo Tallulah al instante, inclinándose–. ¿Y dónde la dejaríamos?

–No lo sé. –Emily seguía pensando–. En algún sitio donde hubiese podido caer casualmente, y donde Finlay no la encontrase. Al fondo de un cajón, por ejemplo, o en el bolsillo de alguna prenda que nunca use.

–Pero si la encontramos nosotros –objetó Tallulah–, seguramente imaginarán que nosotras la pusimos ahí.

–No puede encontrarla nadie de su familia, claro está –convino Emily–. Pero buscaremos la manera de que la policía lleve a cabo un registro para que la encuentren ellos mismos.

–¿Un registro? ¿Cómo vamos a conseguirlo?

–Eso déjemelo a mí. No se preocupe. –Emily no tenía intención de explicar que el comisario Pitt, el responsable del caso, era su cuñado–. Ya se me ocurrirá algo.

–¿Y no investigarán para averiguar si alguno de nosotros ha encargado una copia? –prosiguió Tallulah–. Eso es lo que yo haría. Y Tellman, por repugnante que sea, no me pareció en absoluto tonto. Además, podría volver el señor Pitt. Para ser policía, habla muy correctamente, pero aunque tenga buenos modales, tampoco creo que se deje engañar.

–Entonces procure que usted y su madre puedan dar cuenta de todos sus movimientos en los próximos días, y también Finlay a ser posible –indicó Emily con decisión–. Respecto a su padre nada podemos hacer. Yo me encargaré del duplicado. Dibújeme la insignia lo mejor que pueda, con el tamaño preciso y el mismo tipo de letra que se usó en la original.

Tallulah la miró alarmada.

–No sé si la recordaré con toda exactitud.

–En ese caso tendrá que informarse. Pregúntele a Finlay sin que se dé cuenta de para qué quiere saberlo. No acuda a ninguno de los otros miembros. Podrían adivinar sus propósitos, y aun cuando no traicionasen a Finlay intencionadamente, podrían perjudicarlo sin querer para salvarse.

–Sí –dijo Tallulah con mayor convicción. Se puso en pie y quedó inmóvil por un momento, agobiada de pronto por el calor y el sofocante perfume de las flores.

Emily se levantó también.

–Sí. Me pondré manos a la obra de inmediato. –Tallulah irguió los hombros–. Dibujaré la insignia y se la enviaré por correo. La recibirá mañana. ¡Gracias... Emily! No sé a qué debo esta muestra de amistad por su parte, pero siento una gratitud que no puedo expresar con palabras.

Emily le quitó importancia con la mayor gentileza posible, avergonzada porque en el fondo obraba de aquel modo por aburrimiento y por la sensación de que no había hecho nada útil durante meses y nadie la necesitaba.

Se separaron a la salida, sorprendidas al ver que ya se había marchado todo el mundo. Era la hora idónea para las últimas visitas del día, o incluso para regresar a casa si se tenía la intención de cenar temprano para salir luego al teatro o la ópera.

Tallulah cumplió su palabra, y al día siguiente, en el reparto del mediodía, Emily recibió una carta de ella, escrita de manera apresurada y poco prolija, y acompañada de dos aceptables dibujos de la insignia, mostrando ambos tanto el anverso como el reverso. Uno, de mayor escala para que se viese más claramente, reproducía con minuciosidad todos los detalles; el otro era menos preciso pero de tamaño idéntico a la insignia original. Describía asimismo los materiales. Había adjuntado un billete de cinco libras, pulcramente doblado, para cubrir el coste, y reiteraba su agradecimiento.

Emily ya había decidido dónde encargar la réplica de la insignia. Alguna que otra amiga suya había requerido los servicios de un joyero hábil y discreto capaz de realizar una copia de una pieza a partir del original o de una fotografía o dibujo. En ocasiones se producían percances. Una mujer, por ejemplo, tenía que empeñar una joya para pagar una deuda que prefería no mencionar a su marido y no podía saldar con el dinero de su asignación para ropa. O a veces algo se perdía. Incluso había situaciones en que no convenía ponerse una pieza original. Un joyero que el resto de la familia no conociese y que supiese guardar un secreto era un amigo muy preciado.

Naturalmente Emily no reveló su identidad. Pero el joyero estaba habituado a las damas que ocultaban su rostro tras un velo, y cuyos supuestos nombres no aparecían en ningún registro de la alta sociedad pese a que su indumentaria y sus modales indicaban que sí deberían constar. Aceptó el encargo sin poner reparos y se comprometió a tener lista la pieza en el plazo de dos días.

Regresó a casa, y poco después llegó Jack, que de inmediato entró en su tocador con aspecto nervioso y deshaciéndose en disculpas.

–Lo siento mucho –dijo con aire sincero, y ciertamente parecía inquieto por algo. Se lo notaban los ojos cansados y llevaba torcida la chaqueta, cosa poco común en él, que siempre vestía impecablemente.

–¿Qué pasa? –preguntó Emily, preocupada–. ¿Ha ocurrido algo?

Se puso en pie y se acercó a él, escrutando su rostro.

–El ministro del Interior ha convocado una reunión esta noche –anunció Jack con pesar–. Tengo que asistir, o si no, nadie expondrá mi punto de vista. Discúlpame, pero se trata de algo muy importante.

–Claro que tienes que asistir –convino Emily con una profunda sensación de alivio.

–Pero prometí llevarte a la ópera. Ya tenemos las entradas, y sé la ilusión que tenías por ir.

Emily lo había olvidado por completo. Al lado de los problemas de Tallulah ir o no a la ópera carecía de la menor trascendencia. ¿Qué era una noche de diversión comparada con el miedo y la soledad que había visto en ella la tarde anterior?

–Descuida –dijo con una sonrisa–. Es una cuestión de prioridades, ¿no? Quizá vaya a ver a Charlotte o algo así. La ópera volverán a representarla.

Emily vio desaparecer la inquietud del rostro de Jack y sintió una punzada de culpabilidad. Había hecho ya planes para lo que quedaba de la tarde.

–Gracias, querida –dijo Jack, acariciándole la mejilla.

De pie junto a él, veía las finas arrugas de cansancio que confluían en las comisuras de sus ojos y sus labios, y se dio cuenta con cierto sobresalto del esfuerzo que estaba realizando por primera vez en su vida para triunfar en algo que consideraba un desafío. Perseguía una meta por sí mismo y por ella, y temía no ser capaz de alcanzarla. Como hijo menor de su familia, había crecido sin responsabilidades y se había convertido en un joven apuesto y ocioso cuyo encanto le permitía vivir a costa de quienes encontraban tan grata su compañía que no dudaban en ofrecerle hospitalidad, y andar de casa en casa sin pensar en el futuro –ni en el pasado– más que a muy corto plazo.

Pero al casarse, por su amor a Emily y el deseo de formar parte de su vida y su círculo, había buscado en su interior algo profundo y lo había encontrado. Se había comprometido en una difícil tarea en la que el fracaso era una posibilidad muy real, y muchos intereses creados se aunaban en contra de él. La época del encanto fácil, de eludir los conflictos con una sonrisa, había quedado atrás.

Emily deseó besarlo, pero sabía que no era el momento oportuno. Estaba agotado. Lo esperaba una noche ajetreada, ardua y no demasiado satisfactoria, y tenía la mente puesta en sus problemas, intentando preverlos y pensando qué decir o hacer.

Emily le cogió la mano y notó con sorpresa y afecto que sus dedos se cerraban en torno a los de ella.

–No seas tonto –se apresuró a decir–. No voy a enojarme por perderme una noche en la ópera cuando lo que te impide venir es algo de tal trascendencia. Espero no actuar nunca con semejante frivolidad. Sé discernir lo importante, ¿sabías?

Una sonrisa iluminó los ojos de Jack, y por un momento desapareció de ellos el cansancio.

–¡Pues sí, sé discernirlo! –afirmó con vehemencia–. ¡Mejor que tú!

Tan pronto como Jack se marchó a la reunión, Emily se

puso uno de sus vestidos más viejos, uno que ya había desechado, subió al segundo carruaje e indicó al cochero que la llevase a Keppel Street, en Bloomsbury.

Al llegar, se apeó, pidió al cochero que la esperase y llamó a la puerta de Charlotte. En cuanto Gracie abrió, entró como una exhalación y fue derecha a la sala, donde Charlotte zurcía un delantal de Jemima.

–Atiéndeme, por favor –suplicó Emily. Se sentó en el sillón de Pitt sin molestarse en alisarse la falda por detrás–. Conozco el caso en que Thomas está trabajando en este momento. Tengo buena relación con la hermana del principal sospechoso, y sé cómo podríamos demostrar su inocencia. –Pasó por alto la expresión de sorpresa de Charlotte–. Créeme, Thomas nos estaría muy agradecido. Con toda seguridad no desea procesar a ese hombre, pero a menos que alguien demuestre que no estaba allí en el momento del crimen posiblemente no le quedará más remedio.

Charlotte dejó la costura y observó a Emily con gravedad y creciente recelo.

–A juzgar por tu actitud, supongo que tienes ya un plan para demostrarlo, pese a que la policía no lo ha conseguido –dijo con cautela.

Emily tragó saliva, respiró hondo y volvió a la carga.

–Sí, en efecto. Él no recuerda dónde estuvo esa noche, pero su hermana, Tallulah, fue a una fiesta y lo vio allí.

–¿Ah, sí? –repuso Charlotte con escepticismo–. ¿Y por qué no ha informado a la policía?

–Porque nadie la creería.

–Excepto tú, claro está.

Charlotte reanudó su costura. El asunto no tenía sentido suficiente para dedicarle su atención.

Emily le arrancó el delantal de las manos.

–¡Escúchame! ¡Se trata de algo importante! –exclamó con tono apremiante–. Si Finlay fue visto en esa fiesta, en Chelsea, no podía estar en Whitechapel asesinando a una prostituta. Y si conseguimos demostrarlo, no sólo libraremos a

Finlay de un desastre, sino que además ahorraremos a Thomas el ingrato deber de detener al hijo de uno de los hombres más ricos de Londres.

Charlotte recogió el delantal y lo dejó a un lado pulcramente plegado.

–¿Y qué propones? Y esa... ¿Tallulah, has dicho? Y esa Tallulah ¿por qué no busca a otros invitados presentes en la fiesta para que declaren que Finlay estuvo allí? ¿Para qué te necesita a ti? ¿O a mí?

–El problema es que ya ha dicho que ella no estuvo en esa fiesta –explicó Emily, exasperada–. ¡Presta atención, hazme el favor! Estuvo allí sólo unos minutos, media hora como mucho, y no recuerda quién más había.

–No parece una fiesta muy memorable –dijo Charlotte con una expresión irónica demasiado próxima a la risa para el mal genio de Emily–. ¿De verdad te crees todo eso, Emily? Es ridículo. Ella no recuerda a nadie salvo a Finlay, y él no sólo no recuerda a nadie, incluida su hermana, sino que ni siquiera recuerda haber estado allí.

–Fumaban opio –aclaró Emily, furiosa–. La fiesta era un... un desbarajuste. Cuando Tallulah se dio cuenta, se marchó. No recuerda a los demás, porque no los conocía. Y Finlay no recuerda nada, porque estaba demasiado aturdido.

–Eso último sí me parece creíble –admitió Charlotte con aspereza–. Pero aun si todo fuese verdad, ¿qué podríamos hacer nosotras?

–Ir a la casa donde se celebró esa fiesta y averiguar si realmente tuvo lugar y si transcurrió como Tallulah ha dicho –contestó Emily, aunque a medida que se oía, la idea se le antojaba cada vez más disparatada–. Bueno, o al menos podríamos comprobar si se celebró una fiesta esa noche y si alguien recuerda haber visto a Tallulah o a Finlay. Eso ya serviría.

–Quizá encontrásemos a alguien... –dijo Charlotte con escasa convicción–. Pero ¿por qué no va Tallulah? Es de suponer que ella al menos conoce a esa gente, y nosotras no. –Entornó los ojos–. ¿O sí los conocemos?

–¡No! ¡Claro que no! –se apresuró a negar Emily–. Pero

precisamente por eso nuestra declaración tendría más valor. Somos testigos importantes.

–¿Dónde está esa casa?

–En Beaufort Street, Chelsea. Mejor será que te pongas algo un poco más formal, como si fueses a una fiesta.

–Teniendo en cuenta que la gente allí es totalmente ajena a lo que le rodea, no sé si merece la pena –replicó Charlotte. Pero se levantó y se dirigió hacia la puerta–. Enseguida bajo. Espero que sepas lo que haces.

Emily no contestó.

Media hora más tarde el coche se desviaba de la margen del río y entraba por Beaufort Street.

–¿Qué número es? –preguntó Charlotte.

–Es por aquí –respondió Emily.

–¿Cómo que «por aquí»? –dijo Charlotte–. ¿Qué número es?

–No estoy segura. Tallulah no lo sabía.

–Querrás decir que no lo recordaba, supongo –corrigió Charlotte con tono sarcástico–. Si Thomas detiene a alguien de esa familia, siempre puede alegar demencia y sin duda será absuelto. Y también nosotras, si a eso vamos.

–Nosotras no estamos haciendo nada ilegal –replicó Emily con tono tajante.

Charlotte guardó silencio.

Emily pidió al cochero que parase y, tras lanzar una mirada desafiante a Charlotte, se apeó, se arregló la falda y se encaminó hacia la entrada de una casa ante la que esperaban otros tres coches. Cuando llegó a la puerta, Charlotte estaba ya junto a ella.

–¿Qué vas a decir? –quiso saber Charlotte–. No puedes preguntar sin más ni más si hubo aquí una orgía el viernes pasado y quiénes estaban presentes.

–¡Claro que no! –susurró Emily–. Diré que me dejé algo olvidado... un guante.

–Dudo que fuese la clase de reunión en que las damas llevan guantes.

–¡Sí, pero no iba a volverme a casa sin zapatos!

–Si una podía perder aquí la memoria o el juicio, ¿por qué no un zapato? –comentó Charlotte mordazmente.

Emily no tuvo ocasión de contestar porque en ese instante abrió la puerta un lacayo de librea que medía un palmo más que ella.

–Buenas tardes –saludó Emily con una deslumbrante sonrisa. A continuación tragó saliva y dijo–: Estuve aquí en una fiesta el viernes por la noche y creo que me dejé un... esto... un...

La mirada del lacayo podría haber cortado la leche.

–Seguramente eso fue en el número dieciséis, señora. Esto es el número seis –contestó, y sin esperar más comentarios retrocedió un paso y dio con la puerta en las narices a Emily.

–Parece que los vecinos del número dieciséis se han labrado cierta fama –dijo Charlotte con una sonrisa forzada.

Emily se había quedado muda. Un rubor mezcla de vergüenza y rabia le teñía las mejillas.

–Bueno, vamos –sugirió Charlotte, tocándole el brazo–. Si hemos llegado hasta aquí, bien podemos terminar lo que hemos empezado.

De buena gana Emily habría subido de nuevo al coche y no habría puesto nunca más los pies en Beaufort Street. La expresión de aquel lacayo la perseguiría en sus pesadillas.

–Vamos –apremió Charlotte, y su voz vibró ligeramente, quizá por la risa contenida.

Emily obedeció a regañadientes, y se dirigieron calle arriba hacia el número dieciséis. Esta vez llamó al timbre Charlotte.

Abrió un joven de cabello oscuro caído sobre la frente. Iba en camisa, posiblemente de seda, y llevaba el cuello desabrochado.

–Hola –saludó con una encantadora sonrisa–. ¿Nos conocemos? Disculpe mi mala memoria, pero en ocasiones tengo la mente ausente, de viaje por otro mundo donde ocurren cosas extraordinarias.

Observó a Charlotte con sincero y cordial interés, esperando su respuesta como si su explicación hubiese sido absolutamente razonable.

–No demasiado –contestó ella, bordeando la verdad–.

Pero creo que me olvidé aquí un guante el viernes pasado. Resulta un poco tonto venir aquí con guantes, ya lo sé, pero dije a mi padre que iba a la ópera, así que tuve que vestirme como correspondía. Vine con Tallulah FitzJames –añadió como de pasada.

El joven la miró totalmente desorientado.

–¿También a ella la conozco?

–Es una muchacha delgada, de cabello oscuro –intervino Emily–. Muy elegante y a su manera hermosa, de nariz... larga y ojos preciosos.

–Parece una mujer interesante –dijo él con tono de aprobación.

–Seguramente conoce usted a su hermano Finlay –agregó Charlotte en un último intento.

–¡Ah, Fin! Sí, lo conozco –respondió–. ¿Quieren pasar a buscar el guante?

Aceptaron y lo siguieron por un ancho pasillo y luego por una serie de habitaciones exóticamente decoradas, unas de estilo chino, otras con aire turco y otras a imitación del arte egipcio. Simularon buscar el guante y a la vez continuaron interrogando al joven sobre Finlay FitzJames, pero sólo consiguieron averiguar que había estado allí varias veces. No tenía le menor idea de si una de esas visitas había tenido lugar el viernes en que se produjo el asesinato de Whitechapel.

Le dieron las gracias y se marcharon, sin el guante.

–Bien, podría ser verdad –dijo Emily en cuanto salieron a la calle–. Fue sin duda la clase de fiesta que Tallulah describió.

–La crees, ¿no? –preguntó Charlotte con toda seriedad.

–Sí, la creo. Y deseo ayudarla. Sé qué se siente cuando se es sospechoso de un crimen que no se ha cometido... y puede costar la horca.

–Lo sé –se apresuró a decir Charlotte, cogiendo a su hermana del brazo–. Pero tú realmente no eras culpable.

–Creo que él tampoco lo es –repuso Emily–. Haré todo lo posible por ayudarlos.

A la mañana siguiente Emily escribió una apresurada nota a Tallulah explicándole resumidamente la otra parte de su plan y pidiéndole que la acompañase si era posible. Si estaba de acuerdo, debía enviarle su respuesta con el mensajero que entregaría la nota.

Al cabo de una hora llegó la contestación de Tallulah garabateada en un trozo de papel. Aprobaba la idea de Emily y se reuniría con ella a las siete de la tarde ante la iglesia de Santa María, en Whitechapel. Conforme a la sugerencia de Emily, vestiría con sencillez para no llamar la atención, de modo que cualquier observador circunstancial la tomase por una sirvienta en su día libre, quizá de visita en el barrio para ver a su familia.

Emily, sentada en un cabriolé de alquiler en dirección al este de la ciudad, vio con nerviosismo cómo quedaba atrás su elegante calle con señoriales ventanas, aceras anchas y limpias, carruajes particulares con cocheros y lacayos de librea, grandes puertas y entradas laterales para el servicio y los comerciantes. El paisaje urbano cambió cuando llegaron a la City. Se veían más edificios de oficinas y tiendas. El tránsito se hizo más denso. Aumentó el bullicio. El cabriolé tuvo que detenerse en varias ocasiones en las calles más congestionadas.

Al cabo de un rato dejaron atrás los bancos y centros comerciales, y la enorme sombra de la catedral de San Pablo se proyectó sobre ellos. Era una agradable tarde veraniega, y en el río, a corta distancia de allí, debían de navegar las embarcaciones de recreo; quizá a bordo habían empezado a tocar las orquestas, pero el ruido de ruedas y cascos de caballos impedía a Emily oír su música.

No tardó en llegar a Whitechapel Road. Era una calle más estrecha, más gris, con edificios altos de ventanas pequeñas, con aceras poco más anchas que bordillos por donde la gente avanzaba deprisa, mirando al suelo, sin tiempo para pasear o charlar. También el tránsito era distinto. Circulaban principalmente carretas y carromatos, e incluso una piara de cerdos que obstruyó el paso durante varios minutos. En el aire flotaba un intenso olor a estiércol.

Se apeó frente a Santa María y pagó de inmediato al cochero, antes de que el desánimo se adueñase de ella y la hiciese cambiar de idea. ¿Y si no encontraba otro coche para volver? ¿Y si tenía que recorrer parte del camino a pie? ¿La tomaría la gente por una mujer de mala vida? Había oído decir que algunas mujeres respetables habían sido detenidas por el mero hecho de hallarse solas en lugares poco recomendables, incluso en el West End, así que allí el riesgo debía de ser mucho mayor. ¿Qué pensaría Jack en ese caso? Nunca la perdonaría. Y sería comprensible. ¿La disculparía si le explicaba que había ido a aquel barrio para limpiar el nombre de un joven abocado a la ruina por un crimen que no había cometido? Charlotte habría hecho lo mismo. Aunque eso no era precisamente un atenuante.

¿Dónde se había metido Tallulah? ¿Y si no se presentaba? Emily tendría que regresar a casa. Aún era de día. De hecho lucía el sol y hacía bastante calor. No tenía por qué arrebujarse en su chal como si fuese pleno invierno.

–¿Se ha perdido, señorita?

Emily giró en redondo. Un hombre de baja estatura y rostro feo y cordial la miraba atentamente. Llevaba una gorra ladeada y le faltaban varios dientes. Tenía un churrete en la ancha nariz.

–No... gracias. –Emily tragó saliva y se forzó a devolverle la sonrisa–. Busco a alguien, pero parece que aún no ha llegado. Ésta es la iglesia de Santa María, ¿verdad?

–Sí, así es. ¿No estará buscando al señor Jones por casualidad? ¿El párroco? Porque está en Coke Street con Maise Wallace. La pobre perdió a su hija ayer. Tenía escarlatina. Está destrozada, y el párroco ha ido a hacerle compañía.

–Lo siento –se apresuró a decir Emily, notando que sus temores se disipaban. Pensó en Evie, seguramente dormida en esos momentos en su habitación limpia, silenciosa y soleada, con una persona que la cuidaba a todas horas, y en Edward, con su rubia cabeza inclinada sobre los libros como lo había dejado al marcharse–. Lo siento mucho.

–Dios la bendiga, señorita, pero esas cosas pasan. Pasan todos los días a uno u otro.

–Supongo que tiene razón, pero cuando le pasa a una, parece el fin del mundo.

–Desde luego. ¿Seguro que se encuentra bien? Usted no es de por estos barrios, ¿verdad? –preguntó el hombre, entornando los ojos en un gesto de preocupación.

Emily imaginó de pronto qué debía de estar pasando por su cabeza: que era una mujer que se había fugado de su hogar, o peor aún, una mujer respetable que en un momento de desesperación se había echado a la calle para hacer frente a deudas imposibles de pagar, o todavía más grave, que quería abortar. Intentó sonreírle alegremente y dirigió una franca mirada a su rostro preocupado.

–Sí, estoy bien –dijo con firmeza–. Pero, por si mi amiga no viene, ¿le importaría indicarme dónde puedo encontrar un coche de alquiler para volver a casa? –Tras una breve pausa, se apresuró a añadir–: Tengo el dinero para pagarlo.

–Éste es buen sitio –contestó el hombre–. Y si no pasa ninguno, pruebe en Commercial Road. ¡Por allí! –Extendió el brazo para señalarle la dirección–. Bueno, pues si no necesita mi ayuda, me voy a tomar mi té. Quede con Dios.

–Lo mismo digo –se despidió Emily efusivamente.

Lo observó alejarse y doblar a la izquierda por un callejón, y se preguntó de qué viviría y cómo sería su familia.

Seguía mirando en esa dirección cuando un cabriolé de alquiler se detuvo a diez o doce pasos de donde se hallaba y del interior salió precipitadamente Tallulah, que pagó al cochero y corrió hacia ella. Iba desaliñada, y con su sencillo vestido de paño azul marino y su chal gris ofrecía un aspecto muy distinto.

–¡Disculpe el retraso! –dijo sin aliento–. He tenido que decir una sarta de mentiras para salir de casa sin que mi padre sospechase nada extraño. Estoy harta de que me digan lo que debo hacer. Y además ahora mi madre está de acuerdo en que debo aceptar la próxima oferta de matrimonio mínimamente razonable si el pretendiente tiene algún título, aunque carezca de dinero. Mi padre va a insistir. –Casi inconscientemente echó un vistazo a la iglesia y se volvió de nuevo hacia Emily con aprensión en la mirada–. Y desde luego no recibiré ninguna si Finlay es acusado. ¿De verdad piensa que podemos impedirlo?

–Claro que podemos –afirmó Emily con audacia, cogiéndola del brazo–. Y le diré que no tengo ninguna duda de que lo vio usted en la fiesta.

Tallulah la miró con expresión de curiosidad.

–Quiero decir –aclaró Emily– que no simplemente acepto su palabra, digna de toda confianza pero de escasa utilidad. Ayer por la tarde fui a esa casa y conocí a un joven. No sabía quién asistió a la fiesta, pero conoce a Finlay.

–¿Y eso de qué sirve? –preguntó Tallulah, de pie en medio de la acera, con el rostro contraído por la inquietud.

–Bueno, no demuestra que estuviese allí, pero sí que pudo haber estado, y que usted como mínimo conocía la casa. E imagino que, si no hay otro remedio, puede probar que no estuvo donde dijo a su padre que estuvo.

–Bueno... sí...

–Perfecto. –Emily pasó al siguiente tema–. Y en cuanto a Jago, el asunto se presenta difícil pero lo intentaremos. Primero, no obstante, tenemos que encontrar a las desdichadas que aseguran haber visto a Finlay esa noche. Seguramente están confundidas. Vieron a alguien que se parecía a él, así de sencillo. Quizá no era más que un caballero rubio. Puede que por aquí no haya muchos, pero en el resto de Londres debe de haber miles.

–Sí, claro que hay miles de caballeros rubios –convino Tallulah. Miró al frente, echando una ojeada a los edificios de la calle–. ¿No le parece deprimente, este sitio? Creo que Old Montague Street está por ahí. –Esbozó una sonrisa–. Se lo he preguntado al cochero.

–Bien –aprobó Emily, poniéndose en marcha con paso enérgico y Tallulah a su lado–. A mí no se me ha ocurrido.

Cruzaron la calle y subieron por Osborn Street. Al llegar a Old Montague Street doblaron a la derecha. Los grises adoquines despedían el calor acumulado durante el día, y el hedor de la basura y los albañales saturaba el aire. Emily deseó contener la respiración, pero obviamente era imposible. Acudió a su mente el recuerdo de su visita en compañía de Charlotte a una de aquellas casas mugrientas –parecía ya muy lejano–, donde encontraron a una mujer enferma acurrucada en un rincón bajo un montón de mantas viejas. Seguía sintiendo casi con igual intensidad la lástima que la invadió en aquel momento, y el deseo de no haberlo visto para evitarse el posterior sufrimiento.

Por la calle pasó un carromato tirado por unos caballos sudorosos. Dos mujeres se insultaban en la acera. Al parecer discutían por un cubo de ostras. Un anciano dormía en un portal, quizá borracho. Media docena de niños jugaban con un puñado de piedras, manteniéndolas en equilibrio en el dorso de la mano y lanzándolas después al aire; cuando uno de ellos realizaba la maniobra con especial destreza, los otros lo vitoreaban y aplaudían.

En Pentecost Alley el taller aún no había concluido su jornada. A través de las ventanas abiertas vieron a las costureras inclinadas sobre sus labores. Les quedaban todavía varias horas de trabajo antes de poder marcharse a casa para el breve descanso de la noche, que concluiría a las cuatro y media, hora de iniciar el nuevo día. De hecho algunas de ellas vivían en el taller.

Tallulah se detuvo y miró a Emily. Llegado el momento de la verdad, las dos notaron que su determinación se esfumaba. ¿Serían capaces realmente de entrar en aquel burdel y preguntar por alguna de las mujeres? ¿Cómo sabrían con quién debían hablar? Quizá aquella idea era absurda después de todo.

Emily respiró hondo.

–Vamos. Si nos paramos ahora a pensar, no lo haremos.

Tallulah permaneció inmóvil.

–¿Es Finlay culpable o inocente? –susurró Emily con dureza–. ¿Estranguló a esa pobre mujer y se marchó?

–¡No! ¡Claro que no!

Tallulah cerró los puños y subió con decisión por la escalera de la casa seguida de Emily. En lo alto había una puerta de madera con manchas de humedad. Estaba cerrada, pero a un lado colgaba una deslustrada campanilla de latón. Tallulah tiró del cordel con fuerza.

No hubo respuesta, y volvió a llamar, todavía de cara a la puerta, sin mirar a Emily. Temblaba pese al calor sofocante.

Al cabo de unos segundos la puerta se abrió con un chirrido y se asomó una enorme mujer con el rostro abotagado.

–Sólo queda una habitación, guapas. No hay sitio para las dos. En esta casa se trabaja.

–No necesitamos habitación, gracias –respondió Tallulah con gentileza.

Emily, detrás de ella, veía sus puños apretados, las uñas clavándose en la piel.

–Hemos venido a hablar con una de las... inquilinas –prosiguió Tallulah–. No sabemos exactamente quién es, pero vio aquí a un hombre la noche que asesinaron a la pobre Ada McKinley, y desearíamos hablar con ella.

La corpulenta mujer enarcó las cejas.

–¿Por qué? No sois de la policía. ¿Quiénes sois, pues?

–Tiempo atrás trabajábamos con Ada –mintió Emily, anticipándose a Tallulah–. Yo era doncella en la misma casa, y Lula, aquí presente, era la lavandera. Me llamo Millie.

–Bueno, eso es cosa de Rose. Le preguntaré.

Dicho esto, la mujer volvió a cerrar la puerta y las dejó allí esperando.

–Ha sido una idea brillante –dijo Tallulah con admiración–. Ahora confiemos en que Ada sirviese antes en alguna casa.

–Es bastante probable –aseguró Emily–, y si no, fingiremos que nos hemos equivocado de persona.

–Si es que esa mujer accede a vernos –matizó Tallulah.

Aguardaron en silencio durante un momento, y por fin volvió la enorme mujer, esta vez sonriente. Las hizo pasar.

–Ésa es la habitación de Rosie –dijo, señalando una puerta del pasillo.

–Gracias.

Tallulah enderezó los hombros, se acercó a la puerta indicada y llamó con unos golpes secos. En cuanto oyó que una voz respondía desde el interior, abrió y entró. Emily, pegada a ella, la sujetaba con fuerza del codo por si cambiaba de opinión en el último instante.

A su chabacana manera, la habitación era opulenta, con muchos volantes y tela roja, y una amplia cama con raídas colgaduras de vivo color rosa atadas con cordones. Aquello serviría para estrangular a alguien, pensó Emily macabramente. Se preguntó si sería eso lo que había utilizado el asesino, en caso de que también los hubiese en la habitación de Ada.

Rose era una mujer bien parecida de unos treinta y cinco años. No iba maquillada todavía, y por su aspecto relajado se notaba que había dormido todo el día. Emily imaginó que en otras circunstancias, y con la indumentaria adecuada, habría sido hermosa. Las observaba con curiosidad, sentada en la única silla de la habitación.

–Así que conocíais a Ada, la pobre –dijo fríamente–. ¿Y qué queréis de mí? Yo no puedo hacer nada por vosotras. Si tanto la apreciabais, dónde estabais cuando el canalla del mayordomo arruinó su vida, ¿eh?

Tallulah se quedó pálida, con la mente en blanco y la mirada perdida.

Emily adivinó de inmediato a qué se refería.

–No nos contó nada –respondió–. Todo ocurrió a espaldas de las demás, y cuando nos enteramos, era ya demasiado tarde. ¿Es verdad que viste al hombre que la mató?

–Sí. –Rose cambió ligeramente de posición, reclinándose contra el respaldo–. ¿Por qué? ¿Qué interés tenéis vosotras en eso? ¿Conocéis a ese hombre? Era un tipo del West End.

–Nosotras trabajamos en el West End –explicó Emily–. ¿Lo viste claramente?

–Sí, más o menos. –Rosie entornó los párpados–. Pero ¿qué más os da a vosotras?

–Pensábamos que quizá no estabas del todo segura, que podías tener aún una mínima duda, porque sospechábamos que había sido nuestro mayordomo. Es que ha vuelto a hacer lo mismo con otra chica, y esta vez podría haberlo pagado si alguien hubiese creído a Ada en su día.

De pronto Rose empezó a escuchar con verdadera atención.

–¿Eso creéis? Por Ada, me encantaría quitar de en medio a ese cerdo. ¡El muy canalla!

–Pero ¿estás segura de que fue ese otro hombre? –dijo Emily con tono de duda–. ¿Oíste su voz?

–¡Qué va! Sólo lo vi pasar.

–¿Podría haber sido nuestro mayordomo?

–Sí, claro. ¿Salió esa noche?

–Sí –se apresuró a contestar Tallulah. Seguía rígida en medio de la habitación, como si el menor movimiento pudiese acarrearle una desgracia.

Rose dejó escapar un largo suspiro. Le brillaban los ojos.

–¡Dios, cómo me gustaría acabar con ese hijo de mala madre! Quizá fue él. Podríamos darle su merecido.

–¿Y lo que le has contado ya a la policía? –preguntó Emily.

–Eso es lo de menos –respondió Rose, encogiéndose de hombros–. Aún no he declarado ante el juez. No he jurado nada. Estabamos sólo yo y un policía en un cabriolé. Pensé que había sido ese otro, pero ahora ya no estoy tan segura. Y aparte de mí únicamente lo vio Nan, y tampoco está segura.

Tallulah exhaló un silencioso suspiro. Por fin relajó un poco los hombros, aunque mantuvo la espalda erguida y los pies clavados al suelo.

–Gracias –dijo con vehemente sinceridad–. Muchas gracias.

Al salir, volvieron rápidamente por Old Montague Street sin hablar ni mirarse siquiera. Pero cuando doblaron por Osborn Street en dirección a Whitechapel Road, Tallulah paró en seco.

–¡Hemos sido capaces! –exclamó casi a voz en grito–. ¡Hemos sido capaces! –Impulsivamente rodeó a Emily con los brazos y la estrechó con tal fuerza que por un momento no pudo respirar–. Gracias. No se imagina lo agradecida que le estoy. No sólo por ayudarme a defender a Fin, sino por demostrarme que en realidad no existen pruebas contra él. –Soltó a Emily y retrocedió un paso, con lágrimas en los ojos. Se sorbió la nariz–. Si usted no hubiese tenido el valor de venir, yo seguiría en casa paseándome de un lado a otro, o habría ido a alguna fiesta espantosa y estaría fingiendo que me divertía cuando de hecho no haría más que pensar angustiada que mi hermano nunca conseguiría probar su inocencia.

–En ese caso, ocupémonos del siguiente problema –propuso Emily con resolución–. Si Finlay no está implicado en el crimen y no existen cargos contra él, su padre la obligará a casarse con el próximo hombre apropiado en quien despierte admiración. ¿Está dispuesta a aceptarlo?

–Probablemente no me quede otro remedio –respondió Tallulah, y su alegría se desvaneció–. Jago me desprecia. No lo digo por falsa modestia, se lo aseguro.

–Entonces habrá que cambiar su actitud –anunció Emily, tan eufórica por su anterior victoria que no concebía siquiera la posibilidad de una derrota en su siguiente empeño–. O cuando menos intentarlo.

Reanudó la marcha hacia Santa María, y Tallulah la siguió con escasa convicción.

Llegaron a la iglesia en el preciso instante en que el reverendo Jago Jones salía. Tan absorto estaba en sus asuntos que pasó de largo por su lado. Sólo cuando Emily se detuvo y dejó escapar un grito, dirigió hacia ellas su atención. Se dio media vuelta y la miró fijamente.

–¿Le ocurre algo, señorita? –preguntó con repentinas arrugas de preocupación en la frente.

Al ver su cara, Emily se sobresaltó, pero al instante supo que no debería haberse sorprendido. Ella esperaba encontrarse a un hombre más corriente, más apuesto, menos imperiosamente vivo. Un hombre al que manipular y desbordar con sus tretas. Y en cambio tenía ante sí a un hombre cuya inteligencia intuía y cuya voluntad no podía minarse fácilmente mediante halagos o intrascendencias. Y ahora que había atraído su atención, ¿qué podía decir?

–No... gracias –contestó con tono casi de disculpa–. Estamos en esta zona... por...

Dirigió una breve mirada a Tallulah y no la reconoció. Luego observó a Emily, esperando a que continuase.

–Por la muerte de la pobre Ada McKinley... –prosiguió Emily a la desesperada–. Nos ha afectado especialmente... porque...

–Porque mi hermano es el principal sospechoso del crimen –intervino Tallulah.

–No creo... –empezó a decir, pero de pronto frunció el entrecejo y escrutó su rostro–. ¿Tallulah? –Era más una pregunta que una afirmación, y el tono agudo con que había salido de su garganta revelaba incredulidad.

–Hola, Jago –saludó Tallulah con la voz ronca por la emoción–. ¿Sabías que sospechaban de Finlay?

–Sí. Sí, lo sabía; pero dudo mucho que sea el culpable. Sería demasiado... –No terminó la frase. Fuera lo que fuese lo que iba a decir, cambió de idea. Su rostro se endureció, y de su expresión desapareció todo rastro de compasión o ternura–. Tú nada puedes hacer aquí. Mejor será que vuelvas a casa antes de que anochezca. Yo tengo que ir a Coke Street a servir caldo, pero primero os acompañaré a ti y a tu amiga a algún lugar donde podáis parar un cabriolé. Vamos.

–Te ayudaremos a servir el caldo –propuso Tallulah.

Rechazó el ofrecimiento con un gesto de desdén.

–¡No digas tonterías! Esto no es para ti. Te ensuciarás, te dolerán los pies, y el olor de la gente ofenderá a tu olfato. Acabarás cansada y aburrida. –En sus ojos y su boca se reflejaba una creciente ira–. El hambre de esa gente no es un pasatiempo. Son personas reales, con sentimientos y dignidad, no un espectáculo que puedas venir a contemplar para contárselo después a tus amigos.

Emily se sintió como si la hubiesen abofeteado. Tallulah no había exagerado en cuanto a su desprecio hacia ella.

–¿Por qué da por sentado, señor Jones, que es usted el único capaz de ayudar al prójimo movido por un sincero deseo? –dijo con aspereza–. ¿Acaso la compasión es algo de su exclusivo dominio?

Tallulah quedó boquiabierta.

Jago respiró hondo y la piel de sus mejillas se tensó. Estaba ya demasiado oscuro para ver si se había sonrojado.

–No, señorita...

–Radley –informó Emily–. Señora Radley.

–No, señora Radley, claro que no. Conozco a la señorita FitzJames desde hace años. Pero no tengo derecho a juzgarla a usted por el pasado de ella. Le pido disculpas.

–Acepto sus disculpas –dijo Emily con manifiesta condescendencia–. Pero debería extenderlas también a Tallulah. Al fin y al cabo, ha sido ella quien se ha ofrecido a ayudarlo. Y ahora, si nos indica el camino, lo acompañaremos. Cuantas más manos haya, más fácil será la tarea.

Jago sonrió a su pesar y, obediente, se situó prácticamente en el bordillo de la estrecha acera y caminó junto a ellas hacia Coke Street.

Su advertencia no había sido infundada. El trabajo era arduo. A Emily le dolían los pies y los brazos, y tenía la sensación de que los hombros y la espalda nunca recuperarían su posición natural. La gente era ruidosa, y el olor de los cuerpos calientes y sucios y de la ropa mugrienta resultaba a veces nauseabundo. Pero la abrumaba sobre todo la visión del hambre, los ojos hundidos, los miembros descarnados, los rostros picados de viruela y oscuros a causa de la suciedad incrustada. Vio mujeres exhaustas con niños enfermos y sin esperanza. Observó a Tallulah y advirtió consternación en su mirada. En el espacio de un par de horas, la palabra «pobreza» había cobrado una nueva dimensión. Era realidad, dolor, gente de carne y hueso que amaba y soñaba, que tenía miedo y se cansaba igual que ella, con la salvedad de que para ellos ése era un estado casi permanente, y no una circunstancia ocasional.

Y también cambió la imagen de Jago Jones. Dejó de ser una idealización para convertirse en un hombre real que sentía, que a veces actuaba con torpeza y sin querer tiraba algo al suelo, que sangraba al rozarse los nudillos contra la pared mientras maniobraba con la carretilla en que transportaba el caldo, que se reía de las tontas bromas de los niños, y que volvía la cabeza para ocultar su dolor cuando se enteraba de que una mujer embarazada había perdido a su hijo.

Observándolo, Emily notó que su desdén hacia Tallulah disminuía gradualmente a medida que ella contribuía con su esfuerzo, reprimiendo el asco que le producían el olor a suciedad y sudor, y devolviendo la sonrisa a hombres y mujeres mellados o con los dientes ennegrecidos, al principio de manera forzada pero al cabo de un rato casi con naturalidad, olvidando el abismo que la separaba de ellos.

Cuando el último mendigo recibió su ración, recogieron las lecheras vacías y empujaron lentamente la carretilla hacia la casa donde la guardaban y se preparaba la comida. Procedía toda de donativos, unas veces de gente rica, otras de personas que no tenían mucho más que eso para sí mismas.

A las nueve y cuarto, ya de noche, se dirigieron hacia la iglesia, y una vez allí Jago insistió en acompañarlas hasta que encontrasen un cabriolé.

–¿Por qué has venido realmente a Whitechapel? –preguntó a Tallulah.

En ese momento pasaban bajo una farola de gas, y en el círculo de luz su expresión parecía inocente. No albergaba malicia, ni esperaba ninguna respuesta en particular. Emily advirtió con interés que ni siquiera concebía la posibilidad de que Tallulah hubiese ido hasta allí para verlo a él. Esa genuina modestia aumentó más aún la simpatía que el párroco le inspiraba.

–Quería ayudar a Finlay –contestó Tallulah al cabo de un instante.

Emily deseaba decirle que callase. Jago Jones no habría visto con buenos ojos su visita a Rose Burke para sonsacarle su testimonio. Simuló tropezar y se agarró de la manga de Tallulah, tirando con fuerza.

–¿Se ha hecho daño? –se apresuró a decir Jago, tendiendo la mano para sujetarla.

–No, gracias –respondió Emily. Se irguió de nuevo y sonrió pese a que no se hallaban ya bajo la luz de la farola–. En realidad venir no ha sido una idea muy inteligente. Nosotras nada podemos hacer. Pero pensamos que quizá viendo el sitio se nos ocurriría algo.

Jago movió la cabeza en un gesto de reprobación pero se abstuvo de hacer comentarios. Cuando se lo proponía, demostraba tener tacto.

Tallulah cruzó una mirada con Emily al pasar bajo la siguiente farola. Al parecer había entendido la insinuación.

Jago paró un cabriolé en Commercial Road, y después de ayudarlas a subir, se despidió y les dio las gracias con una irónica sonrisa. A continuación se alejó sin mirar atrás.

Tallulah se volvió hacia Emily pese a que en la oscuridad del cabriolé apenas se veían.

–Mi incertidumbre es aún mayor que antes –admitió con voz tensa a causa de la confusión y el cansancio–. Sé que quiero a Jago, pero dudo que fuese capaz de vivir aquí. El olor es insufrible. Todo está tan... sucio... ¿Con quién hablaría? ¿Cómo puede resistirlo él?

Emily no contestó, porque en realidad no había nada que decir, nada que argumentar o razonar. Todo se reducía a tomar una decisión, y en eso nadie podía ayudarla.

Emily pasó a recoger la nueva insignia del club Fuego del Infierno y se reunió con Tallulah, previo acuerdo, en una exposición canina organizada por una asociación femenina de cría de perros. Era un lugar adonde las dos podían acudir tranquilamente sin dar explicaciones, y encontrarse e intercambiar las últimas noticias como si no hiciesen más que comparar las puntuaciones de los perros de cada raza, color y tamaño. Tallulah llevaba un magnífico vestido de muselina estampado de margaritas y adornado con cintas de satén. Nadie la habría identificado como la mujer que había ayudado a repartir caldo en Coke Street la noche anterior. Ofrecía un aspecto risueño y despreocupado, que cambió en cuanto vio a Emily. De inmediato se excusó antes sus amigos y, con rostro tenso y un asomo de tristeza en la mirada, se acercó a ella tendiéndole la mano.

Sin mediar palabra, Emily le estrechó la mano y le entregó la insignia con un movimiento rápido y discreto. A continuación preguntó:

–¿Qué tal? ¿Alguna novedad?

–No. –Tallulah negó con la cabeza–. Pero me encanta esta exposición canina. Mírelos. ¿No los encuentra hermosos e inteligentes?

–¿A los perros o a la gente?

–¡A los perros, claro está! –Se acarició la suave tela de la falda–. Y también me encanta este vestido.

–Le sienta estupendamente –dijo Emily con franqueza.

–¿Me imagina vestida así en Whitechapel? Probablemente cuesta más de lo que Jago gana en un año. Quizá en dos.

–Nadie puede decidir por usted –susurró Emily a la vez que sonreía y saludaba con la cabeza a la esposa de otro parlamentario que paseaba a un gran danés intentando aparentar que era ella quien lo guiaba y no al revés–. Lo que nunca debe hacer es responsabilizar a otra persona si es usted quien ha elegido equivocadamente. Sea sincera consigo misma. Si desea una vida como la que ahora lleva, con dinero, ropa elegante, un marido al que tal vez no ame, tómela. –Sonrió y saludó con la mano a la esposa de un ministro que detestaba–. Pero si quiere a Jago, con todo lo que eso implica, no intente cambiarlo ni culparlo por ser como es.

–¿No puede una cambiar un poco a su marido? –preguntó Tallulah, y no le faltaba razón–. ¿Por qué tengo que adaptarme sólo yo?

–Porque así son las reglas del juego –respondió Emily con sentido práctico–. Hay que afrontar las cosas como son, no como uno desearía que fuesen. Además, ¿le gustaría que Jago renunciase a sus principios por complacerla? ¿En qué se convertiría entonces?

–Pensaba que el matrimonio debe mejorar a los hombres, al menos un poco –protestó Tallulah–. ¿Acaso no debemos procurar que bajo nuestra influencia se vuelvan más amables y educados? ¿No es ésa nuestra misión? ¿Tener hijos y proporcionar un remanso de paz, pureza y elevados ideales lejos del clamor y los conflictos del mundo?

Emily se mordió la lengua para no contestar con excesiva dureza.

–¿Ha conocido a algún hombre que quiera mejorar o ser más educado?

–No –respondió Tallulah con cierta sorpresa–. Todos los hombres que conozco buscan en las mujeres apoyo, admiración y obediencia. Sin duda eso es lo que mi padre desea y en lo que insiste. A cambio él cubre todas nuestras necesidades, nos aconseja y, a veces, nos protege.

–Exactamente –corroboró Emily con una sonrisa–. Es cierto que a veces nuestro comportamiento despierta en un hombre el deseo de mejorar y ser más educado. Pero eso es distinto. Una cosa es pedir algo, y otra aceptarlo cuando se ofrece.

Tuvieron que interrumpir la conversación al acercarse a ellas un grupo de damas con dos spaniels y un setter, y empezaron a hablar de perros.

Al cabo de diez minutos Emily se excusó y volvió al coche. Habían acordado que Tallulah escondería la insignia en cuanto llegase a casa. El paso siguiente era inducir a Pitt a realizar un nuevo registro a fin de que la insignia apareciese. Dio al cochero la dirección de Charlotte en Bloomsbury y se sentó cómodamente para pensar la manera de introducir con sutileza la sugerencia en la conversación. Naturalmente no explicaría a Charlotte el verdadero motivo; eso le crearía un grave conflicto de lealtades, y no quería que Pitt se enterase. Echaría por tierra todo el plan.

Hacía una tarde preciosa, cálida y con esa luminosidad suave que sólo se ve en las postrimerías del verano, como si hubiese oro en el aire, y que recuerda que en el plazo de un mes las hojas empezarán a amarillear y caer, los días serán más cortos y las noches más frescas.

Charlotte estaba en el jardín inspeccionando unos crisantemos jóvenes y admirando las grandes flores azules y moradas de unos áster.

–Son de una belleza perfecta –comentó Emily con sinceridad.

Charlotte la miró con escepticismo.

–¿Es eso lo que has venido a decirme?

–No, claro que no. –Emily se preguntó si provocar una discusión desviaría la atención de Charlotte del asunto que en realidad quería tratar, pero descartó la idea. Era en extremo difícil hallar el modo de que Charlotte convenciese a Pitt de llevar a cabo un nuevo registro en busca de la insignia sin que ella adivinase cuáles eran los verdaderos motivos de Emily. Para tantear el terreno, dijo–: Vengo de la exposición canina, y me he encontrado allí a Tallulah FitzJames. Está muy preocupada. Siento tal impotencia que no sé qué decirle. ¿Realmente cree Thomas que su hermano es culpable? ¿Le has mencionado...? –Se interrumpió.

–¿Que fuimos a Beaufort Street? –Charlotte completó la frase con los ojos muy abiertos–. ¡No, claro que no! ¿Qué iba a decirle? ¿Que la hermana de Finlay lo vio en una fiesta, pero no recuerda quién más había porque nadie recuerda nada del acontecimiento salvo dónde y cuándo tuvo lugar?

–Supongo que no sería de gran utilidad –admitió Emily con tristeza.

Caminaron tranquilamente por el jardín en dirección al manzano, pasando junto a la madreselva, que estaba aún en flor. Con la caída de la tarde, un dulce aroma empezaba a impregnar el aire.

–Sólo servirá para demostrar que Tallulah es una hermana leal –adujo Charlotte con delicadeza.

–El problema es la insignia, ¿no? –preguntó Emily, aprovechando la ocasión–. En eso se basan las sospechas. ¿Cómo podía hallarse allí la insignia si él no estuvo?

Al llegar al extremo del jardín, se quedaron bajo la sombra del manzano.

–Si él no es culpable –prosiguió Emily como si pensase en voz alta–, la aparición de esa insignia ha sido una funesta casualidad, o una maniobra de un temible enemigo. Y por lo que Tallulah dice, esto último no sería imposible. O mejor dicho –se apresuró a añadir para que Charlotte no la interrumpiese–, un enemigo de Augustus.

–¿Crees que alguien robó la insignia, cometió un asesinato y la dejó en el lugar del crimen? –preguntó Charlotte con incredulidad–. ¿No te parece desproporcionado arriesgar así la propia vida sólo por causar un perjuicio a otra persona? ¿Y si lo descubriesen y lo condenasen a la horca?

Emily tomó aire y lo exhaló lentamente.

–Alguien con la arrogancia suficiente para hacer una cosa así probablemente no concebiría siquiera la posibilidad de ser descubierto. Y en realidad no creo que robase la insignia de Finlay. ¿No podría haber hecho una copia? No sería demasiado difícil.

–Pero ¿y si la policía encontrase la pieza original? ¿O el propio Finlay? –argumentó Charlotte.

–El club se disolvió hace años. Seguramente ni recuerda cuándo se la puso por última vez, y no digamos ya dónde.

–Pero Thomas ya ha registrado la casa.

–¿Él personalmente? –insistió Emily–. ¿O encargó la tarea a un agente pensando que si Finlay sabía dónde estaba, se daría prisa en sacarla?

–Quizá se ocupó un agente, no lo sé.

En el cielo las últimas golondrinas de la temporada descendían en picado para capturar pequeñas moscas. La sombra del manzano se alargaba y oscurecía a medida que los rayos del sol se hacían más oblicuos y dorados.

–Pues pregúntaselo –sugirió Emily, intentando disimular su desesperación–. Al fin y al cabo, si apareciese otra insignia, todo sería más fácil, ¿no? Para Thomas, quiero decir. Así no tendría ninguna prueba de peso contra Finlay y no se vería en la desagradable obligación de acusarlo. No quedaría atrapado entre dos fuegos cuando la clase dirigente y el Ministerio del Interior empiecen a defender sus respectivos intereses. Y además evitaría que los periódicos insinuasen que había dejado en libertad a Finlay por ser hijo de quien es. Sé la clase de comentarios que publicarían.

–Quizá tengas razón –dijo Charlotte pensativamente–. Se lo comentaré.

Emily cogió a Charlotte del brazo, y se encaminaron hacia la casa. No se atrevía a seguir hablando.

6

Mientras Emily intentaba ayudar a Tallulah, Pitt había seguido indagando la reputación y las relaciones de la familia FitzJames. Había enviado a Tellman a ampliar en la medida de lo posible la información que ya tenían sobre los otros miembros del club Fuego del Infierno, puesto que eran ellos quienes con mayor probabilidad podían haberse quedado con la insignia, bien intencionadamente, bien por azar. Pese a que en apariencia sus vidas transcurrían lejos de los burdeles de Whitechapel, era posible que sí los frecuentasen. Era sabido que hombres casados de la posición de Helliwell lo hacían. Y desde luego Thirlstone no estaba fuera de toda sospecha.

Y por más que a Pitt le habría gustado creer que Jago Jones era lo que afirmaba ser, podía también adolecer de flaquezas humanas, y si sucumbía a ellas, qué mejor que recurrir a una prostituta cuya compañía sería algo natural en sus labores pastorales, y nadie recelaría. Él mismo podría sentirse justificado. No habría sido el primer clérigo cuya relación con una feligresa hermosa e inteligente se alejaba de manera gradual e irremediable de las normas del decoro hasta convertirse en una voracidad física a la que era incapaz de resistirse. Llevaba una vida casta, solitaria, trabajosa y austera. Sería comprensible. Al fin y al cabo, en su época como socio del club Fuego del Infierno había sido un hombre ávido de placeres y siempre dispuesto a satisfacerlos. ¿Qué lo había hecho cambiar, y de modo tan radical?

¿Y qué podría haberse torcido en esa relación de manera tan calamitosa como para inducirlo a asesinar a Ada? ¿Habría ella dicho o hecho algo imperdonable? ¿Se habría burlado de él, de su debilidad? ¿La habría considerado el instrumento mediante el cual se había traicionado a sí mismo, la serpiente y Eva encarnadas en un solo cuerpo? ¿O acaso simplemente ella lo habría amenazado con desenmascararlo? ¿Le habría pedido dinero, sometiéndolo a un continuo chantaje? Tanto Rose Burke como Nan Sullivan habían declarado que Ada era codiciosa, que aprovechaba la menor oportunidad.

Sin duda era una posibilidad, y cuanto más la consideraba, más le afligía. Había sentido simpatía y admiración por Jago Jones, pero no podía descartar la idea. Ya antes le habían inspirado simpatía hombres que finalmente resultaron culpables.

No sentía el menor aprecio, en cambio, por Augustus Fitz-James, y cuanto más ahondaba en la probabilidad de que tuviese enemigos capaces de llegar a tal extremo para arruinar su vida, menos digno de aprecio le parecía.

A medida que retrocedía en el pasado de Augustus, más difícil resultaba seguirle el rastro con claridad. Por lo visto, no había heredado nada de su padre, un hacendado de Lincolnshire un tanto inconsciente que había hipotecado todas sus propiedades. Augustus había servido en la marina mercante durante un breve período, principalmente en las rutas del Lejano Oriente. Había regresado a Inglaterra en 1860, poco después de la segunda guerra del opio, con dinero suficiente para empezar a invertir, un arte que ejercía con una destreza rayana a veces en la genialidad.

En la actualidad poseía un imperio financiero de grandes proporciones y complejidad, cuyos tentáculos se extendían por todo lo largo y ancho del Imperio británico. Tenía inversiones en India, Egipto, las expediciones africanas de Cecil Rhodes y los nuevos territorios de Australia. Con frecuencia defendía sus intereses en perjuicio de otros.

A oídos de Pitt llegaron varias anécdotas tanto sobre su generosidad como sobre su crueldad. Al parecer, nunca olvidaba a un amigo ni a un enemigo, y se decía que había recordado agravios durante décadas y se había resarcido al presentarse la oportunidad idónea.

Carecía de refinamiento. Aunque no sabía moverse en sociedad, las mujeres lo habían encontrado atractivo. Aloysia se había casado con él por amor, y pretendientes no le habían faltado. Muchos otros hombres con más sentido del humor y más encanto habían pedido su mano. Y desde luego no necesitaba el dinero. Por aquel entonces su fortuna era mucho mayor que la de él. Quizá la atrajo de él su energía, su irrefrenable ambición o la fuerza interior que lo impulsaba.

Finlay no sólo había heredado de su madre el rostro más ancho y los delicados modales, sino también aparentemente su carácter más dúctil y su inteligencia menos despierta. En conjunto parecía un joven afable, y aunque sin duda tenía cierta propensión a los excesos, eso era relativamente común a su edad, más aún considerando la presión que suponían las grandes expectativas que su padre había puesto en él.

Ewart sostenía cada vez con mayor insistencia que Finlay era inocente y que algún enemigo de Augustus lo había involucrado intencionadamente. Y si bien Pitt hasta el momento apenas había tenido en cuenta la posibilidad, empezaba a considerarla más en serio.

–El ayuda de cámara dice que nunca había visto esos gemelos –aducía Ewart, sentado frente a Pitt en el despacho de éste–. Podrían haberse perdido hace años, como afirma Finlay.

–¿Y cómo llegó uno de ellos a la silla de la habitación de Ada? –preguntó Pitt, aunque conocía ya la respuesta de Ewart.

Ewart contrajo el rostro. Aún se le notaba cansado y nervioso. Llevaba el traje arrugado y la corbata torcida. Tenía unas marcadas ojeras, como si durmiese mal habitualmente.

–Ya sé que dijo que nunca había estado en Whitechapel –respondió, sacudiendo la cabeza–. Pero es una mentira comprensible en estas circunstancias. Quizá estuvo allí hace años. Quizá iba bebido, y lo ha olvidado por completo.

Eso era admisible, y Pitt no se lo rebatió. Entendía asimismo su renuencia a considerar culpable a Finlay. Las pruebas no eran concluyentes, y si lo acusaban, se encontrarían ante un caso en extremo desagradable y una difícil batalla. Si perdían, les supondría tal ignominia que sus respectivas carreras se resentirían de manera notable.

–¿Y la insignia? –dijo Pitt. Casi pensaba en voz alta, dando vueltas a la conversación que había mantenido con Charlotte la noche anterior.

–Declaró que la había perdido hace años –le recordó Ewart–. Estoy seguro de que es verdad. Desde luego no podemos probar que el club se haya reunido en los últimos... pongamos cinco o seis años. Todos los socios lo han negado, y dudo que mientan. No da la impresión de que sigan en contacto. Helliwell está casado y en la City le van bien las cosas. Thirlstone se mueve en los círculos de estetas. Y Jones ha entrado en la Iglesia y vive en el East End. Sinceramente, si no ha sido un enemigo de Augustus FitzJames, me inclino a pensar que el culpable podría ser Jones. Quizá él y Finlay tengan pendiente algún antiguo ajuste de cuentas.

Pitt se reclinó en su amplia butaca. Los separaba el escritorio, con su tapete verde de piel embutido en la lustrada madera.

–¿Y ha esperado seis años para asesinar a una prostituta y echarle la culpa a Finlay? –dijo, enarcando las cejas.

–Sí, dicho así suena ridículo. El gemelo es una simple casualidad. Finlay había estado allí en alguna ocasión. Y la insignia fue colocada allí intencionadamente por alguna razón que en su momento descubriremos.

Pitt planteó la idea de Charlotte.

–Si alguien odia hasta ese punto a Augustus FitzJames, quizá la insignia que encontramos no sea la original sino una copia que alguien ha encargado para incriminar a Finlay.

A Ewart se le iluminó el rostro, y golpeó ligeramente el escritorio con el puño.

–¡Sí! Sí, ésa es la solución más probable. Tiene lógica. –De pronto se ensombreció su mirada–. Pero ¿cómo vamos a demostrar eso? Mandaré a mis hombres a buscar al joyero de inmediato, pero probablemente han comprado su silencio.

–Empezaremos registrando de nuevo las habitaciones de Finlay para encontrar el original –indicó Pitt, aunque no albergaba demasiadas esperanzas–. Ignoro si es eso lo que ha ocurrido, pero cualquier buen abogado defensor sugeriría la posibilidad para sembrar dudas. Para nosotros, ésa es la principal preocupación.

Lejos de desanimarse, Ewart parecía eufórico.

–¡Pero la duda existe! –dijo con entusiasmo–. Si no encontramos nada más, no tiene sentido detenerlo, al margen de lo que creamos.

–No –admitió Pitt, y era en cierto modo una concesión. No podía evitar preguntarse en qué medida la obstinación de Ewart se debía a su convicción en la inocencia de Finlay, y en qué medida a la simple cobardía, al temor a las dificultades y situaciones desagradables que les esperaban en caso de procesarlo por asesinato, e incluso a la amenaza que representaba para su propia carrera. Augustus FitzJames defendería su posición social y política. Actuaría sin compasión, sin atenerse a más reglas que las que le viniesen impuestas por las circunstancias.

Pitt supervisó personalmente el nuevo registro en casa de los FitzJames. Llegó acompañado de dos agentes, y los dejaron pasar primero un tanto reacios y después, cuando les explicó el motivo de su visita, manifiestamente sorprendidos.

Al cabo de tres cuartos de hora hallaron la insignia en el bolsillo interior de una chaqueta que el ayuda de cámara no recordaba haber visto usar al señor Finlay. Tenía los codos muy gastados y el cuello algo raído. Por lo visto, la guardaba sólo por razones sentimentales, y de hecho al fondo del ropero. Era cómoda, una prenda que ponerse para pasear en verano sin importar demasiado si se rompía o se manchaba en la hierba. Hacía tiempo que no tenía oportunidad de recrearse en esa clase de esparcimiento, así que la insignia podía llevar años allí. Tenía pelusa en el prendedor, y el esmalte estaba levemente rayado.

Esas explicaciones se las ofreció la señorita Tallulah FitzJames, que casualmente se encontraba allí aquella mañana, escribiendo a unos amigos y contestando invitaciones.

Pitt se hallaba de pie en el salón y daba vueltas a la insignia en la palma de su mano. Era idéntica a la que la policía tenía en su poder. A simple vista advertía sólo una ligera diferencia en la pulcra letra inglesa con que se había grabado el nombre, Finlay FitzJames, bajo el prendedor. La había escrito una mano distinta. Pero no podía ser de otro modo. Para averiguar cuál era la original y cuál la réplica, necesitaba compararlas con la insignia de uno de los otros socios. No había otra solución.

Pero los otros socios sostenían que no conservaban sus respectivas insignias.

–¿Qué ocurre, comisario? –preguntó Tallulah con un atisbo de inquietud en el semblante.

–Ahora tengo dos insignias con el nombre de su hermano, señorita FitzJames. Una de ellas es un duplicado. Necesito saber cuál es, por qué se hizo, y quién lo encargó.

Tallulah lo miró sin inmutarse.

–Ésa es la pieza original. La que encontraron en Pentecost Alley es un duplicado, y sin duda lo mandó hacer algún enemigo de mi padre para hundirnos.

Pitt la observó. Vestía de blanco y azul claro con cintas. Estaba un poco delgada, y eso le confería un aspecto frágil y muy femenino, impresión que se desvanecía en el acto cuando uno reparaba en la fortaleza que revelaban sus facciones y la ardiente voluntad que se traslucía en su mirada.

–¿Cree realmente que su padre tiene enemigos dispuestos a asesinar a una mujer con el propósito de vengarse de él? –preguntó.

Era evidente que ya se había formulado ella misma esa pregunta. Habló con la voz crispada por la emoción contenida, pero sin titubeos.

–Sí, comisario; creo que sí. Quizá usted no conozca el poder que posee o la fortuna que ha amasado en los últimos treinta años. La envidia puede ser muy cruel. Puede adueñarse de una persona y anular su decencia y sus sentimientos. Además, cierta gente no... –Se mordió el labio–. Cierta gente no considera un gran pecado la muerte de una prostituta. Lo siento. Sé que es una idea repugnante. –Hizo una mueca de dolor, y Pitt tuvo la inmediata convicción de que era sincera. Al cabo de un instante añadió–: Pero es la verdad.

Pitt sabía que era verdad. De no haberse producido en Whitechapel, y tan poco tiempo después de aquella otra serie de crímenes atroces, los periódicos apenas habrían prestado atención a la muerte de Ada McKinley.

–Tal vez convendría que hiciese una lista de esos posibles enemigos, señorita FitzJames, incluyendo las razones de su odio si las conoce, aunque sea vagamente. Le pediré a su padre una lista semejante.

–De acuerdo.

Pitt dio las gracias a los dos agentes que habían colaborado en el registro, salió de la casa de los FitzJames y se dirigió hacia el parque por Devonshire Street. Compró dos sándwiches de jamón en un puesto de una esquina y los comió mientras cruzaba por Marylebone Road, entraba en el parque y caminaba entre los árboles. Hacía un día agradable. A esa hora había en el parque mucha gente paseando, elegantes damas luciendo sus modelos, y parejas festejando. Los niños jugaban con aros y montaban en palos con cabeza de caballo; algunos intentaban echar a volar sus cometas, pero no soplaba viento suficiente para levantarlas.

Niñeras con ñoños uniformes empujaban cochecitos o llevaban de la mano a los niños que tenían a su cargo. Algunas se sentaban a chismorrear en los bancos mientras los chiquillos corrían alrededor. Ancianos caballeros sentados al sol revivían pasadas glorias. Las muchachas reían y parloteaban. A lo lejos una banda interpretaba las piezas de moda en las salas de baile.

Pitt no había podido explicar a Ewart por qué encontraba difícil de creer que un enemigo de Augustus FitzJames hubiese asesinado a una prostituta e incriminado a Finlay para vengarse de su padre. No existía un solo argumento en contra. Simplemente no podía dar crédito a semejante maquinación. Por su experiencia sabía que a veces los robos se llevaban a cabo de ese modo, pero nunca los asesinatos. En los delitos de violencia, los embrollos, los intentos de culpar a otros, venían después. Por despiadado que fuese ese supuesto enemigo, Pitt no concebía que hubiese cometido deliberadamente un crimen que podía costarle la horca si se descubría su autoría.

Y sin embargo debía admitir que se percibía cierta deliberación. La insignia y el gemelo constituían una extraordinaria coincidencia. ¿Cómo podía haber un criminal tan descuidado como para dejar tras de sí dos pruebas tan claras?

Pitt debía realizar un nuevo intento con Helliwell y Thirlstone, y también, muy a su pesar, con Jago Jones. Hallar otra insignia con la que comparar las dos que ya tenían era ahora de crucial importancia para determinar la inocencia o culpabilidad de Finlay.

–¡Santo cielo, comisario! –exclamó Helliwell con exasperación cuando Pitt lo abordó en Birdcage Walk tras su excelente almuerzo en Great George Street–. Le aseguro que no puedo ayudarlo. No sé nada de Finlay FitzJames y su actual conducta. –Su expresión se ensombreció–. Creía haber dejado ya bien claro que fuimos amigos en otro tiempo, pero en el presente las cosas han cambiado. Desearía poder decirle algo que limpiase definitivamente su nombre, pero no está en mis manos. Y ahora tendrá que excusarme, porque se me hace tarde. –Apretó el paso.

Pitt aceleró también.

–He encontrado una segunda insignia del club Fuego del Infierno –anunció, caminando a la par de Helliwell.

–¡No me diga! –Helliwell siguió andando sin volver siquiera la cabeza. No preguntó dónde había sido hallada–. En cualquier caso, no veo en qué me atañe a mí eso. Si es la mía, la perdí hace años, así que podría estar en cualquier sitio.

Pitt escrutó su rostro, ligeramente rojo bajo el sol vespertino a causa del esfuerzo, y quizá también del exceso de oporto; sin embargo no detectó en su expresión el desasosiego propio de la mentira. Estaba indignado, pero si tenía miedo, lo disimulaba con consumada habilidad, y tal grado de sutileza no concordaba con su personalidad.

–No –respondió Pitt–. No era la suya. Según parece, era también del señor FitzJames.

Helliwell se detuvo y se volvió hacia Pitt.

–¿Cómo? ¡Eso es absurdo! Sólo teníamos una cada uno. ¿Qué... qué quiere decir?

–Que alguien ha hecho una segunda insignia, señor Helliwell. Necesitaría ver la suya para saber cuál es la original.

–¡Ah! –Helliwell dejó escapar un violento suspiro–. Ya. Comprendo. Por desgracia, tampoco en eso puedo ayudarlo, y sinceramente empiezan a resultarme un tanto irritantes estos interrogatorios. –Miró a Pitt a los ojos para darle a entender que no sentía el menor temor, y que su indignación, en cambio, crecía por momentos–. FitzJames y yo éramos amigos en mi época de inmadurez, que ahora he dejado atrás, y lo que él haga o deje de hacer no es de mi incumbencia. Aunque sí le diré que me cuesta mucho creer que esté involucrado en el asesinato de una prostituta del East End. Sólo una desafortunada serie de coincidencias pueden haberlo inducido a concebir semejante posibilidad. Su trabajo sería mucho más provechoso para todos, comisario, si se dedicase a investigar a los conocidos, enemigos y deudores de esa desdichada mujer. Y ahora, como le he dicho, tengo una cita y debo apresurarme, o si no, haré esperar a sir Philip. Buenos días, comisario.

Dicho esto se dio media vuelta con un rápido movimiento y se alejó sin mirar atrás ni a los lados.

Encontrar a Mortimer Thirlstone fue más difícil. No participaba en la vida pública o política, e iba y venía a su antojo. Pitt averiguó que se hallaba en el taller de un artista en Camberwell, y era ya media tarde cuando por fin consiguió hablar con él. El taller era amplio, luminoso y aireado, y cuando Pitt llegó, varios hombres y mujeres jóvenes conversaban animadamente. Las paredes estaban cubiertas de cuadros, y había ventanas en los sitios más inverosímiles, sin duda no donde el arquitecto original las había proyectado. Sin embargo producía una impresión asombrosamente grata de espacio, claridad y prodigioso colorido. Y ciertamente era una impresión, como si se contemplase con los ojos entornados, más que una imagen fotográfica.

–¡Vaya por Dios! –dijo Thirlstone con hastío al ver a Pitt, reclinándose contra la repisa de una ventana.

Llevaba una camisa blanca de anchas mangas y cuello blando y caído adornado con un enorme lazo. Ofrecía un aspecto muy afectado, pero él no parecía consciente de ello.

–Buenas tardes, señor Thirlstone –saludó Pitt, y cuando se disponía a continuar, Thirlstone se irguió.

–¡Usted otra vez no! –exclamó, y recorrió la habitación con la mirada como si buscase un sitio por donde escapar–. Amigo mío, esto empieza a resultar francamente tedioso. –De pronto miró a Pitt a la cara–. ¿Qué quiere que le diga? Conocía a Finlay, pero de eso hace años. Era un tipo decente, aunque quizá un poco alocado. Por entonces todos lo éramos, supongo. Pero ahora no sé nada de él, nada en absoluto. Es un hombre agradable, no lo niego, pero también un completo ignorante. No distingue lo blanco de lo negro. ¡A veces se diría que es daltónico!

–Quería pedirle que busque su insignia del club Fuego del Infierno –dijo Pitt, advirtiendo desasosiego en su semblante y preguntándose cuál sería la causa. Su presencia allí no tenía por qué violentarlo. Nadie habría adivinado que Pitt era policía.

–¡Ya le dije que no la tengo! –replicó Thirlstone con expresión ceñuda y tono airado–. ¿Qué importancia podría tener ahora?

Pitt lo puso al corriente sobre la existencia de dos insignias con el nombre de Finlay.

–Ah. –Thirlstone parecía desconcertado. Tragó saliva. Hizo ademán de hablar, pero cambió de idea. Se movía incómodo, como si alguna costura de la camisa, pese a su holgura, le arañase la piel–. Bien..., si... si aún la conservo, se la haré llegar. Pero no es probable. –Sacudió la cabeza con vehemencia–. No me imagino a Finlay haciendo una cosa así, pero la gente cambia...

Una mujer de cuerpo escultural pasó junto a ellos atusándose la melena. Un hombre situado frente a la ventana del extremo opuesto la dibujaba, y ella lo sabía.

–Supongo que le parecemos... esto... –Thirlstone hizo un gesto de indiferencia–. En fin, no lo sé. De verdad. No tengo la menor idea. –Lanzó una breve mirada a la mujer–. No resulta agradable ser desleal, pero en todo caso nada puedo decirle.

Pitt deseaba hallar una pregunta que le permitiese romper aquella impenetrable fachada y averiguar qué sabían realmente aquellos hombres unos de otros, qué clase de relación había existido entre ellos, cuáles habían sido sus rivalidades, los lazos que mantenían, las envidias que los dividían, las secretas emociones ocultas bajo su comportamiento externo.

–¿Tenía Finlay una especial amistad con alguno de ustedes? –preguntó sin darle importancia, como si acabase de ocurrírsele cuando se disponía a marcharse.

–No –respondió Thirlstone al instante–. Nos llevábamos todos bien... bueno, posiblemente se sentía algo más unido a Helliwell. Tenían más afinidades, quizá. –De pronto se sonrojó, como si acabase de cometer una traición y fuese demasiado tarde para retractarse.

–¿Tenía más dinero que ustedes? –prosiguió Pitt–. Su padre es un hombre muy rico.

Thirlstone experimentó un manifiesto alivio ante el cambio de tema.

–Ah... sí. Sí, tenía más dinero. Más que Jago o yo desde luego. Y supongo que también más que Helliwell.

–¿Era generoso?

En el rostro de Thirlstone apareció una rara expresión, mezcla de amargura e ironía, casi circunspecto pesar. Obviamente le disgustaba hablar de aquello, y eso podía deberse a la culpabilidad por algo, o sencillamente a que lo consideraba una pérdida de tiempo para sus intereses estéticos y prefería vivir en el presente.

–¿Era generoso? –repitió Pitt.

Thirlstone se encogió de hombros.

–Sí... a menudo.

–¿Jugaba? –preguntó Pitt. No le interesaba especialmente esa cuestión, salvo por su posible influencia negativa en la personalidad de Finlay, pero deseaba alargar un poco más la conversación.

Unas carcajadas interrumpieron sus reflexiones, y todos se volvieron hacia el corrillo del que procedían.

–Sí. Todos jugábamos –contestó Thirlstone–. Él más, quizá. El juego formaba parte de su naturaleza, y podía permitírselo. Mire, comisario, nada de eso tiene ya importancia. Ignoro quién mató a esa mujer en Whitechapel. Me cuesta creer que pueda haber sido Finlay. Pero si tiene usted pruebas de que así fue, no me quedará más remedio que aceptarlo. Por lo demás, opino que pierde el tiempo, y está en su derecho, pero también me lo hace perder a mí, y yo considero precioso mi tiempo. No he visto mi insignia del club desde hace años, pero si aparece, se la llevaré a Bow Street.

–Le estaría muy agradecido si la buscase, señor Thirlstone. Podría demostrar la inocencia del señor FitzJames.

–¿O la culpabilidad? –añadió Thirlstone, lanzando a Pitt una intensa mirada.

Charlotte había visitado a su madre ese día, y tenía muchas noticias que contar a Pitt cuando volviese a casa. En su mayor parte divertidos e interesantes cotilleos sobre el pintoresco mundo del teatro en la versión de Caroline.

Pero cuando lo vio entrar por la puerta a las siete y cuarto, exhausto, acalorado e intentando poner orden en sus confusas ideas, comprendió que no era el momento.

–¿Habéis buscado otra vez la insignia? –preguntó cuando estaban sentados a la mesa.

Los niños ya habían cenado y habían subido a prepararse para acostarse. Gracie, que había aprendido a leer recientemente, se disponía a compartir con ellos el siguiente capítulo de *Alicia a través del espejo*. Para los tres era el mejor momento del día.

Los dos gatitos dormían en la canasta de la ropa sucia junto al fogón de la cocina y todo estaba limpio y recogido, salvo los platos que ellos acababan de usar, y que podían esperar hasta que Gracie bajase.

–Sí –contestó Pitt, alzando la vista y mirando a Charlotte a los ojos. El sol estaba ya bajo, y sus rayos penetraban por las grandes ventanas y se extendían por la mesa y el suelo recién fregado, formando dibujos en la pared del fondo y reflejándose en la loza colocada en el aparador galés y los cacharros de cobre colgados encima–. Y la hemos encontrado.

Charlotte tragó saliva.

–¿Quiere eso decir que es inocente?

Pitt sonrió.

–No. Quiere decir simplemente que hay dos insignias y, por tanto, una debe de ser falsa.

–¿Y no sería lógico pensar que la falsa es la que apareció en Pentecost Alley? La otra debía de estar donde la habéis encontrado, ¿no? ¿Dónde estaba?

–En el bolsillo de una chaqueta vieja que, según parece, no se ponía desde hacía años.

–¿Y entonces?

Pitt se llevó a la boca otro trozo de empanada de pollo fría. Sabía muy bien, como los tomates y el pepino que la acompañaban.

–¿Thomas? –insistió Charlotte, arrugando la frente.

–Alguien hizo una copia y la dejó bien en la cama de Ada McKinley en Pentecost Alley, bien en el bolsillo de la chaqueta de Finlay FitzJames en Devonshire Street –respondió Pitt, aún masticando.

–¿Y no sabes cuál es la copia? –Charlotte recordó la conversación con Emily del día anterior, y su insistencia en que Pitt realizase un nuevo registro. Una desagradable sospecha empezó a cobrar forma en su mente. Procuró alejarla. Olvidándose de su empanada, preguntó con tono más apremiante–: Sí debes de saberlo, ¿no?

–No, no lo sé. –Pitt frunció el entrecejo–. Y no lo sabré a menos que pueda compararla con una de las insignias originales de alguno de los otros socios. La letra usada en las dos que tengo no es exactamente igual. Cabe suponer que las primeras las hizo todas el mismo joyero. Aquella cuya letra no coincida con las anteriores será la copia.

–¿Y no tendría que...? –empezó a decir Charlotte, pero ella misma halló respuesta a su pregunta y se interrumpió.

–¿Qué?

–Da igual –respondió Charlotte–. No tiene importancia.

–Alguien encargó una copia bien para demostrar su culpabilidad cuando era inocente –explicó Pitt–, o bien para demostrar su inocencia ahora que parece culpable. En este caso, podría haber sido cualquier miembro de su familia, o el propio Finlay.

–Sí –admitió Charlotte con cautela, y bajó la vista al plato–. Sí, es posible. –No le confió la idea que rondaba por su pensamiento. Clamaba en su mente, pero Charlotte no se atrevía a expresarla con palabras, ni siquiera para sí–. ¿Te apetece otro tomate? –Hizo ademán de levantarse–. Hay más, y están francamente buenos.

A la mañana siguiente, en cuanto Pitt se hubo marchado, Charlotte dio instrucciones a Gracie para el resto del día y salió hacia casa de Emily en un cabriolé de alquiler. A las nueve y cuarto una perpleja criada la acompañó al salón y anunció que iría a ver si la señora Radley estaba en casa, lo cual significaba que sí estaba. Si hubiese salido a montar, la criada se lo habría dicho de inmediato. En cualquier caso, Charlotte estaba dispuesta a esperar el día entero si hacía falta.

Emily apareció al cabo de diez minutos, todavía con una holgada bata de raso y el cabello suelto, mostrando en todo su esplendor aquellos rizos rubios que Charlotte siempre le había envidiado. Se acercó a Charlotte sonriente, como si fuese a besarla en la mejilla.

–¡Emily! –se apresuró a decir Charlotte.

Emily parpadeó desconcertada.

–¿Sí? Estás hecha una furia. ¿Qué ha pasado? ¿Tiene que ver con la abuela?

–No. ¿Por qué tenías tanto interés en que Thomas buscase otra vez la insignia del club Fuego del Infierno en casa de los FitzJames? –Clavó en Emily una feroz mirada que debería haberla convertido en piedra.

Emily vaciló apenas un instante y a continuación se sentó con naturalidad en uno de los sillones verdes.

–Porque si la encontrasen, quedaría demostrado que Finlay FitzJames es inocente, y eso sería lo mejor para Thomas –contestó mansamente, alzando la vista para mirar a Charlotte, de pie ante ella–. ¿O no lo crees? Augustus FitzJames es un hombre muy poderoso, y no se anda con bromas. Si Finlay es culpable, naturalmente tendrá que detenerlo, presentar cargos y todo eso. Pero si es inocente, mucho mejor para todos, en especial para Thomas, siempre y cuando pueda demostrarse antes de que se emprenda cualquier acción judicial contra él. ¿No está suficientemente claro acaso?

–Clarísimo, de hecho. –Charlotte no retrocedió un solo palmo–. ¿Lo conoces?

Emily abrió desmesuradamente los ojos, de un azul intenso bajo la luz del sol que entraba por las largas ventanas.

–¿A quién? ¿A Augustus FitzJames? ¿Sólo de oídas? Pero sé que no me equivoco. Jack me ha hablado de él más de una vez. Es muy poderoso, porque posee una gran fortuna.

–A Finlay FitzJames –aclaró Charlotte, esforzándose por mantener la voz controlada.

–No –contestó Emily, aún con aire de inocencia–. Sólo lo he visto en una ocasión, y por muy poco tiempo. Lo justo para intercambiar un saludo. Dudo que me reconociese si coincidiéramos otra vez en algún sitio.

Charlotte buscaba la conexión. Tenía que haberla. Conocía bien a Emily y notaba su actitud evasiva. La culpabilidad rezumaba por todos los poros de su cuerpo, y su cándida mirada no hacía más que corroborarlo. Se sentó frente a ella y la miró a los ojos.

–¿Está prometido en matrimonio?

–No lo creo; a mí no me han llegado noticias.

Emily no le preguntó por qué quería saberlo, y para Charlotte ésa fue la prueba definitiva. Sin duda mentía. Sus sospechas se habían visto confirmadas.

–¿Tallulah? –dijo Charlotte entre dientes–. ¿Realmente te preocupa tanto esa muchacha como para manipularme con el propósito de conseguir que Thomas llevase a cabo otro registro?

Emily se sonrojó.

–Ya te lo he dicho, Charlotte, si Finlay es inocente, Thomas...

–¡Y un cuerno! Sabías que la insignia estaba allí, porque la pusisteis tú o Tallulah. ¿Te das cuenta de lo que has hecho?

Emily vaciló entre admitir su culpa o negarla. Aún no se había delatado, no por completo.

–Augustus FitzJames tiene enemigos implacables.

–¡Y también tiene amigos implacables, según parece! –exclamó Charlotte con ira–. ¿Encargaste la insignia personalmente o se lo sugeriste a... Tallulah?

Emily cuadró los hombros.

–Francamente, Charlotte, creo que, como esposa de un policía que eres, no debo hablar de eso contigo. Te sentirías obligada a contárselo todo a Thomas, y yo o mis amigos podríamos vernos en una situación delicada. Estoy convencida de que Finlay es inocente, e hice lo que consideré correcto, por él y por Thomas. Sabes que esa identificación carece de fundamento.

–¿Qué identificación? –De pronto Charlotte no estaba ya tan segura de sí misma. Sin duda Emily había actuado de una manera irresponsable, estúpida, y probablemente incluso delictiva. Pero al parecer sabía algo que ella ignoraba, y quizá también Pitt. Repitió–: ¿Qué identificación?

Emily se relajó. Los rayos del sol formaban una aureola dorada en torno a su cabello. Al otro lado de la puerta se oían las plácidas pisadas de las sirvientas ocupadas en sus quehaceres domésticos. En alguna parte de la casa reía una muchacha, probablemente una ayudanta.

–La identificación de la otra prostituta que declaró haber visto a Finlay en Pentecost Alley la noche del asesinato –contestó Emily.

–¿Cómo? –Charlotte sintió un nudo en el estómago y por un instante apenas pudo respirar–. ¿Qué has dicho?

–No fue una identificación fiable –explicó Emily–. Esa mujer no tiene la menor seguridad de si era o no Finlay. Si el caso llega a los tribunales, está dispuesta a atestiguar que vio al mayordomo.

–¿Qué mayordomo? –Charlotte no salía de su asombro, al que de pronto se había sumado un total desconcierto–. ¿El mayordomo de quién? ¿De dónde ha sacado que era un mayordomo?

–El mayordomo que dejó en estado a Ada –aclaró Emily–. Por eso ella perdió el empleo y acabó en las calles.

–¿Y tú cómo te has enterado de eso? –preguntó Charlotte con voz más baja y creciente frialdad.

Era demasiado tarde para echarse atrás.

–Porque hablé con ella –susurró Emily.

Charlotte, un poco mareada, se desplomó contra el respaldo del sillón.

–No entiendo por qué te alteras tanto –dijo Emily, hasta cierto punto con razón–. Las dos hemos intervenido antes en otras investigaciones y siempre hemos salido más o menos airosas. Recuerda, por ejemplo, el caso del decapitador de Hyde Park...

–¡Ni lo nombres! –Charlotte hizo una mueca de aversión–. ¿Has olvidado la reprimenda de Jack?

Emily palideció.

–No. Pero de esto no sabe nada. Y no me he metido en ninguna situación de peligro... bueno, no de verdadero peligro. Allí no había nadie violento. Simplemente fui a buscar información para limpiar el nombre de Finlay. No hostigué a ningún presunto culpable.

–¡No digas idioteces! –prorrumpió Charlotte–. Si Finlay queda libre de sospecha, otro tiene que ser el culpable. Podría haber sido alguien del barrio. De hecho, es lo más probable. Salvo que Finlay –añadió con tono cáustico– sea tan culpable como Jack, *el Destripador*, lo cual no debe descartarse si tenemos en cuenta que la segunda insignia la pusisteis vosotras. La insignia auténtica es la primera, la que se encontró bajo el cadáver de esa pobre mujer. ¿O acaso eso ni te has parado a pensarlo?

–Claro que lo he pensado. Pero, aunque así sea, no tendría por qué haberla dejado allí Finlay –adujo Emily–. Las dos sabemos que él ni se acercó a Whitechapel esa noche. Estaba en una fiesta en Chelsea.

–¡No, no lo sabemos! –rebatió Charlotte–. Sólo sabemos que Tallulah afirma que estuvo allí y lo vio.

–Bien, y yo la creo. Y a falta de una identificación, la insignia es la única prueba que lo relaciona con Whitechapel. Cualquiera podría haberla robado o encontrado casualmente años atrás, y haberla utilizado después para vengarse de Augustus. Al fin y al cabo, ¿por qué iba Finlay a matar a una mujer como Ada McKinley? ¿O de hecho a cualquier otra persona?

–Alguien la mató –dijo Charlotte con tono incisivo.

–Probablemente alguien que la conocía –argumentó Emily, inclinándose un poco–. Una rival, o alguien a quien había robado o causado algún perjuicio. Quizá se peleó con otra mujer, o se burló de un hombre, acaso un hombre que la había amado en otro tiempo y se sintió traicionado por ella. –Respiró hondo–. Charlotte...

Charlotte la miró fijamente y esperó.

–Charlotte, por favor, no cuentes a Thomas lo de la insignia. Nunca me lo perdonaría. Y puede que no comprendiese por qué lo he hecho. Estoy convencida de que Finlay es inocente.

–Lo sé –dijo Charlotte con tono severo–. De lo contrario no habrías cometido tamaña estupidez.

–¿Se lo dirás a Thomas? –preguntó Emily con un hilo de voz.

–No –contestó Charlotte, más por lástima que por sensatez–. A menos que no me quede más remedio. Quizá... quizá descubra lo que necesita saber por otros medios, y no sea preciso contárselo.

–Gracias.

Y en efecto Pitt descubrió al menos parte de ello cuando, acompañado de Ewart, volvió a Pentecost Alley a media tarde. Nan Sullivan seguía tan indecisa como en la anterior visita de Pitt, pero aún confiaba plenamente en el testimonio de Rose Burke. Su cambio de actitud lo dejó perplejo.

–No sé, la verdad –dijo Rose, eludiendo la mirada de Pitt.

Se hallaban sentados en la cocina, y sobre la mesa había una gran tetera con el esmalte descascarillado y varias tazas de loza de distintos juegos. A causa del calor que despedía el fogón el ambiente resultaba agobiante. Nadie quería abrir la ventana que daba al patio posterior, siempre maloliente debido a los efluvios que emanaban de los cubos de basura y la pocilga de la casa contigua.

–¿Qué es lo que no sabe? –dijo Pitt–. Parecía muy segura cuando lo vio desde el cabriolé en Devonshire Street. Su certidumbre era tal que hasta estaba dispuesta a colgarlo usted misma.

–Estaba dispuesta a colgar a cualquiera que hubiese hecho una cosa así a Ada –rectificó Rose obstinadamente–. Y eso no quiere decir que fuese él. Lo vi sólo un momento, y con poca luz.

–¿Tiene miedo, Rose? –preguntó Pitt, procurando que en su voz no se trasluciese la ira que sentía ni el desdén que habría deseado mostrar.

–¡No! –Rose lanzó una mirada desafiante a Pitt, olvidándose por completo de Ewart–. No, no tengo miedo. ¿De qué voy a tener miedo?

–De las amenazas de alguien –repuso Pitt–. El hombre que identificó pertenece a una familia muy poderosa.

–Puede ser, pero no ha hablado conmigo –dijo con una mueca hostil en los labios–. Si eso es lo que cree, está equivocado, muy equivocado. Yo sólo quiero que cojan al verdadero culpable, al hombre que acabó con la pobre Ada. –Jugueteó con la cucharilla, deslizándola contra el borde de la taza–. Y creo que podría haber sido el mayordomo que la dejó preñada. Ha hecho lo mismo con otra chica, y esta vez la señora de la casa podría no darle la razón. Así que tenía motivos para deshacerse de Ada. Los fulanos como el que vi en Devonshire Street no vienen a Whitechapel. Buscan su placer en Haymarket y Windmill Street.

–Eso es cierto –confirmó Ewart.

–Usted declaró que Ada iba a veces a esas zonas –señaló Pitt.

–Sí. Pero no dije que se trajese aquí a los clientes –replicó con descaro–. No era tan tonta. Si los hubiese traído, Costigan no se habría conformado sólo con la mitad del dinero. ¿Y por qué iba a seguirla uno de esos caballeros hasta aquí? Ada tampoco era nada excepcional. En esos barrios hay muchas más mujeres, y a los hombres lo mismo les da una puta que otra.

–¿Quiere decir que el hombre que vio era ese mayordomo? –la interrumpió Ewart, inclinándose sobre la mesa–. Descríbalo.

–No, no he dicho que fuese el mayordomo –corrigió Rose con cautela–. He dicho que podría haber sido él. Pero mientras haya alguien a quien colgar, ¿qué importancia tiene que sea uno u otro?

–Para mí tiene mucha importancia –respondió Pitt entre dientes, conteniendo su indignación–. Después de su convicción del otro día, este cambio de opinión me resulta en extremo sospechoso. No puedo dejar de preguntarme si lo ha provocado alguien, sea mediante amenazas, o mediante promesas.

–¿Está diciendo que me han pagado para mentir? –preguntó Rose airada.

–No –terció Ewart con tono conciliatorio–. Nadie ha dicho que esté mintiendo, Rose. Simplemente tenemos que asegurarnos. No es posible traer de nuevo a este mundo a Ada, y estamos hablando de la vida de un hombre. Una acusación errónea sería a su manera un segundo asesinato.

–Bueno, quizá podría mentir sobre algo insignificante –dijo Rose con cuidado, esta vez mirando a Ewart–. Pero no para enviar a la horca a un pobre desgraciado, fuera quien fuese. Para serle sincera, la muerte de Ada me alteró mucho. –Alzó ligeramente los hombros en un gesto de disculpa y resignación–. Estaba furiosa y asustada, y me precipité. Quería que colgasen a alguien, porque así las demás nos quedaríamos más tranquilas. Más a salvo, digamos. –Tomó aire y se volvió hacia Pitt–. Intenté convencerme de que sabía quién había sido. Ahora que lo he pensado mejor, me doy cuenta de que fue una estupidez. Ha de pagar el verdadero culpable, y no un pobre que se parece un poco a él. ¿No es así?

–Sí –admitió Pitt con tono adusto–. Sí, tiene que ser el verdadero culpable.

–Naturalmente –corroboró Ewart, e hizo ademán de darle a Rose una palmada de consuelo en el hombro pero cambió de idea–. Claro que sí.

Se marcharon de Pentecost Alley y pararon un cabriolé.

–Será mejor que encontremos a ese mayordomo –dijo Pitt con hastío durante el trayecto–. Aunque sólo sea para descartarlo.

–Creo que es el hombre que buscamos –vaticinó Ewart con convicción. Miraba al frente con expresión severa mientras avanzaban en dirección oeste por Whitechapel High Street–. Tiene lógica. Dejó embarazada a Ada. Aquella vez quedó impune. Mintió a los señores de la casa. Ahora ha vuelto a hacerlo, y Ada se proponía ir a la casa y contar toda la historia. Acabar con él.

–Ya contó toda la historia la primera vez –señaló Pitt–. ¿Qué iba a conseguir contándola de nuevo?

–Vengarse de él –contestó Ewart como si fuese la respuesta obvia–. Ese hombre era el responsable de su desgracia. Es el motivo más antiguo del mundo.

Pitt lo miró de soslayo. Ewart era un buen policía. Tenía una excelente hoja de servicios. Aspiraba firmemente a un ascenso. Resultaba, pues, sorprendente que incurriese en errores tan elementales. Desde el principio del caso había estado sometido a alguna clase de emoción. ¿Era la lástima o la indignación? ¿O acaso el temor a que Augustus FitzJames se propusiese arruinar la existencia de quienquiera que acusase a su hijo de un crimen semejante, fuese culpable o inocente, y ni siquiera su sólida reputación en el cuerpo de policía bastase para salvarlo?

Sin duda sería desagradable. Pero presentar cargos contra alguien tenía siempre su parte de tragedia. Siempre había personas inocentes que sufrían las consecuencias, personas cuyo único delito era amar a un esposo o un hijo. Se veían desbordadas por los acontecimientos y después, cuando la confusión y la vergüenza pública amainaban, se quedaban con su dolor.

–¿Qué habría ganado el mayordomo matándola? –preguntó Pitt, escrutando la sombría mirada de Ewart y las arrugas de ansiedad en torno a sus labios–. Ada había contado ya su historia. Muerta, simplemente la reforzaba. Si ese hombre matase a alguien, sería la muchacha que ha padecido sus abusos esta vez, para impedir que lo delatase. El conflicto entre Ada y él ya se había sometido a juicio, y había perdido ella. Ada podría haber matado al mayordomo, pero él no tenía motivos para matarla a ella.

La expresión de Ewart se endureció, y algo parecido al miedo, o quizá la ira, oscureció sus facciones. Estaba exhausto y le temblaban un poco las manos. Debía de haberle disgustado profundamente tener que ceder su caso a un superior como Pitt porque a él no se lo consideraba capaz de llevar a cabo una investigación con delicadas implicaciones políticas. Cualquier policía se habría sentido igual, incluido el propio Pitt.

Y Ewart estaba demostrando que tenía más en cuenta las consecuencias políticas del caso que Pitt. Buscaba cualquier solución menos la más explosiva.

–Estoy de acuerdo con usted –dijo Pitt con serenidad–. Las pruebas contra FitzJames son poco sólidas. La identificación no sirve de nada. El gemelo lo perdió hace años y la autenticidad de la insignia es dudosa. Ahora que hemos encontrado una segunda insignia en su casa, la primera tiene poco peso. Habrá que empezar de nuevo desde el principio. Debemos investigar más a fondo la vida de Ada, y también la de FitzJames, para ver quién podría estar implicado.

Ewart se volvió hacia él.

–¿Implicado? –preguntó lentamente. Parecía demasiado cansado, demasiado aturdido a causa de los sucesivos golpes encajados, para pensar con claridad.

–Si FitzJames tiene enemigos tan virulentos como para dejar una prueba en el lugar del asesinato a fin de incriminarlo –explicó Pitt–, convendría...

Ewart se irguió un poco, comprendiendo de pronto el razonamiento de Pitt.

–Ah, sí. Por supuesto. ¿Quiere que me ocupe yo de eso? Empezaré mañana mismo.

–Bien –dijo Pitt–. Yo seguiré con Ada.

Era todo confuso y en extremo desagradable. Como él mismo había dicho, debía volver al principio.

Pitt llegó tarde a casa, y para su sorpresa encontró a lady Vespasia Cumming-Gould, la tía abuela de Emily por parte de su primer marido, sentada en la sala, tomando una tisana y conversando con Charlotte. Había abierto la puerta de par en par, dispuesto a hablar, pero al verla se detuvo.

–Buenas noches, Thomas –saludó fríamente la tía Vespasia, enarcando las plateadas cejas.

Estaba tan hermosa como siempre. Con el tiempo su rostro, de magnífica estructura ósea y párpados caídos, se había refinado y adquirido la impronta de su carácter. No era ya la simple belleza de la juventud, sino un atractivo en que se reflejaba toda una vida única y fascinante.

Había autorizado a Pitt a llamarla por su nombre de pila y tutearla como un pariente más, y él hacía uso de ese derecho con sincera satisfacción.

–Buenas noches, tía Vespasia. Me alegro de verte.

–Y también te sorprendes, a juzgar por tu expresión –replicó ella–. Sin duda tendrás apetito y querrás comer algo. Creo que Gracie te ha preparado ya la cena.

Pitt cerró la puerta y entró en la sala. En efecto tenía hambre y estaba agotado, pero no tenía intención de renunciar al placer de su compañía ni al sumo interés de su conversación. Era obvio que no los había visitado simplemente porque pasaba por allí. Vespasia nunca hacía nada por casualidad, y Bloomsbury no formaba parte de sus recorridos habituales. Pitt se sentó, dirigió una mirada fugaz a Charlotte, y luego se volvió hacia Vespasia.

–¿Conoces a Augustus FitzJames? –preguntó Pitt sin ambages.

Vespasia sonrió.

–No, Thomas; no lo conozco. Me ofendería si pensases que he venido a verte porque tengo amistad con él y me he enterado de que estás investigando ese sórdido asunto de Whitechapel en que parece estar implicado su hijo.

–Cualquiera que te conozca sabe que no intentarías ejercer influencia –contestó Pitt con franqueza.

Vespasia abrió aún más sus grandes ojos grises.

–Mi querido Thomas, cualquiera que me conozca sabe que nunca entablaría amistad con un arrogante nuevo rico como Augustus FitzJames. Siéntate, por favor. Me resulta incómodo tener que levantar la vista para mirarte.

Pitt no pudo evitar sonreír pese al cansancio y la confusión que reinaba en su mente, a la sensación de que no había llegado a ninguna parte después del tiempo y el esfuerzo dedicados. Se sentó frente a Vespasia.

–Pero sí compadezco a su esposa –añadió Vespasia–. Aunque no es ése el motivo de mi visita. Eres tú quien más me preocupa, y en segundo lugar John Cornwallis. –Frunció ligeramente el entrecejo–. Thomas, si llevas a Finlay FitzJames a juicio, debes tener la total certeza de que podrás demostrar su culpabilidad. Su padre es un hombre muy poderoso y no conoce la clemencia.

Pitt había llegado ya a esa conclusión, pero confirmada por Vespasia resultaba escalofriante. El miedo era raro en ella, y en el pasado Pitt sólo lo había detectado ante el poder de sociedades secretas, y no de individuos. Aquello aumentaba aún más su sensación de incertidumbre y malestar en relación con el asesinato de Pentecost Alley.

Charlotte lo observaba con inquietud.

–Empieza a dar la impresión –dijo Pitt– de que Finlay FitzJames no es culpable. Las pruebas contra él han quedado invalidadas, o descartadas por razones de peso.

–No me has aclarado nada –protestó Vespasia–. Mejor será que te expliques.

Pitt la puso al corriente sobre el hallazgo de la insignia en el lugar del crimen, la aparición de una segunda insignia en posesión de Finlay, y la imposibilidad de obtener alguna de las insignias originales del club para compararlas e identificar así la copia. Tan absorto estaba en su exposición del caso que no notó el rubor en las mejillas de Charlotte ni sus esquivas miradas.

–Mmm –masculló Vespasia cuando Pitt hubo concluido–. No es muy satisfactorio pero, salvo por un detalle, todo parece bastante obvio.

–¿Qué detalle? –se apresuró a preguntar Charlotte.

–Me sorprende que Augustus no encargase una copia inmediatamente –contestó Vespasia– y exigiese a continuación un registro más minucioso. Podría haberse hecho en uno o dos días. Si ése era su plan, ¿por qué esperó a que el malestar fuese a más? A menos, claro está, que pretendiese dar una lección a Finlay, asustarlo durante unos días para que quizá así fuese más obediente.

–¿Y no podría haber hecho algo así el propio Finlay? –sugirió Charlotte, y al instante bajó la vista como si se arrepintiese de haber hablado.

–No. No tiene la inteligencia para idear algo así, y además el pánico debió de apoderarse de él –dijo Vespasia.

Pitt recordó su primera entrevista con Finlay.

–Yo no advertí el menor pánico en él –admitió–. Sí estaba sorprendido, nervioso e incluso alarmado, pero asustado no. En todo caso, su miedo ha ido en aumento a medida que pasaban los días y seguíamos sospechando de él.

–Es curioso –comentó Vespasia–. ¿Qué otra prueba tenías?

Pitt notó que lo había preguntado en pasado y esbozó una triste sonrisa.

–La identificación de dos testigos –respondió, y la informó sobre las declaraciones de Nan Sullivan y Rose Burke y su posterior retractación.

Vespasia reflexionó por un momento.

–No es muy satisfactorio –dictaminó por fin–. Eso podría deberse a varias razones: posiblemente dijo la verdad al principio y alguien la ha convencido de que se eche atrás amenazándola con algún daño o prometiéndole una recompensa; o movida por su instinto de conservación ha dominado su odio o su ira; o también podría haber decidido que esa información es más valiosa si la mantiene en secreto y la utiliza en su beneficio en el futuro. –Arrugó la frente–. O dice ahora la verdad, e inicialmente se dejó arrastrar en parte por el miedo, en parte por el deseo de que alguien recibiese el merecido castigo por la muerte de Ada, y luego, al reflexionar, ha comprendido que no puede cometer perjurio con una identificación de la que no está plenamente segura. El asunto del mayordomo es trágico, y sin duda cierto, pero no guarda relación con el crimen.

–¿Aún piensas que el culpable es Finlay? –preguntó Charlotte en un susurro, con arrugas de inquietud en la frente–. Es decir, ¿las pruebas carecen realmente de fundamento, o las ha eliminado o invalidado su padre?

Pitt pensó por un instante.

–No lo sé –respondió por fin–. Si tuviese que tomar una decisión, posiblemente diría que no; pero no estoy seguro.

–Es una situación lamentable –dijo Vespasia, enunciando una verdad evidente pero expresando a la vez su compasión–. Si es inocente, bien tiene un enemigo en extremo perverso, bien se ha producido una extraordinaria serie de coincidencias que inducen a pensar en su culpabilidad, lo cual, mi querido Thomas, es muy poco probable.

–En efecto –convino Pitt–. Supongo que eso me deja en la desagradable obligación de averiguar quiénes son los enemigos de la familia FitzJames. –Exhaló un suspiro–. Me gustaría saber al menos si ha sido un enemigo del propio Finlay o de su padre. Él parece un joven inofensivo, mucho más corriente de lo que quizá desearía...

–Mucho más –confirmó Vespasia con una irónica sonrisa–. Diría que su hermana tiene mayores probabilidades de llegar a hacer algo interesante en la vida, aunque tal vez el matrimonio se interponga en su camino y no se le presente siquiera la oportunidad. Hoy por hoy es una muchacha sumamente veleidosa y, al parecer, no piensa más que en divertirse, a ser posible con cosas que al día siguiente no tengan ya la menor trascendencia. Pero se entrega a esas frivolidades con tal fervor que acaso un día tropiece con algo que despierte su interés, y cambie de actitud.

Charlotte abrió la boca y volvió a cerrarla.

Pitt se preguntó qué le había pasado por la cabeza. Por lo general, cuando menos tacto revelaban sus comentarios, más pertinentes eran. Le preguntaría cuando Vespasia se marchase.

–Finlay, en cambio, posee la arrogancia de quienes son conscientes de sus limitaciones –prosiguió Vespasia, mirando a Pitt con expresión grave–, y temen no estar a la altura de sus ambiciones, o de las expectativas que otros tienen puestas en ellos. ¿Quiénes eran los otros socios de ese infantil club? Cualquiera de ellos está en posición de facilitar a un joyero un modelo de la insignia para realizar un duplicado, y a la vez conoce los hábitos de Finlay lo suficiente para incriminarlo con éxito.

Pitt le dio sus nombres.

Vespasia parecía desorientada.

–Thirlstone no me suena de nada. Si conozco a un James Helliwell, y puede que su hijo se llame Herbert...

–Norbert –corrigió Pitt.

–Sí, exacto. Puede que se llame Norbert. Pero es un individuo muy prosaico. Con dinero suficiente para sentirse cómodo y sin la imaginación necesaria para sentirse incómodo, a menos que se siente sobre una tachuela. Y en cuanto al otro Dios sabe. El apellido Jones es tan frecuente como Brown o Robinson. Jago Jones podría ser hijo de cualquiera de ellos... o de ninguno.

Pitt sonrió.

–La personalidad de ese Helliwell concuerda con la del hombre que yo he conocido, muy preocupado por la imagen que los demás tienen de él, en especial sus suegros, y como bien has dicho, empieza a sentirse muy cómodo y prefiere que nada altere su vida. Ya no se muestra tan dispuesto a defender a Finlay por temor a que su mala reputación lo salpique. Aunque desde luego desearía que dejase de investigar sobre Finlay.

–¿Un posible enemigo? –preguntó Charlotte con poca convicción.

–No tendría valor –descartó Vespasia, mirando a Pitt con los ojos muy abiertos.

–Estoy de acuerdo –coincidió Pitt, recordando el rubor de Helliwell, su nervioso temperamento y su manifiesto deseo de desentenderse de todo–. Es evidente que carece de la dignidad necesaria para mantenerse leal cuando las cosas empiezan a torcerse.

–¿Y Thirlstone? –dijo Charlotte.

–Lo dudo. –A la vez que contestaba, acudió a su memoria el semblante apasionado de Jago Jones. Él sí poseía el arrojo, el fervor y la convicción necesarios. Pero ¿tenía también un motivo? Lentamente añadió–: Creo que debo analizar con mayor detenimiento por qué fue Ada la víctima. ¿Por qué una prostituta de Whitechapel y no del West End? Ahí es donde en apariencia falla la lógica. Quizá exista una razón, y si la encontramos, podría llevarnos al culpable.

Vespasia hizo ademán de ponerse en pie, y Pitt se levantó al instante, tendiéndole una mano. Ella la aceptó, pero más por cortesía que por la necesidad de apoyarse.

–Gracias, querido Thomas. Me gustaría poder decir que marcho más tranquila, pero no es así. –Observó a Pitt con expresión grave, escrutando su mirada–. Desgraciadamente se trata de un caso muy espinoso. Ándate con cuidado. Puedes tener plena confianza en el honor y la valentía de Cornwallis, pero sospecho que aún le queda mucho por aprender de la artería de la mente política. Protégete tanto de su impericia como de su excesiva lealtad. Buenas noches, queridos sobrinos.

–Buenas noches, tía Vespasia –contestó Pitt mientras ella se despedía de Charlotte con un beso en la mejilla.

A continuación Vespasia, con la cabeza en alto y paso majestuoso, salió de la sala en dirección a la puerta de la calle y al coche que la aguardaba.

Al día siguiente Pitt acometió temprano sus obligaciones, no con entusiasmo pero sí con renovada determinación. Ewart tenía ya instrucciones de seguir recabando información sobre Augustus y Finlay FitzJames. Tellman realizaba indagaciones en torno a los otros socios del club Fuego del Infierno. Pitt, por su parte, regresó a Pentecost Alley para interrogar de nuevo a las mujeres que habían conocido a Ada.

No era el momento del día más indicado para visitarlas, pero no tenía el tiempo ni la paciencia para esperar hasta última hora de la mañana, cuando solían levantarse de la cama para iniciar la jornada.

En el taller de enfrente, por supuesto, las costureras cosían afanosamente, con las puertas abiertas porque a las nueve de la mañana, después de varias horas de trabajo, empezaba a concentrarse el calor.

Pitt subió por la escalera de la casa de vecindad y llamó a la puerta. Tras varios intentos apareció Madge con el rostro contraído en una mueca de irritación y cansancio, sus ojos casi ocultos en los pliegues de grasa de sus mejillas.

–¿Es que no sabe la hora que es? –protestó–. ¿No tiene...? –Lo observó por entre los párpados entornados–. ¡Ah, es usted! ¿Qué quiere a estas horas? No tengo nada más que decirle. Ni Rose ni Nan ni Agnes tampoco.

–Quizá sí –repuso Pitt, e intentó empujar la puerta, pero el enorme y pesado cuerpo de la mujer era inamovible.

–No van a colgar a ese canalla, así que ¿qué más da? –dijo Madge con desprecio–. A mí no me impresiona con sus alardes de abnegado policía.

–A Ada la mató alguien –insistió Pitt–. Y el asesino sigue en libertad. ¿Quiere que lo encuentre o no?

–También querría ser joven y guapa, y tener una casa bonita y dinero suficiente para comer –replicó sarcásticamente–. ¿Y a quién le importa un comino lo que yo quiera o deje de querer?

–Madge, no pienso marcharme hasta que averigüe todo lo que necesito saber sobre Ada –dijo Pitt sin levantar la voz–. Si quiere seguir haciendo su trabajo en paz y sacar un beneficio, déjeme entrar tanto si le parece que sirve de algo como si no.

Madge no tuvo que pensarlo demasiado. Cansinamente retrocedió, abrió la puerta y se dio media vuelta. Lo oyó cerrar con un golpe sordo y lo guió hasta la pequeña habitación que usaba como cocina, sala de costura y puesto de vigilancia desde donde permanecer atenta a cualquier altercado o llamada de socorro.

Pitt la interrogó sobre los más ínfimos detalles de la vida de Ada. A qué hora se levantaba, cómo vestía, cuándo entraba y salía, adónde iba, con quiénes se relacionaba. Quería saber si en sus conversaciones había mencionado, aunque fuese vagamente, a amigos o enemigos, y los nombres de los clientes y posibles aliados. Le pidió asimismo una estimación de los ingresos de Ada a partir de la ropa que llevaba, el modo en que se comportaba y los regalos que hacía.

–Pues... –dijo Madge pensativamente, sentada en un taburete y con la vista fija en la mesa sucia–. Cuando podía permitírselo, era generosa, eso hay que reconocerlo. Cualquiera se lo confirmará. Y en los últimos dos meses le iban bien las cosas. Acababa de comprarse unas botas nuevas el día que la mataron, aquella misma tarde precisamente. Estaba más contenta que unas pascuas con sus botas. Se paseó de un lado a otro del pasillo para lucirlas. Se recogió la falda y me las enseñó. Tenían botones de nácar. –Su rostro se tensó–. Pero si estuvo usted aquí aquella noche, supongo que ya lo sabía.

Pitt recordó las botas, laboriosamente abrochadas entre sí. Tenían un buen acabado. En aquel momento no había pensado siquiera en su precio.

–Sí, las recuerdo. ¿Solía llevar calzado de tan buena calidad?

Madge soltó una carcajada.

–¡Qué va! Se las arreglaba con cualquier cosa, como todas las demás. No, últimamente se ganaba mejor la vida, ya se lo he dicho. –Entornó los ojos hasta que casi desaparecieron en la grasa de las mejillas–. Oiga, ¿no estará insinuando que hizo algo que no debía para conseguir ese dinero?

–No –aseguró Pitt. Apoyó los codos en la mesa–. Pero me gustaría saber de dónde salió. ¿Esa mejoría en su situación empezó cuando cambió de chulo?

–Sí –asintió Madge–. Por esas fechas. ¿Por qué? Bert Costigan no es mejor que el otro, si es eso lo que está pensando. Siempre va hecho un figurín, pero no es precisamente una lumbrera. A mí nunca me ha gustado. –Hizo un gesto de indiferencia–. Pero la verdad es que no me gusta ningún chulo. Son todos unos granujas. Te chupan la sangre. Y, a ver, ¿dónde estaba cuando Ada lo necesitaba? –Se sorbió la nariz y las lágrimas rodaron lentamente por sus enormes mejillas–. ¡Vaya usted a saber! Aquí no, desde luego.

A continuación Pitt despertó a Rose y Nan y les formuló las mismas preguntas, obteniendo las mismas respuestas. A esa hora Agnes se había ya levantado, y contestó también al interrogatorio, pero no aportó novedad alguna a lo que Pitt ya sabía, salvo cuando le pidió una descripción física de Ada, cuyo rostro él sólo había visto desfigurado por la muerte. Sus titubeantes palabras no fueron de gran utilidad, pero Pitt descubrió que poseía una mano ágil para el dibujo, y en un momento realizó un esbozo que era una caricatura más que un retrato pero resultaba en extremo gráfico. En él se adivinaba la personalidad de una mujer con sentido del humor, e incluso animosa. El dibujo estaba lleno de vida, pese a tener como fondo las líneas del papel pautado de su cuaderno. Pitt pudo representarse su andar, el ángulo de su cabeza y hasta su voz. Eso daba un tinte aún más amargo a su muerte, e imaginar su tormento era casi insufrible.

Regresó a Bow Street, y a eso de las seis comió un sándwich frío de carne de cordero acompañado de una taza de té. Pasó a limpio las notas que había tomado, ordenándolas meticulosamente, y empezó a vislumbrar ciertas rutinas en el comportamiento de Ada. Principalmente trabajaba en su sector de Old Montague Street y Whitechapel Road a primeras horas de la noche y en ocasiones hasta más tarde, pero con cierta regularidad se ausentaba del barrio, y siempre en horarios muy propicios para su trabajo en que habría cabido esperar que aprovechase plenamente las oportunidades.

De inmediato acudió a su mente una posible explicación. Se trasladaba a una zona más lucrativa. ¿Se debía eso a la influencia de Albert Costigan, un hombre más ambicioso, y ella se había prestado de buena gana a mejorar su situación? ¿Cabía la posibilidad de que hubiese conocido así a alguno de los enemigos de Finlay o su padre? ¿Valía la pena investigar en esa dirección?

Hasta el momento ni Tellman ni Ewart habían descubierto nada significativo.

Pitt dedicó esa noche y las dos siguientes a deambular por los principales núcleos de prostitución del West End: Windmill Street, Haymarket, Leicester Square y las calles y callejones adyacentes. Vio a miles de mujeres como Ada, unas vistosamente ataviadas, luciéndose como pavos reales, otras algo más discretas, y otras vestidas poco menos que con harapos. A muchas de ellas, incluso a la tenue luz de las farolas de gas, se las veía ya envejecidas, con el rostro demacrado y la carne fláccida. Algunas poseían aún la lozanía propia de las campesinas, sin duda las recién llegadas, que habían acudido a la ciudad buscando fortuna y la habían encontrado en la fornicación apresurada en cuartuchos de mala muerte con desconocidos a menudo de la edad de sus padres o incluso de sus abuelos.

Y había también niñas, de ocho o diez años, que corrían tras los hombres, les tiraban de la manga, y les susurraban obscenidades o les mostraban escabrosas fotografías pornográficas con la esperanza de despertar su interés.

Junto a ellas desfilaba el público de los teatros, mujeres respetables o incluso adineradas damas cogidas del brazo de sus maridos, antes o después de asistir a una función.

Pitt recurrió a todos sus contactos en las casas de citas, chulos y madamas que conocía, pero nadie admitió reconocerla por el dibujo, y su nombre sólo sonaba a unos cuantos de haberlo leído en la prensa al aparecer la noticia de su muerte. Dado que no se había hecho pública la conexión de Finlay FitzJames con el asesinato, los periódicos apenas le habían prestado atención. Nadie estaba enterado de las fracturas de los dedos de las manos y los pies salvo Lennox, Ewart, Cornwallis y él.

Ya casi se había dado por vencido cuando se le ocurrió probar en las inmediaciones del Hyde Park. Aún tenía un contacto más al que acudir, un personaje enorme, ufano y rastrero conocido como George, *el Gordo*. Controlaba a sus prostitutas con mano de hierro y la permanente amenaza de su brazo derecho, Georgie, *el Figurilla*, un enano depravado y con un humor de perros que a la mínima sacaba una navaja de hoja larga y fina que siempre llevaba encima.

Encontró a George, *el Gordo* en su domicilio, una casa de amplias proporciones y provista de todas las comodidades a un paso de Inverness Terrace.

George, *el Gordo* no se levantó; su descomunal cuerpo se hallaba prácticamente encajado en la butaca. El día era caluroso, y llevaba una holgada camisa recién lavada, en cuyo cuello se posaban sus rizos grises y grasientos.

–¡Vaya, señor Pitt! –dijo con su voz susurrante y entrecortada–. ¿Qué lo trae por aquí con tanta urgencia? Debe de tratarse de algo muy importante para usted. Siéntese, siéntese. No nos veíamos desde aquel desagradable asunto en el parque. Y le llevó su tiempo resolverlo. No estuvo usted muy sagaz, señor Pitt. Ni muy eficiente. –Movió la cabeza en un gesto de repulsa, y los rizos se le metieron en el cuello de la camisa–. No pagamos a la policía para eso. Se supone que velan por nuestra seguridad, señor Pitt. Tendríamos que poder dormir tranquilos en nuestras camas, sabiendo que están ustedes fuera protegiéndonos. –Si había humor en su mirada, apenas era perceptible.

–Sólo podemos resolver los crímenes cuando se han producido, George, no antes –repuso Pitt, y tomó asiento–. En esta zona se han cometido muchos que usted podría haber evitado. –Entregándole el dibujo de Agnes, preguntó–: ¿Sabe algo de esta mujer?

George, *el Gordo* sostuvo la hoja en su mano pálida y pecosa, de dedos tan hinchados que los huesos eran invisibles.

–Sí, la he visto alguna vez –contestó al cabo de unos segundos–. Una chica lista, y ambiciosa. No me habría importado tenerla bajo mi tutela, pero es codiciosa. Quiere quedarse todo el dinero que saca, y eso es peligroso, señor Pitt, muy peligroso. ¿Es acaso la que mataron en Whitechapel? Se veía venir. Probablemente no tendrá que ir muy lejos para encontrar al culpable, señor Pitt.

–¿Ah, no?

–No es usted muy sagaz, señor Pitt. –George movió la cabeza e hizo un mohín de decepción–. Está perdiendo facultades, me temo. Tantee a su chulo, un tal Costigan, según he oído.

–Me asombra ese espíritu cívico, George –dijo Pitt irónicamente–, y más aún la rapidez con que ha delatado a uno de los suyos.

–Ese tipo es una deshonra para mí –susurró George con tono sentencioso–. Un poco de disciplina no está de más. Es conveniente para hacerse respetar. Si no, las chicas nos engañarían continuamente. Pero estrangularla es pasarse de la raya. Cuando ocurren esas cosas, viene por aquí gente como usted, y resulta muy molesto.

Tosió, y su enorme pecho congestionado retumbó. En la sala hacía calor y las altas ventanas estaban cerradas, creando un ambiente rancio pese a los colores fríos, las elegantes líneas y la media docena de palmeras en macetas distribuidas por varios rincones.

–¿Y por qué Costigan no se limitó a castigarla? –preguntó Pitt con las cejas enarcadas–. Matarla iba en contra de sus propios intereses. Sólo un necio sacrifica su ganado.

George hizo una mueca de desagrado.

–Eso es una manera muy cruda de expresarlo, señor Pitt, francamente cruda.

–La realidad de esas mujeres no es menos cruda, George. ¿Qué lo lleva a pensar que ese tal Costigan sabía que Ada venía en secreto a esta zona de vez en cuando y se quedaba las ganancias?

George, *el Gordo* se encogió de hombros, y un temblor recorrió toda la grasa de su cuerpo como las ondas de un estanque.

–Quizá la siguió, cosa bastante corriente.

–Si la hubiese seguido –argumentó Pitt–, se habría enterado ya la primera vez que ella se escabulló de Whitechapel, y de eso hacía varias semanas.

–¿Cómo voy yo a saberlo? –dijo George, alzando la vista al techo.

–Tal vez alguien informó a Costigan –sugirió Pitt, escrutando el rostro de George. Advirtió un leve parpadeo, una ligera tirantez en la piel amarillenta, pero para él fue ya suficiente–. Se lo dijo usted, ¿verdad, George? –No era una pregunta sino una afirmación–. Ada McKinley vino a su territorio, pero también se negó a pagarle a usted, y en lugar de dejársela a Georgie, *el Figurilla* y arriesgarse a posteriores molestias, informó al chulo de Ada para que él solucionase el problema. Sólo que a Costigan se le fue la mano. La culpa no es suya, naturalmente –añadió con tono cáustico–. ¿Cuándo informó a Costigan?

El ambiente empezaba a ser sofocante, como en una selva.

George alzó las grises cejas.

–El mismo día que fue asesinada, pero a mí no puede achacarme nada, señor Pitt. Está empleando un tono muy poco correcto; en realidad, muy injusto. Es usted un hombre injusto, señor Pitt, y eso no está bien. Cabría esperar que la policía fuese justa. Si la propia justicia no...

Pitt se puso en pie y miró a George, *el Gordo* con tal desprecio que éste dejó incompleta la frase.

–Costigan es un problema para usted, ¿no? –dijo Pitt con ira–. ¿Una amenaza?

–Yo no diría tanto.

George, *el Gordo* intentó reír pero sólo consiguió emitir un resuello, y acabó tosiendo de nuevo en medio de violentas sacudidas.

Pitt no sintió la menor lástima por él. Se dio media vuelta y salió. George se quedó en su butaca, amoratado por falta de aire y furioso.

Pitt se llevó al agente Binns cuando fue a ver a Albert Costigan aquella tarde. Binns conocía la zona y lo encontró sin dificultad en el piso que tenía alquilado en Plumbers Row, muy cerca de Pentecost Alley, al otro lado de Whitechapel Road. Por fuera el edificio era estrecho y gris, como las demás casas de vecindad del barrio, pero el piso estaba bien amueblado y era incluso confortable. A Costigan le gustaba vivir bien, y sus caros gustos quedaban de manifiesto en ciertos detalles: lámparas de gas de cristal tallado, una alfombra nueva, una preciosa mesa abatible de roble.

Costigan era un hombre de estatura media, ojos grandes y azules, nariz bien formada y dientes blancos. Tenía el cabello castaño y rizado y lo llevaba peinado hacia atrás. A simple vista, si uno no reparaba en su expresión defensiva y resentida y la agresiva inclinación de su cuerpo, presentaba cierto parecido con Finlay FitzJames. Si el azar le hubiese proporcionado la misma riqueza, buenos modales y seguridad en sí mismo, podrían haber pasado por parientes.

Pitt no tenía pruebas contra Costigan, salvo la declaración de George, *el Gordo*, que nada valía como testimonio. Era la palabra de un chulo contra la de otro. Y aun si registraban el piso de Costigan, difícilmente encontrarían algo útil. Era natural que tuviese los efectos personales de Ada, y podía explicarse fácilmente.

–¿Todavía andan buscando al asesino de la pobre Ada?

–dijo Costigan con tono acusador. Con ostensible desprecio, añadió–: No han encontrado nada, supongo.

–Bueno, en realidad tengo algunas ideas –contestó Pitt, y se sentó en el sillón más grande y cómodo, dejando a Binns de pie junto a la puerta.

Costigan también permaneció derecho, observando a Pitt con resquemor.

–¿Ah, sí? ¿Qué ideas?

–Hemos llegado a la conclusión de que su muerte está relacionado con sus visitas a Hyde Park, donde había empezado a trabajar recientemente –respondió Pitt.

Costigan dejó de desplazar el peso del cuerpo de uno a otro pie y miró fijamente a Pitt.

–¿De dónde ha sacado que trabajaba allí? ¿Se lo he dicho yo acaso?

–¿No irá a decirme que no lo sabía? –preguntó Pitt con fingida inocencia–. Su eficacia deja mucho que desear, señor Costigan. Una de sus chicas se pasa a los barrios altos de la ciudad, se hace allí una clientela, ¿y usted no se entera? En ese caso, imagino que no veía ni siquiera la mitad del dinero que ganaba. –Sonrió–. Más de uno se reiría a su costa si corriese la voz.

–¡Claro que lo sabía! –se apresuró a decir Costigan, levantando un poco el mentón–. ¿Me toma por idiota? Si alguna me engañase así, la molía a palos. Pero no la mataría. Eso sería una estupidez. Una chica muerta no puede venderse, ¿no?

No apartaba de Pitt su intensa mirada, agresiva y triunfal, como si hubiese ganado un combate entre ambos.

Pitt echó un vistazo a la habitación y miró de nuevo a Costigan. Era evidente que había ganado bastante dinero con alguna de las chicas. Podía estar diciendo la verdad. La única prueba en contra era la declaración de George, *el Gordo*, y eso podía ser una patraña concebida con la simple intención de perjudicar a un rival.

–¿Ha enviado a alguna otra chica a esa zona? –preguntó Pitt, perdiendo las esperanzas por momentos.

Costigan titubeó, intentando decidir si le convenía o no mentir.

–No. Sólo a Ada. Ella tenía clase –contestó por fin. Parecía lamentarse de su suerte. Lanzó una breve mirada a Binns, que anotaba todo lo que decía.

–¿Clase? –repitió Pitt con expresión dubitativa.

–¡Sí! –Costigan echó hacia adelante la cabeza–. Vestía bien. Se peinaba bien. Sabía hacer reír a los hombres, y eso gusta a los clientes. Hay chicas muy guapas, pero sin cerebro. Ada era inteligente y hablaba con gracia. –Cuadró los hombros, jactancioso, sin dejar de mirar a Pitt–. Y como ya le he dicho, vestía bien. No desentonaba en esas zonas. Otras fulanas de por aquí, en cambio, no tienen la más remota idea de cómo viste una dama.

Binns dejó escapar un gruñido.

Costigan lo interpretó como incredulidad.

–¡Ada sí lo sabía, y muy bien! –insistió airado–. Tenía un vestido rojo y negro tan fino como el de cualquiera de las fulanas de Haymarket, y unas botas nuevas con botones de nácar. Cuestan una fortuna, unas botas así. Las fulanas de este barrio no tienen nada ni remotamente parecido.

–¿Una botas? –repitió Pitt lentamente, presintiendo con súbita exaltación la inminente tragedia.

–Sí, una botas –espetó Costigan sin darse cuenta de lo que había dicho.

–¿Cuándo vio esas botas, señor Costigan? –preguntó Pitt, lanzando una fugaz mirada a Binns para asegurarse de que anotaba hasta la última palabra.

–¿Qué? No lo sé. ¿Por qué?

–¡Piense! –ordenó Pitt–. ¿Cuándo vio esas botas?

–¿Qué más da? Las vi, y ya está –dijo Costigan, ahora con el rostro enrojecido y los ojos brillantes. Tenía los puños apretados a los costados y una fina película de sudor sobre el labio superior.

–No dudo que las vio –repuso Pitt–. Y creo que fue usted a los alrededores del Hyde Park, quizá con vistas a introducir a sus chicas en la zona, o quizá porque sospechaba ya que Ada trabajaba allí por su cuenta de vez en cuando, y allí se encontró con George, *el Gordo*. Y George le confirmó que Ada rondaba efectivamente por aquellas calles, y al parecer con bastante éxito. Usted comprendió que lo engañaba y volvió aquí para encararse con ella. Ada le dijo que no lo necesitaba, y que si quería su parte, podía esperar sentado. Usted intentó hacerle un poco de daño para que aprendiese la lección, pero ella lo desafió. Usted perdió los estribos y en la discusión la mató. Posiblemente no era su intención en un principio, pero tenía el orgullo herido. Quizá Ada se rió de usted en su cara. La agarró por el cuello, apretó demasiado, y cuando se dio cuenta, ya estaba muerta.

Costigan lo miraba fijamente, mudo de estupefacción, con el rostro contraído por el miedo.

–Y cuando vio que estaba muerta –prosiguió Pitt–, le puso una liga en el brazo y abrochó entre sí las botas nuevas, para simular que había sido un cliente con inclinaciones fetichistas, atraído por el sadismo o los rituales. Luego se marchó.

Costigan tragaba saliva convulsivamente. Tenía la boca y los labios secos, y la cara lívida.

–Lo vieron en el lugar del crimen –continuó Pitt, deseando ya acabar cuanto antes–. Probablemente si preguntamos a Rose Burke, lo identificará. Y quizá Nan Sullivan recuerde su chaqueta. Fue costurera y tiene buen ojo para las telas. Albert Costigan, queda usted detenido por el asesinato de Ada McKinley.

Costigan dejó escapar el aire de los pulmones en un grito ahogado de desesperación y se desplomó en una silla, todavía incapaz de articular palabra a causa del horror.

7

–¡Gracias a Dios! –exclamó Cornwallis, reclinándose en la silla del palco del teatro y volviéndose hacia Pitt.

Charlotte y su madre, Caroline, se hallaban en el lado opuesto del palco, apoyadas en la barandilla para observar las idas y venidas de la gente en la platea. Estaban en el intermedio. El nuevo marido de Caroline, Joshua Fielding, era la estrella de la función. Pitt había albergado ciertas dudas sobre la reacción de Cornwallis ante la noticia de que la suegra de Pitt se había casado en segundas nupcias, y con un actor mucho más joven que ella. Pero si Cornwallis había sentido la menor extrañeza, era demasiado cortés para exteriorizarla.

Tampoco era fácil adivinar qué opinaba de la obra, un drama en extremo conmovedor y audaz que planteaba varios temas polémicos. Si Pitt lo hubiese sabido antes, no habría invitado a su superior. Con Micah Drummond era distinto. Pitt conocía bien tanto sus pasiones como sus debilidades y sabía qué lo ofendía y qué no. Cornwallis era aún un desconocido para él. Habían compartido pocas experiencias, en realidad sólo aquel caso, que al final había resultado bastante corriente y no había deparado ninguno de los peligros que inicialmente presagiaba. De hecho la intervención de Pitt no habría sido necesaria, pero eso al principio nadie lo sabía.

Cornwallis se pasó la mano por la calva y esbozó una lastimera sonrisa.

–Admito que temía lo peor de este caso –dijo con un suspiro de alivio–. Ha sido una gran suerte que todo haya quedado en un asunto entre esa pobre mujer y su chulo, en cierto sentido una simple disputa familiar, por así decirlo.

Finas arrugas surcaban su frente. No parecía tan relajado como sus palabras daban a entender. Iba impecablemente vestido con traje de etiqueta y camisa blanca, pero se apreciaba tensión en su cuerpo bajo esa elegante indumentaria, como si no se sintiese del todo cómodo.

Charlotte y Caroline seguían asomadas sobre la barandilla del palco.

–¿Fue sólo una desgraciada coincidencia que las sospechas recayesen en FitzJames? –preguntó Cornwallis en voz baja para que nadie lo oyese. Dio la impresión de que no deseaba hablar del tema pero se sentía obligado.

–No creo en esa clase de coincidencias –respondió Pitt pensativamente.

También él había experimentado alivio cuando al final se demostró tan fácilmente que Costigan era el autor del crimen, pero ciertos aspectos del caso seguían inquietándolo, dudas que la detención y procesamiento de Costigan no habían disipado.

–¿Cuál era la insignia auténtica? –preguntó Cornwallis como si le adivinase el pensamiento–. ¿La primera o la segunda? ¿O lo eran ambas, en el sentido de que FitzJames encargó las dos?

En el palco contiguo se oyeron risas y una exclamación de sorpresa. Un rumor de voces flotaba en el ambiente.

–No lo sé –contestó Pitt–. Las insignias originales las encargó Helliwell, pero asegura que no recuerda el nombre del joyero y que no ha encontrado la suya.

–¿Y los otros dos socios? –insistió Cornwallis.

–Sostienen igualmente que desconocen el nombre del joyero y no conservan sus insignias. –Pitt se encogió de hombros–. No obstante, sospecho que FitzJames encargó la segunda para demostrar su inocencia, o cuando menos para sembrar dudas sobre su culpabilidad.

–Así pues, ¿la insignia que apareció en Pentecost Alley era suya? –se apresuró a conjeturar Cornwallis, girándose para mirar a Pitt a la cara y abandonando todo esfuerzo por aparentar naturalidad–. ¿Qué relación guarda eso con Costigan? No me lo explico.

–Yo tampoco –admitió Pitt.

Se disponía a continuar cuando llamaron a la puerta del palco, y un momento después entró Micah Drummond. Saludó a Charlotte y Caroline y, una vez concluidas las formalidades, se volvió hacia Pitt y Cornwallis. Era un hombre alto y delgado de rostro aguileño y afable. Los buenos modales y el arraigado hábito del mando enmascaraban su innata timidez.

–Enhorabuena –dijo a ambos afectuosamente–. Un caso con muchas probabilidades de causar graves trastornos resuelto de la manera más sencilla posible, y además manteniéndolo en su mayor parte oculto a la prensa, lo cual tiene aún más mérito. He oído decir que FitzJames está muy satisfecho. –Se echó a reír–. Supongo que usar la palabra «agradecido» con un hombre como ése sería exagerado, pero lo recordará. En el futuro podría ser un buen aliado.

–Sólo si nuestros enemigos son también los suyos –matizó Cornwallis con aspereza–. Es de esa clase de hombres que recuerdan las ofensas y olvidan los servicios. Y no es que hayamos resuelto el caso con la intención de hacerle un servicio –añadió de inmediato–. Si Pitt hubiese demostrado que su hijo era culpable, lo habría hecho detener sin la menor vacilación como a Costigan o cualquier otro.

Micah Drummond sonrió.

–No lo dudo. Aun así, me complace que no haya sido necesario. –Miró brevemente a Pitt y luego de nuevo a Cornwallis–. Nada puede hacerse si una tragedia cae sobre una familia importante, pero afrontar esas situaciones es siempre una tarea ingrata.

Pitt recordó la tragedia que había afligido a Eleanor Byam, la segunda esposa de Drummond. La tensión y el dolor de aquella experiencia, el terrible final, y los esfuerzos de Pitt por comprender las emociones de Drummond habían forjado entre ellos un lazo que no existía aún en la relación de Pitt con Cornwallis, pese al profundo respeto que le inspiraba.

Drummond se volvió para cruzar unas palabras con Charlotte y felicitar a Caroline por la interpretación de Joshua, y a continuación se excusó y salió del palco.

Pitt miró a Cornwallis, y se disponía a reanudar la anterior conversación cuando de nuevo se oyeron unos suaves golpes en la puerta, y entró Vespasia con la cabeza en alto y señoriales ademanes. Estaba deslumbrante. Había decidido convertir el acontecimiento en una gran ocasión, y lucía un vestido de seda de colores azul lavanda y gris metálico. En otra mujer habría resultado frío, pero a ella, con su cabello plateado y diamantes en las orejas y el cuello, le sentaba magníficamente.

Pitt y Cornwallis se pusieron en pie al instante.

–Fascinante, querida –dijo Vespasia a Caroline–. Es un hombre cautivador, ¡y qué presencia!

Caroline se ruborizó, y al darse cuenta de ello, se ruborizó más aún.

–Gracias –contestó casi titubeando–. Creo que es una buena interpretación.

–Es una interpretación excelente –corrigió Vespasia con tono de reprensión–. Ese papel podría haber sido escrito para él. Es más, seguramente así ha sido. Buenas noches, Charlotte. Buenas noches, Thomas. ¿Estarás satisfecho? Buenas noches, John.

–Buenas noches, lady Vespasia –saludó Cornwallis con una ligera reverencia.

Parecía a la vez complacido e incómodo. Pitt lo observó de soslayo y adivinó por su expresión que estaba ya enterado de que Vespasia tenía cierto grado de parentesco al menos con Charlotte. No le sorprendió verla entrar en el palco, como de lo contrario habría ocurrido.

–Extraordinario –prosiguió Vespasia, alzando levemente un hombro y sin explicar a qué se refería. Se volvió hacia Caroline con una encantadora sonrisa–. Me alegro de haber venido. No vayas a pensar ni por asomo que estoy aquí porque la única alternativa era la ópera, que hoy ofrecía algo wagneriano y opresivamente solemne relacionado con los dioses y el destino. Yo prefiero esos amores imposibles en italiano, que tratan sobre las flaquezas humanas, tema que entiendo, y no sobre el destino, de lo que no entiendo, o la predestinación, en la que no creo. Me niego a creer en eso. Priva a la humanidad de su misma esencia, si es que algún valor tiene.

Caroline abrió la boca para hacer algún comentario cortés, pero desistió. No era necesario, y nadie lo esperaba, menos aún Vespasia.

–Por otra parte, no habría resistido ver pavonearse a Augustus FitzJames –prosiguió Vespasia–. Ignoro si realmente le interesa Wagner o si simplemente lo considera la máxima expresión del buen gusto en estos tiempos, pero no se pierde una sola de sus óperas, y siempre asiste la noche del estreno con su esposa del brazo, que lleva alrededor del cuello media mina de diamantes sudafricanos. La mera visión de su cara sería peor que oír durante cuatro horas los alaridos de Brunilda o Siglinda o Isolda o quien sea. Aunque sí habría sido interesante ver si entre el público había alguien con el humor especialmente agrio.

–¿Y eso? –preguntó Pitt, confuso.

Vespasia le dirigió una sombría mirada.

–Bien sabes, querido Thomas, que alguien ha puesto todo su empeño en hundir a la familia FitzJames y obviamente ha fracasado. Quizá ese desgraciado individuo, Costigan, matase en efecto a la muchacha, pero ¿crees sinceramente que fue idea suya implicar al joven FitzJames? ¿De dónde iba a sacar un hombre así la insignia y el gemelo? ¿Te parece que podría existir alguna relación entre él y Finlay FitzJames? –No lo preguntaba con sarcasmo; simplemente consideraba la posibilidad.

–No lo sé –respondió Pitt–. Es improbable, pero han quedado muchas dudas por aclarar. Mañana interrogaré de nuevo a Costigan. Por lo que de momento sabemos, da la impresión de que Finlay FitzJames no ha tenido nada que ver con el crimen, ni directa ni indirectamente.

–¿Por qué, pues, estaban allí su insignia y su gemelo? –preguntó Charlotte con curiosidad–. ¿Piensas que los robó Ada?

–No lo sé –repitió Pitt–. Quizá Finlay o alguna otra persona los perdió allí tiempo atrás. –La imagen de Jago Jones pasó fugazmente por su cabeza, dejándole un intenso malestar.

–Me gustaría pensar que todo ha sido una desafortunada coincidencia –dijo Vespasia, negando a la vez con la cabeza–. O eso creo. Aunque lo cierto es que considero a Augustus FitzJames el hombre más desagradable que conozco. Hay muchos aspectos de él que no comprendo, pero me consta que tiene alma de fanfarrón.

Se oyó el primer campanilleo de aviso, y se abrieron las puertas de varios palcos. Una docena de mujeres iniciaron un desfile de sedas de colores. Una veintena de hombres se levantó, y el público regresó lentamente a sus butacas. El ruido de voces se redujo a un murmullo intermitente.

Vespasia sonrió.

–Ha sido un placer veros, pero por una vez he venido al teatro principalmente por la representación. Me propongo estar en mi asiento cuando vuelva a levantarse el telón.

Dicho esto, se despidió y salió del palco dejando tras de sí el susurro de la seda y un olor a jazmín.

Cornwallis se sentó y se volvió hacia Pitt.

–Tenemos que averiguar de dónde procedían esos objetos de FitzJames y cómo llegaron a la habitación de Ada –dijo con voz casi inaudible–. Ahora que Costigan ha sido acusado del crimen, FitzJames querrá saber quién ha intentado implicarlo y si para ello se valió de Costigan. Su trabajo no ha terminado, me temo. –Frunció el entrecejo y se inclinó un poco más hacia Pitt cuando las luces se apagaron–. Las probabilidades de que alguien creyese que FitzJames había estado en un sitio como Pentecost Alley eran casi nulas. Para empezar, ¿cómo sabía ese supuesto enemigo que FitzJames no tendría coartada para esa noche? La mayoría de los hombres de su edad y clase social pasan las noches en compañía. La probabilidad de que estuviese solo o no recordase dónde había estado era... no sé... una entre cien. –Bajó aún más la voz al levantarse el telón en el escenario–. Tengo el aciago presentimiento, Pitt, de que eso fue obra de alguien cercano a él. Y mejor será que averigüe, en la medida de lo posible, cuál de las dos insignias era la original. –Suspiró–. Y si Finlay encargó la segunda insignia, o su padre decide olvidar el asunto, no podremos hacer nada de todos modos. –En su tono de voz se percibía ira y pesar. No necesitaba decir hasta qué punto le molestaba tener que renunciar así a sus principios.

La conversación debía interrumpirse por la obligada cortesía de atender al segundo acto de la obra. De lo contrario habrían herido los sentimientos de Caroline. Se dispusieron a disfrutar de la representación, Charlotte mirando a Pitt con visible desasosiego, Caroline absorta en el escenario, y Cornwallis reclinado en la silla, su frente despejada de arrugas, el caso de Pentecost Alley momentáneamente arrinconado.

–¡No lo sé! –dijo Costigan, desesperado–. ¡No sé nada de eso!

Estaba sentado en su celda de Newgate, y Pitt, de pie junto a la puerta, lo observaba preguntándose si decía la verdad o seguía mintiendo, ya fuese por hábito, o por la vaga esperanza de eludir el castigo. En cualquier caso, de nada le serviría. Iría a la horca por haber asesinado a Ada. Todo lo demás simplemente constaría en el acta, para resolver el resto del misterio.

Su figura encorvada y alicaída parecía mucho más pequeña sin su ropa elegante y su camisa almidonada. En ese momento llevaba una chaqueta gris vieja y arrugada, como si no se molestase en colgarla al acostarse. Contemplándolo, Pitt se sentía incapaz de exponerle crudamente la verdad. Pero ocultársela era una estupidez. Ya debía de saber qué le esperaba. Desde el momento en que admitió haber visto las botas, su suerte estaba echada. No tenía escapatoria, y lo había comprendido de inmediato, con todas sus consecuencias, al ver el rostro de Pitt y darse cuenta de que se había delatado.

Aun así, esa misma verdad, al expresarse con palabras, entraba en un nivel distinto de realidad, y toda esperanza se desvanecía, incluso la posibilidad de negarse a afrontar los hechos.

–No lo sé –repitió Costigan con la vista fija en el suelo entre sus pies–. Nunca he visto esa condenada insignia, y tampoco el gemelo. Lo juro por Dios.

–El gemelo estaba entre el cojín y el respaldo de la silla –admitió Pitt–. Pero la insignia apareció en la cama, debajo del cadáver. ¡Vamos, Costigan! ¿Cuánto tiempo podía llevar allí sin que nadie lo notase? Tiene un afilado prendedor de un dedo de largo.

Costigan alzó la cabeza.

–¡Entonces fue su último cliente! Tiene lógica. ¿Cómo iba yo a saber de dónde salió? ¿Quizá el cliente se la enseñó? ¿O se la enseñó Ada a él, para alardear de cómo la había robado?

Pitt reflexionó por un momento. La primera sugerencia era improbable, porque habría sido una extraordinaria coincidencia que alguien dejase los objetos de Finlay en la habitación de Ada precisamente la noche que fue asesinada, y por Costigan, sin premeditación. Era imposible prever que Costigan descubriría que ella lo engañaba y perdería los estribos.

¿O sí era posible? ¿Podría alguien haber pagado a George, *el Gordo* para que informase a Costigan aquel día en concreto? Y haber seguido después a Costigan hasta Whitechapel para ver qué hacía y...

–¿Qué? –preguntó Costigan, observando con atención el rostro de Pitt–. ¿Qué le ha pasado por la cabeza? ¿Qué sabe?

No. Ningún hombre con poder e inteligencia, por grande que fuese su odio hacia FitzJames, se arriesgaría a quedar a merced de George, *el Gordo* utilizándolo con ese fin. Era un plan demasiado enrevesado, dependía de demasiada gente: George, *el Gordo*, el propio Costigan, y una tercera persona que colocase las pruebas en la habitación. Era demasiado peligroso.

–Nada –contestó–. ¿Ada robaba? Ha sugerido que quizá estaba enseñándole la insignia a un cliente. ¿No le enseñó que no debía robar? No es bueno para el negocio.

Costigan lo miró, pálido y asustado.

–Sí, claro que se lo enseñé. Pero eso no quiere decir que ella siguiese siempre mis consejos, ¿no le parece? También le enseñé que no debía engañarme, y ya ve lo que hizo. ¡La muy estúpida!

En su rostro apareció una expresión de pesar que no era sólo autocompasión. Se apreciaba también verdadera tristeza. Quizá la vieja Madge estaba en lo cierto, y Costigan se sentía atraído por Ada, o tal vez incluso le tenía cariño. En ese caso la traición le habría dolido más; habría sido una cuestión personal, y no un simple problema de dinero. Explicaría por qué había reaccionado de manera tan violenta, asaltado sin duda por la sensación de que unas emociones que rara vez se permitía se volvían contra él. Había sido realmente una disputa familiar.

–¿Sabe si Ada había robado antes? –preguntó Pitt, ya sin la crispación de la ira en la voz.

Costigan miraba de nuevo al suelo.

–No. Ada era lista, demasiado lista para robar a un cliente. Los trataba bien. Muchos de ellos volvían de vez en cuando. Era una chica divertida. Los hacía reír. Tenía clase. –Las lágrimas anegaron sus ojos y cayeron por sus mejillas–. Era buena en lo suyo, la muy estúpida. Me gustaba. No debería haberme engañado. Me portaba muy bien con ella. ¿Por qué me obligó a hacer una cosa así? Ahora estamos los dos acabados.

Pitt sentía lástima. Era una absurda tragedia provocada por la codicia y los sentimientos heridos, y por el temperamento desbocado de un necio cuyas ambiciones excedían su aptitud. Y los dos habían sido utilizados por un hombre más astuto y cruel, George, *el Gordo*, quizá incitado por otro hombre aún más sagaz y despiadado.

–¿Conoce a FitzJames? –preguntó.

–No –respondió Costigan, demasiado sumido en su desdicha para enfurecerse. Ni siquiera levantó la vista. Ya todo le era indiferente.

–Costigan, ¿alguien le ha mencionado su nombre alguna vez? ¡Piense!

–Nadie salvo usted –dijo Costigan con hastío–. ¿Por qué tiene tanto interés en FitzJames? No sé de dónde salieron la insignia y el gemelo que había en la habitación de Ada. Supongo que alguien los robó y se los dejó allí. ¿Cómo voy yo a saberlo? Vaya a preguntar a sus amigos, o sus enemigos. Yo sólo sé que no los he visto nunca.

Y Pitt no pudo sonsacarle nada más. No había castigo peor que el que estaba ya destinado a recibir, ni recompensa que pudiese tener la menor utilidad para él. Aparte, Pitt estaba convencido de que eso era todo lo que sabía.

Salió del húmedo edificio de piedra de Newgate y lo envolvió el calor de aquella tarde de agosto. Sin embargo su sensación de frío tardó largo rato en desaparecer, el profundo frío interior experimentado ante la desesperación y un sufrimiento inimaginable.

A las cinco y media Pitt llegó a Devonshire Street y comunicó al cordial mayordomo su deseo de hablar con el señor Finlay FitzJames. Le fue concedido de inmediato, y el mayordomo lo guió por el lustroso parquet hasta el gabinete, donde lo esperaban Finlay y Augustus, sentados junto a la ventana abierta que daba al jardín. Más allá de la maraña de tallos y flores de las madreselvas se entreveía el vestido de muselina clara de Tallulah, que se columpiaba en un balancín con los ojos cerrados y la cara levantada hacia el sol, algo insólito en una mujer. No era extraño que tuviese más color en la tez del que se consideraba apropiado.

–¿Algo más, comisario? –preguntó Augustus con curiosidad. Cerró su libro, un voluminoso tomo cuyo título, escrito en letras muy pequeñas, Pitt no consiguió leer, y se lo dejó sobre el regazo como para reanudar enseguida la lectura.

–Sólo algunos detalles –contestó Pitt, mirando a Finlay, que lo observaba con interés. Con Costigan detenido y acusado del crimen, mostraba una total tranquilidad, e incluso su acostumbrada arrogancia. Vestía de manera informal, llevaba el cabello peinado hacia atrás en espesas ondas, y mantenía una expresión cortés y confiada.

–¿Por qué ha venido, pues, señor Pitt? –preguntó, sin moverse ni ofrecer asiento a Pitt–. No sabemos nada en absoluto de ese lamentable asunto, lo cual, como recordará, es precisamente lo que le dijimos ya en el primer momento. Estoy seguro de que ni mi padre ni yo deseamos conocer paso a paso los avances de la investigación, si es que los hay. De hecho es todo muy corriente, y bastante sórdido.

–Es sórdido –admitió Pitt, profundamente molesto por la arrogancia de Finlay, que parecía despreciarlo más de lo que él mismo había despreciado a Costigan. Tomó asiento por propia iniciativa y añadió–: Pero no tiene nada de corriente. Al contrario, es en extremo inusitado.

–¿Inusitado? –repitió Finlay, enarcando las cejas–. Pensaba que las prostitutas eran a menudo maltratadas o asesinadas, especialmente en el East End.

Pitt consiguió a duras penas evitar que la ira que sentía se reflejase en su voz. La indiferencia ante la muerte lo indignaba, la muerte de cualquiera, de Ada, de Costigan, de cualquiera.

–Esa clase de motivos es bastante común, señor FitzJames. –Aunque procuró hablar con un tono neutro, un dejo de sarcasmo se filtró en su voz–. Pero resulta asombroso encontrar en el escenario de un crimen de esas características efectos personales de un hombre como usted, cuando no existe conexión alguna con la víctima o el delito.

–Pues bien, comisario, como usted sabe, yo no tengo conexión alguna con ese hecho. –Finlay sonreía con expresión radiante–. La mató su chulo. Creía que eso estaba ya fuera de toda duda. Y si ha venido a preguntarme cómo fue a parar allí una insignia parecida a la mía, no lo sabía al principio y sigo sin saberlo ahora.

Pitt apretó los dientes.

–¿Y no le preocupa? –preguntó con la vista fija en su atractivo rostro y su ufana mirada de desdén–. La insignia estaba en la cama, con el prendedor abierto. No podía llevar allí mucho tiempo, media hora a lo sumo.

–Si insinúa que Finlay estuvo allí media hora antes del asesinato –lo interrumpió Augustus con frialdad–, no sólo está equivocado, comisario, sino que además es un impertinente, y empieza a abusar de su autoridad y de nuestra buena voluntad.

–Nada más lejos de mi mente –repuso Pitt. Quizá Finlay desconocía el motivo de su visita, pero seguramente Augustus lo había adivinado ya. ¿Por qué, pues, fingía enojo e ignorancia? Pitt no esperaba su agradecimiento, pero tampoco aquellos remilgos–. No tengo razones para dudar de la palabra de su hijo respecto a sus actividades de aquel día. Y es fácil comprender las causas de la errónea identificación inicial.

Augustus no estaba interesado en aquello, y tampoco dispuesto a contraer obligaciones con un inferior que al fin y al cabo no había hecho más que cumplir con su deber.

–Si tiene algo importante que decir, comisario, dígalo ya. Si desea que le dé las gracias, reconozco que ha resuelto el asunto con la mayor discreción y le estoy agradecido por ello. Confío en que no espere nada más que eso.

La insinuación era en extremo ofensiva.

–No esperaba ni siquiera eso –replicó Pitt–. Cumplo con mi deber por mi propia conciencia, no por nadie más. En ningún momento se ha tratado de un favor personal. Pero por la misma razón me siento obligado a descubrir quién dejó los objetos de su hijo en el lugar del crimen, cabe suponer que con la intención de, como mínimo, implicarlo en un escándalo y dañar su reputación... y en el peor de los casos enviarlo a la horca. –Pronunció esta última palabra con toda claridad e incluso con regodeo–. Esperaba que desease usted conocer la respuesta aún más fervientemente que yo.

Augustus entornó los ojos. Era obvio que no preveía una contestación así, y por tanto su reacción no estaba preparada.

–Y si la insignia del club Fuego del Infierno que apareció en el bolsillo de su chaqueta –prosiguió Pitt, volviéndose hacia Finlay–, era la original, alguien se tomó muchas molestias para conseguir incriminarlo. Eso plantea la duda no sólo de por qué encargaron una segunda insignia con su nombre, sino también de cómo fueron capaces de realizar una copia casi idéntica a la primera. Ni siquiera un joyero las distinguiría salvo por una ligera diferencia en la letra usada para el nombre grabado al dorso.

Finlay perdió la compostura. Palideció y el aplomo desapareció de su mirada, que de pronto delataba un claro nerviosismo. Volvió la cabeza lentamente hacia su padre.

Por un momento Augustus se sintió también desconcertado. No sabía qué responder. Su rencor hacia Pitt por haberlo inquietado se reflejaba en su boca, en sus apretados labios.

Finlay tomó aire para hablar, miró alternativamente a Pitt y a su padre, y cambió de idea.

–¿Encargó usted mismo la segunda insignia? –preguntó

Pitt–. Sería comprensible dadas las circunstancias y no requeriría ninguna explicación ante la justicia.

–N-no –respondió Finlay tartamudeando, y tragó saliva, ahora visiblemente abrumado–. No, no la encargué yo.

Un reloj de pie adosado a la pared del fondo dio un cuarto de hora. Tallulah seguía meciéndose en el jardín.

–La encargué yo, comisario –afirmó Augustus por fin–. En cuanto a la primera insignia, supongo que se perdió o fue robada hace años, como mi hijo declaró. Y lo mismo debió de ocurrir con el gemelo. Nadie en la casa ha visto ninguno de esos objetos desde hace cinco años por lo menos. Cabe suponer que los tenía la misma persona.

–¿Y casualmente recurrió a los servicios de Ada McKinley y se los dejó allí los dos en la misma ocasión o en ocasiones distintas? –dijo Pitt sin poder evitar un tono de incredulidad en su voz.

Salvo por un fugaz asomo de ira, Augustus permaneció inmutable.

–Eso parece –contestó con frialdad.

Pitt se volvió hacia Finlay.

–Eso, pues, reduce considerablemente las posibilidades –discurrió Pitt–. No puede haber muchas personas que tuviesen oportunidad de encontrar por azar, o robarle, dos objetos tan personales y después los olvidasen en Pentecost Alley la noche del asesinato de Ada McKinley.

–El gemelo podía estar allí desde hacía tiempo –señaló Augustus con el rostro tenso por la cólera–. Usted mismo dijo que no se hallaba a la vista. Si estaba entre el cojín y el respaldo de una silla, podía llevar años allí.

–Así es –admitió Pitt–. Y la insignia sólo podía haberla dejado allí el cliente anterior. Cualquiera que se hubiese acostado después en aquella cama, habría notado su presencia.

–Es un verdadero misterio –reconoció Augustus–. Pero ningún miembro de esta familia puede contribuir a esclarecerlo. Y sinceramente, dado que sabe con toda certeza quién mató a esa desdichada, supongo tiene obligaciones más importantes que atender. ¿Corresponde acaso a un policía de su rango ocuparse del posible robo de un gemelo y una insignia con un valor de una o dos guineas a lo sumo, y fácilmente sustituibles? Mi hijo no ha presentado cargos contra nadie. Ni siquiera hemos denunciado la desaparición en ningún momento, y menos aún le hemos pedido que investigue el asunto. –Volvió a coger su libro pero no lo abrió–. Agradezco su interés, pero preferiríamos que orientase sus esfuerzos a prevenir parte de la violencia que azota nuestras calles, o a proteger de los ladrones nuestras propiedades más valiosas. Muchas gracias por la visita, comisario.

Tendió la mano hacia la campanilla para llamar a un criado que acompañase a Pitt a la puerta.

–No son las propiedades lo que a mí me preocupa –repuso Pitt sin moverse de su asiento–, sino el uso que se hizo de ellas para incriminarle. –Miró a Finlay–. Por lo visto, tiene usted un enemigo muy poderoso y vengativo. La policía desearía ofrecerle toda su ayuda para descubrir quién es y, si es necesario, procesarlo.

Finlay estaba blanco y una fina película de sudor cubría su piel. Tragó saliva como si se hubiese atragantado con algo.

–Tengo muchos enemigos, comisario –intervino Augustus con tono comedido–. Es el precio del éxito. Puede resultar molesto, pero no me asusta. El plan para arruinar la vida de mi hijo ha fracasado. Si vuelven a intentarlo, me defenderé yo mismo por los medios que considere oportunos. Siempre lo he hecho. Agradezco su preocupación por nuestro bienestar y su interés en la justicia. –Hizo sonar la campanilla–. El lacayo lo acompañará a la salida. Buenos días.

Pitt no quedó satisfecho a ese respecto, pero no podía dedicarle más tiempo a la investigación, ni se le ocurría por dónde seguir. Si Augustus había encargado la segunda insignia, ese punto estaba explicado, pero continuaba sin esclarecerse cómo había llegado la primera insignia a la cama de Pentecost Alley, y cómo se había apoderado de ella quienquiera que la dejase allí. A Pitt le costaba creer que la insignia y el gemelo hubiesen acabado por azar en la misma habitación.

Posiblemente era un enemigo de Augustus FitzJames quien

había maquinado ese atroz y retorcido plan para vengarse, pero parecía más probable que la oportunidad se le hubiese presentado a un enemigo de Finlay. Los otros socios del club Fuego del Infierno eran los principales sospechosos. ¿Por qué se había disuelto el club? ¿Por tedio? ¿Por una súbita madurez? ¿Se había encontrado alguno de ellos ante la perspectiva de un ascenso social que requería mayor sobriedad y mejor reputación, y de ese modo todos habían llegado a la conclusión de que era momento de abandonar sus excesos?

¿O se había producido algún altercado?

Pitt no podía apartar de su pensamiento la idea de que había sido un altercado, y de que Jago Jones era quien más fácilmente habría tenido ocasión de dejar algo en la habitación de Ada. Sin embargo recordaba aún con toda nitidez el rostro de Jago en su primer interrogatorio, y su expresión de horror al conocer que la insignia hallada en la cama pertenecía a Finlay.

¿Sabía Finlay acaso quién había intentado incriminarlo, y también por qué? ¿Cabía la posibilidad de que ahora planease su propia venganza, tal vez con la ayuda de su padre?

¿Por qué no se lo decía a Pitt y dejaba que la policía se encargase del asunto? Una demanda por robo o incluso por el mero hecho de dejar efectos personales de otro hombre en la habitación de una prostituta bastarían para arruinar la vida a Jago Jones. Y también sin duda a Helliwell. Sus respetables suegros se escandalizarían por una cosa así. Dejaría de existir para la buena sociedad. Sería un tormento interminable y en extremo doloroso. La víctima lo padecería minuto a minuto, tanto por la expectativa de lo que estaba por venir como por el recuerdo del pasado. ¿Qué castigo podía haber más cruel y eficaz?

Si Augustus no lo ponía en práctica, debía de existir alguna razón. ¿Quizá el deseo de mantener a alguien bajo amenaza permanentemente? ¿Exigir en su momento un favor a cambio, algo de tal envergadura que merecía la pena renunciar al placer presente?

¿O acaso la venganza podía repercutir negativamente en su familia? ¿Era la elegante y frívola Tallulah vulnerable por algún motivo?

Pitt no concibió siquiera la posibilidad de que Augustus perdonase la ofensa.

Terminó el mes de agosto con un calor sofocante y empezó septiembre. Estaba a punto de iniciarse el juicio contra Albert Costigan. Una tarde, cuando faltaban dos días para el comienzo, Pitt visitó de nuevo Whitechapel para hablar con Ewart y el médico forense, Lennox. No se reunieron en la comisaría, sino en una taberna de Swan Street, y cenaron empanada de pichones acompañada con sidra y plumcake de postre.

Charlaron de temas agradables. Lennox –que además de practicar la medicina legal tenía una consulta– les contó una divertida anécdota sobre uno de sus pacientes, de una calle situada un poco más al oeste, que había comprado una bañera e invitaba a todos los vecinos a contemplarla.

Ewart estaba eufórico porque su primogénito había entrado en la universidad y superado con éxito los exámenes del primer curso. A Pitt le sorprendió que en Whitechapel hubiese podido adquirir conocimientos suficientes para cursar después estudios superiores, pero se lo calló. A continuación Ewart explicó que antes lo había enviado a un internado, donde había recibido una excelente formación.

–Eso es lo más importante en la vida de un hombre, la educación –afirmó con una agridulce sonrisa.

Pitt imaginó los sacrificios que habría representado aquello para un hombre con la paga de Ewart. También su esposa debía de haber renunciado a muchas cosas. De pronto cambió su imagen de Ewart, y sintió admiración por él. Seguramente había ahorrado durante toda su vida. Pero se abstuvo de hacer comentarios. Habría sido una indiscreción. Sonrió a Ewart, y éste desvió la mirada, como si se avergonzase. No mencionaron siquiera el asesinato de Pentecost Alley hasta que salieron de la taberna y pasearon tranquilamente en dirección al río y las sombras que proyectaba el enorme edificio de la Torre de Londres. Los días eran más cortos. La temperatura era aún suave, pero anochecía mucho antes y se percibía ya la inminencia del otoño, en las flores marchitas, en el polvo acumulado en el suelo tras un largo verano sin intensas lluvias.

Se detuvieron en el montículo de hierba situado bajo la Torre y contemplaron el río. El velo de humo y hollín había quedado atrás. La luz se reflejaba sobre la superficie del agua con un resplandor tenue y dorado, haciéndose más brumoso a lo lejos y suavizando los contornos de la otra orilla. La Torre de Londres se alzaba sobre ellos. Río abajo nada obstruía el camino hasta mar abierto.

–¿Hará referencia a la insignia y el gemelo? –preguntó Pitt a Ewart. El tema era ineludible. Tenían que subir a declarar al estrado dos días después.

–No veo razón –replicó Ewart con cautela, mirando de soslayo a Pitt–. No parece tener relación con lo ocurrido.

–Volví a visitar a FitzJames –anunció Pitt, entornando los ojos por el sol. El reflejo de la luz en el agua cobraba intensidad, una viva mancha de color, casi plateado donde los rayos de sol herían la estela de una embarcación de recreo, más oscura cerca de la orilla–. Le pregunté si había encargado él mismo la segunda insignia.

–Eso he creído yo desde el principio –dijo Lennox, y apretó los labios. En su rostro se apreciaba aún melancolía, incluso en el aire quieto y dorado de la tarde. La luz destacaba las finas arrugas que confluían en las comisuras de sus ojos y labios, esculpidas en su piel por la compasión o la angustia. Pitt sintió curiosidad por su vida privada: dónde viviría; si tendría alguien a quien querer, alguien con quien reír y compartir las cosas gratas de la vida, o a quien contar al menos en parte sus aflicciones.

Ewart había hablado a Pitt, y éste no lo había oído.

–¿Cómo ha dicho? Disculpe, no escuchaba.

–¿FitzJames lo ha confesado? –continuó Ewart–. Entonces todo ha quedado claro, ¿no? Fue una estupidez por su parte, quizá, pero comprensible. Razón de más para no mencionarlo en el juicio. Sólo plantea dudas que no podemos resolver, y que en realidad ya no importan. Estoy seguro de que visitó esa casa alguna vez en el pasado y perdió allí la insignia y el gemelo. La cuestión es que no fue esa noche, y lo demás no cuenta.

–No fue Finlay quien la encargó –aclaró Pitt–. Fue su padre.

–A efectos prácticos, lo mismo da –dijo Ewart, quitándole importancia, pero a su rostro asomó una fugaz expresión de odio.

–Costigan ha jurado que él no sabe nada de esos objetos –añadió Pitt.

Aquella cuestión aún lo inquietaba. No le veía sentido. Comprendía no obstante los sentimientos de Ewart, y de hecho los compartía.

–Y es muy posible que no sepa nada –dijo Lennox con un hilo de voz–. Sigo pensando que FitzJames tiene algo que ver con Ada, si no con su muerte, al menos como cliente. Dudo mucho que alguien le robase esas cosas. ¿Quién iba a robárselas, de no ser la propia Ada?

–Alguno de sus amigos, o supuestos amigos –respondió Ewart al cabo de un momento–. Quizá uno de los socios del club. En realidad no sabemos qué afectos los unían. Podrían haber existido envidias. Finlay tenía más dinero que cualquiera de ellos, más oportunidades en la vida. Algún día ocupará un cargo público importante, y los otros no. –En su voz se advertía una ira, una malevolencia, que parecía impropia de aquella dorada tarde veraniega.

Pitt pensó en la extrema facilidad con que las oportunidades se habían presentado a Finlay, y a qué precio habían tenido que pagarse las del hijo de Ewart, con cuántas privaciones. No era extraño el resentimiento de Ewart por el modo en que Finlay las desperdiciaba.

–Nunca lo sabremos. –Ewart recobró la calma, y la emoción desapareció de su voz, que se tornó de nuevo monótona, profesional–. Nunca llegamos a conocer todos los aspectos de un caso. Incluso en los más evidentes, hay siempre motivos y acciones insignificantes que quedan sin explicar. Hemos atrapado al verdadero culpable, y eso es lo que importa. –Se metió las manos en los bolsillos y contempló el río.

Un par de gabarras habían encendido ya las luces de navegación y avanzaban casi sin levantar ondas en el agua.

–Pero es una parte del crimen –replicó Pitt, descontento–.

Alguien dejó allí la insignia y el gemelo, y si no fue Costigan, había otra persona presente. Y un buen abogado preguntará quién era y se acogerá al beneficio de la duda.

Lennox lo miró fijamente, y en su rostro, una mitad en sombras y la otra mitad dorada por la decreciente luz del sol, se apreció una mezcla de sorpresa y alarma.

Ewart frunció el entrecejo, apretó los labios y dirigió a Pitt una oscura mirada.

–No soltarán a Costigan –dijo lentamente–. Es tan culpable como el demonio. Todo concuerda. Ella lo engañó, y él se enteró. Fue a buscar la parte que le correspondía, y ella se negó a dársela y quizá incluso le dijo que se largase. Discutieron, y él perdió los estribos. Es un asqueroso sádico. Pero, claro, ¿qué clase de hombres viven de la prostitución de las mujeres?

Lennox dejó escapar un violento y lastimero gruñido. Tenía los hombros encorvados, como si se le hubiesen acalambrado todos los músculos del cuerpo. En la mitad de su cara iluminada por el sol se traslucía un profundo odio; la otra mitad era casi invisible.

Pitt se puso en su lugar. Al fin y al cabo, él había examinado el cadáver de Ada, lo había tocado, había visto las claras huellas de su tormento. Debió de imaginarla viva, quizá incluso podía formarse una idea del dolor que había experimentado al dislocarle las articulaciones y romperle los huesos, el terror por la falta de aire. Contemplando las vivas emociones reflejadas en el rostro de Lennox, Pitt sintió que su propia compasión por Costigan se desvanecía.

–Lo que pienso en realidad –dijo Pitt con un suspiro–, es que FitzJames sabe quién intentó incriminarlo, o cree que lo sabe, y se tomará la venganza por su mano.

–Si nosotros no lo hemos averiguado, ¿cómo iban a saberlo ellos? –adujo Ewart con un gesto de indiferencia. De pronto soltó una carcajada llena de sorprendente rencor–. Y si consigue su propósito, y luego se descubre y tiene que pagar por ello, no seré yo quien lo sienta.

En poniente resplandecía el último rescoldo de sol, arrojando fuego sobre el agua. Las oscuras sombras de la Torre y el puente envolvían ya a los tres hombres. La marea subía deprisa. Pero el aire era aún templado y la gente seguía paseando por las orillas del Támesis, unos solos, otros en pareja y cogidos del brazo. De algún lugar llegaron unas risas.

Ewart se encogió de hombros.

–Si es así, no podemos impedírselo, señor –El tratamiento de «señor» lo distanciaba de Pitt, zanjando en cierto modo el tema–. Si lo saben, dudo mucho que se hayan equivocado de hombre, y hasta diría que merece el castigo. Tratar de enviar a la horca a alguien por un crimen que no ha cometido es algo repugnante. –Tenía una expresión dura y aspecto cansado, y la luz crepuscular acentuaba sus arrugas–. En todo caso, señor, si cree que puede evitar que Augustus FitzJames aplique su propia forma de justicia a sus enemigos, discúlpeme pero vive usted en otro mundo. Si se comete un crimen y nos enteramos, a nosotros nos corresponde esclarecerlo. Pero una venganza personal entre caballeros no nos incumbe.

Pitt guardó silencio.

–No podemos cargar con todo el peso del mundo –prosiguió Ewart, encogiéndose como si tuviese frío–. Y sobrevaloraríamos nuestras posibilidades si pensásemos que podemos hacer algo al respecto, o incluso que debemos.

–No aceptó nuestra ayuda –informó Pitt–. Se la ofrecí y la rechazó con firmeza.

–No quiere que ahonde demasiado en el pasado de la familia –dijo Lennox, y se echó a reír–. Puede que Costigan matase a la muchacha, pero el comportamiento de Finlay no resistiría una investigación minuciosa, y menos si aspira a conseguir una embajada. –Escupió la palabra como si tuviese los dientes apretados, pero Pitt no pudo ver su expresión porque estaba ya muy oscuro y Lennox se había vuelto de espaldas a la luz.

–En ese caso, mejor será que deje correr el asunto –aconsejó Ewart con aspereza–. Augustus FitzJames no le agradecerá que husmee en la vida de su hijo para averiguar quién lo odia y por qué. Sin duda descubriría conductas reprobables, y Augustus dirigiría su venganza contra usted. Y quizá también contra la policía. No tiene ninguna razón para investigar sobre Finlay. Hemos encontrado al culpable del crimen. Ahora, señor, en interés de todos, vale más que lo dejemos como está.

Lennox ahogó un quejido, como si acabase de tropezar con una piedra, pero permanecía inmóvil

Ewart estaba en lo cierto. No existía causa legal alguna para seguir investigando, y Augustus FitzJames había rechazado de manera inequívoca toda ayuda policial. A menos que Pitt dedujese la solución a partir de la información que ya poseía, el enigma quedaría sin respuesta.

–Nos veremos, pues, en el juzgado pasado mañana –dijo con resignación–. ¿Vuelven ustedes en esa dirección? –Señaló hacia la Escalera de la Reina.

–No, no; yo me voy a casa –contestó Ewart–. Gracias, señor. Buenas noches.

–Yo sí lo acompaño –dijo Lennox.

Ambos caminaron sobre la hierba en amigable silencio hacia la escalera y el agua y luego ascendieron de nuevo a Great Tower Hill. Era casi de noche.

Prestaron declaración con toda la exactitud posible, e intentaron en vano despojar de emoción sus palabras. Lennox en particular estaba pálido, tenía los labios secos, y hablaba con voz aguda a causa de la tensión que atenazaba su garganta. Ewart se mostró más realista, pero su aparente compostura no consiguió ocultar una sensación de triunfo y alivio, ni un acendrado aborrecimiento a la brutalidad, la codicia y la estupidez que impregnaba todos los aspectos del caso.

La sala no estaba muy concurrida. No era un juicio especialmente interesante. El nombre de Albert Costigan se conocía sólo en las inmediaciones de Whitechapel Road. Ada McKinley era simplemente una desdichada que había corrido los riesgos de su oficio y encontrado una muerte que nadie le habría deseado; sin embargo su final tampoco sorprendía a nadie, y sólo unos pocos lamentaban su pérdida. El primer día Pitt vio a Rose Burke entre el público, y también a Nan Sullivan, sorprendentemente atractiva con su vestido negro.

No vio a Agnes. Si había asistido, le pasó inadvertida entre la concurrencia. Al parecer, tampoco estaba la vieja Madge. Quizá, como ella había dicho, nunca abandonaba la casa.

No fue ningún miembro de la familia FitzJames, ni de hecho Pitt lo esperaba. Por lo que a ellos se refería, el asunto terminó en cuanto Finlay quedó libre de sospecha. Thirlstone y Helliwell habían rehuido desde el principio cualquier implicación.

Sí se hallaba allí, en cambio, Jago Jones, y la intensidad de su asombroso rostro bastaba para convertirlo en una presencia extraordinaria, pese al traje desvaído y la ausencia de alzacuello, crucifijo o cualquier otro distintivo sacerdotal. Tenía las mejillas hundidas, y sus marcadas ojeras hacían pensar que no dormía bien desde hacía semanas. Escuchaba absorto a todos los testigos. Tal era su atención que habría podido pensarse que a él, y no al jurado, le correspondía pronunciar el veredicto.

Pitt se preguntó si sería Jago el sacerdote elegido para intentar salvar el alma de Costigan antes de su último y breve paseo. ¿Sería él quien tratase de obtener la confesión del reo en las horas previas a la ejecución, quien lo acompañase en esos aterradores pasos finales hasta el patíbulo a las ocho de la mañana? Era una misión que Pitt no le habría deseado a nadie.

¿Qué podía decirse? ¿Algo sobre el amor de Dios y el sacrificio de Cristo por todos los hombres? ¿Qué sentido tendrían esas palabras para Costigan? ¿Sabía qué era el amor? ¿Un amor apasionado, incondicional, infinito como el cielo, un amor que no se apagaba ni marchitaba, que permanecía inmutable? ¿Comprendía siquiera el concepto de sacrificio para que otros se beneficiasen? ¿Le hablaría Jago en un idioma que Costigan nunca había oído, de una idea tan remota para él como el fuego que ardía en las estrellas?

Quizá consistía simplemente en hablarle con serenidad, en mirarlo a los ojos sin desprecio ni censura, como otro hombre consciente de su terror y comprensivo con él.

Mientras Pitt contemplaba en la sala la inexorable acción de la justicia, percibió una impiedad que también a él lo asustó. Las pelucas y las togas parecían tanto máscaras para los hombres que las usaban como símbolos de la majestad de la justicia. Su hipotético propósito era dar a jueces y abogados una imagen anónima, y sin embargo los revestía de una apariencia inhumana.

Era poco lo que el abogado de Costigan podía aducir en su defensa. Era joven, pero realizó un notable esfuerzo por apuntar circunstancias atenuantes, entre ellas que la víctima era una mujer codiciosa y ladina incluso para las pautas de conducta aceptadas entre las de su mismo oficio. Afirmó que todo había empezado en una simple discusión. Costigan no pretendía matarla, sino sólo asustarla y disuadirla de su comportamiento, obligarla a respetar su acuerdo. Al ver que ella estaba inconsciente, el pánico se adueñó de él, y le echó agua en un vano intento por reanimarla, pues al principio no se dio cuenta de que la había matado.

¿Y los huesos rotos o dislocados?

La crueldad y la perversión de un cliente anterior.

Nadie lo creyó.

El veredicto no estuvo en duda en ningún momento. Pitt lo adivinó en los rostros de los miembros del jurado. Costigan también debía de saberlo.

El juez lo escuchó, se arregló el birrete negro y lo sentenció a muerte.

Pitt abandonó la sala sin la menor sensación de triunfo, y sí de alivio por el hecho de que hubiese concluido. Nunca conocería todos los detalles del crimen; nunca sabría quién había dejado la insignia y el gemelo de Finlay FitzJames en la habitación de Pentecost Alley, ni por qué un sinfín de mentiras había rodeado a esos dos objetos en todo momento. Nunca averiguaría qué recuerdos obsesionaban a Jago Jones.

Transcurridas las tres semanas establecidas por la ley, Albert Costigan fue ahorcado. Los periódicos se limitaron a publicar la noticia sin mayores comentarios.

El domingo posterior a la ejecución Pitt fue al parque con Charlotte y los niños. Jemima lucía su mejor vestido; Daniel llevaba un elegante traje nuevo blanco y azul marino. Estaban a mediados de octubre, y las hojas de los árboles empezaban a cambiar de color. Los castaños, los primeros en florecer en primavera, las tenían ya totalmente doradas. El suave sol de principios de otoño titilaba entre ellas. En las hayas se formaban abanicos de bronce entre el verde. No tardarían en llegar las primeras heladas, el rastrillado de las hojas caídas, y el olor a humo de madera de las hogueras destinadas a quemar los desechos de los árboles. En el campo los escaramujos adquirirían un tono escarlata, y las moras se pondrían de color carmesí. Ya no sería necesario cortar el césped.

Pitt y Charlotte paseaban lentamente, como otras muchas parejas que disfrutaban de los últimos días cálidos del año. Los niños correteaban alrededor, riendo y persiguiéndose sin razón alguna, simplemente porque les sobraba energía y era divertido. Daniel encontró un palo y se lo lanzó a un cachorro que brincaba junto a ellos, al parecer extraviado por su dueño. El perro corrió a buscarlo y regresó triunfalmente con él. Jemima cogió el palo y decidió probar suerte, lanzándolo con todas sus fuerzas.

A lo lejos un organillo tocaba una melodía popular. Un vendedor de periódicos dejó su carga y se sentó en la hierba a comerse un sándwich que acababa de comprar en un puesto ambulante cerca de allí. Un anciano fumaba en pipa con los ojos cerrados. Dos criadas en su día libre charlaban y reían. Un hombre con aspecto de contable yacía bajo un árbol leyendo una revista sensacionalista.

Charlotte cogió a Pitt del brazo y caminó más cerca de él. Pitt aminoró el paso.

Unos minutos más tarde Pitt reconoció a lo lejos la figura erguida y marcial de John Cornwallis, que avanzaba enérgicamente por la hierba entre los paseantes. Cuando se hallaba a unas veinte yardas de ellos, Charlotte vio la expresión de su rostro y se detuvo en seco, volviéndose hacia Pitt con manifiesta inquietud.

Pitt sintió un escalofrío, pero ignoraba el motivo de su temor.

Cornwallis se acercó a ellos.

–Disculpe, señora Pitt –dijo a Charlotte, y luego miró a Pitt con el rostro tenso y pálido–. Lamentablemente debo interrumpir su paseo dominical. –El comentario era obviamente una indicación para que Charlotte se excusase y los dejase a solas, retirándose a una distancia discreta.

Charlotte, en lugar de eso, se agarró aún con más firmeza al brazo de Pitt.

–¿Se trata de algún secreto de Estado? –preguntó Pitt.

–¡Dios santo, ojalá lo fuese! –exclamó Cornwallis con vehemencia–. Mucho me temo que mañana lo sabrá todo Londres.

–Sabrá ¿qué? –susurró Charlotte.

Cornwallis vaciló, mirando a Pitt con semblante preocupado. Deseaba proteger a Charlotte. No estaba acostumbrado al trato con mujeres. Pitt supuso que las conocía sólo a distancia. Sólo sabía lo que había aprendido de los convencionalismos.

–Sabrá ¿qué? –repitió Pitt.

–Ha sido asesinada otra prostituta –anunció Cornwallis con voz ronca–. Exactamente igual que la primera... en todos los detalles.

Pitt quedó atónito. Era como si de pronto hubiese perdido el equilibrio y el césped, los árboles y el cielo se fundiesen y girasen alrededor.

–En una casa de vecindad de Myrdle Street –continuó Cornwallis–. En Whitechapel. Creo que será mejor que vaya usted allí inmediatamente. Ewart se encuentra en el lugar del crimen. Yo le buscaré un coche a la señora Pitt y la acompañaré a su casa. –Estaba blanco como el papel–. Lo siento.

8

Pitt se hallaba en el umbral de la puerta de la habitación donde había sido encontrado el cadáver. Ewart, con el rostro ceniciento, estaba ya allí. En el pasillo resonaban los sollozos histéricos de una mujer, cada vez más largos y agudos, vivos aún en su voz el terror y la conmoción.

Pitt miró a Ewart a los ojos, y advirtió en ellos el horror que él mismo sentía, y una súbita admisión de culpabilidad. Desvió la mirada.

En la cama yacía una mujer joven, menuda, casi como una niña. Tenía el cabello desparramado sobre la almohada, un brazo extendido sobre la cabeza, la muñeca atada a la cabecera con una media. Una liga con una cinta azul le rodeaba el brazo. La falda levantada de su vestido amarillo y naranja dejaba a la vista los muslos. Llevaba las piernas desnudas. Como en el caso de Ada McKinley, una media le ceñía la garganta. Tenía la cara amoratada e hinchada. Y como en el caso de Ada, la mitad superior del cuerpo y esa parte de la cama estaban empapadas de agua.

Con el estómago revuelto, presintiendo lo que encontraría, bajó la vista al suelo. Las botas, negras y relucientes, se hallaban abrochadas entre sí.

Alzó los ojos, y su mirada se cruzó con la de Ewart.

Fuera los sollozos empezaban a atenuarse a medida que el miedo daba paso al dolor.

Ewart parecía un hombre que al despertar de una pesadilla descubriese que los mismos horrores de su sueño se repetían en la realidad, de la que ya no había escapatoria. Un músculo le palpitaba en la sien, y mantenía los puños cerrados para controlar el temblor de las manos.

–¿Tiene rotos los dedos de las manos y los pies? –preguntó Pitt, notándose la garganta tensa, la boca seca, la voz quebrada.

Ewart tragó saliva. Sin atreverse a hablar, asintió con la cabeza de manera casi imperceptible.

–¿Alguna... otra prueba? –dijo Pitt.

Ewart respiró hondo, su mirada fija en la de Pitt, reflejando plena conciencia de lo que los dos temían.

–Aún... aún no he mirado. –Le temblaba la voz–. He pedido que fuesen a buscarlo a usted de inmediato. En cuanto Lennox me ha informado de que el crimen era idéntico, me... me he ido. –Volvió a tomar aire–. He... he salido. Tenía náuseas. Si hay algo aquí, prefiero que sea usted quien lo encuentre, y no yo, o al menos no solo. –Clavó de nuevo la mirada en la de Pitt. El sudor le brillaba en la frente y sobre el labio superior–. Sólo he echado un vistazo. Pero no he realizado un registro a fondo, minucioso; no he mirado tras los cojines de las sillas, ni debajo de la cama.

Preguntas sin formular flotaban en el aire entre ellos, la culpabilidad y el miedo de haber cometido un error atroz e irreparable, de que en realidad Costigan no hubiese matado a Ada y el verdadero culpable hubiese actuado otra vez, allí, en aquella habitación. ¿Sería Finlay FitzJames? ¿O Jago Jones? ¿O alguien en quien ni siquiera habían pensado, alguien que se escondía en la oscuridad de las calles, esperando la ocasión de asestar un nuevo golpe, como el maníaco que dos años atrás se hacía llamar Jack, *el Destripador*?

Pitt volvió la cabeza y contempló a la muchacha tendida en la cama. Tenía el cabello oscuro y tupido, con rizos naturales; los huesos pequeños, casi delicados; la piel muy blanca, como el marfil en los hombros que el generoso escote dejaba al descubierto, lechosa en los muslos. Debía de ser muy joven, de diecisiete o dieciocho años.

–¿Quién era? –preguntó Pitt, sorprendido por el temblor de su propia voz.

–Nora Gough –contestó Ewart a sus espaldas–. Todavía no sé gran cosa de ella. No he podido sacar nada en claro de las otras mujeres de la casa. Están todas histéricas. Lennox intenta calmarlas, el pobre diablo. Pero supongo que para eso están los médicos. Se encontraba en esta misma calle, a media milla de aquí. Había pasado toda la tarde con un paciente. –Se sorbió por la nariz–. Al menos ha llegado a tiempo de ayudar a las otras, si es que sirve de algo.

Oían aún los sollozos procedentes de otra de las habitaciones, pero más apagados, sin la aguda nota de histeria de minutos antes. Era mejor dejar que Lennox siguiera atendiéndolas; poca utilidad tenía interrogar a unas mujeres demasiado horrorizadas para hablar con una mínima coherencia.

–Vale más, pues, que primero registremos la habitación –propuso Pitt con profundo hastío. Detestaba esa tarea, y si proporcionaba alguna pista útil, probablemente no sería de su agrado. En realidad temía lo que pudiese encontrar. Lo único indudable era que Costigan no podía ser el culpable. Volviéndose hacia Ewart, dijo–: Yo empezaré por la cama. Usted mire en el armario y el baúl, atento a cualquier cosa fuera de lo común, lo que sea: cartas, papeles, objetos que pudieran no pertenecerle, prestados o robados. Cualquier cosa cara.

Ewart no se movió. Por un momento Pitt se preguntó si el horror lo había paralizado. Tenía la piel desprovista de color, semejante a la cera, como si estuviese ya muerto.

–Ewart, comience por el baúl –insistió Pitt con delicadeza, pensando que al menos así estaría de espaldas al cadáver.

–No..., ya... ya me encargo yo de la cama –repuso Ewart, eludiendo su mirada–. Es... mi trabajo. Estoy... bien. –Tenía la voz empañada por un torbellino de emociones que parecían desgarrarlo, y entre ellas, especialmente palpable, una candente ira.

–Comience por el baúl –repitió Pitt–. Yo me ocuparé de la cama y las sillas.

Ewart siguió inmóvil. Daba la impresión de que desease hablar, y fuese incapaz de encontrar las palabras, o quizá de tomar la decisión de decir lo que tenía que decir. Parecía un hombre desesperado.

Estaban de pie en medio de la silenciosa habitación, separados el uno del otro apenas un par de pasos, con el cadáver de la muchacha casi al alcance de la mano. El aire estaba viciado. La grisácea luz de la ventana revelaba las zonas desgastadas de la alfombra.

En la calle un vendedor de ropa pregonaba su mercancía.

–¿Sabe algo sobre la muerte de Ada McKinley que no me ha dicho? –preguntó Pitt a su pesar.

–No –contestó Ewart, abriendo más los ojos.

Pitt lo creyó. Fuera cual fuese el motivo de su miedo, no guardaba relación con esa pregunta; su sorpresa no era fingida.

–¿Teme que Costigan fuese inocente?

–¿Usted no? –preguntó Ewart.

–Sí, claro que sí. ¿Quién la mató, pues? ¿Finlay FitzJames?

Ewart se estremeció.

–No –se apresuró a contestar, demasiado pronto, obviamente sin pararse a pensar.

Pitt se dio media vuelta y empezó a registrar la cama. Lennox había examinado ya el cuerpo, así que no importaba que lo moviese. Aun consciente de que era una actitud irracional, Pitt tuvo la necesidad instintiva de tratarlo con delicadeza, como si aquella envoltura carnal fuese aún un ser humano, capaz de reconocer la compasión o la dignidad.

En el lado opuesto encontró un pañuelo bajo la almohada, blanco como las sábanas, y en un primer momento pensó que era una punta de la funda doblada. Pero al tirar salió por completo. Era de batista, con el dobladillo cuidadosamente cosido y unas iniciales bordadas en una esquina. Estaban en letra gótica, difícil de descifrar a simple vista. Pitt las examinó con atención. Se leía: FFJ. Pese a que lo presentía, al ver confirmada la sospecha sintió un nudo en el estómago y una contracción en la garganta.

Miró a Ewart, pero estaba de espaldas, revisando el contenido del baúl, ropa blanca y prendas de vestir que iba apilando a un lado.

–He encontrado un pañuelo –susurró Pitt.

Ewart se volvió lentamente, con expresión expectante. Miró a Pitt a los ojos y vio en ellos lo que temía.

–Lleva unas iniciales bordadas –anunció Pitt, contestando a la pregunta no formulada–. FFJ.

–¡Es... es absurdo! –exclamó Ewart, trabándosele la lengua–. ¿Por qué iba a dejar aquí un pañuelo? ¿Quién deja un pañuelo en la cama de una prostituta? No vive aquí.

–Supongo que alguien que se haya sonado mientras estaba

con ella –respondió Pitt–. Un hombre resfriado, o un hombre a quien algo le provocaba estornudos. El polvo quizá, o el perfume de esta mujer.

–¿Y lo ha guardado debajo de la almohada? –dijo Ewart, todavía resistiéndose a aceptarlo.

–Obviamente no tenía un bolsillo a mano. En cualquier caso, aún no es momento para esa clase de especulaciones. Siga buscando. Puede aparecer algo más.

–¿Cómo? ¿Acaso cree que también aquí ha dejado algo más? –preguntó Ewart alzando la voz, casi presa del pánico–. Ya no le quedaría nada si fuese dejando cosas por Whitechapel a ese ritmo.

–No me refiero a algún otro efecto personal de Finlay Fitz-James –aclaró Pitt con toda la calma posible–, sino a cualquier cosa. Quizá algo que indique la presencia de otro hombre. Tenemos que registrar la habitación a fondo.

–Ah. Sí, naturalmente...

Ewart se dio la vuelta sin más comentarios y siguió sacando ropa del baúl, extendiéndola, sacudiéndola, palpándola y por último plegándola y dejándola en la pila con el resto.

Pitt acabó de registrar la cama y pasó a examinar el suelo. Miró primero alrededor de la cama, y luego encendió la vela que había sobre la mesa, la dejó en el suelo y se arrodilló para buscar debajo. Había poco polvo, unas cuantas hilachas de algodón, en su mayoría blancas, y un botón de bota que sólo halló al deslizar cuidadosamente los dedos por las tablas y las rendijas. Encontró asimismo dos horquillas y una aguja de costura. Hacia los pies de la cama aparecieron un trozo de cordón de zapato, un botón corriente de camisa de hombre, y otro botón, de piel, hecho a mano, que difícilmente podía pertenecer a alguien de Whitechapel a menos que hubiese llegado a sus manos una chaqueta informal de hombre procedente de una recogida de ropa para la beneficencia.

Se puso en pie con todos sus hallazgos en la mano.

Ewart había terminado con el baúl y en ese momento registraba el tocador con movimientos rápidos y expertos.

Pitt empezó con las sillas, levantando los cojines, explorando las hendiduras del tapizado, poniéndolas del revés y examinando la parte inferior del asiento. No encontró nada más a que atribuir algún sentido.

–¿Alguna otra cosa? –preguntó Ewart.

Pitt le mostró los botones.

–De camisa –dijo sobre el primero–. Podría ser de cualquiera y llevar ahí meses. –Cogió el segundo y lo hizo girar entre los dedos pulgar e índice. Luego alzó la vista y miró a Pitt a los ojos–. Es de buena calidad. Pero también podría pertenecer a cualquiera, incluso a un vagabundo que haya conseguido una chaqueta en un reparto benéfico. –Hablaba con tono desafiante, retando a Pitt a decir que era de FitzJames–. ¿Va a hablar ahora con las otras mujeres? Parece que ya se han serenado.

En efecto la casa estaba más silenciosa. Casi había anochecido y no se oían las máquinas de la fábrica de botellas situada al otro lado de la calle. Pasó una tartana. Alguien gritó.

–Sí –contestó Pitt–. Veamos qué saben.

Seguido de Ewart, salió de la habitación y fue hasta el final del pasillo, donde se hallaba la cocina, sorprendentemente amplia. Tenía un fogón negro adosado a la pared del fondo y una ventana mugrienta que daba a la parte trasera de los edificios de la calle contigua. En el centro había una mesa con patas de distintas formas, montada obviamente con fragmentos desechados de otras mesas, y media docena de sillas disparejas. Cuatro de ellas las ocupaban mujeres de edades comprendidas entre veinte y más de cincuenta años. Todas ofrecían un aspecto trágico y absurdo, con el colorete y el carmín corridos a causa del llanto, mechones de cabello que habían escapado de las horquillas, los ojos hinchados. Y a la vez, al resquebrajarse la máscara propia de su oficio, parecían más jóvenes, humanas e individuales.

Lennox estaba de pie detrás de una de las mujeres, con una mano apoyada en su hombro, y una taza de té en la otra, que le tendía a ella. Se le veía pálido y cansado, y las profundas arrugas que partían de las comisuras de sus labios hacían resaltar su nariz. Lanzó a Pitt una mirada de advertencia.

–Buenas noches, comisario –dijo con voz ronca–. Si desea interrogar a estas mujeres, están ya en condiciones de contestarle. Basta con que omita ciertos detalles y tenga un poco de paciencia. Cuando se está aterrorizado, no es fácil encontrar las palabras ni recordar.

Pitt asintió con la cabeza y se volvió hacia Ewart.

–Podría usted probar en el vecindario. Pregunte si alguien ha notado algo fuera de lo común, si recuerdan un rostro, si alguien ha entrado o salido a eso de...

Dirigió a Lennox una mirada interrogativa.

–Entre las cuatro y las cinco –respondió Lennox, y sonrió tristemente burlándose de sí mismo–. No es una brillante deducción médica, comisario, sino una observación de las testigos. Pearl ha oído la voz de Nora en el pasillo alrededor de las cuatro. Por lo visto, acababa de levantarse y llamaba a Edie para pedirle prestado un viso.

Pitt miró a la mujer que Lennox señalaba. Pearl estaba pálida y tenía un cabello rubio de extraordinaria belleza, fino como la lana de vidrio y reluciente como la seda a la luz de las velas. Edie era corpulenta y morena, de piel aceitunada y hermosos ojos castaños.

–¿Y le ha prestado el viso? –dijo Pitt.

Edie asintió con la cabeza.

–Tenía que cogérselo con alfileres porque medía la mitad que yo, pero se lo ha quedado de todos modos –aclaró. Se sorbió la nariz y a duras penas pudo contener el llanto.

–¿Y cómo sabe que ha ocurrido antes de las cinco? –preguntó Pitt a Lennox.

Lennox se volvió hacia otra mujer, ésta de cabello oscuro, ojos juntos y preciosa boca. Su cenicienta palidez destacaba el colorete de las mejillas. Llevaba las horquillas medio sueltas y el pelo despeinado a fuerza de mesárselo.

–Mabel puede contestarle a eso.

–Mi primer cliente acababa de marcharse –explicó Mabel con un hilo de voz–. He pasado por delante de la puerta de Nora y me he asomado a echar un vistazo. No sé por qué he imaginado que estaba sola. Por el silencio, supongo. –Arrugó la frente, como si ese detalle fuese importante para ella–. La he visto echada en la cama con la mano atada a la cabecera. He pensado que quizá había recibido a un cliente con esa clase de gustos, y al irse la había dejado así. Incluso le he hablado... –Se sorbió la nariz y tragó saliva con doloroso esfuerzo. Temblaba de manera tan incontrolable que los dedos se le deslizaban involuntariamente sobre la mesa.

Lennox se situó detrás de ella y le apoyó las manos en los hombros, atrayéndola hacia sí como para insuflarle su propia fuerza. Fue un gesto de extraordinaria delicadeza. Mabel podría haber sido una vieja amiga, y no una mujer de la calle que acababa de conocer.

Ese suave contacto la serenó, como un rayo de cordura en medio del caos.

–Y entonces le he visto la cara –susurró–. Y he comprendido. El mismo que mató a Ada McKinley la había matado a ella. Supongo que he chillado. Al cabo de un momento estábamos todas allí, gritando y pidiendo auxilio.

–Comprendo. Gracias. –Pitt se volvió de nuevo hacia Ewart–. Averigüe a quiénes se ha visto entrar o salir de este edificio entre las cuatro y las cinco, y procure precisar al máximo las horas. Consiga descripciones de todos ellos y compárelas con los clientes de cada una de estas mujeres. Y repito: de todos ellos. Da igual que sean vecinos, chulos o el farolero. De todos sin excepción.

–De acuerdo, señor.

Ewart se marchó, y Pitt se concentró en las cuatro mujeres. La última, Kate, seguía sollozando, apretándose un pañuelo húmedo contra la boca. Lennox se acercó al fogón, llenó otra taza de té y se la llevó. Ella cogió torpemente la taza con sus crispados dedos.

Pitt se sentó en una destartalada silla junto a la mesa y empezó a interrogar a Pearl.

–Cuénteme todo lo que recuerde desde alrededor de las cuatro, cuando ha oído a Nora en el pasillo.

Pearl lo miró y empezó con voz vacilante.

–He oído a Nora entrar en su habitación y llamar a Edie para que le dejase el viso, pero no he oído lo que ha dicho Edie. Estaba peinándome para la noche. Al terminar, he salido. He conseguido un cliente enseguida, uno de mis asiduos...

–¿Quién era?

–¿Cómo?

–¿Quién era ese cliente? ¿Qué aspecto tiene?

Dudó un momento, cruzando miradas con Edie y Mabel.

–Jimmy Kale –contestó finalmente–. Viene casi todos los domingos. No siempre a verme a mí. A veces lo atiende otra de las chicas.

–¿Y qué aspecto tiene?

–Alto, delgado. Nariz larga. Siempre está sorbiendo.

–¿Había visitado alguna vez a Nora? –preguntó Pitt.

–Supongo. Pero él no le haría daño. ¿Por qué iba a hacerle una cosa así? Ni siquiera la conocía, salvo por... –Se interrumpió.

Pitt admitió que eso no era conocerla realmente.

–Siga. ¿Cuánto tiempo pasó con usted Jimmy Kale?

–Media hora.

–¿Qué más?

–Luego he tomado un té con Marge en una taberna de la acera de enfrente. Marge viene a veces por aquí. Su marido siempre le está pegando.

–¿Ha estado ella en la casa entre las cuatro y las cinco? ¿Es posible que haya entrado por la puerta de la calle y pasado frente a la habitación de Nora?

Pearl negó con la cabeza.

–No. Ella salta la tapia y sube por la escalera del patio. Así su marido no la ve, y nadie la confunde con una de nosotras. –Se echó a reír–. ¡Aunque más le valdría estar con nosotras! Si a mí alguien me diera las palizas que ella se lleva, le clavaría un cuchillo en las tripas.

–¿Cuándo se ha ido? –preguntó Pitt, pasando por alto la alusión al cuchillo.

–Al oír los gritos de Mabel. Los otros ruidos no le importan, pero ha notado que esta vez era distinto. Todas nos hemos dado cuenta.

Tragó saliva y se le contrajo la garganta. Empezó a toser, y Lennox se acercó a ella, le cogió la mano y le dio unas firmes palmadas en el dorso. Al parecer, el contacto humano la tranquilizaba, el calor de un cuerpo que no le exigía nada. Temblando, tomó aire. Dio la impresión de que iba a abandonarse al consuelo del llanto y a la proximidad de alguien.

Lennox retiró la mano y le ofreció la taza de té.

Pearl irguió de nuevo la espalda.

–Sabíamos que pasaba algo grave –dijo con voz serena–. Edie estaba en ese momento con Syd Allerdyce. Él se ha asomado a la puerta con los pantalones en los tobillos. ¡Menuda pinta tenía, gordo como un cerdo y rojo como un tomate! Visto así no parecía precisamente un gran señor. –Una mueca de profunda aversión apareció en su rostro. No era una mujer que olvidase las ínfulas de grandeza, o las perdonase–. Angie, la vecina de arriba, estaba al final del pasillo con un balde de agua. Se le ha caído y lo ha puesto todo perdido. Supongo que alguien lo habrá limpiado. Yo no, desde luego. Y Kate ha salido envuelta en un chal. Imagino que su cliente seguía en la habitación. Edie ha entrado en la habitación de Nora y la ha visto allí tendida, y a Mabel a su lado, que todavía gritaba. Edie le ha dado una bofetada para hacerla callar, y luego ha salido y ha mandado a Kate a avisar a la policía.

–¿Ha visto al último cliente de Nora?

–No. Estaba ocupada.

–¿Dónde está su habitación?

–Al lado de la de Nora.

–¿Ha oído algo?

–¿Que si he oído algo? ¡Lo he oído todo! He oído a Syd gruñendo y resollando como si estuviese escalando una montaña. He oído a dos gatas que se peleaban en el callejón...

–¿Quiere decir gatas o mujeres? –la interrumpió Pitt.

Ella le lanzó una mirada de indignación.

–¡Gatas! Esos bichos que comen ratones y maúllan a media noche como todos los demonios del infierno. ¡Por Dios! ¿Es que no hay gatos en los barrios altos donde usted vive? ¿Cómo acaban con los ratones? ¿O tampoco hay ratones?

–Sí hay gatos. De hecho yo tengo dos. –Se acordó con repentino placer de *Angus* y *Archie*, dormidos en su canasta junto al fogón de la cocina. Pero ellos no tenían que disputarse la comida o la leche–. ¿Algo más?

–He oído también a Shirl, la del piso de arriba, que gritaba a alguien desde su ventana –respondió Pearl–. ¡Y qué chillidos! Parecía un cerdo en el matadero. Eran peores que los maullidos de las gatas. Alguien debe de haberla estafado. Y poco antes había oído a Mabel y su cliente, descoyuntándose los dos de risa. Seguramente el tipo estaba como una cuba. ¿Espero que te haya pagado bien, Mabel?

–Pues sí, muy bien –dijo Mabel con convicción.

Pitt sospechó que probablemente le había quitado al cliente todo lo que llevaba encima, pero eso era problema de él, que al fin y al cabo había asumido el riesgo. Imaginó la barahúnda que había tenido lugar en la casa durante la hora en que había sido asesinada Nora Gough. Probablemente, aun desgañitándose, habría sido una suerte que alguien la oyese en medio del clamor general.

Y sin embargo los gritos de terror de Edie habían llamado la atención de inmediato.

Miró a Lennox.

Lennox apretó los labios y movió la cabeza en un gesto de negación.

–Es imposible saberlo –susurró–. Quizá lo conocía, y cuando se dio cuenta de su propósito, era ya tarde.

Pitt no hizo ningún comentario. Se volvió hacia las otras mujeres.

–¿Kate? ¿Los nombres de sus clientes?

–Bert Moss ha llegado poco antes de las cinco. Bastante temprano, pero los domingos cambia de horario. Tiene que volver a casa a tomar el té. Luego ha venido Joe Edges. Cuando Mabel ha empezado a gritar, aún estaba aquí.

–¿Con usted en la habitación?

–Sí. ¡Oiga, le aseguro que él no ha sido! Lo he traído de la calle. Nunca ha venido él solo hasta aquí.

Pitt asintió con la cabeza y se volvió hacia Mabel.

–No sé cómo se llamaba mi cliente. Nunca lo pregunto. –Hizo un gesto de indiferencia–. Me tiene sin cuidado.

–¿Había estado antes aquí?

–No. No lo había visto en mi vida.

–¿A qué hora ha llegado y a qué hora se ha ido?

–Ha llegado a las cuatro y cuarto, más o menos, y se ha ido unos diez minutos antes de las cinco. Cuando lo acompañaba a la puerta, he visto entrar al cliente de Nora... –Tomando repentina conciencia de lo que acababa de decir, palideció–. ¡Dios santo! ¿Cree que ése era...?

De pronto se echó hacia adelante, y Pitt pensó que iba a vomitar. Empezó a respirar de manera entrecortada, con bruscas sacudidas en el pecho.

–¡Basta ya! –dijo Lennox al instante con autoridad. Agarró la taza de Pearl y se la tendió a Mabel–. Tenga. Beba despacio. A sorbos, no de un trago.

Ella intentó cogerla, pero le temblaban tanto las manos y tenía los dedos tan crispados que era incapaz de sostenerla.

Lennox rodeó con sus manos las de ella y la ayudó a sujetar la taza.

–Beba –ordenó–. Concéntrese, o se lo derramará todo por encima. No la mueva.

Mabel obedeció, tomando el té lentamente y poniendo toda su atención en la taza. Gradualmente comenzó a respirar con normalidad y recobrar la calma. Al cabo de unos minutos se irguió y dejó la taza vacía en la mesa.

–¿Qué aspecto tenía? –preguntó Pitt con delicadeza.

–¿Qué aspecto? –Miró fijamente a Pitt–. No lo sé. Corriente. Rubio, con el pelo ondulado.

–¿Cómo vestía? –Pitt notaba un creciente frío en su interior–. ¿Qué llevaba puesto, Mabel?

–No me he fijado demasiado –contestó horrorizada.

Pitt adivinó qué imágenes rondaban por su mente; debía de verse a sí misma en la cama en lugar de Nora.

–¿Era ropa cara? –apuntó Lennox, rompiendo el silencio.

Pitt le lanzó una mirada fugaz, pero él habría formulado la misma pregunta. La idea flotaba en la mente de todos.

–Sí. Los hombres que vienen por aquí no suelen llevar ropa como ésa.

–¿Lo reconocería si volviese a verlo? –preguntó Pitt, recordando el rostro de Rose Burke cuando vio salir a Finlay FitzJames por la puerta de su casa en Devonshire Street.

–No lo sé. –Mabel estaba aterrorizada. Su piel blanca y sudorosa y su cuerpo trémulo no dejaba dudas al respecto–. Veo cientos de hombres. No me fijo en sus caras. Al fin y al cabo, es su dinero lo que cuenta, ¿o no? Es el dinero lo que paga la comida y el alquiler.

–Gracias –dijo Pitt. Se levantó, se alejó unos pasos de la mesa, y volvió a acercarse–. ¿Pueden facilitarme alguna otra información sobre sus clientes habituales? ¿Dónde viven? ¿A qué se dedican? ¿Cómo puedo localizarlos?

–¿Para qué? –preguntó Kate, mirándolo inquieta.

–¡Por si alguno ha visto al tipo que ha matado a Nora, pedazo de idiota! –prorrumpió Edie–. ¿Para qué va a ser? –Se volvió bruscamente hacia Pitt–. Por favor, caballero, es su obligación encontrar al canalla que anda matando chicas por este barrio. Primero fue la pobre Ada y ahora ha caído Nora. ¿Quién será la próxima? ¿Y quién después de esa?

Pearl se echó a llorar, débilmente, como una niña.

–¡Por Dios, Edie! –exclamó Mabel con desesperación–. ¿Qué necesidad había de decir eso?

Edie se giró indignada hacia ella.

–En fin, está claro que no fue el cerdo de Costigan, ¿no? A ése lo colgaron del cuello hasta morir, y ahora está a seis pies bajo tierra, ¿no? –Señaló con el pulgar hacia la pared y la oscuridad de la noche–. Es algún canalla que sigue ahí fuera, ¿no? Un canalla que podría presentarse aquí y ser tu próximo cliente, ¿no? Ya ves cómo ha acabado la pobre Nora, ¿no? Si no nos ayuda la policía, ¿quién va a ayudarnos? Yo no sé quién es el asesino. ¿Lo sabes tú acaso?

–¿Alguna de ustedes ha visto a alguien más aquí esta tarde? –repitió Pitt una vez más.

Pitt tomó nota de todo lo que dijeron, pero no aportó nada nuevo. A medianoche ordenó a Ewart y al agente Binns que continuasen buscando a los clientes que las mujeres habían mencionado e interrogándolos sobre lo que habían visto y oído. Eso era tarea de la comisaría del distrito.

Lennox había trasladado el cuerpo de Nora Gough al depósito de cadáveres, donde al día siguiente practicaría la autopsia. Pitt, no obstante, dudaba que el resultado añadiese nuevos datos a la breve y triste historia que ya conocía.

Al llegar a casa a la una menos cinco de la madrugada Charlotte lo aguardaba en el vestíbulo, ante la puerta abierta de la sala. Estaba pálida y tenía los ojos desmesuradamente abiertos.

Pitt cerró la puerta. Hasta ese momento se había olvidado por completo de que vestía aún su ropa de domingo y no llevaba abrigo. Esperaba volver a casa mucho antes. Tampoco había cenado.

–¿Era igual que el anterior? –preguntó con voz ronca.

–Exactamente igual –respondió Pitt, moviendo la cabeza en un gesto de asentimiento.

Entró a la sala y se sentó en su sillón, pero inclinado, sin relajarse, con los codos apoyados en las rodillas.

Charlotte lo siguió, cerró la puerta y fue a sentarse frente a él.

–No me contaste los pormenores del primer crimen –dijo en voz baja–. Quizá deberías.

Pitt sabía que Charlotte no le pedía esa información porque se creyese capaz de hallar respuestas que a él se le habían pasado por alto, sino porque quizá explicándolo él mismo viese las cosas más claras, como había ocurrido ya otras veces. Lo mejor que uno podía hacer para poner en orden sus ideas era hablar de ellas con alguien a quien no le importase admitir que no comprendía algún aspecto del problema.

Con suma atención, aborreciendo hasta el último detalle, le contó cómo había sido hallado el cadáver de Ada McKinley, en qué estado se encontraba, y qué torturas le habían infligido. Mientras hablaba, observó el rostro de Charlotte y vio dolor en él, pero ella no desvió la mirada.

–¿Y esta vez? –preguntó–. ¿Cómo se llamaba la mujer?

–Nora Gough.

–¿Y todo coincidía exactamente?

–Sí. Los dedos rotos de manos y pies. El agua. La liga en el brazo, las botas abrochadas entre sí.

–Eso no puede ser una casualidad –comentó Charlotte–. ¿Quién conocía todos esos detalles aparte del asesino?

–Ewart, Lennox, que es el forense, Cornwallis, y el agente que encontró el cadáver –dijo Pitt–. Y Tellman. Nadie más.

–¿Los periódicos?

–No.

–Las mujeres que viven en la misma casa podrían haber

hablado –señaló Charlotte–. Es una reacción muy común, en especial cuando uno está asustado. A veces la angustia disminuye al compartirla.

–Ni siquiera ellas conocían todos los detalles –explicó Pitt, recordando lo que Rose Burke en realidad había visto–. No sabían que tenía los dedos fracturados. Tampoco Binns y Tellman lo sabían, de hecho.

También ella estaba echada hacia adelante en el asiento, con las rodillas y las manos cerca de las de Pitt.

–Así pues, ha sido la misma persona, ¿no? –dijo con delicadeza. No había el menor dejo de crítica en su voz, ni miedo en su mirada, sólo aflicción.

–Sí –contestó Pitt, y se mordió el labio–. Seguramente.

Ninguno añadió que en tal caso Costigan no podía haber cometido el primer asesinato, pero la idea quedó flotando en el aire, con toda su carga de dolor y culpabilidad.

Charlotte le cogió las manos.

–¿Ha sido Finlay FitzJames? –preguntó, escrutando su mirada.

–No lo sé –respondió Pitt con franqueza–. He encontrado un pañuelo con sus iniciales bajo la almohada de Nora Gough. No son unas iniciales comunes. Pero eso no prueba que Finlay haya estado allí esta tarde. –Tomó aire y lo dejó escapar en un suspiro–. No obstante, ha sido visto uno de sus clientes. Un hombre rubio y bien vestido. En otras palabras, un caballero.

–¿Finlay FitzJames es rubio?

–Sí. Tiene un cabello espléndido, ondulado y muy abundante. Y esta tarde la testigo, al describir al cliente de la víctima, ha destacado ese rasgo en particular.

–Thomas...

La voz de Charlotte había cambiado. Pitt supo que se disponía a decirle algo que no le gustaría, algo que a ella le resultaba muy difícil revelar.

–¿Qué?

–Emily tiene la absoluta convicción de que Finlay FitzJames es inocente. Conoce a su hermana...

Pitt esperó.

–Lo vio la noche que Ada fue asesinada –dijo Charlotte, y alzó la vista, con la frente fruncida y los ojos muy abiertos.

–¿Emily vio a Finlay? –Pitt la miró con incredulidad–. ¿Por qué no ha informado?

–No... no. Lo vio Tallulah –corrigió Charlotte–. No podía contarlo porque ya había mentido a su padre sobre su paradero de esa noche, ya había dicho que había ido a otra parte. –Hablaba cada vez más deprisa–. En realidad estuvo en un sitio no muy recomendable. Una fiesta donde la gente bebía en exceso, fumaba opio, tomaba cocaína y esas cosas. Se celebró en Chelsea, en Beaufort Street. No era un lugar decoroso para ella. A su padre le habría dado una apoplejía si llega a enterarse.

–Eso sí lo creo –dijo Pitt con convicción–. Pero ¿Tallulah vio allí a Finlay? ¿Estás segura?

–Bueno, es Emily quien está segura. Pero Tallulah pensaba que nadie daría crédito a su palabra, siendo hermana de Finlay y habiendo asegurado ya que estaba en la fiesta de lady Swaffham.

–¡Pero alguien más debió verlo! –exclamó Pitt con una extraña y casi aterradora sensación de júbilo. Quizá como mínimo no se había equivocado respecto a Finlay–. ¿Quiénes más estaban presentes?

–He ahí el problema. Tallulah no conocía a nadie, salvo al joven que la acompañó, y en realidad tampoco a él lo conocía apenas. Estaba tan bebido que ni siquiera recordaba haber ido a esa fiesta.

–¡Sí, pero alguien debió ver a Tallulah! –insistió Pitt, cogiendo a Charlotte las manos sin darse cuenta.

–No sabe a quién preguntar. Esa clase de fiestas se... en fin, se celebran en casas particulares. Por lo visto, la gente deambula de habitación en habitación. Hay biombos para mayor intimidad, palmeras en macetas, gente medio ebria... Cualquiera podría entrar y salir sin que nadie se diese cuenta ni mostrase el menor interés. Ni siquiera el anfitrión sabía quiénes habían asistido.

–¿Cómo te has enterado de todo eso? –preguntó Pitt con tono apremiante, intentando imaginar un ambiente como aquél–. ¿Te lo ha contado Emily? ¿Y supongo que a ella se lo ha dicho Tallulah?

Charlotte inclinó la cabeza.

–No te lo crees, ¿verdad?

–No, me temo que no. Estoy dispuesto a creer que Tallulah haya estado en un sitio así, y también Finlay, por supuesto. Pero me es imposible creer que los dos coincidiesen allí precisamente la noche que Ada McKinley murió asesinada. Como prueba de su inocencia, carece de valor.

–Eso pensó Tallulah. Para Emily fue prueba suficiente.

Las peores sospechas cobraban forma en la mente de Pitt.

–¿Por qué me cuentas esto ahora, Charlotte? ¿Quieres hacerme pensar que Finlay es sin duda inocente? Has dicho que fue prueba suficiente para Emily, pero no para ti.

–Yo no sé qué pensar –admitió Charlotte con franqueza. Bajó la vista por un instante y, palideciendo, volvió a mirar a Pitt a la cara. Se sentía desolada–. Thomas..., fue Emily quien encargó la segunda insignia del club Fuego del Infierno, y Tallulah la colocó entre las cosas de Finlay para que la encontraseis.

–¿Cómo? –preguntó Pitt a voz en cuello–. ¿Qué has dicho?

Charlotte estaba lívida pero mantuvo firme la mirada. Habló en voz muy baja, casi un susurro.

–Emily encargó la segunda insignia para que Tallulah la dejase en el ropero de Finlay.

–¡Santo Dios! –prorrumpió Pitt–. ¡Y tú la ayudaste! ¡Y luego me convenciste de que volviese a la casa a buscarla! ¿Cómo has podido engañarme de ese modo?

Era eso lo que realmente le dolía, no el hecho de que hubiesen introducido pruebas falsas y enturbiado el caso, sino aquel engaño deliberado. Charlotte nunca había hecho algo semejante. Era una traición de quien jamás habría esperado.

Charlotte, horrorizada, miró a Pitt con los ojos fuera de las órbitas, como si acabase de abofetearla.

–¡Yo no sabía que Emily había hecho eso! –protestó.

A Pitt le pesaba demasiado el cansancio para encolerizarse, y la conciencia de su propia culpabilidad respecto a Costigan, y la necesidad de Charlotte y la lealtad y el consuelo que pudiese proporcionarle, e incluso del calor de su presencia física.

Charlotte esperaba su reacción, escrutando su rostro. No tenía miedo, pero su mirada reflejaba pesar y ansiedad. Comprendía el dolor de su marido. Le cogió la mano con ternura y firmeza.

Pitt se inclinó y la besó una y otra vez, y ella respondió con la confianza y la generosidad que la caracterizaban.

Pitt lanzó un suspiro.

–Aunque lo hubiese sabido antes, no habría retirado los cargos contra Costigan –admitió por fin–. De hecho, Augustus FitzJames declaró que él mismo había encargado la condenada insignia. Me gustaría saber por qué lo dijo.

–Para que no siguieses investigando –sugirió Charlotte, reclinándose contra el respaldo.

–Pero ¿por qué? –repitió Pitt. Estaba perplejo. Para él no tenía sentido.

–Por el escándalo. –Charlotte movió la cabeza en un gesto de resignación–. Resulta escandaloso recibir a la policía en casa, sea cual sea su objetivo. Supongo que mañana tendrás que volver a visitarlo.

–Sí –respondió Pitt. Prefería no pensar en ello.

Charlotte se puso en pie.

–Entonces será mejor que nos acostemos mientras aún quedan unas horas de noche. Vamos.

Pitt se levantó también y apagó la lámpara de gas. A continuación rodeó a Charlotte con un brazo, y subieron juntos por la escalera. Al menos durante unas horas no tendría que pensar.

Al día siguiente Pitt madrugó y fue a la cocina mientras Charlotte despertaba a los niños e iniciaba sus quehaceres cotidianos. Gracie le preparó el desayuno, lanzándole furtivas miradas con los ojos entornados y un visaje de inquietud en el rostro. Ella había hojeado ya los periódicos de la mañana y oído rumores de que se había producido un segundo asesinato en Whitechapel. Recientemente Charlotte la había enseñado a leer, así que sabía también casi todo lo que se había escrito al respecto, y estaba dispuesta a defender a Pitt ante cualquiera.

Probablemente las ediciones vespertinas serían aún peores, pues para entonces habría más noticias que ofrecer, más detalles, más exactitud respecto a quién exigir responsabilidades.

Iba de un lado a otro pisando con rabia, haciendo ruido con los platos, dejando silbar la tetera, por la indignación que le provocaban quienes culpaban a Pitt, y por el temor a que le complicasen aún más las cosas, y por la frustración de no saber qué hacer para ayudar. Ni siquiera sabía si debía o no mencionar el tema.

–Gracie, acabarás rompiendo algo –dijo Pitt con delicadeza.

–Lo siento, señor. –Dejó la tetera con un violento golpe–. Es que esto me saca de mis casillas. No es justo. ¿Qué han hecho ellos en este asunto? Nada. No sabrían ni por dónde empezar. El que ha escrito esas cosas es un estúpido, un irresponsable. –Últimamente empleaba palabras más largas. La lectura había producido grandes cambios en su vocabulario.

Pitt sonrió pese a su profundo malestar. La lealtad de Gracie era peculiarmente alentadora. Esperaba poder estar a la altura del elevado concepto que tenía de él. Pero cuanto más pensaba en el tema, más seguro estaba de que había cometido un error irreparable con Costigan, de que le había pasado inadvertido algo, algo importante que si hubiese comprendido a tiempo habría evitado una ejecución injusta.

Tomó el desayuno sin darse cuenta siquiera de qué comía, y se levantó para marcharse cuando Charlotte y los niños entraban en la cocina. Gracie había escondido los periódicos. Aun así, por lo menos Jemima notó que ocurría algo. Miró alternativamente a sus padres y se sentó.

–No quiero desayunar –dijo de inmediato.

Daniel se encaramó a su silla, cogió el vaso de leche que Gracie le había servido y bebió la mitad. A continuación se limpió el ruedo blanco de los labios con la mano y anunció que él tampoco quería tomar nada.

–Sí vais a desayunar –se apresuró a contestar Charlotte.

–Hay un hombre en la calle –dijo Jemima, mirando a Pitt–.

Ha llamado a la puerta, y mamá lo ha echado. Ha estado muy grosera. A mí me has enseñado que no debo hablar así a nadie. No ha dicho por favor, ni gracias.

Pitt miró a Charlotte.

–Un periodista –aclaró Charlotte con una forzada sonrisa–. Muy impertinente. Le he dicho que se fuese y no volviese a llamar a la puerta, o le echaría al perro.

–Y además ha mentido –dijo Jemima–. No tenemos perro.

Daniel parecía asustado.

–No va a quedarse con *Archie*, ¿verdad? ¿Ni con *Angus*? –preguntó, preocupado.

–Claro que no –aseguró Charlotte. Al ver que la inquietud no desaparecía de su cara, añadió–: Echarle al perro, cariño, no quiere decir que vaya a dárselo, sino que voy a ordenarle que le muerda.

Daniel sonrió y alargó el brazo hacia la leche.

–¡Ah, bueno! Entonces *Archie* podría arañarle –dijo con optimismo.

Charlotte le quitó el vaso.

–Si te bebes ya toda la leche, no te comerás los cereales.

Se olvidó de su anunciado ayuno, y cuando Gracie le entregó el tazón de cereales, lo aceptó con entusiasmo.

Jemima estaba más preocupada. Percibía la tensión en el ambiente. Jugueteó con la comida, y nadie la reprendió.

De pronto sonó la campanilla de la puerta y a continuación unos fuertes golpes. Gracie dejó bruscamente la tetera y se encaminó con determinación hacia el vestíbulo.

Charlotte miró a Pitt, que se puso en pie, dispuesto a ir tras ella.

–Alguna vez tendré que enfrentarme a ellos –dijo Pitt, deseando poder posponerlo hasta tener alguna explicación que ofrecer, alguna respuesta o razón. No había excusas.

Charlotte abrió la boca para hablar, pero guardó silencio.

–¿Qué pasa? –preguntó Jemima, mirando primero a su madre y luego a su padre–. ¿Cuál es el problema?

Charlotte apoyó una mano en el hombro de Jemima y se apresuró a responder:

–Nada que deba preocuparte. Acábate el desayuno.

Se abrió la puerta de la calle y se oyó una voz de hombre, y de inmediato la respuesta estridente y colérica de Gracie. Un momento después sonó un portazo, seguido de las retumbantes pisadas de Gracie en el vestíbulo. Para su pequeño tamaño, podía llegar a ser muy ruidosa cuando se enojaba.

–¡Habráse visto frescura! –exclamó al entrar en la cocina, con la cara blanca y fuego en los ojos–. ¿Quiénes se han creído que son? ¡Escriben unas cuantas palabras y ya se creen los más listos de Londres! ¡Sinvergüenzas!

Abrió el grifo a pleno caudal, y el chorro cayó en una cuchara que había en el fregadero y le salpicó la pechera del vestido. Tomó aire para proferir un juramento, pero de pronto recordó que Pitt estaba presente y se contuvo.

Charlotte sofocó una risa próxima a la histeria.

–Supongo que era un periodista, ¿no Gracie?

–Sí –contestó Gracie, intentando secarse con un paño de cocina sin conseguir una mejora apreciable–. ¡Un personajillo de poca monta!

–Vale más que vayas a ponerte un vestido seco –sugirió Charlotte.

–No importa –respondió Gracie, dejando el paño–. Aquí dentro hace calor. No creo que me enfríe.

Acto seguido empezó a hurgar primero en el tarro de la harina y después en el de los frutos secos, reuniendo los ingredientes para una tarta que no metería en el horno hasta mediodía, pero la actividad física era una válvula de escape para la tensión acumulada. Probablemente después trabajaría la masa para el pan hasta dejarla fina como una hoja de papel.

Pitt sonrió con cierta languidez, dio un beso de despedida a Charlotte, tocó a Jemima en la cabeza y a Daniel en el hombro al pasar por su lado, y se marchó a iniciar su investigación del día.

Jemima se volvió inmediatamente hacia Charlotte con los ojos muy abiertos.

–¿Qué pasa, mamá? ¿Con quién se ha enfadado Gracie?

–Con la gente que escribe cosas en los diarios sin conocer toda la historia –contestó Charlotte–. Con la gente que se propone asustar y poner nervioso a todo el mundo para vender más periódicos, sin tener en cuenta que con eso pueden empeorar mucho la situación.

–¿Qué situación?

–¿Qué situación? –repitió Daniel–. ¿Está asustado y nervioso papá, como cualquier persona?

–No –mintió Charlotte, buscando con desesperación la manera de protegerlos.

¿Qué era peor: fingir que todo estaba en orden cuando era obvio que no lo estaba, y aumentar así su miedo porque se daban cuenta de que les mentían; o contarles parte de la verdad, para que de ese modo por lo menos comprendiesen la causa del malestar y se sintiesen integrados en la familia? Se preocuparían y asustarían, pero no debido a indefinidos temores imaginarios o a la sensación de estar solos y no gozar de la confianza de sus padres.

Sin haber tomado una decisión consciente, contestó:

–Ha muerto otra mujer en Whitechapel, de la misma manera que la otra que murió hace un tiempo. Quizá se castigó a un hombre que no había hecho nada. La gente está disgustada por eso, y a veces cuando uno se enfada o tiene miedo, quiere echar la culpa a alguien. Así todo parece más fácil.

Jemima estaba confusa.

–¿Por qué parece más fácil?

–No lo sé. Pero ¿recuerdas cuando tropezaste con la silla y te hiciste daño en un dedo del pie?

–Sí. Se me puso azul, amarillo y verde.

–¿Recuerdas lo que sentiste?

–Me dolió.

–Dijiste que había sido culpa mía. –Daniel entornó los ojos y miró acusadoramente a su hermana–. No fue culpa mía. Yo no dejé allí la silla. Tuviste tú la culpa, por no mirar por dónde ibas.

–¡Mentira! –protestó Jemima, indignada.

–¿Lo ves? –terció Charlotte–. Es más fácil enfadarse que admitir tu torpeza.

En el rostro de Daniel apareció una radiante sonrisa de triunfo. Por una vez su madre había tomado partido, y él había ganado la pelea.

Jemima parecía enojada. Miró a su hermano con un destello de mal genio en los ojos.

–La cuestión es –prosiguió Charlotte, comprendiendo que el ejemplo no había sido muy afortunado– que cuando la gente está preocupada, acaba enfadándose. Ahora están preocupados porque ha muerto otra mujer, y asustados porque quizá castigaron al hombre que no debían, así que además se sienten culpables. Buscan a alguien con quien enfadarse, y papá parece la persona más indicada porque fue él quien pensó que el hombre que castigaron había matado a esa mujer. Y ahora creen que no fue él.

–¿Se equivocó papá? –preguntó Jemima con una profunda arruga entre las cejas finas y suaves.

–Aún no lo sabemos. Resulta difícil entenderlo. Pero es posible. Todos cometemos errores.

–¿Papá también? –preguntó Jemima con expresión seria.

–Claro.

–¿Se enfadarán mucho con él?

Charlotte vaciló. ¿Era mejor prevenirla? ¿Una mentira piadosa repercutiría negativamente en ella al cabo del tiempo y agravaría la herida? ¿O estaba creándoles un temor innecesario, esperando demasiado de ellos? Deseaba protegerlos por encima de todo. Pero ¿en qué consistía la protección? ¿En la verdad o en la mentira?

–¿Mamá? –dijo Jemima. Su voz empezaba a delatar miedo.

Daniel la observaba atentamente.

–Puede que se enfaden –contestó, mirándola a los ojos–. Pero estarán equivocados, porque papá ha hecho lo mejor que podía hacerse. Y si se cometió un error, era de todos, no sólo suyo.

–Ah –dijo Jemima–. Ya lo entiendo.

Se volvió hacia su desayuno y siguió comiendo pensativamente.

Daniel miró a su hermana y luego a su madre, respiró hondo y continuó también con su desayuno.

–Hoy os acompañaré yo al colegio –anunció Charlotte con decisión–. Hace un día precioso, y me apetece pasear.

Si había más periodistas esperando fuera, o en la calle oían alguna clase de comentarios, prefería que Gracie no se enzarzase en una batalla campal estando los niños delante. A ella misma le exigiría un notable esfuerzo no perder los estribos.

Sin embargo la situación no se puso realmente desagradable hasta que aparecieron las ediciones vespertinas. Alguien había filtrado a la prensa un escabroso relato del asesinato de Nora Gough, con una pormenorizada descripción de los síntomas y los efectos de una asfixia por estrangulamiento. En esta ocasión las fracturas, las botas y el agua no se habían omitido. No faltaba un solo detalle, y naturalmente se establecía un claro paralelismo con el asesinato de Ada McKinley. Los artículos incluían grandes fotografías de Costigan con aspecto hosco y amedrentado, sólo que ahora su ceñuda expresión no se interpretaba como depravación, sino como terror ante el fallo de la falsa justicia, bajo cuyas ruedas perecía aplastado el hombre corriente. En todos ellos aparecían menciones a Pitt, considerado el principal responsable del ahorcamiento de Costigan, denostándolo por ello como en ningún momento lo habían elogiado por la detención inicial.

Charlotte salió a la calle y avanzó por la acera consciente de que los vecinos espiaban y murmuraban tras las cortinas. Poco le importaban las meriendas a que dejaría de ser invitada, la gente que no la vería aun teniéndola enfrente, los súbitos y urgentes compromisos pretextados cuando ella se acercase. Toda su indignación se debía a las consecuencias que aquello acarrearía a Pitt y a sus hijos. Los habría defendido con uñas y dientes si hubiese habido alguien contra quien arremeter.

Dadas las circunstancias, se limitó a continuar caminando por la acera con la cabeza en alto, sin prestar atención a lo que ocurría a izquierda y derecha, y al doblar la esquina casi se tropezó con el anciano comandante Kidderman, que paseaba a su perro.

–Disculpe –se apresuró a decir–. Lo siento mucho.

Se disponía a seguir cuando él habló.

–Las tribulaciones del mando, querida –dijo, tocándose el ala del sombrero–. Es duro, pero para eso estamos –añadió, y sonrió tímidamente.

–Gracias, comandante. Muchas gracias por... –No supo si agradecerle su amabilidad o sus sabias palabras. Ni lo uno ni lo otro le pareció apropiado–. Gracias –repitió sin convicción, pero le devolvió la sonrisa con repentino y sincero afecto.

Recogió a Daniel y Jemima del colegio, y juntos regresaron a casa. Una joven malcarada cruzó a la otra acera al verlos con expresión de profundo desagrado. Una mujer con tres niños pasó apresuradamente por su lado, eludiendo la mirada de Charlotte. La menor, con un vestido de volantes, se paró a hablar con Jemima, y su madre le ordenó con severidad que siguiese adelante y no perdiese el tiempo.

En la esquina un repartidor de periódicos voceaba las última noticias.

–¡La policía se equivocó de hombre! ¡Nuevo asesinato en Whitechapel! ¡Costigan inocente! ¡Léanlo todo sobre el caso! ¡Otro horrible asesinato en Whitechapel!

Charlotte pasó rápidamente por su lado, desviando la mirada. Aunque en realidad el muchacho no le hubiese ofrecido un periódico ni hubiese esperado que ella lo comprase. Caminaba tan deprisa que los niños tenían que correr para no rezagarse. Al llegar a su casa, subió precipitadamente por la escalinata y empujó la puerta con tal fuerza que rebotó contra el tope del suelo.

Gracie estaba en la cocina, con un rodillo de amasar en las manos. Su enojo era tal que apenas podía hablar. Al ver que quien había entrado era Charlotte sintió un gran alivio.

Charlotte se echó a reír, pero al instante la risa se convirtió en llanto. Los niños pasaron unos momentos de temor hasta que ella consiguió controlarse y se enjugó las lágrimas. Se sorbió la nariz y fue por un pañuelo.

–Id a lavaros las manos antes de merendar –dijo–. Luego podéis leer un cuento.

Pitt tuvo un día mucho más desagradable. Primero pasó por la comisaría de Whitechapel para saber si había alguna novedad antes de ir a hablar con Finlay FitzJames. No había nada. Todo el mundo estaba pálido y abatido. Nadie había dudado de la culpabilidad de Costigan. En realidad, muy pocos estaban a favor de la horca, pero la aceptaban. Siempre había sido ése el precio del crimen. Y de pronto sentían una extraña culpabilidad colectiva. Se responsabilizaba del error a todo el cuerpo de policía, y no sólo los periódicos, sino también los ciudadanos de a pie. Habían escupido a un agente; a otro lo había seguido e insultado una vociferante multitud de jóvenes indignados. Al agente Binns le habían arrojado una botella de cerveza, que se había hecho añicos contra la pared justo encima de su cabeza.

Aquella mañana, bajo la luz fría e intensa, estaban todos muy serios y muy confusos.

Ewart llegó mal afeitado, con un corte en la mejilla, la piel tensa y oscuras ojeras.

–¿Alguna novedad? –preguntó Pitt.

–No –contestó Ewart sin volver siquiera la cabeza para mirar a Pitt a los ojos.

–¿Ha traído Lennox su informe?

–Todavía no. Está en ello.

–¿Y en cuanto a los otros testigos?

–Hemos localizado a dos. No muy contentos. –Ewart esbozó una amarga sonrisa–. No es fácil explicarle a la esposa, o la hermana en el caso de Kale, que la policía quiere interrogarlo a uno como posible testigo de un asesinato en un burdel. Dudo mucho que Sydney Allerdyce tenga una cena decente en la mesa durante años. –Su voz no reflejaba pesar, sino de hecho cierta satisfacción.

–¿Vieron a alguien? –preguntó Pitt, abordando el único punto que importaba.

Ewart vaciló.

–¿A quién vieron? –insistió Pitt apremiante, preguntándose qué ocultaba Ewart y temía revelarle–. ¿A FitzJames?

Ewart dejó escapar un suspiro.

–A un joven de pelo rubio y abundante, estatura media, y bien vestido –contestó, escrutando el rostro de Pitt–. No tiene por qué ser él –añadió, y una expresión de enojo asomó fugazmente a su cara, enojo consigo mismo por haber expresado ese pensamiento.

–Desde luego Albert Costigan no era –replicó Pitt–. ¿Vieron entrar o salir de la casa a alguna otra persona?

–No. O al menos no lo recuerdan. Sólo a las mujeres que viven allí.

–¿Y los vecinos o gente de paso por la calle? ¿Vendedores ambulantes o prostitutas? ¿Vio alguien algo?

–Nada que nos sirva –respondió Ewart, irritado–. Interrogué a un carretero que estuvo cargando cerca de allí a esa hora. Sólo vio gente en la calle. Nadie que entrase o saliese de la casa. Pregunté también a un par de prostitutas, Janie Martins y Ella Baker, que rondaban por la zona buscando clientela. Sólo vieron a los hombres que se llevaron a sus habitaciones, y ninguno estuvo cerca de la casa. De hecho, Ella ni siquiera pasó por Myrdle Street.

–Muy bien, pero es obvio que alguien entró y salió. Nora Gough no pudo hacerse una cosa así ella sola. Vuelva a la zona y siga intentándolo. Yo voy a ver a FitzJames. Imagino que estará esperándome.

Abrió la puerta de la casa de Devonshire Street el cordial mayordomo de siempre, pero esta vez con expresión muy grave, aunque sin llegar a ocultar por completo la natural simpatía de su rostro.

–Buenos días, señor Pitt –saludó, abriendo la puerta de par en par para dejarlo entrar–. Un tiempo delicioso, ¿no le parece? Creo que octubre es mi mes preferido. Supongo que desea ver al señor FitzJames. Está en el gabinete. ¿Si es tan amable de seguirme?

Sin aguardar su respuesta, se volvió y le mostró una vez más el camino. Pasaron ante un magnífico cuadro de una escena portuaria de la ciudad holandesa de Delft y llegaron al pasillo donde se hallaba el gabinete. Llamó a la puerta y entró de inmediato.

–El señor Pitt, señor –anunció, y se apartó para dejar paso a Pitt.

Augustus se hallaba de pie ante la chimenea, pese a que el fuego no estaba encendido. Pitt nunca antes lo había visto de pie. En sus anteriores conversaciones nunca se había levantado. Tenía los hombros redondeados y el vientre ya un poco prominente. Llevaba un traje de excelente corte y el cuello de la camisa alto y almidonado. En su alargado rostro, dominado por la pronunciada nariz, se advertía una expresión hostil.

–Pase –ordenó–. He supuesto que vendría, y lo he esperado. ¿Y ahora va a decirme que ahorcaron a quien no debían, o va a afirmar que el crimen de ayer lo cometió un segundo lunático?

–No voy a afirmar nada, señor FitzJames –repuso Pitt, a punto de perder los estribos. Pocas veces había deseado tan intensamente responder a las ofensas de alguien. Sólo la absoluta convicción de que después le pesaría en la conciencia le permitió contenerse.

–Me sorprende que haya facilitado tanta información a la prensa –comentó Augustus con aspereza y una curiosa expresión de burla en los ojos–. Habría imaginado que por su propio interés diría lo menos posible. Es usted más necio de lo que pensaba.

Pitt detectó miedo en su voz. Era la primera vez que lo percibía, y se preguntó si Augustus sería también consciente. Quizá era ésa la causa de su cólera.

–Yo ni siquiera he hablado con la prensa –contestó Pitt–. No sé quién filtró esa información, y si fue una de las mujeres que viven en la casa de Myrdle Street, nada puede hacerse. Es mejor que nos dediquemos a descubrir la verdad, y demostrarla, que a lamentarnos del conocimiento público de este segundo crimen y su semejanza con el primero.

Augustus lo miró fijamente, atónito tanto por su brusquedad como por lo ciertas que eran sus palabras. El comentario lo obligó a abandonar la discusión y afrontar la realidad de su propio peligro. No podía perder el tiempo en recriminaciones, y menos contra la persona que más podía ayudarlo o perjudicarlo. El enorme esfuerzo que le representó ocultar sus sentimientos se reflejó claramente en sus obstinadas facciones.

–Es de suponer que el primer crimen fue igual –dijo lentamente, mirando a Pitt a los ojos–. No recuerdo haber leído todos esos detalles en los informes sobre la muerte de Ada McKinley.

–No se publicaron –respondió Pitt.

–Ya. –Cuadró los hombros–. ¿Quién más los conocía?

–Aparte del asesino –Pitt se permitió un asomo de ironía en la expresión–, yo, el inspector Ewart, el agente que encontró el cadáver y el forense que la examinó.

–¿Y las otras mujeres de la casa?

–No que yo sepa. No tuvieron ocasión de entrar en la habitación.

–¿Está seguro? –preguntó Augustus, alzando la voz, como si albergase alguna esperanza–. Al fin y al cabo, estaban allí. Quizá la vieron y lo contaron... no sé... –Sacudió los hombros en un gesto de irritación–. ¡Quizá lo contaron a los hombres con quienes se relacionan! Tal vez alguien copió intencionadamente el primer crimen.

–¿Con qué propósito? Costigan no podía ser acusado también del segundo –observó Pitt–. De todos cuantos se han visto implicados en el caso, sólo de él puede afirmarse sin lugar a dudas que es inocente de la muerte de Nora Gough.

–Tome asiento. –Augustus señaló un sillón con un gesto brusco, como si asestase un golpe. Él sin embargo permaneció de pie, de espaldas a la chimenea y con las manos cruzadas detrás–. Desconozco la razón. Tal vez sea solamente una simple maniobra para desacreditar y dejar en ridículo a la policía.

–Nadie asesina mujeres para dejar en ridículo a la policía –contestó Pitt, quedándose de pie–. Existía una razón personal para matarla, muy personal de hecho. Tenía los dedos de las manos y los pies fracturados o dislocados, señor FitzJames. Eso es muy doloroso. Es una forma de tortura. –Pasó por alto la mueca de aversión de Augustus–. Antes la ataron a la cama con una de sus medias, y después le echaron agua por encima. Las botas estaban abrochadas entre sí, y tenía una liga en el brazo. Nadie hace una cosa así a menos que albergue en su interior una violenta pasión, y no una razón indirecta como dejar en ridículo a alguien.

Augustus estaba muy pálido, casi gris, y tenía arrugadas la

pronunciada nariz y la boca, como si en cuestión de horas hubiese envejecido diez años.

–Estoy de acuerdo, comisario, en que es una atrocidad. Una conducta impropia de un hombre civilizado. Anda usted tras los pasos de una especie de animal, un ser apenas humano. Desearía poder ayudarlo más, pero esa clase de asuntos escapan a mis conocimientos. ¿Espero que esta vez no haya encontrado nada de mi hijo? –El tono interrogativo era meramente retórico, pues se advertía certidumbre en su voz.

–Lamentablemente, señor FitzJames, encontramos esto –dijo Pitt. Sacó de su bolsillo el pañuelo y se lo tendió a Augustus para que viese las iniciales bordadas.

Por un momento Pitt pensó que Augustus iba a desmayarse. Se balanceó ligeramente y alargó un brazo hacia el pañuelo, sin llegar a tocarlo; de inmediato tuvo que extender también el otro brazo para mantener el equilibrio.

–Veo... veo las iniciales, comisario –dijo con voz severa y tensa–. Admito que no son comunes. Pero eso no significa que ese pañuelo sea de mi hijo. Y desde luego tampoco significa que él lo dejase allí. Espero que haya llegado usted a esa misma conclusión. –Por primera vez su tono de voz no entrañaba amenaza alguna, sólo una mezcla de súplica y desafío, la voluntad de hacer cuanto estuviese a su alcance para impedir el desastre que se cernía sobre su familia.

Pese a la antipatía personal que Augustus le inspiraba, Pitt era no obstante capaz de compadecerlo. Deseó poder estar mucho más seguro de lo que creía acerca de la culpabilidad de Finlay.

–Soy consciente de eso, señor FitzJames –admitió–. El problema estriba en descubrir quién pudo dejar los efectos personales de su hijo con tal premeditación primero en el escenario del asesinato de Ada McKinley y ahora en el de Nora Gough... y por qué. Me temo que será necesario realizar una investigación a fondo sobre todos aquellos que se consideran enemigos suyos. Sería absurdo pensar que su hijo ha sido elegido al azar.

Augustus tomó aire y lo expulsó en un suspiro.

–Si usted lo dice, comisario. –Entornó los ojos–. Permítame que le pregunte cómo consiguió una condena contra Albert Costigan si, como ahora parece, no era culpable. No... no lo digo con ánimo de crítica. Creo que es algo que necesitamos saber, o que yo necesito saber. Esta tragedia se ha convertido ahora en una grave amenaza para mi familia.

–Eso me temo –convino Pitt. Sacó el botón del bolsillo y se lo mostró también a Augustus.

Augustus lo cogió y lo examinó.

–Un botón muy corriente –dijo, y alzó de nuevo la vista para mirar a Pitt–. Creo que yo no tengo ninguno igual, pero los he visto en varias prendas masculinas. No demuestra nada, salvo que alguien con buen gusto estuvo allí. –Su rostro se tensó–. O para ser más exacto, con buen gusto en el vestir.

–También hay testigos –continuó Pitt, asestando el golpe final–. El último cliente de la víctima era un joven de estatura media, cabello rubio y abundante, y bien vestido.

Augustus no se molestó en señalar que muchos jóvenes coincidían con esa descripción.

–Comprendo. Como es lógico, ya he preguntado a mi hijo dónde estuvo ayer tarde. Supongo de todos modos que querrá oírlo usted mismo de él.

–Si no le importa...

Augustus hizo sonar la campanilla. Cuando apareció el mayordomo, lo envió a por Finlay.

Aguardaron en silencio.

Finlay llegó al cabo de unos minutos. Entró y cerró la puerta. Vestía con ropa informal; obviamente se había cambiado al regresar del Foreign Office, si es que había estado allí. Se le notaba asustado, y el color se distribuía por su piel de manera irregular, como si hubiese bebido la noche anterior y padeciese aún los efectos. Miró primero a su padre y después a Pitt.

–Buenos días, señor FitzJames –saludó Pitt con calma–. Perdone la molestia, pero por desgracia me veo en la obligación de preguntarle dónde estuvo ayer tarde entre las tres y las seis.

–¡En Myrdle Street no, desde luego! –replicó con voz vacilante, como si no supiese si mostrarse indignado, autocompadecerse, o tomárselo a la ligera, como si aquello no fuese con él. Sólo el miedo era evidente.

–¿Dónde estuvo? –repitió Pitt.

–A las tres no había salido aún del Foreign Office –contestó Finlay–. Me marché a eso de las cuatro y media, o un poco más tarde. Luego fui a dar un paseo por el parque. –Alzó el mentón y miró a Pitt tan directamente a los ojos, que éste estuvo casi seguro de que mentía–. Había quedado allí con una persona, por razones de trabajo, pero no apareció. Esperé un rato y luego fui a un restaurante a comer algo antes de ir al teatro. Ni siquiera me acerqué a Whitechapel.

–¿Puede demostrarlo? –preguntó Pitt, convencido de que no podría. Si hubiese tenido una coartada, Augustus se lo habría dicho al principio, y además con tono triunfal. Podría haberse librado de Pitt inmediatamente, sin necesidad de solicitar su ayuda. El miedo que había percibido en su voz era la respuesta.

–No, creo que no. El... el asunto era un favor a un amigo, que se había metido en un problema estúpido –explicó Finlay, extendiéndose más de lo necesario–. Un problema de dinero, con una mujer por medio... todo bastante sórdido. Yo pretendía ayudarlo a zanjar la cuestión de una vez por todas sin que nadie viese manchada su reputación. No tenía demasiado interés en que me viese ningún conocido. No me paré a hablar con nadie.

–Comprendo. –Pitt sólo comprendía la inutilidad de todo aquello–. ¿Este pañuelo es suyo, señor FitzJames?

Le tendió el pañuelo hallado bajo la almohada de Nora Gough.

Finlay no lo tocó.

–Podría ser. Tengo por lo menos media docena como ése, igual que casi toda la gente que conozco.

–¿Con las iniciales FFJ en una esquina?

–No, no..., claro. Pero... en un pañuelo... –Tragó saliva–. En un pañuelo pueden bordarse las iniciales que uno desee. Que lleve esas iniciales no quiere decir que sea mío. Lo encontró, supongo, cerca de la nueva víctima, ¿no? Lo sabía.

Lo he visto en su cara. –Elevaba gradualmente el volumen de voz–. ¡Yo no la maté, comisario! No conocía a esa mujer de nada, y nunca he estado en Myrdle Street. Algún... demente... se ha propuesto arruinarme la vida, y antes de que lo pregunte, le diré que no tengo la más remota idea de quién pueda ser... ni por qué lo hace. Yo... –No terminó lo que iba a decir–. Quizá debería indagar entre los amigos de Albert Costigan. Alguien ha intentado incriminarnos a los dos, comisario, hacernos aparecer como asesinos, y a usted como un incompetente... y de manera indirecta también como un asesino. –En sus ojos brilló una chispa de victoria y desafío–. Creo que tanto en su interés como en el mío le conviene averiguar quién es y llevarlo ante la justicia. Si pudiese ayudarlo, lo haría, pero no sabría por dónde empezar. Lo siento.

–Empezaremos reconsiderando a todos aquellos que podrían tener algún motivo de rencor contra usted, señor FitzJames –contestó Pitt–. Y continuaremos con aquellos para quienes usted pueda ser un obstáculo desde el punto de vista profesional o personal. Y quizá volvamos a indagar en las vidas de los socios del club Fuego del Infierno.

–¡Eso no puedo hacerlo! –protestó Finlay con vehemencia, desapareciendo en el acto su momentáneo júbilo–. Éramos buenos amigos. Ellos no son esa clase de gente, nada más lejos. Los amigos de la juventud son... En fin, no ha sido ninguno de ellos, se lo aseguro. Pensaré en las otras posibilidades y le prepararé una lista.

–Yo también –añadió Augustus–. Cuente con nuestra total colaboración, comisario. –La sombra de una sonrisa asomó a sus insípidos labios–. Nos une un interés común, al menos en esta ocasión.

Pitt no podía menos que estar de acuerdo.

–Y apremiante –añadió con tristeza–. Gracias. –Se volvió hacia Finlay–. Gracias, señor FitzJames.

9

En la prensa del día siguiente las manifestaciones de repulsa fueron mucho más encarnizadas. No sólo los periódicos menos serios publicaron titulares sensacionalistas, sino que incluso *The Times* puso en entredicho la imparcialidad del proceso contra Costigan, y de paso la eficacia de la policía y hasta su honradez.

Más adelante en el mismo periódico otro artículo volvía a analizar las pruebas presentadas en el juicio, llegando a la conclusión de que parte de ellas eran moralmente sospechosas, basadas más en el deseo de inculpar a Costigan que en la realidad. Toda la investigación, insinuaban, podía haberse efectuado, más que con genuina preocupación por la justicia, con el objetivo de encontrar pronto a un culpable, y ahorrar así a la policía –y a cuantos la respaldaban en beneficio de su reputación política– el bochorno de su propia ineptitud. Costigan había sido la víctima de estos intereses tan indignos de admiración.

Varios periódicos menos serios llegaban a afirmar que los policías al frente del caso habían sido amenazados o sobornados para que actuasen de la manera más expeditiva posible. Comparaban a Pitt con el desventurado inspector Abilene, que había sido incapaz de resolver la anterior serie de asesinatos en Whitechapel, y con Warren, el por entonces jefe de policía, obligado a jubilarse anticipadamente por ese mismo fracaso.

Publicaban varias cartas donde se pedía que se concediese a Costigan la absolución a título póstumo, y se indemnizase generosamente a sus parientes, en caso de encontrar a alguno, por su injusta muerte.

Pitt volvió a doblarlos después de leerlos. Gracie se los arrancó de las manos, y los habría echado al fuego de no haber sabido que tanta ceniza de papel acabaría ahogándolo, con lo cual habría que limpiarlo todo y encenderlo de nuevo.

Charlotte guardaba silencio. Sabía que Pitt era de sobra consciente de todo lo que podía decirse sobre aquello, que no era mucho. Sabía asimismo que había actuado honestamente, pero si hubiese insistido en eso en aquellos momentos, habría dado la impresión de que en el fondo lo ponía en duda. Su mayor preocupación era proteger a Daniel y Jemima. No podía hacer nada por evitar a Pitt su sufrimiento, salvo compartirlo con él y a la vez no exteriorizarlo demasiado.

Dudó si enviar a los niños al colegio, o dejarlos en casa al menos por un día. Si no iban, no oirían comentarios, ni padecerían el acoso o las preguntas de otros niños o la gente de la calle. Ella no podía quedarse a su lado todo el día para defenderlos o explicarles qué quería decir la gente, por qué estaban enojados y cuál era su error.

Incluso podía llevarlos a casa de su madre durante una temporada. Allí estarían a salvo, amparados por el anonimato. Una o dos semanas sin colegio no supondrían un grave retraso. Se pondrían al día en cuanto aquel odioso asunto terminase, y la verdad saliese a la luz.

Pero ¿y si no llegaba a descubrirse? ¿Y si ocurría lo mismo que con el Destripador, y el misterio quedaba sin resolver? Era una posibilidad. Pitt era muy sagaz. Nunca desistía. Pero no resolvía todos sus casos. Nunca había fracasado con un asesinato; pero había investigado robos, estafas, incendios provocados, en los que no se habían recuperado los bienes ni se había practicado detención alguna.

No obstante, si llevaba a los niños a casa de Caroline, estaría enseñándoles que cuando las cosas se ponían difíciles o les daban miedo, lo mejor era huir y esconderse. El origen de ese miedo podía desaparecer entretanto, y no haber luego necesidad de afrontarlo.

Pero si finalmente había que afrontarlo de todos modos, resultaba doblemente duro. No sólo se había demostrado a los demás la propia cobardía, sino que uno mismo llegaba a creer que era un cobarde.

–Es hora de ir al colegio –se oyó decir a sí misma aún antes de saber que había tomado una determinación. Alzó la vista y vio que Pitt la observaba. Su semblante era inescrutable. Ignoraba si aprobaba o no su decisión–. Os acompañaré yo. Vamos.

Pitt pasó el día en Whitechapel, y fue uno de los peores de su vida. Volvió a interrogar a todas las mujeres de la casa de Myrdle Street en un esfuerzo por averiguar algo más sobre Nora Gough. ¿Se conocían acaso ella y Ada? ¿Se había peleado con alguien? ¿Había existido alguna relación entre ella y Costigan? ¿Había prestado o pedido dinero? ¿Había dado motivos a alguien para matarla?

Su chulo era un individuo corpulento de cabello negro y rizado, aspecto paternal y mal carácter. Pero varios testigos fidedignos podían corroborar su coartada. Además parecía sinceramente afligido por la muerte de Nora. Era su mejor chica, le proporcionaba una parte sustancial de sus ingresos, y no causaba problemas.

A última hora de la mañana, cuando pasaba por Commercial Road East, se tropezó con una alarmante muchedumbre de hombres y mujeres congregada frente a una de las mayores tabernas de la zona. Uno de ellos empezó a gritar:

–¡Una ovación para Bert Costigan! ¡Tres hurras por Albert Costigan!

–¡Hurra por Costigan! –prorrumpió otro, y de inmediato cundió el ejemplo y se oyó un coro de aclamaciones.

–¡Murió por culpa de los ricos que vienen aquí a servirse de nuestras mujeres! –declaró otro individuo a voz en cuello.

–¡Y a asesinarlas! –añadió alguien, y sus palabras fueron acogidas con entusiastas vítores.

–¡Era inocente! –exclamó una mujer de pelo claro–. ¡Lo colgaron sin razón!

–¡Lo colgaron por ser pobre! –rectificó un hombre con vehemencia y un visaje de cólera–. ¡Habría que colgarlos a ellos!

–¡Vamos! ¡Vamos! –El tabernero salió a la puerta con un trapo en la mano y el delantal torcido–. Aquí no queremos problemas. Marchaos a casa con los vuestros. No digáis disparates.

Una joven mellada se abrió paso hasta la primera fila.

–¿Quién dice aquí disparates, eh? A Bert Costigan lo colgaron por algo que no había hecho. Eso no va contigo, ¿eh? La gente bebe y te paga su buen dinero, y luego a ti te trae sin cuidado que cuelguen a uno por culpa de algún ricacho hijo de mala madre que viene aquí de su elegante casa del West End y asesina a nuestras mujeres. Eso te parece bien, ¿no?

–Yo no he dicho eso –protestó el tabernero.

Pero a esas alturas todo eran gritos y empujones, y un muchacho fue derribado de un golpe. Al instante se organizó una refriega, y en cuestión de segundos media docena de hombres intercambiaban puñetazos.

Pitt intervino, intentando separarlos y evitar que se produjesen heridos, especialmente entre las mujeres, que habían empezado a chillar. En un primer momento pensó que era por miedo, pero luego descubrió –demasiado tarde, cuando estaba ya en medio del tumulto– que eran gritos de aliento y rabia. Alguien voceaba el nombre de Costigan como una especie de himno de guerra.

A Pitt le llovían golpes en todas direcciones. El tabernero estaba en medio del torbellino.

Sonó el silbato de un policía, y alguien gritó.

La pelea se recrudeció. Pitt salió despedido hacia su izquierda, chocó con el tabernero y ambos cayeron sobre un joven pelirrojo con la nariz ensangrentada.

Llegaron más agentes de policía, y la reyerta se interrumpió. Tres hombres y dos mujeres fueron detenidos. Ocho personas resultaron heridas de diversa consideración. Una había sufrido una fractura de clavícula. Dos necesitaron varios puntos de sutura.

Pitt acabó con múltiples magulladuras, y con el cuello de la camisa arrancado, el codo de la chaqueta roto, y cubierto de polvo y manchas de sangre.

Naturalmente los periódicos vespertinos se hicieron eco del suceso, agregando abundantes comentarios y críticas, además de nuevas peticiones de absolución para Costigan y serias dudas sobre la estructura y justificación de la policía en general, y sobre Pitt en particular.

Se establecieron comparaciones entre aquel caso y los asesinatos de Whitechapel ocurridos dos años atrás, y ninguno de los dos mereció halagos.

Se presagiaban nuevos disturbios y alteraciones del orden.

Pitt volvió a casa alrededor de las siete, exhausto, magullado en cuerpo y alma, sin saber siquiera hacia dónde dirigir sus pasos. No tenía la más vaga noción de quién había asesinado a ninguna de las dos mujeres, ni de dónde encajaban Costigan y Finlay FitzJames en todo aquello, si es que encajaban en algún sitio.

Reconoció el carruaje de Vespasia frente a la casa y no supo si alegrarse o lamentarlo. No deseaba que lo viese en sus horas bajas. Estaba cansado y sucio y llevaba el traje hecho jirones. Le atribuía un gran valor al buen concepto que Vespasia tenía de él. Prefería que lo considerase capaz de superar una crisis y un fracaso como aquéllos. Por otra parte, le vendría bien oír sus consejos, o simplemente verla y percibir su fortaleza y determinación. El valor era tan contagioso como la desesperación, o quizá más.

Le sorprendió sin embargo encontrar en la sala también a Cornwallis, taciturno e inquieto.

Charlotte se levantó de inmediato, sin darle tiempo siquiera a saludar.

–Debes de estar cansado y muerto de hambre –dijo, yendo hacia él–. Arriba hay agua caliente, y la cena estará lista dentro de media hora. La tía Vespasia y el señor Cornwallis nos acompañarán. Luego tendremos tiempo de hablar.

Era casi como si lo hubiese echado, pero Pitt lo aceptó de buen grado. Sabía que su ropa había quedado impregnada del hedor de la basura, la cerveza derramada, la mugre de la calle donde se había visto envuelto en la reyerta, y el sudor de la gente que allí se arremolinaba. Incluso el miedo y la ira parecían haberse incrustado en él.

Bajó al cabo de treinta minutos, todavía exhausto y entumecido, con la cara salpicada de moretones, pero limpio y dispuesto a afrontar la inevitable conversación.

Empezó en cuanto se sirvió el primer plato. Ninguno de ellos deseaba andarse con remilgos.

–En relación con este asunto, hay dos frentes que debemos abordar –dijo Cornwallis, inclinándose ligeramente sobre la mesa–. Debemos hacer todo lo posible por descubrir y demostrar quién mató a la segunda mujer. Y debemos dejar claro que la detención de Costigan se basó en pruebas sólidas, obtenidas de manera legítima, y que el juicio se llevó a cabo con toda imparcialidad. –Apretó los labios–. No sé cómo es posible acreditar que no ocultamos pruebas que implicasen a otra persona. –Bajó la voz y clavó la mirada en las flores del jarrón azul que adornaba el centro de la mesa–. Temo que hayamos cometido...

–Yo no siento especial cariño por Augustus FitzJames –lo interrumpió Vespasia con firmeza, mirando primero a Pitt y luego a Cornwallis–. Pero sacar a la luz las pruebas contra su hijo provocaría una histeria colectiva que, además de ser injusta, dificultaría más aún la investigación. Y dejando de lado mi opinión personal sobre él, y desde luego también su moralidad, no deseo que se le castigue por algo que no ha hecho. –Tristemente añadió–: Aun cuando nadie lo castigue por lo que sí ha hecho.

Cornwallis la observó con expresión seria, sopesando sus palabras, y luego se volvió hacia Pitt.

–¿En qué medida está implicado Finlay en este segundo crimen? Primero dígame lo que sabe y después déme su opinión.

Comenzó a comerse lentamente su pequeña ración de pescado. Tan atento esperaba la respuesta de Pitt que era imposible adivinar si sabía qué contenía su plato.

Pitt explicó qué había encontrado exactamente en la habitación de Nora Gough, y a qué había dedicado Finlay la tarde del domingo, según su propia versión.

Una vez retirados los platos, se sirvió empanada de carne y riñones con verduras. Gracie iba y venía en diligente silencio, pero sabía quién era Cornwallis y lo observaba con recelo, como si temiese que de un momento a otro fuese a convertirse en una amenaza para su querida familia.

Cornwallis no parecía consciente de las frecuentes miradas que le lanzaba, volviendo hacia él su cara menuda y despierta. Seguía absorto en las explicaciones de Pitt.

–¿Y su opinión? –preguntó Cornwallis en cuanto Pitt terminó.

Pitt reflexionó. Sabía que Cornwallis atribuiría gran valor a sus palabras, y posiblemente basaría en ellas sus acciones y su parecer.

–Yo estaba convencido de la culpabilidad de Costigan –contestó–. No quedó demostrada más allá de toda duda, pero él confesó. Sin embargo no llegué a entender por qué había actuado de una manera tan brutal con Ada. Esa parte la negó hasta el final. –Recordó el rostro de Costigan y se le revolvió el estómago–. Era un individuo despreciable, pusilánime y depravado, pero no percibí en él la vena sádica que lo habría impulsado a romperle los dedos.

–Ella se quedaba una parte de las ganancias a sus espaldas –dijo Cornwallis con recelo–. Él consideraba a Ada de su propiedad, así que debió de ver el engaño como una especie de traición. Los hombres débiles pueden llegar a ser muy crueles. –Contrajo el rostro–. He conocido casos así en la marina. Ciertos hombres, en cuanto poseen un poco de poder, cometen toda clase de abusos con sus inferiores.

–Sí, Costigan era propenso a los abusos, desde luego –admitió Pitt–. ¡Pero la liga y las botas! Eso no se corresponde con una perversidad corriente. No parece fruto del mal genio... sino más bien...

–Algo premeditado –apuntó Charlotte.

–Sí.

–Así pues, ¿tenía dudas sobre la culpabilidad de Costigan? –dijo Cornwallis con visible desasosiego pero no con tono acusador. Había ejercido el mando en la marina durante muchos años, y otorgaba a su tripulación la misma lealtad que esperaba a cambio de ellos. Con esa confianza había afrontado, y volvería a afrontar, lo que le deparasen las fuerzas de la naturaleza y los cañones enemigos.

–No. –Pitt lo miró a los ojos con franqueza–. No tuve la menor duda. Simplemente pensé que se me escapaba algún rasgo de su personalidad. –Intentó desesperadamente recordar con claridad sus propias sensaciones mientras hablaba con Costigan, veía su rostro, percibía su terror y autocompasión. ¿Hasta qué punto había actuado honradamente? ¿En qué medida se había dejado influir por el alivio y la determinación de resolver el caso para poder escapar de la temible perspectiva de tener que procesar al hijo de Augustus FitzJames? Con la vista fija en Cornwallis, añadió–: Costigan no negó que la hubiese matado.

La comida permanecía casi intacta en los platos. Gracie estaba de pie junto a la puerta de la cocina con un paño limpio en la mano para sostener los platos calientes, pero escuchaba con la misma atención que todos los demás.

–Sí negó, en cambio, que la hubiese torturado –prosiguió Pitt con esfuerzo–. Por más que insistí, negó cualquier conocimiento de FitzJames, la insignia y el gemelo.

–¿Le creíste? –preguntó Vespasia.

Pitt pensó un largo rato antes de responder. El comedor quedó en silencio. Nadie se movió.

–Supongo que sí –dijo Pitt por fin–. Si no, habría dejado de preocuparme esa parte del caso. O al menos no creí que a ese respecto hubiese actuado solo, ni que tuviese motivos para incriminar a FitzJames.

–Es decir, que estamos otra vez donde habíamos empezado –concluyó Cornwallis, mirando uno por uno a los presentes–. No tiene sentido. Si no fue Costigan, y sin duda esta segunda vez no ha sido, ¿quién fue? ¿Alguien en quien no hemos pensado? ¿O acaso es posible, como creo que todos tememos, que FitzJames sea culpable de los dos crímenes?

–No, no es culpable –declaró Charlotte con la vista fija en la mesa.

–¿Cómo lo sabes? –preguntó Vespasia con curiosidad, dejando el tenedor en el plato–. ¿Por qué estás tan segura?

Charlotte se sentía muy incómoda, y Pitt conocía la razón de su malestar, pero no intervino.

–Tallulah FitzJames lo vio la noche que Ada McKinley fue asesinada –contestó Charlotte, alzando la vista para mirar a Vespasia.

–¿Lo vio? –dijo Vespasia con cautela–. ¿Y por qué no informó en su debido momento? Habría evitado muchos trastornos.

–No podía decirlo porque ella estaba en un sitio donde no debería haber estado –contestó Charlotte–. Y ya había mentido al respecto, así que en cualquier caso nadie la habría creído.

–Eso no me sorprende demasiado –admitió Vespasia–. Tú sin embargo sí la crees, según parece. ¿Por qué?

–Bueno..., en realidad es Emily quien la cree. –Charlotte se mordió el labio–. Todo eso se lo contó a Emily. Finlay es un vividor, y sus méritos son más bien escasos. Pero no mató a Ada.

–¿Y no había en ese sitio nadie más que pudiese atestiguar? –preguntó Cornwallis, mirando primero a Charlotte y luego a Pitt–. ¿Por qué nadie se ofreció a declarar? Seguramente Finlay pidió a alguien que corroborase su coartada. O si realmente no recordaba dónde estuvo, ¿por qué su hermana no rogó colaboración a alguien? ¡Todo se habría aclarado de inmediato! –Estaba perplejo y hablaba con un tono ligeramente airado.

Vespasia se volvió hacia Charlotte, olvidándose por completo de su plato.

–¿Qué clase de sitio era ése que nadie está dispuesto a admitir su presencia allí? Me pica la curiosidad, francamente. ¿Es posible que la gente sea tan remilgada en estos tiempos? No se me ocurre un solo lugar donde un joven resuelto, por reparo, negase haber estado. ¿Qué era? ¿Una pelea de perros, un combate de boxeo a puño descubierto, un garito de juego, un burdel?

–Una fiesta donde todo el mundo andaba medio borracho y fumaba opio –respondió Charlotte con un hilo de voz.

El rostro de Cornwallis se ensombreció.

Vespasia se mordió el labio y enarcó las cejas.

–Lo encuentro estúpido, pero no tan extraordinario. Yo no negaría haber estado en un sitio así si de ello dependiese la vida de un hombre.

Charlotte permaneció callada, y Pitt supo que su silencio no se debía tanto a la incertidumbre como a la dificultad de encontrar las palabras adecuadas con que expresar lo que pensaba.

Cornwallis, que no la conocía, miraba a Vespasia.

–Así pues –dijo con resolución–, si consiguiésemos dar con esa gente, podríamos descartar a FitzJames como autor del primer crimen, y también, por lógica, del segundo. –Se volvió hacia Pitt–. ¿Estaba usted al corriente de eso? ¿Por qué no lo había mencionado antes?

–Me enteré cuando el hecho no tenía ya importancia –contestó Pitt, y vio sonrojarse a Charlotte.

Tanto Cornwallis como Vespasia advirtieron el cruce de miradas entre ambos, pero ninguno hizo el menor comentario al respecto.

–Al menos eso resuelve una duda –prosiguió Cornwallis, reclinándose contra el respaldo y cogiendo de nuevo el tenedor–. Ahora nos queda por averiguar por qué alguien dejó los efectos personales de FitzJames en el lugar del crimen, y naturalmente quién fue, aunque en esencia esas dos cuestiones se reducen a una sola. Hallando la respuesta a una de ellas habremos solucionado también la otra. –Miró a Vespasia y luego a Pitt–. Difícilmente podría tratarse de alguien que viva en Whitechapel y mantuviese alguna clase de relación con esas dos mujeres. Debe de ser alguien que odia encarnizadamente a FitzJames, un enemigo personal de singular naturaleza. Y eso nos lleva inevitablemente a investigar de nuevo sobre la vida de FitzJames.

–¿Podría tratarse de una conspiración? –preguntó Vespasia, que también continuó comiéndose su porción de empanada de carne y riñones, una de las especialidades de Charlotte.

Cornwallis y Pitt miraron a Vespasia.

–¿Quieres decir que una persona cometió el asesinato y otra proporcionó las pruebas que implicaban a FitzJames o quizá incluso las colocó? –dijo Pitt con escasa convicción. Era demasiado complicado y en extremo peligroso. Si Costigan hubiese tenido un cómplice, lo habría delatado. No habría subido solo al patíbulo.

Pero Cornwallis no apartaba la vista de Vespasia.

Charlotte se aclaró la garganta.

–¿Sí? –preguntó Pitt, incitándola a hablar.

Se sentía muy incómoda, pero no tenía escapatoria. De pronto se había convertido en el blanco de todas las miradas.

–En realidad no es posible demostrar que Finlay estuviese en esa fiesta –admitió lentamente, reanudando el tema que había quedado pendiente minutos antes. Ruborizada, eludía la mirada de Pitt–. El caso es que..., según parece, todo el mundo estaba tan absorto en su propio disfrute y tan... tan afectado por la bebida o el opio que sus testimonios no serían de gran utilidad. Si alguien hubiese organizado un número ecuestre en plena fiesta, ningún invitado estaría seguro de si lo había visto realmente o lo había imaginado.

–Comprendo. –Cornwallis lo aceptó de buen talante pero no pudo ocultar su decepción–. Aun así, ¿da usted crédito a la declaración de la hermana? ¿Ella sí mantenía la cabeza despejada para saber con toda certeza que lo vio allí?

–Sí, desde luego –afirmó Charlotte mirándolo a los ojos–. Estuvo en la fiesta sólo un rato. En cuanto se dio cuenta de qué ocurría, se marchó.

–¿Y todo eso te lo explicó Emily? –preguntó Vespasia con inocencia.

Charlotte vaciló.

–Entiendo –dijo Vespasia, y no añadió más observaciones.

Charlotte bajó la vista y siguió comiendo muy despacio.

Gracie se había retirado a la cocina.

–Debo dar alguna respuesta respecto al simbólico indulto de Costigan –comentó Cornwallis con pesimismo–. Aunque no sé hasta qué punto eso me corresponde a mí, como no sea para asumir la responsabilidad del proceso. El indulto es asunto del juez y el ministro del Interior, posiblemente incluso de la reina. Ojalá hubiésemos esperado una semana más. Así, ese pobre diablo estaría vivo todavía y el indulto tendría algún sentido.

Pitt eludió el tema de la horca. Tenía firmes opiniones al respecto, pero no era el momento de abordarlo. Y sin duda otros lo harían en un futuro muy cercano.

–¿Podría haber sido Costigan culpable, y haber copiado el método del primer crimen un segundo asesino? –preguntó Cornwallis mirando a Pitt pero sin convicción ni esperanza.

–No –respondió Pitt sin dudar–. A menos que ese segundo asesino sea uno de nosotros, lo cual es casi imposible. Sólo el agente Binns, el inspector Ewart y Lennox, el forense, conocían los detalles del primer crimen.

Todos aguardaron con expectación, Cornwallis echado hacia adelante con la espalda rígida, Vespasia con las manos en el borde de la mesa.

–Binns hacía su ronda habitual y llamó su atención un testigo que huía aterrorizado de Pentecost Alley –agregó Pitt en respuesta a la pregunta no formulada–. Ewart estaba en casa con su familia. Y Lennox atendía otro caso cuando lo llamaron; se hallaba cerca de allí pero había pasado toda la tarde con el paciente.

–Al parecer, eso no deja lugar a dudas –admitió Cornwallis con visible desánimo.

Charlotte se levantó y recogió los platos, algunos aún con comida. A continuación, con la ayuda de Gracie, sirvió el arroz con leche, dorado por encima, salpicado de nuez moscada, y acompañado de compota de ciruela.

–Gracias –dijo Cornwallis, aceptando el plato que le ofrecieron. Pero de inmediato volvió a concentrarse en el problema, y la expresión de pesar reapareció en su rostro–. Por lo visto, lo único que podemos hacer es mantenernos firmes, no dar excusas, y no acusar a nadie hasta que tengamos pruebas concluyentes. Entretanto proseguiremos con la investigación sobre FitzJames y la muerte de Nora Gough tal como si no existiesen sospechosos. Pitt, preferiría que se ocupase usted personalmente de las indagaciones sobre FitzJames. Es un asunto de por sí espinoso y sin duda se complicará más aún. Me gustaría pensar que los periódicos nos dejarán en paz, pero no sería muy realista por mi parte. Lamentablemente tenemos enemigos, y no desperdiciarán una ocasión tan propicia como ésta para atacarnos. Lo siento. –Se le notaba abatido–. Desearía poder brindarle mayor protección...

Pitt se obligó a sonreír.

–Gracias, señor, pero soy muy consciente de los condicionamientos a que usted, o cualquiera en su posición, está sometido. No hay defensa posible.

Y así se hizo. Pitt interrogó a todos aquellos que, a su juicio, podían proporcionar alguna ayuda en relación con la familia FitzJames, y también a quienes en algún momento se habían visto tan perjudicados por ellos que podían desear vengarse. Indagó tanto a título personal como profesional, reuniendo abundante información sobre Augustus FitzJames y la naturaleza de su imperio económico, y sobre los medios de que se había valido para forjarlo primero y conservarlo después. Era en efecto un hombre implacable. No mostraba deferencia con las lealtades o las amistades, pero nunca se salía de los límites de la ley. Pagaba sus deudas a rajatabla, pero nunca con liberalidad. Rara vez prestaba dinero; pero cuando lo hacía, esperaba que le devolviesen hasta el último penique.

Pese a su manifiesta frialdad, tenía cierto éxito con las mujeres, y se sabía que había mantenido idilios con varias conocidas. Sin embargo en su círculo eso no era un hecho excepcional, y Augustus nunca había provocado escándalos ni desde luego divorcios. Ninguna reputación se había visto empañada.

Como Cornwallis había presagiado, la prensa arremetió con virulencia. Costigan fue elevado rápidamente a la categoría de héroe popular, víctima de la ineficacia y corrupción de la policía, cuerpo cuya creación algunos empezaban a considerar un error. Pitt aparecía mencionado en varias ocasiones. Un agitador llegó incluso a insinuar que él personalmente había amañado las pruebas que incriminaban a Costigan y ocultado las que implicaban al verdadero culpable, un hombre rico y de buena familia capaz de comprar su inmunidad.

Era una vulgar calumnia, naturalmente, pero la única manera de defenderse de tales afirmaciones era demostrar su falsedad. Y por el momento eso no estaba al alcance de Pitt.

Se hallaba sentado en su despacho de Bow Street a primera hora de la tarde tres días después de la muerte de Nora Gough cuando recibió la visita de Jack Radley. Vestía formalmente, como si acabase de salir de la Cámara de los Comunes, y a pesar de sus facciones suaves y agradables, tenía un aspecto tenso y cansado. Cerró la puerta al entrar y se dirigió a una de las sillas.

–Las cosas no andan bien, Thomas –dijo pensativamente–. Esta mañana se ha tratado el asunto en el Parlamento. Se ha hablado largo y tendido sobre el tema.

–Me lo imagino –respondió Pitt con expresión taciturna–. La policía tiene enemigos.

–También tú tienes enemigos personales –precisó Jack–. Aunque no todos están donde habría cabido esperar.

–El Círculo Interno –dijo Pitt sin vacilar. Tiempo atrás lo habían invitado a ingresar en esa sociedad secreta, y él había rehusado. Independientemente del hecho de que de vez en cuando había desenmascarado a alguno de sus miembros, el rechazo en sí era para ellos un pecado imperdonable.

–No necesariamente. –Jack tenía los ojos muy abiertos, y en su rostro no se veía el menor asomo de su habitual expresión sonriente y despreocupada. Entre sus cejas y sobre sus labios se formaban desacostumbradas arrugas de inquietud. Se reclinó en la silla, pero permaneció tenso y absolutamente atento–. Si no se tratase de un problema tan grave, sería divertido observarlos mientras deciden de qué bando ponerse. Los amigos de FitzJames y quienes le temen están de tu lado les guste o no. Y quienes, por una u otra razón, no desean ver el caos que originaría un error policial o judicial de esta índole no saben a quién responsabilizar, así que la mayoría guarda silencio.

–¿Quién ha hablado, pues? –preguntó Pitt, saboreando el aspecto irónico de la situación–. ¿Los enemigos de FitzJames con poder suficiente para no tenerle miedo? Quizá hallemos entre ellos al asesino, o al menos al hombre que colocó los efectos personales de Finlay en el lugar del crimen para que los encontrásemos.

–No –contestó Jack sin titubeos. En su voz se advertía una total certidumbre–. Al parecer, tus más estridentes enemigos son quienes creen que Costigan fue condenado erróneamente, y que ello se debió en gran medida al reciente nombramiento de una persona para resolver los casos delicados desde el punto de vista político, una persona que, atendiendo a las indicaciones de sus superiores, convirtió en chivo expiatorio a un pobre infeliz del East End a fin de proteger a un joven aristócrata ocioso y depravado. Pese a que el nombre de FitzJames no ha aparecido en los periódicos, nadie lo ha mencionado, y seguramente sólo unos cuantos saben quién es el verdadero sospechoso.

–¿Y cómo saben que hay un sospechoso? –preguntó Pitt.

–Conocen tu función, Thomas. ¿Por qué se habría solicitado tu intervención si no fuese un caso delicado desde el punto de vista social o político? Si se tratase simplemente de uno de tantos crímenes callejeros, o dicho de otro modo si no hubiese existido más sospechoso que Costigan u otro de su calaña, ¿por qué ibas a ocuparte tú del asesinato, y desde la noche misma en que fue descubierto?

Pitt debería haberlo supuesto. Era bastante obvio.

–En realidad –prosiguió Jack, estirando las piernas y cruzando los tobillos–, casi nadie sabe quién está implicado, pero corren rumores. Imagino que FitzJames ha reclamado antiguas deudas, y por eso ha salido en defensa de la policía la gente más inesperada. –Jack dejó escapar un gruñido de indignación–. No deja de ser gracioso si pensamos lo mucho que debe de fastidiarles tener que defenderte. Pero su única alternativa sería adoptar la postura liberal y poner en tela de juicio la pena de muerte.

Pitt lo miró con expresión de perplejidad. Ciertamente resultaba irónico que las personas que menos le agradaban y con quienes más disentía estuviesen obligadas a defenderlo, en tanto que quienes despertaban sus simpatías formasen la vanguardia del ataque.

–A excepción de Somerset Carlisle –añadió Jack con una repentina sonrisa–. Es un liberal convencido y está defendiéndote a capa y espada, en detrimento hasta cierto punto de su reputación política. Supongo que tú conoces la razón.

A Pitt, en medio de tantos sinsabores, el recuerdo de Carlisle le resultó extrañamente grato.

–Sí, conozco la razón –respondió Pitt–. Le hice un favor años atrás. Fue un asunto un tanto absurdo en Resurrection Row. Él actuaba por una cuestión de conciencia, pero dudo que alguien más lo hubiese visto de ese modo. Es un hombre poco ortodoxo pero fiel a sus principios. Somerset Carlisle siempre me ha caído bien. Me... me alegra que esté de mi lado... tanto si su apoyo sirve de algo como si no.

Pitt sonrió sin saber muy bien por qué; quizá sólo por la idea misma de aquella peculiar, tácita y férrea lealtad que se extendía de una extraña tragedia a otra.

Por un instante Pitt pensó en decir a Jack que al menos Emily creía firmemente en la inocencia de FitzJames. Pero previó el sinfín de preguntas que Jack haría al respecto –preguntas que de momento prefería no contestar– y decidió callar.

–Me temo que hay cierto descontento en palacio –comentó Jack, mirando a Pitt a la cara–. Supongo que algún entrometido no ha podido evitar contárselo a la reina.

Pitt se sorprendió.

–¿Y eso nos afecta de algún modo?

–¡No sabía que fueses tan ingenuo en cuestiones políticas, Thomas! No es probable que la reina intervenga, pero la sola mención de su nombre cambiará las cosas. Mucha gente tendrá la necesidad de inmiscuirse y darse tono. El asunto cobrará aún más notoriedad, se hablará más de ello, y todo se complicará. Y sin duda servirá de acicate a los columnistas de los periódicos, por si no estuviesen ya bastante exaltados.

–Yo no he percibido el mismo terror que se produjo hace dos años –dijo Pitt–. Parece más bien... indignación.

–Así es –convino Jack–. Indignación, e innumerables comentarios sobre la corrupción política y policial. –Descruzó las piernas y se inclinó–. Lo siento. Preferiría no haber tenido que decirte esto, pero mi silencio nada cambiaría; peor aún, te privaría de la mínima defensa que puede proporcionarte estar prevenido. –Miró a Pitt a los ojos, de pronto ligeramente turbado–. Y por si te sirve de algo, añadiré que no creo que hayas cometido una equivocación de tales proporciones, y de sobra sé que tu honradez está fuera de toda duda. Todos nos engañamos un poco, vemos lo que queremos o esperamos ver; pero tú menos que nadie. Y me consta que nunca te has aprovechado del infortunio de otro hombre.

Y antes de que Pitt encontrase palabras para responder, Jack se puso en pie, esbozó un torpe gesto de despedida y se marchó.

Aquella mañana Charlotte tomó la decisión de meter algo de ropa en una maleta y llevar a Daniel y Jemima con su abuela, no a modo de huida sino porque pretendía tomar cartas en el asunto. Si Emily tenía trato social con Tallulah FitzJames y gozaba de su confianza hasta el punto de conocer sus más íntimos secretos, ése era indudablemente el camino para ayudar a Pitt. Conseguir su propósito requeriría tiempo, y debía disponer de la mayor libertad posible para hacer lo que fuese necesario. No podría andar preocupándose por el bienestar de sus hijos.

Caroline la recibió con una afectuosa bienvenida pero no pudo ocultar su nerviosismo. Toda la casa resultaba a la vez familiar y extrañamente distinta desde su boda con Joshua Fielding, como un viejo amigo que de pronto adopta una indumentaria y unos gestos ajenos. También ella había cambiado. Había abandonado, con gusto, las convenciones que habían regido su vida desde la infancia, pero otras nuevas las habían sustituido.

Los adornos entre los que Charlotte había crecido ya no estaban. La sensación de solidez, de precisa organización mantenida por circunspectos criados, había desaparecido. Charlotte lo lamentaba a la vez que sonreía al ver la dicha de su madre. El antiguo orden inspiraba cierta seguridad. Era conocido y estaba plagado de recuerdos, la mayoría felices.

En los respaldos de los sillones no había ya antimacasares. De niña le causaban risa, pero formaban parte de la continuidad, de la inmutabilidad que hacía confortable aquella casa. Instintivamente dirigió la mirada hacia la pared en busca de las lóbregas e insípidas naturalezas muertas que su padre había recibido en obsequio de su tía preferida. Toda la familia, incluido su padre, las aborrecía, pero las habían mantenido allí por respeto a la tía Maude.

Habían desaparecido. Tampoco estaba en el paragüero el bastón de su padre. Y era lógico. En realidad no existía razón alguna para conservarlo tras su muerte; había permanecido allí sólo por olvido.

Aquellas ausencias resultaban curiosamente dolorosas, como perder las raíces, romper con algo.

A la vez se advertían objetos nuevos, como por ejemplo el jarrón chino que coronaba el pedestal del vestíbulo. Antes Caroline no soportaba ninguna clase de ornamentación china; la consideraba afectada. Había asimismo una caja roja laqueada y media docena de carteles de teatro. En el poste de arranque de la escalera colgaba descuidadamente un chal de seda de vivos colores. No había nada censurable en ninguno de aquellos detalles. Simplemente parecían fuera de lugar.

–¿Cómo estás? –preguntó Caroline, mirando a su hija con semblante preocupado. Abrazó a los niños y los envió a la cocina a tomar leche y tarta para poder hablar a solas con Charlotte–. He leído los periódicos. Es horrible. Y muy injusto. –Una mueca irónica asomó a su rostro–. Aunque desde que estoy casada con un judío, soy mucho más consciente del efecto de las opiniones precipitadas y de lo absurdas que a veces son. Antes tenía muy en cuenta lo que la gente pudiese pensar. Ahora casi siempre me limito a obrar a mi antojo y ser la persona que deseo ser. En algunos momentos me parece maravilloso y en otros me aterroriza porque pienso que lo perderé todo.

Charlotte contempló a su madre con expresión de asombro. Nunca había imaginado que fuese tan consciente de su vulnerabilidad ni que tuviese tan calculados los riesgos de sus acciones. Había dado por sentado que su amor por Joshua le impedía ver los sacrificios que aquel matrimonio podía representarle. Pero se había equivocado. Caroline tenía plena conciencia de ello. No había decidido a ciegas ni se había engañado en cuanto a los riesgos.

Tal vez comprendería mucho mejor de lo que Charlotte creía su temor por Pitt. Nunca había considerado que ella y su madre se pareciesen en nada. Quizá también en eso se había equivocado. Pertenecían a distintas generaciones, con todo lo que eso representaba en cuanto a experiencias y valores, pero en el fondo tenían más cosas en común que diferencias. Todas las excusas que Charlotte había preparado se desvanecieron en el acto.

–¿Cuidarás a Daniel y Jemima por mí durante unos días, por favor? –rogó Charlotte, siguiendo a Caroline hasta el viejo y familiar salón–. No me atrevo a dejarlos en casa. Gracie haría lo que fuese por ellos, pero se enfurece tanto con quienes critican a Thomas que podría enzarzarse en una pelea en plena calle, y más si asustan y ofenden a los niños. Además, no sería correcto esperar que ella los consolase si oyesen alguna atrocidad sobre su padre.

–¿Tú dónde estarás? –preguntó Caroline, dando a entender con la expresión de su rostro que por supuesto podía contar con ella. Tomó asiento y señaló otro sillón a Charlotte.

–Emily conoce a la hermana del hombre que, según las sospechas de Thomas, puede estar detrás de todo esto –empezó a explicar Charlotte, sentándose de medio lado sin prestar atención a su falda–. O al menos lo están su familia y sus enemigos. Tengo que ayudarlo. No puedo quedarme en casa de brazos cruzados, compadeciéndome. Mamá, atacan a Thomas desde todos los flancos. Los periodistas y políticos liberales, precisamente quienes deberían estar de su lado porque él piensa como ellos, lo acusan de corrupción. –Charlotte notaba que su voz aumentaba de volumen por momentos, pero su emoción era demasiado intensa para mantenerla bajo control–. Sostienen que presentó cargos contra Costigan y forzó su condena para aplacar los temores de la gente, influida aún por los asesinatos de Whitechapel de hace dos años, y que le traía sin cuidado si era o no el verdadero culpable. Según ellos, debería haber hecho averiguaciones sobre los jóvenes de buena familia que acuden a las prostitutas en lugar de recurrir a las mujeres de su propia clase. Pero, dicen, a la clase dirigente y sus representantes poco les importa qué ocurra a los pobres en tanto no provoque escándalos en sus propios círculos. Si...

–Lo sé –la interrumpió Caroline–. Lo sé, cariño. Ahora leo los periódicos. Estoy de acuerdo en que es un planteamiento estúpido y simplista, y muy injusto, pero ¿acaso no esperabas esa clase de comentarios?

–Yo... –Charlotte se inclinó y apoyó la barbilla en las palmas de las manos. Allí, en aquel entorno semifamiliar, entre las viejas formas con nuevos colores, le era fácil recordar su primer encuentro con Pitt, cómo la había irritado, obligado a pensar. Ni siquiera en sus momentos de máxima indignación había sentido la menor antipatía por él. Pitt le había mostrado nuevos mundos, formas de dolor, alegría y realidad distintas de la seguridad implícita en los sueños que ella había albergado hasta entonces. Le resultaba intolerable verlo denigrado de aquel modo, presenciar cómo destruían lo que él con tanto esmero había construido, y precisamente quienes creían luchar por la justicia y la solidaridad, gente con las mejores intenciones pero profundamente equivocada. Tragó saliva para aliviar el dolor que le atenazaba la garganta, amenazando con ahogarla, y dijo–: Eso ahora no tiene importancia. No puedo hacer nada para impedirlo. Pero sí puedo visitar a los FitzJames, acompañada de Emily, y averiguar mucho más sobre esa familia de lo que Thomas podría llegar a saber por sus propios medios. Me voy a casa de Emily ahora mismo.

–Me parece bien –convino Caroline–. Yo me encargaré de que Daniel y Jemima se encuentren como en su casa. Supongo que... que de más está decirte que vayas con cuidado.

–En efecto –contestó Charlotte–. ¿Acaso pensabas decírmelo?

–No.

Charlotte sonrió, se levantó, abrazó a Caroline y se dirigió a la puerta. En cuanto puso los pies en la calle, dobló hacia la esquina, donde le sería más fácil encontrar un cabriolé de alquiler. No tenía la menor intención de obrar con cautela por su propia seguridad, pero sí llevaría sumo cuidado con la información que adquiriese y con la forma de conseguirla.

–Cuenta conmigo –accedió Emily de inmediato en cuanto Charlotte expuso su propósito–. Pero si queremos llegar a alguna parte, no sólo debemos hablar con Tallulah, sino también con Finlay. Será mejor que vayamos a primera hora de la tarde; probablemente entonces haya vuelto ya del Foreign Office. Aunque, para serte sincera, no sé si trabaja mucho o poco. En todo caso, vale más que estemos allí antes de que se vista para la velada.

–Sí, estoy de acuerdo –asintió Charlotte, consciente de lo

mucho que le costaría dominar su impaciencia hasta ese momento–. Debemos encontrar pruebas concluyentes de que Finlay estuvo en esa odiosa fiesta. Si demostramos su inocencia en el primer crimen, quedará patente que Thomas no lo llevó a juicio porque sabía que era inocente y no porque fuese hijo de Augustus FitzJames.

Se hallaban en la estancia preferida de Emily, la salita que daba al jardín, con una alfombra verde musgo y cortinas estampadas de flores. Tanto si lucía el sol como si no, allí siempre parecía verano. Sobre la mesa baja de palisandro había un jarrón con crisantemos.

–A continuación –prosiguió Charlotte– indagaremos quién pudo haber matado a las dos mujeres. Vivían en la misma zona; quizá tuviesen conocidos comunes. –Se mordió el labio, atrapada entre el esfuerzo de reprimir el miedo, de no manifestarlo verbalmente, y el leve consuelo de compartirlo con su hermana–. ¿Crees que ha sido otro lunático, Emily?

–No, mientras pueda evitarlo –repuso Emily con una sombría sonrisa–. Procuremos primero disipar las sospechas que pesan sobre Finlay. Y ahora vamos a almorzar. Entretanto pensaremos cómo abordar el tema. Es mejor que estemos preparadas, y el hambre no sería de gran ayuda.

Llegaron a Devonshire Street a las cuatro y cuarto, y Tallulah las recibió en su tocador. Se alegró al ver a Emily, pero la desconcertó que se presentase acompañada de otra mujer, y además una desconocida.

–Mi hermana, Charlotte –la presentó Emily–. He supuesto que no le importaría que la trajese. Es una mujer de recursos, y he pensado que podía ayudarnos con el dilema ante el que nos hallamos. Está ya al corriente de algunos de los detalles.

Tallulah parecía un tanto perpleja. Obviamente la sorprendía que Emily hubiese hablado de su situación a otra persona.

Emily pasó por alto su expresión y fue al grano con fingida inocencia.

–Ha llegado la hora de zanjar el asunto de una vez por todas. –Movió la cabeza con aire comprensivo–. Tendrá que admitir que asistió a esa abominable fiesta y vio a Finlay.

–¡Nadie me creerá! –protestó Tallulah con exasperación. Dirigió a Charlotte una mirada nerviosa y de inmediato se volvió de nuevo hacia Emily. Estaban las tres sentadas en pequeños sillones de tapicería floreada, pero Tallulah permanecía incómodamente encorvada en el borde del suyo–. Ya hemos hablado de eso. Si hubiese existido la menor posibilidad, lo habría dicho al principio. ¿Acaso cree que habría consentido que Finlay pasase por todo esto si hubiese podido evitarlo? ¿Qué clase de persona piensa que soy? –Le brillaban los ojos, como si los tuviese anegados en lágrimas, y mantenía los puños cerrados sobre el regazo.

Charlotte se preguntó si era la opinión de Emily lo que le angustiaba o la de otra persona, quizá Jago Jones. Era tan poco lo que sabían de Tallulah, de Finlay, de las emociones que bullían bajo la superficie de las educadas relaciones entre personas que vivían en una misma casa, que parecían compartir tantos aspectos de la vida cotidiana, de su patrimonio familiar, de su posición en la sociedad, que se conocían de siempre y sin embargo apenas tenían noción de qué preocupaba o dolía al otro.

Emily pensaba cómo expresar su respuesta para no empeorar una situación de por sí delicada.

–Creo que teme usted por el bienestar de un hermano al que quiere –contestó por fin–. Como me ocurriría también a mí. Yo quiero a mi hermana, y haría cualquier cosa por salvarla de un castigo injusto. –Se disculpó con una sonrisa por la comparación–. Incluso intentaría minimizarlo si fuese justo. Y ella haría lo mismo por mí... como en realidad ya tuvo ocasión de demostrar. –Miró a Tallulah con afecto–. Pero precisamente ese cariño me impediría pensar con la misma claridad con que pensaría si quien estuviese en peligro fuese una persona menos cercana a mí.

Aguardó, observando a Tallulah.

Tallulah se relajó.

–Tiene razón. Lo siento. Pero este asunto es una pesadilla,

y desde hace un tiempo no soy yo misma –respondió, y miró a Emily como dando a entender que este último comentario no era una forma de hablar sino que lo decía en sentido literal.

–¿Y quién es, pues? –preguntó, bromeando sólo hasta cierto punto.

–Una persona mucho más virtuosa –explicó Tallulah, también como si no estuviese segura de si hablaba en serio o en broma–. Una persona que no va a fiestas interesantes, ni pierde el tiempo, ni viste ropa cara y elegante. –Suspiró–. Dicho de otro modo, es una mujer bastante insípida. Intento comportarme bien, y me convierto en una aburrida. ¿Por qué consiste la bondad en una lista de cosas que una no debe hacer? Y en su mayoría las que resultan más divertidas. Ser virtuosa parece tan... tan mediocre... tan insulso...

–Hacer buenas obras puede resultar insulso –repuso Charlotte, recordando unas palabras de la tía Vespasia–. Ser bueno, en cambio, nunca es insulso porque implica sentimientos, una sincera preocupación por lo que uno hace. No es ni mucho menos una actitud que pueda mantenerse con apatía. El egoísmo, a la larga, sí es insulso. Al principio puede no parecerlo, pero cuando descubrimos que alguien sólo se interesa en sí mismo, y que antepone siempre sus caprichos a nuestras necesidades, entonces sí resulta insulso. La cobardía es insulsa, la gente que huye y nos deja solos cuando da la impresión de que el peligro es real y la victoria incierta. Los mentirosos son insulsos, esa gente que nos dice lo que queremos oír sea verdad o no. La verdadera vida reside en la generosidad, el valor, la risa y la honradez.

Tallulah sonrió.

–Lo dice como si lo pensase realmente. Mamá cree que intento reparar mi mala reputación. Papá cree estoy obedeciéndolo. Y Fin ni siquiera se ha dado cuenta.

–¿Y tiene eso alguna importancia? –preguntó Emily.

–No, en realidad no –contestó Tallulah con un gesto de indiferencia.

–¿Y Jago qué piensa?

Tallulah trató en vano de sonreír.

–Que es una pose, y bastante estúpida. Me desprecia aún más si cabe por mi afectación. –En su semblante se mezclaban el pesar y la confusión–. No se me ocurre ninguna manera de ser mejor salvo actuar como si lo fuese. –Respiró hondo y se estremeció–. A veces creo que a Jago no le gustaría hiciera lo que hiciese. –De pronto se encolerizó, recrudeciéndose en sus adentros el dolor del rechazo–. ¡Y además yo no quiero *gustar* a nadie! ¿Quién demonios quiere gustar? ¡Eso es algo corriente y trivial! ¡A mí me *gusta* el arroz con leche!

–¿Por qué? –preguntó de improviso Charlotte.

Tallulah se volvió hacia ella.

–¿Cómo dice?

–¿Por qué le gusta el arroz con leche? –aclaró Charlotte.

Tallulah no pudo disimular su impaciencia.

–Porque tiene un sabor agradable. ¿Qué más da eso? Poco importa, ¿no?

–Interpreto que ha dicho que le gusta el arroz con leche por contrastar un sentimiento insignificante con una verdadera pasión –explicó Charlotte, intentando por un instante apartar de su mente la desesperada necesidad de ayudar a Pitt y concentrarse en Tallulah–. Pero lo que pretendo hacerle entender es que ese «gustar» en el que usted piensa es algo puramente subjetivo. En realidad lo que quiere decir no es que le guste el arroz con leche sino que disfruta con él. Le gustan las sensaciones que le produce.

Tallulah la miró con cara de incomprensión. Solamente sus buenos modales le impidieron responder con desdén.

–Cuando hablamos del afecto por una persona –prosiguió Charlotte como si se dirigiese a Jemima–, podríamos aludir sólo a las sensaciones que esa persona nos produce, pero si se trata de auténtico amor, o incluso de simpatía, deberíamos tener también en cuenta las sensaciones de la otra persona. ¿No se dice siempre que el amor es desinteresado, que consiste en anteponer el bienestar de otra persona al nuestro?

Se produjo un absoluto silencio en la habitación. Era un tocador como el de cualquier otra joven de alto nivel social y familia acaudalada, donde recibía a sus visitas en la intimidad. Las paredes y las tapicerías eran floreadas, en distintos tonos de rosa y azul con algunos toques de blanco. De hecho, para alguien de la originalidad de Tallulah, resultaba asombrosamente convencional. Quizá no le habían permitido decorarlo ella misma. A juzgar por lo que Emily le había contado de ella, Charlotte habría esperado algo más imaginativo, tal vez con motivos orientales o turcos, o incluso algún detalle que reflejase la fascinación por el antiguo Egipto que imperaba a la sazón, y no aquellas convencionales flores.

–Sí... supongo –respondió Tallulah por fin–. No había pensado en ello desde ese punto de vista.

Charlotte sonrió.

–Sí, sí lo había pensado. Su preocupación por su hermano es desinteresada. Está dispuesta a pasar por una situación muy desagradable con tal de ver a Finlay libre de sospecha. Admitir que estuvo usted en esa fiesta no beneficiará en nada a su reputación, ni ante la buena sociedad en general, ni ante Jago en particular. Y es poco probable que su padre lo vea con buenos ojos. Quizá restrinja sus libertades, o reduzca su asignación para ropa o incluso la anule por completo.

–Sí –susurró Tallulah, muy pálida–. Lo sé. Pero eso es distinto. –Tenía los puños contraídos sobre la falda–. Fin es mi hermano. Lo conozco de toda la vida. Si no lo respaldo yo, ¿quién lo hará?

–Nadie probablemente –respondió Charlotte con sinceridad–. Pero por favor no piense tan a la ligera en el hecho de gustarle a alguien. Tiene una gran importancia. Véalo como una forma de cariño, y a menudo más duradero que las grandes pasiones. Una puede enamorarse y desenamorarse. A la mayoría nos ocurre alguna vez, en especial si en realidad no sentimos verdadero cariño por la otra persona. El cariño no siempre se convierte en amor, pero sí en algunas ocasiones.

Tallulah parpadeó y frunció el entrecejo.

–¿Le gustaría pasar el resto de su vida con alguien que no le gustase? –añadió Charlotte.

–No, claro que no. –Tallulah la observó atentamente, como si intentase discernir qué clase de mujer era–. ¿Y usted se casaría con un hombre que sólo le gustase y que, a su vez, únicamente sintiese por usted ese tipo de afecto?

Charlotte no pudo reprimir una amplia sonrisa.

–No, ni siquiera consideraría la posibilidad. De hecho mi matrimonio fue en extremo inadecuado porque amaba a mi marido con locura, y todavía lo amo.

–Bueno, pues a mí Jago no me ama –dijo Tallulah con desesperación–. Y esta conversación no tiene el menor sentido porque ni siquiera le gusto.

–No se rinda todavía –intervino Emily–. No basta con dejar de derrochar el dinero y renunciar a las fiestas. Eso es una actitud negativa, se reduce a no hacer cosas. Pero no ha puesto su alma en ello, y Jago lo nota. Debe encontrar alguna actividad que le interese realmente, una causa por la que luchar. Ya pensaremos en eso cuando hayamos ganado esta primera batalla. De momento tenemos suficiente con esos horrendos asesinatos. Si nadie va a creerla, debemos dar con alguien que también asistiese a esa fiesta, y conservase la lucidez suficiente para recordar la presencia de Finlay, o cuando menos la de usted. Eso demostraría que estuvo allí, y quizá refrescaría la memoria de algún otro invitado. ¿Está dispuesta a eso?

–Claro que sí. –Tallulah estaba blanca como el papel, pero no vaciló–. En cuanto Fin llegue, hablaremos con él.

Alargó el brazo e hizo sonar la campanilla. Cuando acudió la sirvienta, esperando que le pidiesen un té, Tallulah le ordenó que las informase tan pronto como el señor Finlay volviese.

–Sí, señorita. ¿Le doy algún mensaje?

–Sólo que tengo que verlo por un asunto muy urgente –indicó Tallulah–. Algo que le atañe y puede serle útil. Por favor, díselo en cuanto aparezca y después hazme saber su respuesta.

Cuando la sirvienta se marchó, alguien llamó a la puerta, y antes de que Tallulah contestase, se abrió y entró Aloysia FitzJames. Era una mujer atractiva de porte tranquilo y distinguido. En su semblante se advertía serenidad, como si intencionadamente se hubiese aislado de todo lo desagradable y, por fuerza de voluntad, hubiese creado su propio mundo.

–Buenas tardes –saludó cuando ellas se pusieron en pie–. Me complace que hayan tenido la amabilidad de visitarnos.

Era ya demasiado tarde para las visitas formales, e incluso para las informales. Su presencia allí requería una explicación.

–Mamá –dijo Tallulah–, éstas dos damas son la señora Radley y su hermana, la señora... –No pudo evitar un titubeo, puesto que ignoraba el apellido de Charlotte.

–Pitt –apuntó Charlotte.

Tallulah tardó sólo un instante en establecer la relación. Lanzó una mirada a Emily y percibió consternación en su rostro. Se volvió hacia Charlotte y advirtió en ella la misma expresión. Una repentina cólera ardió en su interior, una sensación de traición que a duras penas consiguió controlar.

Aloysia no notó nada.

–Mucho gusto, señora Radley, señora Pitt –dijo con una sonrisa–. Tallulah, querida, ¿van a cenar aquí tus invitadas? Si es así, creo que deberíamos avisar ya a la cocinera.

–No –repuso Tallulah entre dientes–. Tenían ya un compromiso que les impide quedarse.

–¡Lástima! –dijo Aloysia, encogiéndose de hombros.

–Habría sido agradable mantener una interesante conversación durante la cena. Los hombres tienden a hablar de política la mayor parte del tiempo, ¿no creen?

–Sí, sin duda –asintió Emily–. Mi marido es parlamentario, y no oigo hablar de otra cosa.

–¿Y su marido, señora Pitt? –quiso saber Aloysia.

–Ya conocemos al marido de la señora Pitt –anunció Tallulah con inquina–. ¡Es policía! –Se volvió hacia Charlotte–. Imagino que oye hablar de los temas más diversos durante la cena: ladrones, pirómanos, prostitutas...

–Y asesinos... y políticos –completó Charlotte con una crispada sonrisa–. A menudo por separado, pero no siempre.

Aloysia estaba desconcertada, pero no perdió la compostura. Había sido capaz de mantener conversaciones tranquilas y agradables en situaciones mucho peores que aquélla.

–Lamento mucho las muertes de esas dos mujeres –comentó, mirando primero a Emily y después a Charlotte–. Quizá si se declarase ilegal la prostitución, no ocurrirían esas cosas.

Tallulah la observó con expresión de asombro.

–Dudo que eso sirviese de algo, señora FitzJames –respondió Charlotte con toda la delicadeza posible–. No tiene mucho sentido promulgar una ley que no puede hacerse respetar.

Aloysia la miró con los ojos desmesuradamente abiertos.

–Yo diría que la ley debe de ser una cuestión de ideales, señora Pitt. No podemos considerarnos un pueblo civilizado o cristiano si sólo aprobamos leyes sobre asuntos que nos creemos capaces de controlar. Todo delito debe ser ilegal, o de lo contrario la ley carecería de valor. Se lo he oído decir a mi marido en incontables ocasiones.

–Una acción se convierte en delito cuando se la declara ilegal –adujo Charlotte sin perder la paciencia–. Existen muchas cosas consideradas faltas, tales como la mentira, el adulterio, la mala intención, la envidia, los ataques de mal genio; pero declararlas ilegales carecería de sentido práctico, porque no es posible vigilarlas, demostrarlas o castigar a la gente por ellas.

–Pero la prostitución es algo muy distinto, mi querida señora Pitt –replicó Aloysia con convicción–. Es absolutamente inmoral. Es la ruina de los hombres de bien, una traición a las esposas, a las familias. Es una conducta inconcebiblemente sórdida. Dudo que sepa usted de qué está hablando... –Respiró hondo–. Tampoco yo lo sé, por supuesto.

–No estoy haciendo apología de la prostitución, señora FitzJames –repuso Charlotte, reprimiendo un intenso deseo de reír. Tallulah estaba tan furiosa que apenas podía contenerse–. Sólo digo que es imposible evitarla. Si nos propusiésemos seriamente erradicar la prostitución, deberíamos ocuparnos primero de sus causas, es decir, tanto de las mujeres que la practican como de los hombres que recurren a sus servicios.

Aloysia la miró con expresión de perplejidad.

–No sé a qué se refiere.

Charlotte desistió.

–Quizá no sé explicarme. Le pido disculpas.

Aloysia les dirigió una encantadora sonrisa.

–Estoy segura de que no tiene importancia. Quizá deseen visitarnos algún otro día. Ha sido un placer conocerlas, señora Radley, señora Pitt.

Dicho esto, hizo un breve comentario sobre el tiempo y se marchó.

Tallulah lanzó una mirada de ira a Emily, olvidando intencionadamente la presencia de Charlotte.

–¿Cómo ha sido capaz? –preguntó con rabia–. Supongo que tenía planeada nuestra relación desde el principio. Debe de haber encontrado muy amenas mis confidencias, aunque no especialmente instructivas. –De repente se volvió hacia Charlotte–. Aún se considera a su marido responsable del ahorcamiento de un inocente, ¿no? ¿Ha venido a esta casa para ayudarlo a colgar a quien usted cree que es el verdadero culpable?

Emily abrió la boca para explicarse, pero Charlotte se le adelantó.

–Si ha dicho usted la verdad, y yo personalmente la creo, es obvio que su hermano no cometió esos asesinatos. ¿Y acaso no le conviene más a usted que a mí que Finlay quede libre de toda sospecha? Demostrar que se hallaba en otra parte cuando tuvo lugar el primer crimen sería un excelente comienzo, pero sería mejor aún demostrar de manera concluyente quién es el culpable. Eso pondría fin a cualquier especulación. –Tomó aliento–. Suponía que también usted estaría muy interesada en saber quién ha puesto tanto empeño en incriminarlo. Yo lo estaría si fuese mi hermano o cualquier persona que me importase.

Tallulah la contempló con un profundo rencor, que sólo se atenuó gradualmente a medida que comprendió que Charlotte tenía razón.

–Tenemos intereses comunes, aunque por motivos ligeramente distintos –terció Emily con sentido práctico–. ¿Y me parece que las tres creemos que Finlay es inocente?

–Yo sí lo creo –contestó Charlotte.

–A mí me consta que lo es –afirmó Tallulah.

–En ese caso –propuso Emily con una radiante sonrisa–, actuemos como si aún fuésemos amigas, al menos de momento.

Tallulah accedió con asombrosa presteza considerando su ira de segundos antes.

Cuando Finlay llegó a casa, se dirigió de inmediato al tocador de su hermana, sorprendiéndose al ver allí a las otras dos mujeres. No conocía a Charlotte y no recordaba a Emily. Tallulah los presentó, omitiendo el apellido de Charlotte y hablando con toda gentileza de su deseo de ayudar.

Finlay parecía indeciso, pero un asomo de sonrisa asomó a sus ojos.

Charlotte le devolvió la mirada, procurando no escrutarlo con la curiosidad que sentía. A esas alturas Finlay debía ser muy susceptible a las especulaciones de los demás, sin duda impertinentes y en algunos casos incluso morbosas, teniendo en cuenta el crimen del que era sospechoso.

Era un hombre apuesto, pero no poseía el aspecto que Charlotte encontraba atractivo. No percibía en él la fortaleza que admiraba ni la desbordante imaginación que la apasionaba. Le pareció advertir en él cierta vulnerabilidad, algo que de sufrir algún daño ya nunca se recuperaría, ya nunca sanaría.

Finlay apartó la vista de Charlotte. Su nombre no le decía nada, y ella no despertó su interés.

–Gracias por tu confianza –dijo a Tallulah, apoyando su mano ligeramente en el hombro de ella. Era un gesto habitual, pero no exento de afecto, o quizá gratitud–. ¿Realmente te ves con valor de afrontar la reacción de papá si dices que estuviste en esa fiesta? Puede que sea difícil encontrar a alguien más dispuesto a admitirlo. Yo no recuerdo nada, salvo que no puse los pies en Pentecost Alley. Después de esa noche lo primero que recuerdo es la espantosa jaqueca de la mañana siguiente. Podría ser que eso mismo ocurriese a casi todos los demás. –Su rostro se ensombreció–. Sería incapaz de jurar ante un tribunal quién más estuvo allí.

–Quizá otros invitados estuviesen más sobrios que tú, Fin –señaló Tallulah.

Finlay rió sin ganas y se volvió hacia Emily.

–Bueno, puedo preparar una lista de conocidos que probablemente estuvieron allí. Puedo preguntarles si recuerdan haberme visto. Acaso alguno se preste a admitirlo.

–Es a mí a quien convendría que hubiesen visto –precisó Tallulah–. En ese caso los demás me creerán cuando diga que yo misma te vi allí. No tiene por qué hacerse público. Al menos... –Miró a Charlotte–. ¿O sí? Quiero decir que no tendría por qué saberlo toda la gente de nuestros círculos.

–O el Foreign Office –añadió Finlay–. Aunque no sé si tiene demasiada importancia a estas alturas. –Metió las manos en los bolsillos y se paseó de un lado a otro de la habitación–. Ninguna importancia, en realidad, si me acusan del asesinato de Nora Gough. O incluso si sospechan de mí y no descubren al verdadero culpable.

Parecía desesperado. En su mirada se apreciaba miedo y perplejidad, como si supiese que el desastre era inevitable pero no comprendiese aún cuál era su causa o cómo le había ocurrido a él.

–Alguien está firmemente decidido a incriminarlo, señor FitzJames –dijo Charlotte con extrema seriedad–. Se apropió de sus efectos personales y los dejó en los escenarios de los dos crímenes. Debe de ser alguien que lo odia con una vehemencia rayana en...

–O que odia a mi padre –la interrumpió Finlay–. Me cuesta creer que alguien pueda odiarme tanto. Algunas personas me guardan cierto rencor, claro está. Y quizá unos cuantos me envidien por la riqueza de mi familia o por las oportunidades de que dispongo. Seguramente hay quienes consideran que no merezco mi posición, y mucho menos una embajada en el futuro. –Miró a Charlotte y después a Emily–. Pero no he violado a la esposa de nadie, no he dejado deudas pendientes, no he robado nada, ni... en fin, no he hecho nada de esa magnitud. –Se quedó inmóvil al fondo de la habitación, desafiante e indefenso, como si de pronto hubiese enmudecido al tomar conciencia de una monstruosa realidad.

–Sí, quizá a su padre –admitió Charlotte–. Pero hay otra cuestión, señor FitzJames. Quienquiera que sea posee mucha información sobre usted. Tenía su insignia original del club Fuego del Infierno y su gemelo. Y no sólo eso, sino que además sabía que sería incapaz de demostrar dónde había estado esa noche. De poco habrá servido intentar implicarlo si se hubiese hallado por ejemplo cenando en casa con su familia, o en compañía de unos amigos, o en la ópera, como habría sido muy probable. ¿Cómo se enteró esa persona de que no tenía coartada?

Finlay la miró fijamente, y en su rostro se reflejó la repentina comprensión de algo horrible.

Charlotte aguardó.

Emily lo observó sin hablar.

–¿Qué pasa? –preguntó Tallulah con voz alta y aguda–. ¿Quién es, Fin?

Finlay miró al frente, descompuesto, con miedo en los ojos.

–¿Quién? –repitió Tallulah, alzando aún más la voz.

–Jago –susurró Finlay, y tosió, resistiéndose a volver la cabeza hacia su hermana–. Vi a Jago Jones aquella tarde, y mencioné que esa noche iría a una fiesta en Chelsea. Le dije dónde se celebraba. Comenté en broma que no era la clase de lugar adonde él iría, siendo ahora como es un hombre de tan elevada moralidad. Él...

–¡Eso es imposible! –prorrumpió Tallulah–. Eso es una infamia... y una estupidez. Sabes de sobra que Jago nunca haría daño a nadie... y menos aún... –Se interrumpió con lágrimas en los ojos y tan pálida que parecía a punto de desmayarse.

–Claro que no –se apresuró a decir Emily con escasa convicción–. Pero tal vez Jago, sin darle importancia, lo mencionó a alguna otra persona...

–¿A quién? –preguntó Tallulah, volviéndose hacia ella horrorizada–. ¿Qué motivos podría tener Jago para contarle a alguien que Finlay iba esa noche a una francachela? ¿A quién podría conocer Jago que haya siquiera oído hablar de Fin? –Miró de nuevo a su hermano–. ¿A quién más se lo dijiste? ¿Alguien debió de invitarte? ¡Piensa! –Airada y dolida, alzaba cada vez más la voz–. ¡No te quedes ahí parado como un idiota! Alguien pudo verte allí y marcharse temprano. ¡Por lo que más quieras, Fin, usa la cabeza!

–¡No lo sé! –replicó él, también a voz en grito–. ¿Crees que me callaría si lo supiese? ¡Válgame Dios, Tallulah, es a mí a quien van a ahorcar, y no a ese condenado Jago!

–¡Basta ya! –ordenó Charlotte–. No van a ahorcarle si conseguimos demostrar que no es culpable. Pero tenemos que actuar con inteligencia. Atacándonos mutuamente no llegaremos a ninguna parte. Contrólese y piense.

Finlay la miró boquiabierto.

–Ella tiene razón –admitió Tallulah de mala gana–. Cualquiera que estuviese allí pudo verte y darse cuenta del estado en que te encontrabas. O quizá simplemente fue alguien que te conocía lo suficiente para saber que no recordarías lo ocurrido esa noche, al igual que la mayoría de los presentes.

–Y se da también la circunstancia de que tal vez la mayoría de los invitados sean reacios a admitir que estuvieron en la fiesta –añadió Emily.

–Inténtelo con sus amigos –sugirió Charlotte–. Alguno habrá con el sentido del honor necesario para reconocer que estuvo allí y que lo vio, si no a la hora del crimen, al menos antes. Y quizá sepa también quiénes más se hallaban presentes al comienzo de la fiesta.

–¿Y ustedes qué van a hacer? –preguntó Tallulah, incluyendo a Emily pero dirigiéndose principalmente a Charlotte.

Charlotte pensaba a toda velocidad.

–Supongo que tienen intención de hacer algo –continuó Tallulah–. Al fin y al cabo, el problema es tan urgente para ustedes como para nosotros... o casi tan urgente.

–Lo dudo –comentó Finlay con amargura.

–Sí, sí lo es –afirmó Tallulah en un arranque de mal genio–. Si no averiguamos quién es el culpable, tu vida quedará arruinada a causa del misterio y las murmuraciones. No te ocurrirá nada malo, pero tampoco nada bueno.

–Lo sé –admitió Finlay, trasluciéndose en su voz y su semblante un sentimiento de autocompasión.

–Y también será la ruina para el marido de la señora Pitt –concluyó Tallulah–, porque mandó a la horca a un inocente y fue incapaz de hallar al culpable.

Finlay contempló a Charlotte con los ojos desorbitados, y de pronto la sangre afluyó a sus mejillas, tiñéndolas de un rojo escarlata.

–¡Pitt! Pitt, claro. –Hablaba con voz ronca–. No lo habría imaginado. Ni siquiera se me habría ocurrido pensar que los policías tuviesen esposas, y menos aún que pudiesen pasar por damas. –Se echó a reír, y una creciente histeria impregnó sus carcajadas, cada vez más sonoras y penetrantes.

A juzgar por su expresión, Tallulah habría deseado abofetearlo.

–Disculpe –dijo a Charlotte, sonrojándose–. Les haré llegar un mensaje en cuanto averigüe algo de interés.

–También nosotras –prometió Emily no con demasiada sinceridad, y de inmediato ella y Charlotte salieron de la casa.

Cuando estaban ya en el coche y se alejaban por Devonshire Street, Emily comentó:

–Finlay está asustado.

–Yo también lo estaría –replicó Charlotte con vehemencia– si tuviese un enemigo dispuesto a llegar a esos extremos para conseguir que me ahorcasen. –Por un momento un temblor incontrolable recorrió su cuerpo, y percibió un intenso frío en su interior–. Ha torturado y asesinado a dos mujeres sólo para acabar con Finlay. Sólo un demente puede odiar hasta ese punto.

Emily se abrazó a sí misma.

–¿Qué vamos a hacer a continuación? –preguntó en un susurro.

–No lo sé. Indagar si existía alguna conexión entre Ada McKinley y Nora Gough, supongo. ¿Por qué las eligió el asesino? ¿Por qué ellas y no otras?

–Quizá no le importase quiénes fuesen las víctimas –aventuró Emily con tristeza–. Quizá no haya ninguna razón. Podría haber sido cualquiera. –Su pesar pareció aumentar aún más–. ¿Y si las ha matado Jago Jones?

–Si ha sido él, será horrible –contestó Charlotte–. Pero tendremos que aceptarlo.

10

Emily regresó a casa resuelta a hacer lo que estuviese a su alcance para impedir la injusticia que se cernía sobre Finlay FitzJames. Quizá era más por Tallulah que por él, pero había percibido su miedo y su total perplejidad. Emily habría jurado ante cualquier autoridad del mundo que Finlay no tenía la menor idea de cómo habían llegado sus efectos personales a la habitación de Ada McKinley ni de quién los había colocado allí. Sólo una cosa era segura en aquel nefasto y caótico cuadro: la finalidad de aquello era hacerle pagar a él por el asesinato.

Había un enemigo en algún lugar, oculto, un enemigo implacable cuyo odio rayaba en la locura. Pero ¿cuál era el motivo de ese odio? Finlay no parecía saberlo, y Emily estaba cada vez más convencida de que debía de ser un enemigo de su padre, no de él.

A la mañana siguiente abordó a Jack durante el desayuno, empezando en cuanto él se sentó a la mesa.

–He pensado mucho en el actual caso de Thomas –anunció sin darle tiempo a Jack siquiera a coger la fuente del beicon–. Creo que debemos ayudarlo en la medida de lo posible. –Se sirvió una pequeña porción de huevos revueltos y una tostada–. Finlay FitzJames no es culpable, de eso estamos seguros...

–No, no lo estamos –repuso Jack con tono tajante–. Podría ser culpable. Sólo de Albert Costigan, ese pobre diablo, podemos decir con toda certeza que es inocente.

Con súbito desánimo, Emily comprendió que había caído en su propia trampa. Naturalmente no le había contado nada a Jack de su visita a Beaufort Street. Lo habría desaprobado con contundencia, y era lógico. En el pasado él mismo podría haber asistido a una fiesta como aquélla, pero las cosas habían cambiado; actualmente era miembro del Parlamento y un respetable padre de familia, y como tal debía cuidar su reputación.

–Ah –dijo, y se apresuró a pensar en una escapatoria. No encontró ningún argumento para justificar su afirmación. No tenía más remedio que desdecirse–. Quizá me guío más por la esperanza que por la realidad. Me... –Era mejor no mencionar a Tallulah; podía acarrear complicaciones–. Me cuesta creer que Thomas cometiese un error tan...

Jack se sirvió dos huevos escalfados.

–¿Quieres decir que Costigan era culpable? –preguntó, alzando la vista y mirándola a la cara.

A Emily aún le resultaba turbadora la belleza de sus ojos.

–No... no. Quería decir que Thomas no dejaría impune a Finlay FitzJames sólo por ser quien es. No daría por sentado que es inocente y renunciaría a investigar en esa línea por... –Se interrumpió.

Jack la observaba con paciente escepticismo.

–¿Conoces a Finlay FitzJames? –preguntó por fin.

–Nos hemos visto. –Emily nunca mentía descaradamente. Existía una gran diferencia entre el engaño y la discreción–. Pero sólo un par de veces, y las dos por casualidad. En realidad no lo conozco.

–Sin embargo no albergas la menor duda sobre su inocencia –dijo Jack. Era una afirmación, no una pregunta.

–Pues... –Emily sostuvo un rápido debate consigo misma. La justicia y la ayuda a Tallulah eran algo de suma importancia para ella. Se trataba de una cuestión de responsabilidad moral. Por otra parte su sinceridad con Jack, la confianza entre ellos, era también muy importante, mucho más de lo que habría pensado sólo cinco minutos antes. Finalmente añadió–: Conozco a su hermana.

–Y te ha dicho algo que te ha persuadido de su inocencia –dedujo Jack.

Emily no esperaba tanta perspicacia en él.

–Sí –asintió cada vez menos segura de sí misma.

–¿Qué?

–¿Cómo?

–¿Qué te ha dicho su hermana? –aclaró Jack.

–¡Ah! Sólo que lo vio en otra parte en el momento del crimen. Thomas ya está al corriente. No es exactamente una prueba.

–Eso es obvio –dijo Jack con una tensa sonrisa. Se llevó el tenedor a la boca con un trozo de beicon y huevo.

Emily se relajó ligeramente, comió un poco y untó con mantequilla la tostada. Sólo se oía el nítido roce del cuchillo contra el pan.

–¿Dónde lo vio? –prosiguió Jack.

Emily desfalleció.

–En una fiesta.

–Eso no explica gran cosa. No me obligues a tirarte de la lengua, Emily. ¿Qué clase de fiesta? ¿Una francachela, supongo, y ninguno de los asistentes recuerda haber estado, y mucho menos quién más había?

–Así es –dijo Emily, optando por una respuesta lacónica. Cada vez que añadía nueva información se metía en mayores problemas. Sorprendida, tomó conciencia de lo mucho que le dolería perder la confianza o el respeto de Jack. Quizá debía confesarle su visita a Beaufort Street antes de que él se enterase por otra vía.

–¿Informó a Thomas de eso? –preguntó Jack.

–Estaba convencida de que nadie la creería. Ya había mentido sobre su paradero.

–Tú sin embargo sí la crees.

–Sí.

–¿Saldría de dudas si te preguntase por qué?

–Probablemente no.

Jack siguió con su desayuno. Emily no sabía si la creía o no.

–¿Conoces a Augustus FitzJames? –preguntó Emily esperanzada.

Jack no alzó la vista, pero sus labios se arquearon casi como si estuviese a punto de echarse a reír.

–¿Quieres sonsacarme información?

–Sí –admitió ella–. ¿Lo conoces?

–Un poco. Y no, no sé quién lo odia hasta el punto de cometer tales atrocidades para vengarse de él. Pero permaneceré alerta, en consideración a Thomas.

–Gracias. –Emily respiró hondo–. ¿Es tan temible como dicen?

–¿Augustus? Sí, eso parece. Por lo que he averiguado, no actúa con una crueldad gratuita; simplemente le tienen sin cuidado las consecuencias de sus actos. Posee un gran sentido de la familia, o de la dinastía si lo prefieres, lo cual no deja de ser curioso en un hombre de un origen relativamente vulgar. Quizá sea por eso. El dinero le ha dado todo lo que tiene, y cree que con dinero todo puede comprarse. Y me guste o no, debo reconocer que así es en la mayoría de los casos.

–Pero ¿estás intentando averiguar quiénes son sus mayores enemigos?

–Por supuesto. ¿Acaso crees que no me preocupo por Thomas tanto como tú? Lo que ocurre es que también en el Parlamento se requiere una seria labor de defensa. Cada día aparecen más detractores.

Sombras de inquietud oscurecían su franca mirada.

–Saldrá de ésta, ¿verdad?

Emily estaba ahora realmente asustada, y no por Tallulah o Finlay FitzJames, sino por Charlotte, y quizá incluso por Jack si se comprometía demasiado en el asunto. No se atrevió a preguntarle hasta dónde estaba dispuesto a llegar, y sin embargo al contemplar su rostro supo la respuesta. No había límite. De ser necesario, Jack pondría en peligro su carrera, aceptaría su propia ruina incluso, antes que dejar a Pitt en la estacada.

Sin haber obtenido todavía una respuesta, le dirigió una radiante sonrisa con lágrimas en los ojos y rodando ya por sus mejillas.

Jack alargó el brazo sobre la mesa, le cogió la mano y, dándole la vuelta, le besó en la palma con suma dulzura.

–No lo sé –admitió por fin, y le estrechó los dedos con fuerza.

Cornwallis parecía muy alterado. Invitó a Pitt a tomar asiento, pero él estaba demasiado nervioso para permanecer sentado. Se paseaba de un lado a otro del despacho, deteniéndose de vez en cuando, obligándose a quedarse quieto por unos instantes. No mencionó que la campaña en favor del simbólico indulto de Costigan cobraba impulso por momentos, pero ambos lo sabían. Tampoco dijo que el asunto había sido abordado en la Cámara de los Comunes, y que no sólo se responsabilizaba a Pitt de aquella nefasta mancha en la justicia británica, sino también a él.

–¿Ha descubierto algo nuevo? –preguntó en un susurro. En su voz no se advertía enfado, ni desde luego el menor dejo de acusación. Era un hombre que se fortalecía en las situaciones de crisis, que dejaba patentes sus lealtades ante la adversidad.

–Nada útil –respondió Pitt con franqueza–. He vuelto a hablar con Thirlstone y Helliwell, pero ninguno de los dos está dispuesto a admitir que se produjeron serias discrepancias entre los socios del club, pese a que resulta cada vez más evidente que existían antipatías entre ellos. No se separaron cordialmente, pero todavía ignoro el motivo. A decir verdad –añadió con tristeza–, ni siquiera estoy seguro de que tenga mucha importancia.

–¿Y qué hay de Jones? –preguntó Cornwallis–. A él no lo ha mencionado. –Su rostro se tensó, revelando el pesar que le causaba decir lo que estaba pensando–. Sé que es clérigo y que obviamente realiza una buena labor en Whitechapel, pero eso no excluye la posibilidad de que albergue un odio personal contra un hombre como FitzJames. Ignoramos qué viejas rencillas tuvieron lugar en el pasado, Pitt. –Hundió las manos en los bolsillos del pantalón, deformándolos–. Por otra parte, ningún hombre es inmune a los apetitos y la soledad, que en ocasiones pueden resultar abrumadores. Jones ha elegido un camino de servicio y abnegación, pero es joven. Puede ocurrir que uno se exija demasiado y llegado un momento sucumba a sus flaquezas.

Pitt percibió en su voz emoción y apremio. ¿Hablaba sólo de Jago Jones? Él mismo había pasado largos años en la soledad del mar, agravada por el aislamiento propio del mando. Había tenido bajo su responsabilidad la vida de todos los tripulantes de su buque, sin poder recurrir a nadie durante períodos de seis meses.

–Lo sé –contestó Pitt–. Dios quiera que no sea él el culpable, y personalmente creo que no lo es; pero comprendo que no puede descartarse. Iré a verlo. Luego volveré al camino más directo; analizaré nuevamente desde el principio los indicios relacionados con la muerte de Nora Gough. Quiero conocerla más a fondo.

–¿Se ha descubierto alguna conexión entre las dos víctimas? –preguntó Cornwallis, que interrumpió de nuevo su deambular, deteniéndose esta vez en un cuadrado de sol que se proyectaba en el suelo–. Aparte de que ejercían el mismo oficio y vivían en el mismo barrio.

–No lo sé. Tengo que hablar con Ewart. Quizá a estas alturas haya encontrado algo.

–Ewart es un buen hombre –comentó Cornwallis con seriedad–. He examinado su hoja de servicios. Todo el mundo habla bien de él, no sólo como profesional sino también como persona. Posee una excelente reputación. Es discreto, concienzudo, buen padre de familia. Trabaja infatigablemente y ahorra su dinero. –En su voz se notó de pronto un dejo de asombro–. Tiene tres hijos varones y una hija. Ha casado bien a su hija, con un granjero de Kent. El matrimonio marcha sobre ruedas. Su primogénito estudia en la universidad, y los dos hijos menores van por el mismo camino. Es todo un logro. –Se abstuvo de añadir «para un policía normal y corriente». Tuvo el tacto de contenerse, pero era eso lo que pensaba–. No podríamos contar con un hombre mejor.

–Así es –coincidió Pitt–. Es un buen hombre. Y desde el comienzo rechazó la idea de que FitzJames estuviese involucrado en la muerte de Ada McKinley. Siempre pensó que fue alguien del barrio. Quizá tenía razón. Podría haber sido exactamente una tragedia doméstica como él decía. Debería haberle escuchado, prestado mayor atención a sus opiniones. En todo momento quitó importancia a la conexión con FitzJames, y posiblemente no la tenía. Mañana iré a verlo.

–Así pues, ¿el asunto en definitiva no tiene nada que ver con FitzJames? –dijo Cornwallis con expresión ceñuda, más tanteando una posibilidad que expresando una convicción. Se hallaba junto al catalejo y el sextante, y los rayos del sol reverberaban junto a su rostro en el metal abrillantado–. ¿Y el pañuelo? Podría ser suyo, pero ¿lo es? ¿Por fuerza tiene que ser suyo?

–No. Cualquiera podría haber encargado uno igual.

–¿Y el botón?

–Es muy caro, pero puede obtenerse en cualquier buena sastrería.

–¿No demuestran nada, pues, esos objetos?

–No demuestran que FitzJames estuviese allí –corrigió Pitt–. Demuestran que alguien deseaba que pensásemos que sí estuvo. Y que ese alguien no era Costigan.

Cornwallis movió la cabeza en un gesto de tristeza.

–Lo cual nos lleva de nuevo a Jones –susurró–. Parece que él es el factor común, Pitt.

–Lo sé.

–Debemos afrontarlo. Averigüe dónde estaba exactamente cuando esas dos mujeres fueron asesinadas. Siga todas las pistas. Olvídese de las motivaciones. Jones perteneció a ese aciago club. Vive y trabaja en Whitechapel. Conocía a Ada McKinley. Quizá conocía también a Nora Gough. –Movió ligeramente la cabeza–. Me consta que tales acciones no concuerdan con la impresión que tiene usted de ese hombre, pero ¿qué sabe realmente de él?

–Casi nada –admitió Pitt a su pesar–. Y dudo que averigüe mucho más. –Se puso en pie–. Volveré a interrogarlo mañana después de hablar con Ewart.

No se sentía con ánimos de visitar a Jago esa misma tarde. Sabía dónde estaba: en Coke Street repartiendo caldo. No quería interrogarlo mientras atendía a los pobres. Nunca había deseado menos interrogar a un hombre, ni sido más reacio a descubrir el rostro que se escondía tras la máscara. Incluso el día siguiente se le antojaba demasiado pronto, pero esa tarde le era de todo punto imposible.

Encontró a Charlotte solícita pero poco comunicativa. Por lo visto había pasado fuera la mayor parte del día, y sucumbido por fin a la tentación de llevar a los niños a casa de su madre para evitarles la desagradable experiencia de oír comentarios en la calle y padecer las pullas y preguntas de sus compañeros de clase.

No hablaron del caso. Pitt deseaba olvidarse de todo durante un rato. No tenía ya más ideas, ni más pistas que explorar, ni más enigmas que desentrañar. Disfrutó de la posibilidad de sentarse en silencio, de pensar en algo apacible y cotidiano, como el jardín o la necesidad de repintar la habitación de Daniel en un estilo más adulto ahora que era ya algo mayor. No tenía ya edad para dibujos y colores demasiado infantiles. Y quizá había también llegado el momento de concederle a Gracie otro aumento.

A la mañana siguiente fue temprano a Whitechapel y halló a Ewart aún en su mesa. Se le veía cansado y cabizbajo. Pitt no necesitaba preguntarle si había descubierto algo valioso: la respuesta estaba grabada en cada arruga de su rostro. Se había cortado al afeitarse y tenía las facciones contraídas.

–No he encontrado nada –dijo sin esperar la pregunta de Pitt–. Esas pruebas no demuestran nada.

Se retrepó en la silla, demasiado exhausto para mantenerse erguido. Se le notaba extrañamente abatido, teniendo en cuenta que sería Pitt quien cargase con la culpa. En esos momentos podría haberse alegrado de haberle cedido la responsabilidad del caso.

–Ya sé que el botón y el pañuelo no demuestran nada –dijo Pitt, y se sentó en la única silla disponible–. ¿Qué más tenemos?

–Nada. –Ewart extendió las palmas de las manos–. Hemos vuelto a hablar con todas las mujeres de la casa. Sostienen que sólo vieron a un hombre: joven, de pelo claro y rizado. Pero incluso a ese respecto empiezan a mostrarse indecisas. Algunas no están muy seguras de si realmente era rubio. ¡Como si eso tuviese mucha importancia! –Sus labios se arquearon en una mueca de desdén–. De todos modos, la luz a veces engaña. Seguimos buscándolo. Tengo a varios agentes en ello, pero podría ser cualquiera, incluso alguien de la parte oeste de la ciudad, y en ese caso nunca lo encontraríamos.

Pitt lo observó con asombro. Era raro oír hablar con tal desánimo a un hombre del rango y la experiencia de Ewart. Si ése era el individuo que había torturado y asesinado a dos mujeres, debían dar con él a toda costa. ¿Acaso Ewart temía aún que en realidad fuese Finlay FitzJames, con todos los sinsabores que eso acarrearía, las acusaciones de negligencia en el cumplimiento del deber, de intolerancia y hasta de corrupción? Podía entender su renuencia, incluso su amilanamiento, pero no lo aprobaba.

Se echó bruscamente hacia delante.

–Pues si ése es el hombre que mató a Nora Gough y Ada McKinley, vamos a encontrarlo –dijo, alzando la voz más de lo que pretendía–. ¡Alguien debió de verlo! Entró. Salió. ¿Le ha repetido la descripción que dieron de él las mujeres de Myrdle Street a las mujeres de Pentecost Alley?

–Sí. –Ewart estaba demasiado abatido para contestar con rabia–. Y dicen simplemente que se parece a Costigan, como así es.

–¿Y tenía Costigan hermanos, primos o algún pariente? –preguntó Pitt.

Ewart sonrió con amargura.

–Ya había pensado en eso. No; no tenía familia. Rose Burke y Nan Sullivan siguen convencidas de que Costigan mató a Ada McKinley.

–¿Y quién creen que ha matado a Nora Gough? –dijo Pitt con tono sarcástico.

–No lo saben. Algún chiflado que ha imitado a Costigan.

–¿Con qué fin, por amor de Dios? No esperaría que echasen la culpa a Costigan, supongo.

–No lo sé –respondió Ewart–. Ellas prefieren pensar que el asesino fue Costigan y que ya lo han ahorcado, quitado de en medio. En cualquier caso, da igual lo que piensen. Alguien estuvo en la habitación de Nora Gough, un hombre joven de pelo abundante y rizado, y en la casa no entró ni salió nadie más, así que tuvo que matarla él. Dios sabe quién pueda ser. ¡Yo desde luego no lo sé!

–¿No entró ni salió nadie más? –repitió Pitt.

–Nadie. –Ewart parecía sumido en la más absoluta desdicha, como si hablase de una desgracia personal y no de uno de los muchos sucesos que debía de haber presenciado a lo largo de su vida profesional–. No hay manera de sacarlas de ahí.

–¿Se sabe algo más acerca de ese hombre? –insistió Pitt–. ¿Complexión? ¿Modo de andar? ¿Orejas? La forma de las orejas varía mucho de unas personas a otras. ¿Alguna de ellas se fijó en algún rasgo peculiar? Hágalas pensar, exíjales que recuerden.

–¡No me diga cómo debo hacer mi trabajo! –replicó Ewart con indignación–. Ya les he preguntado todo eso. Ninguna se fijó en él. Era un cliente más.

–¿Nadie vigila la casa? –Pitt no podía evitar seguir acosándolo. No tenía nada más a qué agarrarse–. ¿Nadie protege a esas mujeres? ¿No hay al menos alguien que cuente a los clientes para asegurarse de que no se quedan parte de las ganancias?

–Sí, y sólo recuerdan que iba bien vestido y tenía una espesa mata de pelo. Escuche, Pitt, he dado vueltas y más vueltas al asunto. –Ewart olvidó el nuevo rango de Pitt y se dirigió a él como lo que había sido en otro tiempo, un igual–. Hay varios agentes buscando a ese hombre a partir de su descripción. Han visitado todos los burdeles y casas de citas al norte de Mile End, al este de Limehouse, y al oeste de la Torre. En la zona se vio al menos a media docena de hombres que concuerdan con la descripción. –Parecía a punto de añadir algo pero cambió de idea–. No tenemos nada.

Pitt, también agotado, se recostó contra el respaldo de su silla. ¿Era Finlay FitzJames después de todo? ¿O era Jago Jones, víctima de una extraña locura, una amarga mezcla de odio a las prostitutas, a su vida pasada, a Finlay y a los secretos que éste conocía de él? ¿O quizá odiaba a Finlay porque él lo había introducido en esa clase de vida? ¿Cuál era el origen de su locura? ¿Acaso la convicción de que Finlay lo había inducido a descubrir al pecador que llevaba dentro, sujeto a un apetito voraz e incontrolable?

–¿Qué ocurre? –preguntó Ewart, irguiéndose de pronto y tirando una pila de papeles con el codo–. ¿Qué sabe?

–Nada –contestó Pitt–. Pero tendré que hablar de nuevo con el reverendo Jones.

–¿Jones? –repitió Ewart sorprendido, sin molestarse en recoger los papeles–. ¿Cree que puede darnos alguna pista? Personalmente lo dudo. Es un buen hombre, pero no sabe nada de los asuntos mundanos. Si estuviese enterado de algo, ya nos habría informado. –Al desvanecerse la momentánea esperanza, su voz cayó de nuevo en su anterior monotonía–. En cualquier caso, hablar con él será una pérdida de tiempo. No delataría a un feligrés aun si tuviese la certeza de que era culpable. Por los votos de los clérigos y esas cosas. Es mejor buscar posibles conexiones entre Ada y Nora, averiguar quiénes las conocían a las dos. Ya he empezado a investigar en esa dirección. –Revolvió los papeles que acababan de caerse, apartó unos cuantos y se los tendió a Pitt–. Ahí constan las personas que conocían a las dos mujeres y trataban con ellas por una u otra razón: vestidos, medias, cosméticos, medicamentos, comida, calzado, e incluso ropa de cama. –Dejó escapar un gruñido–. No tenía la menor idea de que una prostituta comprase tanta ropa de cama. Fíjese, unos cuantos coinciden.

–Es lógico. –Pitt cogió los papeles, aunque no esperaba descubrir nada de especial interés–. Supongo que en una zona tan reducida como ésta no hay demasiados comerciantes en esa clase de artículos. ¿Concuerda alguno de ellos con la descripción?

–De momento no. La mayoría son hombres de mediana edad y estaban en casa con sus familias cuando se produjo el crimen.

Ewart se sumió de nuevo en la impotencia, desmoronándose en la silla.

–¿Hay noticias de Lennox? –preguntó Pitt.

–No. Nora fue asesinada exactamente de la misma manera que Ada –respondió Ewart con el dolor escrito en el rostro y una ira incontenible y devoradora–. Con idénticas torturas. Todos los detalles coinciden, incluso aquellos que sólo nosotros conocíamos. Tiene que haber sido la misma persona.

–¿No existe la menor diferencia? –preguntó Pitt en un susurro. El desordenado despacho resultaba claustrofóbico; no había espacio suficiente para albergar tan desmesuradas emociones.

–No, ninguna –confirmó Ewart.

–¿Se ha encontrado algo más, aparte del botón y el pañuelo? –prosiguió Pitt.

–No.

–Extraño, ¿no?

–¿Qué?

–Que todas las pruebas aparecidas en los escenarios de los dos crímenes impliquen a Finlay FitzJames...

–Circunstancial –dijo Ewart, apresurándose más de lo necesario, y de inmediato, muy pálido, se hundió de nuevo en la silla.

–Quería decir –continuó Pitt, perplejo y disgustado– que hay algo anormal. Cuanto más lo pienso, más clara es mi impresión de que en ambos casos alguien colocó las pruebas a propósito para que las encontrásemos. ¿Alguna de las mujeres que viven en esas dos casas conocía a Finlay FitzJames aunque fuese de vista?

Ewart se enderezó con un respingo.

–¡No! –exclamó, y un rayo de esperanza iluminó su rostro–. Volveré a preguntarles, pero estoy seguro de que no. ¡Tiene razón! Sería mucha coincidencia que viniese a este barrio por primera vez y matase a una mujer que no conocía de nada. ¿Por qué iba a hacer algo así a menos que estuviese loco? Y en el peor de los casos podría haberlo hecho una vez si... –Tragó saliva con dificultad, como si tuviese la garganta cerrada por la tensión–. Si hubiese estado borracho o... o fuera de sí a causa de la lujuria, la ira o alguna otra pasión. Pero esa primera vez bastaría para aterrorizarlo. No volvería por aquí menos de dos meses después para repetir el crimen, y menos sabiendo que sospechamos de él. –Ahora estaba inclinado sobre la mesa, su rostro súbitamente alerta por el entusiasmo–. Usted ha hablado con él, Pitt. ¿Le pareció un hombre poseído por alguna forma de locura? ¿O le pareció más bien un joven que en el pasado era incapaz de dominarse, que de vez en cuando actúa neciamente, se excede con la bebida y no recuerda qué ha hecho la noche anterior, y que está muerto de miedo ante la idea de que lo acusen de un delito que no ha cometido? ¿Muerto de miedo por defraudar las expectativas de su familia, por la perspectiva de que su padre lo desprecie y le haga la vida imposible durante meses, o incluso años?

Ésa era exactamente la impresión que Finlay había causado en Pitt. Él mismo habría sido incapaz de expresarlo con mayor precisión. Era una caracterización en extremo perspicaz del hombre que había conocido. Había subestimado las opiniones de Ewart.

–Su apreciación no podría ser más acertada –respondió–. FitzJames reacciona de ese modo cada vez que se siente amenazado. –Miró fijamente a Ewart–. ¿Nos equivocamos con Costigan? Yo estaba totalmente convencido de su culpabilidad. No conseguí entender el detalle de las botas y la liga, pero no tenía la menor duda de que la mató él.

–Tampoco yo –dijo Ewart con gravedad–. Y sigo pensando que fue él. Las botas y la liga debieron de ser cosa del cliente anterior.

–¿Y la segunda vez, con Nora? –preguntó Pitt–. ¿No sería el mismo cliente?

–No, eso tuvo que ser obra de quien colocó allí el pañuelo y el botón, para convencernos de que el crimen lo había cometido la misma persona. –Apretó los labios–. Siento decirlo, señor, pero empiezo a sospechar del reverendo Jones. La verdad es que tiene algo de fanático. ¿Por qué, si no, un caballero de buena posición renuncia de pronto a todo, toma el hábito y elige venir a trabajar a un sitio como Whitechapel? –Movió la cabeza en un gesto de escepticismo–. La gente como él no necesita trabajar. Fíjese en los otros socios del club Fuego del Infierno. Helliwell trabaja en la City, pero sólo cuando le viene en gana. Podría prescindir. Simplemente le gusta vivir a lo grande. Tiene una esposa que mantener, y supongo que ahora también hijos. Se pasea en su propio coche, tiene una casa enorme y muchos criados, organiza fiestas. Probablemente la asignación para ropa de su esposa supera lo que Jago Jones gana en una década.

Pitt no podía rebatírselo. Otros pensamientos se agolpaban en su mente.

–Y ahí tiene a Thirlstone –prosiguió Ewart con desdén–. Juega a hacerse el artista. Eso no le proporciona ingresos, pero tampoco los necesita. Es pura diversión. Pasa de una conversación estúpida a otra. Pasea por el parque, visita las exposiciones y los talleres de los pintores. FitzJames, por su parte, quiere ser embajador o parlamentario, pero en realidad no trabaja a diario como usted o yo. Va al Foreign Office cuando se le antoja, y su trabajo consiste principalmente en cultivar relaciones útiles y dejarse ver donde conviene.

Pitt guardaba silencio. Percibía el desprecio de Ewart y lo comprendía, quizá incluso lo compartía.

–Jones, en cambio, trabaja de sol a sol –concluyó Ewart–. Domingos incluidos. No sé cuánto le pagan, pero por algo ser «más pobre que un ratón de iglesia» se considera el colmo de la miseria. Lleva ropa vieja, come lo mismo que la gente del barrio, y probablemente en invierno pasa el mismo frío. Vive peor que yo, ¿y por qué?

–No lo sé. –Pitt se levantó–. Pero estoy de acuerdo con usted: eso requiere una respuesta. Entretanto mejor será que siga buscando al hombre que vio viva por última vez a Nora.

–Ya no sé a quién preguntar –protestó Ewart–. Hemos hablado con todas las mujeres que viven en la casa, con los obreros de la fábrica de botellas, los vecinos y tenderos de la calle.

–Interrogue también a los mendigos y vendedores ambulantes –ordenó Pitt desde la puerta–. Siga intentándolo. Alguien tuvo que verlo. No puede habérselo tragado la tierra. –Hizo girar el picaporte–. A menos que se le ocurra algo mejor.

Dejó a Ewart en el despacho lóbrego y revuelto y volvió a Myrdle Street. La cuestión del cliente que había desaparecido lo obsesionaba. Tenía que ser él quien había asesinado a Nora Gough, pero el hecho de que nadie admitiese haberlo visto salir era significativo. En realidad, tampoco lo había visto llegar nadie. Aquella casa era un burdel. Siempre había gente por allí. No sólo por las idas y venidas propias del oficio, sino por razones de seguridad. Cualquier mujer que trabajase en la calle conocía los riesgos de tropezarse con un cliente violento, grosero, remiso a la hora de pagar, o con gustos y exigencias que no estaba dispuesta a satisfacer.

Caminó con paso enérgico por las calles grises y concurridas: hombres y mujeres que andaban apresuradamente por las aceras, comerciantes, oficinistas, recaderos, repartidores, mercachifles y vendedores de periódicos. La muerte de Nora seguía ocupando la primera plana de todos los diarios, junto con proclamas de la inocencia de Costigan y peticiones de reforma. Algunos incluso solicitaban la abolición de la policía por su fracaso con el primer asesino en serie de Whitechapel, y nuevamente con el segundo.

Pitt apretó el paso, deseando mirar en otra dirección y sintiéndose a la vez atraído por ellos contra su voluntad. Pese a haber imaginado escabrosos titulares, los reales superaban con creces sus previsiones. Un vendedor pregonaba: «¡La policía no llega a ninguna parte! ¡Whitechapel sumido de nuevo en el terror!». Y en el cartel de un hombre-anuncio se leía: «¿Ha vuelto Jack, *el Destripador*? ¡La policía se revela impotente! El comisario Pitt no avanza en su investigación. ¿O quizá sí? ¿Acaso sabe algo que no se atreve a decir? ¿Quién es el asesino de Whitechapel?»

Llegó a la casa de Myrdle Street tenso, deprimido y sin aliento. Todavía no se había levantado nadie. El trabajo había vuelto a la normalidad. Las deudas no respetaban el luto, y el hecho de que se hubiese cometido allí un asesinato no parecía disuadir a la clientela.

Tras mucho insistir consiguió despertar a Edie, que al cabo de un momento se reunió con él en la cocina, la larga melena negra enmarañada, la cara hinchada por el sueño, envuelta en una holgada bata. Su oficio la había despojado de cualquier pretensión de pudor.

–Pierde el tiempo –dijo con aspereza en cuanto se sentó en una de las sillas–. Ninguna de nosotras sabe nada que no les hayamos dicho ya. Aquella tarde no vimos entrar ni salir a nadie salvo a nuestros clientes. No sabemos quién era el fulano del pelo rubio que estaba con Nora, ni oímos nada anormal.

–Lo sé. –Pitt intentó conservar la paciencia–. Fuera de la casa tampoco lo vio nadie. ¿No le parece eso un tanto extraño?

–Pues sí. ¿Y qué? ¿Está diciéndome que fue un fantasma el que entró aquí, estranguló a Nora y se largó? –La recorrió un escalofrío, y sus abundantes carnes temblaron bajo la bata–. ¡Está usted loco! Los fantasmas no existen. Alguien miente, así de simple. Alguien tuvo que verlo, pero se lo calla.

–Varias personas, de hecho –comentó Pitt pensativamente–. ¿Por qué iban a mentir todas ellas?

–¡Qué sé yo! No le veo el sentido. Personalmente quiero que atrapen a ese canalla y lo lleven a la horca. –Se cubrió la cara con las manos de alargados dedos–. Nora era una fresca, pero nadie se merece una muerte así. A veces yo misma la habría abofeteado. Pero imagino que todas nos molestamos alguna que otra vez.

–¿A usted qué la molestaba de Nora?

Edie sonrió como burlándose de sí misma.

–Que era guapa, supongo. Y sabía atraer a los hombres. Tenía ese don. –Miró a Pitt con desdén–. No quiero decir que fuese por ahí robándonos los clientes. Me refiero a nuestros propios hombres. Nora se apropió de algunos que me gustaban.

–¿No clientes? –preguntó Pitt–. ¿No hombres que pagan?

–¡Por Dios! Una también puede hacerlo por diversión, ¿sabe? –dijo indignada–. Bueno, no muy a menudo quizá. Pero es agradable tener al lado a un hombre que esté a gusto con una. No por dinero. Un hombre que la trate a una como una persona, y no como simple mercancía. Está bien abrazarse y reírse un rato.

–Sí, desde luego. ¿Y Nora le quitó el hombre? ¿A usted y a otras mujeres?

–¡Eh, un momento! No pasaba todos los días. Me lo robó a mí una vez, y era sólo un tipo del que me había encaprichado, nada serio. Si hubiese sido un hábito, habríamos tenido que echarla. No era mala chica, Nora. Y si supiese cómo ayudarlos a encontrar al que la mató, no me lo pensaría dos veces. Aunque para lo que ustedes sirven... –Se desenmarañó el cabello con los dedos–. ¡Dios santo! Lo que está claro es que no lo hizo el pobre desgraciado de Costigan. Y ustedes aún no han cogido al verdadero culpable, el muy hijo de mala madre, y eso que ya van dos víctimas. Habrá que esperar a que mate a otra, ¿no? ¿Lo cogerán a la tercera? O pasará lo mismo que en el ochenta y ocho, y los dejará a todos con dos palmos de narices. –Se puso en pie y se arregló la bata–. Ya le he dicho todo lo que sé, y ahora me vuelvo a la cama. No sé para qué les pagan. Si yo hiciese mi trabajo como ustedes el suyo, me moriría de hambre.

Pitt despertó a Pearl y Mabel, pero tampoco ellas aportaron información útil. Se limitaron a repetir lo que ya habían declarado.

Era la hora del almuerzo, y Pitt tenía hambre. Se dirigió hacia el río, a la taberna más cercana, en Swan Street, la misma en que se había reunido con Ewart y Lennox dos días antes de celebrarse el juicio contra Costigan.

¿Se había equivocado acerca de Costigan? ¿Era tal su deseo de encontrar un culpable que había interpretado erróneamente su declaración? Revolvió en su memoria, pero no recordó las palabras de Costigan, sino sólo su propia certeza de que eran una admisión de culpabilidad.

Se acercó a la barra y pidió una jarra de sidra y un sándwich de queso y salsa picante. Se lo llevó a una mesa, se sentó y empezó a engullirlo sin saborearlo siquiera. La taberna estaba abarrotada de mozos de carga, carreteros y albañiles, y había un gran vocerío salpicado por alguna que otra carcajada. El aire olía a serrín y cerveza. Transcurridos unos minutos se le acercó un hombre corpulento con la chaqueta desabrochada y se plantó ante él mirándolo con atención.

–¡Poli! –dijo lentamente–. Usted es el poli que colgó a Costigan, ¿no?

Pitt alzó la vista.

–Yo no lo colgué –rectificó–. Yo lo detuve. El tribunal lo procesó; el jurado lo declaró culpable, y el juez lo sentenció.

Dio otro bocado al sándwich y desvió la mirada.

Alrededor varias personas dejaron de hablar.

–¡Eso es! –exclamó el hombre–. Llénese la panza. Mire en

otra dirección. ¿Qué más nos dará a nosotros, los pobres infelices de Whitechapel? Cuelga a un pobre desgraciado y se va a su casa a dormir tranquilamente. –El tono de mofa se hacía más mordaz y ofensivo–. Esas cosas no le quitan el sueño, ¿verdad, poli? A Costigan tampoco, sólo que él ya no volverá a despertarse, ¿eh? ¡Porque usted lo colgó! Pero eso no impedirá que venga un condenado tipejo de los barrios altos, se aproveche de nuestras mujeres y luego las torture y las estrangule, ¿verdad que no?

Se acercó otro hombre con una tensa expresión de rencor.

–¿Cuánto le pagan, eh, Judas?

–¡Judas! –gritaron al unísono varias gargantas.

Ya nadie comía. Todas las conversaciones se habían interrumpido.

Alguien se puso en pie.

El tabernero pidió orden, y le ordenaron que cerrase la boca.

Comenzó a estrecharse el círculo en torno a la mesa de Pitt.

–¿A qué ha venido? ¿A embolsarse otra recompensa?

–¿Le paga ese tipo cada vez que mata a una desdichada?

–¿Cuánto se lleva? ¿Cuánto vale para usted una de nuestras mujeres, eh, poli?

Pitt abrió la boca para hablar, y alguien le lanzó un puñetazo. El golpe le dio sólo de refilón, pero lo cogió desprevenido, y perdió el equilibrio.

Se oyeron vítores y después risas.

Pitt se levantó.

Era más alto y fornido de lo que su agresor esperaba. El hombre retrocedió.

Otro individuo se puso en guardia junto a él, dispuesto a intervenir. La situación empeoraba por momentos. Pitt notó una intensa punzada de miedo y empezó a sudar copiosamente. La pelea era inevitable, pero ante tal muchedumbre no tenía la menor posibilidad de salir airoso. Acabaría maltrecho, quizá incluso muerto.

El hombre situado más cerca de él se balanceaba ligeramente sobre las puntas de los pies, preparado para la lucha, mirando a un lado y a otro, con el rostro brillante a causa del sudor provocado por la excitación. Pitt percibía su penetrante olor.

–¡Adelante! –alentó alguien–. ¿A qué esperas?

El primer hombre lanzó una ojeada a sus compañeros para cerciorarse de que no iniciaría solo el ataque. Encontró en sus miradas la confirmación que buscaba y avanzó con los puños en alto.

Pitt afirmó los pies, dispuesto a encajar el primer golpe.

–¡Quietos!

Todos quedaron inmóviles. La voz que acababa de oírse transmitía autoridad. No había sido un grito, pero resonó en toda la taberna.

A Pitt se le cortó la respiración.

Se abrió una brecha en la multitud, y apareció Jago Jones abriéndose paso a codazos. Sus ojos centelleaban y su rostro resuelto parecía de hierro forjado.

–¿Qué demonios pasa aquí? –preguntó, mirando con furia alrededor.

–Aquí no nos hace ninguna falta, reverendo –dijo un hombre con aspereza–. Vaya a socorrer a los enfermos y a quienes lo necesiten. ¡Aquí no lo queremos!

Se oyó un murmullo de conformidad. Alguien intentó empujarlo. Jago no se inmutó.

–Esto no es asunto suyo, reverendo –advirtió otro hombre con tono hostil–. Ocúpese de sus cosas y no se meta donde no lo llaman.

–¿Qué os proponéis? –repuso Jago, mirando fijamente al hombre que acababa de hablar–. ¿Cometer otro asesinato y demostrar así que somos un hatajo de brutos e ignorantes como a los ricos les gustaría creer? Matad a un comisario de policía que sólo pretende hacer su trabajo y tendréis aquí al ejército antes de que os hayáis dado media vuelta.

Se oyó un rumor de protesta, pero todos los hombres, por propia voluntad o arrastrados por sus compañeros, retrocedieron uno por uno, dejando a Jago y a Pitt cara a cara.

–¿Ha terminado de almorzar? –dijo Jago, pero su semblante revelaba que no era una pregunta sino una orden.

Pitt tragó saliva. Le quedaba aún parte del sándwich y la mitad de la sidra. Levantó la jarra y la apuró de un trago. Luego cogió el sándwich.

–Sí.

Jago se volvió para dirigirse hacia la puerta. Por unos segundos ni un solo hombre se movió. Permanecieron apiñados, en actitud agresiva, desafiando a Jago.

–¿También vais a atacarme a mí? –preguntó con apenas un ligero temblor en la voz–. ¿Esto es lo que vosotros entendéis por valentía e inteligencia? ¿Así es como queréis que os vea la gente del lado oeste de la ciudad? ¿Como bestias que se ensañan con sacerdotes y policías?

Se produjo un rugido de ira, pero varios hombres retrocedieron un paso.

Jago guió a Pitt entre la multitud silenciosa. Los hombres clavaban en ellos torvas miradas, y muchos mantenían cerrados los puños. Ninguno retrocedió ni un palmo más para dejarles paso, y Pitt de hecho rozó a un par al salir.

Fuera el aire era más frío y olía a bostas de caballo y alcantarillas abiertas, pero Pitt lo aspiró con el mismo deleite que si fuese la brisa limpia del mar.

–Gracias –dijo con voz trémula–. No... no sabía que la indignación fuese tan... intensa.

–Siempre hay alguien que saca provecho de los momentos de confusión –respondió Jago, caminando deprisa en dirección a la iglesia de Santa María–. Los oportunistas políticos, o simplemente personas que necesitan culpar a alguien de sus propios fracasos. Usted era el blanco idóneo. Ha sido un tanto ingenuo por su parte no darse cuenta.

Pitt guardó silencio. Jago tenía razón.

Siguieron andando uno junto al otro, rápidamente. Pitt había ido hasta allí porque no conseguía librarse de la dolorosa sospecha de que Jago era el vínculo entre Finlay FitzJames y Whitechapel, entre el pasado y el presente. Era la única persona que indiscutiblemente conocía a Ada y a Finlay. Probablemente conocía también a Nora Gough. Pitt aborrecía la idea, y más aún tener que plantearle el tema a Jago, que acababa de rescatarlo, corriendo él mismo un grave riesgo.

Pitt tomó aliento, y cuando se disponía a hablar, Jago se detuvo de repente.

Habían subido por Mansell Street y se hallaban en la esquina de Whitechapel Road. La circulación era densa, en su mayor parte transporte de mercancías.

–Tengo que visitar a una mujer cuyo marido se ahogó la semana pasada –anunció Jago, intentando hacerse oír sobre el estrépito de las ruedas y los cascos de los caballos–. Yo en su lugar me andaría con cuidado por estas calles, comisario. No se quede en un mismo sitio demasiado rato. Si tiene que interrogar a un grupo numeroso de personas, vaya acompañado de varios agentes. Supongo que no está ya... –El resto de la frase quedó ahogado por el ruido de una carreta que pasaba.

–No –respondió Pitt cuando se alejó la carreta–. No mucho.

Jago le dirigió una breve y radiante sonrisa de aliento, cruzó la calle sorteando los carruajes, y desapareció.

Pitt fue a buscar a Lennox. Cabía la posibilidad de que hubiese omitido algún detalle, alguna mínima diferencia, o incluso alguna percepción sobre la personalidad del hombre capaz de perpetrar tales atrocidades con otro ser humano.

Lo encontró en un refugio hecho con cajas de madera medio podrida junto a la escalera que bajaba al río. Atendía a un anciano que yacía en una improvisada cama, doblado, delirante y convulso, aunque Pitt no habría sabido decir si por efecto de la fiebre o del alcohol puro. A Lennox, por lo visto, no le importaba la causa. Le hablaba con delicadeza, tranquilizándolo, estirando las mantas arrugadas. Fue a buscarle agua y sacó de su bolsillo media hogaza de pan, que el anciano aceptó; dio un bocado y masticó lentamente, casi incapaz de tragar.

Pitt aguardó a que Lennox terminase y después lo acompañó por el paseo que bordeaba el río. De vez en cuando un grupo de nubes procedente del este tapaba el sol vespertino.

–¿Puedo ayudarle en algo, comisario? –preguntó Lennox

con curiosidad. Se le notaba aún tenso y cansado, pero no tanto como la última vez que Pitt lo había visto.

–La investigación del caso no ha dado aún el menor fruto –contestó Pitt con franqueza–. Usted examinó a los dos víctimas. ¿Encontró alguna diferencia, por pequeña que fuese, en el estado de los cadáveres?

Lennox siguió caminando con la vista al frente.

–No.

–¿Nada en absoluto? –insistió Pitt–. Sé que las medias utilizadas en el estrangulamiento pertenecían a las víctimas y que presentaban el mismo tipo de nudo; pero no hay demasiadas clases de nudos para estrangular a alguien. ¿Qué puede decirme de los dedos de manos y pies? ¿Habían sido fracturados o dislocados los mismos en ambos casos?

–Sí –contestó Lennox con expresión severa, como si aún sintiese en su mente el dolor que tales lesiones debían de haber causado. En torno a sus labios se había formado un círculo blanco y le palpitaba un músculo en la sien.

–¿Exactamente los mismos? –repitió Pitt.

–Sí, exactamente. Si quiere demostrar que los asesinatos son obra de dos hombres distintos, me temo que no puedo ayudarlo. Sé que Costigan murió en la horca, y lo lamento. Desearía ofrecerle algún consuelo, comisario, pero me es imposible.

Caminaba con obcecada resolución, la cabeza hacia delante, la mirada perdida. Tan absorto se hallaba en sus emociones que en el siguiente cruce, de no ser porque Pitt le tiró del brazo, habría bajado de la acera sin prestar ninguna atención al tránsito. Un cabriolé pasó ante ellos a toda velocidad, y la ráfaga de aire que dejó tras de sí le apartó el cabello de la frente.

–¿Y las uñas? –preguntó Pitt cuando Lennox recobró la calma.

No se acercaba ningún otro carruaje, y cruzaron juntos, andando a la par, hasta la otra acera.

–¿Las uñas? –repitió Lennox.

–Sí. Ada se rompió una al intentar quitarse la media del cuello. Forcejeó, pero sólo por unos instantes. Nora presentaba pequeñas magulladuras, y sangre en una uña. Era una mujer de menor estatura, muy frágil, y sin embargo da la impresión de que forcejeó durante más tiempo.

–¿Es una pregunta? –dijo Lennox a la vez que sorteaba un montón de basura depositada en la acera.

–Sí. –Pitt rodeó la basura por el otro lado–. ¿Por qué pudo Nora forcejear más tiempo? Eso es una diferencia.

–No lo sé. –Lennox arrugó la frente, aparentemente perplejo–. Quizá el asesino cogió a Ada desprevenida. Hay personas que ofrecen más resistencia que otras, y no se sabe por qué. Ocurre como con las enfermedades: unos pacientes sucumben, mueren de afecciones de las que en teoría deberían haberse recobrado fácilmente; otros, en cambio, se aferran a la vida y superan dolencias o heridas que deberían haberlos llevado a la tumba, que habrían acabado con la vida de cualquier otra persona. Guarda relación con la voluntad, no con el tamaño o la fortaleza física.

Pitt aguardó a que continuase, pero Lennox se quedó en silencio.

–En todo caso, a juzgar por las pruebas forenses, ¿considera que cometió los dos asesinatos la misma persona? –preguntó Pitt al cabo de un par de minutos.

Lennox se detuvo y se volvió hacia él. En su sombría mirada se advertía confusión y dolor, y en sus labios la tensión del recuerdo.

–No lo sé, comisario. Yo sólo puedo hablar de lo que veo. A usted le corresponde conjeturar quién es culpable y quién inocente. En eso no me es posible ayudarlo. Si pudiese señalar a alguien y decir «Ése es el hombre», lo haría. A ese respecto no creo que tenga usted la menor duda. He visto a dos mujeres jóvenes torturadas, sometidas a vejaciones y a un profundo terror, y asesinadas. –Se le quebró la voz y por un momento perdió el control, sucumbiendo a sus violentas emociones. Tomó aire con visible esfuerzo, tragó saliva y trató de recuperar por lo menos el dominio de su semblante.

Pitt tendió una mano y lo cogió del brazo. Notó sus músculos agarrotados bajo la tela de la chaqueta.

–Cálmese –susurró–. Lo siento. No debería haberlo presionado. Sin duda las mató la misma persona. No... no puedo devolver la vida a Costigan y tampoco por lo visto encontrar al verdadero culpable. Empiezo a estar desesperado.

Lennox respiró como si se dispusiese a hablar, pero se limitó a mirar a Pitt con expresión de profundo abatimiento.

–Discúlpeme, doctor Lennox –dijo Pitt–. He postergado ya demasiado algo que temo, pero ha llegado la hora de afrontarlo. Gracias por su tiempo. Lamento haberlo apartado de sus pacientes.

Le soltó el brazo, se dio media vuelta y se encaminó de nuevo hacia Whitechapel Road y la iglesia de Santa María. Era el momento de hablar cara a cara con Jago Jones.

Lo encontró en Coke Street, como en las ocasiones anteriores, repartiendo tazas de caldo entre los hambrientos y desamparados, sólo que esta vez lo ayudaba una mujer cansada y manchada de tizne que Pitt apenas reconoció: Tallulah FitzJames. Se detuvo a unos pasos de ellos y los observó procurando no llamar su atención. Tallulah no se parecía en nada a la joven frágil y despreocupada que había visto en Devonshire Street. De no ser por la singularidad de su rostro, no habría sabido que era ella. Estaba absorta en lo que hacía, aunque Pitt veía a veces en su cara una fugaz expresión de repugnancia, y el esfuerzo de borrarla concentrándose nuevamente en la tarea de llenar las tazas.

A un lado tenía un saco de ropa usada, y de vez en cuando buscaba en su interior, extraía algo y lo entregaba a unas manos ansiosas.

Para un niña mugrienta y mocosa se tomó más molestias. Revolvió la ropa vieja durante un rato hasta encontrar una alegre prenda con un estampado de vivo color rojo.

–Aquí tienes. Con esto estarás guapísima –dijo sonriendo. Tuvo la delicadeza de no añadir que también iría más abrigada.

La niña tragó saliva y se sorbió la nariz. Nunca antes había concebido la posibilidad de estar guapa. Era un sueño, algo reservado a otra clase de gente.

–Cógelo –apremió Tallulah–. Es tuyo.

La madre, muda de gratitud, alzó la vista.

La niña no halló palabras para agradecérselo. La miró con los ojos desmesuradamente abiertos, avanzó un paso, luego otro y por fin la rodeó con los brazos.

Por un instante Tallulah se quedó inmóvil, rígida a causa de un instintivo asco. Con un esfuerzo de voluntad que se reflejó en su rostro durante apenas unas décimas de segundo, se sobrepuso, sonrió y se agachó para abrazar también a la niña.

A continuación pasó a ocuparse de la siguiente persona de la cola, pero en su cara permaneció una expresión de dulzura, como si algo precioso se mostrase aún a sus grandes ojos.

La cola avanzaba lentamente. Los hombres con visible resentimiento, disgustados por tener que recurrir a la caridad. Las mujeres, demacradas, con niños sucios en brazos, carecían de ese orgullo; para ellas, el hambre y el frío de un hijo era mucho peor que cualquier forma de degradación o la admisión de su necesidad.

Cuando se terminó el caldo y Jago y Tallulah quedaron solos junto a la carretilla, Pitt se acercó a ellos. Tallulah recogía el saco, ya vacío, que había contenido la ropa usada. Pitt se preguntó si la habría facilitado ella misma, uniendo a su trabajo una aportación material.

Jago salió a su encuentro y lo saludó educadamente pese al cansancio y la cautela que se traslucían en su mirada. Tallulah se hallaba a unos pasos de ellos, aún poniendo orden.

–¿Qué puedo hacer por usted, comisario? Sólo sé lo que ya sabía la última vez que hablamos.

–¿Conocía a Nora Gough? –dijo Pitt con voz tranquila–. Eso no tuve ocasión de preguntárselo en nuestra última conversación.

Jago sonrió a su pesar.

–No, ciertamente no tuvo ocasión. Pues sí, la conocía un poco. Una chica preciosa. Muy joven. Muy segura de sí misma. Creo que quizá habría acabado casándose y convirtiéndose en una mujer respetable. A veces ocurre, ¿sabía? –Escrutó el rostro de Pitt en busca de incredulidad.

–Sí, lo sabía –afirmó Pitt–. Yo mismo conozco algunos casos.

Jago dejó escapar un suspiro.

–¡Claro, cómo no iba a saberlo! Discúlpeme. No pretendía aleccionarlo.

–¿Ha dicho eso sobre Nora por alguna razón en particular?

–No. Era sólo una impresión. Puede que ella me comentase algo al respecto. ¿Por qué lo pregunta? ¿Cree que eso puede tener relación con su asesinato?

–No descarto ninguna posibilidad. Bajo su almohada apareció un pañuelo con las iniciales de Finlay.

De repente Jago palideció y se aclaró la garganta con un brusco carraspeo.

–No pensará... –Volvió a suspirar–. ¿Qué quiere de mí, comisario? No tengo la menor idea de quién puede haber matado a esas dos mujeres. Me... me costaría creer que hubiese sido Finlay, y si así fuese, lo lamentaría más de lo que usted imagina. –No miró a Tallulah. En ese instante no dio la impresión de que el dolor de ella fuese su principal preocupación.

–Un último cliente que vieron entrar en la habitación de Nora era un hombre parecido a Finlay –continuó Pitt, observando atentamente a Jago.

–¿Y usted cree que era Finlay? –preguntó Jago–. ¿No han conseguido dar con ese hombre? Alguien debió de verlo al marcharse de Myrdle Street. ¿Dónde se metió? A esa hora de la tarde hay mucha gente por la calle. ¿Por qué iba a venir Finlay a Whitechapel? Es absurdo. Supongo que es incapaz de demostrar dónde se encontraba en ese momento, o de lo contrario no habría venido usted a preguntarme. –Hablaba en voz baja para que Tallulah, que estaba acabando de recoger, no lo oyese.

–No, Finlay no tiene coartada –confirmó Pitt–. Y nadie volvió a ver a ese hombre cuando se marchó de Myrdle Street.

–¿A quiénes han preguntado? –dijo Jago, contrayendo el rostro en un gesto de concentración.

Pitt repitió los nombres que recordaba de las listas que Ewart le había facilitado.

–¿Dónde estaba usted esa tarde, reverendo? –preguntó Pitt por fin.

Jago se echó a reír.

–Jugando a la rana con media docena de pilluelos en Chicksand Street. Luego volví a la vicaría para tomar el té en compañía de unas damas muy caritativas. Ni siquiera me acerqué a Myrdle Street, y desde luego no vi a Finlay... o quienquiera que fuese ese individuo.

–Nadie lo vio salir. –Pitt se encogió de hombros–. Y eso es lo más inverosímil. ¿Acaso miente todo el mundo?

–No –dijo Jago con aparente convicción–. Si nadie lo vio, o bien la descripción es tan vaga que no permite identificarlo..., o bien no salió.

Pitt lo miró estupefacto. Quizá era ésa la respuesta. Quizá el autor del crimen no había salido de la casa, sino subido o bajado por la escalera, quedándose en algún otro piso.

O tal vez había modificado tanto su aspecto que no parecía ya un hombre joven de cabello rubio y rizado, vestido con ropa de buena calidad.

–Gracias –dijo lentamente–. Al menos ahora sé dónde intentarlo de nuevo.

–Tenga cuidado –advirtió Jago–. Vaya acompañado de un agente, no lo olvide. Los ánimos siguen muy alterados. En vida, Costigan no gozaba de grandes simpatías, pero ahora se ha convertido en el héroe que algunos necesitaban. La ira y la desesperación están muy arraigadas, y siempre hay hombres dispuestos a sacarles partido, induciendo a algún pobre desgraciado a atacar a la policía por ellos y cargar con la culpa, y cosechando después los frutos políticos.

–Lo sé. –Pitt estaba impaciente por reanudar la investigación–. Descuide, andaré con cautela. No quiero ser responsable de un motín además de un ahorcamiento.

11

Un día después de la infortunada experiencia de Pitt en la taberna de Swan Street, Charlotte fue también al East End, pero antes pasó por casa de Emily y luego, en compañía de ésta, visitó a Tallulah.

–Sabemos que no fue Finlay –declaró Emily con tono categórico, sentada junto a la ventana del tocador de Tallulah, que daba al jardín–. Y desgraciadamente sabemos también que no pudo ser Albert Costigan. Por diversas razones necesitamos averiguar quién lo hizo. Debemos abordar el asunto de manera sistemática.

–No veo qué podemos hacer nosotras que no haya hecho ya la policía –repuso Tallulah con pesimismo–. Han interrogado a todo el mundo. Lo sé por Jago. Incluso lo han interrogado a él.

A juzgar por su expresión, era obvio que la posibilidad de que Jago fuese culpable ni siquiera le había pasado por la cabeza. Tan convencida estaba de su bondad que no concebía en él el menor fallo.

Charlotte eludió la mirada de Emily. Las dos habían pensado lo mismo, y aunque de inmediato habían apartado de sus mentes esa horrenda idea, no desaparecía por completo.

–Debemos emplear la lógica –prosiguió Emily, mirando a Tallulah–. ¿Por qué mataría usted a alguien?

Tallulah se sobresaltó.

–¿Cómo?

–¿Por qué mataría a alguien? –repitió Emily–. Suponiendo que tuviese que ganarse la vida día a día en las calles. Haga el esfuerzo de imaginarlo. ¿Qué la llevaría a cometer un acto tan extremo, tan sucio y peligroso, como matar a alguien?

–Si matase a alguien, sería en un arrebato de ira –respondió Tallulah pensativamente–. No me imagino a mí misma planeándolo... a menos que se tratase de alguien a quien temiese, y yo no tuviese la fuerza necesaria para hacerlo de otro modo. Pero eso no es aplicable en este caso, ¿no?

–Así pues, sería capaz de matar a alguien si le inspirase miedo –concluyó Emily–. ¿Y por qué otras razones? ¿Qué podría enfurecerla tanto como para llegar a ese límite?

–Quizá si se burlasen de mí –dijo Tallulah lentamente–. Podría emprenderla a golpes con alguien, y quizá pasarme de la raya. A todos nos molesta que se rían de nosotros, y más si tocan alguna fibra especialmente sensible.

–¿Tanto como para matar? –insistió Emily.

Tallulah se mordió el labio.

–En realidad no... o sólo quizá si fuese una persona con el genio muy vivo. Algunos hombres pierden los estribos si se pone en tela de juicio su honor, o se ofende a sus madres o esposas.

–Eso bastaría para arremeter contra alguien, sí –convino Charlotte–. Pero ¿sería motivo suficiente para romperle primero los dedos de las manos y los pies y después estrangularlo?

Tallulah la miró estupefacta, su rostro blanco como el papel. Movió los labios como si fuese a hablar pero de su garganta no salió el menor sonido.

Furiosa consigo misma y abrumada por un intenso sentimiento de culpabilidad, Charlotte comprendió que, como era de suponer, Tallulah no leía los periódicos. Y naturalmente nadie le había explicado cómo habían muerto las dos mujeres. Debía de haber supuesto que había sido un simple estrangulamiento, algo rápido, unos instantes de forcejeo por respirar y después la inconsciencia. Y de pronto, con una sola frase, se había visto arrojada a la realidad.

–Lo siento –susurró Charlotte–. He olvidado que no estaba enterada de eso. Debería haberme callado.

Tallulah tragó saliva con visible esfuerzo.

–¿Por qué? –Se le quebró la voz–. ¿Por qué tendría que protegerme de la verdad? Ésa es la verdad, ¿no? ¿Las... torturaron?

–Sí.

–¿Por qué? ¿Por qué tenían que hacerles una cosa así? ¿A...

las dos? –preguntó Tallulah, implorando a Charlotte con la mirada que lo negase.

–Sí. Lamentablemente así fue.

–¡Es espantoso!

Tallulah se estremeció y pareció encogerse, como si la alegre y cálida habitación con sus agradables estampados de flores y sus refinadas sillas estuviese helada pese al sol que penetraba por las ventanas y el fuego que ardía en la chimenea.

–Se observaron también otros detalles –dijo Emily, dirigiendo una mirada de advertencia a Charlotte–, detalles que indican que el crimen tuvo que ver con... –Vaciló, buscando la manera de describir aquello sin causar aún mayor desasosiego a Tallulah, que no era una mujer casada y, cabía suponer, desconocía muchos aspectos de la vida. Por fin añadió–: Con las relaciones entre hombres y mujeres.

–¿Qué... detalles? –preguntó Tallulah con voz ronca.

Emily parecía incómoda.

–Detalles absurdos –prosiguió–. A veces la gente tiene... fantasías extrañas. Cierta gente... –Se interrumpió y buscó apoyo en la mirada de su hermana.

Charlotte respiró hondo y explicó con voz serena:

–Toda relación tiene su lado extraño. A veces las personas disfrutan lanzándose comentarios hirientes, o adoptando una actitud dominante. Seguramente lo habrá usted observado en más de una ocasión. Entre algunos hombres y mujeres esas situaciones llegan a un grado extremo y adquieren una forma física. Desde luego eso sólo se da en una minoría de la gente. Pero parece que quienquiera que haya cometido estos crímenes... es...

–Comprendo. –Tallulah realizó el valiente esfuerzo de aparentar ecuanimidad–. Eso significa, pues, que ese individuo tiene una vena de extraordinaria crueldad, y que mantenía... relaciones físicas con las víctimas. –Dejó escapar una risa nerviosa–. Aunque eso no es de extrañar, considerando el oficio de esas mujeres. Pero ¿por qué matarlas?

–No lo sé –contestó Emily–. ¿Quizá lo amenazaron?

–¿Cómo? –Tallulah parecía confusa–. Eran más débiles que él. Por fuerza tenían que serlo.

–Con un chantaje, quizá –sugirió Emily.

–¿Las dos? –preguntó Charlotte con escepticismo–. ¿En qué podía consistir el chantaje? ¿En contar que había visitado a una prostituta? No suele hablarse del tema abiertamente, pero todas sabemos que los hombres lo hacen. De no ser así, no habría prostitutas.

–Sabemos que ocurre con otros hombres –corrigió Emily–. Pero ¿y si es tu marido? ¿Y si alguien tan cercano a ti siente esa clase de apetitos? A algunos hombres podría arruinarles la vida. Imaginemos que alguien tiene en perspectiva un matrimonio ventajoso, o que ya se ha casado y depende de la buena voluntad de su suegro para mejorar su posición. O que necesita un hijo varón, un heredero, y teme que su esposa se lo niegue si llega a descubrir su conducta.

–Sí, eso tiene sentido –concedió Charlotte–. Pero ¿por qué las dos, Ada y Nora? ¿Y por qué torturarlas? ¿Por qué no simplemente matarlas y marcharse de allí lo antes posible? Cuanto más tiempo permaneciese en el lugar del crimen, mayor era el riesgo de ser atrapado. ¿Y acaso la tortura podría formar parte de su perversión? No, en absoluto. Ninguna prostituta se prestaría a dejarse romper los dedos de las manos y los pies por más que le pagasen. Dejarse atar y echar agua fría quizá, pero no lo otro.

Tallulah seguía muy pálida y estaba encorvada en su elegante silla.

–Pruebas –aventuró pensativamente–. Ada tenía pruebas de su conducta, y él la torturó para que se las entregase.

–Pero ella no se las entregó... porque había pedido a Nora que se las guardase –conjeturó Charlotte.

–¿Qué clase de pruebas? –preguntó Emily con creciente entusiasmo en la voz. Por fin habían hallado una posibilidad con cierta lógica–. ¿Retratos comprometedores? ¿Cartas? ¿La declaración de un testigo? ¿Qué?

–La declaración de un testigo –contestó Charlotte–. Los dibujos o pinturas no tienen ningún valor; no sirven como pruebas. Y nadie tomaría fotografías de algo así. Sería imposible. Hay que posar una eternidad para hacerse una fotografía. ¿Y quién envía cartas a una prostituta? Tiene que ser algo relacionado con un testigo. Quizá había ocurrido ya otras veces. Quizá muchas mujeres lo saben, y Ada tenía declaraciones escritas de todas ellas.

–¿Y dónde están ahora? –Tallulah miró alternativamente a Charlotte y Emily–. ¿En poder de ese hombre? ¿O Nora las tenía bien escondidas, y él no consiguió encontrarlas?

–Lo que debemos hacer –propuso Charlotte con determinación, irguiéndose en la silla– es reunir la mayor información posible sobre Nora y Ada. Ahí está la respuesta. Primero necesitamos demostrar que se conocían. Debemos averiguar todo lo que tenían en común, y luego tratar de encontrar a otras mujeres que conozcan a ese hombre. Podrían darnos una descripción exacta de él, o quizás, incluso podrían darnos su nombre.

–¡Estupendo! –Tallulah se puso en pie–. Nos pondremos manos a la obra inmediatamente. Jago nos ayudará. Conocía a Ada McKinley. Él sabrá por dónde debemos empezar, y hasta puede que nos ayude a granjearnos la confianza de la gente para que acceda a hablar con nosotras.

–Esto... –dijo Emily, y miró a Charlotte, incapaz de hallar el modo de expresar lo que rondaba por su mente sin herir a Tallulah de manera irreparable.

–¿Sí? –preguntó Tallulah.

Charlotte empezó a pensar a toda velocidad.

–¿No cree que eso sería un tanto injusto? –improvisó.

–¿Injusto? –repitió Tallulah, confusa–. ¿Con quién? ¿Con las prostitutas? Buscamos al hombre que mató a dos de ellas. No veo la injusticia por ninguna parte.

–No con las prostitutas. Con Jago. –Charlotte había ordenado ya sus ideas–. Es su párroco. No conviene que ponga en peligro su labor con los feligreses dejándose ver con nosotras mientras investigamos. Al fin y al cabo, él tendrá que quedarse allí, en buenas relaciones con ellos, cuando nosotras nos vayamos.

No podía dejar de pensar en la siniestra posibilidad de que el propio Jago hubiese matado a las dos mujeres. ¿Quién sería más vulnerable al chantaje que un sacerdote con debilidad por las prostitutas? Era la clase de hombre cuya imagen no sobreviviría a la acusación de haberse acostado con una mujer de la calle, o más de una. No podría continuar con su labor, ni en Whitechapel ni en ninguna otra iglesia.

–¡Ah! –Tallulah se relajó–. Sí, supongo que tiene razón. Mejor será que vayamos solas. Nos las arreglaremos. Pero preferiría que fuésemos allí de día. –Se sonrojó–. Por la noche podrían...

–Naturalmente –se apresuró a contestar Emily–. Ya será bastante complicado y desagradable sin que nos consideren rivales.

Tallulah rió nerviosamente, pero las tres estuvieron de acuerdo. Se reunirían a primera hora de la tarde, se trasladarían a Old Montague Street en un cabriolé de alquiler e iniciarían sus pesquisas, con el atuendo oportuno, por supuesto.

El acceso al interior de la casa de Pentecost Alley no fue sencillo. Madge atendió la puerta, y las recordaba claramente de su anterior visita. Vestían de manera similar.

–¿Qué queréis esta vez? –preguntó, escrutándolas por la rendija de la puerta entornada. Se fijó en Charlotte–. ¿Y tú quién eres? ¿La camarera? –Contempló su esbelto talle–. Por la pinta, juraría que eres la camarera. ¿Qué pasa? Os han echado a todas a la calle, ¿no? Pues no habéis venido al sitio indicado. No puedo aceptaros. Sólo hay habitación para una, y sale cara. El precio es proporcional a vuestros ingresos, pero si no ganáis nada, tenéis que pagar igualmente el alquiler. ¿Quién de vosotras la quiere?

–Entraremos a echar una ojeada –dijo Charlotte de inmediato–. Gracias.

Madge le lanzó una mirada suspicaz.

–¿Por qué una chica educada como tú quiere hacer la calle en un barrio como éste? ¿Por qué no trabajas en la zona oeste, donde podrías embolsarte un buen dinero?

–Lo pensaré –respondió Charlotte–. Pero primero veamos esa habitación, por favor.

Madge abrió la puerta y las dejó entrar. La siguieron por el pasillo, que olía ligeramente a humedad, como si en la casa hubiese siempre gente y nunca se airease. Madge empujó la segunda puerta del pasillo, y ésta se abrió de par en par. Charlotte iba delante. Echó un vistazo al interior, y al instante se arrepintió. Era una habitación muy corriente, aproximadamente de las mismas proporciones que el cuarto que ella ocupaba de niña en casa de su familia. Era mucho menos bonito, pero resultaba acogedor. No costaba imaginar a la mujer que había dormido allí, que había realizado su trabajo allí, y muerto allí en medio de atroces dolores.

Oyó que detrás de ella Tallulah respiraba hondo, y notó que a su lado Emily se ponía rígida pero no emitía el menor sonido.

–¿Te interesa? –preguntó Madge sin rodeos con voz ronca.

Charlotte se dio media vuelta y vio el rostro de la enorme mujer, tenso, rojo, arrugado, lloroso.

–Sentémonos un rato a hablar del tema –propuso Emily–. Vamos a tomar un té. He traído algo para acompañarlo. Tarde o temprano tendrá que alquilarse esa habitación.

Madge las guió sin hablar a la cocina, que se hallaba al final del pasillo. Estaba desordenada y mugrienta y se destinaba tanto a cocinar como a lavar la ropa. Había un fogón negro encendido que apenas despedía calor, y alrededor una fina capa de ceniza cubría el suelo. Encima la tetera humeaba ya levemente. Quizá siempre tenían té preparado. En la superficie de madera que se extendía junto al fregadero había tazones sucios y dos baldes de agua tapados. Charlotte supuso que el agua procedía del pozo o surtidor más cercano. Confiaba en que la hirviesen bien antes de utilizarla para el té. Lamentaba la proposición de Emily, pero tal vez no tuviesen otra oportunidad de hablar, y ¿qué era un posible trastorno estomacal en comparación con el desastre que debería afrontar Pitt si el crimen quedaba sin resolver? Sería recordado como el hombre que había enviado a la horca a un inocente. Peor aún, quizá también él pensase en sí mismo de ese modo. Dudaría de su capacidad de discernimiento, los remordimientos de conciencia le quitarían el sueño. Y habría quienes creerían que lo había hecho a sabiendas, a fin de proteger a otra persona, alguien con dinero o influencias capaz de recompensarlo debidamente. No sólo sería sospechoso de un simple error. Los errores podían perdonarse; eran humanos. La corrupción, en cambio, era algo mucho más grave; era la traición máxima.

El té estaba fuerte y amargo, y no llevaba leche. Se sentaron las cuatro a la mesa en sillas desparejas. Emily extrajo una petaca con whisky de su amplia faltriquera y vertió un generoso chorro en cada tazón, para asombro de Tallulah, que no obstante supo disimular.

–A vuestra salud –brindó Emily, alzando su tazón.

–Por la salud de todas nosotras –dijo Charlotte, pero más como plegaria que como brindis.

–¿Qué tal es esta zona? –preguntó Emily con interés.

–No está mal –respondió Madge, y tomó un buen trago de té hirviendo y se relamió en un gesto de elogio–. Ha sido todo un detalle por tu parte –añadió, señalando la petaca con la barbilla–. Una puede ganarse bien la vida si está dispuesta a trabajar de firme.

–A Ada le iban bien las cosas, ¿no? –continuó Emily–. Era lista.

–Y hacía bien su trabajo –confirmó Madge, y echó otro trago.

–Ojalá pesquen al canalla que la mató –dijo Emily con rabia.

Madge dejó escapar un largo suspiro.

–A ella y a la pobre Nora –puntualizó Charlotte con voz trémula–. ¿Conocías a Nora?

–¿Y tú? –preguntó Madge, mirándola con suspicacia.

–No. ¿Cómo era?

–Guapa. Menuda, un tanto flaca para el gusto de algunos.

Considerando la imponente corpulencia de Madge, ese comentario estaba abierto a interpretaciones personales. Charlotte sintió un súbito deseo de reír, que reprimió no sin esfuerzo.

–Pero ¿hacía bien su trabajo? –preguntó con la voz entrecortada por un repentino ataque de hipo.

–¡Sí, desde luego! –contestó Madge–. Aunque, según he oído, iba a dejarlo para casarse.

–¿Y crees que era verdad? –dijo Tallulah con voz vacilante y gutural, interviniendo por primera vez en la conversación.

–Puede ser. –Madge hizo una pausa–. La vi alguna vez con Johnny Voss. No es mal tipo. Quizá se habría casado con ella. Aunque se decía que le gustaba Ella Baker, otra mujer de Myrdle Street. Quizá la había dejado por Nora. Dice Edie que vio a Nora darle un beso de despedida hace un par de semanas.

–Yo he dado besos de despedida a muchos hombres, y eso no significa que vayan a casarse conmigo –repuso Tallulah.

–¿Eso haces? –Madge la observó con atención–. Se nota que no llevas mucho tiempo en el oficio, guapa. Ándate con cuidado. Éste no es sitio para principiantas.

–Yo... yo no soy una principianta –replicó Tallulah a la defensiva, y de pronto lanzó un ahogado gruñido de dolor a causa del puntapié que Emily le había dado por debajo de la mesa.

–Si vas por ahí besando a los hombres, es que lo eres –afirmó Madge, considerándolo un hecho incontestable–. Los besos son para la familia, para la gente que aprecias. Los clientes reciben aquello por lo que pagan, nada más. Ciertas cosas han de seguir siendo auténticas, hay que reservárselas y no ponerlas en venta.

Tallulah la miró boquiabierta, con dos manchas de color en las mejillas.

–Necesitas alguien que cuide de ti, que te enseñe a comportarte –añadió Madge con dulzura–. Quédate la habitación, y yo te enseñaré.

Tallulah se quedó muda. No era difícil adivinar los pensamientos que se agolpaban en su mente.

–Gracias –se apresuró a decir Charlotte–. Es muy amable por tu parte. Me parece una excelente idea. Nosotras dos siempre podemos buscar en otra parte. Debe de haber otras casas en el barrio. ¿Supongo que la habitación de la pobre Nora estará ahora en alquiler?

–No sabría decirte –respondió Madge–. Pero podéis preguntar. Si está ya ocupada, podríais ir a ver a Ma Baines, en Chicksand Street. Ella suele tener habitaciones libres. No es el sitio ideal, pero de momento os sacará del apuro, y cuando aparezca algo mejor, os trasladáis. No lleva mucho tiempo aquí, pero he oído decir que no se porta mal. La ropa tenéis que ponerla vosotras. –Se volvió hacia Tallulah–. Tú tienes tu propia ropa, ¿no?

–¿M-mi propia ropa? –repitió Tallulah, tartamudeando.

–Sí. ¡Santo cielo! ¡Claro está que eres una principianta! –Madge movió la cabeza en un gesto de desesperación–. Pero de cara no estás mal, y tienes el pelo bonito. Aún podrá hacerse algo contigo. –Le dio una palmada de consuelo en la mano y después observó a Charlotte y Emily sucesivamente–. Vosotras podéis cuidaros solas. –Escrutó a Charlotte–. Tú tienes carne sobre los huesos. Servirás. Y buena melena. De cara tampoco estás mal.

–Gracias –respondió Charlotte con cierta ironía.

Madge era inmune al sarcasmo. Miró a Emily de arriba abajo.

–Tú estás un poco delgada, pero tienes una cara agradable y una piel suave. Y a los hombres les gustan las rubias, sobre todo con unos rizos como los tuyos. Además parece que gracia no te falta. Servirás.

–¿Puedes decirnos dónde encontrar a Ma Baines? –preguntó Emily, pasando por alto su evaluación personal y volviendo a la cuestión que las atañía.

–Sí, claro –contestó Madge–. En el veintiuno de Chicksand Street. Es la calle siguiente a ésta en dirección a Mile End. Cualquiera os indicará el camino.

Parecía que la conversación tocaba a su fin, y sin embargo no habían obtenido aún información suficiente para abandonar.

–Ada y Nora se conocían –comentó Charlotte sin rodeos–. ¿Se parecían en algo? ¿Tenían amigos comunes?

Madge pestañeó, perpleja.

–¿Y a ti qué más te da?

–No quiero acabar con los dedos de las manos y los pies rotos y estrangulada con una de mis medias –contestó Charlotte con tono rotundo–. Si hay por aquí un chiflado, me gustaría saber qué clase de víctimas elige para no estar entre ellas.

–Mira, guapa, elige sólo a una clase de mujeres –respondió Madge con cautela–. Las mujeres que se venden a cualquier hombre porque tienen que dar de comer a sus hijos, o porque no quieren trabajar en las fábricas de cerillas para acabar con fosforismo y ver cómo se les pudre la cara, o en los talleres de costura cosiendo faldas todo el día y media noche a cambio de un salario con el que no viviría ni una rata. Mientras dura, es más fácil ganarse la vida tumbada de espaldas.

Volvió a llenar de té los tazones y lanzó una mirada esperanzada a Emily.

Emily añadió de nuevo un buen chorro de whisky en cada tazón.

–Gracias –dijo Madge antes de proseguir con su arenga–. Si querías una vida sin peligros, tendrías que haber nacido rica. Puede que acabes pillando una enfermedad, o puede que no. Te llevarás alguna que otra paliza, incluso alguna puñalada si te abandona la suerte. Con el tiempo desearás no volver a ver a un hombre hasta el final de tus días. –Se sorbió la nariz–. Pero no pasarás hambre, ni frío en cuanto vuelvas a casa de la calle. Y tendrás ocasiones de reírte. –Dejó escapar un suspiro y tomó un sorbo de té–. ¡Qué buenos ratos pasamos, Nora, Rosie, Ada y yo! Nos contábamos anécdotas y nos hacíamos pasar por señoras respetables. –Se sorbió la nariz–. Recuerdo que una noche de verano salimos y montamos en uno de los barcos de recreo que suben por el río, como cualquier otra persona. Muy arregladas, claro está. Comimos empanada de anguilas y confitura y bebimos pipermín.

–Debió de ser una noche inolvidable –susurró Charlotte, imaginándolas pese a que no conocía sus rostros.

–¡Que si lo fue! –exclamó Madge con expresión soñadora y lágrimas en los ojos–. Y a veces nos contábamos historias de fantasmas. Nos asustábamos como niñas. También hubo momentos difíciles, claro; pero supongo que es entonces cuando una descubre quiénes son las verdaderas amigas. –Volvió a sorberse por la nariz y se enjugó las mejillas con la manos.

–Eso es verdad –coincidió Emily–. Siento mucho lo de Ada, y espero que cojan al que la mató.

–¿Cómo van a cogerlo? –dijo Madge con tristeza–. ¿Cogieron acaso al Destripador? ¿Por qué, pues, iban a coger a éste?

Tallulah se estremeció. Dos años después, la mera mención de ese asesino seguía helando la sangre.

Charlotte sintió también un escalofrío, pese al té con whisky y al calor de la cocina pequeña y cerrada. En la casa no se oía nada más que sus propias voces. Las otras mujeres dormían después de su noche de trabajo, sus cuerpos exhaustos, recién utilizados por desconocidos para aliviar sus necesidades, sin amor, sin besos, como podría usarse un urinario público.

Miró a Tallulah y vio reflejada en su rostro una nueva toma de conciencia. De la mano de Jago, dando de comer a los pobres, a mujeres respetables oprimidas por el hambre, el frío y la angustia, había conocido un mundo nuevo para ella. Y éste era otro mundo, aún mucho más oscuro, con aflicciones distintas, con distintos miedos.

–¿Vienen por aquí muchos caballeros? –preguntó de pronto, y las palabras brotaron entrecortadamente de su garganta, como si le doliese pronunciarlas.

–¿Hombres con dinero? –Madge soltó una carcajada–. Mira, guapa, el dinero de un hombre es tan bueno como el de cualquier otro.

–Pero ¿vienen caballeros? –insistió Tallulah con el semblante tenso y la mirada fija en los ojos de Madge.

–No muy a menudo. ¿Por qué? Si te gustan los caballeros, tendrás que ir más al oeste. Haymarket, Piccadilly, esa zona. Pero allí las habitaciones se alquilan por horas y hay mucha competencia. Vale más que lo intentes aquí. Para una principiante será más fácil y yo cuidaré de ti.

Tallulah percibió la ternura de Madge y la conmovió profundamente. Charlotte lo notó en su expresión.

–Era... era solamente curiosidad –dijo pesarosa, bajando la vista.

–A veces viene alguno –respondió Madge, observándola.

–¿Fue un caballero el que mató a Ada? –preguntó Tallulah. No estaba dispuesta a rendirse. Mantenía firmemente sujeto entre sus dedos crispados el tazón lleno de oscuro té y con olor a whisky.

–No lo sé. –Madge hizo un gesto de indiferencia con sus voluminosos hombros–. Estaba convencida de que había sido Bert Costigan, pero no debió de ser él si ahora han matado a Nora de la misma manera.

–O sea, que podría haber sido un caballero. –Emily miró una por una a las otras tres mujeres–. Pero ¿es probable? ¿No sería más lógico pensar que las mató alguien que las conocía a las dos?

–Tal vez fue un caballero que las conocía a las dos –aventuró Charlotte, avanzando un paso más en sus deducciones–. Un caballero con gustos un tanto perversos.

Madge apuró el té que le quedaba y dejó el tazón en la mesa con un brusco golpe.

–No vayas por ahí hablando de esa manera –dijo con tono tajante, señalándola con el dedo–. Sólo conseguirás asustar a la gente, y eso no sirve de nada. Aquí todas tenemos que trabajar tanto si hay un lunático suelto como si no. Id a ver a Ma Baines. Ella conoce su trabajo. Os encontrará alojamiento. Y no hagáis ruido al salir. Mis chicas todavía duermen, como haríais vosotras si hubieseis pasado la noche entera trabajando. –Miró a Emily–. Gracias por la bebida. Ha sido muy amable por tu parte. –Su expresión se suavizó cuando, por último, se volvió hacia Tallulah–. Te guardaré la habitación hasta mañana. No puedo esperar más tiempo si sale alguna oferta.

–Gracias –contestó Tallulah, pero en cuanto salieron de la casa y dejaron atrás el callejón, empezó a temblar violentamente y se arrimó tanto a Emily que casi la tiró de la estrecha acera.

Siguiendo las instrucciones de Madge, llegaron a Chicksand Street y localizaron la enorme y destartalada casa de vecindad donde Ma Baines tenía su establecimiento. Esperaban encontrar a alguien como Madge, obesa, rubicunda, suspicaz. Sin embargo las atendió una mujer alegre de prominente pecho, cadera estrecha y piernas largas. Tenía una cara bastante corriente y una espesa mata de pelo de un rubio descolorido que llevaba recogida con horquillas en inminente peligro de desprenderse.

–¿Sí? –dijo al ver a las tres mujeres.

–Nos han comentado que podría tener habitaciones libres –anunció Charlotte sin vacilar. Se estaba acercando la hora de la tarde en que las mujeres comenzaban a salir en busca de clientes.

–En esta casa se trabaja –advirtió Ma Baines–. El alquiler es caro. No tengo sitio para costureras. Ni siquiera para una noche, y mucho menos para una semana

–Ya estábamos enteradas de eso –replicó Charlotte, obligándose a sonreír–. ¿Acaso le parecemos costureras?

Ma Baines se echó a reír; era una risa expansiva, sin resentimiento.

–A mí me parecéis fulanas del West End, salvo por los vestidos, que son como los de las criadas en su día libre, muy respetables y casi tan atrevidos como los de la esposa de un párroco.

–No estamos de servicio –explicó Emily.

–En este oficio siempre se está de servicio, encanto –repuso Ma Baines.

–Menos cuando una no tiene habitación –corrigió Charlotte–. Yo no hago mi trabajo en la calle.

Ma Baines retrocedió un paso.

–Entonces mejor será que paséis.

Entraron en la casa. Era un espacio estrecho y olía a cerrado, pero todo estaba bastante limpio y una vieja alfombra cubría el suelo, amortiguando sus pisadas cuando la siguieron a una pequeña sala de estar situada al fondo. Absurdamente, también aquella estancia recordó a Charlotte la casa donde se había criado, en concreto la habitación del ama de llaves.

Ma Baines las invitó a sentarse, y ella ocupó el sillón más grande y cómodo. Daba la impresión de que entrevistaba a tres candidatas a un puesto de sirvienta. Charlotte sintió de nuevo el deseo de reír, una especie de reacción histérica ante aquella locura. Tan sólo unos años atrás su madre se habría desmayado ante la mera idea de que sus hijas pudiesen siquiera conocer la existencia de un lugar como aquél, por no hablar ya de visitarlo. En aquellos momentos, en cambio, posiblemente lo comprendería. Su padre simplemente se habría negado a creerlo. Y sólo Dios sabía qué pensaría Aloysia Fitz-James si llegara a enterarse de que su hija había estado allí.

Ma Baines hablaba de alquileres y normas, y Charlotte no la había escuchado. Fijó la mirada en el rostro de Ma y trató de aparentar atención.

–Todo eso nos parece bien –dijo Emily–, pero tenemos algunas dudas respecto a la zona.

–Más al oeste os saldrá más caro –señaló Ma–. Y no hay inconveniente en que vayáis a la zona oeste desde aquí, siempre y cuando me entreguéis la parte correspondiente de las ganancias y no me engañéis. –Mantenía una expresión amable, pero se advertía en sus ojos un implacable brillo de color gris hielo, frío como un mar en invierno.

–No nos referíamos a eso –aclaró Charlotte–, sino a los asesinatos que ha habido aquí últimamente. Nos gustaría trabajar en un sitio donde tengamos la seguridad de que nos oyen gritar si nos tropezamos con un mal cliente. –No añadió que sabía que al producirse las muertes de Ada y Nora había gente cerca que podría haberlas ayudado, pero no se oyó ningún grito, y nadie acudió.

–En ese sentido da igual un sitio que otro –respondió Ma con una amarga sonrisa–. Lunáticos hay en todas partes; encontrárselos o no es cuestión de suerte.

–Pero aquí en Whitechapel ha habido dos asesinatos horribles en los últimos meses –dijo Tallulah con voz baja y trémula, mirando fijamente a Ma Baines–. Algo así no ha pasado en ningún otro lugar.

–¡Te equivocas! –exclamó Ma de improviso–. Hubo uno exactamente igual que éstos cuando yo estaba en Mile End. Hace unos seis años, quizá siete.

–¿Igual que éstos? ¿Qué quiere decir? –preguntó Charlotte con voz ronca, como si algo le obstruyese la garganta.

–Exactamente igual –repitió Ma–. Las manos atadas, los dedos de las manos y los pies rotos o dislocados, una liga en un brazo, agua por todas partes... en la cabeza, los hombros, el pelo...

Tallulah ahogó un grito como si acabasen de asestarle un golpe.

Emily volvió la cabeza y miró a Charlotte.

Por unos segundos reinó un silencio glacial y cortante. Las tablas del techo crujieron bajo los pasos de alguien que caminaba en el piso superior.

–¿Quién lo hizo? –preguntó Charlotte por fin obligando a las palabras a salir por entre sus labios paralizados.

Ma se encogió de hombros.

–Dios sabe. No lo descubrieron. Al cabo de un tiempo la policía dejó de buscar, como pasará esta vez cuando vean que es imposible encontrarlo.

–¿Cómo... cómo era la chica? –preguntó Emily, con la voz también empañada.

Ma movió la cabeza en un gesto de negación.

–No sé cómo se llamaba. Se me ha olvidado. Pero recuerdo que era joven, una principianta. No debía de llevar en las calles más de una semana, la pobre. Era preciosa, y según dijeron, tenía sólo dieciséis o diecisiete años. –Por un instante sus facciones se contrajeron en una expresión de lástima–. Es curioso, pero entonces no se organizó tanto alboroto. Los periódicos apenas lo mencionaron. Aunque, claro está, eso fue antes del Destripador. Esta vez sin embargo se han desquitado con la policía. Tal como está el panorama, no me gustaría ser uno de ellos. –Alzó un hombro en un gesto de desdén–. Pero ¿quién querría ser un policía ni ahora ni nunca? –Miró a Emily–. En fin, ¿os interesan las habitaciones o no? No tengo tiempo para estarme aquí de charla con vosotras.

–No, gracias –contestó Charlotte–. Por ahora no. Tenemos que pensarlo con más calma. Quizá no es lo que nos conviene en estos momentos.

A continuación se puso de pie y tuvo que apoyarse por unos segundos en el brazo del sillón para conservar el equilibrio. Le flojeaban las rodillas. Con Emily a un lado y Tallulah, moviéndose como en un sueño, un paso por detrás, recorrió el pasillo y salió a Chicksand Street. El aire frío la azotó en la cara como una bofetada, pero apenas lo notó.

Pitt había dormido mal la noche anterior. Tenía la impresión de haber permanecido inerte en la cama media noche, por temor a despertar a Charlotte con el menor movimiento. Cuando estaba preocupada, tenía el sueño ligero. Cuando uno de los niños enfermaba, por las noches oía los ruidos más imperceptibles y se incorporaba casi de inmediato. Desde el segundo asesinato Charlotte había advertido sus pesadillas y sus horas de insomnio. Se despertaba alarmada incluso si Pitt se daba la vuelta con demasiada frecuencia.

Pitt yacía en la oscuridad, con los ojos abiertos, observando el tenue dibujo que formaba en el techo la luz de las lejanas farolas de gas que se filtraba a través de las cortinas. Si conseguía dormirse, soñaba con el semblante desesperado de Costigan, marcado por el miedo y el desprecio de sí mismo. ¿Por qué se había declarado culpable del asesinato de Ada si no lo era? ¿Al decir «Yo la maté» se refería en realidad a que en cierta forma se sentía responsable de su comportamiento, y en consecuencia de su muerte, pero sólo indirectamente? Había reconocido que discutieron, que la golpeó. ¿Cabía la posibilidad de que la hubiese dejado sin sentido pero no la hubiese matado él? Se había negado a admitir todo lo referente a la crueldad, a los dedos fracturados; e incluso a la liga y el agua, circunstancias que en sí mismas no constituían un delito.

¿Por qué esa rotunda negativa si era verdad? En su situación poca importancia tenía. Habría sido ahorcado de todos modos. Y dado que los guardias de la cárcel daban por seguro que sí lo había hecho, su trato no habría sido distinto en ningún caso.

Por otro lado, Costigan no podía ser culpable de la muerte de Nora Gough.

¿Quién era el hombre de cabello rubio que, según los testimonios, había entrado en la habitación de Nora poco antes de su muerte? ¿Cómo había podido salir sin que ninguna de las diez o doce personas que había allí lo viesen?

Las palabras de Jago Jones se arremolinaban en su mente. En ellas residía sin duda la solución: o bien al salir ofrecía un aspecto tan distinto que nadie lo había reconocido, o bien –aún más sencillo– ni siquiera había salido.

¿Era el cabello rubio y rizado una peluca? ¿Había salido de la casa con un abrigo y un pelo distintos? ¿Qué había sido, pues, del primer abrigo? ¿Lo había sacado doblado o todavía puesto? ¿Y de la peluca? Su cabello auténtico podía ser de cualquier color y textura.

Pitt tenía que volver e interrogar otra vez a todo el mundo, comprobar si recordaban haber visto salir a alguien con una peluca.

Pero ¿cómo podían darse cuenta de una cosa así? Uno podía esconder una peluca en un bolsillo. Un bolsillo grande. En el bolsillo de un pantalón abultaría demasiado. Quizá alguien recordaba el abrigo. En Myrdle Street poca gente llevaba abrigo largo, y menos de buena calidad.

¿Y la otra posibilidad, que no hubiese salido sino que se hubiese quedado en el edificio, en otro piso? No se le había ocurrido subir a la planta siguiente. Las otras mujeres podían haber seguido trabajando allí con quienquiera que se hallase ya en el edificio. La presencia de la policía debía de haber disuadido a nuevos clientes, pero quienes se encontraban ya dentro bien podían haber ocupado su tiempo en algo agradable. Y probablemente no habían abandonado el edificio hasta que se marchó la policía, para evitar así ser identificados. De ese modo no tendrían que dar explicaciones.

Cuando volviese a Myrdle Street a la mañana siguiente, debía interrogar también a todas las mujeres del piso superior y pedirles las descripciones de todos sus clientes de aquella tarde. Debería haberlo hecho ya en un primer momento. Había sido un grave descuido.

Pitt seguía tendido boca arriba, contemplando la oscuridad. Charlotte respiraba acompasadamente junto a él. Dormía profundamente, o quizá yacía inmóvil igual que Pitt, fingiendo dormir para no molestarlo, para no revelar que también ella estaba insomne, y preocupada, y asustada.

Cornwallis lo respaldaría, pero tal vez no consiguiese mantenerlo en su puesto si Costigan era indultado, o incluso si no lo era. Y quizá no debía siquiera intentarlo. Si Pitt había enviado a la horca a un hombre inocente, quizá lo justo era que perdiese su puesto. Quizá no daba la talla como sustituto de Micah Drummond, no estaba capacitado para el cargo. Farnsworth hubiese sonreído satisfecho ante aquello. Él nunca había considerado a Pitt apto para el mando; a su juicio, carecía de la formación y el rango social necesarios.

Vespasia lo lamentaría. Siempre había confiado en él. Se sentiría decepcionada. No lo diría, pero no podría evitar sentirlo. Pero sobre todo defraudaría a Charlotte. Tampoco ella lo manifestaría, y en realidad eso empeoraría más aún las cosas.

Finalmente concilio un sueño ligero y desasosegado, y al cabo de un rato se despertó con un sobresalto.

¿Y si había sido Jago Jones disfrazado con una peluca rubia? En su imaginación, el párroco se reía de él, insinuando él mismo la posibilidad, porque sabía que Pitt nunca lo descubriría, o si llegaba a descubrirlo, sería incapaz de demostrarlo.

Casi amanecía. Pitt estaba entumecido. Deseaba cambiar de posición y estirar los miembros, o incluso levantarse y pasear por la habitación para pensar con mayor claridad. Pero si despertaba a Charlotte a esas horas, no podría volver a dormirse. Sería una actitud egoísta, innecesaria.

Continuó inmóvil hasta las seis de la mañana, y sin proponérselo se durmió de nuevo,

Despertó sobresaltado a las siete y media cuando Charlotte lo tocó suavemente.

Eran las nueve y media cuando Pitt se presentó en Myrdle Street, y su llegada no fue bien acogida. Como de costumbre, todas las mujeres dormían después de una larga noche de trabajo, y ninguna quería hablar con un policía y contestar a preguntas que habían ya contestado varias veces. Empezó por el piso superior, despertando a las inquilinas una por una y teniendo que esperar a que se levantasen, se echasen un poco de agua en la cara para despejarse, se cubriesen con una bata o un chal y se dirigiesen a trompicones hacia la cocina, donde Pitt rellenaba regularmente la tetera con agua hirviendo y formulaba pacientes e interminables preguntas.

–No, no tengo ningún cliente con el pelo rubio y rizado.

–No, era calvo como un condenado huevo.

–No. Ni su madre diría de él que es joven. Si es que su madre viviese, porque probablemente lleva muerta desde que Noé bajó del arca. ¡Los cincuenta años, mínimo, no se los quita nadie!

–No, tenía el pelo gris.

–¿Podría haber parecido rubio a la luz de una lámpara de gas?

–Quizá, pero no lo tenía rizado. Lo tenía tan liso como la palma de mi mano.

Y así sucesivamente. Interrogó a todas las mujeres con extrema minuciosidad, pero nadie vio a ningún hombre que concordase con la descripción que Edie había dado del último cliente de Nora.

Al bajar al piso inferior encontró a la propia Edie, a esas horas ya casi dispuesta a considerar la idea de levantarse e iniciar el nuevo día. Eran las tres de la tarde.

–Vuelva a describirlo –dijo Pitt con hastío.

–Mire, ni siquiera le vi la cara; lo vi de espaldas cuando entraba –contestó Edie exasperada–. Apenas me fijé en él. Era sólo un cliente como cualquier otro. No sabía que fuese a matarla, y menos... –Se interrumpió, y un estremecimiento recorrió su carnoso cuerpo, ceñido por la bata.

–Lo sé. Sólo le pido que cierre los ojos y reviva en su memoria lo que vio, aunque sea brevemente. Tómese un minuto o dos. Vio usted al hombre que la mató, Edie. –Hablaba con delicadeza, intentando no intimidarla. Quería que tuviese la mente clara y fuese capaz de concentrarse–. Describa con toda exactitud lo que vio. Quizá sea usted el único camino para atraparlo. –Procuró que la desesperación no se trasluciese en su voz.

Ella la percibió de todos modos.

–Lo sé –susurró–. Sé que soy la única que lo vio, aparte de las víctimas.

Edie apoyó los gruesos codos en la mesa de la cocina y cerró los ojos. La bata se tensó en torno a su cuerpo y la melena negra le cayó sobre los hombros.

Pitt esperó.

–Era bastante alto –dijo por fin–. Y poco corpulento. En realidad parecía... no sé, poco fornido. Quizá por eso pensé que era joven, por el porte. –Abrió los ojos y miró a Pitt–. Pero podría haberme equivocado. Fue sólo una impresión.

–Muy bien. Siga –alentó Pitt–. Describa cómo iba vestido, la forma de la cabeza, todo lo que recuerde. Descríbalo tal como lo vio. ¿Cómo era exactamente el pelo? ¿Cómo lo llevaba, largo o corto? ¿Tenía patillas, si es que las vio?

Obedientemente, cerró de nuevo los ojos.

–El abrigo era de color gris verdoso, y llevaba el cuello... levantado; de hecho le tapaba las puntas del cabello, así que debía de tenerlo bastante largo. No sé cómo de largo. En realidad, por lo que yo vi, podría haberle llegado hasta media espalda. –Soltó una repentina y estridente carcajada–. Y no sé si llevaba patillas. Diría que no lo vi de perfil. Pero desde luego tenía un pelo bonito. A mí no me importaría tenerlo así. Me recuerda al de Ella Baker, que vive cerca de aquí. Puede que tenga un hermano –bromeó–. Y con un poco de suerte incluso está chiflado.

Pitt la miró fijamente.

–¡No tiene ningún hermano! –exclamó asombrada–. No habrá pensado que lo decía en... –De pronto se interrumpió, y una expresión de terror se fue adueñando lentamente de su mirada.

–¿Qué ocurre? –preguntó Pitt–. ¿Qué sabe, Edie?

–Ella y Nora se pelearon como gatas rabiosas por Johnny Voss...

–¿Por qué? ¿Quién es Johnny Voss? ¿Es el hombre con quien Nora iba a casarse?

–Sí. Sólo que al principio quería casarse con Ella... o al menos eso pensaba ella. De hecho también yo lo pensaba. Pero luego se cruzó Nora, él se encaprichó, y ella supo sacarle partido. Y es lógico, ¿no? ¿Qué mujer no preferiría casarse con un tipo decente antes que seguir ganándose la vida de esta manera? –Tenía la vista casi fija al frente, pero sus gestos abarcaban la destartalada cocina, la casa entera, sus inquilinas y las vidas de éstas.

–Sí –asintió Pitt. No hacía falta decir nada más–. Gracias, Edie.

Salió de la cocina y volvió a la habitación donde Nora había sido asesinada. Todo seguía como ella lo había dejado: la cama sin hacer, las sábanas arrugadas. Sólo las almohadas estaban fuera de lugar, en medio de la cama, donde el propio Pitt las había echado después de encontrar el pañuelo.

Permaneció inmóvil en el centro de la habitación por unos instantes, preguntándose qué buscaba, e incluso por dónde empezar. ¿La cama? ¿El suelo?

Se agachó y comenzó por el suelo, atento a cualquier detalle que pudiese respaldar su hipótesis. Sabía que no encontraría pruebas concluyentes, pero sí quizá algún pequeño indicio.

No había nada.

Se levantó, se acercó a la cama y apartó las mantas. A continuación recorrió las sábanas con las manos lenta y cuidadosamente.

Encontró lo que buscaba en la sábana superior. Primero uno, luego otro, después varios más: cabellos rubios, muy largos, de al menos un par de palmos, y ondulados. Cabellos que no podían proceder de la cabeza de un hombre, y demasiado claros para ser de Nora Gough.

Ella Baker, con la melena remetida bajo el cuello levantado del abrigo, un abrigo de un cliente o un amigo, y un pantalón de hombre, quizá con la falda recogida por encima del dobladillo del abrigo. Al salir, dejando caer la falda y soltándose el cabello, habría pasado inadvertida. Eso explicaría por qué en el segundo crimen se había producido un mayor forcejeo. Ella Baker era más alta y robusta que Nora, pero no poseía la fuerza de un hombre.

Pero ¿qué razón podía tener para matar a Ada McKinley? ¿Y cuál era la causa de su rencor hacia FitzJames? Podían ser muchas: un desaire, malos tratos en el pasado, un grave perjuicio causado a ella o a algún ser querido, o incluso la pérdida de un hijo. Quizá en otro tiempo había trabajado para la familia FitzJames. Ésa era una posibilidad que no se había detenido a considerar, y debería haberlo hecho. Una sirvienta víctima de abusos y después despedida se sentiría profundamente agraviada. Cuando se enteró de que un mayordomo había dejado encinta a Ada, debería haber realizado averiguaciones sobre todos los criados que en algún momento habían servido en casa de FitzJames. No sería impropio de Finlay seducir a una bella sirvienta y pedir después a su padre que la echase.

De pronto todo eso parecía obvio.

Salió de la casa rápidamente, subió hasta Old Montague Street y tomó luego por Osborn Street, donde encontró a Binns de ronda. Juntos fueron a la casa de vecindad donde, como Binns le informó, vivía Ella Baker, a corta distancia de allí. Recordaba que Ewart la había interrogado para saber si había visto salir al supuesto asesino, o merodear por la zona al propio Finlay FitzJames. Según Ewart, se la notaba muy alterada, sin duda presa de una emoción extrema. Había supuesto que ello se debía, como en el caso de la mayoría de las otras mujeres, al comprensible terror y la lástima causados por la noticia del asesinato, y a la consternación por el hecho de que Costigan hubiese sido ahorcado por un crimen que aparentemente, a la luz del nuevo suceso, no había cometido.

Y sin embargo ella había permitido que lo ahorcasen. Esa doble culpabilidad debía de haberla trastornado.

Llamó con fuerza a la puerta hasta que el chulo, alojado en el mismo edificio, abrió. Iba sin afeitar y olía a cerveza.

–¿Qué quiere? –preguntó con tono hostil, mirando a Pitt. No había visto a Binns, situado detrás–. Llega demasiado pronto. ¿No se puede esperar un par de horas, hijo de mala madre?

Binns dio un paso al frente.

–Policía –anunció Pitt con tono cortante–. Quiero hablar con Ella Baker ahora mismo.

Observando el rostro de Pitt y la corpulencia de Binns, el hombre optó por no discutir. Malhumorado, los guió hasta la puerta de Ella, en la segunda planta. Golpeó con los nudillos y la llamó a gritos por su nombre.

Ella abrió al cabo de unos instantes. Era una mujer atractiva, de cuerpo grande y marcada silueta. Tenía unas facciones pronunciadas, quizá un tanto toscas. Su principal atributo era el cabello, abundante, ondulado, del color del trigo maduro, del oro mate. Le caía por los hombros y la espalda.

–Gracias –dijo Pitt al chulo, que entendió la indirecta y se marchó airado, despotricando por lo bajo.

Pitt entró en la habitación y cerró la puerta; Binns se quedó fuera montando guardia. Las ventanas eran pequeñas.

–¿Qué quiere a estas horas? –preguntó Ella, mirándolo con expresión ceñuda.

–Comprendo el motivo por el que mató a Nora –afirmó Pitt con voz serena–. Le quitó a Johnny Voss, es decir, su única oportunidad de casarse y abandonar esta vida. Pero ¿por qué mató a Ada McKinley? ¿Qué tenía contra ella?

De pronto desapareció el color de su rostro. Se tambaleó, y por un instante Pitt pensó que estaba a punto de desmayarse, pero no hizo siquiera ademán de ayudarla. Ya en una ocasión se vio sorprendido por alguien que pasó de ese estado a un arrebato de furia y arremetió contra él con uñas y dientes. Permaneció donde estaba, de espaldas a la puerta.

–Yo... –empezó a decir Ella pero se interrumpió, ahogándose su voz en la sequedad de su garganta–. Yo... nunca he puesto la mano encima a Ada, lo juro por Dios.

–Pero sí mató a Nora...

Ella guardó silencio.

–Si se bajase el alto cuello de ese vestido, quedarían a la vista los arañazos que Nora dejó en su piel, intentando defenderse de usted, luchando por su vida...

–¡Eso es falso! –negó Ella, mirándolo con furia–. ¡No tiene pruebas!

–Se equivoca, Ella –repuso Pitt con calma–. Hay testigos que la vieron.

–¿Quiénes? –preguntó–. ¡Mienten!

–Robó el abrigo de un hombre, un buen abrigo, y se recogió el vestido para que no se viese la falda. Se ocultó la melena en el abrigo. Parecía un hombre, pero alguien reconoció su cabello. Poca gente posee un cabello como ése, Ella, hermoso, largo, dorado. –Pitt escrutó su rostro lívido–. He encontrado varios pelos en la cama de Nora, donde forcejearon y, en la lucha, ella se los arrancó...

–¡Basta ya! –gritó Ella–. ¡Sí, maté a esa zorra avarienta! Me robó a un hombre, y lo hizo con toda su mala intención. Sabía lo que sentía por él, y me lo quitó de todos modos. ¡Y qué orgullosa estaba! No dejaba de regodearse. Me dijo que se mudaría a Mile End y tendría hijos y una casa preciosa para ella sola, y que nunca volvería a tocarla un borracho ni uno de esos granujas que engañan a sus esposas.

–Así que la ató, le rompió los dedos de manos y pies, y la estranguló –dijo Pitt con desprecio.

Estaba blanca como el papel, pero tenía un intenso fuego en la mirada.

–¡No, yo no hice eso! Discutimos y le pegué. Nos peleamos y la agarré por el cuello. Sí, la estrangulé, pero no le rompí los dedos. No sé quién hizo una cosa así, ni por qué.

Pitt no la creía, no podía creerla, y sin embargo instintivamente sabía que decía la verdad.

–¿Por qué mató a Ada? –repitió.

–¡Yo no la maté! –contestó Ella a voz en grito–. ¡Yo no maté a Ada! Ni siquiera la conocía. Pensaba que la había matado Bert Costigan, igual que usted. Si no fue Costigan, no sé quién fue.

Con un escalofriante sobresalto, Pitt recordó la vehemencia con que Costigan se había negado a admitir que él hubiese roto los dedos a Ada, su indignación y perplejidad por el mero hecho de que lo acusasen de algo semejante. En sus ojos había visto la misma mirada que veía ahora en los de Ella, una mirada de miedo, de ira, de absoluta estupefacción.

–¡Pero sí mató a Nora! –repitió Pitt, procurando transmitir una total certeza. No era una pregunta; era una acusación.

–Sí..., supongo que negarlo ya no sirve de nada. Pero no le rompí los dedos, y no tengo nada que ver con la muerte de Ada. Nunca he puesto los pies en esa casa.

Pitt ya no sabía si creerla o no. Mirándola, oyendo su voz, le parecía sincera; pero el cerebro le decía que aquello era absurdo. Admitía haber matado a Nora. ¿Qué sentido tenía negar que había matado también a Ada? El castigo no sería peor, y en cualquier caso nadie la creería.

–¡Yo no maté a Ada! –exclamó–. ¡Y tampoco hice esas atrocidades a Nora!

–¿Por qué pretendía implicar a Finlay FitzJames? –preguntó Pitt.

Lo miró desconcertada.

–¿A quién?

–A Finlay FitzJames –repitió Pitt–. ¿Por qué dejó su pañuelo y su botón en la habitación de Nora?

–¡No sé de qué me habla! –No salía de su asombro–. Es la primera vez que oigo ese nombre. ¿Quién es?

–¿No ha trabajado en casa de los FitzJames?

–Yo nunca he trabajado en ninguna casa. En toda mi vida he sido criada de nadie.

Seguía sin saber si creerla o no.

–Quizá. Pero eso ahora no tiene mucha importancia. Vamos. Queda detenida por el asesinato de Nora. Si se resiste, será peor. Al menos que las otras mujeres la vean salir con dignidad.

Ella sacudió la cabeza y se mesó el magnífico cabello, mirando a Pitt con expresión desafiante. Pero el valor no tardó en abandonarla, y volvió a desmoronarse, accediendo a acompañar a Pitt.

–¡Gracias a Dios! –exclamó Ewart con un suspiro, recostándose en su silla de la comisaría de Whitechapel–. Admito que tenía pocas esperanzas de que llegásemos a resolver el caso. –Miró a Pitt con una sonrisa. La tensión que lo atenazaba sólo unas horas antes parecía haberse evaporado por completo, como si lo hubiesen aliviado de una intolerable carga y de repente pudiese respirar sin restricciones, libre de una profunda angustia. Incluso el miedo que lo obsesionaba desde el primer momento había desaparecido. Sabía que el mérito era de Pitt, y no le dolían prendas–. Aunque más bien hay que decir que lo ha resuelto usted. Yo poca cosa he hecho, a decir verdad. –Cruzó las manos sobre el abdomen–. Así que era Ella Baker. No se me había ocurrido que pudiese ser una mujer. Ni siquiera se me había cruzado por la mente. Debería haberlo pensado.

–Jura que ella no mató a Ada –dijo Pitt, sentado frente a él–, ni rompió los dedos a Nora.

Ewart no se inmutó.

–Bueno, no es de extrañar; pero su palabra no tiene ningún valor. No sé por qué se molesta en mentir. El resultado será el mismo.

–Y sostiene que tampoco ha sido ella quien pretendía implicar a Finlay FitzJames –añadió Pitt–. Asegura que nunca había oído hablar de él, ni había servido en una casa.

Ewart hizo un gesto de indiferencia.

–Es obvio que miente, aunque no me explico por qué. De todos modos, da igual. –Sonrió–. El caso queda resuelto. Y sin consecuencias desagradables. Es mucho más de lo que yo esperaba –admitió, y de inmediato, dejando entrever nuevamente cierto desasosiego, añadió–: Desde el comienzo creía que FitzJames era inocente, pero me... me parecía muy difícil demostrarlo.

Pitt se puso en pie.

–¿Informará usted mismo a FitzJames? –preguntó Ewart–. Tranquilizará a la familia de una vez por todas.

–Sí. Iré a decírselo.

–Bien. –Ewart esbozó una peculiar sonrisa agridulce–. Me alegro. Lo tenía usted merecido.

–Perfecto –dijo Augustus FitzJames lacónicamente cuando Pitt anunció que Ella Baker había sido detenida y acusada del asesinato de Nora Gough–. ¿Imagino que la procesarán asimismo por la muerte de la otra mujer?

–No. No hay pruebas, y ella se niega a admitirlo –respondió Pitt. Una vez más se hallaban en el gabinete de FitzJames, y en esta ocasión ardía el fuego en la chimenea, caldeando la habitación en el frío anochecer.

–En fin, supongo que no tiene importancia. –Augustus no mostró especial interés–. La ahorcarán igualmente por el segundo asesinato, y todo el mundo sabrá que cometió también el primero, puesto que al parecer los dos fueron idénticos. Le agradezco que haya venido a informarme, comisario.

Ha realizado un excelente trabajo... esta vez. Es una lástima lo de ese otro hombre... Costigan. Pero ya nada puede hacerse. –Su indiferencia al respecto era patente. Estaba de pie y se balanceaba ligeramente–. Y en todo caso estamos mejor sin individuos como ése. Un oficio repugnante, vivir de los inmorales ingresos de las mujeres. Si no colgando de una soga, como mínimo le correspondía estar encerrado en la cárcel. Habría acabado mal tarde o temprano.

Si Pitt no hubiese sido el responsable de la muerte de Costigan, habría expresado enérgicamente su opinión respecto a tales ideas, el profundo horror que le inspiraban.

–¿Había trabajado Ella Baker alguna vez para usted, señor FitzJames? –preguntó, preocupado aún por los cabos sueltos, las dudas sin aclarar.

–No lo creo –contestó Augustus con expresión ceñuda–. Mejor dicho, estoy seguro de que no había trabajado en esta casa. ¿Por qué?

–Por saber cómo consiguió los efectos personales de su hijo, y sobre todo qué razón podía tener para dejarlos en los escenarios de los dos crímenes.

–No tengo la menor idea. Los robó, supongo –repuso Augustus–. Ya poco importa. Gracias por haber venido personalmente, comisario. Me complace comprobar que la policía no es tan incompetente como pretenden hacernos creer algunos de nuestros periódicos más estridentes y peor informados. –Apretó los labios–. Y ahora, si me perdona, tengo un compromiso. Buenas noches.

Pitt abrió la boca para añadir algo más, pero Augustus había ya tirado del cordón de la campanilla para que acudiese el mayordomo y acompañase a Pitt a la puerta. Obviamente Augustus no tenía intención de seguir hablando del tema.

–Buenas noches, señor FitzJames –se despidió Pitt, y tuvo que marcharse porque el mayordomo abrió la puerta y le sonrió.

12

Pitt volvió a casa tarde y agotado, pero era el cansancio de la victoria, aun cuando quedasen todavía aspectos del caso que lo intrigaban profundamente y quizá nunca resolvería. Ya había oscurecido, y un halo de bruma envolvía la luz de las farolas. En el aire húmedo se percibía el olor de las hojas en descomposición y la tierra removida, y se presagiaba la inminencia de las primeras heladas.

Abrió la puerta de su casa, y en cuanto entró, vio a Charlotte en lo alto de la escalera. Vestía una falda y una blusa muy sencillas, casi sin gracia, y algunos mechones de cabello escapaban de las horquillas. Bajó tan deprisa que Pitt temió que resbalase y cayese.

–¿Qué ocurre? –preguntó, advirtiendo cierta ansiedad en su rostro.

–Thomas. –Charlotte respiró hondo. Estaba tan impaciente por comunicarle sus noticias que no notó que también él tenía algo urgente que contar–. Thomas, he investigado un poco por mi cuenta. No he corrido ningún riesgo...

El hecho mismo de que pretendiese tranquilizarlo respecto a su seguridad revelaba que sí había existido peligro.

–¿Cómo? –dijo Pitt, mirándola a la cara cuando llegó al pie de la escalera–. ¿Qué has hecho? Supongo que te ha acompañado Emily.

–Sí –contestó Charlotte con aparente alivio, como si eso fuese la parte positiva, una circunstancia atenuante–. Y también Tallulah FitzJames. Primero escúchame, y luego enfádate si lo consideras oportuno; pero he averiguado algo de vital importancia, y realmente terrible.

–Y yo también –replicó Pitt–. He descubierto quién mató a Nora Gough, y por qué, y he conseguido una admisión de culpabilidad. Y ahora dime, ¿qué has averiguado?

Charlotte se quedó boquiabierta.

–¿Quién la mató? –preguntó con tono apremiante–. ¿Quién fue, Thomas?

–Otra prostituta. Una tal Ella Baker.

Explicó resumidamente que desde el principio, dejándose engañar por el abrigo, habían dado por supuesto que el asesino era un hombre, y que Ella Baker, una vez despojada de su disfraz, había pasado inadvertida. Seguían al pie de la escalera.

–¿Por qué la mató? –quiso saber Charlotte.

Pitt no vio reflejada en su rostro las sensación de victoria que esperaba.

–Porque Nora le robó el hombre con el que iba a casarse, y en consecuencia la posibilidad de escapar a esa clase de vida. Y quizá incluso lo amaba sinceramente. –Alzó las manos y la cogió con delicadeza por los hombros–. Discúlpame si te he estropeado la noticia que ibas a darme. Me consta que querías investigar para ayudarme, y no soy un desagradecido. –Se inclinó para besarla, pero ella se apartó con expresión ceñuda.

–¿Y por qué mató a Ada McKinley?

–Eso lo ha negado –respondió Pitt, consciente al decirlo de su propia insatisfacción. Había sido una exigua victoria, y cuanto más pensaba en ello, menos consistente le parecía.

–¿Por qué? –preguntó Charlotte–. Es absurdo, Thomas. No pueden ahorcarla dos veces. –Se la veía muy pálida a la luz de la araña que colgaba del techo del vestíbulo–. Ni tres.

–No, desde luego –convino Pitt–. ¿Tres? ¿Qué quieres decir? Sólo ha habido dos asesinatos.

–No –contestó Charlotte en un susurro casi inaudible–. Eso es lo que hemos averiguado. Hubo otro asesinato hace unos seis años. La víctima era una muchacha, una principianta. No llevaba en la calle más de una o dos semanas. La mataron en Mile End, exactamente igual que a las otras dos mujeres: la liga, los dedos rotos, las botas abrochadas entre sí, incluso el agua... todo. No se descubrió al culpable.

Pitt quedó atónito. Por un momento interminable permaneció inmóvil, como si no hubiese comprendido realmente las palabras de Charlotte y sin embargo fuese incapaz de pensar en otra cosa. Otro asesinato, seis años atrás, en Mile End. Tenía que ser la misma persona. Era imposible que dos... tres asesinos distintos cometiesen el mismo crimen atroz y absurdo. ¿Y quién era la víctima? ¿Por qué nadie le había hablado de ella? ¿Por qué no estaba enterado Ewart?

–Lo siento –dijo Charlotte en voz baja–. No sirve de nada, ¿verdad?

–¿Quién era esa muchacha? ¿Sabes algo más de ella?

–No. Sólo eso, que era nueva en el oficio. No he averiguado su nombre.

Pitt no salía aún de su asombro.

–¿No podría haberla matado también Ella Baker? –preguntó Charlotte–. ¿Quizá esa muchacha intentó robarle algo? ¿Ha dicho por qué pretendía implicar a Finlay?

–No.

Pitt se dio media vuelta y se dirigió hacia la sala. De pronto lo había asaltado una sensación de frío y profundo cansancio. Deseaba sentarse cerca de la chimenea.

Charlotte lo siguió y se sentó frente a él, en su sillón de costumbre.

El fuego ardía mortecinamente. Pitt echó más carbón y lo removió con el atizador para que prendiese más deprisa.

–No –prosiguió–. También lo ha negado. Sostiene que no conoce a ningún FitzJames, y Augustus dice que esa mujer nunca ha trabajado para él. –Pitt volvió a sentarse en su sillón. El fuego ardía con llama más viva al empezar a arder el carbón añadido, y el calor aumentaba gradualmente, produciendo un cosquilleo en la piel–. Y a Ewart le tiene sin cuidado. Se ha alegrado tanto de que el caso quede resuelto, sin haber tenido que detener a FitzJames, que no quiere saber nada más del asunto.

–¿Y el señor Cornwallis?

–Aún no le he informado. Era ya tarde cuando he salido de casa de los FitzJames. Iré a verlo mañana. Y volveré a hablar con Ella Baker. Quizá sea mejor que antes haga algunas averiguaciones sobre el primer crimen. ¿Hace seis años?

–Sí, aproximadamente.

Pitt lanzó un suspiro.

–¿Te apetece una taza de té? –ofreció Charlotte–. ¿O de chocolate?

–Sí..., sí, por favor.

Dejó que ella decidiese si preparar té o chocolate y se quedó encorvado en el sillón mientras la sala se caldeaba lentamente a medida que el fuego cobraba intensidad.

A la mañana siguiente, mientras esperaba entre las frías paredes de Newgate para ver a Ella Baker, lo asaltó el recuerdo de Costigan, de su semblante pálido y asustado. De todas las obligaciones que le imponía su trabajo aquélla era quizá la más difícil. Informar a los familiares de una víctima le causaba un tipo distinto de dolor; era algo atroz pero en definitiva más limpio. Al final la herida cicatrizaba. Sin embargo visitar a un reo en la cárcel era una experiencia escalofriante y por más veces que lo hiciese siempre parecía la primera. No conseguía acostumbrarse con el tiempo ni encontrar el menor paliativo.

Ella estaba sentada en su celda, vestida aún con su propia ropa, pese a que no difería demasiado del uniforme carcelario. La había detenido antes de que se vistiese para su trabajo.

–¿Qué quiere? –dijo lánguidamente cuando vio a Pitt–. Ha venido a regodearse, ¿no?

–No. –Pitt cerró la puerta de la celda al entrar. Contempló su cara pálida, sus ojos hundidos y sin esperanza, y su magnífico cabello caído sobre los hombros. Curiosamente, pese a que había visto a Ada y Nora, sus dedos rotos, sus rostros yertos y desfigurados por la agonía final, en ese momento veía sólo a Ella y su desesperación–. No encuentro el menor placer en esto; sí cierto alivio porque todo ha terminado, pero nada más.

–¿Para qué ha venido, pues? –preguntó Ella, no muy convencida aún, a pesar de que algo en la mirada o la voz de Pitt la conmovía.

–Hábleme de la primera víctima, Ella –contestó Pitt–. ¿Por qué la mató? ¿Qué le había hecho? Apenas llevaba dos semanas en las calles.

Ella lo miró con cara de absoluta incomprensión.

–¡Se ha vuelto loco! No sé de qué me habla. Pegué a Nora, luego nos peleamos, y la estrangulé. Yo no le rompí los dedos, ni le eché agua, ni abroché las botas. Y no tuve nada que ver con lo de Ada McKinley. Ni siquiera había oído su nombre hasta que la mataron. Y en cuanto a esa otra, no sé a quién se refiere. Que yo sepa, no ha habido ninguna más.

–Hace unos seis años, en Mile End –aclaró Pitt.

–¡Hace seis años! –exclamó con incredulidad, y al instante prorrumpió en carcajadas estridentes y roncas, llenas de dolor y un miedo incontrolable–. Hace seis años yo vivía en Manchester. Me casé y me trasladé allí. Cuando mi marido murió, volví a Londres y empecé a hacer la calle. No tenía otra manera de ganarme la vida, excepto la fábrica de cerillas. Una prima mía murió de fosforismo. No estaba dispuesta a pasar por eso. Antes la horca. –De pronto su ojos se anegaron en lágrimas–. Y en realidad así ha sido, ¿no?

Pitt deseó pronunciar unas palabras de consuelo. Percibía los terrores que se cernían sobre ella, una oscuridad de la que no había escapatoria. Pero no encontró nada que decir. La compasión ya de nada servía, y hablar de esperanza habría sido un cruel engaño.

Sonrió en respuesta a su macabro humor. Revelaba cierta valentía y despertó su admiración.

–¿Cómo se llamaba su marido? –preguntó.

–Joe Baker... Joseph. ¿Va a comprobarlo? –Se sorbió la nariz–. Era un buen hombre, Joe. Bebía más de la cuenta, pero no era mala persona. Nunca me pegó. Se limitaba a dormir la mona. ¡El muy estúpido!

–¿A qué se dedicaba?

–Trabajó en los canales. Un día tuvo un accidente y se ahogó. Debía estar borracho, supongo.

–Lo lamento –susurró Pitt. Lo dijo con toda sinceridad.

Ella se encogió de hombros.

–Ahora ya no importa.

Al salir de Newgate Pitt fue a la comisaría de Mile End y preguntó por el policía de mayor rango que llevase allí de servicio más de seis años. Un joven sargento, un tanto perplejo, lo acompañó hasta el reducido despacho del inspector Forrest, un hombre delgado de cabello negro, amplias entradas, ojos oscuros y mirada triste.

–¡Comisario Pitt! –exclamó sorprendido, y se puso en pie de inmediato–. Buenos días, señor. ¿En qué podemos ayudarlo?

–Buenos días, inspector. –Pitt cerró la puerta al entrar y tomó asiento–. Según me han dicho, estaba usted ya aquí, en Mile End, hace seis años.

–Sí. He leído en los periódicos que ha resuelto el caso. –Forrest volvió a sentarse tras su escritorio–. Enhorabuena. Desde luego es bastante más de lo que conseguimos nosotros. Pero que conste que por aquellas fechas yo era sólo sargento.

–Así pues, ¿tuvieron un caso exactamente igual? –preguntó Pitt, incapaz de disimular su enojo.

–Sí. Por lo que yo sé, hasta el menor detalle –contestó Forrest, echándose hacia adelante en su silla–. Aquella vez los periódicos apenas lo mencionaron, pero yo lo recordaré mientras viva. ¡La pobre desdichada! No tendría más de quince o dieciséis años. Y era guapa, decían, antes de que el asesino la torturase de aquel modo.

–La asesina –rectificó Pitt.

–¡Ah! –Forrest movió la cabeza como reprochándose el descuido–. Sí..., la asesina. Disculpe, es sólo que llevo muchos años convencido de que había sido un hombre. Siempre tuve la impresión de que se trataba de un crimen de naturaleza sexual, obra de uno de esos hombres que sólo se excitan con la humillación y el dolor ajenos, que necesitan sentir su poder sobre alguien, verlo totalmente indefenso. Un acto perverso. Aún me cuesta creer que una mujer haya cometido esa clase de crímenes. Pero si ella lo ha admitido, es que será verdad.

–No, no lo ha admitido. Sólo se ha declarado culpable del último, el asesinato de Nora Gough. De hecho, según ha dicho, hace seis años vivía en Manchester.

Forrest lo miró asombrado.

–Pues tiene que ser la misma persona. Ni siquiera en Londres, esta sentina de vicios y corrupción, puede haber dos lunáticos que anden por ahí maltratando de ese modo a las mujeres.

–¿Por qué no me informó acerca de ese caso? –preguntó Pitt, procurando en vano no adoptar un tono acusador.

–¿Yo? –Parecía sorprendido–. ¿Por qué no lo informé?

–Sí. Por amor de Dios, ¿es que no se da cuenta de lo útil que podría habernos sido? ¡Como mínimo debíamos estar enterados! Podríamos haber averiguado qué tenían en común las víctimas y quién las conocía a las tres.

–No le informé porque... ¿No lo puso al corriente el inspector Ewart? Él se ocupó del caso.

Pitt se quedó helado.

–Di por supuesto que él se lo contaría –adujo Forrest con lógica–. ¿Está diciéndome que no se lo contó? –En su rostro y en su voz se advertía una manifiesta incredulidad.

El propio Pitt no podía dar crédito a aquello. Las imágenes de Ewart se agolpaban en su mente, los recuerdos de su cólera, su abatimiento, su temor.

Pero no tenía sentido mentir, y en todo caso la verdad era evidente.

–No, no me lo había mencionado.

Esta vez fue Forrest quien enmudeció.

–¿Conoce a Ella Baker? –preguntó Pitt–. ¿O ha oído hablar antes de ella? ¿Le suena su nombre?

–No. Y conocemos a la mayoría de las mujeres que se ganan la vida en las calles de esta zona. Pero preguntaré a Dawkins. Lleva aquí muchos años y las conoce a todas. –Disculpándose, se puso en pie y salió del despacho. Regresó al cabo de unos minutos acompañado de un sargento fornido y canoso de cierta edad–. Dígame, Dawkins, ¿sabe algo de una mujer, una fulana de estos barrios, llamada Ella Baker? –Se volvió hacia Pitt–. ¿Qué aspecto tiene esa mujer, señor?

–Alta, cara corriente –respondió Pitt–. Pero con una llamativa cabellera rubia, espesa y rizada.

Dawkins pensó por un instante y por fin negó con la cabeza.

–No, señor. Quien más se acerca a esa descripción es Lottie Bridger, y murió de sífilis a primeros de año.

–¿Está totalmente seguro, Dawkins? –insistió Forrest.

–Sí, señor. Nunca había oído ese nombre, ni he visto por estas calles a una chica de ese aspecto.

–Gracias, Dawkins. Puede irse.

–Sí, señor. Gracias, señor.

Dawkins se marchó, desconcertado, y cerró bruscamente la puerta al salir.

–¿Qué quiere decir eso? –Forrest, visiblemente confuso, observó a Pitt–. ¿Acaso esa mujer no cometió el asesinato de hace seis años?

–No lo sé –admitió Pitt–. ¿Guardan algún expediente del caso al que pueda echarle un vistazo?

–Naturalmente. Pediré que lo traigan. –Forrest se excusó de nuevo, y transcurrió un largo y frustrante cuarto de hora hasta que regresó con una delgada carpeta–. Aquí está, señor. No es gran cosa.

–Gracias.

Pitt cogió la carpeta, la abrió y leyó el contenido. Forrest tenía razón; el expediente era muy breve, pero los detalles del crimen coincidían plenamente con los de las muertes de Ada McKinley y Nora Gough. Todo estaba allí recogido fríamente, con clínica objetividad, escrito con una excelente caligrafía. El nombre de la víctima resultaba poco verosímil: Mary Smith. ¿Era ése su verdadero nombre? ¿O simplemente no sabían cómo se llamaba y utilizaron un nombre corriente? Acababa de llegar a la zona y era nueva en el oficio. No se incluía ningún otro dato sobre ella, ni lugar de nacimiento, ni familiares localizados, ni lista de efectos personales.

Pitt leyó con detenimiento la descripción de los objetos hallados en el lugar del crimen. No había alusión a nada que pudiese considerarse una pista. Y desde luego no se había hallado nada de Finlay FitzJames o algún otro caballero.

Leyó las declaraciones de los testigos, pero no aportaban nada. Habían visto entrar y salir a varios hombres, como era lógico tratándose de la habitación de una prostituta. No se describían rasgos personales de los clientes, salvo que todos eran jóvenes.

Todo era en extremo inconsistente. No era extraño que el caso hubiese quedado sin resolver. Formaban el equipo policial encargado de la investigación los agentes Trask y Porter, bajo las órdenes del inspector Ewart. El forense que había examinado el cadáver en el lugar del crimen y realizado posteriormente la autopsia era Lennox.

¿Por qué ninguno de los dos se lo había mencionado a Pitt? No existía ningún motivo justificable.

–No recuerdo haber leído la noticia en los periódicos –comentó a Forrest, que había permanecido en silencio, con cara de preocupación, mientras Pitt examinaba el informe.

–No apareció como tal –contestó Forrest–. Publicaron sólo una breve nota sobre la muerte, pero no incluía los detalles. Ya sabe cómo son estas cosas: mantengámoslo en secreto por si sirve para atrapar al culpable. Ewart y Lennox tenían que saber algo, ocultaron algo...

–Sí, lo sé –asintió Pitt, pero la perspectiva lo inquietaba mucho. Lo obligaba a afrontar sus más aciagas sospechas.

Dos horas más tarde, cuando se plantó ante Ewart en su despacho de Whitechapel, éste lo miró atónito, como hipnotizado.

–¿Y bien? –dijo Pitt–. ¿Por qué demonios no me informó acerca del primer caso?

–No lo resolvimos –respondió Ewart, desesperado–. No descubrimos nada que hubiese podido sernos útil para los nuevos casos.

–¡No diga estupideces! –Pitt se dio media vuelta y se acercó a la ventana. Allí giró en redondo y miró de nuevo a Ewart con furia–. Usted no sabe si hubiese podido sernos útil o no. ¿Por qué se lo calló?

–Porque sólo habría servido para enturbiar aún más la actual investigación. –Ewart también empezaba a alzar la voz–. Nada indica que fuese la misma persona. Aquello ocurrió en Mile End hace seis años. Hay gente que copia los crímenes de otros, en especial gente que no está en sus cabales, gente malévola y estúpida que lee algo y se obsesiona...

–¿Dónde lo lee? –lo interrumpió Pitt sin miramientos–. Como usted bien sabe, los detalles de aquel crimen no aparecieron en los periódicos. Ni yo ni ninguno de los policías que ha trabajado en estos últimos asesinatos tenía noticia de ese caso. En Whitechapel nadie podía establecer la relación entre los tres crímenes. ¡Nadie salvo usted! ¡Usted y Lennox!

–Tampoco yo, porque no existía tal relación –repuso Ewart triunfalmente, satisfecho de la lógica de su conclusión–. ¿Duda acaso que fue Ella Baker quien mató a Nora Gough?

–No. –Pitt se volvió de cara a la ventana y contempló los edificios grises y el cielo otoñal–. Admitió su culpabilidad. Y encontré pelos suyos en la cama de Nora, pelos largos y rubios. Nora debió de arrancárselos en el forcejeo.

–Y entonces ¿cuál es el problema? –preguntó Ewart con creciente aplomo–. Yo tenía razón. Estos últimos casos y el de hace seis años no tienen nada que ver.

–¿Cómo sabe que Ella Baker no mató a la primera chica, Mary Smith, o comoquiera que se llamase en realidad?

–No lo sé. Quizá sí la mató. En todo caso, ahora poco importa. No podemos demostrar su culpabilidad en aquel primer asesinato, pero irá a la horca por este último.

–Y sostiene que no conoce a Finlay FitzJames –añadió Pitt.

Ewart vaciló.

–Miente –aseguró al cabo de un momento.

–Y Augustus FitzJames dice que nunca ha trabajado para él –continuó Pitt.

Ewart no contestó. Tomó aire y lo espiró silenciosamente.

–¿Había algo en el escenario del primer crimen que implicase a Finlay? –preguntó Pitt con aspereza.

Ewart lo miró a los ojos.

–No, claro que no. En ese caso se lo habría mencionado. Habría existido una relación. Hace seis años no encontramos una sola pista, ni un solo elemento que nos permitiese seguir investigando... nada.

–Comprendo.

Pero Pitt no comprendía nada. Al marcharse de Whitechapel, se encaminó hacia la City y fue directamente al despacho de Cornwallis.

Cornwallis le brindó una calurosa acogida, poniéndose en pie y dirigiéndose hacia él con la mano extendida y expresión de júbilo.

–Enhorabuena, Pitt. ¡Una actuación brillante, la suya!

Reconozco que albergaba ya pocas esperanzas de que este asunto se zanjase de manera satisfactoria. ¡Y por si fuera poco, con admisión de culpabilidad incluida! –Dejó caer la mano, notando de pronto que algo andaba mal. La sonrisa se desvaneció de sus labios. Su mirada se ensombreció–. ¿Qué ocurre? ¿Cuál es ahora el problema? Siéntese.

Señaló uno de los grandes sillones de piel y él ocupó el otro. Se echó hacia delante, con semblante grave y total atención.

Pitt le informó acerca del crimen de Mile End.

Cornwallis quedó estupefacto.

–¿Y Ewart acaba de decírselo? –preguntó–. ¡Es inconcebible!

Pitt no veía la manera de explicar lo sucedido sin sacar a relucir la participación de Charlotte, y no era momento para mentiras o evasivas.

–Ewart no tenía la menor intención de decírmelo –contestó con pesar–. Lo descubrió mi esposa, y yo lo sé por ella.

Advirtió la expresión de asombro de Cornwallis, pero quizá Vespasia lo había puesto ya en antecedentes, porque no expresó ninguna duda al respecto.

–Pero ¿después ha hablado con Ewart? –dijo Cornwallis con un asomo de aprensión en la mirada.

–Sí –contestó Pitt–. Según él, no lo mencionó porque no vio relación entre los casos.

–Eso es absurdo –dijo Cornwallis, consternado–. ¿Y Lennox también intervino en el caso?

–Sí. Pero su silencio tiene una justificación. Quizá dio por sentado que Ewart ya me había informado. Era deber de Ewart, no de él.

–Pero ¿por qué? –preguntó Cornwallis con exasperación–. ¡No alcanzo a entenderlo! ¿Qué razón pudo llevar a Ewart a ocultar ese primer asesinato? –Tenía los puños cerrados y tensos–. No resolvió el caso, de acuerdo; pero eso no era motivo para avergonzarse. Por lo que me ha dicho, no había pistas que seguir. Las declaraciones de los testigos no aportaban información útil. ¿Qué iba a hacer? Pitt... –Se interrumpió, incapaz de reunir valor para expresar lo que pensaba.

–No lo sé –respondió Pitt a la pregunta no formulada–. Me cuesta creer que Ewart esté involucrado en un asesinato, y menos en tres. Pero debo averiguar la causa de su conducta. Interrogaré a los testigos originales del caso de Mile End. Tengo sus nombres y la dirección donde ocurrió. Pero ésa no es mi comisaría, ni me corresponde investigar ese crimen. Necesito su autorización para interrogar al inspector Forrest acerca de la actuación de Ewart en ese caso.

Cornwallis estaba desolado. Había ejercido el mando demasiado tiempo para ignorar las flaquezas de los hombres, y el hecho de que el valor y la tentación, la lealtad y el engaño, iban a veces de la mano.

–Concedida –susurró–. Debemos saber la verdad. Vuelva a investigar ese primer asesinato, Pitt. Tampoco yo creo que Ewart sea culpable, y nos consta que no lo es del segundo y el tercero. Pero si Ella Baker no lo hizo, ¿quién demonios fue? –Arrugó el entrecejo–. ¿Le parece concebible que nos hallemos ante tres singulares asesinatos, todos con idénticas formas de tortura y fetichismo, las botas abrochadas, el agua, cometidos por tres personas distintas?

–Esa impresión da –contestó Pitt–. Pero no, no lo creo. No tiene sentido. Hay algo esencial que aún desconocemos. –Se puso en pie.

Cornwallis se levantó también, fue a su escritorio y escribió una breve nota de autorización. Se la entregó a Pitt sin hablar y le estrechó la mano. Lo miró a los ojos, deseando hacer algún comentario, buscando palabras para comunicarle aunque sólo fuese en parte la emoción que sentía, pero no había nada que decir. Tomó aire, vaciló y lo espiró de nuevo.

Pitt asintió, se dio media vuelta y salió del despacho. En la calle corría un cortante aire otoñal. Paró un cabriolé y volvió a Mile End. Eran las cuatro de la tarde.

A las cinco y cuarto había hablado ya con los agentes de servicio el día de la muerte de Mary Smith. Era imposible que Ewart estuviese involucrado en el crimen, en la misma medida que tampoco podía haber intervenido en los asesinatos de Ada McKinley y Nora Gough.

A continuación visitó la casa de Globe Road donde Mary

Smith había muerto. Preguntó al casero, un hombre canoso y sin afeitar, por el primer testigo mencionado en el informe.

–¿Está el señor Oliver Stubbs?

–No sé de quién me habla –repuso el casero con brusquedad–. Busque en otra parte.

Intentó cerrar la puerta, pero Pitt se lo impidió con un pie y lo miró con tal furia que el hombre pareció por un instante menos seguro de sí mismo.

–¡Eh! ¿Qué hace? Aparte el pie o le echo el perro.

–Hágalo, y lo meteré en la cárcel –advirtió Pitt sin titubeos–. Estoy investigando un asesinato, y si no quiere acabar en la horca por complicidad, vale más que me ayude. Y ahora dígame, si Oliver Stubbs no está aquí, ¿dónde puedo encontrarlo?

–¡No lo sé! –gritó el hombre indignado–. Se largó hace dos años. Pero nunca ha matado a nadie, que yo sepa.

–Mary Smith –prosiguió Pitt lacónicamente.

–¿Quién? –Lo miró con ojos desorbitados–. ¡Vamos, hombre! ¿Tiene idea de cuántas Mary Smith rondan por estos barrios? Todas las fulanas que se echan a la calle a probar suerte usan ese nombre.

–No todas ellas acaban atadas a una cama, torturadas y estranguladas –replicó Pitt entre dientes.

–¡Dios! ¿A esa Mary Smith se refiere? –El hombre palideció bajo su barba de dos días–. Un poco tarde, ¿no le parece? De eso hace ya seis o siete años.

–Seis. Necesito hablar con los testigos originales. Entorpezca mi trabajo, y buscaré cualquier excusa para detenerlo.

El casero volvió la cabeza y gritó hacia el oscuro pasillo.

–¡Marge! ¡Ven aquí!

No recibió respuesta.

–¡Ven aquí te digo, pedazo de holgazana! –volvió a llamar, alzando aún más la voz.

Tras otro momento de silencio salió una mujer gruesa y pelirroja de una de las habitaciones del fondo y se acercó.

–¿Sí? ¿Qué pasa? –preguntó, y miró a Pitt con escasa curiosidad.

–¿Tú no estabas ya aquí hace seis años? –dijo el casero.

–Sí –contestó la mujer–. ¿Y qué?

–Este poli quiere hablar contigo. Y trátalo bien, o nos meterá a todos en chirona.

–¿Por qué? –dijo ella con una mueca de desdén–. Yo no he hecho nada ilegal.

–¿Y eso qué más da, idiota? –gruñó el hombre–. Tú dile lo que quiera saber. Estabas aquí hace seis años, así que contesta.

–¿Es usted Margery Williams? –preguntó Pitt.

–Sí.

–¿Fue uno de los testigos que declararon en relación con el asesinato de Mary Smith hace seis años?

Parecía incómoda, pero su mirada no vaciló.

–Sí. Les conté todo lo que sabía. ¿A qué viene ese interés a estas alturas? Está más que claro que no cogerán a ese tipo.

–Ha dicho «ese tipo» –Pitt escrutó su rostro–. ¿Da por supuesto que la mató un hombre? ¿O podría haber sido una mujer?

Un visaje de profundo desprecio se dibujó en su cara.

–¿Qué clase de mujer le haría eso a otra mujer? Por Dios, ¿en qué mundo vive? Claro que fue un hombre. ¿Es que no ha leído lo que dije la otra vez? Lo apuntaron todo en sus hojitas de papel. Se pasaban el tiempo escribiendo.

El casero permanecía junto a ella, y los miraba alternativamente.

–No lo han guardado –dijo Pitt, comprendiendo con sorpresa que buena parte del material debía de haber acabado en las papeleras cuando el caso se declaró «no resuelto» y se olvidó–. Dígame lo que recuerde del hombre que vio, y con el mayor detalle posible.

–¿Y qué importancia tiene eso ahora? –Arrugó el rostro y observó a Pitt con suspicacia y curiosidad–. No irá a decirme que lo han encontrado, ¿verdad? ¿Después de tantos años? –Se quedó callada y pensativa por un instante–. ¡Ya lo tengo! Cree que la mató el mismo que ha matado ahora a las mujeres de Whitechapel, ¿no es eso?

La conclusión parecía tan obvia que Pitt por un momento se maravilló ante la estupidez de la mujer. Pero de pronto, sobresaltado, recordó que los detalles del primer crimen no habían aparecido en los periódicos. Si ella no había visto el cadáver con sus propios ojos, y la policía, Ewart en concreto, no la había informado sobre las particularidades del crimen, quizá ella desconocía que el asesino había utilizado el mismo método hasta el menor detalle.

–Sí –se limitó a decir–. Es posible.

–He oído decir que las había matado una mujer. ¿No es verdad, pues? –Se volvió hacia el casero–. ¡Ese Davey Watson es un embustero! Me dijo que lo había hecho otra fulana. ¡Se va a enterar cuando lo coja, el muy granuja!

–A Nora Gough la mató una mujer –informó para tranquilizarla–. Y ahora haga el favor de describir a ese hombre con toda la exactitud posible, sin añadir ni quitar nada. Por favor.

–De acuerdo. –Hizo un gesto de indiferencia con los carnosos hombros–. Eran cuatro. Llegaron juntos. Uno era moreno y un tanto estrafalario, con mucha pose; la cara no llamaba la atención. Era un tipo corriente, salvo por los aires que se daba. Quizá era pintor.

Se oyó un repentino estrépito en algún lugar del edificio, y una mujer profirió un juramento.

–¿Y el segundo? –preguntó Pitt, induciéndola a seguir.

–Era pomposo como un charlatán de feria; se daba mucho pisto, como si fuese alguien.

–¿Qué aspecto tenía?

–Nada del otro mundo. Un tipo corriente y moliente. –Miró con atención a Pitt, intentando adivinar por qué era tanto su interés que incluso se le quebraba la voz–. No lo reconocería si volviese a verlo.

–¿Y el tercero? –preguntó Pitt con tono apremiante.

–Otro engreído que se creía dueño del mundo –respondió–. Apuesto, eso sí. Guapo de cara, y con un pelo precioso, abundante y rizado. Cualquier mujer le habría envidiado aquel pelo.

–¿Rubio o moreno? –dijo Pitt.

Con un nudo en el estómago, empezó a experimentar un extraño sentimiento premonitorio. Ewart sabía todo aquello. Lo había oído seis años atrás. ¿Por qué lo había mantenido en secreto? ¿Qué clase de terror o estupidez se había adueñado de él?

–Rubio –contestó la mujer sin dudar.

–¿Un caballero?

–Sí. Si medimos a un caballero por la manera de hablar y la vestimenta, sí, era un caballero. Yo no lo habría querido ni regalado. Era un cerdo asqueroso. Daba mala espina. Se lo veía como... exaltado... como... no sé. –Desistió.

–¿Y el último? –Pitt no deseaba oír la respuesta, pero no podía eludirla–. ¿Lo recuerda?

–Sí. Era distinto. –Movió la cabeza en un leve gesto de negación, y su cabello rojo se balanceó–. Más bien delgado, pero con una de esas caras que nunca se olvidan. Y unos ojos como brasas, hundidos...

–¿Como si estuviese loco? ¿O borracho?

–No. –Agitó su gruesa mano en un ademán de impaciencia–. Como si llevase dentro, en el fondo de su alma, algo tan importante que debía contárselo a todo el mundo. Como un poeta, o un músico, o algo así.

–Comprendo. ¿Y qué pasó? ¿Ha dicho que llegaron juntos, uno por uno, o cómo? –preguntó Pitt, pese a que conocía la respuesta.

–Todos juntos –contestó la mujer–. Luego cada uno se metió en una habitación. Al final se marcharon también juntos. Eran muy amigos. Y salieron de aquí blancos como el papel. Creí que les había sentado mal la borrachera, hasta que me di cuenta de lo que habían hecho... o lo que había hecho uno de ellos. Pero supongo que todos lo sabían.

–Comprendo. ¿Y sabe cuál de ellos entró en la habitación de Mary Smith?

–Sí. –Asintió con la cabeza–. Empezaron todos juntos con ella. Luego se quedó sólo el rubio. Y al final volvieron a entrar todos. No sé cuál la mató, pero me jugaría cualquier cosa a que fue el rubio. Tenía una mirada extraña.

–Comprendo. –Pitt estaba aturdido, incluso un poco mareado–. Gracias, señora Williams. Si fuese necesario, ¿prestaría declaración?

–¿Dónde? ¿En un juicio?

–Sí.

Reflexionó por un momento. No consultó al hombre, que permanecía a su lado con expresión hosca, consciente de su insignificante papel.

–Sí –contestó por fin–. Sí, si usted quiere. ¡La pobre Mary! No se lo merecía. Ni ella ni ninguna de mis chicas. Ni ningún ser humano, si a eso vamos. Mandaré a ese canalla a la horca, si es que ustedes lo cogen, claro está. –Soltó una carcajada hosca y desdeñosa–. ¿Algo más, caballero?

–De momento no. Gracias.

Pitt se alejó despacio. Eran casi las seis de la tarde, y oscurecían el cielo unas densas nubes procedentes del este, empujadas por un cortante viento que arrastraba los olores del río, la sal, el pescado y el esfuerzo humano.

No había escapatoria. Margery Williams había descrito a los cuatro jóvenes con tal precisión que apenas si podía albergarse una ligerísima duda, basada más en la esperanza que en la razón. Habían sido los socios del club Fuego del Infierno: Thirlstone, Helliwell, Finlay y Jago Jones. Una profunda tristeza abrumaba a Pitt. Se encaminó lentamente hacia Whitechapel. Tardaría una media hora en llegar a Coke Street. Lamentó que la distancia no fuese aún mayor.

Lo adelantaba toda clase de gente camino de sus casas después del trabajo: oficinistas con los hombros rígidos y manchas de tinta en los dedos, algunos con los ojos entornados tras todo un día con la vista fija en las letras negras sobre el papel blanco; dependientes en grupos de dos o tres. Pronto saldrían también los obreros e irían a hacinarse en las casas de vecindad, cada uno a su estrecho espacio, donde lo esperaba su familia y conservaba sus escasas pertenencias.

Al cruzar la calle estuvo a punto de ser arrollado por un cabriolé. Anochecía, y la temperatura bajaba por momentos. Se levantó el cuello del abrigo y apretó el paso sin darse cuenta. No pretendía llegar allí más deprisa; simplemente tiraba de él la emoción, una mezcla de ira y urgencia interior.

Avanzaba por Mile End Road, que pasaría a llamarse Whitechapel Road en el cruce con Brady Street. Su inicial renuencia se había transformado en un perentorio deseo de acabar cuanto antes. Andaba a grandes zancadas, viendo apenas a los otros transeúntes. Las farolas estaban ya encendidas. Luces anaranjadas resplandecían en la creciente oscuridad; los carruajes se convirtieron en meras formas en movimiento con farolillos de posición a ambos lados; los cascos de los caballos tableteaban contra los adoquines húmedos y las ruedas se deslizaban con un siseo.

Dobló a la izquierda en Plumbers Row, que conducía hasta Coke Street. Era el lugar y la hora en que casi con toda seguridad encontraría a Jago Jones, y Pitt tenía la profunda –y quizá irracional– convicción de que Jones no le mentiría si lo enfrentaba a la verdad.

Giró en la última esquina y vio la carretilla bajo la farola, su luz reflejada en las varas, gastadas allí donde las manos las asían un día tras otro, quizá generación tras generación. La enjuta figura de Jago Jones en su raído traje aún servía caldo a los últimos harapientos. Junto a él, trabajando a la par en silencio, se encontraba Tallulah FitzJames.

Pitt los observó, apoyado contra la pared en la oscuridad, hasta que terminaron el reparto de comida y empezaron a recoger sus enseres. Como siempre, no había sobrado nada.

–Reverendo Jones –llamó Pitt en voz baja, acercándosele.

Jago alzó la vista. Ya no se sorprendía de ver a Pitt. Había frecuentado mucho aquel lugar en los últimos meses.

–¿Sí, comisario? –dijo Jago con paciencia.

–Lo siento. –Era una disculpa sincera. Pocas veces había lamentado tanto una necesidad–. No puedo dejar correr el asunto. –Lanzó una mirada a Tallulah, que seguía recogiendo los utensilios y cargándolos en la carretilla.

–¿De qué se trata ahora? –preguntó Jago con arrugas de perplejidad en la frente–. No sé nada más. He hablado con Ella Baker una o dos veces, pero conmigo siempre se mostró muy autosuficiente. No necesitaba mis consejos. –Esbozó una triste sonrisa–. O mejor dicho, no los deseaba. No la conocía tanto como para percibir su desesperación. Quizá eso deba atribuirlo a mis limitaciones, pero al menos por lo que a ella atañe es ya demasiado tarde para rectificar. –A la luz de la farola su rostro revelaba sólo pesar y una sensación de derrota. Se alejó unos pasos para que Tallulah no lo oyese–. Por favor, comisario, no me pida que la interrogue. Incluso si accediese a hablar conmigo, lo que dijese sería algo entre ella y Dios. Yo sólo podría ofrecerle una pizca de consuelo humano, y la promesa de que Dios es a veces un juez más benévolo de lo que creemos, si somos sinceros; y quizá también más severo si no lo somos.

–¿Sinceros, reverendo? –repitió Pitt, notando el temblor de su propia voz.

Jago lo miró fijamente. Tal vez había percibido en el tono de Pitt mayor ironía, perspicacia y dolor que en ocasiones anteriores. Hizo ademán de volverse hacia Tallulah, pero cambió de idea, o acaso dudó de la utilidad de cualquier esfuerzo por convencerla de quedarse al margen de aquello.

–¿Qué ocurre, comisario? Ha pronunciado esa palabra como si para usted entrañase un profundo significado.

Pitt no había previsto la presencia de Tallulah. Su primer impulso había sido pedirle que los dejara a solas, revelar a Jago su reciente descubrimiento en privado. Por simple consideración, le parecía incorrecto plantearle aquello cara a cara ante alguien que obviamente sentía por él el mayor respeto. Pero de pronto comprendió que Tallulah tenía derecho a enterarse. La afectaba directamente. Finlay era su hermano. Lo que se dijese en aquel rincón húmedo y oscuro de Coke Street sería en último extremo igualmente devastador en el salón de Devonshire Street. Aunque lo postergase, no le ahorraría el sufrimiento.

–Y así es, cuando surge en una conversación entre usted y yo acerca de las muertes de Ada McKinley y Nora Gough –contestó Pitt.

Jago mantenía firme la mirada.

–No sé nada de eso, comisario.

Tallulah había terminado de cargar la carretilla y se acercó.

–¿Y de la muerte de Mary Smith? –preguntó Pitt, con igual aplomo–. En Globe Road, de Mile End, hace unos seis años. ¿Va a...? –Se interrumpió.

Jago había palidecido. Incluso bajo el resplandor amarillento de la farola de gas su rostro parecía una máscara mortuoria. No era necesario concluir la frase. Jago no mentiría. Mentir en aquellas circunstancias habría sido absurdo, una indignidad sin redención posible.

–Usted estaba allí –prosiguió Pitt con serenidad, procurando permanecer ajeno a la mirada de Tallulah, clavada en él con creciente terror–. Usted, Thirlstone, Helliwell y Finlay. –No era una pregunta, y su voz no dejaba lugar a dudas.

Jago cerró lentamente los ojos. Controlarse le exigía un esfuerzo supremo. Daba la impresión de que si flaqueaba por un instante, se desmoronaría.

–Contestaré por mí, comisario, pero por nadie más. –Tragó saliva con dificultad. Le temblaban las manos–. Sí, estaba allí. En mi juventud cometí muchos errores de los que me avergüenzo, pero de ninguno tanto como de ése. Bebía en exceso, malgastaba el tiempo y daba valor a cosas que no lo tenían. Me preocupaba lo que la gente pensase de mí, y no el amor. Tampoco el respeto o el honor. –Hablaba con amargura–. Ni si mi conducta hería a los demás. Ni si daba buen o mal ejemplo. No hacía más que adoptar poses, exhibirme, deseando ser más inteligente e ingenioso que cualquier otro hombre.

Tallulah lo miraba, pero él parecía no advertir su presencia, absorto en el desprecio por el hombre que había sido en otro tiempo. Ella se acercó, pero Jago siguió sin verla.

–Globe Road –recordó Pitt, obligándolo a ir al grano, y no sólo porque era lo que le interesaba, sino porque no le correspondía a él juzgar los otros pecados de Jago, fueran cuales fuesen, ni deseaba conocerlos.

–Estaba allí –admitió Jago por segunda vez–. No maté a Mary Smith. –Su voz se redujo a un ronco murmullo, como si el recuerdo cobrase vida ante sus ojos–. Pero sé lo que le ocurrió, Dios me perdone. Desde entonces he dedicado mi vida a intentar pagar...

–¿Quién la mató? –preguntó Pitt con delicadeza. Creía que Jago era inocente, y no sólo porque lo deseaba, sino sobre todo por lo que veía reflejado en su rostro: la pasión, el tormento de la culpabilidad y el recuerdo, la repugnancia hacia sus propios actos, pero también el valor de haber expuesto por fin la verdad y mantener intacto su sentido del honor.

–No se lo diré, comisario. Lo siento.

Pitt vaciló sólo por un instante. En realidad no había ninguna decisión que tomar.

–Reverendo –dijo, usando intencionadamente el tratamiento–, Mary Smith no sólo fue asesinada; antes fue torturada y humillada. La ataron a su cama, con una de sus medias, una de sus prendas íntimas... –Percibió en el rostro de Jago el descarnado dolor que sentía, pero no se detuvo–. La aterrorizaron y maltrataron. Le rompieron o dislocaron los dedos de las manos y los pies. No era una prostituta experimentada. –Notó la creciente crispación de su voz–. Era casi una niña, acababa de...

–¡Comisario! –El grito procedía de Tallulah. Avanzó un paso y se colocó junto a Jago, mirando a Pitt–. No es necesario que continúe. Conocemos lo ocurrido a esas mujeres de Whitechapel. Aceptamos que Mary Smith fue víctima de las mismas atrocidades y nos horroriza. Nadie, ninguna criatura viviente, merece semejante trato, y debe usted averiguar quién lo hizo, y el culpable debe recibir su castigo...

–¡Tallulah! –exclamó Jago con voz ahogada, intentando apartarla. Tenía el rostro mojado, bien por la humedad del anochecer, bien por el sudor provocado por una profunda angustia–. Tú no... –Se interrumpió, incapaz de seguir–. No... –Tomó aire con una larga y trémula aspiración y se volvió hacia Pitt–. Comisario, comprendo sus palabras, y sé mejor que usted lo... lo espantoso que fue. Admito mi parte en ello. Yo estaba allí, y contribuí a ocultar lo ocurrido. Soy culpable de eso. Pero no diré nada más.

»Desde ese día he hecho todo lo posible por convertirme en un hombre digno de perdón. Al principio lo hacía por remordimiento. Ahora lo hago por amor a la labor en sí. Alguien debe atender a esta gente, y mi recompensa por ocuparme de ellos ha sido inconmensurable. Pero admito que fui encubridor de un asesinato. Todo tiene su precio. ¿Me permite llevar la carretilla a la cocina antes de acompañarlo? La necesitarán mañana. Alguien asumirá la tarea que yo no podré realizar.

–Yo lo haré –ofreció Tallulah de inmediato–. Billy Shaw me ayudará si se lo pido, y también la señora Moss.

–Gracias –dijo Jago sin mirarla.

–No voy a detenerlo, reverendo –contestó Pitt lentamente–. No creo que asesinase usted a Mary Smith, y me consta que no asesinó a ninguna de las dos mujeres de Whitechapel.

Jago permaneció inmóvil, confuso. Aún así, no se atrevía a mirar a Tallulah. Volvía la cabeza en otra dirección, por temor a lo que podía ver en los ojos de ella.

Pitt estaba indeciso.

–Jago –dijo Tallulah con dulzura, cogiéndolo del brazo–. No puedes seguir protegiéndolo. Fue Finlay, ¿verdad? De alguna manera mi padre consiguió mantenerlo oculto. Debió de sobornar al policía.

De pronto una oleada de recuerdos inundó la mente de Pitt, una multitud de pequeñas impresiones. El orgullo de Ewart por los éxitos de su hijo, su selecta educación, el ventajoso matrimonio de su hija. ¡Qué proeza! Pero ¿a qué precio?

Recordó la impaciencia de Ewart por encontrar a otro culpable, su expresión cada vez que oía mencionar a Augustus, la extraña mezcla de miedo y odio. Comprendía ahora con siniestra claridad por qué había destruido las declaraciones de los testigos del asesinato de Globe Road y archivado el caso sin resolver, y por qué no había informado a Pitt. Qué pesadillas debían de haberlo asaltado cuando pensó que Finlay había vuelto a cometer el mismo crimen, y que él tendría que encubrirlo de nuevo, pero esta vez obligado a ceder la investigación a un superior y trabajar bajo sus órdenes. No era extraño que durmiese mal, que hubiese perdido el apetito, que llegase a la comisaría como si acabase de asomarse al infierno.

Y finalmente Pitt había detenido a Albert Costigan, y su culpabilidad parecía fuera de toda duda. Ni siquiera él lo había negado. Ewart debió de pensar que se había librado de aquel tormento.

Pero entonces se produjo otro crimen, en Myrdle Street. Una segunda pesadilla para Ewart, de nuevo la tortura de intentar demostrar que Finlay era inocente, de alejar a Pitt paso a paso de Finlay, hacia alguna otra explicación, cualquier otra.

Y Pitt había dado con Ella Baker. Y tampoco ella había negado su culpabilidad.

Tallulah estaba muy cerca de Jago, rodeándolo con el brazo, casi como si lo sostuviese en pie. La bruma humedecía su rostro y oscuras sombras rodeaban sus ojos. La conmoción y el pesar se ponían de manifiesto en cada uno de sus rasgos. Sin embargo mostraba asimismo una fortaleza ausente hasta ese momento, casi una luminosidad, como si hubiese encontrado en su interior un don precioso e indestructible, y a su debido tiempo mucho más valioso que cualquiera de los lujos que Devonshire Street podía ofrecerle, o arrebatarle.

–No puedes protegerlo –repitió, buscando la mirada de Jago.

–Tampoco puedo traicionarlo –susurró Jago, pero se inclinó un poco hacia ella, casi involuntariamente, como si no quisiese pero no pudiese evitarlo–. Di mi palabra. También yo tuve mi parte de culpa. Fui allí. Conocía las fuertes pasiones que lo consumían, la ira, la necesidad de poder, y sin embargo fui.

–¿Las pasiones que consumían a Finlay FitzJames? –preguntó Pitt.

Jago no respondió.

Pitt sabía que era inútil insistir. Aún no disponía de pruebas suficientes para detener a Finlay por el asesinato de Mary Smith, no sin la declaración de Jago. Margery Williams podía reconocer a los cuatro hombres, pero habían pasado seis años. ¿Y de qué servía el testimonio de una mujer como ella contra la palabra de Finlay FitzJames y el poder de su padre?

¿Correría Tallulah a su casa para poner sobre aviso a Finlay? ¿Existía la posibilidad de que Pitt se presentase en Devonshire Street y descubriese que Finlay se había marchado, posiblemente a la Europa continental, o incluso más lejos, quizás a América?

Los tres permanecían bajo la luz de la farola de Coke Street, inmóviles, Jago y Tallulah juntos, ella rodeándolo con un brazo, Pitt enfrente. Estaban ateridos a causa de la pegajosa y fría humedad de la noche. En el río, a lo lejos, reverberaba sobre el agua el débil lamento de una sirena de niebla.

–¿Quién dejó el gemelo y la insignia de Finlay en la habitación de Ada McKinley? –preguntó Pitt por curiosidad–. ¿Fue usted? ¿O uno de los otros dos?

–Yo no fui –dijo Jago, sorprendido–. Y apostaría todo cuanto poseo, que no es mucho, a que tampoco fue ninguno de ellos. A Helliwell lo aterroriza que su reputación pueda verse empañada por el menor descrédito, y no digamos ya un asesinato. Thirlstone simplemente quiere olvidar lo ocurrido. El club Fuego del Infierno se disolvió, y juramos no vernos nunca más.

Tallulah apartó la vista de Jago y miró a Pitt con el entrecejo fruncido.

–No tiene sentido, comisario. Los supuestos culpables de los dos últimos asesinatos vivían en Whitechapel. No es posible que conociesen a Finlay, y menos aún que tuviesen acceso a sus efectos personales. ¿Y por qué iban a hacer una cosa así Mortimer o Norbert? –Estaba muy pálida y tenía los ojos hundidos–. Y el propio Finlay desde luego no pudo ser. –Su voz se redujo a un susurro–. Cometió el primer crimen, pero no el segundo. Lo sé, comisario. Le juro que no fue él. Lo vi en la fiesta.

–La creo, señorita FitzJames. Tampoco fue Ewart. Lo atormentaba la posibilidad de que llegásemos a sospechar seriamente de él, y ya no digamos de acusarlo. Puede que odie a su padre, puede que odie a Finlay, pero tiene mucho que perder si Finlay es declarado culpable: su medio de vida, su familia, e incluso su libertad. Y presiento que si eso ocurriese, su padre, lejos de proteger a Ewart, lo destruiría por haber fracasado.

Tallulah guardó silencio. No podía negarlo, pero admitirlo resultaba demasiado doloroso. Era más de lo que podía resistir.

Jago la estrechó con su brazo.

–Hay un elemento crucial que aún no ha descubierto –dijo Jago, casi para sí más que para Pitt–. Algo en torno a lo que gira todo lo demás.

–¿Qué es? –preguntaron al unísono Pitt y Tallulah.

–No lo sé –admitió Jago–. Sólo sé que existe y que tiene una importancia vital.

Pero mientras lo oía, Pitt rescató del fondo de su mente la duda que lo inquietaba, aún sin resolver.

–Mary Smith –dijo como si pensase en voz alta–. Es un nombre muy corriente. Demasiado corriente. ¿Quién era? ¿Cómo se llamaba en realidad?

Jago volvió a cerrar los ojos.

–No lo sé. Era joven. Era hermosa, y muy infeliz. Dios nos perdone...

–Sigo sin verle el sentido –protestó Tallulah, volviéndose hacia Pitt–. En las habitaciones de esas mujeres se encontraron varios objetos de Finlay. ¿Quién pudo dejarlos allí, de no ser el asesino? ¿Tenía algo que ver Mary Smith con Costigan y Ella Baker? –Contrajo el rostro en una mueca de perplejidad–. ¿Cómo iban a matar a dos mujeres sólo para culpar a Finlay? Es una locura.

Entumecido a causa del penetrante frío, bajo el halo en que la bruma había convertido la luz de la farola, Pitt halló de pronto otra respuesta, trágica y absurdamente sencilla. Si su sospecha se cumplía, todo quedaría explicado.

–Debo regresar a la comisaría –anunció. Su voz sonaba exactamente igual que antes, y sin embargo a él le pareció por completo distinta. Era una respuesta que no deseaba confirmar, y sin embargo, pese a haberla vislumbrado fugazmente, cobraba intensidad en su cerebro por momentos.

–Llevaré a Tallulah... la señorita FitzJames... conmigo a Santa María –dijo Jago, el semblante sereno, los hombros erguidos.

En los labios de Pitt se dibujó la mínima expresión de una sonrisa. Era un gesto afectuoso, pero apenas un trémulo destello donde él habría deseado el más vivo resplandor.

–Excelente idea, reverendo. Será el mejor lugar para ella. Sin ánimo de entrometerme, y en tanto la decencia lo permita, le sugiero que le dé cobijo allí.

–Pero... –empezó a decir Jago.

–Sé dónde encontrarlo si lo necesito –atajó Pitt–. Pero no

creo que se dé el caso. Me consta que no declarará contra Finlay, y no hay nadie que declare contra usted. Continúe con su trabajo en la parroquia. Es una gran labor. Buenas noches.

A continuación se dio media vuelta y se dirigió hacia la esquina. Volvió la cabeza y miró atrás. Vio a dos figuras bajo la farola, pero tan estrechamente entrelazadas que podrían haber sido una sola, un hombre y una mujer unidos en un abrazo que los dos habían imaginado, anhelado y aguardado, hasta que se hizo realidad y cumplió con creces sus sueños.

Ewart se sorprendió al ver a Pitt. Alzó la vista desde detrás de su escritorio con semblante sereno, sin el menor asomo de sospecha, sin miedo a lo que se avecinaba.

–¿Está el doctor Lennox en la comisaría? –preguntó Pitt–. Si no está, envíe a alguien a buscarlo.

–¿Se encuentra mal? –dijo Ewart, pero aún no había acabado la frase cuando se le demudó la expresión. Era obvio que Pitt no estaba enfermo, sino dolido y taciturno.

–Traiga aquí al doctor Lennox –repitió Pitt–. ¿Lo conoce bien?

–Esto... relativamente. –La sangre había dejado de afluir a sus mejillas–. ¿Por qué?

–¿A qué se dedicaba el padre de Lennox?

–¿Cómo?

–¿Cómo se ganaba la vida su padre?

–No... no... tengo la menor idea. ¿Por qué? –Ewart parecía sinceramente desconcertado–. ¿Ha hecho algo indebido? ¿Qué pasa, Pitt? Tiene muy mala cara. Siéntese. Le serviré un coñac. ¡Doctor Lennox!

–No quiero coñac.

A Pitt le disgustaba profundamente aquella situación. Ewart se mostraba considerado a pesar de que el miedo empezaba a adueñarse de él. Pitt despreciaba a los hombres venales. Ewart había encubierto un asesinato brutal, uno de los más repugnantes que Pitt había conocido a lo largo de su carrera. Sabía Dios cuántas fechorías más habría cometido a instancias de Augustus FitzJames. A una coacción, a un chantaje, siempre seguían otros. En cuanto se sucumbía una vez, no había ya posibilidad de volver atrás, salvo admitirlo y pagar por ello. Y la policía nunca perdonaba tales actos de corrupción en uno de los suyos. Mary Smith, o comoquiera que se llamase, se merecía algo más que eso.

–¡Traiga a Lennox! –repitió Pitt entre dientes.

Ewart, muy pálido, fue a la puerta y desapareció por el pasillo. Regresó al cabo de un momento.

–Estará aquí dentro de quince minutos –dijo, observando a Pitt con aprensión, dudando si sentarse o seguir de pie.

–Acabo de hablar con el reverendo Jago Jones –informó Pitt lentamente.

–¡Ah! –dijo Ewart, sin saber si mostrar interés o no.

–Acerca del asesinato de Mary Smith –prosiguió Pitt–. En Globe Road, hace seis años.

Ewart se quedó lívido. Intentó tomar aire y se atragantó. Buscó a tientas su silla y se dejó caer despacio en ella.

–¿Por qué destruyó las declaraciones de los testigos? –preguntó Pitt–. Ya conozco la respuesta, pero le daré la oportunidad de contar la verdad usted mismo, si es que aún conserva el mínimo sentido del honor.

Ewart guardó silencio por un momento. Su rostro reflejaba claramente su agonía, tan desnuda como el odio, el dolor, el fracaso y el terror internos a los que nadie puede escapar, la propia conciencia.

–Me ofreció dinero –explicó por fin con voz casi inaudible–. Dinero para proporcionarle una vida mejor a mi familia. Mis hijos a cambio del suyo. Me aseguró que había sido un accidente. Finlay no pretendía matar a la chica. Cuando se dio cuenta de lo que había hecho, intentó reanimarla. Por eso le echaron agua. Pero se había pasado de la raya. El juego se le había escapado de las manos, y la había ahogado. Debió de amordazarla para que no gritase. La chica tenía las marcas en las mejillas. –Se echó hacia delante y escondió la cara tras las manos–. Pero no mató a las otras –prosiguió con la voz empañada–. No se equivocó usted de hombre. Costigan era culpable, estoy seguro. Y también lo es Ella Baker. Sabe Dios cómo llegaron hasta allí los efectos personales de Finlay. Ése fue uno de los peores días de mi vida, cuando vi sus cosas en la habitación de Ada McKinley. Me sentí como si el infierno acabase de abrirse ante mí.

Pitt permaneció callado. Podía imaginarlo: el repentino terror, las desesperadas contorsiones de la mente por hallar una escapatoria, el creciente pánico a medida que se acumulaban las pruebas, y el incomprensible misterio de todo aquello.

No llegaba sonido alguno del pasillo; sólo se oían los ruidos de la calle.

Transcurrieron quince minutos de angustioso silencio hasta que se abrió la puerta del despacho y entró Lennox. Se le notaba cansado. Primero vio a Ewart, desplomado sobre el escritorio, y luego a Pitt, sentado enfrente.

–¿Qué ocurre? –preguntó–. ¿Está enfermo el inspector Ewart?

–Probablemente –contestó Pitt–. Entre y cierre la puerta.

Lennox obedeció, aún desconcertado.

Pitt no se movió de la silla.

–Después del agente Binns, usted fue el primero en llegar a la habitación de Ada McKinley, ¿no es cierto, doctor?

–Sí. ¿Por qué? –dijo Lennox. Parecía sorprendido pero no preocupado.

–¿Y también a la de Nora Gough?

–Sí. Ya se lo dije.

–¿Fue el primero que examinó los cadáveres?

Lennox lo miró con expresión de curiosidad, y sus cansados ojos de color avellana revelaron que empezaba a comprender.

–Sí. También eso lo sabe.

–¿Y después fue a ofrecer consuelo a las testigos antes de que las interrogásemos? –continuó Pitt.

–Sí. Estaban muy... alteradas, como es lógico.

–¿También fue usted el primero en llegar a la habitación donde murió asesinada Mary Smith?

Lennox palideció, pero conservó la serenidad.

–¿Mary Smith? –repitió, arrugando la frente.

–En Globe Road, hace seis años –añadió Pitt–. Una muchacha muy joven, de quince o dieciséis años, nueva en el oficio. Fue asesinada de la misma manera. Pero eso, es usted el más autorizado para explicarlo, ¿no, doctor Lennox?

Permanecieron totalmente inmóviles por unos segundos. Ni siquiera se les oía respirar. Finalmente Ewart, con el rostro desencajado, levantó la vista y miró a Lennox. Sin embargo el dolor que se traslucía en sus ojos no era nada en comparación con el que reflejaba el semblante de Lennox y de hecho todo su cuerpo.

–Era mi hermana –susurró–. Mary Lennox. Tenía dieciséis años cuando ese animal la torturó de aquel modo. –Miró a Ewart–. ¡Y usted, teniendo pruebas, lo dejó escapar! ¿Cuánto le pagó por aquello, Ewart? ¡Por Dios, dígame con qué puede pagarse una cosa así!

Ewart no contestó. Estaba demasiado aturdido por la desesperación y el desprecio de sí mismo para notar otro golpe.

–De modo que cuando encontró una prostituta asesinada, sin heridas de arma blanca –concluyó Pitt, dirigiéndose a Lennox–, y fue el primero en llegar al lugar del crimen, dejó allí los efectos personales de Finlay FitzJames, y reprodujo hasta el último detalle las circunstancias del crimen de Mary: los dedos rotos de manos y pies, la liga, las botas abrochadas entre sí, el agua. Luego se limitó a aguardar a que nosotros hiciésemos el resto, con la esperanza de que Finlay FitzJames fuese acusado del asesinato.

–Sí.

–¿De dónde sacó la insignia y el gemelo?

–Se los robé a Ewart. Se los había guardado cuando investigaba el asesinato de Mary para que no formasen parte de las pruebas –contestó Lennox.

–Y al ver que Finlay no era acusado y Costigan iba a la horca, llegó el primero a la habitación de Nora Gough y repitió el proceso –prosiguió Pitt–. ¿También allí aleccionó a las testigos? ¿Intentó convencerlas de que habían visto a un hombre parecido a Finlay en la casa?

–Sí.

Ewart se puso en pie, se balanceó y estuvo a punto de desplomarse.

Ni Pitt ni Lennox hicieron ademán de ayudarlo.

–Tengo que dejarlos –dijo con voz ronca–. Voy a vomitar.

Lennox retrocedió para dejarle paso. Ewart accionó torpemente el picaporte, abrió y salió del despacho sin volver a cerrarlo.

Lennox se volvió hacia Pitt.

–Merecía la horca por lo que hizo con Mary –afirmó con voz gutural–. ¿Presentará ahora cargos contra Finlay, o dejará que quede impune?

–No dispongo de pruebas suficientes para acusarlo –respondió Pitt con amargura–. A menos que Ewart confiese, lo cual es una posibilidad. Otra posibilidad es que recobre la calma y se dé cuenta de que tengo pocas pruebas.

–Pero... –Lennox parecía desesperado.

–Podríamos ver si Margery Williams identifica a Finlay –continuó Pitt–. Ésa es otra opción. Y quizá también lo identificasen los otros dos testigos. Y es posible asimismo que Helliwell y Thirlstone se asusten y accedan a hablar, sobre todo si también los identifican.

–¡Debe hacerlo! –Lennox se inclinó y agarró a Pitt de los brazos, hincándole los dedos en la carne–. ¡Debe...!

No tuvo ocasión de terminar la frase, porque de pronto se asomó al despacho el agente Binns, visiblemente preocupado.

–Comisario, el señor Ewart acaba de salir de aquí como alma que lleva el diablo, y ha cogido varios cartuchos de dinamita incautados...

Pitt se puso en pie de un salto, derribando casi a Lennox, apartó a Binns y salió al pasillo a toda prisa. De pronto se detuvo, se dio media vuelta y miró a los otros dos hombres, que lo seguían de cerca.

–Binns, vaya a parar un cabriolé. Requíselo si es necesario. ¡Inmediatamente!

Binns obedeció, corrió escalera abajo, y oyeron alejarse sus sonoras pisadas por el suelo de madera del vestíbulo.

Pitt miró a Lennox.

–Presente ahora mismo su dimisión al sargento de guardia.

Váyase antes de que yo regrese. No me diga adónde, y yo no lo buscaré.

Lennox se quedó inmóvil. En su rostro apareció una expresión de gratitud, suavizando sus severos rasgos, y los ojos se le anegaron en lágrimas.

Pitt no tuvo tiempo para añadir nada más. A toda velocidad se lanzó escalera abajo, atravesó el vestíbulo y descendió por la escalinata hasta la calle. Binns lo aguardaba junto a un cabriolé con la puerta abierta, soportando las quejas del indignado cochero.

–Al número treinta y ocho de Devonshire Street –ordenó Pitt, y saltó al interior, seguido de Binns–. ¡Vaya tan deprisa como pueda! ¡Es una cuestión de vida o muerte!

El cochero captó la tensión y la urgencia. Su látigo restalló, y el cabriolé se puso en marcha con una brusca sacudida. En cuestión de segundos avanzaban rápidamente entre el tránsito con serio peligro para todo lo que se interpusiese en su camino.

Ni Pitt ni Binns despegaron los labios. Se zarandeaban de uno a otro lado, sujetándose como podían a los asideros del cabriolé, con grave riesgo de resultar heridos, y además habría sido imposible hacerse oír sobre el ruido de los cascos y las ruedas, los chirridos de la madera, y los gritos de los airados cocheros.

Cuando el cabriolé aminoró la marcha para detenerse en Devonshire Street, Pitt abrió la puerta y saltó a la acera, seguido de inmediato por Binns. Corrió hasta la puerta y llamó, primero con la campanilla, casi arrancándola, y después con los puños.

Binns gritaba junto a él, pero Pitt no prestaba atención a sus palabras.

La puerta se abrió de par en par, y apareció el amable mayordomo, visiblemente alarmado.

–¿Está Ewart aquí? –preguntó Pitt con tono apremiante–. ¡Un policía... el inspector Ewart! Un hombre de pelo oscuro y escaso, que llevaba un paquete, probablemente una bolsa.

–Sí, señor. Ha llegado hace unos minutos. Quería ver al señor FitzJames.

–¿Dónde está?

El mayordomo palideció.

–En el gabinete.

–¿Está encendido el fuego allí? –preguntó Pitt, y la voz se le quebró a causa de la extrema tensión.

–Sí, señor. ¿Qué ocurre? Si me...

No completó la frase. La explosión destruyó la chimenea y abrió una brecha en la pared exterior del gabinete. Arrancó la puerta de los goznes y la lanzó al vestíbulo. La onda expansiva los derribó a los tres, que quedaron magullados y heridos en el suelo. Pitt salió despedido hacia atrás y fue a estrellarse contra la mesa del vestíbulo. Binns cayó de rodillas. Había libros y papeles por todas partes, y en el aire flotaba una nube de ceniza.

Siguieron unos segundos de silencio, roto sólo por el ruido de las piedras y escombros al depositarse. Después empezaron los gritos.

Pitt se levantó, tambaleándose, mareado y dolorido, ajeno a los rasguños y la sangre que le corría por las manos y la cara. Se acercó con paso inestable al gabinete y se asomó al interior. Los restos de libros lo cubrían todo salvo un pequeño espacio en el centro donde unas brasas de carbón ardían sobre la alfombra. El cuerpo de Ewart yacía retorcido y ensangrentado, y a poco más de un paso se hallaba lo que quedaba de Augustus FitzJames, extendido sobre el montón de astillas que antes había sido una mesa. En el pecho tenía clavado un fragmento irregular y afilado de madera, pero ya nada le importaba.

Pitt se dio media vuelta y vio al mayordomo de rodillas, intentando incorporarse, pálido a causa de la conmoción. Binns se acercó a ayudarlo.

Una criada gritaba sin cesar en el piso superior.

Aloysia FitzJames se hallaba en lo alto de la escalera.

Finlay salió del salón. Parecía no dar crédito a lo que veía. Lanzó una mirada iracunda a Pitt.

–¡Dios santo! –exclamó–. ¿Qué ha hecho? ¿Dónde... dónde está mi padre?

–Ha muerto –contestó Pitt con la garganta reseca por el humo–. Y también el... el inspector Ewart. Pero tenemos aún sus archivos. Finlay FitzJames, queda usted detenido por la tortura y el asesinato de Mary Lennox, el 12 de septiembre de 1884.

Finlay, desesperado, dirigió la mirada hacia el gabinete reducido a escombros.

–Esta vez no puede ayudarlo –dijo Pitt–. Tampoco Ewart. Ciertas cosas pueden aplazarse, señor FitzJames, pero siempre llegan, un día u otro. Ahora tenga el valor de afrontarlo. Para actuar con dignidad aún no es demasiado tarde.

Finlay escrutó el rostro de Pitt por un instante, pero luego su mirada vagó frenéticamente por la casa, buscando ayuda, una escapatoria, cualquier cosa menos la amenazante presencia de Pitt.

–¡No puedo! ¡Me niego! ¡No...! –Su voz se hacía cada vez más aguda, más penetrante–. No puede demostrar...

–Ewart lo ha contado todo antes de morir.

Aloysia descendió lentamente por la escalera y se acercó a su hijo, quedándose junto a él sin llegar a tocarlo. Miró a Pitt.

–Finlay lo acompañará con dignidad, comisario –susurró–. Yo iré con él. Acabo de perder todo lo que creía poseer. Pero no saldré de aquí llorando, y sean cuales sean mis sentimientos, nadie los conocerá.

Finlay la observaba atentamente, y la incomprensión inicial se tornó en ira.

–No puedes permitírselo –protestó–. ¡Haz algo! –exigió aterrorizado con voz acusadora–. ¡Haz algo! ¡No puedes consentir que me lleve! ¡Me ahorcarán! –Empezó a forcejear, pero el agente Binns lo sujetó por el brazo con tal fuerza, que se lo habría descoyuntado si hubiese seguido oponiendo resistencia–. ¡Mamá! No...

Aloysia no lo escuchaba. Salió parsimoniosamente de la casa, y Binns la siguió sin soltar a Finlay, que tenía el rostro contraído por la ira y lágrimas en las mejillas.

Detrás de ellos, sucio de polvo y hollín pero todavía con su afable expresión de siempre, el mayordomo avanzó tambaleándose hasta la puerta y la cerró al salir.

Título de la edición original: *Pentecost Alley*
Traducción del inglés: Carlos Milla Soler,
cedida por Plaza & Janés Editores, S. A.
Diseño: Emil Tröger
Ilustración: Julio Vivas
Foto de solapa: © Judi Schiller

Círculo de Lectores, S.A. (Sociedad Unipersonal)
Travessera de Gràcia, 47-49, 08021 Barcelona
www.circulolectores.com
3 5 7 9 8 9 0 7 8 6 4 2

Licencia editorial para Círculo de Lectores
por cortesía de Plaza & Janés Editores, S. A.

Depósito legal: B. 27083-1998
Fotocomposición: gama, s.l., Barcelona
Impresión y encuadernación: Printer industria gráfica, s.a.
N. II, Cuatro caminos s/n, 08620 Sant Vicenç dels Horts
Barcelona, 1998. Impreso en España
ISBN 84-226-7245-6
N.º 37838